도둑 신부 1

The Robber Bride

THE ROBBER BRIDE
by Margaret Atwood

세계문학전집 426

도둑 신부 1

The Robber Bride

마거릿 애트우드

이은선 옮김

민음사

차례

1권   시작   11

톡시크   17

검은색 에나멜   211

은밀한 밤   367

2권   도둑 신부
톡시크
결말

작가의 말
작품 해설
작가 연보

그레이미와 제스,
루스, 피비, 로지, 애나,
그리고 지금은 없는 친구들을 위해

물지 않는 방울뱀에게선 아무것도 배우지 못한다.

— 재스민 웨스트

계속해서 불리는 것은 영원히 사라진 것들의 이름뿐이다.
사라진 것이 되돌아올 때까지 모두 그 이름을 부르는 데 집착하기 때문이다.

— 귄터 그라스

착각은 모든 즐거움 중에서 으뜸이다.

— 오스카 와일드

시작

1

지니아 이야기는 지니아의 등장에서부터 시작해야 할 것이다. 토니는 그 이야기가 아주 오래전 먼 곳에서 시작되었다고 생각한다. 상처투성이에다 대책 없이 복잡하게 얽혀 있던 그곳에서. 그곳은 희부연 햇빛이 비치고 수많은 덤불이 자리 잡은, 손으로 직접 그린 황토색의 유럽 판화 같은 곳이다. 무성한 이파리, 배배 꼬인 낡은 뿌리 뒤에서는 일상적이고도 끔찍한 일이 벌어졌고 삐죽 튀어나온 부츠 한 짝이나 축 늘어진 한쪽 손 정도가 그것을 암시했다.

아무튼 토니의 머릿속에 남은 느낌은 그렇다. 지금은 지우고, 덮어서 가리고, 교묘하게 헝클어뜨린 부분이 워낙 많아서 지니아한테 들은 이야기 중 어디까지가 진실인지 알 수 없다. 어디까지가 진실이냐고 물을 수도 없고, 설령 물어본다 한들 지니아가 대답해 줄 리도 없다. 아니, 어쩌면 거짓말을 할 수도 있다. 슬픔을 달래느라 떨리는 목소리로 목까지 메어 가며 열심히, 아니면 고해성사라도 하듯 더듬거리면서. 그도 아니면 시비조로 화를 내며 냉정하게. 그러면 토니는 그녀의 말을 믿을 것이다. 예전에 그랬던 것처럼.

어떤 실이든 골라서 잘라 봐요. 그러면 역사라는 매듭은 풀리게 되어 있어요. 토니는 자연 발생적인 대학살의 역학을 설명하는 복잡한 강의를 시작할 때면 이렇게 말한다. 이런 식으로 천 짜기나 뜨개질 혹은 재봉 가위에 비유하는 것이다. 이 말을 듣고 학생들이 짓는, 살짝 충격을 받은 듯한 표정이 마음에 든다. 가정적인 이미지와 대규모 유혈 사태가 빚는 부조화가 그런 표정을 만들어 낸다. 지니아는 이런 식의 불온함을, 이런 식의 극적인 대조를 즐겼다. 아니, 즐기는 수준을 넘어 스스로 만들어 냈다. 왜 그랬는지 이유는 알지 못하지만.

왜 꼭 그 이유를 알아내야만 할 것 같은 기분이 드는지 토니는 알 수 없다. 까마득한 옛일인데 이유가 무슨 상관일까. 참변은 참변일 뿐이다. 상처는 상처로, 죽음은 죽음으로, 잔해는 잔해로 남을 뿐이다. 원인을 왈가왈부하는 것은 의미 없는 일이다. 지니아는 그대로 방치해야 할 기분 나쁜 사건이었다. 그녀의 진의를 파헤친들 무슨 소용이겠는가.

하지만 지니아는 수수께끼이자 엉킨 매듭이기도 하다. 토니가 실마리를 찾아 잡아당길 수만 있다면 그녀는 물론이고 관련된 모든 사람 입장에서 많은 부분이 해결될 것이다. 이것이 그녀의 바람이다. 그녀는 역사학자답게 해명의 유익함을 믿는다.

문제는 어디서부터 시작하느냐다. 시작할 때 시작되는 것은 아무것도 없고, 끝날 때 끝나는 것도 아무것도 없다. 모든 일에는 서론이 필요하다. 서론과 후기와 동시에 발생한 사건들을 기록한 차트가 있어야 한다. 그녀가 학생들에게 이야기하듯이 역사는 하나의 건축물이다. 어느 지점으로든 들어갈 수 있고 모든 선택이 임의적이다. 그래도 연속성을 깨뜨리고 시간의 흐름을 바꾼 결정적 순간, 기준점으로 삼을 만한 순간은 있는 법이다. 우리는 그런 사건들을 돌아보며 그때부터 모든 게 달라졌다고 말한다. 그런 사건들이 출발점이 되고 종착역이 된다. 이를테면 탄생과 죽음, 결혼이 그렇다. 전쟁 역시 마찬가지다.

칼라에 레이스가 달린 옷을 즐겨 입는 토니의 관심사는 그중에서도 전쟁이다. 그녀는 분명한 결과를 좋아한다.

토니는 한때 지니아도 그럴 거라고 생각했다. 그런데 지금은 잘 모르겠다.

그녀가 임의로 선택한 결정적인 순간은 1990년 10월 23일. 맑고 화창하고 가을답지 않게 따뜻한 화요일이다. 소비에트 연방이 무너져 낡은 지도가 해체되는 중이고, 동유럽의 여러 민족이 시시각각 달라지는 국경을 넘어 또다시 이동하고 있다. 걸프 지역에 문제가 생겼고, 부동산 시장은 붕괴 중이며, 오존층에 커다란 구멍이 뚫렸다. 태양은 전갈자리를 향해 움직이고, 토니는 두 친구 로즈, 캐리스와 톡시크에서 점심을 먹기로 했고, 산들바람이 온타리오 호수 위를 지나고 있다. 그리고 지니아가 저승에서 돌아왔다.

톡시크

2

토니

토니는 언제나처럼 6시 30분에 일어난다. 웨스트는 살짝 끙끙거리는 소리를 내며 계속 자고 있다. 아마 꿈속에서는 고함을 지르는 중일 것이다. 꿈속에서는 소리가 항상 증폭되기 마련이니까. 그녀는 잠자는 그의 얼굴을 유심히 들여다본다. 부드럽게 긴장이 풀린 네모난 턱선, 지금은 살짝 감겨 있지만 하늘에서 내려온 도인인가 싶은 파란 눈. 그가 아직 살아 있다니 행복하다. 여자는 남자보다 수명이 길다. 게다가 남자는 심장이 약해서 그냥 쓰러져 버리는 일이 많다. 그녀와 웨스트는 결코 늙었다고 할 수 없는 나이지만, 그 나이 때 여자가 아침에 일어나 보면 옆에 죽은 남자가 누워 있는 경우가 아예 없지는 않다. 토니의 이런 생각이 과민 반응은 아니다.

그녀는 다른 여러 가지 면에서 행복하다. 웨스트가 이 집에서 산다는 것, 다른 곳이 아니라 그녀 옆에서 매일 밤 잔다는 것이 행복하다. 수많은 일이 있었음에도, 지니아가 있었음에도 그는 여기 남았다. 생각해 보면 기적 같은 일이다. 어떤 날은 놀라울 때도 있다.

그녀는 웨스트가 깨지 않게 얼른 협탁을 더듬어 안경을 집고 조심스럽게 침대에서 내려온다. 비엘라[1] 가운을 입고 면양말을 신고 그 위에 털양말까지 신은 다음 두툼한 발을 슬리퍼에 구겨 넣는다. 그녀는 수족 냉증으로 고생하고 있다. 저혈압의 징조다. 슬리퍼는 너구리 모양으로 오래전에 로즈에게서 받았다. 이런 선물을 한 이유는 로즈밖에 모른다. 그때 로즈는 여덟 살 난 쌍둥이들에게도 똑같은 모양의 슬리퍼를 사 주었다. 너구리들은 이제 너덜너덜해졌고 한 녀석은 눈이 한쪽밖에 안 남았지만 토니는 물건을 잘 버리지 못하는 성격이다.

그녀는 따뜻하게 감싼 발로 살금살금 복도를 지나 서재로 걸어간다. 그녀는 아침에 눈을 뜨자마자 한 시간씩 서재에 있는 걸 좋아한다. 그러면 집중이 잘된다. 동향이라 날이 맑으면 아침노을을 감상할 수도 있다. 오늘이 그런 날이다.

서재에는 초록색 바탕에 야자수와 열대 과일 무늬가 그려진 새 커튼이 달렸고, 안락의자에도 똑같은 무늬의 쿠션들이 놓여 있다. 로즈의 설득에 넘어가 사 온 커튼인데, 토니 혼자 사러 나섰더라면 이렇게 비싼 커튼을 고르지 않았을 것이다. 로즈는 말했다. 얘, 내 말 들어. 이 정도면 싸게 사는 거야. 네가 생각할

---

1) 면과 모를 혼방한 능직물.

때 머무는 공간에 거는 거잖아! 네 정신 건강이 달린 문제잖아! 지금까지 쓰던 칙칙한 감색 요트 무늬는 당장 치워 버려! 네가 쓸 건데 이 정도는 되어야지! 어떤 날은 능소화와 오렌지 망고인지 뭔지 모를 무늬들이 버겁게 느껴지기도 한다. 하지만 인테리어라면 겁부터 먹는 그녀가 전문가인 로즈의 의견을 거부하기란 쉽지 않다.

서재의 나머지 부분은 분위기가 한결 낫다. 카펫 위에는 책과 서류들이 잔뜩 쌓여 있고, 벽에는 트라팔가르 해전을 그린 판화와 로라 시코드[2]를 그린 또 다른 판화가 걸려 있다. 1812년 전쟁 때 엉뚱하게 하얀 옷을 입고 전설 속의 황소 위에 올라타 미군 진영을 뚫고 영국군에게 달려가는 그림이다. 올리브색 책장에는 귀퉁이가 너덜너덜한 전쟁 회고록과 서간집, 오래전에 잊힌 종군 기자들이 쓴 최전선 취재 기록들이 누렇게 색이 바랜 채 꽂혀 있고, 토니가 출간한 『다섯 번의 매복 공격』과 『실패로 돌아간 네 가지 사건』도 몇 권씩 꽂혔다. 고급 문고본 표지에는 세심한 연구, 전혀 새로운 해석이라는 서평이 적혀 있다. 여기 실리지는 않았지만 선정적이다, 지나치게 지엽적이다, 디테일에 집착하는 것이 흠이다라는 서평도 있었다. 뒤표지로 넘기면 지금보다 젊은 토니가 올빼미 같은 눈과 꼬마 요정 같은 코를 하고 살짝 미간을 찌푸린 채 무게를 잡으며 멀뚱멀뚱 앞을 쳐다보고 있다.

서재에는 책상 말고 설계용 제도판도 있다. 그 앞 회전식 의

---

2) Laura Secord(1775~1868). 1812년 전쟁에서 공을 세운 캐나다의 여성 영웅.

자에 앉으면 금세 키가 커진다. 그녀는 거기에서 학기 말 보고 서를 채점한다. 회전식 의자에 앉아 짧은 다리를 흔들며 그림을 그리듯 적당히 거리를 두고 비스듬한 제도판에 보고서를 얹을 수 있어서 좋다. 솔직히 고백하자면 원래 근시이던 눈에 요즘 원시까지 겹치고 있다. 조만간 다초점 안경을 써야 할 것이다.

그녀는 오른손 손가락에 여러 가지 색깔의 색연필을 붓처럼 끼워 놓고 그걸 동원해 왼손으로 채점한다. 혹평할 때는 빨간색, 칭찬할 때는 파란색, 철자가 틀렸을 때는 주황색, 의문이 있을 때는 옅은 자주색. 가끔 두 손의 역할을 서로 바꾸기도 한다. 채점이 끝난 보고서는 바닥으로 떨어뜨려 시원하게 펄럭이는 모습을 감상한다. 지루함을 견디려고 이따금 몇 문장을 거꾸로 소리 내 읽어 보기도 한다. 다이문학 는하부공 을술기 투전 은학쟁전. 이 얼마나 적절한 표현인가. 그녀도 지금까지 숱하게 했던 말이다.

오늘 그녀는 빠른 속도로 채점을 하고, 오늘 그녀는 양손의 호흡이 척척 맞는다. 오른손이 하는 일을 왼손이 알았다. 이쪽 절반과 저쪽 절반이 잘 겹쳐져 있다. 살짝 어긋나 그림자가 진 부분은 아주 조금뿐이다.

토니는 7시 45분까지 채점을 한다. 창밖의 노란 이파리들 때문에 황금색으로 변한 햇빛이 방 안으로 쏟아진다. 제트기가 머리 위를 날아간다. 탱크처럼 철커덕거리는 소리를 내며 쓰레기차가 다가온다. 토니는 그 소리를 듣고 슬리퍼를 신은 채 계단을 황급히 달려 내려가 부엌의 쓰레기통에서 비닐봉지를 꺼내 주둥이를 묶고, 그렇게 묶은 비닐봉지를 들고 앞문을 지나 현관 앞 계단을 허둥지둥 내려간다. 가운이 말려 올라가고, 그녀는 얼마 안 있어 쓰레기차를 따라잡는다. 인부들이 그녀를 보고 씩 웃는다. 가운 차림으로 나온 그녀를 예전에도 본 적이 있기 때문이다. 쓰레기는 원래 웨스트 담당인데 툭하면 깜빡한다.

그녀는 다시 부엌으로 돌아가 차를 끓인다. 주전자를 데우고, 찻잎을 꼼꼼히 계량해 넣고, 숫자가 큼지막하게 적힌 손목시계로 정확하게 시간을 재서 우려낸다. 토니는 어머니에게 차 끓이는 법을 배웠다. 어머니가 가르쳐 준 몇 안 되는 실용적인 것 가운데 하나다. 토니는 아홉 살 때부터 차를 끓일 줄 알았다. 부엌 의자 위에 서서 찻잎을 넣고 물을 부은 다음 조심스럽게 찻잔을 받쳐 들고 어머니가 하얀 눈더미처럼 둥글게 이불을 뒤집어쓰고 누워 있는 2층으로 올라가던 때가 지금도 생각난다. 착하기도 하지. 거기 내려놓으렴. 나중에 보면 어머니가 손도 대지 않은 찻잔은 차갑게 식어 있었다.

꺼져 주세요, 어머니. 그녀는 생각한다. 니머어, 요세주 져꺼. 그녀는 어머니를 밖으로 밀어낸다. 처음 있는 일도 아니다.

웨스트는 항상 토니가 끓여 주는 차를 마신다. 뭐든 그녀가 주는 대로 받는다. 차를 들고 2층으로 올라가 보니 그가 뒤쪽 창가에 서서 가꾸지 않고 방치해 둔 가을마당을 내다보고 있다.(두 사람은 나중에 거기에다 이걸 심겠다, 저걸 심겠다, 입버릇처럼 말하지만 둘 다 한 번도 실행에 옮긴 적이 없다.) 그는 벌써 옷을 갈아입었다. '스케일스와 테일스'라고 적혀 있고 거북이 그려진 파란색 운동복 상의에 청바지 차림이다. 스케일스와 테일스는 양서류와 파충류 보호에 매진하는 단체인데 짐작건대 아직 회원 수가 얼마 안 되는 모양이다. 요즘은 보호해야 할 것들이 워낙 많으니까.

"차 가지고 왔어."

그녀가 말한다.

웨스트는 자리에 주저앉는 낙타처럼 여기저기를 구부려 그녀에게 입을 맞춘다. 그녀는 까치발을 한다.

"쓰레기 안 치운 거 미안해."

"괜찮아. 무겁지 않았어. 달걀 한 개 먹을래, 두 개 먹을래?"

한번은 그녀가 쓰레기를 버리려고 아침에 달려 나가다 가운 자락을 밟는 바람에 현관 앞 계단에서 밑으로 곤두박질친 적도 있다. 다행히 쓰레기 봉지를 깔고 넘어져 봉지가 터졌다. 하지만 웨스트에게는 말하지 않았다. 그녀는 항상 그를 조심스럽게 대한다. 그가 얼마나 약하고 깨지기 쉬운 존재인지 알기 때문이다.

3

토니는 달걀을 삶으면서 지니아를 생각한다. 어떤 예감이 들어서는 아니다. 그녀는 자주 지니아 생각을 한다. 지니아가 살아 있었을 때보다 더 자주. 죽은 지니아는 덜 위협적이기 때문에 토니가 어두운 기억을 담아 놓는, 거미줄투성이 구석 자리로 밀어 낼 필요가 없다.

하지만 지니아의 이름을 떠올리는 것만으로도 해묵은 분노와 굴욕감과 혼란스러운 고통이, 또는 그 흔적들이 되살아난다. 솔직히 말해서 이른 아침이나 한밤중이면 가끔 지니아가 정말로 죽었다는 게 믿기지 않을 때도 있다. 토니는 아무리 애를 써도, 아무리 이성적으로 접근하려고 애를 써도 지니아가 잠그지 않은 문으로 걸어 들어오거나 무심코 열어 놓은 창문을 타고 넘어올 것 같은 생각을 떨칠 수가 없다. 그녀가 아무엇도 남기지 않은 채 그렇게 사라지다니 있을 수 없는 일처럼 느껴진다. 그녀는 너무나 엄청난 존재였다. 그 사악한 기운이 흔적도 없이 사라져 버렸을 리 없다.

토니는 식빵 두 조각을 토스터에 넣고 잼을 찾느라 찬장을 뒤진다. 지니아는 죽었다. 영영 저세상 사람이 되었다. 잿더미처럼 스러졌다. 이런 생각을 할 때마다 토니는 허파 깊숙이 숨을 들이마시고 긴 안도의 한숨을 내뱉는다.

지니아의 장례식이 열린 때는 오 년 전, 정확히 말하면 사년 육 개월 전 3월이었다. 토니는 그날을 똑똑히 기억한다. 어두컴컴한 하늘에서 비가 내리더니 나중에는 진눈깨비로 변했다. 그때 그녀는 참석한 사람이 너무 적은 것을 보고 깜짝 놀랐다. 대부분 남자였고, 하나같이 외투 깃을 세운 채 남의 눈을 피하듯 앞줄을 거부하며 자꾸 앞사람의 등 뒤로 숨으려 했다.

달아난 로즈의 남편 미치는 보이지 않았다. 로즈를 생각하면 다행스러운 일이었지만 토니는 웬일일까 싶으면서도 약간 실망스러웠다. 로즈가 목을 길게 빼고 사람들 얼굴을 훑어보는 게 느껴졌다. 미치가 왔을 거라고 생각한 모양인데 미치가 정말 왔다면 한바탕 소동이 벌어졌을 것이다.

캐리스도 조심스럽게 주위를 살폈다. 하지만 빌리가 왔다 해도 토니는 알지 못했을 것이다. 그녀는 빌리를 만난 적이 없다. 그는 그녀와 캐리스가 서로 연락이 없던 시기에 등장했다 사라졌다. 캐리스가 사진을 보여 주기는 했지만 초점이 안 맞은 데다 빌리의 머리 꼭대기가 잘렸고 사진 속에서 그는 수염까지 기르고 있었다. 세월이 흐르면 여자보다 남자의 얼굴이 더 많이 달라진다. 아니, 남자들이 외모를 더욱 자유자재로 바꿀 수 있다고 하는 편이 더 맞겠다. 수염을 길렀다 잘랐다 하면 되니까.

토니가 아는 사람은 로즈와 캐리스뿐이었다. 그들 셋은 무슨 일이 있더라도 이 자리에 참석했을 거라고, 로즈는 그렇게 말했다. 세 사람은 지니아의 마지막을 두 눈으로 똑똑히 지켜보며 그녀가 이제야 드디어 작전 해제 상태로 돌입했는지(토니의 표현이었다.) 확인하고 싶었다. 똑같은 상황에서 캐리스가 쓴 표현은 평화롭게 눈을 감았는지였다. 로즈는 꼴까닥했는지였다.

장례식은 분위기가 어수선했다. 짙은 빨간색으로 여기저기 울퉁불퉁 어설프게 꾸민 장례식장에서 어찌나 날림으로 진행이 되었던지 지니아가 보았더라면 한심해했을 수준이었다. 하얀색 국화 꽃다발이 몇 개 보였다. 토니는 누가 보낸 조화일까 궁금했다. 그녀는 조화를 보내지 않았다.

지니아의 변호사라고 신분을 밝힌 남자, 그러니까 토니에게 전화해 장례식이 있다고 알린 바로 그 남자가 파란색 양복을 입고 앞으로 나와 지니아의 훌륭했던 면들을 찬양하는 짧은 조문을 읽었다. 그중에서도 으뜸으로 꼽힌 것이 용기였는데, 토니는 지니아가 남다르게 용기 있는 죽음을 맞이했다고는 생각하지 않았다. 지니아는 레바논에서 어느 테러리스트가 난동인지 뭔지를 부리며 던진 폭탄에 맞았다. 그녀가 표적이었다기보다 어쩌다 보니 휘말린 것이었다. 변호사의 표현에 따르면 그녀는 순진한 방관자였다. 토니는 '순진한 방관자'라는 표현에 회의적이었다. '순진하다'라는 것은 지니아가 자기 자신을 표현할 때 즐겨 쓰던 단어가 아니었고, '방관'은 그녀답지 않은 행동이었다. 그런데 변호사는 베이루트의 그 이름 모를 거리에서 그녀가 무엇을 하고 있었는지는 밝히지 않았다. 그 대신 그녀가 오래도록 기억에 남을 거라고만 했다.

"당연히 그렇겠지."

로즈가 토니에게 대고 나지막이 속삭였다.

"그리고 저 인간은 젖퉁이가 큰 걸 용감하다고 한 거야."

토니는 상스러운 표현이라고 생각했다. 지니아의 가슴 크기는 이제 더 이상 중요한 문제가 아니었다. 로즈는 가끔 선을 넘을 때가 있었다.

변호사는 지니아의 영혼과 유골만 이 자리에 참석했다고 밝히면서 이제 이 유골을 플레즌트 언덕 공동묘지에 안장하겠노라고 했다. 그는 실제로 '안장'이라는 표현을 썼다. 나무 밑에 안장해 달라는 것이 지니아가 유언장에 남긴 말이라고 했다.

안장이라니 지니아답지 않은 선택이었다. 나무도 마찬가지였다. 사실 유언장을 썼다거나 변호사를 두었다는 것 자체가 지니아답지 않은 일이었다. 예를 들어 지니아는 무슨 생각으로 부고를 알릴 사람들 명단에 세 여자의 이름을 넣었을까? 양심의 가책 때문이었을까? 아니면 최후의 승리를 만끽하기 위해서였을까? 설령 그렇다 하더라도 뭐가 최후의 승리인지 토니로서는 이해할 수 없었다.

변호사도 아무 도움이 되지 못했다. 그는 명단 외에는 아는 게 없다고 했다. 그는 지니아에 대해 설명할 만한 위인이 못 됐다. 오히려 토니 쪽에서 설명한다면 모를까.

"두 분, 친구 사이 아니었나요?"

그가 비난 섞인 어조로 물었다.

"맞아요. 하지만 워낙 오래전 일이라서요."

토니가 대답했다.

"지니아는 기억력이 좋았죠."

변호사는 이렇게 말하고 한숨을 쉬었다. 토니는 그런 한숨 소리를 예전에도 여러 번 들은 적이 있다.

장례식이 끝났을 때 공동묘지까지 따라가야 한다고 주장한 사람은 로즈였다. 그녀는 커다란 자기 차에 두 친구를 태우고 갔다. 그녀가 말했다.

"어디다 묻는지 똑똑히 봐 두었다가 나중에 우리 강아지들을 거기서 산책시키려고. 그 나무에다 대고 쉬를 하게 훈련할 거야."

이 말을 듣고 캐리스가 화난 목소리로 물었다.

"나무가 무슨 죄니? 너 정말 인정머리 없다."

로즈는 웃음을 터뜨렸다.

"얘, 어떻게 알았니? 이게 다 너를 위해서 그러는 거야!"

이번에는 토니가 말했다.

"로즈, 너 강아지도 안 키우잖아. 나는 어떤 나무일지가 궁금해.”

로즈가 말했다.

“그런 용도로 나중에 몇 마리 키우려고.”

토니의 궁금증은 캐리스가 해결해 주었다.

“뽕나무야. 꼬리표를 달고 현관에 있는 걸 봤어.”

토니가 말했다.

“이렇게 날이 추운데 잘 자랄지 모르겠네.”

캐리스가 말했다.

“잘 자랄 거야. 아직 싹이 트지 않았잖아.”

로즈가 말했다.

“말라 죽어 버렸으면 좋겠다. 진심이야! 걔한테는 나무 한 그루도 과분해.”

지니아의 유골은 작은 지뢰 모양의 밀봉된 금속 함 안에 들어 있었다. 토니는 그런 함에 대해 잘 알았다. 볼 때마다 기운이 빠지게 만드는 함이다. 그런 함은 관처럼 웅장한 맛이 없었다. 그 안에 들어가면 인간도 농축 우유처럼 농축이 되는 게 아닐까 싶었다.

유골을 조금 뿌릴 줄 알았더니 함을 열지도 않았고 유골을 뿌리지도 않았다.(나중에, 장례식이 끝나고 달걀을 삶던 그 10월 아침도 지난 후 토니는 가끔 그 안에 뭐가 들어 있었을까 생각해 보곤 했다. 모래나 개똥, 그도 아니면 쓰고 버린 콘돔처럼 역겨운 물건이 들어 있었을 것이다. 지니아라면 그러고도 남을 위인이었다. 토니가 그녀를 처음 만났을 때 그랬던 것처럼.)

함이 땅속에 묻히고 그 위로 뽕나무가 심기는 동안 세 사람은 가늘고 차가운 가랑비를 맞으며 빙 둘러서 있었다. 흙이 다져졌다. 누구도 마지막 인사나 이제 됐다는 말은 하지 않았다. 가랑비가 얼기 시작했고, 외투를 입은 남자들은 머뭇거리다 차를 주차해 둔 곳으로 뿔뿔이 흩어졌다.

"뭔가 빼먹은 것 같아서 꺼림칙하다."

토니가 친구들과 함께 걸어가며 말했다.

"글쎄, 애가를 안 불러서 그런가?"

캐리스가 말했다.

"뭘 빼먹었다는 거야? 개 심장에 말뚝 박는 거?"

로즈가 말했다.

"토니가 하려던 말은 지니아도 우리하고 똑같은 인간이었다는 거 아닐까?"

캐리스가 말했다.

"인간 좋아하시네. 개가 인간이면 나는 영국 여왕이다."

로즈가 말했다.

사실 토니가 그런 말을 꺼낸 것은 좋은 뜻이 있어서가 아니었다. 그녀는 옛날부터 사람이 죽으면, 특히 권좌에 있었고 두려움의 대상이었던 사람이 죽으면 산 사람들이 고생했다는 생각을 하고 있었다. 가장 훌륭한 말의 먹을 따고, 노예와 애첩을 생매장하고, 땅에 피를 부었으니 말이다. 그것은 애도라기보다 죽은 자를 달래는 의식이었다. 그들은 죽은 자의 혼령이 살아 있다는 이유 하나만으로 자기들을 시기할 수 있다고 생각했다.

조화를 보냈어야 하나? 토니는 속으로 생각했다. 하지만 지니아는 조화 정도로 만족하지 않았을 것이다. 조화를 보면 비웃었을 것이다. 그녀에게 필요한 것은 한 사발의 피였다. 한 사발의 피와 한 사발의 고통과 누군가의 죽음. 그 정도면 지니아도 잠잠히 묻혀 지낼 것이다.

토니는 웨스트에게 장례식 이야기를 하지 않았다. 장례식 소식을 들었으면 그도 참석했을 테고, 그러면 평화도 깨졌을 것이다. 아니면 참석하지 않는 대신 죄책감을 느꼈거나 그녀가 혼자 참석했다는 것을 불쾌하게 여겼을 것이다. 하지만 그는 지니아가 죽었다는 것을 알았다. 신문 한가운데에 숨어 있던 작은 직사각형 모양의 기사를 그도 보았다. 폭탄 테러로 캐나다인 사망. 그들이 젊었을 때는 폭탄이라는 단어가 시끌벅적한 파티를 가리켰는데……. 그는 토니에게 아무 말도 하지 않았지만 나중에 보니 그 면의 기사가 오려져 있었다. 두 사람 사이에는 지니아에 대해 한마디도 하지 않기로 암묵적인 합의가 이루어져 있었다.

토니는 병아리 모양의 도자기 에그 컵에 달걀을 담는다. 몇 년 전에 프랑스에서 산 에그 컵이다. 프랑스 사람들은 그 안에 담길 음식을 본떠서 그릇을 만들었다. 먹는 문제에서만큼은 변죽을 울리는 법이 없었다. 그들의 메뉴는 채식주의자의 악몽이다. 거시기의 염통, 거시기의 골. 토니는 이렇게 단도직입적인 게 좋다. 그녀는 생선 모양으로 생긴 프랑스제 생선 접시도 갖고 있다.

그녀는 쇼핑을 좋아하지 않는 편이지만 기념품 앞에서는 마음이 약해진다. 이 에그 컵을 산 곳은 로마의 마리우스 장

군이 예수 탄생 1세기 전에 튜턴족 10만 대군을 소탕한 전쟁
터 근처였다. 누군가는 20만이라고도 하지만. 마리우스 장군
은 소수의 선발대를 미끼 삼아 자신이 선택한 학살지로 적군
을 유인했다. 전투가 끝난 뒤에는 30만 명의 튜턴족이 노예로
팔렸고, 일설에 따르면 시리아인이었다는 여자 예언가의 선동
아래 90만 명이 생트빅투아르산에서 생매장되었다. 이들을 부
추긴 여자 예언가의 이름은 마르타였을 수도 있고 아닐 수도
있는데 자주색 옷을 입었다고 한다.

자주색 옷만큼은 확실하다고 수 세기 동안 전해 내려왔지
만 이 이야기의 다른 부분들은 불분명하다. 하지만 전투 자체
는 실제로 있었다. 토니는 그 일대를 직접 답사한 적이 있다.
삼면이 산으로 둘러싸인 평원으로 수비하는 쪽에 불리한 지
형이었다. 인접한 마을 이름은 푸리에르였다. 썩어 가는 시체
들 냄새를 지칭하는 말인데 아직도 그렇게 불린다.

토니는 이 에그 컵에 얽힌 이야기를 웨스트에게 하지 않는
다. 이야기하면 그는 썩어 가는 튜턴족이 아니라 그녀 때문에
경악할 것이다. 언젠가 그녀는 적의 해골을 술잔으로 쓴 옛날
왕들의 심정을 이해한다고 말한 적이 있었다. 실수였다. 웨스
트는 그녀를 자상하고 인정 많은 여자로 생각하고 싶어 한다.
그리고 너그러운 여자로 생각하고 싶어 한다.

토니는 원두를 직접 갈아서 커피를 끓이고 콜레스테롤은
무시한 채 크림과 함께 내놓는다. 조만간 두 사람 모두 혈관에
불순물이 잔뜩 껴서 크림을 포기해야겠지만 아직은 아니다.
웨스트는 자리에 앉아 달걀을 먹는다. 행복한 어린아이처럼

먹는 데 집중한다. 빨간색 컵, 노란색 식탁보, 주황색 접시. 이렇게 선명한 원색들로 부엌 분위기는 마치 놀이터 같다. 오히려 웨스트의 흰머리가 예외적으로 보인다. 하룻밤 사이에 그에게 닥친, 이유를 알 수 없는 변화처럼. 처음 만났을 때 그는 금발이었다.

"달걀 맛있네."

그가 말한다. 그는 맛있는 달걀처럼 사소한 데 기뻐하고, 맛없는 달걀처럼 사소한 데 우울해한다. 비위를 맞추기는 쉽지만 지켜 주기는 어려운 사람이다.

웨스트. 토니는 속으로 되뇌어 본다. 그녀는 가끔 주문처럼 그의 이름을 중얼거린다. 그의 이름은 원래 웨스트가 아니었다. 삼십 년인가 삼십이 년 전에는 스튜어트였다. 그러다 스튜라고 불리는 게 정말 싫다는 그의 말을 듣고 토니가 거꾸로 바꾸어 주었고, 그 뒤로 웨스트가 되었다. 약간의 속임수를 동원하기는 했다. 정확히 말하면 웨츠가 되어야 했으니까.[3] 하지만 누군가를 사랑하면 그렇게 살짝 속임수를 동원하게 되는 법이다.

"오늘 스케줄이 어떻게 돼?"

웨스트가 묻는다.

"토스트 더 먹을래?"

토니가 묻는다. 그가 고개를 끄덕인다. 그녀는 자리에서 일

---

3) 스튜(Stew)의 철자 순서를 거꾸로 바꾸면 웨츠(Wets)가 된다. 웨스트 (West)는 웨츠의 철자를 살짝 바꾼 것이다.

어나 토스터 쪽으로 걸어가는 길에 그의 정수리에 입을 맞추고 익숙한 두피 냄새와 샴푸 냄새를 맡는다. 정수리 쪽 머리카락이 점점 빠지고 있다. 조만간 승려처럼 민머리가 될 것이다. 이 순간만큼은 그녀가 그보다 키가 크다. 그를 이렇게 위에서 내려다볼 기회는 자주 오는 게 아니다.

그녀가 누구와 점심을 같이 먹을지 웨스트에게 굳이 알릴 필요는 없다. 그는 로즈와 캐리스를 좋아하지 않는다. 두 친구를 불편해한다. 두 친구가 그에 대해 너무 많이 안다고 생각하기 때문인데 사실 맞는 말이다.

"별 스케줄 없어."

그녀가 말한다.

4

아침 식사를 마친 뒤에 웨스트는 작업을 하러 3층 서재로 올라가고, 토니는 가운을 청바지와 면 스웨터로 갈아입고 다시 채점을 시작한다. 위층에서 리듬을 타며 쿵쿵거리는 소리가 들리는 가운데 교미하는 하이에나와 망치로 얻어맞은 암소와 괴로워하는 열대새 소리가 한데 어우러진 합창이 간간이 섞인다.

웨스트는 음악학자다. 그는 음악의 영향과 변형과 파생을 연구하는 전통적인 작업도 하지만 최근 들어 폭발적인 인기를 누리는 학제 간 제휴 프로젝트에도 참여하고 있다. 의과 대학에 재직 중인 신경생리학자들과 손을 잡고 다양한 음악과 소음이(그중 일부는 웨스트가 음악이라고 생각할 수 없는 수준이었다.) 인간의 두뇌에 미치는 영향을 연구 중이다. 소리를 들을 때 뇌의 어느 부분, 특히 좌뇌와 우뇌 중에서 어느 쪽이 관여하는지 알아내려는 것이다. 그들은 이런 정보를 알면 뇌졸중 환자나 교통사고로 뇌의 일부분을 다친 환자들을 치료할 때 유용하게 활용할 수 있을 거라고 생각한다. 그들은 사람들 머리에 전선을 연결하고 음악이나 소음을 들려주면서 컬러 컴퓨터 화면에 어떤 결과가 나타나는지 예의 주시한다.

웨스트는 이 일에 아주 열심히 매달리고 있다. 생각해 보면 뇌 자체가 하나의 악기라 마음만 먹으면 자기 자신이나 다른 사람의 뇌로 얼마든지 음악을 만들 수 있다고 말한다. 토니로서는 심란한 발상이다. 과학자들이 들려주는 음악을 그 뇌의 소유자는 듣고 싶지 않을 수도 있지 않을까? 웨스트는 이론상 그렇다는 뜻이라고 한다.

하지만 그는 토니의 머리에 전선을 연결하고 싶어 한다. 그녀가 왼손잡이이기 때문이다. 왼손잡이와 오른손잡이의 문제도 그들의 연구 대상이다. 그들은 토니의 머리에 전선을 연결하고 피아노를 연주하게 만들고 싶어 한다. 피아노를 치려면 두 손을 모두 써야 하고, 두 손을 동시에 움직이되 다른 건반을 눌러야 하기 때문이다. 토니는 피아노 치는 법을 잊어버렸다는 핑계로 지금까지 잘 피해 왔다. 사실 잊어버리기도 했지만 자기 머릿속에서 일어나는 현상을 웨스트가 빤히 들여다보는 게 싫다.

채점이 끝나자 그녀는 옷을 갈아입고 점심을 먹으러 나갈 생각에 방으로 들어간다. 옷장 안을 아무리 들여다보아도 선택의 여지는 많지 않다. 그리고 그녀가 뭘 입고 나가든 로즈

는 눈을 가늘게 뜨고 쳐다보며 쇼핑을 가자고 할 것이다. 로즈
는 토니가 꽃무늬 벽지 같은 옷을 너무 좋아한다고 생각한다.
일종의 위장이라고 아무리 설명해도 소용이 없다. 아무튼 예
전에 로즈가 그녀에게 딱 어울리는 스타일이라고 강력히 추천
했던 검은색 가죽 정장은 입는 순간 그녀를 아방가르드한 이
탈리아제 우산 꽂이로 변신시켰다.

결국 그녀는 자그마한 하얀색 물방울무늬가 있는 청록색
레이온 원피스를 입기로 한다. 이튼스 백화점 아동복 매장에
서 산 옷이다. 그녀에게는 그곳에서 산 옷이 제법 많다. 잘 맞
고 세금도 적게 붙으니 마다할 이유가 없다. 로즈가 잊을 만하
면 지적하듯이 토니는 구두쇠다. 옷에 관한 한 특히 그렇다.
그 돈을 모아서 전쟁 유적지 답사에 필요한 비행기 표를 사는
게 더 좋다.

그녀는 이렇게 순례를 떠날 때면 기념품을 수집한다. 각 유
적지에서 꽃을 한 송이씩 모으는 것이다. 데이지, 클로버, 양귀
비……. 그녀의 이런 감상주의는 모르는 사람들에게만 발현된
다. 그녀는 전도 단체에서 싸구려 호텔이나 펜션의 화장대 서
랍 속에 넣어 둔 성서 책갈피 사이에 꽃을 끼워 말린다. 성서
가 없으면 재떨이로 누른다. 재떨이야 어딜 가든 있으니까.

그런 다음 집으로 돌아오면 알파벳 순서에 따라 스크랩북
에 붙여 놓는다. 아쟁쿠르. 아우스터리츠. 벙커힐. 카르카손. 됭케르
크. 그녀는 어느 쪽 편도 들지 않는다. 전투는 전투고, 언제나
용자와 사상자는 있는 법이다. 동료들에게는 이런 습관을 이
야기하지 않는다. 그들은 이해하지 못할 것이다. 그녀도 잘 모

르겠다. 자기가 진짜로 수집하는 게 무엇인지, 무엇을 기념하려고 그러는지.

그녀는 욕실로 들어가 얼굴을 손본다. 콧잔등에 대고 파우더를 두드리지만 립스틱은 바르지 않는다. 립스틱을 바르면 아이들이 감자에 붙이는 빨간색 플라스틱 입술처럼 두드러지고 튀어 보이기 때문이다. 머리를 빗는다. 머리는 차이나타운에서 자른다. 얼토당토않은 금액을 요구하지도 않고, 몇 가닥씩 삐죽삐죽 튀어나와 이마를 덮는 까맣고 짧은 직모를 매번 똑같이 다듬어 주는 데 일가견이 있기 때문이다. 예전에는 이런 헤어스타일을 픽시[4] 커트라고 했다. 큰 눈에 큼직한 안경을 쓴데다 목은 비쩍 마른 그녀는 거리를 떠도는 아이와 갓 부화한 새끼 새를 합쳐 놓은 듯한 인상을 풍긴다. 피부는 좋다. 아주 훌륭하다. 덕분에 흰머리가 상쇄된다. 그녀는 아주 젊은 늙은이 아니면 아주 나이 많은 젊은이처럼 보인다. 생각해 보면 두 살 때부터 그런 얼굴이었다.

그녀는 커다란 캔버스 토트백에 기말 보고서를 담고 웨스트에게 인사하러 위층으로 올라간다. 헤드윈즈.[5] 그의 서재에는 이런 팻말이 달려 있다. 자동 응답기에서도 "3층, 헤드윈즈입니다."라고 한다. 최첨단 녹음 스튜디오를 차리면 그 이름을 붙이고 싶어 한다. 웨스트는 테이프 덱과 신시사이저에 연

---

4) 귀가 뾰족한 작은 요정.
5) '맞바람'이라는 뜻이다.

결된 이어폰을 끼고 있지만 그녀를 보고 손을 흔든다. 그녀는 앞문을 나서면서 문을 잠근다. 항상 문단속은 철저하게 한다. 그녀가 집을 비운 사이 약물 중독자라도 들어와 웨스트를 괴롭히는 건 싫다.

나무 현관은 손을 보아야 한다. 판자 하나가 썩어 가고 있다. 그녀는 내년 봄에 꼭 고치리라 혼자 다짐한다. 그만한 일을 시작하려면 시간이 그 정도는 걸릴 것이다. 현관 매트 밑에 누군가 전단지를 끼워 놓았다. 또 공구를 사라는 광고다. 둥근톱, 무선 드릴, 줄, 드라이버 등등 그 수많은 공구를 누가 다 사고 그걸로 뭘 하나 싶다. 어쩌면 공구는 무기 대용품일지 모른다. 평화 시에 남자들이 공구에 목숨 거는 것도 그 때문인지 모른다. 하지만 웨스트는 공구를 쓰는 성격이 아니다. 집에 딱 하나 있는 망치도 토니 차지이고, 못 박는 정도의 간단한 일이 아니면 토니 역시 당장 전화번호부를 집어 든다. 사소한 일에 목숨 걸 필요는 없으니까.

손바닥만 한 앞마당에도 공구를 선전하는 전단지가 굴러다닌다. 잡초가 무성해 다듬어 주어야 하는 이 앞마당은 온 동네의 수치다. 토니도 그 사실을 알고, 가끔 창피하다는 생각이 들 때마다 잔디를 싹 없애고 알록달록하면서도 튼튼한 관목을 심든지 자갈을 깔아야겠다고 맹세하곤 한다. 사람들이 뭐 하러 잔디밭을 가꾸는지 이해가 되지 않는다. 선택권이 주어진다면 그녀는 해자를 두르고 도개교를 설치할 것이다. 악어도 있으면 좋고.

앞마당을 자기한테 맡기면 눈부신 꽃밭으로 변신시켜 주

겠다고 캐리스가 계속 앙앙거리지만 토니는 요리조리 피하고 있다. 캐리스는 자칭 "자양분 역할을 하는" 정원이랍시고 토니의 서재에 달린 커튼 비슷한 정원을 만들 것이다. 제멋대로 핀 꽃, 한데 뒤엉킨 덩굴, 툭툭 튀어나온 꼬투리…… 토니로서는 감당할 수 없는 일이다. 로즈가 그 비슷한 애원에 넘어갔을 때 뒷길 옆 길쭉한 땅이 어떻게 됐는지 두 눈으로 똑똑히 보았다. 캐리스가 꾸민 곳이니 다시 손을 대지도 못한다. 그래서 이제 로즈의 뒤뜰에는 캐리스의 흔적이 한 줌 영원히 남았다.

길모퉁이에 이르자 토니는 예전에도 자주 그랬듯이 자기 집을 돌아보며 감탄한다. 저런 집이 내 것이라니, 아니 내 이름으로 된 집이 있다니 이십 년이 지난 지금도 기적 같기만 하다. 그녀의 집은 후기 빅토리아 양식으로 지어진 높고 좁은 벽돌집이고, 초록색 비늘 모양의 지붕널이 3층을 덮고 있다. 왼쪽으로 보이는 모조 탑에 서재 창문이 달렸다. 빅토리아 시대 사람들은 성에서 산다고 생각하고 싶어 했다. 그 집은 크다. 겉에서 보는 것보다 더 크다. 튼튼하고 듬직한 요새이자 성채이자 아성이다. 그 안에 웨스트가 안전하게 들어앉아 청각 공해를 만들어 내고 있다. 그 집을 샀을 때, 지금보다 동네도 허름하고 집값도 쌌던 그때 그녀는 다른 사람과 같이 살게 될 줄은 꿈에도 몰랐다.

그녀는 지하철 계단을 내려가 회전식 개찰구에 토큰을 넣고 열차에 탑승해 방문 간호사처럼 토트백을 무릎에 얹고 플라스틱 의자에 앉는다. 열차 안이 비교적 한산한 편이라 키 큰 사람들의 머리에 가리는 일 없이 광고를 읽을 수 있다. 삭사아! 어느 초콜릿바 선전이다. 까니습겠시주와도 이분려우? 적십자사에서 묻는다. 일세! 일세! 큰 소리로 이렇게 읽으면 다른 사람들은 제2의 언어인 줄 알 것이다. 사실 제2의 언어이기는 하다. 그녀가 잘 아는 고어다. 그녀는 꿈속에서 고어로 말할 수 있고, 실제로 가끔 꿈속에서 고어로 말을 하곤 한다.

만약 근본주의자들이 그런 그녀를 본다면 사탄을 숭배한다고 비난할 것이다. 그들은 대중가요를 거꾸로 틀어 놓고 그 안에 신을 모독하는 표현이 들었다고 주장한다. 십자가를 거꾸로 매달거나 「주기도문」을 거꾸로 외면 악마를 부를 수 있다고 생각한다. 모두 다 말도 안 되는 이야기다. 악마를 부르고 싶으면 그렇게 유치한 의식을 떠들썩하게 벌이지 않아도 된다. 그렇게 복잡하게 할 필요가 없다.

토니가 쓰는 제2의 언어는 사악한 언어가 아니다. 그녀한테만 위험한 언어다. 그녀가 꿰매고 찢을 수 있는 솔기 역할을 하는 언어다. 그럼에도 그녀는 그 안에서 헤어 나오지 못한다. 무모한 노스탤지어라고 할까. 어지탤스노.(중세에 활약한 바이킹 족장의 이름 같다. 고급 변비약 이름 같다.)

그녀는 세인트조지역에서 내려 베드퍼드가로 나간다. 전단지를 나누어 주는 사람들과 꽃을 파는 노점상과 길모퉁이에서 플루트를 연주하는 남자아이를 지나 차에 치이지 않게 조심하며 파란불에 길을 건너고, 주 경기장을 지나 잔디가 깔린 메인 캠퍼스의 둥그런 운동장을 가로지른다. 거무칙칙하고 오래된 골목길을 따라가다 모퉁이를 돌면 매클렁 홀이라는 건물이 나오고, 그 건물에 그녀의 연구실이 있다.

매클렁 홀은 새빨간 벽돌로 지은 장엄한 건물인데 비바람과 매연 때문에 색깔이 불그스름한 갈색으로 짙어졌다. 그녀는 학생 때 육 년 내내 이 건물에서 살았다. 그때는 이곳이 여학생 기숙사였다. 여성의 투표권 획득 운동을 거든 사람의 이름을 따서 지어진 건물이라지만 그녀는 별로 관심이 없었다. 그때는 다들 그랬다.

토니의 오랜 기억 속에 이곳은 후끈후끈하지만 외풍이 있고, 바닥은 삐걱거리고, 많이 닳았지만 여전히 둔중한 목재가 사방을 덮고 있고, 불이 나도 대피할 비상구가 없는 건물로 남아 있다. 육중한 난간, 창가에 설치된 묵직한 의자, 두툼하게 패널을 붙인 문. 이 안에서는 누군가 넣어 뒀다 잊어버리는 바람에 말라 죽은 싹 튼 감자라도 있는 듯 눅눅한 식료품 보관실 냄새가 났다.(지금도 마찬가지다.) 당시에는 식당에서 흘러나온 느끼한 냄새도 항상 허공에 맴돌았다. 미지근한 양배추, 먹다 남은 스크램블드에그, 타 버린 기름. 그녀는 식당에서 밥을 먹는 대신 빵과 사과를 슬쩍해 방으로 들고 가곤 했다.

1970년대에 들어서며 비교종교학과에서 이 건물을 장악했다. 하지만 그때부터 이곳은 의미 있지만 가난한 여러 학과의 넘쳐나는 인력들을 수용하는 임시 연구실로 쓰였다. 대부분 번드르르한 장비가 아니라 주로 머리를 쓰는 사람들, 현대 산업 사회에 별로 기여하는 바가 없는 사람들, 따라서 자연스럽게 초라한 환경에 적응한 사람들이 그곳에 자리했다. 철학과가 1층에 교두보를 건설했고, 근대역사학과가 2층을 차지했다. 학교 측에서 마지못해 페인트칠을 다시 해 주기는 했지만 (이미 옛날 일이라 이미 색이 변했다.) 매클렁 홀은 지금도 예전처럼 무뚝뚝하고 신중하다. 차가운 오트밀처럼 정숙하고 고고하다.

토니는 이곳이 아무리 허름해도 개의치 않는다. 심지어 학생 때도 여기를 좋아했다. 월세방이나 별 볼 일 없는 원룸에 비하면 훨씬 나았다. 신물이 난 다른 학생들은 오래전부터 전해져 내려온 이름인 매곰팡이 홀이라 불렀지만 토니에게는 안식처나 다름없었고 지금도 여전히 감사하는 마음을 갖는다.

그녀의 연구실은 2층이다. 예전에 쓰던 방에서 옆으로 몇 칸 옮긴 자리다. 예전에 쓰던 방은 탕비실이 되었다. 이가 나간 프레스보드 테이블과 서로 불협화음을 연출하는 딱딱한 의자 몇 개가 놓여 있고, 가시철사에 묶이고 구부러진 못이 온몸에 박힌 어떤 남자가 나오는 국제사면위원회 포스터가 누렇게 변해 가는 음산하고 칙칙한 공간. 드립 커피 머신은 칙칙거리며 물을 흘리고, 선반에는 다른 사람한테 치주 질환이 옮지 않게 이니셜을 적은 친환경 머그잔들이 놓였다. 토니는 머그잔을 준비하면서 신경을 좀 썼다. 검은색 바탕에 빨간색 매니큐어로 지금 입침이라고 적은 것이다. 실수로 혹은 귀찮아서 남의 머그잔을 쓰는 사람들이 종종 있지만 그녀의 머그잔은 아무도 건드리지 않았다.

그녀는 탕비실 앞에서 걸음을 멈춘다. 동료 두 명이 폭신한 조깅복 차림으로 우유와 함께 쿠키를 먹고 있다. 18세기 농예

전문가인 애크로이드 박사와 사회사학자이자 캐나다 제일주의자인 로즈 핌롯 박사다. 로즈 핌롯은 뭐라고 표현하든 눈엣가시 같은 존재다. 핌롯 박사와 애크로이드 박사가 로즈의 표현대로 그 짓거리를 벌이는 사이인지 궁금하다. 두 사람은 요 몇 주 동안 상당히 자주 머리를 맞대고 있다. 둘이서 그 옛날 왕실식 음모를 꾸미고 있을 공산이 크다. 학과 전체가 르네상스 시대의 왕실과 비슷하다. 험담, 파벌, 비열한 배신, 심술, 분개가 난무한다. 토니는 가능한 한 휘말리지 않으려고 하지만 성공하는 건 어쩌다 한 번뿐이다. 그녀는 딱히 자기편이 없기 때문에 모든 이의 의심을 산다.

그중에서도 로즈가 특히 심하다. 이 년 전에 로즈가 토니의 어느 대학원 수업을 가리켜 유럽 중심적이라고 비난한 것을 생각하면 지금도 화가 난다.

토니는 이렇게 말했다.

"당연히 유럽 중심적이죠! 강의명이 메로빙거 왕조의 포위작전인데 그럴 수밖에 없는 것 아닌가요?"

그러자 로즈 핌롯은 자기주장을 관철하려고 이렇게 말했다.

"희생자의 관점에서 수업을 진행해야죠. 희생자를 무시할 게 아니라."

"어느 쪽 희생자 말인가요? 모두 다 희생자였어요! 서로 돌아가며 희생자였다고요! 서로 돌아가며 희생자 노릇을 피하려고 했다는 게 더 정확한 표현이겠지만. 그게 전쟁의 핵심인 걸요!"

로즈 핌롯은 전쟁에 대해 쥐뿔도 아는 게 없다. 하지만 무식하면 용감한 법이다. 그녀는 더 이상 거치적거리지 않게 전쟁을 치워 버리고 싶을 뿐이다.

"전쟁을 좋아하는 이유가 뭐예요?"

얼마 전에 그녀는 코딱지나 방귀처럼 사소하고 더러운 이야기, 덮어 두면 좋을 이야기라도 하는 양 코를 찡그리며 토니에게 물었다.

"에이즈를 연구하는 사람한테도 에이즈를 좋아하는 이유가 뭐냐고 묻나요?"

이것이 토니의 대답이었다.

"전쟁이 거기 있으니까요. 당분간 계속될 테니까요. 나는 전쟁을 좋아하지 않아요. 왜 그렇게 수많은 사람이 전쟁을 좋아하는지 알아내고 싶을 뿐이에요. 전쟁이 어떤 식으로 벌어지는지 알아내고 싶을 뿐이에요."

하지만 로즈 핌롯은 관심 없을 것이다. 공동묘지를 파헤치는 일은 남들에게 맡길 것이다. 그런 일을 했다가는 손톱이 부러질 수도 있으니까.

토니는 엑스선 검사 결과 그녀의 이름을 딴 초콜릿 회사까지 있는 로라 시코드가 여장 남자로 밝혀졌다는 이야기를 로즈에게 할까 말까 망설인다. 그러면서 여자가 그렇게 공격적이고 용감할 수는 없는 법이라고 하면 어떨까? 그러면 로즈는 딜레마에 빠져 이러지도 저러지도 못하겠지! 여자도 남자만큼 전쟁을 잘할 수 있다고, 그러니까 남자만큼 사악해질 수 있다고 주장하거나 여자는 원래 다들 새가슴이라고 인정할 수밖에 없을 테니 말이다. 토니는 로즈가 어느 쪽을 선택할지 궁금해서 근질거린다. 하지만 지금은 그럴 때가 아니다.

그녀가 묵례를 하자 로즈와 밥이 삐딱하게 쳐다본다. 이제는 익숙해진 그 집단 특유의 표정이다. 남성 사학자들은 그녀가 자기들 영역을 침범한다고 생각한다. 창과 화살과 투석기와 긴 창과 칼과 총과 비행기와 폭탄은 건드리지 말고 자기들 몫으로 남겨 두어야 한다고 생각한다. 그녀는 누가 언제 뭘 먹었고 봉건 시대 가족들은 어떤 식으로 살았는지 하는 사회사학이나 연구해야 한다고 생각한다. 얼마 되지도 않는 여성 사학자들도 똑같은 생각을 하지만 이유는 다르다. 그들은 그녀가 탄생을 연구해야 한다고 생각한다. 죽음이나 전투 계획, 패주, 궤주, 대학살 연구라니 안 될 말씀이다. 그들은 그녀가 여자의 위신을 떨어뜨리고 있다고 생각한다.

전반적으로 그녀는 남자들과 더 잘 지내는 편이다. 어색한 처음 단계만 극복하면, 남자 쪽에서 그녀를 '꼬맹이 아가씨'라고 부르거나 그렇게 여성스러운 사람인 줄 몰랐다는(그러니까 그렇게 키가 작은 줄 몰랐다는 뜻이다.) 소리만 하지 않으면 된다. 물론 요즘은 비실거릴 정도로 나이 든 인간들 말고는 그런 소리도 하지 않지만.

하지만 체구가 아담하지 않았더라면 그녀는 이만큼 순탄하게 살지 못했을 것이다. 만약 키가 180센티미터쯤 되고 덩치가 산만 했다면, 골반이 넓적했다면 협박에 시달리며 아마존 전사처럼 살았을 것이다. 외모와 관심사의 부조화가 통행 허가증 같은 역할을 하고 있다. 불면 날아가겠구먼. 사람들은 그녀를 내려다보고 씩 웃으며 속으로 이렇게 중얼거린다. 그럴 것 같지? 토니는 따라 웃으며 생각한다. 그런데 많이들 물어 봤거든?

그녀는 사무실 문을 따고 들어가 부재중인 척 안에서 다시 잠근다. 원래 근무 시간도 아닌데 학생들이 가만히 두지 않기 때문이다. 마약 탐지견처럼 그녀의 냄새를 맡고, 알랑거리든지 칭얼거리든지 그녀의 마음을 움직이든지 아니면 나름대로 뚱하게 반항할 기회를 호시탐탐 노린다. 나도 너희랑 똑같은 사람이야. 토니는 학생들에게 이렇게 말하고 싶다. 물론 정말로 그렇지는 않다. 그녀는 권력을 쥔 사람이다. 쥐꼬리만 하지만 그래도 권력은 권력이다.

한 달쯤 전에 개론 과목을 수강 중이던 덩치 큰 학부 2학년생이 가죽 재킷을 입고 눈에 핏발이 선 채로 그녀를 찾아와 책상 한가운데에 접칼을 꽂은 적이 있었다.

"A를 받아야 한다고요!"

그는 고래고래 소리를 질렀다. 토니는 무서웠지만 화가 나기도 했다. 나를 죽이면 아예 F를 받을걸? 그렇게 맞받아치고 싶었다. 하지만 그가 정상적인 상태가 아닐 수도 있었다. 마약을 했거나 정신 질환이 있거나 아니면 화가 나서 교수를 죽인 학생을 뉴스에서 보고 흉내 내는 것일 수도 있었다. 칼만 들고 온 게 그나마 천만다행이었다.

"단도직입적인 건 마음에 든다. 저기 저 의자에 앉아서 우리 서로 대화를 나누면 어떨까?"

그녀는 이렇게 말했다.

"정신과 상담이라는 프로그램이 있기 망정이지. 그런데 왜

들 그러는 걸까?"

그녀는 학생을 내보내고 로즈와 통화를 하면서 이렇게 말했다.

"얘, 이거 하나만 기억해. 여자가 PMS[6]에 걸리면 분비되는 호르몬 알지? 남자는 그게 1년 내내 분비된다고 보면 돼."

어쩌면 정말 그럴지도 모른다. 그게 아니면 하사관이라는 존재를 이해할 방법이 없다.

토니의 연구실은 넓다. 신식 건물이었다면 이렇게 넓기 힘들었을 것이다. 그 안에 어디서나 볼 수 있는 여기저기 긁힌 책상과 별 특징 없는 게시판, 먼지가 내려앉은 베니션 블라인드가 있다. 수십 년에 걸쳐 꽂힌 압정들이 연두색 페인트에 숭숭 구멍을 냈다. 남아 있는 셀로판테이프 조각들이 동굴 속 돌비늘처럼 여기저기서 반짝인다. 토니가 가진 것 중에서 두 번째로 좋은 워드 프로세서가 책상 위에 놓여 있다. 누가 훔쳐 간대도 아쉽지 않을 만큼 느리고 구식이지만. 책장에는 학생들에게 가끔 빌려주기도 하는 든든한 책들이 몇 권 꽂혀 있다. 크리시의 『전 세계를 통틀어 가장 결정적인 전투 15선』은 꼭 읽어야 할 필독서다. 리들 하트와 처칠의 저서도 마찬가지다. 그리고 『운명의 결단』과 그녀가 가장 좋아하는 책 중 한 권으로 꼽는 키건의 『전투의 양상』도 있다.

한쪽 벽에는 벤저민 웨스트의 「울프 장군의 죽음」을 본뜬

---

6) 생리 전 증후군.

저질 복제화가 걸려 있다. 토니가 해석하기로는 얼굴이 대구 배처럼 새하얀 울프가 경건하게 눈을 치켜뜬 가운데 시체를 사랑해 마지않는 관음증 환자들이 근사한 옷을 차려입고 그 주변에 모여 있는 음울한 그림이다. 토니가 그 그림을 연구실에 걸어 놓은 이유는 학생들과 자신을 위해서, 그 직업에 종사하는 사람들 특유의 허영심과 순교자 행세를 경계하기 위해서다. 그 옆에서는 나폴레옹이 생각에 잠긴 얼굴로 알프스를 넘고 있다.

맞은편 벽에는 아마추어가 펜과 잉크로 그린 듯한 만화가 걸렸다. 제목이 「볼일을 보는 울프 장군」이다. 이 만화에서는 울프 장군이 고개를 돌리고 있기 때문에 하관이 약한 옆모습만 보인다. 그는 심사가 뒤틀린 표정이고 말풍선에는 이렇게 적혔다. "이 망할 놈의 단추들." 이 년 전에 학기가 끝났을 때 한 학생이 반 전체를 대신해 선물한 작품이다. 그녀의 수업을 듣는 학생들은 대부분 남학생이다. 「중세 말기에 일어난 전술상의 실수」나 「유물의 시각에서 바라본 전쟁사」 같은 대학원 과목에 흥미를 느끼는 여학생은 많지 않다.

그녀가 포장을 푸는 동안 **망할 놈**이라는 단어에 어떤 반응을 보일지 반 전체가 예의 주시했다. 그 또래 남자아이들은 나이가 그녀 정도 되는 여자라면 그런 말을 한 번도 들어 본 적이 없을 거라고 생각하는 모양이다. 그녀로서는 가슴 뭉클한 일이다. 그녀는 학생들 앞에서 '내 새끼들'이라는 말이 튀어나오지 않게 의식적으로 노력해야 한다. 잘못했다가는 마음씨 좋고 익살맞은 아주머니로 전락할 수 있다. 아니면 한술 더 떠서 잘난 체하기 좋아하고 변덕스러운 할망구가 될 수도 있다. 학생들에게 한 눈을 찡긋하고 볼을 꼬집게 될 거다.

그 만화는 바지 앞자락에 얽힌 기술을 주제로 진행된 그녀의 수업을 기리는 선물이다. 나중에 들었지만 '미묘한 단추 이야기'라는 별명으로 불리는 그녀의 강의는 수강생이 많은 편이다. 그녀는 이런 식으로 수업을 시작한다. 전쟁 작가들은 왕과 장군, 그들이 내린 판단, 그들의 전략에 집중하느라 그보다 사소하지만 그에 못지않게 중요한 요인들을 놓치기 쉽죠. 바짝 긴장한 병사들을 위험에 빠뜨릴 수 있고 실제로 위험에 빠뜨렸던 그런 요인들을 말이에요. 예컨대 병을 옮기는 이와 벼룩. 불편한 군화. 진흙. 세균. 속옷. 그리고 바지 앞자락. 졸라매는 끈, 앞섶, 단추, 지퍼가 수 세기 동안 전쟁사에서 중요한 역할을 했다. 킬트[7]도 어떤 관점에서 보느냐에 따라 이야깃거리가 차고 넘칠 수 있다. 그녀는 학생들에게 웃지 말라고 한다. 웃지 말고 여러분이 전쟁터에 나갔는데 소변이 마렵다고 생각해 봐요. 스트레스를 받으면 소변이 자주 마렵잖아요. 그런데 이런 단추를 풀어야 한다면 어떻겠어요?

그녀는 문제의 단추 그림을 보여 준다. 푸는 데 열 손가락을 동원해야 하고 한 개당 십 분은 걸림 직한 19세기 스타일의 단추다.

그리고 저 맞은편에 저격수가 있다면? 그래도 웃음이 나올까요?

병사들이 엎드려서 포복 전진을 하면 앞자락이 쓸린다. 이런 맥락에서 보았을 때 여는 속도가 빨라지기는 했지만 지퍼

---

7) 스코틀랜드에서 남자들이 입는 전통 스커트.

도 완벽하다고 볼 수는 없다. 왜 그럴까요? 생각을 해 봐요. 지퍼는 내리다 걸릴 수 있잖아요. 그리고 소리가 나고! 게다가 남자들 사이에서 지퍼에 대고 성냥을 켜는 위험한 습관이 생겼다. 깜깜한 데서 말이죠! 차라리 조명탄을 터뜨리는 게 낫지.

그녀의 이야기는 계속된다. 힘없는 병사들을 상대로 범죄를 저지른 군복 디자이너가 한두 명이 아니다. 군복을 빨간색으로 만드는 바람에 아까운 목숨을 잃은 영국 병사가 얼마나 많았을까. 그렇게 생각 없는 행동이 19세기까지 이어졌으니 할 말이 없다. 병사들에게 다른 것도 아니고 군화를 지급하지 않은 무솔리니의 어처구니없는 실수는 일례에 불과하다. 누군지 몰라도 북한군에게 나일론 바지를 입힐 생각을 한 작자는 군 법회의에 회부되어야 한다. 다리가 서로 스치는 소리를 저 멀리서도 들을 수 있었으니 말이다. 그리고 침낭도 서걱거리기는 마찬가지였고 안에 들어가면 얼른 나올 수 없는 데다 기온이 떨어지면 얼어서 지퍼가 열리지도 않았다! 야간에 기습을 당하면 자루에 든 새끼 고양이처럼 속수무책이었다.

디자이너가 저지른 살인! 그녀는 이 이야기만 나오면 곧잘 흥분한다.

주석을 달고 논조를 좀 더 차분하게 바꾸면 현재 집필 중인 『치명적인 의복 — 부적절한 군복의 역사』의 한 꼭지를 채우기에 충분할 것이다.

토니는 아코디언식 파일을 뒤져 행정 업무를 의미하는 B 칸에 있는 수강생 명단을 찾아 조그마한 네모 칸에 학점을 적는다. 그러고는 문 바깥쪽에 압정으로 박아 놓은 큼지막한 마닐라 봉투에 채점한 보고서를 넣는다. 이렇게 하면 약속했던 대로 학생들이 나중에 보고서를 찾아갈 수 있다. 그런 다음에는 복도 끝까지 걸어가 직원이 있을 때도 있고 없을 때도 있는 지저분하고 좁아터진 학과 사무실로 들어가 우편물이 있는지 확인한다. 《제인스 디펜스 위클리》 구독 갱신을 알리는 공문과 《빅 건스》 최신 호가 전부다. 그녀는 우편물을 가방에 쑤셔 넣는다.

그다음은 물비누와 염소와 소화가 되다 만 양파 냄새가 나는 후끈후끈한 여자 화장실에 잠깐 들를 차례다. 오래된 습관처럼 세 칸 중 한 칸이 막혔고 나머지 두 칸은 휴지가 없다. 토니는 쓸 수 없는 한 칸에 숨어 있던 휴지를 징발한다. 그녀가 좋아하는 자갈 무늬 유리창 옆 칸 벽에 새로운 낙서가 추가되어 있다. 히스토리가 아니라 허스토리, 히스터렉토미가 아니라 허스터렉토미라고 적은 위에 누가 페미니즘 해체주의 좋아하네라고 써 놓았다. 이 낙서에 담긴 뜻은 토니도 잘 알았다. 매클렁 홀을 사적으로 지정해 여성학과에 넘기려는 움직임을 비꼬는 것이다. 누가 그 옆에 허스토릭이 아니라 히스토릭이라는 낙서까지 덧붙여 놓았다.[8] 격렬한 난투극의 징조인데 토니로서는 피할 수 있기만을 바랄 따름이다.

그녀는 학과 사무실 직원 책상 위에 메모를 남긴다. 변기가

---

8) history는 '역사', historic은 '역사적인', hysterectomy는 '자궁 절제술'이라는 뜻으로 herstory와 herstoric과 hersterectomy는 남성 명사 his에 대항하는 her를 사용한 조어다.

막혔어요. 고마워요. 앤토니아 프리몬트. 또라는 사족은 달지 않는다. 서로 얼굴 붉힐 필요는 없잖겠는가. 메모를 남긴다고 달라질 일은 없지만 아무튼 의무를 다한 셈이다. 그녀는 얼른 밖으로 빠져나와 다시 지하철을 타고 남쪽으로 향한다.

5

톡시크에서 점심을 먹기로 했으니 오스굿에서 내려 퀸가를 따라 서쪽으로 걸어간다. 드래곤 레이디 만화방과 퀸 마더 카페와 낯 뜨거운 그림들이 그려진 뱀부 클럽을 지나간다. 기다렸다 전차를 타도 되지만 전차를 타면 사람들한테 눌리고 껴서 빠져나오지 못할 때도 있다. 다른 사람들의 셔츠 단추와 허리띠 버클은 지금까지 질릴 만큼 구경했으니 오늘은 과감히 걷기로 한다. 별로 늦지도 않았다. 아무튼 로즈보다는 먼저 도착할 것이다.

그녀는 벽과 그 벽에 몸을 기댄 후줄근한 홈리스들을 피해 인도 바깥쪽으로 걷는다. 겉보기에는 잔돈 몇 푼 바라는 사람들 같지만 토니는 좀 더 불길한 시선으로 그들을 바라본다. 대규모 침공에 앞서 이 지역을 정찰하는 첩자나 다가올 맹공격을 피해 후퇴하는 난민이나 부상병을 바라보듯. 어느 쪽이 됐건 그녀는 멀찌감치 피해서 걷는다. 절박한 사람들을 보면 불안해진다. 그녀는 어렸을 때 그런 사람 두 명과 함께 지냈다. 그런 사람들은 지독하게 덤벼든다. 뭐든 빼앗으려 한다.

퀸가에서도 이 일대는 조금 조용해졌다. 몇 년 전에는 지금보다 거칠고 위험했는데 월세가 오르자 중고 서점과 지저분한 예술가들이 사라졌다. 여전히 동유럽 식료품점, 사무용 가구 도매점, 컨트리 뮤직을 트는 맥줏집 등 비주류들이 한데 섞여 있지만, 그래도 이제는 환하게 조명을 밝힌 도넛 가게와 트렌디한 나이트클럽, 제법 괜찮은 옷가게도 보인다.

하지만 불황이 점점 심해지고 있다. 매물로 나온 건물과 문을 닫는 부티크들이 계속 늘어나고 있다. 아직 영업 중인 가게에서는 점원들이 문가에 서서 절망 어린 눈빛으로 애원하듯 지나가는 사람들을 쳐다보는데 그 눈빛에서 분노가 번뜩인다. 파격 세일. 쇼윈도에 이런 문구가 붙었다. 크리스마스를 두 달 앞두고 파격 세일이라니 작년 같으면 상상도 못 할 일이다. 멍한 표정의 마네킹이나 아예 얼굴이 없는 마네킹이 입은 반짝이는 옷들도 이제는 욕망의 상징으로 보이지 않는다. 파티장에서 나온 쓰레기처럼 보인다. 구깃구깃한 종이 냅킨, 난폭한 군중 혹은 약탈에 나선 군인들이 남긴 잔해처럼. 본 사람도 없고 누군지 말할 수 있는 사람도 없지만 고트족과 반달족이 다녀간 게 분명하다.

토니는 그런 옷을 입어 본 적이 없다. 그런 옷은 다리도 길고 몸통도 길고 팔도 길고 우아한 여자들이나 입는 것이다.

"너는 키가 작은 게 아니야. 아담한 거지. 나도 허리가 너만 하면 소원이 없겠다."

로즈는 이렇게 말한다.

"하지만 아래까지 죽 일자잖아."

토니가 말한다.

"그러니까 믹서가 필요해. 네 허리와 내 허벅지를 넣고 돌린 다음 나누어 갖는 거지. 네 생각은 어때?"

젊었을 때 같으면 이런 대화가 자기 몸을 진심으로 불만스러워하고 남을 진심으로 동경하는 속마음의 방증처럼 느껴졌을지 모른다. 하지만 지금은 일종의 레퍼토리가 되었다. 어느 정도는.

로즈가 톡시크 앞에서 그녀를 보고 손을 흔든다. 토니가 다가가자 로즈가 허리를 숙인다. 토니는 고개를 한껏 내밀어 친구의 얼굴 오른쪽과 왼쪽에 대고 입을 맞추는 시늉을 한다. 이것이 요즘 토론토에서 유행하는 인사법이다. 적어도 일부 계층에서는. 로즈는 양쪽 뺨을 쏙 집어넣어 입을 금붕어처럼 만들고 사팔눈을 하며 이런 인사법을 우스꽝스럽게 흉내 낸다.

"이런데도 내가 잘난 척한다고? 므와?[9]"

로즈가 묻는다. 토니는 미소를 지으며 로즈와 함께 안으로 들어간다.

톡시크는 세 친구가 좋아하는 곳이다. 가격이 비싸지 않고 적

---

9) moi. 프랑스어로 '나'라는 뜻이다.

당히 시끌벅적하다. 살짝 경박하고 살짝 지저분한 게 흠이지만. 접시를 보면 뒷면에 뭔지 모를 게 들러붙어 있고, 웨이터들은 아이섀도에 코걸이를 하고 있으며, 웨이트리스들은 형광색 레그 워머에 짧은 가죽 반바지를 입는다. 한쪽에는 어느 망한 호텔에서 건진 스모크 유리 거울이 달렸다. 대안 연극 공연을 알리는 철 지난 포스터가 벽마다 붙어 있고, 핏기 없는 얼굴에 칙칙하고 징이 박힌 데다 체인까지 주렁주렁 달린 옷을 입은 사람들이 일반인은 출입할 수 없는 뒷방으로 어슬렁어슬렁 걸어가거나 화장실로 가는 금이 간 계단에 모여 자기들끼리 수군거린다. 톡시크의 특별 메뉴는 염소젖 치즈와 구운 고추를 넣은 샌드위치, 뉴펀들랜드식 대구 완자, 호두와 잘게 썬 근채류를 잔뜩 넣은 끈적끈적하고 푸짐한 샐러드다. 바클라바[10]와 티라미수와 진하고 중독성 강한 에스프레소도 있다.

두말하면 잔소리지만 록 그룹과 귀청 때리는 음악이 점령하는 밤에는 톡시크를 찾지 않는다. 하지만 점심을 먹기에는 그만이다. 여기서 만나면 기분이 좋아진다. 젊고 좀 더 무모해지는 듯한 기분이 든다.

캐리스는 벌써 도착해 구석의 금색 반짝이가 박히고 알루미늄 다리와 장식이 달린 빨간색 포마이카 테이블에 앉아 있다. 이 테이블은 정말로 1950년대에 만들어졌는지 복제품인지 모르겠다. 그녀는 화이트 와인 한 병과 에비앙 한 병을 이

---

10) 꿀과 견과류를 넣어서 만드는 파이 비슷한 과자.

미 주문해 놓고 들어오는 그들을 보고서 미소를 짓는다. 테이블 위로 형식적인 입맞춤이 오간다.

오늘 캐리스는 축 늘어지는 연한 자주색 저지 원피스 위에 복슬복슬한 회색 카디건을 걸치고 주황색과 청록색 바탕에 초원의 꽃무늬가 그려진 스카프를 둘렀다. 회색빛이 도는 긴 금발은 가운데 가르마를 탔고 정수리에는 독서용 안경을 걸쳐 놓았다. 복숭아색 립스틱은 진짜 입술 색 같다. 그녀는 살짝 빛이 바랜 허브 샴푸 광고 비슷하다. 건강하지만 구닥다리처럼 보인다고 할까. 오필리어가 이 나이까지 살았으면 저렇지 않았을까, 성모 마리아의 중년 때 모습이 저렇지 않았을까 싶다. 진지하면서도 멍하고 내면에서 빛이 나온다. 그녀를 곤경에 빠뜨리는 것이 바로 그 내면의 빛이다.

로즈는 토니가 블로어가에서도 가장 비싼 디자이너 숍 쇼윈도에서 본 적 있는 슈트를 몸에 꼭 맞게 입었다. 그녀는 통이 크고 시원시원하게 지르는 성격이지만 쇼핑을 급하게 할 때가 많다. 재킷은 검푸른색이고 치마는 몸에 딱 맞는다. 얼굴은 공들여 붓질했고, 머리는 얼마 전에 다시 염색을 했다. 이번에는 어두운 갈색이다. 입술은 짙은 자주색이다.

그녀의 얼굴은 옷차림과 어울리지 않는다. 무심하고, 홀쭉하지 않고 통통하며, 목장에서 일하는 아가씨처럼 발그스름한 볼은 말랑말랑하고 웃으면 보조개가 생긴다. 지적이고 인정 넘치지만 쓸쓸해 보이는 눈만 분위기가 달라서 좀 더 갸름하고 차가운 얼굴에 어울려 보인다.

토니는 자리에 앉아 발판으로 활용하기 딱 알맞은 위치에 커다란 토트백을 내려놓는다. 과거에도 키가 작은 왕들은 왕좌에 앉을 때 다리가 대롱거리지 않게 특별히 제작한 발 쿠션을 썼다. 토니도 그 심정을 십분 이해한다.

인사가 모두 끝났을 때 로즈가 말한다.

"우리 모두 환하게 빛나는 얼굴로 제자리에 앉은 거 맞지? 뭐 새로운 소식 없니? 토니, 내가 홀츠에서 너무 깜찍한 옷을 봤는데 너한테 딱이겠더라. 스탠드 칼라고 앞에 황동색 단추가 줄줄이 달린 옷이야. 스탠드 칼라가 다시 유행이잖아!"

그녀는 평소처럼 담배에 불을 붙이고 캐리스는 평소처럼 살짝 기침을 한다. 톡시크는 금연 구역이 아니다.

"내가 그런 옷을 입으면 벨보이처럼 보일 거야. 어차피 맞지도 않을 테고."

토니가 말한다.

"킬힐은 신어 볼 생각 없어? 키가 10센티미터는 커질 텐데."

로즈가 말한다.

"말이 되는 소리를 해라. 그런 걸 신고 걸을 수 있겠어?"

토니가 말한다.

"다리 이식 수술을 받으면 어떨까? 다리가 길어지는 수술 말이야. 안 될 것 없잖아. 별의별 수술을 다 하는데."

로즈가 말한다.

"토니의 몸은 지금 이대로 딱 좋아."

캐리스가 말한다.

"나는 지금 토니의 몸이 아니라 옷 이야기를 하는 거잖아."

로즈가 말한다.

"평소처럼 말이지."

토니가 말한다. 세 친구는 일제히 조금 왁자지껄하게 웃음을 터뜨린다. 와인은 이제 절반밖에 안 남았다. 토니는 에비앙 생수를 섞어서 몇 모금 홀짝이고 만다. 그녀는 종류가 뭐가 됐건 알코올이라면 무조건 경계한다.

세 친구는 한 달에 한 번씩 점심 식사를 같이한다. 이제는 이 시간이 많이 기다려진다. 세 친구에게는 서로를 하나로 묶은 참변 말고는 공통점이 별로 없다. 지니아를 참변이라고 부를 수 있을지 모르겠지만 세월이 흐르면서 의리랄까, 동지애 같은 것이 생겼다. 토니는 두 사람을 좋아하게 됐다. 둘은 가까운 친구 혹은 그 비슷한 존재다. 그들은 용감하고, 전투의 상흔을 안고 있으며, 산전수전을 겪었다. 그리고 남들은 모르는 부분들을 서로 안다.

그래서 그들은 계속 정기적으로 만난다. 전쟁미망인이나 나이 먹은 퇴역 군인이나 전투 중에 남편이 실종된 사람들이라도 되는 양. 그런 모임들이 늘 그렇듯 테이블에 둘러앉은 사람은 세 명이지만 실제 참석자는 그보다 더 많다.

하지만 지니아 이야기는 하지 않는다. 지니아를 땅에 묻은 뒤부터는 더 이상 하지 않는다. 캐리스는 지니아 이야기를 하면 그녀의 발목을 붙잡는 꼴이 될지 모른다고 한다. 토니는 그녀 이야기를 하면 소화가 안 된다고 한다. 로즈는 뭐 하러 그런 이야기를 입에 올리느냐고 한다.

토니는 지니아가 언제나 그들 옆에 앉아 있다는 생각이 든다. 우리가 그녀를 붙잡고 있어. 그녀 이야기를 입에 올리고 있어. 놓을 수가 없는 거야.

웨이트리스가 주문을 받으러 온다. 오늘은 민들레색 머리를 하고 호피 무늬 스타킹에 종아리까지 오는 끈 달린 은색 부츠를 신은 아가씨다. 캐리스는 잘게 다진 당근과 코티지치즈와 차가운 렌즈콩 샐러드로 만든 래빗 딜라이트, 그러니까 토끼 고기로 만든 요리가 아니라 토끼가 좋아하는 식재료로 만든 요리를 주문한다. 로즈는 허브와 캐러웨이씨를 넣은 두툼한 빵에 폴란드식 피클을 곁들인 고메 토스트 치즈 샌드위치를 주문한다. 토니는 팔라펠과 샤실리크와 쿠스쿠스와 후무스로 이루어진 중동 요리 스페셜을 주문한다.

로즈가 말한다.

"중동 이야기가 나왔으니 말인데 거기 어떻게 된 거야? 이라크 말이야. 이거 토니 네 전문 분야 아니니?"

두 친구는 토니를 쳐다본다.

"아니야."

토니가 대답한다. 역사학자가 되려면 거의 언제나 현재를 외면할 수 있어야 한다고 누누이 강조했건만. 물론 그녀는 사태의 추이를 예의 주시하고 있다. 벌써 몇 년 전부터 그러고 있다. 흥미진진한 신기술이 이번에 시험대에 오르는 것만큼은 분명하다.

"그런 식으로 빼지 마."

로즈가 말한다.

"그럼 전쟁이 터질까, 그게 궁금한 거야? 한마디로 대답하자면 그렇다야."

토니가 말한다.

"소름 끼친다."

캐리스는 당황스러워한다.

"전령한테 총을 겨누지는 마. 내가 전쟁을 일으키는 건 아니니까. 나는 그냥 내 생각을 전할 뿐이야."

"그런데 어떻게 장담하니? 상황이 달라질 수도 있잖아."

로즈가 말한다.

"전쟁은 주식 시장이 아니야. 이미 결정 난 일이야. 후세인이 그 국경을 넘는 순간 결정 난 일이라고. 루비콘강¹¹⁾처럼."

"무슨 강?"

캐리스가 묻는다.

"얘, 몰라도 돼. 역사책에 나오는 무슨 강이야. 그러니까 상황이 진짜 심각하다는 거니?"

로즈가 묻는다.

"지금 당장은 아니지만 장기적으로 보자면…… 영토 확장에 너무 욕심을 부리다 멸망한 제국이 많지. 그쪽과 우리, 양쪽 모두에게 해당하는 이야기지만. 하지만 미국으로 말할 것 같으면 지금 당장은 그런 부분을 고려하지 않아. 전쟁이라니 기뻐하고 있지. 새로운 장난감을 시험하고 사업을 요란하게

---

11) 율리우스 카이사르는 군대를 이끌고 루비콘강을 건너면서 "주사위는 던져졌다."라는 유명한 말을 남겼다. 선택이 끝나 되돌릴 수 없는 상태를 의미한다.

선전하는 기회가 될 테니까. 이건 전쟁이 아니라 시장 확장이
거든."

캐리스가 다진 당근을 포크로 뜬다. 윗입술에 묻은 당근
한 조각이 귀여운 주황색 수염처럼 보인다.

"아무튼 우리 나라야 끼지 않겠지, 뭐."

"낄 거야. 반드시 참전해야 할 거야. 왕한테 돈을 받았으면
비위를 맞춰야 하는 법이거든. 우리 나라는 참전할 거야. 초라
한 오합지졸 해군을 이끌고. 그거야말로 창피한 일이지."

토니는 사실 화가 난다. 사람들을 전쟁터에 내보내려거든
장비라도 제대로 쥐어 주어야 하는 거 아닌가.

"꼬리를 내릴 수도 있잖아."

로즈가 말한다.

"누가? 샘 아저씨[12]가?"

토니가 묻는다.

"아니, 사담 아저씨가. 재미없는 말장난이지, 미안."

로즈가 대답한다.

"그럴 수가 없어. 이미 갈 데까지 갔거든. 그랬다가는 자기 나라
국민들 손에 죽을 거야. 과거에 그런 시도가 없었던 것도 아니고."

"우울하다."

캐리스가 말한다.

"왜 아니겠니. 결국은 권력욕이 득세할 거야. 수천 명이 쓸
데없이 목숨을 잃을 거야. 시체들이 썩어 갈 거야. 여자와 아

---

12) 미국 정부를 지칭하는 별명.

이들이 쓰러지고 전염병이 창궐할 거야. 굶주림이 온 땅을 뒤덮을 거야. 구호 모금 운동이 시작될 거야. 하지만 공무원들이 그 돈을 착복하겠지. 하지만 나쁜 일만 생기는 건 아니야. 자살률이 떨어질 테니까. 전쟁 중에는 늘 그렇거든. 그리고 여군들이 최전방에서 활약을 벌여 페미니즘이 꽃필 수도 있겠다. 과연 그럴 수 있을까 싶기는 하지만. 늘 그렇듯 붕대나 매지 않을까? 우리, 에비앙 한 병 더 시키자."

"토니, 너 정말 냉정하다. 누가 이길까?"

로즈가 묻는다.

"교전에서? 아니면 전쟁에서? 교전에서는 당연히 기술이 최고지. 제공권을 장악하는 쪽이 우세해. 그런데 제공권을 장악하는 쪽이 누구겠니?"

토니가 말한다.

"이라크에도 무슨 대포가 있다던데. 어디에선가 읽었어."

로즈가 말한다.

"일부만."

토니는 이 이야기라면 손바닥 보듯 훤하다. 관심 분야이기 때문이다. 그녀뿐 아니라 《제인스 디펜스 위클리》와 이름 모를 다른 사람들의 관심 분야이기도 하다.

"슈퍼건. 혁신적인 무기가 될 수 있었지. 별로 돈도 안 들이고 중거리 비행기와 비싼 로켓을 날려 버릴 수 있으니까. 암호명이 뭐였는지 알아? 무려 바빌론 프로젝트! 그런데 그걸 만들던 사람이 암살당했어. 제리 불이라고, 정신 나간 무기 천재였는데. 탄도학에 관한 한 세계 최고의 전문가였지. 아, 그런데 우리 나라 사람이야. 경고 비슷한 건 받았다고 하더라. 집을 비우면 집 안 물건들이 계속 이리저리 왔다 갔다 했대. 그 정도면 힌트 수준이 아니지. 그런데도 계속 대포를 만들다 탕하고 머리에 총을 다섯 발 맞은 거야."

"끔찍하다. 소름 끼쳐."

캐리스가 말한다.

"그야 생각하기 나름이지. 슈퍼건이 만들어졌으면 그것 때문에 얼마나 많은 사람이 죽었겠어."

토니가 말한다.

"아무튼 그 사람들 지하로 숨었다며? 시멘트로 깊숙한 벙커를 만들어 놨다며? 방탄으로."

로즈가 말한다.

"장군들용이야. 두고 보면 알겠지만."

토니가 말한다.

"토니, 너 정말 시니컬하다."

캐리스가 안타깝다는 듯이 한숨을 쉬며 말한다. 그녀는 토니가 정신적으로 발전할 수 있을 거라는 희망의 끈을 놓지 않는다. 전생에 대해 이해하고, 부분적으로 전두엽 절제 수술을 받고, 정원을 가꾸는 데 점점 더 흥미를 보이는 것이 그녀가 말하는 정신적인 발전이다.

토니는 예쁘장한 디저트(분홍색, 빨간색, 건포도 비슷한 자주색 셔벗을 공 모양으로 퍼서 함께 담은 모둠 셔벗)를 앞에 놓고 생일 파티에 참석한 아이처럼 숟가락을 든 채 그녀를 쳐다본다. 그렇게 순진하다니 이중으로 심란해진다. 캐리스를 위로하고 싶기도 하고, 붙잡고 흔들고 싶기도 하니 말이다.

"그럼 내가 뭐라고 하면 좋겠어? 좀 더 긍정적인 쪽으로 생각할 수 있게 다 같이 노력해야 한다고 말하면 좋겠어?"

"혹시 모르는 일이잖아. 다 같이 그러면 어떻게 될지 아무도 모르는 거잖아."

캐리스의 목소리는 자못 엄숙하다.

가끔 토니는 백합처럼 새하얀 캐리스의 손을 잡고 잔뜩 쌓인 해골 무더기, 시체들로 가득한 구덩이, 못 먹어서 팔다리는 앙상하고 배만 불룩 나온 아이들, 밖에서 잠그고 교회에 불을 지르는 바람에 안에 갇혀 지글지글 익어 가며 울부짖는 사람들, 끝도 없이 이어지는 십자가를 보여 주고 싶어진다. 갈 수 있을 때까지 뒤로, 뒤로 몇백 년을 거슬러 올라가고 싶어진다. 그러고 나서 캐리스에게 물을 것이다. 자, 이제 네가 말해 봐. 뭐가 보이니?

꽃. 캐리스는 이렇게 대답할 것이다.

지니아라면 안 그러겠지만.

토니는 한기를 느낀다. 문이 열린 모양이다. 그녀는 고개를 들고 거울을 쳐다본다.

지니아가 그녀의 뒤에 서 있다. 담배 연기 속에, 거울 속에, 이 식당 안에. 지니아 비슷하게 생긴 여자가 아니다. 지니아다.

환영도 아니다. 호피 무늬 스타킹을 신은 웨이트리스도 그녀를 보고 묵례하며 다가가 뒤쪽 테이블을 가리킨다. 토니의 심장이 움켜쥔 주먹처럼 단단히 뭉쳐져 철렁 내려앉는다.

"토니, 왜 그래?"

로즈가 물으며 캐리스의 팔을 붙잡는다.

"고개를 천천히 돌려 봐. 소리는 지르지 말고."

토니가 말한다.

"이런 망할. 걔잖아."

로즈가 말한다.

"누구?"

캐리스가 묻는다.

"지니아."

토니가 대답한다.

"지니아는 죽었잖아."

캐리스가 말한다.

"맙소사, 정말이네. 캐리스, 빤히 쳐다보지 마. 그럼 걔한테 들킬 거야."

"그 한심한 장례식에 우릴 다 불러 놓고."

토니가 말한다.

"걔는 거기 없었던 거지. 깡통밖에 없었잖아, 기억 안 나?"

로즈가 말한다.

"그리고 그 변호사하고."

토니가 말한다. 최초의 충격이 가시자 이제는 놀랄 일도 아니라는 생각이 든다.

"그렇지. 변호사라니 웃기고 자빠졌네."

로즈가 말한다.

"생긴 건 변호사 같았어."

캐리스가 말한다.

"너무 변호사 같았지. 인정하자, 우리가 당한 거야. 그것도 쟤가 장난친 거였어."

로즈가 말한다.

세 사람은 음모라도 꾸미듯 속삭인다. 우리가 왜 이러고 있을까? 토니는 생각한다. 숨길 것도 없는데. 당당하게 다가가 따져야 하는데. 벼룩도 낯짝이 있지, 어쩌면 이렇게 뻔뻔하게 살아 있느냐고.

그녀를 보지 못한 척 계속 대화를 나누어야 하는데 세 사람은 테이블만 멍하니 쳐다본다. 모둠 셔벗이 분홍색과 빨간색으로 녹아 하얀 접시 위에 둥둥 떠 있는 것이 상어의 공격이 남긴 흔적처럼 보인다. 세 사람은 들통이 나고 덫에 걸려든 듯한 기분, 죄를 짓는 듯한 기분이 든다. 그런 기분을 느껴야 할 쪽은 지니아인데.

하지만 지니아는 세 사람이 그 자리에 없는 것처럼, 그 자리에 아무도 없는 것처럼 그들이 앉아 있는 테이블 옆을 지나간다. 토니는 지니아에게서 흘러나오는 빛이 그들 모두를 초라하게 만드는 느낌이다. 그녀가 뿌린 향수가 뭔지 모르겠다. 짙고 무겁고 음침하고 불길한 냄새다. 불에 그을린 흙 같은 냄새다. 그녀는 식당 뒤쪽으로 걸어가 자리에 앉더니 담배에 불을 붙인 다음 세 사람 너머로 창밖을 쳐다본다.

"토니, 걔 뭐 하고 있니?"

로즈가 작은 소리로 묻는다. 지니아를 똑똑히 볼 수 있는 사람이 토니뿐이다.

"담배 피워. 누굴 기다리면서."

토니가 대답한다.

"여긴 어쩐 일일까?"

로즈가 묻는다.

"바람 쐬러 나왔겠지. 우리처럼."

"어쩌면 이럴 수가 있니? 좀 전까지만 해도 하루 종일 기분 좋았는데."

캐리스가 애처로운 목소리로 말한다.

"아니, 그게 아니라 나는 쟤가 어쩐 일로 이 도시에 왔는지 궁금한 거였어. 젠장, 이 도시가 아니라 어쩐 일로 이 나라에 왔을까 싶다. 자기 손으로 다 정리했잖아. 또 뭐가 남았지?"

로즈가 말한다.

"쟤 이야기 이제 그만하고 싶다."

토니가 말한다.

"나는 쟤 생각조차 하고 싶지 않아. 쟤 때문에 내 머릿속이 뒤죽박죽되는 거 싫어."

캐리스가 말한다.

하지만 물론 다른 생각을 할 수 있을 리 없다.

지니아는 예전처럼 아름답다. 몸에 딱 붙는 검은색 옷은 목둘레가 깊게 파여 가슴 윗부분이 훤히 보인다. 그녀는 늘 그랬던 것처럼 사진 같다. 뜨거운 조명으로 주근깨와 주름살은 하얗게 지워지고 이목구비만 남은 하이패션 사진 같다. 거만하고 슬퍼 보이는 도톰하고 불그스름한 자주색 입술, 크고 깊은 눈동자, 정교한 아치 모양을 자랑하는 눈썹, 적갈색으로 물든 볼록한 광대뼈. 그녀가 어딜 가든 따라오는 숱 많은 머리는 옷을 몸에 딱 붙게 만드는 그 미세한 바람결에 흩날려 변덕스럽게 움직이며 이마에 검은 덩굴을 드리우고, 그녀의 주변을 바스락거리는 소리로 채운다. 이렇게 보이지 않는 소동이 벌어지는 와중에도 그녀는 조각상처럼 꼼짝 않고 앉아 있다. 그녀의 몸에서 악의가 방사선처럼 뿜어져 나온다.

토니의 눈에는 그렇게 보인다. 물론 이것은 과장된 표현이다. 지나친 발상이다. 하지만 지니아가 주로 유발하는 것이 이렇게 북받치는 감정이다.

"나가자."

캐리스가 말한다.

"쟤 때문에 겁먹을 것 없어."

토니가 말한다. 자신에게 하는 말이나 다름없다.

"겁나서 그러는 거 아니야. 쟤를 보고 있으면 구역질이 나. 나라는 인간에 대해서 구역질이 나."

그 말을 듣고 로즈가 생각에 잠긴 목소리로 중얼거린다.

"사실 그렇기는 하지."

두 친구는 핸드백을 집어 들고 평소처럼 밥값을 나누기 시작한다. 토니는 계속 지니아를 보고 있다. 그녀는 정말 예전처럼 아름답다. 하지만 흰 가루가 생긴 포도송이처럼 살짝 탁한 구석이 있다. 피부에서 수분이 빠져나가기라도 한 것처럼 약간 메마르고 오그라들어 보인다. 그걸 보니 마음이 놓인다. 지니아도 그들과 똑같은 인간인 것이다.

지니아가 담배를 끄고 시선을 낮춰 토니를 물끄러미 바라본다. 그녀의 시선이 토니를 관통한다. 하지만 그녀는 토니를 제대로 보고 있다. 세 사람을 제대로 보고 있다. 그녀는 세 사람이 어떤 기분인지 안다. 그걸 즐기고 있다.

토니는 시선을 거둔다. 심장이 눈덩이처럼 차갑게 똘똘 뭉쳐져 있다. 그와 동시에 짧은 한마디나 치명적인 명령이라도 기다리고 있는 듯한 흥분과 긴장감이 느껴진다. 전진! 돌격! 발사! 이 비슷한 명령이라도 기다리고 있는 것 같다.

하지만 피곤하기도 하다. 어쩌면 지니아를 상대할 만한 기운이 남아 있지 않은지도 모른다. 이번에는 그녀를 감당하지 못할 수도 있다. 예전에도 마찬가지였지만.

그녀는 반들반들한 빨간색 테이블과 찌그러진 담배꽁초가 담긴 검은색 재떨이를 뚫어져라 쳐다본다. 은색으로 식당 이름이 적혀 있다. 톡시크.

크시톡. 아즈텍족이 쓰던 말 같다.

토니는 생각한다. 지니아는 무슨 속셈일까? 원하는 게 뭘까? 거울 이쪽에서 뭘 하고 있는 걸까?

6

세 친구는 한 명씩 문을 나선다. 후퇴한다. 토니는 뒷걸음질로 나가고 싶은 것을 꾹 참는다. 등을 보이면 부상당할 확률이 높아지는 법이다.

지니아가 총을 들고 있는 건 아니다. 그래도 토니는 얇은 물방울무늬 레이온 원피스를 등 뒤에서 레이저처럼 관통하는 그녀의 거만한 군청색 시선을 느낄 수 있다. 한심하긴. 지니아는 이렇게 생각하고 있을 것이다. 웃고 있을 것이다. 아니면 그 도톰한 입술 끝을 살짝 올리며 미소를 짓고 있을 것이다. 세 친구는 깔깔거리며 웃을 거리도 되지 못한다. 굴욕적이네. 토니는 속으로 중얼거린다. 갑옷을 빼앗기고, 자존심을 짓밟히고, 머리를 깎인 것처럼.

오늘 아침까지만 해도 토니는 걱정이 없었다. 아무 걱정이 없었다. 그런데 지금은 그렇지가 않다. 모든 것이 의심스러워진다. 그녀에게 일상이란 호시절에조차 보잘것없는 것이다. 표면 장력으로 간신히 유지되는 얇은 무지개 빛깔 막과 같다. 그녀는 그것을 유지하기 위해 많은 노력을 기울이고 있다. 편안하고 안정적으로 살고 있다는 환상과 왼쪽에서 오른쪽으로 계속 이어지는 낱말과 판에 박힌 사랑의 행위를 통해. 하지만 그 밑은 암흑이다. 위협, 혼돈, 불타는 도시, 무너지는 탑, 심연과 같은 무질서. 마음을 가라앉히려고 심호흡을 하자 산소와 매연이 뇌 속으로 빨려 들어오는 게 느껴진다. 다리가 휘청거리고, 눈앞으로 이어진 길거리가 연못에 비친 그림자처럼 불안하게 일렁이고, 희미한 햇살이 연기처럼 사라진다.

그래도 로즈가 집이든 어디든 태워다 주겠다고 할 때 그녀는 걸어가겠다고 한다. 그녀에게는 막간이 필요하다. 간격이 필요하다. 웨스트를 만날 준비가 필요하다.

이번에는 세 친구가 입맞춤하는 시늉 대신 서로를 포옹한다. 캐리스는 평정심을 유지하려고 노력하지만 부들부들 떨고 있다. 로즈는 까불며 아무렇지도 않은 척하지만 눈물을 삼키고 있다. 그녀는 차에 앉아 산뜻한 재킷 소매로 눈가를 훔치며 한바탕 눈물을 흘린 다음 펜트하우스에 자리 잡은 사무실로 돌아갈 것이다. 반면에 캐리스는 쇼윈도를 구경하고 무단 횡단을 하며 페리 선착장까지 느릿느릿 걸어갈 것이다. 페리에 오르면 갈매기를 보고 자기가 갈매기가 된 상상을 하며 지니아를 머릿속에서 지우려고 애쓸 것이다. 토니는 두 친구를 보호해 주고 싶은 생각이 든다. 그들은 우울하고 힘든 선택을 내리는 게 어떤 건지 모른다. 앞으로 펼쳐질 싸움에서 두 친구는 별로 도움이 안 될 것이다. 하지만 두 친구는 밑져야 본전이다. 잃을 것도, 잃을 사람도 없다. 하지만 토니에게는 있다.

그녀는 퀸가를 따라 걷다 스패디나 길에서 북쪽으로 방향을 튼다. 두 발에게는 움직이라는 명령을 내리고, 태양에게는 빛나라는 명령을 내린다. 모든 것을 얻는지 모든 것을 잃는지 시험해 보지 않은 자는 자신의 운명을 너무 두려워하거나 그릇이 너무 작은 자다. 그녀는 속으로 이 구절을 계속 중얼거린다. 일반인은 물론이고 장군들 사이에서 가장 인기 있는 명언이자 힘이 되는 문구다. 그녀에게 필요한 것은 균형 잡힌 시각이다. 다이각시 힌잡형균. 거꾸로 뒤집었더니 무슨 의학 용어 같다.

차츰 안정이 된다. 그녀에게 아무런 노력도, 아무런 설명도, 아무런 확인도 바라지 않는 낯선 사람들이 마음을 가라앉혀 준다. 그녀는 다양한 인종이 공존하는, 온갖 피부색이 섞여 있는 이 길이 좋다. 차이나타운이 이 길 대부분을 차지하지만 유대인 식품점이 아직까지 몇 군데 남아 있고, 조금만 더 걸어 올라가면 옆쪽으로 포르투갈과 서인도 제도 상점들이 포진한 켄징턴 시장이 나온다. 2세기 로마와 10세기 콘스탄티노플과 19세기 빈이 공존하는 교차로. 다른 나라 출신들은 뭔가를 열심히 잊으려는 것처럼 보이고, 여기 출신들은 뭔가를 열심히 기억하려는 것처럼 보인다. 아니면 그 반대일지도. 아무튼 다들 무언가에 사로잡힌 눈빛으로 곁눈질을 한다. 다른 나라 음악이 흐른다.

길거리는 점심 시간을 이용해 나선 쇼핑객들로 북적거린다. 그들은 고양이 수염이 달렸는지 다른 데를 보면서도 서로 부딪히지 않는다. 토니는 사람들 사이를 들락날락하며 카람볼라, 리치, 길고 쭈글쭈글한 양배추를 가판에 내놓고 파는 채소 가게, 번들번들하고 불그스름한 오리들이 진열창에 대롱대롱 매달린 정육점, 컷워크 기법으로 만든 식탁보와 등에 행운을 상징하는 용을 수놓은 실크 기모노를 파는 포목점을 지난다. 중국인들 사이에 섞여 있으면 키가 딱 적당한 것처럼 느껴진다. 그들 눈에 자기가 어떻게 비칠지 모르는 바는 아니지만. 아마도 털이 북슬북슬하고 새하얀 외국인 마귀처럼 보이겠지. 그녀는 털이 북슬북슬하지도 사악하지도 않지만 외국인은 맞다. 여기서는 그녀가 외국인이다.

위로 두 블록 걸어가 모퉁이를 돌면 나오는 릴리언의 미용실에서 머리를 자를 때가 되긴 했다. 그 미용실 직원들은 그녀를 보면 호들갑을 떤다. 그녀의 작은 발과 두더지 앞발처럼 앙증맞은 손과 납작한 엉덩이와 패션 잡지에 소개되는, 벌에 쏘인 것처럼 두툼하게 튀어나온 입술에 비하면 시대에 뒤떨어져도 한참 뒤떨어진 하트 모양 입술을 입에 침이 마르도록 칭찬하거나 혹은 칭찬하는 척한다. 그녀더러 중국인과 흡사하다고 한다.

하지만 흡사할 따름이다. 그녀는 뭐든 흡사한 데서 그친다. 지니아는 남을 속일 때도 흡사한 수준에 머문 적이 없다. 그녀의 사기극은 아주 그럴듯했고, 가장 허술한 속임수조차 절대적이었다.

토니는 스패디나를 지나고, 중국어로 적힌 영화 홍보 포스터가 덕지덕지 붙은 빅토리 벌레스크를 지나고(누구의 승리, 어떤 승리를 말하는지 궁금하다.), 그로스맨스 태번을 지나고, 스코트 선교회에서 점점 더 많은 사람에게 점점 더 저렴한 가격에 교회 수프를 대접하는 칼리지 대로를 건넌다. 이대로 집까지 걸어가도 된다. 오늘은 수업이 없다. 에너지를 재정비하고, 열심히 고민하고, 작전을 세워야 한다. 하지만 아는 정보가 이렇게 적은데 얼마나 대단한 작전을 세울 수 있을까 싶다. 지니아가 부활하기로 마음먹은 이유는 뭘까? 애초에 폭탄을 맞고 죽는 번거로움을 감수한 이유는 뭘까? 그녀만의 이유가 있을 것이다. 세 사람과는 상관없는 이유가. 아니면 그녀와 웨스트, 두 사람과는 상관없는 이유가. 아무튼 톡시크에서 지니아의 눈에 띄다니 재수가 없었다.

어쩌면 지금쯤 지니아는 웨스트를 까맣게 잊었을지 모른다. 웨스트는 잔챙이잖아. 토니는 애원하듯 속으로 중얼거린다. 하찮은 먹잇감이잖아. 뭐 하러 그런 데까지 신경 쓰겠어? 하지만 지니아는 사냥을 좋아한다. 사냥을 즐긴다.

전문가들은 적을 상상하라고 한다. 그의 입장이 되었다고, 그가 되었다고 생각하고, 앞으로의 행보를 예측하는 방법을 터득하라고 한다. 안타깝게도 지니아는 예측이 불가능한 존재다. 어렸을 때 하던 가위바위보하고 비슷하다. 가위는 보자기를 자를 수 있지만 바위를 만나면 부서진다. 적이 어떤 주먹을, 어떤 비열한 선물을, 어떤 비밀 병기를 등 뒤에 숨기고 있는지 파악하는 것이 관건이다.

해가 기울고, 토니는 단풍나무와 밤나무에서 떨어진 낙엽을 헤치며 고요한 길을 걸어 집으로 돌아간다. 그녀의 요새로 돌아간다. 저물어 가는 햇빛에 비친 그녀의 집은 이제 두툼하고 듬직하고 확실해 보이지 않는다. 조만간 팔리거나 돛을 올리고 출항이라도 할 것처럼 어정쩡해 보인다. 정박지에서 흔들리며 살짝 깜빡이고 있는 것처럼 보인다. 토니는 문을 열기 전에 벽돌을 손으로 쓰다듬는다. 집이 실제로 존재하는지 확인하기 위해서다.

그녀가 들어오는 소리를 들었는지 웨스트가 위에서 부른다. 그녀는 현관 앞 거울에 얼굴을 비춰 보며 평소와 다름없는 표정을 연습한다.

"이거 들어 봐."

3층으로 걸어 올라간 그녀를 향해 웨스트가 말한다.

토니는 귀를 기울인다. 그녀가 듣기에는 어제와 별로 다를 게 없는 소음이다. 짝짓기에 나선 수컷 펭귄들이 고무장화 같은 발 사이에 돌멩이를 끼워 들고 오는 소리. 펭귄들은 돌멩이를 나르고 웨스트는 소음을 나른다.

"멋진데."

그녀가 말한다. 그녀가 자주 동원하는 사소한 거짓말이다.

웨스트는 미소를 짓는다. 그 미소에는 자기하고 생각이 다른데도 솔직한 의견을 밝히지 않고 넘어가 줘서 고맙다는 뜻이 담겨 있다. 그녀는 덩달아 미소를 지으며 조심스럽게 그의 표정을 살핀다. 주름이 잡힌 부분과 볼록 솟은 부분과 움푹 팬 부분을 하나하나 샅샅이 살핀다. 그녀가 보기에는 모든 게 평소와 다를 바 없다.

둘 다 요리를 할 기분이 아니라 웨스트가 길모퉁이 일식집에서 장어, 방어, 연어 초밥을 사 가지고 온다. 두 사람은 신발을 벗고 3층에 있는 웨스트의 서재 텔레비전 앞 쿠션에 앉아 손가락을 핥아 가며 초밥을 먹는다.

웨스트가 서재에 텔레비전을 설치한 이유는 소리가 색깔과 물결선으로 변환되어 구현되는 비디오를 보기 위해서인데, 두 사람은 추억의 명화나 시시껄렁한 심야 범죄 드라마를 볼 때도 그 텔레비전을 애용한다. 웨스트는 영화를 좋아하지만 오늘은 토니가 고를 차례라 고도로 불쾌하고 끈적끈적하며 불필요한 폭력이 작열하는 경찰 드라마 재방송을 보기로 한다.

토니의 학생들이 그녀의 이런 모습을 보면 웃을 것이다. 학생들은 어른이나 선생들은 자기네처럼 촐싹대지도 게으르지도 않을 거라고 착각한다. 토니는 한 여자가 조금 전에 감은 머리를 빗고, 또 다른 여자가 한 방울도 새지 않게 곡선으로 디자인된 신제품 생리대를 찬양하는 장면을 지켜본다. 한 남자가 다른 남자를 죽이려고 준비하는 장면을 백 번째 아니 천 번째로 지켜본다.

그런 남자들은 칼을 던지거나 목을 부러뜨리거나 방아쇠를 당기기 전에 항상 그럴듯한 대사를 날린다. 영화에서만 벌어지는 현상이거나 시나리오 작가의 환상일까? 아니면 그런 상황이 닥치면 남자들이 실제로 그런 말을 할까? 토니로서는 알 길이 없다. 적에게 경고하고, 혼자 흐뭇해하고, 적을 위협하고,

행동을 개시하기 전에 용기를 내고 싶은 걸까? 디유 에 몽 드루아.[13] 놀리 메 임푸네 라케시트.[14] 둘케 에트 데코룸 에스트 프로 파트리아 모리.[15] 내 앞에서 까불지 마. 결투, 전투의 함성, 비문(碑文). 범퍼 스티커.

남자가 말한다.

"너는 이제 지난 일이야."

토니는 죽음을 의미하는 텔레비전 속 여러 표현을 머릿속에 입력해 두었다. 너는 이제 토스트야. 너는 이제 튀김이야. 너는 이제 쓰레기야. 너는 이제 스테이크야. 너는 이제 썩은 고기야. 희한하게도 음식으로 전락하는 게 마지막 모욕이라도 되는 양 하나같이 먹을 것과 연결되어 있다. 하지만 토니는 예전부터 너는 이제 지난 일이야를 제일 좋아했다. 그러면 모든 과거와 싸구려 망각 사이에서 한 치의 오차도 없는 등식이 성립한다. 젊은 세대들은 잘난 척 비웃으며 선언한다. 그건 지난 일이잖아요. 지금은 현재고요.

상황이 이대로 흘러가면 조만간 지난 일이 될 남자의 겁에 질려 휘둥그레진 눈이 클로즈업으로 잡히는가 싶더니 스마일 배지 모양의 주황색 약제가 방울방울 콧구멍 속으로 스며드

---

13) Dieu et mon droit. '신은 나의 권리.'라는 뜻으로 잉글랜드 왕실의 문장이다.

14) Noli me impune lacessit. '나를 공격하는 자는 대가를 치르리라.'라는 뜻으로 스코틀랜드의 국시(國是)이다.

15) Dulce et decorum est pro patria mori. '조국을 위해 죽는 것은 아름답고 명예로운 일이다.'라는 뜻으로 고대 로마 시인 호라티우스가 남긴 격언이다.

는 장면이 나온다.

"끔찍하네."

웨스트가 중얼거린다. 경찰 드라마가 끔찍하다는 건지, 코의 단면도를 보여 주는 게 끔찍하다는 건지 모르겠다. 그녀는 텔레비전 소리를 죽이고 그의 큼지막한 손을 들어 간장 범벅이 된 두 손가락을 잡는다.

"웨스트."

하고 싶은 말이 뭘까? 당신 참 크다? 그건 아니다. 당신은 내 거지? 그것도 아니다. 제발 떠나지 마?

그는 가끔 그들 두 사람을 머트와 제프라고 부른다. 그러면 토니는 트머와 프제라고 응답한다. 그러면 웨스트는 그만 좀 하라고 한다. 두 사람이 같이 산책을 나가면 항상 한쪽이 목에 끈을 묶고 있는 것처럼 보인다. 하지만 어느 쪽일까? 곰과 훈련사일까, 푸들과 조련사일까?

"맥주 마실래?"

웨스트가 묻는다.

"사과주스."

토니는 이렇게 말하고서 "부탁할게."라고 덧붙인다. 웨스트는 쿠션에서 일어나 양말을 신은 발로 터벅터벅 계단을 내려간다.

토니는 새로 출시된 자동차가 꼭대기가 평평한 봉우리로 둘러싸인 어느 산악 지대 황무지를 소리 없이 달리는 장면을 바라본다. 매복하기에 딱 좋은 지형이다. 그녀는 지금 한 가지 결정을 내려야 한다. 웨스트에게 알리느냐 마느냐. 어떤 식으로 말을 꺼내야 할까? 지니아가 살아 있어. 그러면 어떤 일이 벌어질까? 웨스트가 어떤 반응을 보일까? 외투도 없이 맨발로 달려 나갈까? 그럴 수도 있다. 키가 큰 사람들은 머리가 지면과 너무 멀리 떨어져 있고 중심이 너무 높다. 그들은 한 번의 충격에도 휘청거린다. 예전에 지니아도 말했듯이 웨스트는 쉬운 상대다.

그녀는 어떤 예감을 느끼고 자리에서 일어나 살금살금 웨스트의 책상으로 다가간다. 전화기가 있는 곳이다. 전화번호를 적어 두는 수첩이라든지 하는 것은 따로 없고, 버린 악보 뒷면에 그녀가 두려워하던 내용이 적혀 있다. Z — A. 호텔. 교환 1409.

벽에 휘갈겨 쓴 글자처럼, 유리창을 긁어서 남긴 글자처럼, 팔에 새긴 글자처럼 Z라는 글자가 악보 뒷면에 둥실 떠 있다. 복면을 쓰고 원수를 갚아 주는 조로의 Z. 결단의 시간을 의미하는 Z. 공격을 의미하는 Z.[16]

지니아가 이미 이 집에 왔다 가며 비웃는 뜻에서 머리글자를 남겨 놓은 것 같지만 사실 웨스트의 필체다. 참 귀엽기도 하지. 그녀는 속으로 생각한다. 이렇게 아무나 보게 놔두다니, 변기에 넣고 물을 내려서 없앨 생각조차 하지 않다니. 다만 문제가 있다면 그녀에게 말을 하지 않은 거다. 그는 그녀가 생각했던 것처럼 투명하고 솔직한 사람이 아니다. 숨기는 게 있다. 적이 이미 이 집 안에 들어와 있다.

---

16) 결단의 시간은 zero hour, 공격은 zap이다.

인간은 정치적인 동물이 아니다. 호전적인 동물이다. 대화가 실패로 돌아가면 전쟁이 벌어진다.

지니아. 그녀는 연습하듯 나지막이 속삭여 본다. 지니아, 너는 이제 지난 일이야.

너는 이제 썩은 고기야.

7

캐리스

캐리스는 새벽에 일어나 깔끔하게 침대를 정리한다. 이 침대를 애지중지하기 때문이다. 그녀는 오랫동안 이 침대 저 침대를 전전했다. 바닥에 매트리스만 깔고 자 보기도 했고, 나사로 고정한 끝이 뾰족한 나무다리가 계속 부러지는 중고 접이식 침대도 써 봤고, 자고 나면 허리가 쑤시는 요도 써 봤고, 화학 약품 냄새가 나는 고무 패드도 써 봤다. 그런 뒤 마음에 드는 침대를 발견했다. 딱딱하지만 너무 딱딱하지는 않고 하얀색으로 칠한 쇠 프레임이 달린 침대다. 같은 가게에서 일하는 샤니타가 주기적으로 인테리어를 바꿀 때 싸게 샀다. 샤니타가 넘기는 물건은 뭐가 됐든 훌륭한데 이 침대 역시 마찬가지다. 박하사탕처럼 상쾌하고 산뜻하다.

캐리스는 하얀 바탕에 짙은 분홍색 나뭇잎과 포도가 그려

84

진 예쁜 시트를 깔았다. 빅토리아 시대 분위기다. 딸 오거스타는 너무 요란하다고 한다. 그 아이는 무릎 뒷부분처럼 보드라운 가죽 의자나 크롬과 유리로 만든 관 모양의 커피 테이블, 회색과 아이보리색과 연한 갈색 쿠션을 올려놓은 까끌까끌한 천으로 만든 디자이너 소파를 좋아한다. 법률 회사 사무실에 있는 것처럼 간결한 디자인의 비싸 보이는 소파를 좋아한다. 사실 이것은 캐리스의 짐작이다. 그녀가 아는 사람 중에 법률 회사에서 근무하는 변호사는 없으니. 딸아이는 이렇게 으리으리한 사진과 테이블과 소파 사진을 잡지에서 오려 내 가구용 스크랩북에 붙이고 스크랩북을 펼쳐서 아무 데나 놓아둔다. 엄마와 엄마의 그 번잡스러운 취향을 나무라기 위해서다.

오거스타는 냉정한 아이다. 비위를 맞추기가 힘들다. 적어도 캐리스의 입장에서는 그렇다. 어쩌면 아버지 없이 자라서 그럴지도 모른다. 아니, 아버지 없이 자란 게 아니라 투명 인간 같은 아버지, 점선으로 그려져 캐리스가 딸을 대신해 색칠해 주어야 하는 아버지만 있기 때문일지 모른다. 하지만 캐리스도 기억하는 게 많지 않기 때문에 그의 이목구비가 살짝 흐릿한 것도 당연한 일이다. 딸아이에게 아버지가 있었더라면 지금보다 괜찮았을까? 그녀도 아버지 없이 자랐으니 알 수 없는 일이다. 자격이 없는 부모가 한 명이 아니라 두 명이었다면 오거스타가 캐리스를 좀 더 너그럽게 대했을지 모른다.

어쩌면 이건 캐리스가 자초한 일인지도 모른다. 그녀는 전생에 고아원 원장이었을지 모른다. 고아들한테는 묽은 죽을 먹이고 원장은 아늑하게 벽난로를 피워 놓고 기둥 네 개 달린 따뜻한 침대에서 오리털 이불을 덮고 자는 빅토리아 시대의 고아원. 그래서 그녀가 그런 시트를 좋아하는 것일 수도 있다.

그녀가 캐리스가 아니라 캐런이었던 시절에 어머니도 그녀에게 냉정하다고 했다. 어머니는 신발이 됐든 빗자루가 됐든 뭐든 손에 잡히는 걸로 캐런의 종아리를 때리며 이 냉정한 것아, 이 냉정한 것아 하고 소리를 지르곤 했다. 하지만 캐런은 냉정한 아이가 아니라 부드러운, 너무도 부드러운 아이였다. 모든 게 여린 아이였다. 머릿결도 그렇고, 미소도 그렇고, 목소리도 그랬다. 너무 부드러워서 저항이라는 게 없을 정도였다. 그래서 냉정한 것들이 그녀 안으로 쑥 들어와 그대로 가라앉을 수 있었다. 정말 열심히 노력하면 반대편으로 밀어낼 수 있었다. 그러고 나면 그런 것들을 보거나 듣거나 심지어 만질 필요조차 없었다.

어쩌면 그래서 냉정하게 보였을지 모르겠다. 넌 이 싸움에서 이길 수 없어. 이모부는 두툼한 손을 그녀의 팔에 얹으며 이렇게 말했다. 이모부는 그녀가 싸우고 있다고 생각했다. 어쩌면 정말 그랬는지 모른다. 결국 그녀는 캐리스로 신분을 바꾸고 사라져 다른 곳에서 다시 얼굴을 내밀었고, 그 뒤로 줄곧 다른 곳에서 살았다. 캐리스로 변신한 이후에는 그럭저럭 살아갈 수 있을 만큼 냉정해졌지만 그래도 계속 부드러운 옷을 입는다. 하늘거리는 인도산 모슬린, 롱 개더스커트, 꽃무늬 숄, 온몸을 휘감는 스카프.

반면에 딸아이는 광택에 빠져 있다. 손톱에 매니큐어를 바르고 검은 머리에는 반짝이는 투구라도 쓴 것처럼 젤을 바르는데 펑크 분위기가 난다기보다 유능한 수완가처럼 보인다. 딸아이는 반짝반짝 광을 내기에는 아직 어린 나이다. 이제 겨우 열아홉 살이다. 아직 번데기를 다 벗지도 못했는데 에나멜을 뒤집어쓰고 굳어져 옷깃에 꽂는 핀이 되어 버린 나비와 비슷하다. 언제면 날개를 펼칠 수 있을까? 딸아이의 딱 부러지는 옷차림과 작고 말쑥한 워커와 컴퓨터로 깔끔하게 출력해 놓은 목록들을 볼 때마다 캐리스는 가슴이 찢어진다.

그녀가 지어 준 이름은 오거스트였다. 딸아이가 태어난 달. 후텁지근한 산들바람, 베이비파우더, 노곤한 더위, 건초 냄새. 그렇게 부드러운 이름이었다. 딸아이는 너무 부드러운 이름이라 여겼는지 저 스스로 뒤에 a를 덧붙여 이제 오거스타가 되었다. 느낌이 전혀 다른 이름이다. 대리석 조각, 매부리코, 당당하게 꾹 다문 입술. 오거스타는 웨스턴 대학교 경영학과 1학년생이다. 캐리스는 뒷바라지를 해 줄 여력이 못 되는데 다행히 장학금을 받고 있다. 오거스타는 그녀의 경제관념이 무딘데 대해서도 투덜거린다.

하지만 아무리 돈이 없어도 오거스타는 잘 먹여 키웠다. 영양가 있는 음식을 먹였고, 오거스타가 집에 올 때마다 야채와 단백질의 균형을 맞춘 영양 만점의 식탁을 차려 준다. 장미꽃잎을 넣은 향낭이나 해바라기씨를 넣고 구운 쿠키 등 작은 선물도 들려 보낸다. 하지만 늘 헛다리를 짚는 기분이다. 그것으로는 늘 부족해 보인다.

오거스타는 캐리스에게 그렇게 어깨를 움츠리고 있으면 나이 들어서 꼬부랑 할머니가 될 거라고 한다. 캐리스의 찬장과 서랍을 뒤져 양초를 만들려고 모아 놓은 양초 동강을 치워 버리고, 기회가 닿으면 비누를 만들려고 모아 놓은 비누 조각이나 크리스마스트리를 꾸미려고 모아 두었다 잘못해서 좀이 슨 털실 쪼가리까지 치워 버린다. 그런가 하면 마지막으로 화장실을 청소한 게 언제였느냐고 묻고, 부엌에 있는 쓰레기 좀 치우라고 한다. 여기서 쓰레기란 캐리스가 해마다 여름이면 정성스럽게 길러서 창틀에 각양각색의 못을 박고 줄줄이 매달아 말리는 약초 다발을 말한다. 물론 먼지가 앉기는 했지만 그래도 못 쓸 정도는 아니다. 또 원래는 계란이나 양파를 넣어 두는 용도지만 캐리스가 장갑과 스카프를 벗어 두는 데 쓰는 바구니, 머나먼 산골에 사는 시골 아낙네들이 빨간 올빼미와 감색 고양이 모양으로 만든 옥스팸 오븐용 장갑을 말한다.

오거스타는 올빼미와 고양이를 보며 눈살을 찌푸린다. 자기는 나중에 새하얗고 아주 실용적인 부엌을 만들고 뭐든 서랍 안에 넣어서 정리할 거라고 말한다.《아키텍처럴 다이제스트》에서 벌써 사진도 오려 놓았다.

캐리스는 오거스타를 사랑하지만 지금은 딸 생각을 하지 않기로 한다. 딸을 생각하기에는 너무 이른 새벽이다. 그 대신 해돋이를 감상하며 좀 더 중립적으로 하루를 시작하기로 한다.

그녀는 조그마한 침실 창가로 다가가 침대 커버와 무늬가 똑같은 커튼을 젖힌다. 아직은 가장자리를 감치지 않았지만 나중에 꼭 할 생각이다. 윗부분을 고정한 압핀 몇 개가 튀어나와 바닥에 떨어진다. 맨발로 밟는 불상사가 일어나지 않도록 압핀이 바닥에 떨어진 걸 기억하고 있어야 한다. 커튼 봉이나 하다못해 고리가 두 개 달린 끈이라도 사야 할 텐데. 별로 비싸지도 않을 것이다. 오거스타가 집에 들르기 전에 커튼도 빨아야 한다.

"이 물건, 빨기는 하는 거야? 가난뱅이들 속옷 같잖아."

지난번에 왔을 때 딸아이는 그렇게 말했다. 오거스타는 뭐든 그림을 보는 것처럼 생생하게 표현하는 재주가 있어 캐리스를 움찔하게 만든다. 너무 날카롭고 너무 선명하고 너무 뾰족하다. 깡통을 잘라서 만든 도형처럼.

신경 쓰지 말자. 침실 창가에서 밖을 내다보면 마음이 편안해진다. 그녀의 집이 골목에서 가장 끝 집이라 거기서 풀밭과 단풍나무, 버드나무가 시작되는데 그 나무들 사이로 이제 막 태양이 고개를 내민 항구가 보인다. 오늘은 태양이 수면을 건드리자 뽀얀 물안개가 피어오른다. 너무나 불그스름하고 너무나 하얗고 너무나 푸르스름한 물안개 사이로 달이 한 조각 걸려 있고, 갈매기들이 날아다니는 유령처럼 빙글빙글 돌다 고개를 처박는다. 그 물안개 위로 도시가 떠 있다. 고층 빌딩, 고층 빌딩, 고층 빌딩, 그리고 이번에는 뾰족탑. 검은색, 은색, 초록색, 구리색, 여러 가지 색깔로 만들어진 유리 벽이 햇빛을 반사하는데 시간이 시간인지라 눈이 부시지는 않다.

이 섬에서 보면 도시가 신비롭다. 신기루 같기도 하고, 공상 과학 소설 표지 같기도 하다. 해가 질 때도 마찬가지다. 진한 주황색으로 물들었던 하늘이 우주를 닮은 심홍색을 거쳐 쪽빛으로 변하면 수많은 유리창에 반사된 햇빛이 어둠을 얇은 막처럼 바꾸어 놓는다. 그러다 밤이 찾아오면 네온사인이 놀이공원이나 안전하게 타고 있는 불길처럼 반짝이며 하늘을 밝힌다. 캐리스가 도시를 감상하고 싶지 않은 때가 있다면 하루 중 가장 눈부신 정오 무렵이다. 그 시각의 도시는 너무 선명하고 너무 요란하고 적극적이다. 삐죽 고개를 내밀고 들이댄다. 그럴 때는 도시가 대들보와 콘크리트 덩어리로 보인다.

캐리스는 아무리 어스름 무렵이라 해도 도시 안으로 들어가기보다 멀리서 바라보는 것을 더 좋아한다. 그 안으로 들어가면 바라볼 수가 없고, 바라보더라도 세부적인 부분들만 눈에 담을 수 있다. 그래서 도시가 현미경으로 들여다본 피부 사진처럼 거칠고 울퉁불퉁하고 격자무늬로 선이 그어진 곳이 된다. 그래도 날마다 그 안으로 들어가야 한다. 일은 해야 하니까. 그녀는 자기 직업을 사랑하지만 그래도 일은 일이고, 모든 일에는 결부된 족쇄가 있기 마련이다. 꺾쇠괄호 같은 거랄까. 그래서 그녀는 날마다 작은 휴식을, 작은 기쁨이 될 만한 특별한 일을 마련해 둔다.

오늘은 로즈, 토니와 함께 톡시크에서 점심을 먹는다. 어떻게 보면 그 둘은 그녀와 어울리지 않는 친구다. 매클렁 홀 시절부터 알고 지냈다니 생각해 보면 신기한 일이다. 사실 알고 지낸 건 아니었다. 당시에 그녀는 누구하고든 얼굴만 알고 지냈을 뿐 친구가 없었다. 하지만 토니와 로즈는 이제 친구다. 그것만큼은 분명하다. 두 사람은 현재 그녀 인생의 한 부분이 되었다.

그녀는 창가에서 멀찌감치 물러서다 걸음을 멈추고 발바

닥에 박힌 압핀을 빼낸다. 생각보다 아프지 않다. 못으로 만든 침대 위에 그녀가 누워 있는 장면이 머릿속을 잠깐 스치고 지나간다. 익숙해지려면 시간이 좀 걸리겠지만 좋은 훈련이 될 것이다.

하얀색 면 잠옷을 벗고, 밤마다 침대 가에 가져다 놓는 물을 마시고, 속옷 차림으로 요가를 한다. 요가 타이츠를 아직 안 빨았다. 하지만 볼 사람이 없으니 상관없다. 혼자 살아서 좋은 점도 있다. 방 안은 서늘하다. 피부에는 서늘한 공기가 좋다. 그녀가 다니는 직장의 한 가지 장점이 10시까지 출근하면 된다는 것이다. 덕분에 긴 오전을 즐기며 천천히 하루를 시작할 수 있다.

지금은 방바닥에 눕는 게 내키지 않아서 중간 부분을 살짝 건너뛴다. 그런 다음 아래층으로 내려가 샤워를 한다. 집을 지은 다음 덧붙였기 때문에 부엌 옆이 욕실이다. 이 섬에 있는 집들 대부분이 그런 식이다. 원래는 여름 별장 개념이었기 때문에 야외에 간이 화장실을 설치했다. 캐리스는 욕실을 화사한 분홍색으로 칠했지만 그래도 한쪽으로 기운 바닥은 어쩔 수 없다. 어쩌면 이 욕실은 집에서 떨어져 나가는 중일지 모른다. 금이 가고 겨울이 되면 외풍이 심한 것도 그 때문일 것이다. 버팀목을 대는 게 좋을지 모르겠다.

캐리스는 더바디샵의 듀베리 향 샤워젤로 몸을 씻는다. 흉터가 거의 사라진 팔과 목과 다리를 씻는다. 그녀는 깨끗한 것을 좋아한다. 할머니는 밖이 깨끗한 것과 안이 깨끗한 것이 있다고, 안이 깨끗한 게 더 좋은 거라고 말씀하시곤 했다. 하지만 캐리스는 안까지 깨끗하지는 않다. 지니아의 흔적들이 모슬린에 달린 지저분한 스팽글처럼 그녀에게 들러붙어 떨어지지 않는다. 머릿속에서 지니아라는 이름이 긁힌 자국처럼, 용암처럼 벌겋게 이글거리자 그녀는 검은색 크레용으로 그 위에 선을 긋는다. 지니아 생각을 하기에는 너무 이른 아침이다.

그녀는 샤워 물줄기에 머리를 감고 밖으로 나와 수건으로 물기를 없애고 가운데 가르마를 탄다. 오거스타는 짧게 자르라고 닦달한다. 염색도 하라고 한다. 늙고 퇴색한 엄마가 싫은 것이다. 퇴색이라는 단어는 오거스타의 표현이다.

"나는 지금 이대로가 좋아."

캐리스는 이렇게 대꾸하지만 과연 그럴까 싶다. 하지만 염색은 사양이다. 한번 시작하면 계속해야 하고, 무거운 굴레가 하나 더 추가될 뿐이다. 로즈만 봐도 알 수 있다.

그녀는 욕실 거울 앞에 서서 유방 자가 진단으로 멍울이 없는지 확인한다. 매일 하지 않으면 매번 까먹을 게 분명하다. 이제는 브래지어를 할 때가 된 건지 모르겠다. 애초부터 브래지어를 했다면 가슴이 이렇게 처지지 않았을지 모른다. 누구도 노화에 대해서는 미리 알려 주지 않는다. 아니, 그렇지는 않다. 주변에서 아무리 뭐라고 해도 사람들은 귀담아듣지 않는다.

"우리 엄마하고는 주파수가 안 맞아."

오거스트는 저 스스로 a를 덧붙이기 전에 친구들한테 이렇게 말하곤 했다.

캐리스는 끈으로 묶는 파란색 중국산 비단 주머니에서 수정 진자를 꺼내 머리 위로 들고 거울에 비친 진자를 바라본다. 샤니타는 비단이 진동을 보존해 준다고 했다.

"오늘도 기분 좋은 하루가 될까?"

그녀는 진자에 대고 묻는다. 진자가 빙글빙글 돌면 그렇다는 뜻이고 앞뒤로 움직이면 아니라는 뜻이다. 진자는 머뭇거리다 흔들리며 일종의 타원을 그린다. 마음을 정할 수가 없는 것이다. 별일 없겠네. 캐리스는 속으로 생각한다. 그런데 그때 진자가 움찔하는가 싶더니 멈추어 선다. 캐리스는 당황스럽다. 지금까지 이런 적은 한 번도 없었다. 샤니타에게 물어보기로 한다. 샤니타라면 알 것이다. 그녀는 진자를 다시 주머니에 넣는다.

이번에는 다른 관점에서 접근해 볼 요량으로 할머니에게 물려받은 성서를 꺼내 눈을 감고 핀으로 책갈피를 찌른다. 오랜만에 하지만 아직까지 요령을 기억한다. 그녀는 손으로 더듬어 내려가다 눈을 뜨고 읽는다. 우리가 이제는 거울로 보는 것같이 희미하나 그때에는 얼굴과 얼굴을 대하여 볼 것이요.「고린도 전서」인데 오늘의 운세를 점치는 데는 별로 도움이 되지 않는다.

아침은 요거트와 사과 반쪽을 섞은 뮤즐리다. 빌리가 있을 때는 오래전에 사라진 암탉들이 낳은 달걀과 베이컨을 먹었다. 아무튼 빌리는 그랬다. 그는 베이컨을 좋아했다.

캐리스는 빌리의 얼굴과 그가 좋아했던 것들을 머릿속에서 얼른 지워 버리고 베이컨 생각을 한다. 비디오처럼 지워 버리라는 샤니타의 목소리가 들린다. 그녀는 일곱 살 때부터 베이컨을 먹지 않았고, 나중에는 모든 육류를 끊었다. 당시 『생명을 구하는 요리책』에서는 지방이 배 속으로 들어가면 어떻게 될지 상상해 보라고 했다. 버터 500그램, 라드 500그램, 촌충처럼 하얗고 납작하게 늘어진 익히지 않은 베이컨 한 줄. 캐리스는 상상을 너무 잘한다. 그래서 지방으로 끝낼 수가 없다. 그녀가 뭔가를 입에 넣을 때마다 식도를 타고 위로 넘어가 기분 나쁘게 뒤섞인 다음, 안에 지압용 신발처럼 작은 고무 손가락이 달린 길고 엉클어진 정원용 호스 비슷하게 생긴 소화관을 따라 느릿느릿 움직이는 과정이 생생하게 눈앞에서 펼쳐진다. 조만간 그 음식은 반대쪽 끝으로 나올 것이다. 이것이 그녀가 건강식에 열중한 결과다. 접시에 어떤 음식이 놓였든 가면을 쓴 똥 덩어리로 보인다.

베이컨은 지워 버려. 그녀는 단호하게 명령을 내린다. 이렇게 날씨가 화창한데 그 생각을 해야지. 그녀는 죽순이 그려진 일본제 순면 기모노를 입고, 오거스트가 태어났을 때부터 쓰던 동그란 떡갈나무 식탁에 앉아 뮤즐리를 권장 횟수만큼 씹으며 창밖을 내다본다. 예전에는 이 자리에서 닭장이 보였다. 암탉들은 더 이상 살지 않아도 빌리가 만들어 준 닭장을 일종의 기념비처럼 남겨 두었는데 오거스트가 이름을 오거스타로 바꾸더니 부수자고 했다. 그녀는 딸과 함께 쇠지레로 닭장을 부순 뒤 덩굴이 그려진 새하얀 시트에 대고 눈물을 흘렸다. 그가 어디로 갔는지 알 수만 있다면 얼마나 좋을까. 그가 어디로 끌려갔는지 알 수만 있다면 얼마나 좋을까. 그는 누군가에 의해 강제로 끌려간 게 분명했다. 그렇지 않고서야 아무 말 없이, 편지 한 장 없이 그렇게 사라질 리 없었다……

목을 강타한 고통이 손쓸 겨를도 없이 숨통을 가른다. 고통을 지워 버려. 하지만 가끔은 그러지 못할 때도 있다. 그녀는 식탁 모서리에 대고 이마를 가볍게 찧는다.

"가끔은 그러지 못할 때도 있다고요."

그녀는 큰 소리로 외친다.

알았어. 샤니타가 말한다. 그럼 지나가게 내버려 둬. 당신을 타고 지나가게. 파도라고 생각해. 물 같은 거야. 그 파도가 어떤 색일까?

"빨간색."

캐리스는 큰 소리로 외친다.

좋았어. 샤니타가 미소를 짓는다. 빨간색도 어떨 때 보면 예쁘잖아? 견뎌. 그 색을 견뎌.

"알았어요."

캐리스는 고분고분 대답한다.

"하지만 괴로워요."

당연히 괴롭지! 누가 괴롭지 않대? 괴롭다는 것은 곧 당신이 살아 있다는 증거야! 자, 이제 어떤 색이 당신을 괴롭히지?

캐리스가 숨을 들이쉬었다 내쉬자 색깔이 희미해진다. 이 방법은 두통에도 효과가 있다. 캐리스는 그녀보다 훨씬 나중에 로즈가 아픔을 겪었을 때(그녀보다 더 심한 아픔은 아니었다.) 이 방법을 가르쳐 주려고 한 적이 있다.

"너 스스로 고칠 수 있어."

그녀는 샤니타처럼 침착하고 자신만만한 목소리로 말했다.

"네가 조절할 수 있어."

"개뿔!"

로즈는 화난 목소리로 외쳤다.

"더 이상 아무도 사랑하지 않으면 된다고 말해 봐야 소용없어. 그런 식으로 해결되는 문제가 아니잖아!"

"너한테 안 좋은 일인 걸 알면 하지 말아야지."

캐리스가 말했다.

"안 좋은 일이거나 말거나 그게 무슨 상관이니?"

로즈가 말했다.

"나는 햄버거를 좋아해. 하지만 먹지는 않아."

캐리스가 말했다.

"햄버거하고 인간의 감정은 다르잖아."

로즈가 말했다.

"같아."

캐리스가 말했다.

캐리스는 자리에서 일어나 주전자를 올려놓는다. 모닝 미라클 차를 끓일 생각이다. 가게에서 들고 온 스페셜 블렌드다. 옆으로 비스듬히 서서 가스스토브에 불을 붙인다. 가끔 부엌문을 등지고 서기 싫을 때가 있는데 지금이 그런 때이기 때문이다.

부엌문에는 머리 높이에 유리창이 달렸다. 한 달 전에 주말을 지내러 찾아온 오거스타가 캐리스를 혼비백산하게 만든 적이 있다. 아침이 아니라 저녁, 땅거미가 질 무렵이었다. 이슬비가 내리고 눅눅한 안개가 낀 날이었다. 도시와 호수 일부가 안개에 덮여 보이지 않았고 석양마저 안개에 가려 빛 한줄기 보이지 않았다. 캐리스는 오거스타가 좀 더 늦게, 아니면 다음 날 오는 줄 알았다. 언제가 될지 몰라도 뭍에서 출발하며 전화는 하겠거니 생각했다. 오거스타는 마음 내키는 대로 왔다가 가는 편이었다.

그런데 부엌 유리창 너머에서 한 여자의 얼굴이 나타났다. 사방이 어두컴컴하고 부옇해서 누군지 알 수 없는 새하얀 얼굴이었다. 스토브에서 고개를 돌리다 그 얼굴을 본 캐리스는 목덜미가 쭈뼛해졌다.

오거스타였지만 캐리스는 그렇게 생각하지 않았다. 지니아인 줄 알았다. 오래전에 그랬던 것처럼 지니아가 비에 젖어 번들거리는 검은 머리를 하고 뒷문 계단에 서서 오들오들 떨고 있는 줄 알았다. 오 년 전에 죽은 지니아건만.

닮은 구석이 하나도 없는 딸을 지니아로 착각했다는 것이 가장 기분 나쁜 대목이었다. 얼마나 끔찍한 착각인가 말이다.

아니다. 가장 기분 나쁜 노릇은 그녀가 사실 별로 놀라지 않았다는 것이었다.

8

놀라지 않은 이유는 인간은 죽지 않기 때문이다. 적어도 캐리스는 그렇게 생각한다. 그럼 죽는다는 게 어떤 의미냐고 토니가 물었다. 캐리스는 토니가 명쾌한 설명을 요구하면 심장이 두근거려서 뭐라고 했는지 못 들은 척하며 상황을 모면하곤 한다. 그녀는 인간이라면 누구나 죽음이라 불리는 과정을 거친다는 걸 인정하는 수밖에 없었다. 분명 육신은 일종의 마무리를 거친다. 캐리스는 이 부분에 대해서는 자세히 짚고 넘어가지 않았다. 흙에 묻히는 게 좋을지 화장을 거쳐 공기 중으로 날아가는 게 좋을지 아직 결정하지 않았기 때문이다. 남의 일일 때는 양쪽 모두 그럴듯해 보이지만 좀 더 깊이 들어가 자기 손가락과 발가락과 입이 걸린 문제가 되면 그렇지가 않다.

그녀가 하고 싶었던 말은 죽음이 하나의 단계일 뿐이라는 것이었다. 그것은 하나의 상태이자 과도기였다. 일종의 체험 학습이었다.

그녀는 토니한테 뭔가를 설명하는 데 영 소질이 없다. 특히 토니가 진주 같은 치아가 보이는 작은 입을 살짝 벌리고 안경 때문에 더욱 큼직하게 보이는 눈으로 조금 차갑게 그녀를 똑바로 쳐다보면 더듬거리다 말을 멈추게 된다. 그럴 때 토니는 캐리스가 하는 말에 넋을 잃은 듯한 표정을 짓는다. 하지만 이 정교한 두뇌의 소유자가 그녀의 말을 듣고 놀랄 리는 없다. 물론 토니가 대놓고 비웃은 적은 없지만.

"뭘 배우는데?"

토니가 물었다.

"뭐, 다음 생에서는 어떻게 하면 더 잘살 수 있는지, 그런 거?"

캐리스가 대답했다. 토니가 재미있다는 표정을 지으며 몸을 앞으로 기울이자 캐리스는 더듬더듬 이야기를 계속했다.

"사후 세계를 체험하는 사람들이 있잖아. 그 사람들이 하는 말을 듣고 우리도 아는 거야. 그 사람들이 되살아났을 때 말이야."

"되살아났을 때?"

토니가 눈을 접시만 하게 뜨고 물었다.

"가슴을 두드리고 인공호흡을 하고 몸을 따뜻하게 해 주면 되살아나잖아."

"쟤는 지금 임사 체험을 이야기하는 거야."

로즈가 말했다. 그녀는 종종 토니에게 캐리스의 말뜻을 전달하는 역할을 맡곤 한다.

"너도 그 기사 읽었구나! 요즘 장안의 화제더라. 일종의 송에뤼미에르[17]를 경험한다며? 터널이 보이고, 폭죽이 터지고, 바로크 음악이 흐르고. 우리 아버지도 맨 처음 심장 마비를 일으켰을 때 겪었대. 예전에 같이 일했던 은행 지점장이 크리스마스트리처럼 환한 모습으로 나타나서 우리 아버지에게 아직 끝내지 못한 일이 있으니까 죽으면 안 된다고 하더래."

"아하. 끝내지 못한 일이라."

토니가 말했다.

캐리스는 그게 아니라 정말 사후 세계를 이야기한 거였다고 말하고 싶었다.

"어떤 사람들은 빛이 보이는 곳까지 가지도 못해. 도중에 길을 잃지. 터널 안에서. 어떤 사람들은 자기가 죽었다는 것도 몰라."

이런 사람들이 무단 거주자처럼 너희 몸속으로 들어가면 끌어내기 어려워서 위험해질 수도 있다는 이야기는 하지 않았다. 해 봐야 소용없기 때문이었다. 토니는 증거 중독자였다.

"맞아."

로즈는 이런 화제가 등장하면 아주 불편해했다.

"나도 그런 사람들 알아. 우리 주거래 은행 지점장이 그렇잖아. 이 나라 정부도 그렇고. 다들 죽었는데 죽은 줄을 모르잖아?"

---

17) 주로 사적에서 야간에 음향과 빛을 곁들여 그 역사를 설명하는 웅장한 쇼.

그녀는 웃음을 터뜨리고 나서 제비고깔이 점점 까매지고 있는데 어디가 잘못된 거냐고 캐리스에게 물었다.

"흰 곰팡이 때문이야."

캐리스가 말했다. 로즈는 사후 세계를 그런 식으로 생각했다. 무한한 경계 지대라고. 이 분야에서만큼은 캐리스가 토니보다 아는 게 훨씬 많았다.

그런데 지니아가 비를 맞으며 뒷문으로 찾아왔을 때 캐리스는 그렇게 생각했다. 지니아가 길을 잃었나 보다고 생각했다. 빛을 찾지 못한 거다. 자기가 죽은 줄 모르는 거다. 그러면 도와 달라고 캐리스의 집으로 찾아오는 것이 당연한 수순이었다. 처음부터 도움을 청하면서 알게 된 사이였으니까.

물론 나중에 밝혀졌다시피 그 여자는 지니아가 아니라 조금 우울한 얼굴로 주말을 지내러 온 오거스타였다. 아마 남자와 연관 있는 다른 계획이 무산돼 그렇게 우울해 보였던 게 아닐까 싶었다. 오거스타의 인생에 남자가 포함되어 있는 것은 캐리스도 미루어 짐작하는 바다. 그녀에게 보여 주거나 소개하지 않을 뿐이다. 대부분 사업가를 꿈꾸는 경영학도일 텐데 캐리스와 그다지 깔끔하지 않은 집을 보면 미친 듯이 도망칠 것이다. 아마 오거스타가 오지 못하게 막을 것이다. 어머니가 몸이 안 좋다든지 플로리다에 갔다든지 하는 핑계를 대면서.

하지만 오거스타도 아직은 완벽하게 에나멜을 뒤집어쓴 상태가 아니어서 가끔 가벼운 죄책감을 느낄 때가 있다. 그날도 일종의 화해 선물로 밀기울 빵 한 조각과 말린 무화과를 들고 왔다. 캐리스는 다른 때보다 더 푸근하게 딸을 안아 주고, 주키니 호박 머핀을 만들어 주고, 오거스타가 어렸을 때 그랬던 것처럼 따뜻한 물주머니로 침대를 데워 주었다. 지니아가 아니라 오거스타였다는 게 너무나 고마웠기 때문이다.

그래도 지니아가 왔다 간 것만 같다. 왔다가 원하는 걸 얻지 못하고 사라진 것 같다. 그래서 다시 올 것 같다.

다음번에 찾아오면 캐리스는 마음의 준비를 하고 있을 것이다. 지니아는 할 말이 있을 것이다. 어쩌면 없을 수도 있겠지만. 아니, 할 말이 있는 쪽은 캐리스일지 모른다. 그래서 지니아를 이 땅에 붙잡아 두고 있는지 모른다. 캐리스는 지니아가 어딘가에 살아 있다는 것을 장례식 때부터 알았다. 지니아의 유골이 들었다는 함을 본 순간 알아차렸다. 안에 유골이 들었을지 몰라도 유골과 인간은 별개의 존재였다. 지니아는 그 함 안에 들어 있지 않았고, 빛과 함께 있지도 않았다. 지니아는 허공 속으로 풀려났지만 현상의 세계에 발이 묶였다. 모두 다 캐리스 때문이었다. 그녀를 이곳에 두려는 사람이 캐리스다. 그녀를 붙잡아 두는 사람이 캐리스다.

지니아가 찾아오면, 직사각형 유리창 너머로 그 새하얀 얼굴이 어른거리면 캐리스는 문을 열어 줄 것이다. 들어와. 그녀는 이렇게 말할 것이다. 망자는 초대받지 않는 한 문지방을 넘을 수 없으니까. 들어와. 그녀는 자기 몸을 위험에 빠뜨리며 이렇게 말할 것이다. 지니아가 새로운 육신을 찾고 있을 테니까.

들어와. 그녀가 세 번째로 말하면 이것이 결정타가 되어 지니아가 움푹 꺼진 눈과 차가운 연기 같은 머리로 문지방을 넘어 안으로 들어올 것이다. 그녀가 들어와 서면 부엌이 어두워질 테고, 캐리스는 두려워질 것이다.

하지만 뒷걸음질 치지 않을 것이다. 이번만큼은 물러서지 않을 것이다. 빌리는 어떻게 됐어? 그녀는 물을 것이다. 답을 아는 사람이 지니아밖에 없으니까.

캐리스는 다시 2층으로 올라가 옷을 갈아입고 출근 준비를 하며 어깨 너머로 돌아보고 싶은 마음을 꾹 참는다. 가끔은 이곳에 혼자 사는 것이 별로 훌륭한 선택이 못 된다는 생각이 들 때도 있다. 하지만 그 외 시간에는 혼자 사는 것이 좋다. 뭐든 마음대로 할 수 있고, 본모습 그대로 있을 수 있고, 큰 소리로 혼잣말을 해도 아무도 쳐다보지 않는다. 먼지 뭉치가 굴러다녀도 아무도 뭐라 하지 않는다. 오거스타만큼은 당장 빗자루를 꺼내 쓸어 담겠지만.

다시 압핀을 밟는다. 이번에는 조금 전보다 아파서 얼른 신발을 신는다. 옷을 다 갈아입은 뒤 독서용 안경을 찾아 나선다. 회사에서 송장을 작성하고 톡시크에서 메뉴판을 읽으려면 필요하기 때문이다.

그녀는 오늘 점심을 기대하고 있다. 기대하려고 억지로 애쓰는 중이다. 하지만 어떤 예감 같은 게 느껴지면서…… 왠지 모르게 가슴이 무겁다. 뭔가 폭발하거나 불이 날 것 같은 그런 불길한 예감은 아니다. 다른 종류의 예감이다. 종종 이런 기분이 들 때가 있지만 적중률이 절반도 안 되니 믿을 건 못 된다. 샤니타의 설명에 따르면 그녀의 손금에 솔로몬의 십자가가 있는데 주변에 잔손금이 많아 너무 흐릿해서 그렇다고 한다.

"당신은 수신 주파수가 너무 많아. 대기의 잡음 말이야."

샤니타의 표현이다.

독서용 안경은 부엌의 찻주전자 커버 밑에 있다. 거기다 놓은 기억이 없는데. 물건들도 저마다의 삶이 있다. 그녀의 집에 있는 물건들은 밤이 되면 돌아다닌다. 최근에는 돌아다니는 일이 더 잦아졌다. 오존층 때문일 것이다. 미지의 에너지가 유입되고 있다.

선착장에 도착해야 하는 시간이 이십 분 남았다. 그 정도면 충분하다. 그녀는 자연스럽게 뒷문으로 집을 나선다. 앞문에는 못이 박혔고, 단열용 비닐이 안쪽을 막았고, 초록색과 파란색 페이즐리 무늬의 인도산 수직 침대보가 그 위를 덮고 있다. 단열용 비닐은 겨울을 대비하기 위한 것이다. 여름에는 걷어 놓지만 지난여름에는 걷지 않았다. 비닐을 걷으면 파리 시체가 떼거리로 나오는데 유쾌한 광경이 아니다.

섬은 공기가 참 상쾌하다. 비교적 그렇다는 얘기다. 최소한 수시로 바람이 분다. 그녀는 뒷문 밖에서 잠깐 걸음을 멈추고 비교적 상쾌한 공기를 들이마시며 양쪽 허파가 그 산뜻함으로 채워지는 것을 느낀다. 텃밭에서는 근대가 계속 고개를 내미는 중이고, 당근과 파릇파릇한 토마토도 있다. 한쪽 구석에서는 녹빛이 섞인 주황색 국화가 한창이다. 이곳은 땅이 비옥

하다. 닭똥의 흔적이 아직 남아 있고, 그녀가 봄가을로 퇴비 더미에서 퇴비를 떠서 뿌려 주기 때문이다. 이제 퇴비를 뿌릴 때가 되었다. 첫서리가 내리기 전에.

그녀는 텃밭을 사랑한다. 흙에 무릎을 꿇고 앉아 지렁이가 손가락 사이로 빠져나가는 땅속에 두 손을 깊이 묻고 뿌리와 뿌리 사이를 헤집으면 흙덩어리와 서서히 발효되는 냄새에 취해 아무 생각도 나지 않는다. 그녀는 그런 순간들을 사랑한다. 뭔가 자라도록 도울 수 있는 것을 사랑한다. 오거스타는 기절할 일이지만 절대 장갑도 끼지 않는다.

샤니타가 말하길 그녀의 할머니는 해마다 봄이 되면 흙을 한두 줌씩 먹었다고 한다. 몸에 좋다면서 말이다.(그런데 어느 할머니가 그랬다는 건지 모르겠다. 샤니타의 할머니는 한두 분이 아니었다.) 그런데 흙을 먹는 것은 캐리스의 할머니도 했음 직한 일이다. 그녀의 할머니는 꾀죄죄하고 무서웠지만 그런 방면에 대해 아는 게 많았다. 캐리스는 아직 흙을 먹어 보지 않았지만 먹어 보려고 마음의 준비를 하는 중이다.

앞마당으로 넘어가면 할 일이 더 많다. 지난봄에 그녀는 잔디를 걷고 영국 시골집 비슷한 분위기를 시도해 보았다. 하얀 물막이 판자로 지어 조금씩 분해되는 중인 이 집과 잘 어울릴 것 같았기 때문이다. 그런데 너무 많이 심어 놓고 솎지도 않고 잡초도 제대로 뽑지 않는 바람에 뒤죽박죽이 되어 버렸다. 사방을 장악한 금어초는 여전히 무럭무럭 자랐고, 키가 큰 꽃대들이 쓰러진 곳에서(버팀목을 해 주어야 했는데) 가느다란 곁가지가 올라오고 있다. 내년에는 키 큰 녀석들을 뒤에 심고 색을 줄여야겠다.

내년에 그럴 수 있다면 말이다. 내년에는 이 집마저 없어질지 모른다. 섬과 도시 사이에 전쟁이 계속 진행되고 있다. 도시에서는 모든 집을 허물고 땅을 평평하게 다져 공원으로 꾸미고 싶어 한다. 몇 년 전 수많은 집이 그런 식으로 무너지자 사람들이 버티기 시작했다. 캐리스가 생각하기에는 질투심 때문에 생긴 일이다. 도시 사람들은 자기들이 여기 살지 못할 바에야 아무도 살지 못하게 만들려는 것이다. 뭐, 덕분에 집값이 떨어지기는 했다. 그렇지 않았더라면 캐리스가 어디에서 살았을까?

섬에 아무도 살지 않으면 누가 캐리스처럼 매일 아침 동틀 녘마다 먼발치에서 도시를 바라보며 그 아름다움에 감탄할 수 있을까? 그런 비전과 그런 사랑스러움과 무한한 가능성이 사라진다면 도시는 썩고 갈라져 아무 쓸모 없는 돌 더미로 무너져 버릴 것이다. 도시를 지탱하는 유일한 힘이 믿음이다. 믿음과, 그녀 같은 사람들이 하는 명상이다. 이것만큼은 캐리스도 분명하다고 확신할 수 있는데 아직까지 시 의원들에게 보내는 편지에 제대로 표현하지 못했고, 편지도 두 통밖에 못 부쳤다. 하지만 쓰는 것만으로도 도움이 된다. 편지에서 메시지가 발사되고, 이것이 자기도 모르는 새 시 의원들의 머리에 전달될 것이다. 전파처럼 말이다.

선착장에 도착해 보니 승선 절차가 이미 시작되었다. 승객들이 하나씩 둘씩 배에 오른다. 뭍에서 물로 걸음을 옮기는 과정이 행진 비슷한 분위기를 풍긴다. 바로 여기서 그녀는 빌리를 마지막으로 보았다. 그리고 살아 있는 지니아도 여기서 마지막으로 보았다. 캐리스가 배를 꼭 붙들고 숨을 헐떡이며 느릿느릿 달려왔을 때 두 사람은 이미 뱃전에 있었다. 그렇게 뛰어가다 넘어지면 유산할 수도 있는 터라 위험한 일이었는데 선원들이 벌써 트랩을 끌어 올리고 있었고, 페리는 경적을 울리며 서서히 뒤로 움직였고, 깊은 바다는 소용돌이치고 있었다. 그녀는 그 바다를 훌쩍 뛰어넘지 못했다.

빌리와 지니아는 서로 떨어져 있었다. 누구인지 모를 두 남자가 그들 곁에 있었다. 어쩌면 옆에 선 승객이었을지 모른다. 외투를 입은 두 남자. 빌리는 그녀를 보았지만 손을 흔들지 않았다. 고개를 돌렸다. 지니아는 꼼짝하지 않았다. 짙은 빨간색 영기(靈氣)가 그녀를 감싸고 있었다. 머리카락이 사방으로 어지럽게 날렸다. 태양을 등지고 서서 얼굴이 보이지 않았다. 그녀는 까만 해바라기였다. 하늘은 한없이 파랬다. 두 사람은 점점 작아지면서 점점 멀어졌다.

캐리스는 자기 입에서 어떤 소리가 터져 나왔는지 기억하지 못한다. 기억하고 싶지 않았다. 하지만 점점 멀어져 가던 두 사람의 모습과 뒷면이 빈칸으로 남은 엽서처럼 아무 내용 없이 시간이 멈추었던 그 순간만큼은 잊지 않으려 한다.

그녀는 주갑판 쪽으로 걸어가 뭍에서 배로 옮겨 탈 준비를 한다. 카디건 주머니에 빵 조각이 들어 있다. 이미 머리 위에서 빙글빙글 날아다니며 그녀를 눈여겨 살피고 배고픈 유령처럼 울어 대는 갈매기들에게 줄 것이다.

어쩌면 사람들이 터널을 지나 빛 속으로 들어가는 게 아닐지 모른다고 그녀는 생각한다. 고대인들이 말했듯이 배를 타고 들어가는지도 모른다. 요금을 내고서 배를 타고 건너며 망각의 강물을 마신다. 그리하여 다시 태어난다.

9

캐리스의 직장은 레디언스[18]라는 곳이다. 온갖 종류의 크고 작은 수정으로 만든 펜던트와 귀고리, 수정 원석, 조개껍질, 이집트와 남프랑스에서 수입한 에센셜 오일, 인도에서 수입한 향, 캘리포니아와 영국에서 수입한 유기농 보디 크림과 바스 젤, 주로 프랑스에서 수입한 나무껍질과 허브와 말린 꽃을 넣은 향낭, 여섯 종류의 타로 카드, 아프가니스탄과 타이산 보석, 하프와 플루트 연주가 많이 들어간 뉴에이지 음악 테이프, 해변과 폭포와 아비새 울음소리를 담은 CD, 아메리카 원주민의 정신세계와 아즈텍족의 건강 비결을 소개하는 책, 일본에서 수입한 자개 젓가락과 옻그릇, 중국산 비취로 만든 자

---

18) '빛', '광채'라는 뜻이다.

그마한 조각품, 재활용 수제 종이에 말린 풀을 붙인 카드, 줄풀 다발, 8개국에서 수입한 카페인 없는 차, 별보배고둥 목걸이, 말린 씨앗, 반질반질하게 다듬은 돌, 나무를 깎아서 만든 목걸이를 판다.

캐리스는 이 가게를 1960년대부터 기억한다. 그때는 이름이 '상심한 사람들을 위한 가게'였고 대마초 파이프와 현란한 포스터, 마리화나 꽁초용 홀더, 홀치기 염색한 속옷, 다시키[19]를 팔았다. 1970년대에는 이름이 '오컬트'였고 귀신 연구와 여성들의 고대 신앙, 마술 숭배, 사라진 왕국 아틀란티스와 뮤[20]를 다룬 책, 거부감이 느껴지는 뼈로 만든 공예품, 동물의 일부분을 갈았다는 냄새 나는 가루를 팔았다. 캐리스가 보기에는 사기성이 농후했지만. 당시에는 박제 악어가 쇼윈도를 지켰고, 한동안은 심지어 폭탄 맞은 머리 모양의 가발과 가짜 피, 접착식 흉터를 갖춘 호러 메이크업 세트까지 팔았다. 펑크족 세트가 인기를 끌었지만 이곳은 그때 가장 바닥을 때렸다.

그러다 1980년대 초반으로 들어서면서 다시 달라졌다. 그때까지 이름이 '오컬트'이던 가게를 샤니타가 인수했다. 그녀는 박제 악어와 뼈로 만든 공예품과 귀신 연구에 관한 책을 당장 치웠다. 뭐 하러 사서 고생하느냐고, 동물 보호주의자들과 부딪치고 싶지도 않고 광신도들이 스프레이로 쇼윈도에 테러를 가하는 것도 싫다고 했다. 수정 사업을 시작하고 이름을

---

19) 아프리카 민족의상.
20) 태평양 중부에 있었다는 상상의 대륙.

'레디언스'로 바꾼 것도 그녀의 아이디어였다.

캐리스의 마음을 사로잡은 것은 가게 이름이었다. 처음에 그녀는 허브티를 사러 가는 손님에 불과했다. 그러다 영업 사원을 뽑는다는 이야기를 듣고는 너무 딱딱한 데다 스트레스가 많고 게다가 별로 소질이 없어서 지긋지긋하던 천연자원부에서 보고서 정리하는 일을 접고 지원했다. 샤니타가 그녀를 뽑은 이유는 딱 알맞은 분위기를 갖추었기 때문이라고 했다.

"보아하니 손님들을 괴롭히지 않을 스타일이야. 손님들은 부담을 주면 싫어해. 이 안에서 그냥 어슬렁거리는 걸 좋아하거든. 내 말 무슨 뜻인지 알지?"

캐리스는 그 말이 무슨 뜻인지 알았다. 그녀도 레디언스 안에서 어슬렁거리는 것을 좋아한다. 그곳에서 풍기는 냄새도 좋아하고 그 안에 있는 물건들도 좋아한다. 가끔 월급 대신 파는 물건을 싼값에 들고 오기도 하는데 그럴 때마다 오거스타는 질색을 한다. 그 쓰레기 또 들고 왔어? 딸아이는 일본제 옻그릇과 아비새 울음소리를 녹음한 테이프가 몇 개나 더 필요한 거냐고 묻는다. 캐리스는 물질적인 욕구가 아니라 정신적인 욕구의 문제라고 대답한다. 지금 그녀가 눈독 들이고 있는 물건은 노바스코샤에서 건너온 정말 예쁜 자수정 정동석(晶洞石)이다. 악몽이 찾아오지 못하게 침실에 놓을 생각이다.

이 정동석을 보고 오거스타가 어떤 반응을 보일지 눈에 선하다. 엄마! 침대에 있는 이 돌덩어리는 또 뭐야? 호기심 많은 회의론자인 토니의 반응도 상상할 수 있다. 이거 정말 효과 있니? 엄마처럼 모든 응석을 받아 줄 로즈의 반응도 눈에 선하다. 얘,

네가 행복해지기만 한다면 뭐든 상관없어! 이런 식으로 남들의 반응을 예측하는 것은 그녀에게 평생 골치 아픈 문제다. 너무 잘해서 문제다. 그녀는 누가 됐든 어떤 식으로 반응하고 어떤 감정을 보이고 어떤 식으로 비난하고 어떤 식으로 요구할지 예측할 수 있다. 하지만 어쩐 일인지 상대방은 화답하지 않는다. 어쩌면 그런 재주를 타고나지 못해서일지 모른다. 이런 것도 재주라고 할는지 모르겠지만.

캐리스는 페리 선착장을 등지고 빽빽한 공기를 쿵쿵 들이마시며 킹가를 지나 퀸가로 건너간다. 이곳의 공기는 섬과 전혀 달라서 화학 약품 냄새와 다른 사람들이 내뱉은 숨결로 가득하다. 이 도시에는 숨을 쉬는 사람이 너무 많다. 이 별에는 숨을 쉬는 사람이 너무 많다. 그중에서 몇백만 명쯤이라도 다른 곳으로 떠나 주면 도움이 되지 않을까? 하지만 캐리스는 섬뜩할 만큼 이기적인 이런 생각을 더 이상 하지 않기로 한다. 그 대신 나눔에 대해서 생각하기로 한다. 캐리스의 허파로 들어가는 모든 분자는 수많은 다른 사람의 허파를 수도 없이 들락날락했다. 생각해 보면 그녀의 몸을 구성하는 모든 분자 역시 한때 수많은 다른 사람의 일부분이었고, 인류를 지나 한참을 거슬러 올라가면 공룡, 그리고 최초로 등장한 플랑크톤의 일부분이었다. 식물은 말할 것도 없다. 우리는 하나같이 모든 이의 일부분이야. 그녀는 생각에 잠긴다. 우리는 하나같이 모든 것의 일부분이야.

이것이 어느 정도 거리를 두고 바라보았을 때 찾아오는 우주적인 깨달음이다. 그런데 이때 문득 불쾌한 생각 하나가 캐리스의 머리를 스치고 지나간다. 모두가 모든 이의 일부분이라면 그녀 역시 지니아의 일부분이다. 그리고 역도 성립된다. 그녀가 숨 쉬는 공기 안에 지니아가 들어 있을지 모른다. 연기 속에서 화한 지니아의 일부가 말이다. 그녀의 영체는 아직 땅 위를 떠다니고 유골은 함에 담겨 뽕나무 밑에 묻혔지만.

어쩌면 지니아가 노리는 게 그런 것일지 모른다. 에너지의 일부분은 함 속에 들어 있고 나머지 일부분은 둥둥 떠다니는, 이도 저도 아닌 상태에 짜증이 나서 밖으로 나가고 싶어 하는 것일지 모른다. 캐리스가 언제 날을 잡아 삽과 깡통 따개를 들고 한밤중에 묘지를 찾아가서 함을 꺼내 유골을 흩뿌려 주어야 할지도 모른다. 그런 식으로 그녀를 우주와 섞어 주는 것이다. 그야말로 그녀에 대한 배려일 것이다.

그녀는 9시 50분에 레디언스에 도착한다. 이렇게 일찍 출근하는 것은 정말 어쩌다 한 번 있는 일이다. 열쇠로 문을 따고 들어가 옅은 자주색과 청록색으로 된 작업복을 입는다. 이 작업복은 손님들에게 그들이 직원임을 알리기 위해 샤니타가 만들었다.

샤니타는 벌써 출근했다.

"안녕, 캐리스. 별일 없지?"

그녀가 뒤쪽에 있는 창고에서 큰 소리로 묻는다. 주문은 샤니타가 전담한다. 그녀는 그런 일에 천부적인 재능이 있다. 공예 박람회와 아무도 모르는 후미진 곳들을 다니며 시내의 다른 어느 가게에도 없는 근사한 물건들을 찾아낸다. 사람들이 어떤 것을 원하는지 한 박자 먼저 알아차리는 것 같다.

캐리스는 샤니타를 무척 존경한다. 샤니타는 똑똑하고 노련하며 영적인 능력이 탁월하다. 그런가 하면 캐리스가 지금까지 본 중에서 가장 강인하고 아름답다. 나이는 적지 않다. 아마 마흔을 훌쩍 넘겼을 것이다. 그녀는 나이가 몇인지 밝히지 않는다. 캐리스가 한 번 물었을 때도 웃으면서 나이는 마음먹기 나름인데 자기 스스로 느끼는 나이는 2000살이라고 했다. 그런데 흰머리가 점점 늘고 있다. 샤니타가 염색을 하지 않는 것도 캐리스가 존경해 마지않는 부분이다.

그녀의 머리는 원래 검은색이고, 곱슬곱슬하지도 않고 부스스하지도 않다. 탐스럽게 반짝이며 관능적으로 굽이치는 것이 길게 늘인 태피[21] 아니면 용암 비슷하다. 불에 녹은 까만 유리 같다. 샤니타는 그 머리를 동그랗게 말아서 어떨 때는 정수리에, 또 어떨 때는 한쪽에 삐딱하게 고정한다. 아니면 그냥 탐스럽고 구불구불하게 뒤로 늘어뜨린다. 광대뼈는 넓고, 코는 반듯하니 높고, 입술은 두툼하며, 까만 속눈썹이 달린 큼지막한 눈은 어떤 옷을 입느냐에 따라 신기하게 갈색과 초록색을 오가며 다른 색을 낸다. 피부는 주름 하나 없이 매끄러운데 검은색도 아니고 갈색도 아니고 황색도 아니다. 짙은 베이지색에 가깝지만 베이지색이라고 하기에는 너무 밋밋하다. 아무튼 밤색도 아니고 불에 그을린 황갈색도 아니고 적갈색

---

21) 설탕, 버터, 땅콩을 섞어서 만든 캔디.

도 아니다. 그녀의 피부색을 제대로 표현하려면 뭔가 다른 단어가 필요하다.

가게를 찾은 손님들은 종종 샤니타에게 어디 출신이냐고 묻는다.

"여기요."

그녀는 환한 미소와 함께 대답한다.

"바로 이곳에서 태어났어요!"

손님들 앞에서는 싹싹하게 대답하지만 사실 이것은 그녀를 많이 괴롭히는 문제다.

"부모님이 어느 나라 분이냐고 묻는 것 같은데요."

캐리스는 이렇게 말한다. 캐나다 사람들은 그게 궁금할 때 보통 그런 식으로 묻는다.

그러면 샤니타는 이렇게 말한다.

"그게 아니야. 내가 언제 떠날지, 그게 궁금한 거지."

캐리스는 어째서 그녀가 떠나길 바라는 사람이 있다는 건지 이유를 알 수가 없다. 그녀가 그렇게 말하면 샤니타는 웃음을 터뜨린다.

"당신이야 안전한 그늘 속에서 살았겠지."

그러면서 백인인 전차 차장들이 그녀를 어떤 식으로 괄시하는지 이야기한다.

"내가 타면 뒤로 가라 그래. 무슨 쓰레기라도 되는 것처럼!"

"전차 차장들은 전부 거칠어요. 아무한테나 뒤로 가라 그래요. 나한테도 그래요!"

캐리스가 이런 말로 위로하면 샤니타는 웃기지 말라는 듯

흘끗 쳐다본다. 물론 100퍼센트 참말은 아니다. 일부 차장들만 그러고 그녀는 전차를 거의 타지 않으니까. 그저 얼굴 하얀 모든 사람이 보이는 인종차별주의에 동의할 수 없기 때문인데, 그러고 나면 캐리스도 기분이 안 좋다. 가끔은 샤니타가 정글을 헤쳐 나가는 불굴의 탐험가 같다는 생각이 들 때도 있다. 캐리스 같은 사람들로 이루어진 정글을.

그래서 그녀는 호기심을 거두고 샤니타와 그녀의 배경과 출신에 대해 너무 꼬치꼬치 캐묻지 않으려고 한다. 그런데 샤니타 쪽에서 힌트를 흘리고 말을 바꾸는 식으로 장난을 친다. 어떨 때는 중국인과 흑인의 피가 섞였고, 할머니가 서인도 제도 사람이라고 한다. 그쪽 억양을 그럴듯하게 흉내 내는 것을 보면 실제로 뭔가 있을지도 모른다. 흙을 먹었다는 할머니가 그 할머니일지 모른다. 다만 할머니가 한두 분이 아니다. 미국 출신도 있고, 핼리팩스 출신도 있고, 파키스탄 출신도 있고, 뉴멕시코 출신도 있고, 심지어 스코틀랜드 출신까지 있다. 어쩌면 다들 의붓할머니일 수 있고, 또 어쩌면 샤니타가 그만큼 많이 돌아다녔다는 뜻일 수도 있다. 캐리스는 잘 모르겠다. 샤니타처럼 할머니가 많은 사람은 처음이다. 또 어떨 때는 오지브와족이나 마야족의 피가 섞였다고 하고, 심지어 티베트인의 피가 섞였다고 한 날도 있었다. 진짜인지 가짜인지 말할 사람이 없으니 그녀는 뭐든 마음대로 될 수 있다.

반면에 캐리스는 천생 백인일 수밖에 없다. 하얀 토끼. 백인으로 사는 게 점점 더 힘들어진다. 원자력 폐기물에서 흘러나오는 치명적인 방사선처럼 백인과 결부된 과거의 좋지 않은 여파가 현재에까지 영향을 미친다. 속죄해야 할 일이 너무 많다! 생각만 해도 머리가 찌릿하다. 다음 생에 그녀는 샤니타처럼 활기 넘치는 혼혈로, 잡종으로 태어날 작정이다. 그러면 아무도 그녀에게 악감정을 가지지 않을 것이다.

11시는 되어야 가게 문을 열기 때문에 캐리스는 재고 조사를 돕는다. 샤니타가 선반을 훑어 내려가면서 숫자를 세면 캐리스가 클립보드에 받아 적는다. 독서용 안경을 찾아서 다행이다.

"가격을 내려야겠어."

샤니타가 미간을 찌푸리며 말한다.

"재고가 줄질 않네. 세일을 시작해야겠다."

"크리스마스를 앞두고요?"

캐리스가 놀란 목소리로 묻는다.

"불경기잖아."

샤니타가 입술을 오므리고 대답한다.

"어쩔 수 없지, 뭐. 해마다 이맘때면 보통 크리스마스를 대비해서 주문을 넣어야 했는데 이것 좀 봐!"

캐리스는 자세히 들여다본다. 선반마다 당황스러울 만큼 뭐가 가득하다. 샤니타가 말한다.

"요즘 뭐만 팔리는지 알아? 바로 이거."

최근 들어 많이 판매한 물건이기 때문에 캐리스도 뭘 말하는지 안다. 회색 재활용 종이에 흑백 선화를 그려 저자가 집에서 직접 제작해 출간한 조그만 팸플릿 스타일의 요리책 『즉석

요리 — 깍쟁이처럼 만드는 수프와 스튜』다. 개인적으로 그녀는 이 책이 마음에 안 든다. 깍쟁이라는 개념 자체에 거부감이든다. 냉정하고 가혹한 느낌이다. 그녀도 양초 동강과 털실 쪼가리를 모으기는 하지만 그건 그걸로 뭘 만들고 싶기 때문이다. 이 땅을 사랑하는 마음의 표현이다.

샤니타가 말한다.

"이런 물건들을 좀 더 많이 갖다 놓아야겠어. 솔직히 가게에 변화를 줄까 생각 중이야. 이름도 바꾸고 콘셉트도 바꾸고, 전부."

캐리스는 가슴이 철렁 내려앉는다.

"뭘로 바꾸려고요?"

"스크림퍼스가 어떨까 싶은데."

"스크림퍼스요?"

"왜 있잖아. 10센트 숍 같은 싸구려 잡화점. 그걸 좀 더 독창적으로 바꾸면 잘될 거야! 몇 년 전만 해도 충동구매 덕분에 장사가 됐잖아. 사람들이 쌈짓돈을 막 흘리고 다녔으니까. 하지만 불경기 때 버티려면 허리띠를 졸라매게 만드는 물건을 파는 방법밖에 없어."

"하지만 레디언스라는 이름이 훨씬 예뻐요!"

캐리스는 슬픈 목소리로 외쳤다.

"나도 알지. 이 가게를 하는 동안 참 재미있었어. 하지만 예쁘다는 말은 사치품에나 어울리는 표현이야. 요즘 같은 때 이런 장난감들이 얼마나 팔리겠어? 몇 개는 팔리겠지만 그것도 싸게 팔았을 때 얘기야. 이럴 때는 손실을 줄이고, 경비를 줄이고, 할 일을 해야 하는 거야. 이 일은 나에게 생명이야. 생명줄이자 내 목숨이라고. 지금까지 우라지게 열심히 일했고 바람이 어느 쪽으로 부는지도 아는데 가라앉는 배와 함께 침몰할 수는 없어."

그녀는 수세를 취하며 담담한 눈빛으로 캐리스를 물끄러미 쳐다본다. 오늘은 눈이 초록색이다. 순간 캐리스는 자신이 경비에 포함된다는 사실을 깨닫는다. 경기가 더 나빠지면 샤니타는 그녀까지 자르고 혼자 가게를 꾸려 나갈 것이다. 그러면 캐리스는 실직자 신세가 될 것이다.

재고 조사를 끝내고 가게 문을 열자 샤니타의 기분이 달라진다. 이제는 살뜰하다 싶을 만큼 캐리스를 다정하게 챙긴다. 두 사람은 카운터에 앉아서 샤니타가 끓인 모닝 미라클을 마신다. 손님이 밀려드는 것도 아니라 샤니타는 오거스타에 대해 이것저것 물어보며 시간을 보낸다.

캐리스로서는 불편한 일이지만 샤니타는 오거스타를 좋게 생각한다. 경영학을 공부하다니 똑똑한 아이라고 한다.

"여자들도 자기 앞가림을 해야 해. 빈둥거리는 남자가 너무 많거든."

그녀는 심지어 가구 사진을 오려서 붙여 놓는 스크랩북도 좋게 생각한다. 캐리스가 보기에는 너무 탐욕스럽고 물질주의적인 발상이건만.

"머리를 쓸 줄 아는 아이네."

샤니타는 이렇게 말하면서 차를 좀 더 따른다.

"나도 그 나이 때 그런 거 만들어 놨으면 좋았을 텐데. 그랬으면 그렇게까지 고생하지 않았을 텐데."

그녀에게는 두 딸과 장성한 두 아들이 있다. 심지어 손녀도 있다. 하지만 그런 부분에 대해서는 이야기를 별로 하지 않는다. 그녀는 캐리스에 대해 많은 것을 알지만 캐리스는 그녀에 대해 아는 것이 거의 없다.

"오늘 아침에 진자가 이상했어요."

캐리스는 화제를 바꾸려고 진자 이야기를 꺼낸다.

"이상했다니?"

가게에서 파는 진자는 모두 다섯 종류인데 샤니타는 진자의 움직임을 해석하는 데 전문가다.

"딱 멈춰 버리더니 머리 위에서 꼼짝을 않는 거예요."

"아주 강력한 메시지인데? 생각지도 못했던 사건이 갑작스럽게 벌어질 거야. 아니면 어떤 사람이 특별한 메시지를 전하려는 것일 수도 있고. 오늘, 전갈자리의 첫날 맞지? 말하자면 진자가 당신을 콕 집어 가리키면서 조심하라고 말하는 거나 마찬가지야."

캐리스는 걱정이 된다. 오거스타가 사고를 당하는 걸까? 그런 걱정이 제일 먼저 떠오른다.

"그건 아닌 것 같은데. 아무튼 두고 보자고."

샤니타가 너무 걱정 말라는 듯이 말하면서 카운터 밑에 놓아두는 타로 카드를 꺼낸다. 그녀가 가장 좋아하는 마르세유 카드다. 캐리스가 카드를 섞어서 나눈다.

"탑. 아까 말한 것처럼 갑작스러운 일이 벌어진다는 뜻이지.

여제사장. 공개, 뭔가 감추어져 있던 게 드러난다는 뜻이고. 검을 든 기사. 오호, 흥미진진한데? 기사들은 모두 메시지를 전달하거든. 이번에는 여왕. 센 여자네! 하지만 당신이 아니라 다른 사람이야. 오거스타는 아니야. 그렇게 어린 여자아이가 여왕일 수는 없으니까."

"그럼 사장님인 모양이네요."

캐리스가 말하자 샤니타는 웃음을 터뜨린다.

"센 여자라고? 나는 부러진 갈대인데?"

그녀는 카드를 한 장 더 내려놓는다.

"죽음. 변화, 갱신일 수도 있고."

그녀는 그 카드 위에 다시 다른 카드를 포개 놓는다.

"이런. 달이 나왔잖아?"

으르렁대는 개들과 늪이 있고 전갈이 웅크리고 있는 달 카드. 바로 그때 종이 울리면서 손님이 한 명 들어온다. 그녀는 캐리스에게 『즉석요리』를 두 권 달라고 한다. 하나는 자기가 볼 거고, 또 하나는 선물할 거라고 한다. 캐리스는 아주 유용하면서 저렴하고 손으로 직접 그린 삽화도 귀엽다고 맞장구를 치고, 이렇게 멋진 샤니타가 바로 여기 토론토 출신이라고 말하면서 멍하니 돈을 받고 책을 포장한다.

달. 그녀는 속으로 중얼거린다. 착각을 의미하는데.

10

정오가 되자 캐리스는 꽃무늬 작업복을 벗고 샤니타에게 퇴근 인사를 한다. 오늘은 오전 근무만 하는 화요일이라 점심을 먹고 다시 돌아오지 않는다. 그녀는 숨을 되도록 참으면서 밖으로 나선다. 간호사처럼 하얀 종이 마스크를 쓰고 자전거로 배달 다니는 사람들이 보이던데 유행인 모양이다. 가게에도 갖다 놓을까 보다. 색깔도 있고 무늬도 예쁜 걸로.

톡시크에 들어서자마자 머리에서 탁탁거리는 소리가 들리기 시작한다. 어디서 심한 폭풍우가 치거나 접속 불량이라도 생긴 것처럼. 그녀를 향해 이온들이 쏟아지고 위험한 에너지들이 물결처럼 들이닥친다. 그녀는 그런 기분을 떨쳐 버리려고 이마를 훔치고 손가락을 턴다.

왜 이렇게 소란한가 싶어 목을 길게 빼고 주변을 살핀다. 가끔 마약을 파는 사람들이 화장실로 내려가는 계단에 진을 치고 있지만 지금은 아무도 없는 것 같다. 웨이트리스가 다가오자 캐리스는 거울 근처 구석 자리를 달라고 한다. 거울은 굴절 효과가 있다.

톡시크는 로즈가 가장 최근에 발굴한 곳이다. 로즈는 늘 뭔가를 발굴한다. 주력 분야는 식당이다. 그녀는 같은 회사 직원들이 절대 오지 않을 곳에서 밥을 먹고, 자기 같으면 절대 입지 않을 옷을 입은 사람들에게 둘러싸여 있는 것을 좋아한다. 그러면서 진정한 인생살이를 경험한다고 생각하기를 좋아하는데 여기서 진정하다라는 단어는 자기보다 가난하다는 의미다. 적어도 캐리스는 가끔 그런 게 아닐까 싶은 기분이 든다. 인생살이는 모두 진정한 거라고 아무리 이야기해도 로즈는 그녀의 말뜻을 이해하지 못하는 눈치다. 캐리스가 제대로 전달하지 못해서일 수도 있겠지만.

그녀는 호피 무늬 스타킹을 신은 웨이트리스를 흘끗 쳐다보며 콧잔등을 찡그린다. 옷들이 너무 딱 붙는다. 잣대를 들이대지 말자고 속으로 다짐하며 에비앙과 화이트 와인을 주문하고 자리에 앉는다. 그녀는 눈을 가늘게 뜨고 메뉴판을 들여다보며 안경을 찾느라 핸드백을 뒤진다. 가게에 두고 왔나 하는 생각이 드는 찰나 머리에 얹고 있었다는 사실을 깨닫는다. 그런 채로 걸어온 것이다. 안경을 쓰고 오늘의 특별 메뉴를 훑어본다. 최소한 이곳은 채식주의자를 위한 메뉴가 준비돼 있지만 어디서 난 채소인지는 알 길이 없다. 방사능에 노출되고 화학 약품에 푹 전 산업형 농장에서 공수했을 것이다.

솔직히 그녀는 톡시크를 별로 좋아하지 않는다. 우선은 이름 때문이다. 이렇게 유독한 이름 옆에 있으면 신경 조직이 손상을 입는다. 그리고 웨이터, 아니 서빙하는 사람들이 입은 옷을 보면 오컬트에서 팔던 물건들이 생각난다. 당장이라도 접착식 흉터와 가짜 피가 등장할 것 같다. 하지만 로즈를 위해서라면 어쩌다 한 번쯤은 여기서 식사를 할 용의가 있다.

토니가 이곳을 어떻게 생각하는지는 아무도 모른다. 캐리스는 토니의 속을 도무지 알 수가 없다. 매클렁 홀에서 처음 만났을 때부터 그랬다. 하지만 토니는 킹 에디 호텔에 가든 맥도날드에 가든 똑같은 반응을 보일 것이다. 시간 여행 중인 화성인처럼 눈을 휘둥그렇게 뜨고 미친 듯이 메모를 할 것이다. 표본을 수집해 동결 건조하고 라벨을 붙인 상자에 보관할 것이다. 어물쩍 넘어갈 여지를 눈곱만큼도 남기지 않을 것이다.

그렇다고 해서 그녀가 토니를 싫어하는 것은 아니다. 아니, 그렇게 말하면 안 되겠다. 토니가 마음에 안 들 때가 종종 있기는 하다. 어떨 때 보면 토니는 말이 너무 많고, 신경을 건드리고, 그녀의 전기장을 이상하게 자극한다. 그래도 그녀는 토니를 사랑한다. 토니는 정말 차분하고, 정말 냉철하고, 정말 흔들림이 없다. 만약 손목을 그으라고 속삭이는 목소리의 수가 지금보다 많아지면 캐리스는 토니에게 전화해 페리를 타고 건너와 달라고 할 것이다. 자기를 맡아 달라고, 진정시켜 달라고, 바보 같은 짓을 하지 않도록 말려 달라고. 토니라면 단계별로 차례차례 한 번에 하나씩 어떻게 대처하면 되는지 알 것이다.

로즈에게 먼저 연락하지는 않을 것이다. 로즈는 흥분해서

울음을 터뜨리고 얼마나 견디기 어려운지 공감하고 맞장구치느라 페리 시간에 늦을 테니까. 하지만 시간이 지나서 다시 마음이 안정되면 로즈에게 가서 안아 달라고 할 것이다.

로즈와 토니가 함께 들어서자 캐리스는 두 사람을 향해 손을 흔든다. 로즈는 식당에 들어설 때마다 항상 호들갑을 떤다. 둘 다 자리에 앉고 로즈가 담배에 불을 붙이자마자 당장 대화가 시작된다. 캐리스는 두 친구가 하는 이야기에 관심이 없기 때문에 신경을 끄고 친구들의 존재를 몸으로 느낀다. 그녀로서는 대화 내용보다 두 친구의 존재 자체가 더 중요하다. 말은 창문에 다는 커튼과 비슷할 때가 많다. 거추장스럽지만 옆집 사람들과 거리를 유지하려면 참아야 하는 칸막이다. 하지만 영기는 거짓말을 하지 않는다. 캐리스는 예전처럼 자주 영기를 보지 못한다. 어렸을 때, 캐런이었을 때는 가만히 있어도 영기가 보였다. 지금은 애를 써야 보인다. 그래도 시각 장애인이 손끝으로 색을 구분하는 것처럼 영기를 느낄 수는 있다.

오늘 토니에게서 느껴지는 기운은 서늘함이다. 투명한 서늘함이다. 토니를 보면 아주 작고 새하얗고 까다롭지만 차가운 눈송이가 생각난다. 그녀는 네모난 얼음처럼 맑고 분명하다. 아니면 컷글라스처럼 단단하고 날카롭다. 아니면 녹는다는 점에서 얼음과 비슷하다. 학예회에서 토니는 눈송이 역할을 맡았을 것이다. 대사가 있는 역할을 맡기에는 너무 작지만 모든 것을 이해하는, 가장 어린 아이들이 맡는 역할. 캐리스는 보통 나무 아니면 덤불 역할을 맡았다. 툭하면 여기저기 부딪히기 때문에 움직이는 역할은 맡길 수가 없다고 선생님들이 그랬다. 그녀의 몸놀림이 서툴렀던 이유는 보통의 경우처럼 사지가 따로 놀아서가 아니었다. 그녀는 어디에서 그녀의 몸이 끝나고 어디에서부터 바깥세상이 시작되는지 확실히 알 수가 없었다.

로즈는 어떤 역할을 맡았을까? 다채롭게 반짝이고 활기 넘치는 영기와 당당한 분위기 밑으로 유배자의 분위기가 흐르니 비단과 금은보화를 두르고 놀라운 선물을 들고 가는 동방 박사 역할이 어울린다. 하지만 로즈가 그런 연극에 참여했을까? 그녀의 어린 시절은 수많은 수녀와 랍비들로 뒤죽박죽 엉켜 있다. 아마 허락받지 못했을 것이다.

캐리스는 오래전에 기독교를 포기했다. 성서가 고기들로 넘쳐나는 게 한 가지 이유였다. 어린양, 수송아지, 비둘기 등 온갖 동물이 제물로 바쳐진다. 카인이 채소를 제물로 바쳤을 때 하느님은 그것을 거부하는 우를 범했다. 그리고 피도 너무 자주 등장한다. 성서 속 사람들은 시도 때도 없이 피를 흘리고, 손에 피를 묻히고, 개한테 피를 핥게 한다. 학살도 너무 자주 등장하고, 고통도 너무 자주 등장하고, 눈물도 너무 자주 등장한다.

동양의 종교가 훨씬 더 차분하지 않을까 하는 생각이 든 적도 있었다. 그래서 한때 불교 신자로 지냈지만 알고 보니 지옥이 너무 많았다. 대부분의 종교는 처벌에 너무 집착한다.

정신을 차리고 보니 그녀는 자기도 모르는 새 점심의 절반을 먹어 치운 참이었다. 다진 당근과 코티지치즈 샐러드를 주문한 것은 훌륭한 선택이다. 그걸 주문한 기억은 없지만 자동

조종 장치가 일상적인 부분을 처리해 주는 것이 가끔 유용할 때도 있다. 그녀는 로즈가 프랑스 빵을 한 조각 먹는 광경을 바라본다. 그녀는 로즈가 프랑스 빵 먹는 광경을 바라보는 것이 좋다. 로즈는 빵을 반으로 갈라서 그 속에 코를 묻고 중얼거린다. 냄새 끝내준다, 냄새 정말 끝내준다! 그러고는 하얗고 단단한 이로 깨문다. 로즈가 빵을 앞에 두고 드리는 작은 감사 기도라고나 할까.

캐리스가 말한다.

"토니, 내가 너희 집 뒤뜰을 정말 근사하게 꾸며 줄 수 있는데."

토니의 집 뒤쪽에 훌륭한 공간이 있는데 거기에는 듬성듬성한 잔디와 시들시들한 나무 몇 그루뿐이다. 캐리스가 생각하기에는 있는 나무들을 살리고 천남성, 제비꽃, 포도필룸, 둥굴레 등 그늘에서 잘 자라는 식물을 심어 숲 비슷하게 꾸미면 어떨까 싶다. 양치류도 좀 넣고. 잡초를 뽑아야 하는 식물은 절대 심지 않을 것이다. 그 부분에서만큼은 절대 토니를 믿으면 안 된다. 얼마나 독특한 공간이 될까! 분수도 하나 넣을까? 하지만 토니는 대답이 없다. 잠시 후 알고 보니 캐리스가 머릿속으로만 생각하고 대놓고 물어보지 않았다. 가끔 그녀는 실제로 어떤 말을 했는지 안 했는지 기억이 잘 나지 않을 때가 있다. 오거스타의 여러 가지 불만 중에는 그녀의 그런 버릇도 포함되어 있다.

그녀는 다시 대화에 귀를 기울인다. 두 친구는 무슨 전쟁 이야기를 하고 있다. 그러지 말았으면 좋겠는데 둘은 요즘 들어 자주 전쟁 이야기를 꺼낸다. 오랜만의 일이라 너도나도 전쟁이 화제인 모양이다. 먼저 로즈가 나서서 토니에게 질문을 던진다. 그녀는 특정 분야에 대해 잘 안다 싶은 사람들에게 묻는 것을 좋아한다.

몇 개월 전에 같이 점심을 먹었을 때는 온통 대학살 이야기였다. 로즈는 홀로코스트 이야기를 하고 싶어 했고, 토니는 대학살의 사례를 시대별로 자세하게 설명하기 시작했다. 칭기즈 칸, 프랑스의 카타리파, 튀르키예인들에게 학살당한 아르메니아인들, 아일랜드인과 스코틀랜드인들에게 만행을 저지른 잉글랜드인들. 끔찍한 죽음이 끝도 없이 이어졌다. 그 바람에 캐리스는 토할 뻔했다.

그런 것들을 아무렇지 않게 다루고 처리할 수 있는 토니에게는 단순한 단어의 나열에 불과할지 몰라도 캐리스는 그런 말을 들으면 생생한 장면이 떠오르고, 곧이어 비명과 신음 소리가 들리고, 곧이어 살이 썩는 냄새, 타는 냄새, 살이 타는 냄새가 나고, 뭔가를 너무 열심히 생각하면 현실이 되는 것처럼 곧이어 몸이 아파 오기 시작한다. 그런데 그녀는 토니를 이해시킬 방법이 없고, 친구들이 실없이 군다고 생각할까 봐 겁이 나기도 한다. 히스테리 부린다고, 한심하다고, 괴팍하다고 할까 봐. 두 친구가 가끔 그렇게 생각하는 때가 있다는 것을 그녀는 안다.

그래서 그녀는 자리에서 일어나 어두컴컴하고 틈새가 갈라진 계단을 지나 화장실로 갔다. 화장실에는 르누아르의 그림이 걸려 있었다. 통통하고 발그스름한 여자가 목욕을 마친 뒤

파란색과 옅은 자주색으로 군데군데 하이라이트가 가미된 몸을 한가롭게 말리는 평화로운 작품이었다. 하지만 위층으로 다시 올라가니 고지대 아녀자와 어린아이들이 구릉 밑으로 쫓겨 돼지처럼 꼬챙이에 꿰어지고 사슴처럼 총에 맞았다는 둥 토니가 아직도 스코틀랜드 이야기에 열을 올리고 있었다.

"스코틀랜드인은 그래도 성공했잖아. 은행으로 돈 번 것 좀 봐! 그런 인간들한테 누가 신경이나 쓰겠어?"

로즈는 다시 홀로코스트 이야기로 돌아가고 싶어 했다.

"나는 신경 써."

그녀의 입에서 이런 대답이 나왔을 때 캐리스도 두 친구만큼이나 놀랐다.

"나는 신경 쓴다고."

두 친구는 눈을 휘둥그레 뜨고 그녀를 쳐다보았다. 자기들끼리 전쟁 이야기를 할 때 캐리스는 언제나 딴생각을 하곤 했기 때문에 두 친구는 그녀가 전쟁 이야기에는 관심이 없다고 생각했다.

"너는 그래? 왜?"

로즈가 눈썹을 치켜올리고 물었다.

"모든 사람을 걱정해야 하니까. 어쩌면 내 안에 스코틀랜드인의 피가 섞였기 때문인지도 모르겠다. 스코틀랜드인의 피도 섞여 있고, 잉글랜드인의 피도 섞여 있어. 서로 잡아먹지 못해 안달이었던 두 민족의 피가 흐르지."

그녀는 메노파의 피도 흐른다는 말은 하지 않는다. 메노파는 진짜 독일인으로 간주되지도 않고, 죽임을 당하면 모를까 남을 죽이지도 않지만 그래도 로즈의 심기를 건드리고 싶지 않다.

"얘, 미안해."

로즈가 후회하는 얼굴로 말했다.

"그러게 말이야! 바보 같은 므와. 멍청하게 너를 순수한 WASP[22]로 생각했다."

그녀는 캐리스의 손을 토닥였다. 캐리스가 말했다.

"그런데 최근에는 스코틀랜드에서 죽임을 당한 사람이 없어. 최소한 많은 이가 죽임을 당한 적은 없지. 그래서 여기로 번졌나 봐."

"여기로 번지다니?"

토니가 주위를 두리번거리며 물었다. 여기라니 톡시크를 말하는 걸까?

"전쟁 말이야."

캐리스는 슬픈 목소리로 말했다. 문득 깨달은 진리에 마음이 불편해졌다.

"이 나라로 번졌다고. 이런저런 전쟁들이. 하지만 그건 그때 이야기고 우리는 현재를 살려고 노력해야 하는 거잖아. 안 그러니? 적어도 나는 그러려고 노력해."

토니는 애정이 담긴 눈빛으로, 적어도 그녀의 능력이 닿는 한 가장 애정이 담긴 눈빛으로 캐리스를 보며 미소를 지었다.

"지당하신 말씀."

---

22) 앵글로색슨계 백인 신교도.

그녀는 로즈를 보며 이렇게 말했다. 마치 그것이 기념비적인 사건이라도 되는 것처럼.

그런데 뭐가 지당하다는 거였을까? 캐리스는 궁금해진다. 전쟁이? 아니면 현재가? 현재 이야기가 나왔을 때 평소의 토니 같으면 캐리스가 그렇게 좋아하는 현재에 분당 몇 명의 아이가 태어나는지 아느냐고, 결국에는 넘쳐나는 인구 때문에 더 많은 전쟁이 벌어질 수밖에 없다는 식으로 반응했을 것이다. 그런 다음 숫자가 너무 많아지면 쥐들이 어떤 식으로 광적인 행동을 보이는지 사족을 달았을 테고. 토니가 오늘은 그러지 않은 게 캐리스로서는 다행스러울 따름이다.

하지만 그녀는 결국 실마리를 포착한다. 사담 후세인과 쿠웨이트 침공과 그 후 일어날 일들이 이야기의 실마리다.

"이미 결정 난 일이야. 루비콘강처럼."

토니의 말에 캐리스가 묻는다.

"무슨 강?"

"얘, 몰라도 돼. 역사책에 나오는 무슨 강이야."

로즈가 말한다. 캐리스는 이런 데 관심 없을 테니 혼자 다른 생각을 하고 있어도 좋다는 일종의 허락인 셈이다.

하지만 캐리스는 이때 루비콘이 뭔지 생각난다. 율리우스 카이사르와 관련해서 고등학교 때 배운 내용이다. 그는 코끼리를 타고 알프스를 건넜다. 그 역시 남을 죽여 유명해진 사람이다. 앞으로 그런 사람들에게 훈장을 주지 않으면, 그런 사람들을 위해 퍼레이드를 하고 동상을 만들지 않으면 그런 짓을 중단하지 않을까? 캐리스는 그런 생각을 한다. 그러면 학살을 중단하지 않을까? 결국은 주목을 받으려고 하는 일이니까.

어쩌면 토니는 전생에 율리우스 카이사르 같은 사람이었을지 모른다. 율리우스 카이사르가 벌을 받아서 여자의 몸으로 환생했는지 모른다. 힘없는 존재로 사는 게 어떤 건지 알 수 있게 아주 아담한 여자로. 아마도 그럴 것이다.

문이 열리는가 싶더니 지니아가 그곳에 서 있다. 캐리스는 온몸에 한기를 느끼며 심호흡을 한다. 그녀는 준비가 되어 있다. 계속 준비를 해 왔다. 단, 톡시크에서 점심을 먹다 이런 출현을, 이런 귀환을 맞이할 줄은 몰랐다. 캐리스는 속으로 생각한다. 탑. 갑작스러운 일. 예기치 못했던 사건. 그러니 진자가 머리 위에서 멈출 수밖에! 그런데 지니아가 왜 번거롭게 문을 열었을까? 그냥 통과해서 들어올 수도 있었을 텐데.

지니아는 검은색 옷을 입고 있다. 원래 검은색이 잘 어울렸으니 놀랄 일도 아니다. 하지만 살이 찌다니 이상하다. 죽은 뒤에 통통해지다니 예사로운 일이 아니다. 유령들은 비쩍 말라서 배고프고 목마른 표정을 하고 있기 마련인데 지니아는 상당히 얼굴이 좋아 보인다. 특히 가슴이 전보다 더 커졌다. 마지막으로 보았을 때 젓가락처럼 빼빼 말라서 피골이 상접했고, 특히 가슴이 하나도 없어서 동그랗게 자른 두툼한 보드지를 가슴에 붙이고 그 위에 단추를 젖꼭지 삼아 단 것처럼 보였는데. 하지만 지금은 육감적인 몸매라 할 만하다.

그런데 그녀는 화가 나 있다. 시커먼 영기가 사방으로 소용돌이쳐 나오는 것이 개기 일식 때 보이는 코로나 비슷하다. 하지만 빛이 아니라 어둠으로 이루어진 코로나다. 휘몰아치는 칙칙한 초록색 소용돌이를 핏물과도 같은 빨간색과 희끄무레한 검은색 선이 관통하고 있다. 가장 끔찍하고 가장 파괴적인 색깔이다. 섬뜩한 후광, 육안으로 볼 수 있는 몹쓸 불순물이다. 캐리스는 오래전부터 열심히 비축해 놓은 그녀의 하얀 후광을 소환해야 할 것이다. 당장 명상을 시작해야 할 것이다. 이런 곳에서! 지니아는 그녀와 대면할 장소를 제대로 선택했다. 톡시크, 사람들의 시끌시끌한 목소리, 담배 연기, 와인 냄새, 자욱한 사람들의 숨결로 답답한 이 도시의 공기, 모든 것이 지니아에게 유리하다. 지니아는 문가에 서서 냉소적이고 악의에 찬 눈빛으로 안을 훑어보며 장갑을 벗고, 캐리스는 눈을 감고 속으로 계속 중얼거린다. 후광을 생각하자.

"토니, 왜 그래?"

로즈가 묻자 캐리스는 다시 눈을 뜬다. 웨이트리스가 지니아 쪽으로 다가가고 있다.

"고개를 천천히 돌려 봐. 소리는 지르지 말고."

토니가 말한다. 캐리스는 웨이트리스가 지니아를 그대로 관통하고 지나갈지 관심을 가지고 지켜본다. 하지만 웨이트리스는 지니아 바로 앞에서 걸음을 멈춘다. 뭔가를 느낀 모양이다. 냉기를.

"이런 망할. 걔잖아."

로즈가 말한다.

"누구?"

캐리스가 묻는다. 의구심이 생기기 시작한다. 로즈는 "이런 망할."이라고 말하는 경우가 거의 없다. 그러니까 중요한 일이 벌어졌다는 뜻이다.

"지니아."

토니가 대답한다. 두 친구 눈에도 지니아가 보이는 모양이다! 뭐, 당연한 일이다. 세 사람 모두 각자 지니아에게 할 말이 많다. 캐리스만 그런 게 아니다.

"지니아는 죽었잖아."

캐리스가 말한다. 무슨 일로 다시 돌아왔는지 모르겠네. 그녀는 이런 생각이 든다. 누구 때문에 다시 돌아왔는지 모르겠네. 지니아의 영기는 이제 희미해졌다. 캐리스가 더 이상 볼 수 없게 되었는지도 모른다. 지니아는 당황스러울 만치 확실하고 실질적이고 생생하게 살아 있는 것처럼 보인다.

"생긴 건 변호사 같았어."

캐리스가 말한다. 지니아가 그녀 쪽으로 걸어온다. 그녀는 충격의 순간에 대비해 온 힘을 집중시킨다. 하지만 지니아는 화사한 원피스와 긴 다리와 깜짝 놀랄 만큼 새로워진 가슴과 화난 표정의 자주색 입술을 뽐내고 사향 비슷한 향수 냄새를 풍기며 뚜벅뚜벅 세 사람 옆을 지나간다. 일부러 캐리스를 못 본 척하며. 어둠의 손을 내밀어 그녀를 강탈하고 그녀를 덮어버리려는 것이다.

캐리스는 충격과 구역질을 달래며 눈을 감고 자기 몸을 되찾으려 애쓴다. 내 몸이야, 내 거야. 그녀는 속으로 계속 중얼거린다. 나는 착한 사람이야. 나는 살아 있어. 달빛이 비치는 밤과 같은 머릿속에서 어떤 장면이 떠오른다. 높은 빌딩에서 뭔가가 무너져 이리 뒤집히고 저리 뒤집히며 허공을 가르고 떨어진다. 산산조각이 난다.

11

세 친구는 톡시크 밖에서 작별 인사를 한다. 캐리스는 어떻게 밖으로 나왔는지 잘 생각이 나지 않는다. 몸이 저 스스로 움직여 걸어 나왔다. 저 혼자 알아서 처리했다. 몸이 부들부들 떨리고 해가 쨍쨍한데도 춥고 살이 빠진 듯한 기분이다. 전보다 몸이 가볍고 구멍이 더 숭숭 뚫린 듯한 기분이다. 그녀의 몸에서 에너지와 알맹이가 빠져나가 지니아를 부활시키는 데 쓰이기라도 한 것처럼. 강을 건너 돌아온 지니아가 새로운 육신을 갖추고 이 자리에 나타났고, 캐리스의 몸에서 상당 부분을 빨아들여 자기 안으로 흡수하고 있다.

하지만 그건 착각이다. 다른 사람들 눈에도 보이는 것으로 미루어 보건대 지니아는 살아 있는 게 분명하다. 그녀는 의자에 앉아서 마실 것을 주문하고 담배에 불을 붙였다. 그중 어떤 것도 그녀가 살아 있음을 보여 주는 증거는 될 수 없지만.

로즈가 그녀를 꼭 안아 주며 "건강 잘 챙겨. 전화할게, 알았지?"라고 말하고 차를 세워 둔 쪽으로 걸어간다. 토니는 미소를 지어 보이더니 태엽이 감긴 장난감처럼 짧은 다리를 꾸준히 놀리며 저쪽으로 이미 사라졌다. 캐리스는 어쩔 줄 몰라 하며 톡시크 앞에서 서성인다. 다시 안으로 들어가서 지니아 쪽으로 당당하게 걸어가 그 앞에 떡 버티고 서 볼까? 하지만 지니아에게 하고 싶었던 말들이 머릿속에서 증발해 버렸다. 남은 거라고는 윙윙거리는 소리뿐이다.

오늘이 오전 근무만 하는 날이고 샤니타가 깜짝 놀라겠지만 다시 가게로, 레디언스로 돌아가면 어떨까? 가서 샤니타에게 어떤 일이 있었는지 이야기하면 어떨까? 선생님 격인 샤니타에게 도움을 받을 수 있을지 모른다. 하지만 샤니타가 심드렁한 반응을 보일 수도 있다. 그런 여자는 하잘것없는 존재야. 뭐 하러 그런 여자한테 신경을 써? 그러면 그 여자한테 힘을 실어 주는 건데 그런 것도 몰라? 그 여자, 무슨 색이야? 고통이 무슨 색이야? 테이프를 지워 버려!

샤니타는 지니아를 경험한 적이 없다. 그래서 지니아가 명상으로 지울 수 있는 존재가 아님을 알지 못한다. 그럴 수만 있다면 캐리스도 오래전에 지니아를 지워 버렸을 것이다.

그녀는 집에 가기로 한다. 욕조 가득 물을 받고 오렌지 껍질과 장미 오일과 정향을 조금 넣을 것이다. 머리를 위로 묶고 욕조 안에 들어가 향긋한 물 위로 두 팔을 둥둥 띄울 것이다. 그녀는 이런 생각을 하며 대충 호숫가 선착장이 있는 방향으로 언덕을 내려간다. 하지만 한 블록 뒤에서 좌회전을 하고 좁은 골목길을 지나 대로로 나온다. 우회전을 하자 다시 퀸가다.

그녀의 몸은 아직 집으로 돌아가고 싶어 하지 않는다. 그 대신 커피를 한 잔 마시라고 한다. 그것도 에스프레소로. 보통은 과일주스나 물을 한 잔 마시라고 하는데 워낙 이례적인 일이라 그녀는 순순히 몸이 원하는 대로 따른다.

톡시크 바로 맞은편에 카페가 하나 있다. '카페 느와르'라는 이름이 1940년대식 형광 분홍색 네온사인으로 창문에 적혀 있다. 캐리스는 안으로 들어가 가장자리가 크롬으로 처리된 창가의 작은 원형 테이블에 앉아서 카디건을 벗는다. 주름 잡힌 와이셔츠에 검은색 나비넥타이를 매고 청바지를 입은 웨이터가 다가오자 그녀는 에스프레소 에스페란토를 주문한다. 메뉴판에 적힌 이름들이 하나같이 복잡하다. 카푸치노 카프리코, 타르트 오 타르츠, 아워 멀리셔스 머드케이크. 그러고는 톡시크 입구를 바라본다. 그러고 보니 그녀의 몸은 애초에 에스프레소를 원한 게 아니었다. 지니아를 감시하고 싶었던 것이다.

그녀는 감시하는 동안 조금이라도 눈에 띄지 않으려고 핸드백에서 공책을 꺼낸다. 월급의 일부 대신 받은 예쁜 공책이다. 대리석 무늬 표지에 자주색 스웨이드로 책등을 싸서 만든 수작업 공책으로 속지는 연한 보라색이다. 같이 쓰려고 산 만년필은 푸르스름한 회백색이고, 안에 넣은 잉크는 회색기가 도는 초록색이다. 이 만년필과 잉크도 레디언스에서 샀다. 레디언스가 사라진다니 생각만 해도 슬픈 일이다. 예쁜 선물이 그렇게 많은데.

떠오르는 단상을 적으려고 산 공책인데 지금까지 적은 게 아무것도 없다. 백지의 아름다움을, 그 가능성을 망치는 게 싫다. 함부로 낭비하고 싶지 않다. 하지만 이제 회백색 만년필의 뚜껑을 열고 또박또박 적는다. 지니아는 돌아가야 한다. 그녀는 이탤릭체 쓰는 법을 배운 적이 있기 때문에 글자가 룬 문자처럼 우아하게 보인다. 그녀는 길 건너편에서 벌어지는 일을 놓치지 않으려고 독서용 안경 너머로 올려다보며 한 글자씩 써 내려간다.

처음에는 나오는 손님보다 들어가는 손님이 더 많았는데 어느 정도 시간이 지나자 들어가는 손님보다 나오는 손님이 더 많아진다. 들어가는 손님 중에 빌리는 없다. 그녀도 빌리를 볼 수 있을 거라고 생각하지는 않았지만 아무도 모르는 일이다. 나오는 손님 중에 지니아는 없다.

커피가 나오자 그녀는 몸이 시키는 대로 각설탕을 두 개 넣고 얼른 마셔 카페인과 당분이 머리를 자극하는 것을 느낀다. 이제 눈앞이 선명해지면서 집중이 된다. 뭘 어떻게 하면 되는지 알 것 같다. 이 문제에서만큼은 토니나 로즈가 도움이 안 될 뿐 아니라 도움을 줄 필요도 없다. 두 사람과 지니아가 얽힌 이야기에는 결말이 있다. 최소한 두 사람은 뭐가 어떻게 됐는지 알았다. 하지만 캐리스는 모른다. 지금껏 모르고 지내 왔다. 빌리와 지니아와 얽힌 그녀의 이야기는 길을 따라가다 보니 갑자기 발자국이 사라진 것과 성격이 비슷하다.

지니아가 뒷문으로 빠져나갔거나 사라진 게 아닌가 하는 생각이 드는 찰나 문이 열리더니 그녀가 나온다. 캐리스는 살짝 시선을 낮춘다. 지나치게 힘이 들어간 눈으로 지니아를 똑바로 쳐다보다 들키기는 싫다. 하지만 지니아는 그녀 쪽을 쳐다보지도 않는다. 지니아는 모르는 사람과 함께 있다. 금발의 젊은 남자다. 빌리는 아니다. 빌리라고 하기에는 너무 호리호리하다.

게다가 빌리라고 한들 지금은 그렇게 젊을 리가 없다. 그는 이제 살이 찌고 어쩌면 머리까지 벗겨졌을지 모른다. 하지만 그녀의 기억 속에 남은 빌리는 계속 마지막으로 본 그때 그 나이다. 나이도 그렇고 체격도 그렇고 모든 게 그때와 똑같다. 상실감이라는 구덩이가, 그 낯익은 문이 발밑에서 또다시 열린다. 만약 혼자였다면, 여기 이 카페 느와르가 아니라 자기 집 부엌에 있었다면 그녀는 식탁 모서리에 대고 이마를 가볍게 찧었을 것이다. 시뻘건 고통이 가슴을 후벼 파는데 쉽게 지워지지가 않는다.

지니아는 행복하지 않은 것 같다. 어떤 증거를 보고 간파했다기보다 주문이나 주술에 가깝다. 지니아가 행복할 리 없다. 그녀가 행복하게 산다면 너무 불공평한 일이다. 우주에도 균형이라는 게 있어야 하는 법인데. 하지만 지니아는 캐리스 쪽에서는 얼굴이 잘 안 보이는 남자를 올려다보며 미소를 짓더니 남자의 팔짱을 끼고 길을 걸어간다. 이렇게 먼발치에서 보면 행복한 것 같다.

살아 있는 모든 것에 연민을. 캐리스는 속으로 중얼거린다. 지니아도 살아 있으니 지니아도 불쌍히 여겨야 한다는 뜻이다. 분명 그런 뜻이다.

하지만 아무리 열심히 찾아보아도 지금 당장은 지니아에 대해 어떤 연민도 느껴지지 않는다. 오히려 낭떠러지나 다른 높은 곳에서 지니아를 밀어 떨어뜨리는 자기 모습이 선명하게 그려진다.

그녀는 어떤 감정이건 분명히 인정해야 한다고 속으로 중얼거린다. 아무리 쓸데없는 감정이라도 오롯이 인정을 한 다음에야 버릴 수 있는 법이다. 그녀는 그 이미지에 온 정신을 집중해 좀 더 가까이 끌어당긴다. 얼굴에 와서 부딪히는 바람을 느끼고, 높이를 의식하고, 몸속에서 팔 근육이 이완되는 소리를 듣고, 비명이 들리는지 열심히 귀를 기울인다. 하지만 지니아는 아무 소리도 내지 않는다. 시커먼 혜성처럼 긴 머리카락을 휘날리며 추락할 뿐이다.

캐리스는 이런 이미지를 포장지에 싸서 힘겹게 몸 밖으로 버린다. 나는 지니아하고 대화를 하고 싶을 뿐이야. 그녀는 속으로 중얼거린다. 그뿐이야.

머릿속이 시끄럽다. 말라 버린 날개가 바스락거리는 소리가 들린다. 지니아는 카페이 느와르의 직사각형 창문 너머로 사라졌다. 캐리스는 공책과 회백색 만년필과 카디건과 독서용 안경을 챙겨 들고 뒤를 밟을 준비를 한다.

12

로즈

꿈속에서 로즈는 연거푸 문을 열고 있다. 여기도 아무것도 없고, 저기도 아무것도 없다. 마음이 급하다. 공항 리무진이 기다리는데 볼품없이 축 늘어진 커다란 알몸에 걸칠 옷이 없다. 마침내 그녀는 문을 제대로 찾는다. 남자용 외투처럼 보이는 롱코트들이 걸려 있지만 안을 비추는 불이 켜지지 않고, 옷걸이에서 맨 처음 꺼낸 외투에는 살아 있는 축축한 달팽이들이 덕지덕지 들러붙었다.

마침 알맞게 알람이 울린다.

"아이구 어머니, 내가 못 살아."

로즈는 졸린 목소리로 중얼거린다. 옷이 나오는 꿈은 질색이다. 쇼핑하고 똑같은데 원하는 물건을 절대 찾을 수 없다는 것이 유일한 차이점이다. 하지만 미치가 나오는 꿈보다는 차라리 달팽이로 뒤덮인 외투 꿈이 낫다.

아니면 지니아가 나오는 꿈. 특히 지니아가 나오는 꿈. 그녀는 가끔 지니아 꿈을 꿀 때가 있다. 폭탄으로 갈가리 찢긴 그녀의 육신이 로즈의 침실 한쪽 구석에서 다시 짜 맞춰지는 꿈이다. 손 한쪽, 다리 한쪽, 눈 한쪽. 그녀는 지니아가 이 방에 들락거린 적이 있는지 궁금해진다. 그녀는 집에 없고 미치는 집에 있었을 때.

목에서 담배 맛이 느껴진다. 그녀는 팔을 뻗어 협탁에 놓인 시계를 더듬더듬 찾다 요즘 읽고 있던 쓰레기 같은 스릴러 소설을 떨어뜨린다. 치정 살인, 치정 살인. 올해는 온통 치정 살인 천지다. 가끔은 어렸을 때 접했던 영국의 조용한 시골집이 그리워진다. 그 시절에는 무작위로 걸려든 죄 없는 행인이 아니라 죽어도 싼 늙고 고약한 구두쇠들이 희생자였다. 이런 구두쇠들은 독약이나 총알 한 방으로 죽임을 당했고, 피를 흘리지도 않았다. 형사는 열심히 뜨개질하는 우아한 은발의 노파 아니면 육체적인 능력이 없는 아주 똑똑한 괴짜였다. 그들은 전혀 의미 없어 보이는 작은 단서에 집중했다. 셔츠 단추, 양초 동강, 파슬리 줄기. 그녀를 정말 흥분하게 만든 것은 가구였다. 있는 줄도 몰랐던 물건과 이국적인 가구가 방마다 얼마나 넘쳐났던가! 차를 나르는 손수레. 당구실. 샹들리에. 긴 의자. 그녀는 그런 집에 살고 싶었다. 하지만 이제는 그런 책들을 다시 읽어도 재미가 없다. 인테리어에마저 관심이 생기지 않는다. 나도 피에 중독되는 모양이야. 그녀는 이런 생각을 한다. 다른 사람들처럼 피와 폭력과 분노에 중독되는 모양이야.

그녀는 네 기둥이 버티는 거대한 침대 옆으로 다리를 내려 복슬복슬한 슬리퍼를 신는다. 이런 침대를 고른 건 실수였다. 이 망할 놈의 침대에서 내려올 때마다 자칫하다가는 목이 부러질 것 같다. 쌍둥이들은 그녀의 슬리퍼를 하숙집 주인용 슬리퍼라고 부른다. 그런 말을 들으면 로즈의 머릿속에서 얼마나 가슴 아픈 기억이 되살아나는지 모르고서 하는 얘기다. 쌍둥이들은 각자의 인생에서 혹은 함께한 인생에서 지금까지 하숙집 주인을 만난 적이 없다. 쌍둥이들에게도 각자의 인생이 있는지 아니면 함께한 인생만 있는지 로즈의 입장에서는 아직도 잘 모르겠지만. 아무튼 로즈는 하루 종일 옷차림과 잘 어울리는 예쁜 구두, 굽 높은 하이힐을 신어야 하기 때문에 쌍둥이들이 뭐라건 집에서는 혹사당하는 가엾은 발을 위해 되도록 편한 신발을 신는다.

침실을 새하얗게 도배한 것도 실수다. 하얀 커튼, 하얀 러그, 침대를 덮은 하얀 러플. 도대체 뭐에 홀려서 그랬는지 알 수가 없다. 아마 어려 보이고 싶었던 모양이다. 시간을 거슬러 올라가 한때 간절히 바랐지만 한 번도 소유하지 못했던 10대 소녀의 침실을 완벽하게 재현하고 싶었던 모양이다. 미치가 떠나던 그때(아니, 내뺐다, 줄행랑을 쳤다, 체크아웃했다라는 표현이 더 어울리겠다.) 그는 이 집은 물론이고 그녀까지 호텔 취급했으니까. 아무튼 그녀는 있는 물건들을 모조리 집어 던져야 했다. 그런 식으로 자기 존재를 다시 입증해야 했다. 하지만 이건 그녀의 취향이 절대 아니다. 요람 또는 웨딩 케이크, 더 심각하게는 멕시코에서 죽은 자의 날[23]에 차리는 치렁치렁하고 거대한 제단을 닮은 침대라니! 멕시코는 정말이지 행복했던 시절에 신혼여행으로 미치와 함께 갔던 곳인데 그 명절날에 죽은 사람들이 모두 돌아오는지, 초대를 받은 사람들만 오는지 끝내 알아내지 못했다.

그녀에게는 초대하고 싶지 않은 사람이 몇 명 있다. 죽은 사람들이 문을 부수고 저녁을 먹으러 오는데 그녀는 커다란 프루트케이크를 닮은 침대에 누워 있다니 생각만 해도 끔찍하다. 아무래도 방을 통째로 바꿔야겠다. 조금 화려하게, 조금 세련되게. 하얀색은 이제 지긋지긋하다.

그녀는 슬리퍼를 질질 끌며 욕실로 들어가 세포에 수분을 보충하는 차원에서 물을 두 잔 마시고, 비타민을 먹고, 이를 닦고, 크림을 바르고 열심히 문질러 피부에 생기를 불어넣고 재단장한 다음 거울에 비친 자기 얼굴을 노려본다. 얼굴에 늪처럼 켜켜이 노폐물이 쌓이고 있다. 그녀는 시간이 날 때마다 며칠 동안 도시 북쪽에 있는 온천에 틀어박혀 야채주스를 마시며 초음파로 관리를 받는다. 어딘가에 감추어진 본래의 얼굴을 찾기 위해서다. 그러고 나서 집으로 돌아오면 기운이 나고 고결해진 기분이 들면서 배가 고픈데, 또 한편으로는 짜증도 난다. 그녀는 남자들의 비위를 맞추려고 열심히 노력하는 게 아니다. 그런 짓이라면 일찌감치 그만두었다. 나를 위해서 하는 거야. 그녀는 토니에게 이렇게 말한다.

---

23) 멕시코의 전통 명절.

"엿이나 먹어라, 미치."

그녀는 거울에 대고 중얼거린다. 그가 죽고 없다면 그녀는 편안하게 중년을 맞이할 수 있을 것이다. 하지만 아직 살아 있다면 그녀는 계속 그의 비위를 맞추려고 노력할 것이다. 여기서 포인트는 노력한다는 것이다.

그래도 머리는 어떻게 해야 한다. 이번에는 너무 빨개서 불그죽죽하게 보인다. 그녀는 예전부터 이 단어에 얼마나 열광했는지 모른다. 불그죽죽한 심술쟁이 할멈. 밖에 밤나무가 서 있는 휴런가의 하숙집에 살던 시절 땅거미가 질 무렵 아무도 모르게 공습 때처럼 불을 꺼 놓은 다락방 안에서 책을 살짝 기울여 책장 위로 가로등 불빛이 쏟아지게 한 다음 창가에 놓인 의자 역할을 하던 납작한 트렁크 위에 책상다리를 하고 앉아 읽었던 영국 추리 소설에 등장하던 단어다. 로즈! 너 아직 안 자니? 얼른 누워. 꾸물거리지 말고 지금 당장! 이 엉큼한 계집애 같으니라고!

캄캄한 방 안에서 책 읽는 소리를 무슨 수로 들었을까? 하숙집 주인이자 어울리지 않게 희생양인 척했던 어머니가 다락방으로 향하는 계단 발치에 서서 세탁부 특유의 걸걸한 목소리로 고함을 지르면 로즈는 하숙하는 사람들이 들을까 싶어 창피했다. 화장실 청소 담당 로즈, 시무룩한 얼굴로 걸레질을 하는 싸구려 신데렐라 로즈. 먹고살려면 일을 도와야지. 어머니는 그렇게 말했다. 영웅이었던 아버지가 벼락부자가 되기 전까지는. 불그죽죽한 심술쟁이 할멈. 로즈는 이렇게 중얼거리곤 했는데 자기가 그런 노파가 될 줄이야. 영웅과 희생양 밑에서 자라기란 쉬운 일이 아니었다. 그녀가 맡을 만한 역할이 많지 않았으니까.

그 집은 이제 사라져 버렸다. 아니, 중국식 사고방식에 따르면 사라진 건 아니다. 중국 사람들은 나무를 좋아하지 않는다고 한다. 나뭇가지에 악령이, 그 집에 살았던 모든 사람이 겪은 슬픈 일들이 깃들어 있다는 것이다. 만약 밤나무가 아직도 남아 있다면 그 집에 살았을 때 로즈가 겪었던 슬픈 일들도 나뭇가지에 남아 있을 것이다. 거기 붙들려 펄럭이고 있을 것이다.

그냥 내버려 두면 백발이 될 텐데 백발로 염색하려면 많이 고생스러울까 궁금해진다. 백발로 다니면 지금보다 더 존경을 받을 것이다. 더 흔들림이 없을 것이다. 지금처럼 물렁하지 않을 것이다. 철의 여인! 철의 여인은 무슨, 언감생심이지.

최근에 산 목욕 가운이 욕실 문 뒤편에 걸려 있다. 주황색 벨루어 가운이다. 주황색은 올해 새로 유행하는 색이다. 작년에 유행했던 샛노란색은 아무리 애를 써도 도저히 소화할 수가 없었다. 샛노란색 옷을 입으면 레몬 맛 막대 사탕처럼 보였다. 하지만 주황색을 입으면 피부에서 은근히 빛이 난다고, 이 빌어먹을 가운을 샀을 때만 해도 그렇게 생각했다. 그녀는 이렇게 외쳐 대는 작은 목소리를 믿는다. 딱 네 스타일이야! 딱 네 스타일! 얼른 사. 안 그러면 다 팔려 버릴 거야. 하지만 이 목소리는 점점 신뢰성이 떨어지고 있다. 이번에도 다른 사람에게 한 말을 잘못 들은 게 분명하다.

그녀는 하얀 천에 하얀 실로 직접 수를 놓은 무명 잠옷 위로 목욕 가운을 걸친다. 이 잠옷도 침대 분위기에 맞춰 샀는데 누구에게 보여 주겠다고 그렇게 애를 썼을까? 그녀는 핸드백을 찾아서 반쯤 남은 담뱃갑을 주머니로 옮긴다. 아침 식사 전에는 절대 안 돼! 그런 다음 넘어지지 않게 난간을 꼭 붙잡아 가며 계단을 내려간다. 그녀처럼 화장실이나 청소하는 하녀용으로 만든 뒤쪽 계단을. 계단을 내려가면 눈이 부시도록 새하얀 부엌(정말이지 바꿀 때도 됐다니까!)과 곧장 연결이 되는데 긴 티셔츠에 줄무늬 레깅스를 입고 운동용 양말을 신은 쌍둥이가 타일을 깐 조리대 앞 높은 의자에 앉아 있다. 쌍둥이들은 요즘 이런 옷을 입고 자야 멋있다고 생각한다. 두 아이가 어렸을 때는 옷을 입히는 게 그렇게 재미있을 수가 없었다. 까무러치도록 귀여웠던 레이스와 모자를 생각하면 정말이지! 하지만 이제는 고무 깔창이 달린 솜털 같은 슬리퍼도, 보닛을 쓰고 앞치마를 두른 엄마 거위가 줄줄이 찍힌 값비싼 영국제 순면 플란넬 잠옷도 찾아볼 수 없다. 이런 잠옷을 입은 쌍둥이를 한쪽 팔에 한 명씩 끌어안고 읽어 주던 책들도 찾아볼 수 없다. 『이상한 나라의 앨리스』, 『피터 팬』, 『천일야화』, 아서 래컴의 삽화와 함께 20세기 초반에 출간된 화려한 동화집 재간행본. 완전히 사라진 게 아니라 창고에 처박혀 있지만. 분홍색 트레이닝복도, 너구리 슬리퍼도, 요란한 프릴 장식을 자랑하던 벨벳 파티 드레스도 찾아볼 수 없다. 이제 두 아이는 그녀에게 아무것도 사지 못하게 한다. 검은색 윗도리나 팬티 한 장만 사 와도 눈을 부라린다.

두 아이는 방금 요거트와 탈지 우유와 블루베리를 블렌더로 갈아서 만든 스무디를 마시고 있다. 점점 녹고 있는 냉동 블루베리 봉지와 희미한 잉크 자국처럼 조리대에 흘려 놓은 파란색 우유가 보인다.

"그래, 부탁 좀 하자. 이번만큼은 그릇들을 식기세척기에 넣어 줄 거지?"

잔소리를 하고 싶지 않지만 어쩔 수가 없다.

두 아이는 숲 고양이처럼 은은하게 빛나는 똑같이 생긴 눈을 돌려 그녀를 쳐다보더니 사나운 목신(牧神)을 살짝 닮았지만 지금은 파랗게 물든 이를 드러내고 사람 애간장을 인정사정없이 녹이는 똑같은 미소를 지으며 거품처럼 잔뜩 부풀린 터럭을 흔든다. 그녀는 두 아이를 볼 때마다 거의 항상 그렇듯 숨이 멎는다. 눈이 부시도록 아름답게 훌쩍 자란 아이들을 보고 있으면 그녀가 이런 아이들을 낳았다는 게 여전히 믿어지지 않는다. 하나도 생각하지 못할 일인데 둘씩이나 낳다니!

두 아이는 웃음을 터뜨린다.

"뚱보 엄마다!"

오른쪽에 앉은 아이가 외친다.

"뚱보 엄마! 안아 드리자!"

두 아이는 의자에서 폴짝 내려와 그녀를 잡고 꼭 끌어안는다. 그녀의 발이 허공으로 들리고 몸이 아슬아슬하게 위로 솟는다.

"내려놔!"

그녀는 비명을 지른다. 두 아이는 이러면 그녀가 싫어한다는 것을 안다. 떨어뜨릴까 봐 무서워한다는 것을 안다. 두 아이가 떨어뜨리면 뼈가 부러질 것이다. 가끔 보면 두 아이에게는 그런 개념이 없는 듯하다. 그녀가 깨지지 않는 존재인 줄 안다. 바위 같은 로즈. 그러다 정신을 차린다.

"엄마를 의자에 앉혀 드리자."

두 아이는 그녀를 안고 의자 쪽으로 걸어가 내려놓고 묘기를 끝낸 서커스 동물처럼 자기 자리로 다시 올라가 앉는다.

"엄마, 그 옷 입으니까 꼭 호박 같아."

한 아이가 말한다. 에린이다. 로즈는 두 아이를 헷갈리는 법이 없다. 적어도 그녀의 주장에 따르면 그렇다. 항상 두 번 안에 맞힐 수 있다. 미치는 애를 먹었다. 하긴, 하루에 길어야 십오 분 정도 보는 게 고작이었으니까.

"내가 바로 호박이잖니."

로즈는 서글프면서도 익살맞은 목소리로 대답한다.

"뚱뚱하지, 주황색이지, 사람 좋게 웃으면서 다니지, 속은 비었지, 어두운 데 있으면 빛이 나지."

커피가 필요하다. 지금 당장! 그녀는 냉동실 문을 열어 냉동 블루베리 봉지를 안에 넣고 마법의 원두가 든 봉지를 꺼낸 다음 전기 그라인더를 찾느라 서랍을 뒤진다. 온갖 잡동사니를 서랍 안에 보관하는 것은 그다지 훌륭한 생각이 아니다. 뭘 찾을 수가 없다. 특히 냄비 뚜껑이 압권이다. 그 멍청한 인테리어 디자이너는 깔끔한 분위기를 연출할 수 있다라고 말했다. 그녀는 인테리어 디자이너만 만나면 기가 죽는다.

"아유."

다른 아이가 말한다. 폴라다. 두 아이는 서로 에리와 폴리 혹은 '어'와 '라'라고 부르고, 둘을 합쳐서 부를 때면 '얼라'라고 한다. 그렇게 부르는 소리를 들으면 얼마나 소름이 끼치는지 모른다. 오늘 밤에 얼라 약속 있어요라는 말은 둘 다 약속이 있다는 뜻이다.

"아유, 이 못된 쌍둥이 녀석들! 엄마를 가슴 아프게 하다니! 아주 못돼 처먹었구나!"

마지막 부분은 로즈가 어머니 흉내 내는 것을 흉내 낸 것이다. 그녀의 어머니는 그런 소리를 자주 했다. 문득 로즈는 어머니가 그리워진다. 냉정하고 항상 전투태세였고 한때는 경멸해 마지않던, 오래전에 돌아가신 어머니가. 어머니 역할이 지긋지긋해서 분위기도 바꿀 겸 아이가 되고 싶다. 그럴 기회를 놓치고 말았는데 어머니 역할보다 훨씬 더 재미있을 것 같다.

두 아이는 깔깔대고 웃는다.

"너는 자기밖에 모르는 못돼 처먹은 하수구야."

한 아이가 다른 아이에게 말한다.

"너는 털이 북슬북슬한 겨드랑이야!"

"너는 썩은 생리대야!"

"너는 쓰다 버린 팬티 라이너야!"

두 아이는 이런 식으로 점점 더 강도를 높여 가며 몇 시간이고 계속 떠들 수 있다. 자기들이 만들어 낸 황당한 표현이 재미있어서 배를 잡고 바닥을 구르고 두 다리를 버둥거리면서 말이다. 그녀로서는 어쩌면 그렇게 여성 비하적인 욕설을 남발하는지 이해가 되지 않는다. 나쁜 년이나 걸레 같은 년 정도는 양반이다. 남자아이들이 그렇게 불러도 가만히 내버려 두나 싶다. 그녀가 안 듣고 있다 싶으면 훨씬 더 외설스러운 표현을 입에 올린다. 보지 국물. 그녀가 어렸을 때만 해도 이런 말은 생각조차 할 수 없었는데. 아직 열다섯 살밖에 안 된 아이들 입에서 나온 말이라니!

하지만 사람의 말버릇은 거북 등껍질처럼 평생 따라다니지 않을까? 여든이 돼서 이렇게 곱던 얼굴이 불그죽죽해진 쌍둥이가 거죽밖에 안 남은 다리에 컬러 레깅스를 걸치고 무지외반증이 생긴 발에는 운동용 양말을 신고서 보지 국물이라고 중얼거리는 장면이 문득 로즈의 뇌리를 스치고 지나간다. 몸서리가 쳐진다.

재수 옴 붙을 소리지. 그녀는 다시 생각한다. 그 나이까지 살아 있으면 좋은 일이지.

커피 그라인더가 보이지 않는다. 어제 분명 서랍에 넣어 두었는데.

"망할. 애들아, 너희가 그라인더 다른 데로 옮겼니?"

어쩌면 마리아의 소행일 수도 있다. 어제는 마리아가 청소를 하는 날이었다.

"망할! 아, 이런 망할 그라인더. 맙소사, 이런 빌어먹을 데가!"

폴라가 말한다.

"아이구머니나, 이를 어쩌면 좋아."

에린이 옆에서 거든다. 두 아이는 욕을 제대로 하지 못하는 로즈를 볼 때마다 웃겨 죽는다. 그런데 그녀는 정말로 욕을 못한다. 뭐라고 하면 되는지는 알지만 입 밖으로 내뱉을 수가 없다. 사람들이 너를 추잡한 아이라고 생각하면 좋겠니?

그녀가 너무 고지식한 모양이다. 너무 시대에 뒤떨어지고 너무 이질적인 모양이다. 인생의 전반기에는 시간이 지날수록 이민자 같은 느낌이 줄어들었는데 후반기에 들어서면서부터는 시간이 지날수록 이민자 같은 느낌이 늘어만 간다. 중년의 땅을 떠나 젊은이들의 나라에 표류한 난민이 된 기분이다.

"오빠는 어디 있니?"

이 말에 두 아이는 정신을 차린다.

"이 시간에 어디 있겠어? 에너지를 충전하고 있지."

에린이 비웃는 투로 대답한다.

"꾸벅꾸벅."

폴라는 다시 농담 따 먹기를 시작하고 싶은 눈치다.

"꿈나라."

에린이 멍하니 맞장구를 친다.

"래리 나라. 지구인들, 안녕. 나는 머나먼 별나라에서 왔어."

폴라가 말한다.

로즈는 래리를 깨울까 하다 내버려 두기로 한다. 자고 있을 때가 더 마음이 놓인다. 래리는 첫째이자 맏아들이다. 첫째로 태어나는 것은 운 좋은 일이 아니다. 예전 같으면 제물로 지목당했을 존재. 그 아이에게 미치의 이름을 붙인 것부터 잘못이다. 로렌스 찰스 미첼이라니 그렇게 작고 약한 아이가 감당하기에는 너무 버겁고 으리으리한 조합이다. 아무리 수염이 난 스물두 살이라도 그녀에게 래리는 항상 그런 아이다.

커피 그라인더는 컨벡션 오븐 아래 서랍 속 구이용 프라이 팬 틈바구니에 섞여 있다. 아무래도 마리아에게 한소리 해야겠다. 그녀는 원두를 갈아서 계량을 하고, 깜찍한 이탈리아제 에스프레소 메이커를 켠다. 커피가 만들어지길 기다리는 동안 오렌지 껍질을 벗긴다.

"오빠가 무슨 일을 벌이는 것 같아. 연애나 뭐 그런 거."

에린이 말한다.

폴라는 로즈가 벗긴 오렌지 껍질로 가짜 이를 만들었다.

"푸프, 키 세, 세 콩 사, 주 망 피슈."[24]

그녀는 어깨까지 열심히 으쓱여 가며 혀 짧은 소리를 내고 침을 튀긴다. 두서없는 나불거림. 이것이 두 아이에게 프랑스어 몰입 교육을 시킨 결과다. 로즈는 두 아이의 말을 대부분 알아들을 수 없는 것이 오히려 다행스럽까지 하다.

"내가 너희를 너무 버릇없게 키운 것 같다."

로즈가 두 아이에게 말한다.

"버릇없다고, 므와?"

에린이 묻는다.

"얼라는 버릇없지 않아. 얼라, 너 버릇없니?"

폴라는 오렌지 껍질을 떼어 내더니 입을 비쭉 내밀고 순진한 척한다.

"아이구머니나, 맙소사, 천만의 말씀이죠!"

---

24) Pouf, qui sait, c'est con ça, je m'en fiche. 프랑스어로, "흥, 누가 알겠어. 그 머저리한테는 관심 없어."라는 뜻이다.

에린이 대답한다. 두 아이는 덥수룩한 앞머리 사이로 눈을 반짝이며 그녀를 살핀다. 두 아이가 쓸데없이 참견하고, 말투를 흉내 내고, 허튼짓을 벌이고, 웃고 까부는 것은 모두 그녀를 위한 장난이다. 그녀를 놀리기는 해도 선을 넘지는 않는다. 그녀에게도 한계점이 있다는 사실을 아는 것이다. 단적인 예로 두 아이는 절대 미치 이야기를 꺼내지 않는다. 애초에 그가 존재하지도 않았다는 듯. 두 아이가 그를 보고 싶어 하는지, 사랑하는지, 원망하는지, 증오하는지 로즈로서는 알 길이 없다. 두 아이는 그녀에게 속내를 털어놓지 않는다. 왜 그런지는 모르겠지만 그래서 더 힘들다.

이렇게 완벽할 수가 있을까! 그녀는 미칠 듯한 사랑을 담아 두 아이를 가만히 쳐다본다. 지니아, 이 망할 년아! 네가 모든 걸 손에 넣었을지 모르지만 이런 축복은 못 누려 봤지? 딸이 없었잖아. 그녀는 두 손에 얼굴을 묻고 조리대를 덮은 하얗고 차가운 타일에 팔꿈치를 괴고 울음을 터뜨린다. 눈물이 하릴없이 흐른다.

좀 전보다 작아진 쌍둥이들이 걱정하는 표정으로 소심하게 달려와 그녀를 토닥이고 주황색 등을 쓰다듬는다.

"괜찮아, 엄마. 괜찮아."

"이것 봐. 너희가 쏟아 놓은 이 망할 파란색 우유를 팔꿈치로 짚었잖아."

그녀가 말한다.

"아이쿠! 이런 두 배로 망할!"

두 아이는 안도의 한숨을 쉬며 그녀를 향해 미소를 짓는다.

13

쌍둥이는 스무디를 마시고 난 길쭉한 잔을 여봐란 듯 식기
세척기 안에 넣고 뒤 계단으로 걸어간다. 그러다 블렌더를 깜
빡했다는 사실이 떠올랐는지 다시 돌아와 블렌더까지 식기세
척기에 넣지만 조리대에 흘린 파란색 우유는 까맣게 잊어버린
다. 로즈가 우유를 닦는 동안 쌍둥이들은 계단을 두 개씩 올
라가 학교 갈 준비를 하러 쿵쾅거리며 각자의 방으로 달려간
다. 하지만 평소보다 얌전하다. 평소 같으면 코끼리가 달리는
것 같았을 텐데. 위층에서 동시에 두 대의 스테레오가 울리고
드럼 소리가 서로 경쟁을 한다.

몇 년 있으면 두 아이는 다른 도시에서 대학을 다닐 것이
다. 그러면 이 집도 조용해질 것이다. 그때 생각은 하고 싶지
않다. 이 휑뎅그렁한 집을 팔아 버릴까? 그리고 호수가 내려다

보이는 특급 콘도를 사서 도어맨과 불장난을 벌이는 거다.

그녀는 하얀 조리대 앞에 앉아 마침내 커피를 마시고 아침을 먹는다. 러스크 두 조각. 다이어트 중이라 오렌지 한 개와 러스크 두 조각이 전부다. 일종의 미니 다이어트라고 할까?

예전에 그녀는 온갖 다이어트를 섭렵했다. 자몽 다이어트, 모든 음식에 밀기울을 섞는 다이어트, 황제 다이어트. 쌍둥이를 낳으면서 찐 10킬로그램을 빼려고 애쓰느라 달처럼 차고 기울기를 반복했다. 하지만 그렇게 극단적인 방법은 더 이상 동원하지 않는다. 각종 잡지에서 떠들었던 것처럼 그렇게 희한한 다이어트가 건강에 안 좋다는 사실을 이제는 알기 때문이다. 인체는 포위당한 요새와 비슷하다고 한다. 비상사태에 대비해 지방 세포 안에 양분을 축적한다나. 그런데 다이어트를 하면 굶어 죽는 비상사태인 줄 알고 더 많은 양분을 축적하니 점점 뚱뚱해질 수밖에. 여기서 조금, 저기서 조금 양을 줄이는 것은 괜찮다. 소식은 다이어트라고 할 수도 없다.

어차피 그녀는 뚱뚱하지도 않다. 그저 튼실한 수준이다. 여자들이 쟁기를 끌던 시절에서 유래된 훌륭한 시골 아낙네의 체격이랄까.

특히 아침의 경우에는 먹는 양을 줄이는 게 능사가 아닐지 모른다. 지금 이 나이 때는 세 끼 중에서 아침이 제일 중요하다. 흔한 말로 몸매 가꾸려다 얼굴이 망가질 수 있다. 엉덩이 살을 빼려는데 목살이 먼저 빠진다. 그래서 닭 모가지처럼 된다. 옷은 66 사이즈를 입지만 얼굴은 쇳조각과 노끈을 겹쳐 놓은 것처럼 뼈마디와 힘줄이 다 드러난 50대 골빈녀는 추호도 되고 싶지 않다. 그런데 이 나이의 여자에게 골빈녀라는 표현은 어울리지 않는다. 골 빈 할망구라면 모를까. 지니아가 살아 있었더라면 그렇게 됐을 것이다. 골 빈 할망구가 됐을 것이다.

로즈는 미소를 지으며 통밀 식빵 두 쪽을 토스터에 넣는다. 지니아를 욕하면 속이 시원하다. 속이 시원하고 마음이 놓인다. 욕을 해도 이제는 누구한테 피해가 가지도 않는다.

그럼 예전에는 누구한테 피해가 갔을까? 그녀는 씁쓸하게 자문한다. 지니아는 당연히 아니었다. 지니아는 로즈가 자기를 어떻게 생각하든, 자기에 대해 뭐라고 얘기하든 전혀 신경 쓰지 않았다. 심지어 미치에게 뭐라고 얘기하는지조차 신경 쓰지 않았다. 하지만 그녀도 꾹 참고 하지 않은 말이 있다. 그 젖퉁이가 가짜인 거 모르겠어? 수술한 거잖아. 내가 장담한다. 원래는 75A였어. 당신은 지금 실리콘 젤하고 사랑에 빠진 거야. 이런 얘기를 했다 한들 제정신이 아니었던 미치에게 먹혀들었을 리 없다. 그가 정신을 못 차리는 단계를 지났을 때는 이미 엎질러진 물이었다.

화장을 해도 수술한 유방은 타지 않는다. 일설에 따르면 타지 않고 녹는다고 한다. 몸의 나머지 부분은 재가 되는데 젖퉁이만 마시멜로처럼 진득하게 변해 용광로 밑바닥에서 긁어내야 한단다. 지니아의 장례식 때 유골을 뿌리지 않은 것도 어쩌면 그 때문이었는지 모른다. 뿌릴 수가 없었던 것이다. 어쩌면 밀봉한 함 안에 그게 들어 있었을지 모른다. 녹은 젖퉁이가.

로즈는 토스트 두 조각에 버터와 꿀을 바른 다음 손가락까지 빨아 가면서 천천히 음미하며 먹는다. 살아 있다면 지니아는 분명 다이어트를 했을 것이다. 그렇게 잘록한 허리는 거저 얻어지는 게 아니다. 그래서 지금쯤 닭 모가지처럼 됐을 것이다. 아니면 수술을 받았을 것이다. 여기를 조금 자르고 저기에 뭔가를 조금 쑤셔 넣고. 눈꺼풀은 위로 당기고 입술은 도톰하게. 로즈는 수술 같은 건 꿈도 꾸지 않는다. 모르는 남자가 칼을 들고 시체처럼 대자로 뻗은 그녀 위로 몸을 숙이는 장면은 상상만 해도 소름이 끼친다. 치정 살인이 등장하는 스릴러를 너무 많이 읽어서 그런 모양이다. 그 남자가 훔친 의사 가운을 입은 사악한 정신병자일 수도 있지 않겠는가. 충분히 가능한 일이다. 아니면 의사가 실수를 하는 바람에 일어나 보니 온몸에 붕대가 감겨 있고, 차에 치여서 죽은 너구리 꼴로 육 주 동안 지내다 붕대를 풀어 보니 공포 영화에 나오는 프랑켄슈타인이 되어 있을 수도 있다. 그러느니 얌전히 나이를 먹겠다. 고급 레드 와인처럼.

그녀는 식빵을 다시 한 조각 구워서 이번에는 딸기와 대황이 섞인 잼을 바른다. 몸을 혹사할 필요가 뭐가 있을까? 입으로 들어가는 것을 아까워할 필요가 뭐가 있을까? 그렇게 해서 몸의 원망을 듣고, 교묘한 복수를 자초하고, 두통과 굶주림의 고통과 배 속에서 요란하게 항의하는 소리에 시달릴 필요가 뭐가 있을까? 그녀는 잼을 흘려 가며 토스트를 먹는다. 그런 다음 뒤에 아무도 없는지 확인한다. 있을 턱이 있나. 그녀는 접시를 핥아 먹는다. 기분이 한결 좋아진다. 이제는 담배를 피울 차례다. 아침마다 즐기는 보상. 뭐에 대한 보상인지는 묻지 마시길.

쌍둥이들이 교복 비슷한 것을 입고 계단을 우르르 내려온다. 로즈로서는 이해가 안 되는 교복이다. 킬트에 넥타이라니 스코틀랜드 남자들이 입는 옷 아닌가? 절박한 최후의 순간까지 셔츠를 밖으로 꺼내 입는 것이 요즘 유행인 모양이다. 두 아이는 침을 묻히고 난리법석을 떨며 그녀의 뺨에 입을 맞추고 뒷문으로 달려 나간다. 반짝이는 두 아이의 머리가 부엌 창문을 지나간다.

아마 두 아이는 캐리스가 작년에 심어 놓은 화단을 밟으면서 지나가고 있을 것이다. 캐리스가 사랑하는 마음을 담아 가꾸어 준 화단이니 꽃잎 하나 건드릴 수 없지만, 좀먹은 조각 이불처럼 생긴 데다 정기적으로 그녀의 꽃밭을 관리해 주는 일본 출신의 고상한 미니멀리스트는 자기 직업에 대한 모욕이라고까지 한다. 하지만 쌍둥이들이 원상 복구가 불가능한 수준으로 뭉개 놓을 수도 있으니 두 손을 모으고 기도할 일이다. 그녀는 손목시계를 본다. 많이 늦지는 않았지만 지각이다. 두 아이는 그녀를 닮았다. 그녀는 전부터 시간 개념이 부정확했다.

로즈는 남은 커피를 마시고 담배를 끈 다음 샤워를 하러 계단을 올라간다. 출입 금지인 줄 뻔히 알지만 지나가는 길에 쌍둥이의 방을 들여다보지 않을 수가 없다. 에린의 방은 옷 폭탄을 맞은 것처럼 보이고, 폴라는 또 불을 켜 놓았다. 아이들은 환경을 보호하자고 난리법석을 떨고, 독한 청소용품을 쓴다고 엄마를 나무라고, 문구류도 재활용품을 사게 하면서 이 망할 전등 하나 끄고 다니지 않는다.

그녀는 증거를 남기는 행동인 줄 뻔히 알면서도 불을 끄고 (엄마! 누가 내 방 들어왔어 나갔어? 꼬맹아, 엄마가 방에 좀 들어갈 수도 있지 뭘 그러니? 엄마는 도대체 내 사생활을 존중할 줄 몰라. 그리고 엄마 바보야? 꼬맹이라고 부르지 말랬잖아! 내 맘이지! 전기 요금 네가 내니? 어쩌고 저쩌고.) 복도를 따라 계속 걸어간다.

래리의 방은 그녀의 방을 지나서 제일 끝 쪽에 있다. 깨워야 할까? 깨워 주길 바랐으면 메모를 남겼을 텐데. 100퍼센트 그런 건 아니지만. 래리는 가끔 그녀가 자기 마음을 읽어 주길 바란다. 그럴 만도 하다. 예전에 그녀는 래리의 마음을 읽을 수 있었다. 하지만 이제는 아니다. 쌍둥이한테 무슨 일이 생기면 뭔지 콕 집어 말하지 못해도 낌새는 알아차린다. 하지만 래리는 그렇지가 않다. 래리는 이제 속을 알 수가 없다. 요즘 어떻게 지내느냐고 물어보면 잘 지낸다고 대답하는데 여러 가지 의미로 해석이 가능한 대답이다. 뭘 하면서 잘 지낸다는 건지 그조차 알 수가 없다.

래리는 심지가 굳은 아이였다. 미치와 한바탕 난리를 치르는 동안 쌍둥이들은 슈퍼마켓에서 물건을 슬쩍하고 학교를 빼먹는 식으로 분풀이를 했지만 그 아이는 묵묵히 제 할 일을 했다. 무슨 의무라도 되는 것처럼 로즈를 도왔다. 쓰레기를 버렸고, 토요일이 되면 아저씨처럼 자기 차와 로즈의 차를 닦았다. 그럴 것 없어. 세차장 있잖아. 그녀가 이렇게 말하면 하고 싶어서 하는 거예요, 세차하면 마음이 편안해져요라고 대답했다.

래리는 운전면허를 따고, 고등학교 졸업장과 대학교 졸업장을 받았다. 그러는 동안 무슨 걱정이라도 있는 사람처럼 미간에 주름도 생겼다. 그렇게 해야 할 일을 했고, 고양이가 죽은 쥐를 물어 오듯 공식 인증서를 로즈에게 갖다 바쳤다. 그런데 지금은 뭘 더 갖다 바쳐야 할지 몰라서 포기해 버린 것 같다. 아이디어가 동난 것이다. 자기 말로는 앞으로 어떤 일을 하면 좋을지 고민하는 중이라는데 마음을 정한 기미가 보이지 않는다. 밤마다 늦게 들어오는데 어디 있다 오는지도 알 수가 없다. 쌍둥이 같으면 물어보았을 테고, 그러면 그 애들은 알 것 없다고 대답했을 것이다. 그런데 래리한테는 물어보지도 않는다. 솔직한 대답을 듣게 될까 봐 두려운 것이다. 래리는 원래 거짓말을 잘 못한다. 너무 진지하다고 해야 할까? 사는 재미를 모르는 것 같아서 걱정이다. 예전에 지하실에서 드럼 연습을 할 때는 미칠 것 같더니 막상 그만두고 나니 아쉽다. 그때는 그나마 두드릴 거라도 있었는데 말이다.

래리는 늘 늦잠을 잔다. 용돈을 달라고 하지는 않는다. 물려받은 유산이 있기 때문이다. 마음만 먹으면 집을 떠나 아파트를 얻어서 살 수도 있는데 그럴 기미는 보이지 않는다. 뭐든 할 마음이 없는 것 같다. 그 나이 때 그녀는 윗세대한테 물려받은 묵은 때를 벗겨 내지 못해 안달이었는데. 물론 잘 벗겨 내지는 못했지만.

마약을 하는 걸까? 그런 것 같지는 않지만 모를 일이다. 언젠가 그녀는 안에 베이킹파우더 비슷한 게 든 작은 비닐봉지를 발견한 적이 있지만 뭔지 알아내지 않기로 했다. 알아낸다 한들 어쩔 도리가 없었다. 스물두 살 난 아들에게 어쩌다 보니 바지 주머니를 뒤지게 됐다고 할 수는 없는 일이었다. 이제는 그럴 수가 없다.

방에 알람 시계가 있지만 래리는 미치가 그랬던 것처럼 잠결에 꺼 버린다. 살그머니 방 안으로 들어가서 시계가 몇 시에 맞추어져 있는지 얼른 들여다보아야 할까? 그러면 래리가 알람 시계를 끄고 다시 자는지 어쩐지 확인하고 향후 노선을 분명히 정할 수 있을 것이다.

그녀는 살그머니 방문을 연다. 고치라도 벗어 놓은 것처럼 옷가지들이 침대까지 이어져 있다. 수제 카우보이 부츠, 양말, 옅은 갈색 스웨이드 재킷, 청바지, 검은색 티셔츠. 손이 근질거리지만 벗어 놓은 옷가지를 치우는 것은 그녀가 할 일이 아니다. 마리아한테도 손대지 말라고 했다. 빨래 바구니에 넣은 옷만 빨아 줄 거라고 세 아이한테 일러 놓았기 때문이다.

이 방은 아직도 소년 취향이다. 교재들로 가득한 책장. 미치가 고른 18세기 범선 그림 두 장. 그들이 처음으로 구입한 로절린드호에서 쌍둥이들이 태어나기 전 래리가 여섯 살이었을 때 셋이서 찍은 사진, 고등학교 2학년 때 받은 하키 팀 트로피, 아홉 살 때 그린 물고기 그림. 물고기 그림은 미치가 정말로 좋아했던, 아니 그 정도는 못 되더라도 칭찬을 했던 작품이다. 래리는 미치와 함께 보낸 시간이 쌍둥이들보다 많았다. 첫째인 데다 유일한 아들이기 때문이었다. 하지만 미치는 아이들과 있으면 안절부절못했다. 한쪽 발을 항상 문밖에 내놓고 있었다. 좋은 아버지인 척 연기를 했지만 너무 무뚝뚝하든지 너무 다정다감하든지 너무 어색했다. 그가 너무 어려운 농담을 하면 래리는 어린아이 특유의 어리둥절하고 의혹에 찬 눈빛으로 그를 물끄러미 쳐다보며 의중을 간파하곤 했다. 어린아이들은 원래 그런 법이다.

지금도 래리는 힘들어한다. 뭔가가 부족한 것이다. 우울이, 낯익은 좌절감이 로즈의 가슴속을 파고든다. 그녀가 가장 실망시킨 아이가 래리다. 그녀가 좀 더 예쁘거나 똑똑하거나 섹시하거나 아무튼 지금보다 더 괜찮았더라면, 차라리 좀 더 계산적이거나 파렴치하거나 게릴라 전사 같았더라면 미치가 떠나지 않았을지도 모른다. 어느 정도 시간이 지나면 아이들이 그녀를 용서할 수 있을까. 얼마만큼 그녀를 용서해야 하는지 깨달은 뒤로 어느 정도 시간이 지나면 그럴 수 있을까.

래리는 한쪽 팔로 눈을 가린 채 싱글 침대에서 자고 있다. 미치를 좀 더 닮아서 쌍둥이들보다 더 밝은 색의 직모에 가까운 머리카락이 베개 위로 깃털처럼 흩어져 있다. 생쥐 꼬리처럼 얇게 땋은 머리를 뒤통수에 한 줄 달아 놓고 기르는 중이다. 그녀가 보기에는 가관이지만 아무 말도 하지 않는다.

로즈는 꼼짝 않고 서서 아이의 숨소리를 듣는다. 어렸을 때부터 그랬다. 귀를 쫑긋 세우고 아직 살아 있는지 확인하는 것이다. 래리는 어렸을 때 폐가 약했다. 천식이 있었다. 쌍둥이들은 숨소리를 귀 기울여 듣지 않았다. 둘 다 기운이 넘쳤으니 그럴 필요도 없었다.

래리가 긴 한숨을 내뱉자 그녀의 가슴이 철렁 내려앉는다. 이 아이에 대한 사랑은 쌍둥이들에 대한 사랑과 질적으로 다르다. 쌍둥이들은 다부지고 강단 있고 회복력이 뛰어나다. 상처를 안 입는 건 아니지만 상처를 입더라도 혀로 핥고 다시 벌떡 일어선다. 그리고 쌍둥이들에게는 서로가 있다. 하지만 래리는 여권도 없이 아무도 살지 않는 두 나라 국경 사이에 발이 묶인 것처럼 유배자나 길을 잃은 여행자 같은 얼굴을 하고 있다. 표지판에 뭐라고 적혀 있는지 열심히 읽어 보려는 얼굴을. 뭐든 제대로 하고 싶어 하는 얼굴을.

풋풋한 콧수염 밑으로 보이는 입술은 작고 점잖다. 그녀가 가장 걱정스러워하는 부분이 바로 그 입술이다. 여자들에게 당할 수 있는 남자의 입술이기 때문이다. 여러 여자에게 연달아 혹은 한 여자에게. 아주 지독한 여자라면 한 명만으로도 충분하다. 정말 능수능란하고 지독한 여자가 한 명만 나타나도 래리는 사랑에 빠질 것이다. 정말로 푹 빠져서 주인밖에 모르는 귀여운 강아지처럼 혀를 내밀고 그 여자의 꽁무니를 쫓아다니며 온 정성을 바칠 것이다. 그러다 여자가 금테 두른 앙상한 손목을 한 번 퉁기는 순간 알맹이 없는 껍데기 신세로 전락할 것이다.

내 눈에 흙이 들어가기 전에는 어림도 없다 싶지만 그녀로서는 어쩔 도리가 없다. 누구인지 모를 미래의 그 여자 앞에서 그녀는 무기력한 존재일 뿐이다. 그녀는 시어머니의 생리를 안다. 자기 아들이 워낙 완벽해서 이 세상 어떤 여자도 부족하다고 생각하는 여자들에 대해 안다. 그게 자식의 인생에 얼마나 큰 걸림돌이 되는지 경험으로 알기 때문에 자기는 절대 그런 시어머니가 되지 않겠노라고 다짐한다.

아들 녀석의 여자 친구라면 이미 몇 명 겪은 바 있다. 앞머리가 곱슬곱슬하고 눈은 단춧구멍처럼 작고 옆으로 길쭉했으며, 기타를 친다고 했고, 아이 방에 푸시업 프렌치 브라를 떨어뜨려 놓고 갔던 고등학교 때 여자 친구. 여름 캠프에서 만났고, 심하다 싶을 정도로 다리에 털이 많고 머리 냄새가 코를 찔렀고, 이탈리아로 아트 투어를 다녀왔으니 로즈가 선택한 거실 가구를 놓고 이러쿵저러쿵할 자격이 있다고 생각했고, 근시였던 주식 중개업자의 딸. 남자들이 쓰는 가발 비슷한 머리의 양쪽을 밀어서 칙칙한 검은색으로 염색하고, 한쪽 귀에 귀고리를 세 개씩 하고, 겨드랑이까지 오는 가죽 미니스커트를 입고, 불룩한 허벅지를 꼬고 부엌 조리대에 앉아서 로즈에게 한 대 권하지도 않고 담배를 피우는가 하면 커피 잔을 재떨이로 쓰고, 로즈에게 『차라투스트라는 이렇게 말했다』를 읽어 보았느냐고 물었던, 통통하고 건방졌던 대학교 때 여자 친구.

그 아이가 최악이었다. 식당에서 빅토리아 시대에 만들어진 자단 상자에 넣어 둔 은 식기를 뒤지다 들킨 그 아이가. 아마 사소한 물건을 슬쩍해 가정부한테 누명을 씌운 다음 전당포에 맡겨 푼돈을 챙기려는 속셈이었을 것이다. 자기 어머니가 몇 년 전에 미치와 알고 지내던 사이였다고 말하고, 로즈가 그런 이름은 들어 본 적 없다고 했을 때 놀라는 척했던 것도 그 아이였다.(그건 거짓말이었다. 로즈는 그녀가 누구인지 똑똑히 알았다. 두 번 이혼한 부동산 중개업자로 남자를 수집하는 걸레였다. 하지만 그때는 미치가 코 한 번 풀고 버리는 티슈처럼 여자를 갈아

치우던 시절이었고, 그녀와의 관계는 고작 한 달 만에 끝났다.)

그 아이는 래리가 감당할 수 없는 아이였다. 『차라투스트라는 이렇게 말했다』라니 웃기고 자빠졌네! 잘난 척하는 쓰레기 같으니라고. 로즈는 그 아이가 쌍둥이들에게(그때 겨우 열세 살이었다.) 너희 오빠 엉덩이가 끝내준다고 말하는 것을 들은 적도 있었다. 내 아들 엉덩이가 끝내준다니! 그 천박하고 못된 년은 래리를 이용하고 있을 뿐이었다. 하지만 래리에게 그런 소리를 했다가는 난리가 날 게 분명했다.

이제 그녀는 아들의 여자 친구를 만나지도 못한다. 래리가 잘 숨겨 놓기 때문이다. 착하니? 그녀는 꼬치꼬치 캐물을 게 분명하다. 집에 한번 데려오려무나! 저녁이나 같이 먹게. 꿈도 야무지시지. 인두를 뜨겁게 달궈서 들이대도 아들한테서는 별다른 정보를 얻지 못할 것이다. 하지만 시답잖은 아이를 만나고 있으면 감이 온다. 그 조그마한 아가리와 발톱으로 래리를 꽉 물고 있는 여자아이들을 길거리에서 우연히 만났을 때 래리에게 그녀를 소개받고 나서 마스카라로 떡칠한 눈을 가만히 두지 못하고 이리저리 굴리는 것을 보면 알 수 있다. 여자들 마음속에 어떤 악마가 도사리고 있는지 엄마는 알 수 있다.

그녀는 입술을 깨물고 심각한 관계가 아니길 기도하며 그 아이들을 다 견뎌 왔다. 그런데 쌍둥이들이 전하는 이야기에 따르면 또 다른 아이가 등장한 모양이다. 무릎을 꿇어라, 로즈. 그녀는 속으로 중얼거린다. 이제 속죄할 시간이다. 사랑하는 주님, 저에게 착하고 이해심 많은 여자아이를 내려 주소서. 너무 돈이 많지도 않고, 너무 가난하지도 않고, 너무 예쁘지도 않지만 그렇다고 너무 못생기지도 않고, 너무 똑똑하지도 않고, 우리 아들에게 똑똑한 여자는 필요 없나이다, 마음씨 곱고 따뜻하고 현명하고 너그러우며, 우리 아들의 장점을 알아주고, 우리 아들이 앞으로 무슨 일을 하건 이해해 주고, 말이 많지 않고, 무엇보다 아이들을 사랑하는 아이를 내려 주소서. 그리고 부탁드리오니 제발 정상적인 헤어스타일을 하고 있게 해 주소서.

래리가 한숨을 쉬며 몸을 뒤척이자 로즈는 고개를 돌린다. 알람 시계를 확인하려던 계획은 포기했다. 자게 내버려 두자. 조만간 현실이 그 시뻘겋고 날카로운 발톱을 번뜩이며 그에게로 파고들 테니.

로즈는 김이 무럭무럭 나는 발그스레한 몸을 플라밍고 분홍색 영국제 최고급 특대 목욕 타월로 감싸고 한쪽 벽을 통째로 차지한 거울 문 달린 벽장을 향해 맨발로 걸어간다. 옷은 많지만 입고 싶은 게 없다. 그녀는 블로어가의 이탈리아 부티크에서 산 슈트로 결정한다. 회의를 하나 마친 다음 톡시크에서 토니, 캐리스와 점심을 먹어야 하는데 이 옷이면 너무 평상복 같지도 않고 너무 격식을 차린 것 같지도 않다. 게다가 어깨에 미라의 관도 없다. 어깨 패드의 유행이 끝났다니 얼마나 다행인지 모른다. 어차피 로즈는 두 사람 몫으로도 충분한 어깨를 타고난 체격이라 습관적으로 어깨 패드를 떼 내고 입었지만 말이다. 그녀가 떼어 낸 어깨 패드는 쌍둥이들이 재활용하고 있다. 두 아이는 플라스틱 볼펜이 자원을 낭비한다며 얼마 전부터 만년필을 쓰기 시작했는데 만년필을 닦는 덴 어깨 패드가 최고라고 한다. 그 망할 어깨 패드를 소화하려면 키가 크고 호리호리해야 한다. 로즈는 키가 크지만 호리호리하지는 않다.

어깨는 축소되는 추세지만 가슴은 강조되고 있다. 의료 기술의 도움으로. 로즈는 아들의 여자 친구로 바람직하다고 생각하는 아이의 조건에 한 가지를 더 추가한다. 주님, 가슴 확대 수술을 받은 아이가 아니게 하소서. 지니아는 시대를 앞서갔던 셈이다.

14

로즈는 벤츠를 타고 가기로 한다. 점심 시간에 퀸가에 주차를 해야 하는데 롤스로이스를 타고 나가면 너무 눈에 띌 것이다. 누가 타이어라도 찢어 놓으면 큰일이다.

어찌 됐건 그녀는 롤스 운전대를 잡는 일이 거의 없다. 무슨 보트를 운전하는 것 같기 때문이다. 묵직한 옛날식 차체, 마호가니 내장, 전통 부자, 전통 부자라고 속삭이는 모터. 전통 부자는 소곤거리지만 신흥 부자는 목소리를 높이고 다닌다는 속담이 있나. 로즈도 그 속담에 담긴 교훈을 진작 터득했어야 했다. 로즈, 목소리 낮춰. 그녀 안의 센서가 울렸다. 목소리 낮추고, 자세도 낮추고, 옷은 베이지색으로. 가늘게 뜬 눈, 예민한 신경, 천박한 취향, 시비를 걸지 못해 안달하는 신흥 부자들 사이에서 최대한 눈에 띄지 않게. 평생 돈을 아끼거나 합법적으로 술수를 쓰거나 남의 팔을 비틀거나 남을 갈취하거나 뭘 증명할 필요가 없었던 사람들이 아무것도 모르는 순한 얼굴, 사람 열받게 만드는 얼굴로 재미있다는 듯이 쳐다보지 않게. 신흥 부자가 된 여자들은 대부분 필사적이다. 머리끝에서부터 발끝까지 차려입고, 어딜 가든 안절부절못하고, 그러는 것에 대해 불안해한다. 신흥 부자가 된 남자들은 대부분 쓰레기처럼 군다. 로즈는 필사적인 것이 어떤 건지, 쓰레기 같은 인간이 어떤 건지 안다. 그녀는 눈치가 빠르고, 협상 테이블에서 물러서는 법이 없다. 그 방면에서는 최고다.

그런데 그녀는 신흥 부자가 된 지 하도 오래돼서 이제는 사실 전통 부자다. 이 나라에서는 그렇게 되기까지 그리 오랜 시간이 필요치 않다. 이제 그녀는 주황색 옷을 입어도 되고, 깔깔거리며 웃어도 된다. 이제는 그런 데 신경 쓰지 않아도 된다. 특이한 매력으로 포장할 수 있고, 그게 싫은 사람은 꺼지면 된다.

그래도 롤스로이스는 사고 싶지 않았다. 너무 과시하는 티가 나기 때문이다. 롤스로이스는 미치와 함께하던 날의 흔적이다. 그녀는 꼬드김에 못 이겨 그의 비위를 맞추고 싶은 마음에 이 차를 샀고, 차마 처분하지 못했다. 그가 이 차를 워낙 자랑스러워했다.

그녀는 차고 신세를 면치 못했던 이 차를 지니아의 장례식 때 분풀이 삼아 끌고 나갔다. 잘 봐. 네년이 별의별 짓을 다 하고 용케도 빠져나갔지만 이 차는 차지하지 못했지? 이런 마음이었다. 지니아가 그 차를 볼 리 없었지만 그래도 통쾌했다.

캐리스는 롤스로이스를 못마땅하게 생각했다. 몸을 웅크리고 불안하게 앉아 있는 것만 보아도 알 수 있었다. 하지만 토니는 알아차리지 못했다. 이게 그 큰 차야? 그러고는 그만이었다. 토니는 차에 관한 한 얼마나 귀여운지 모른다. 역사적인 사실이나 총기류 같은 것에 대해서는 모르는 게 없지만 차종은 절대 구분하지 못한다. 그녀에게 자동차는 큰 차와 다른 차, 두 종류뿐이다. 뉴펀들랜드 사람들이 생선을 셀 때 한 마리, 두 마리, 또 한 마리, 또 한 마리라고 한다더니, 그 말도 안 되는 우스갯소리하고 똑같다. 로즈는 그런 소리를 듣고 웃으면 안 된다는 것을 알지만 그래도 웃는다. 친구들과 같이 있을 때는 그런다. 덕분에 혈압이 떨어지고 우울했던 마음이 밝아지는데 그게 뉴펀들랜드 사람들에게 그렇게 피해를 주는 일일까? 그야 아무도 모를 일이지만 어쨌든 그들은 아직까지 대학살을 당한 적이 없다. 게다가 캐나다에서 가장 만족스러운 성생활을 즐긴다니 로즈보다 훨씬 나은 셈이다.

그녀는 로즈데일가를 달려 남쪽으로 향한다. 가짜 고딕식 석탑과 가짜 조지 왕조식 전면과 가짜 네덜란드식 박공들이 한데 어우러져 묘하게 진짜 같은 분위기를 연출한다. 닳고 닳은 돈이 연출하는 분위기다. 그녀는 흘끗 쳐다보기만 해도 그 집들의 가격을 짐작할 수 있다. 15억, 20억, 30억. 집값이 떨어지는 와중에도 이 녀석들은 그럭저럭 제값을 유지하고 있다. 이렇게 불안하고 요동이 심한 시기에 이 녀석들이라도 버텨 주니 다행이다. 믿을 게 아무것도 없는 요즘 같은 시기에 말이다.(제때 포트폴리오를 수정했으니 망정이지 주식도 절대 믿을 게 못 된다.)
예전에는 말끔하고 전형적인 WASP 분위기의 당당한 그 집들
이 꼴도 보기 싫었는데 세월이 지나는 동안 점점 좋아하게 됐
다. 그런 집을 소유하게 되었기 때문이다. 그리고 그런 집에 사
는 사람들이 대부분 생각했던 것처럼 대단하지 않다는 사실
을, 그녀보다 나을 게 없다는 사실을 알게 되었기 때문이기도
하다.

그녀는 한때 상류층의 거리였던 자비스가와 재개발을 했다
는데도 별로 신통치 않은 홍등가를 지나 웰슬리가에서 서쪽
으로 방향을 틀고 대학 캠퍼스 안으로 쑥 들어가 수위에게 누
굴 데리러 도서관에 온 길이라고 말한다. 수위는 들어가라고
손짓한다. 그녀의 핑계가 그럴듯했든지 차가 그럴듯했든지 둘
중 하나다. 그녀는 빙 돌아서 요란한 추억들이 깃든 매클렁 홀
을 지난다. 젊고 풋풋했고 발정난 개처럼 뛰어다니던 그 시절
에 거기 살았다니 생각만 해도 우습다. 큼직한 앞발을 가구에
얹고 희망에 부풀어 커다란 혓바닥으로 아무 얼굴이라도 핥
던 시절. 나를 좋아해 줘! 나를 좋아해 줘! 이젠 아니다. 시대가 달
라졌다.

그녀는 칼리지 대로를 달리다 유니버시티 대로로 우회전을
한다. 디자인이 이렇게 형편없을 수가 있나! 칙칙한 벽돌과 유
리창으로 이루어진 투박한 건물들이 줄줄이 이어지고, 손바
닥만 한 화단으로 야단스럽게 꾸며 보려고 애는 쓴 모양이지
만 인도에도 볼거리가 하나 없다. 만약 로즈가 디자인 계약을
수주한다면 어떻게 할까? 모르겠다. 파리처럼 포도 덩굴이 늘

어진 산책로나 둥그런 정자를 설치하지 않을까? 이런 구조물은 시도할 때마다 놀이공원에서 떼어다 놓은 것처럼 보인다는 게 문제지만 요즘은 뭐든 그렇다. 심지어 진짜도 가짜처럼 보인다. 로즈만 해도 알프스를 처음 보았을 때 보디스와 던들[25]을 입은 코러스 라인을 데려다 다 같이 요들을 불러야겠다고 생각했을 정도니.

소위 말하는 민족 정체성이 그런 걸까? 고유의 복장을 입은 고용인들. 배경. 소품.

로즈의 본사는 19세기 양조장을 개조한 건물이다. 빨간 벽돌 건물인데 정문 위에 달린 사자 두상과 들창이 품격을 더한다. 건물 개조라는 깜찍한 발상을 한 주인공은 아버지였다. 그러지 않았더라면 양조장은 철거됐을 것이다. 돈을 그냥 모으기만 하다 드디어 돈을 가지고 놀기 시작했을 때 아버지가 처음으로 크게 벌인 사업이, 처음으로 푹 빠진 일이 그것이었다.

그녀는 무단 주차 시 견인이라고 적힌 회사 주차장으로 들어가 금색으로 사장님이라고 적힌 표지판이 세워진 자리에 차를 댄다. 있으면 과시해야 하는 법이다. 하지만 그녀는 자신이 생각보다 어마어마한 인물이 아닐지 모른다고 속으로 중얼거리며 끊임없이 마음을 다잡는 편이다. 특히 《토론토 라이프》가 해마다 선정하는 토론토에서 가장 영향력 있는 인물 50위 안에 든 뒤로 식당에 가면 알아보는 사람이 가끔 생긴 건 사실

---

25) 몸에 꼭 맞는 조끼와 헐렁한 스커트.

이다. 하지만 그런 인지도가 권력의 기준이라면 미키 마우스가 그녀보다 몇백만 배 더 영향력 있는 위인인 셈이다. 실존인물도 아닌 미키 마우스가 말이다.

그녀는 앞니에 립스틱이 묻지 않았는지 백미러에 비춰 확인한 다음(사실 이런 게 중요한 부분이다.) 활기차게 혹은 활기차보이기를 바라면서 로비로 걸어간다. 벽에 걸린 그림을 바꿀 때가 됐다. 수억이 들기는 했지만 식탁보처럼 보이는 그 꼴사나운 색색의 사각형들이 이제는 지긋지긋하다. 캐나다 화가의 작품이라 다행히 법인세를 탕감받기는 했지만.

"안녕, 니키."

그녀는 안내 데스크 직원에게 인사를 건넨다. 이름을 외우는 게 중요하다. 로즈는 안내 데스크 직원이나 비서가 바뀌면 커닝하는 고등학생처럼 볼펜으로 그들의 이름을 손목에 적기로 유명하다. 로즈가 남자라면 가벼운 묵례만 해도 상관없을 것이다. 하지만 그녀는 남자가 아니라 여자이고, 남자처럼 행동할 만큼 멍청하지도 않다.

니키는 눈을 깜빡이며 계속 통화할 뿐 미소조차 짓지 않는다. 무표정한 꼴통 같으니라고. 니키도 머지않아 잘릴 것이다.

여사장 노릇은 골치 아프다. 여자들이 그녀를 상사라고 생각하지 않는 게 문제다. 여자들은 그녀를 자기와 똑같은 여자라고 생각하고, 언제쯤 떨어져 나갈지 궁금해한다. 그들의 섹시 전략이 그녀에게 먹히지 않고, 그녀의 섹시 전략도 그들에게 먹히지 않는다. 크고 파란 눈이 더 이상 무기가 되지 못한다. 여직원들은 그녀가 자기네 생일을 잊어버리면 손가락질하고, 그녀가 호통을 치면 남자 상사를 대할 때처럼 화장실로 달려가지 않고 눈앞에서 당장 울음을 터뜨리며 힘든 이야기를 늘어놓으면서 동정을 바란다. 그런 그들한테 커피라도 한잔 얻어 마시려고 했다가는 이보세요, 자기 일은 자기가 해야죠라는 반응이 나온다. 커피 잔을 들고 오기는 하겠지만 차갑게 식은 커피가 들어 있을 테고, 그 일로 영원히 미움을 살 것이다. 내가 엄마 몸종인 줄 알아요? 그녀는 반항기로 접어들자마자 어머니한테 이렇게 대들곤 했다. 꼭 그 짝이다.

그랬던 여자들이 남자 상사한테는 군소리 없이 커피를 대령한다. 아내에게 줄 생일 선물도 사다 주고, 애인에게 줄 생일 선물도 사다 주고, 커피도 끓여 주고, 슬리퍼도 입으로 물어서 갖다주고, 야근을 시켜도 아무 소리 하지 않는다.

로즈가 너무 안 좋은 쪽으로만 생각하는지도 모른다. 하지만 그만큼 안 좋은 경험을 여러 번 했다.

어쩌면 그녀가 잘못 대처했을 수도 있다. 그때는 지금보다 어리석었으니까. 권력을 휘두르며 전형적인 상사처럼 굴었으니까. 몇 번 화도 버럭 냈다. 내일이 아니라 지금 당장 끝내라고! 좀 프로답게 행동할 수 없어? 이제는 여자가 여직원을 고용하면 친구처럼 지내야 한나는 사실을 안다. 나이 차이가 두 배나 나는 경우라면 조금 힘들겠지만 그래도 모두 동등한 척해야 한다. 아니면 여직원들을 아이 취급해야 한다. 엄마처럼 보살펴 주어야 한다. 로즈는 지금까지 살아오면서 엄마 노릇을 지겹도록 했다. 하지만 그녀의 엄마가 돼서 보살펴 주는 사람은 없었다. 그래서 보이스를 채용했다.

그녀는 엘리베이터를 타고 올라가 꼭대기 층에서 내린다.

"안녕, 수지. 별일 없지?"

그녀는 꼭대기 층 안내 데스크 직원에게 묻는다.

"네, 앤드류스 사장님."

수지는 예의 바르게 미소를 짓는다. 그녀는 니키가 오기 전부터 이 자리를 지키고 있다.

보이스는 그녀의 사무실 바로 옆, 금박으로 사장 보좌라는 직함이 찍힌 자기 사무실을 지키고 있다. 항상 그녀보다 먼저 출근한다.

"안녕, 보이스."

그녀는 인사를 건넨다.

"오셨습니까, 앤드류스 사장님."

보이스도 자리에서 일어나며 점잖은 목소리로 인사한다. 그는 철두철미하게 격식을 차리는 성격이다. 숱없는 밤색 머리카락은 단 한 올도 흐트러짐이 없고, 셔츠 칼라도 나무랄 데 없고, 양복은 명품이라는 단어가 부족할 정도다.

"자, 시작해 볼까?"

보이스는 고개를 끄덕인다.

"커피 드릴까요?"

"보이스, 자넨 천사야."

보이스가 사라지더니 커피를 들고 온다. 갓 내린 커피라 뜨겁고 신선하다. 로즈는 계속 서 있다. 보이스가 꺼내 주는 의자에 앉는 즐거움을 누리기 위해서다. 로즈는 입고 있는 스커트가 허락하는 한도 내에서 최대한 우아하게 자리에 앉는다. 보이스 앞에 있으면 이렇게 조신해진다. 그러자 보이스가 오늘도 예외 없이 인사를 건넨다.

"사장님, 오늘 아주 좋아 보이시네요. 입고 계신 앙상블도 근사하고요."

"보이스, 나는 자네 넥타이가 마음에 드는데. 새로 산 거 맞지?"

그녀의 말에 보이스가 얼굴을 환히 빛낸다. 아니, 가만히 홍조를 띠었다고 할까? 그는 이를 보이는 경우가 거의 없다.

이러니 아끼지 않을 수가 있나! 이렇게 감미로울 수가 있나! 그를 보면 짜릿해서 꼭 끌어안아 주고 싶지만 감히 그럴 수는 없다. 보이스가 감당하지 못할 테니까. 그는 수줍음을 빼면 아무것도 남지 않는 친구다.

게다가 스물여덟 살의 변호사이고 아주 똑똑한 게이다. 그는 면접 때 게이 문제를 솔직하게 부각시켰다.

"사장님께서 긴가민가 고민하느라 괜히 시간 낭비하시지 않도록 이 자리에서 바로 말씀드리겠습니다. 저는 그리그처럼 분명한 게이지만[26] 그 문제로 공개적인 자리에서 사장님을 당황스럽게 만드는 일은 없을 겁니다. 아주 완벽하게 연기를 할 수 있으니까요. 혹시 궁금해하실까 봐 말씀드리자면 그리그에

---

26) gay as a grig. '아주 쾌활하다'라는 뜻의 merry as a grig를 '쾌활하다'라는 뜻이 있는 단어 gay를 이용해 변형한 언어유희.

는 두 가지 뜻이 있습니다. 다리가 짧은 닭을 가리키기도 하고 어린 뱀장어를 가리키기도 하죠. 저는 개인적으로 어린 뱀장어 버전을 더 좋아합니다."

"그렇군요."

로즈는 그리그가 뭔지 전혀 몰랐다. '떼놈'처럼 어떤 민족을 비하하는 표현인 줄 알았다. 그녀는 보이스가 알아서 척척 그녀의 빈자리를 채울 수 있는 인물임을 한눈에 알아차렸다.

"보이스, 당신을 채용할게요."

"크림 넣을까요?"

보이스가 묻는다. 간헐적으로 반복되는 로즈의 다이어트를 미루어 짐작하고 있기 때문에 항상 물어본다. 참 공손하기도 하지!

"응."

보이스가 크림을 넣고 담배에 불을 붙여 준다. 참 놀라운 친구다. 이 도시에서 살다 보면 여자에게 걸맞은 대접을 받기가 쉽지 않은데. 아니, 여자에게 걸맞은 대접이 아니라 숙녀에게 걸맞은 대접, 여사장에게 걸맞은 대접이라고 할까? 보이스는 기품이 무엇인지, 예의범절이 무엇인지 안다. 그게 핵심이다. 그는 위계질서를 존중하고, 훌륭한 도자기의 진가를 파악할 줄 알며, 선을 넘지 않는다. 그리고 이 사회에 사다리가 존재한다는 것을 기쁘게 생각한다. 그 사다리를 오르고 싶기 때문이다. 그는 사다리를 올라가고 있다. 정말 보석 같은 인재라 로즈도 아낌없이 그를 돕고 싶다. 물론 충성심에 대한 보답 차원에서 말이다.

보이스가 그녀를 어떻게 생각하는지는 알 길이 없다. 어머니처럼 생각하지 않기만을 주님께 간절히 기원할 따름이다. 어쩌면 덩치 좋고 살이 물렁물렁한 여장 남자로 생각할 수도 있다. 여자를 싫어할 수도 있고, 여자가 되고 싶어 할 수도 있다. 일만 잘하면 무슨 상관일까.

로즈는 궁금하지만 차마 궁금해할 수가 없다.

보이스는 온 세상 사람들에게 로즈가 바쁘다는 사실을 알리기 위해 사무실 문을 닫는다. 그런 다음 자기 몫으로 커피를 따르고, 전화가 오더라도 연결하지 말아 달라고 수지에게 인터폰으로 알리고, 로즈가 매일 아침 가장 먼저 확인하고 싶어 하는 것을 건넨다. 남겨 놓은 주식의 성적을 직접 간추린 요약본이다.

"어떻게 생각해?"

로즈가 묻는다.

"반 리그, 반 리그, 반 리그 앞으로, 죽음의 골짜기 속으로 500의 재산 모두 달려갔네."[27]

보이스는 책을 읽는 것과 읽은 책에서 인용하는 것을 둘 다 좋아한다.

"테니슨입니다."

---

27) 앨프리드 테니슨의 시 「경기병 여단의 돌격」에서 '600명의 병사'를 '500의 재산'으로 바꿨다.

그는 로즈를 위해 작가를 알려 준다.

"나도 무슨 뜻인지 알겠군. 성적이 안 좋다는 거지?"

로즈가 묻는다.

"모든 것이 산산이 부서지니 중심도 힘을 잃어."

그가 말한다.

"예이츠입니다."

"팔까 아니면 가지고 있어 볼까?"

"내려가는 길이 올라가는 길이니. 이번에는 엘리엇인데요, 얼마나 기다릴 수 있으십니까?"

"얼마든지."

"그럼 저라면 기다리겠습니다."

보이스 없이 로즈가 무슨 일을 할 수 있을까? 그는 점점 없어서는 안 될 존재가 되어 가고 있다. 가끔은 다른 데서 낳아 온 아들처럼 여겨질 때도 있다. 또 가끔은 다른 데서 낳아 온 딸 같을 때도 있다. 그가 워낙 옷을 보는 안목이 뛰어나기 때문에 아주 가끔 은근슬쩍 데리고 나가서 쇼핑도 하는데, 그럴 때면 그녀를 비웃으며 남몰래 즐거워하려고 자꾸 이상한 쪽으로 부추기는 게 아닐까 의심이 들기도 한다. 예를 들어 주황색 목욕 가운만 해도 그가 사라고 한 것이었다.

"사장님, 이제 좀 마음껏 즐기실 때도 됐잖아요. 카르페 디엠.[28]"

"무슨 뜻이지?"

"오늘을 즐기라는 뜻입니다. 장미 꽃봉오리를 모을 수 있을

---

28) Carpe diem.

때 모으라는 거죠. 개인적으로 저는 장미 꽃봉오리가 되고 싶습니다만."

사무실에서는 그런 식으로 속내를 보인 적이 없기 때문에 로즈는 보이스의 말에 깜짝 놀랐다. 물론 그에게도 또 다른 생활이 있을 것이다. 그녀가 전혀 모르는 퇴근 후 생활이. 부드럽지만 단호하게 그녀의 입장을 허락하지 않는 사생활이.

"오늘 저녁에 뭐 해?"

한번은 그녀가 생각 없이 물은 적이 있었다.(무얼 바란 걸까? 그녀와 같이 영화라도 봐 주길 바랐을까? 그녀도 외로울 때가 있다고 왜 솔직히 고백하지 못했을까? 너무나, 미치도록 외로워서 먹는다고. 텅 빈 마음을 최대한 채우려고 먹고 마시고 담배를 피운다고.)

"친구들이랑 클리셰트 보러 가려고요. 그 왜, 여장하고 나와서 가사 바꾼 노래를 립싱크로 부르는 사람들 있잖아요."

"보이스, 그 사람들 원래 여자야."

"아무튼 무슨 말인지 아시잖아요."

친구들이라니 누구일까? 비슷한 남자들이겠지. 젊은 게이 친구들. 그녀는 보이스의 건강이 염려스럽다. 좀 더 콕 집어서 솔직히 말하면 에이즈에 걸리지는 않았을지 걱정이 된다. 젊으니까 에이즈에 대해서 제때 파악하고 피했을 수도 있지만. 그녀가 어떤 식으로 물어보면 좋을지 고민하던 찰나 늘 그렇듯 보이스가 그녀의 욕구를 간파했다. 지난봄에 감기가 잘 떨어지지 않은 것을 가지고 그녀가 너무 자주 뭐라고 하자 그가 이렇게 말한 것이다.

"사장님, 너무 걱정하지 마세요. 세월도, 후천성면역결핍증도 저를 꺾지는 못할 테니까요. 이 새끼 돼지도 자기 몸 하나

쯤은 건사할 수 있답니다."

완벽한 대답은 아니었지만 그녀는 그 정도로 만족하는 수밖에 없었다.

로즈와 보이스는 주식 점검을 끝낸 뒤 이번 달에 날아온 청탁서를 훑어본다. 예쁜 글씨로 타이핑이 된 청탁서를 보면 윗부분에는 돋을새김으로 강조한 기관의 이름이, 아랫부분에는 진짜 잉크로 손수 쓴 서명이 있다.(로즈는 손수 쓴 게 맞는지 항상 손끝으로 더듬어서 확인한다. 눈 가리고 아웅하는 사람은 누구인지, 잘난 체하는 사람은 또 누구인지 파악하기 위해서다.) 한 청탁서는 명예 후원자가 되어 달라는 내용을 담고 있는데 로즈는 후원자라는 명칭을 싫어한다. 생색내지 않으면 할 수 없는 일이기 때문이다. 게다가 그녀에게 후원자가 되어 달라고 하려면 남성형이 아니라 여성형 명사를 써야 하지 않나? 그건 또 다른 차원의 문제이기는 하지만. 또 다른 청탁서에서는 신체 어느 부분을 위한 자선기금 마련 댄스파티에 초대할 테니 1000달러를 달라고 한다. 심장, 허파, 간, 눈, 귀, 신장이 저마다 응원군을 거느리고 있다. 일각에서는 변장이라면 사족을 못 쓰는 토론토 사람들의 심리를 이용해 심지어 가장무도회까지 개최한다. 로즈는 사실 고환 협회가 발족하길 기다리고 있다. 고환 가장무도회.[29] 그녀도 예전에는 가장무도회를 아

---

29) The Ball Costume Ball. ball에는 '고환'이라는 뜻과 '무도회'라는 뜻이 있다.

주 좋아했다. 음낭으로 변장하고 참석하면 기분이 좀 좋아지려나? 아니면 난소 난종은 어떨까? 그런 것들을 위해서라면 모금 운동을 할 의사가 있는데.

로즈에게도 나름대로 정한 기준이 있다. 그녀는 매 맞는 여성과 성폭행 피해자와 집 없는 어머니들을 돕는다. 어느 정도 연민을 베풀어야 충분하다고 할 수 있을까? 아무튼 어디쯤에선가 선을 그어야 하는데 모르겠다. 그녀는 버림받은 할머니들도 돕는다. 하지만 공식적인 디너 댄스파티에는 참석하지 않는다. 혼자 가기도 그렇고, 데이트 상대 비슷한 남자를 구하는 것도 비참하다. 같이 가겠다고 나서는 사람이야 있겠지만 그 대가로 무엇을 요구할까? 미치가 떠나고 난 뒤 그 우울했던 시기를 아직도 기억한다. 그녀는 훌륭한 먹잇감으로 급부상했고 남편 후보자들이 여기저기서 느닷없이 나타나 한 손을 그녀의 허벅지에 얹고 한쪽 눈으로 그녀의 은행 잔고를 확인했다. 마시지 말았어야 하는 술을 진탕 마시고 숱한 관계를 맺었지만 전혀 도움이 되지 않았다. 게다가 아침이 밝았을 때 표백한 뼈나 다름없는 색으로 도배한 침실에서 아이들 모르게 남자를 내보낼 방법도 없다. 고맙지만 사양하고 싶다.

보이스가 묻는다.

"버네이 브리스[30]는 어떠세요? 성모 마리아회는요?"

"종교 단체는 안 돼. 내가 정한 원칙 알잖아."

안 그래도 머리가 복잡할 하느님을 자선기금 마련 행사에

---

30) 유대인 문화 교육 촉진 협회.

까지 동원할 수는 없다.

　11시가 되자 두 사람은 중역 회의실로 건너가 로즈가 투자를 생각 중인 소규모 신생 회사 사람들을 만난다. 철두철미하게 진지하고 무미건조하고 보수적인 비즈니스맨의 가면을 쓴 보이스를 보니 꼭 안아 주고 싶다. 그리고 보이스가 자기 어머니한테도 이만큼 인정을 받으면 좋겠다는 생각이 든다. 그녀는 난생처음 이런 회의에 참석했던 때를 기억하고 있다. 그녀는 어렸을 때부터 사업이란 뭔가 신비롭고 감히 넘볼 수 없는 영역이며 아버지가 남몰래 문을 닫고 하는 일인 줄 알았다. 아버지들만 할 수 있고 여자들은 너무 멍청해서 이해하지 못하는 일이라고 생각했다. 그런데 알고 보니 남자들이 한 방에 모여 앉아 미간을 찌푸리고 금 펜촉이 달린 만년필을 만지작거리며 상대방을 속일 방법을 열심히 연구하는 것이 사업이었다. 그녀는 놀라서 자꾸만 벌어지는 입을 다무느라 애를 먹었다. 여보세요! 이게 끝이에요? 맙소사, 이 정도는 나도 하겠네! 그녀는 정말 잘하고 있다. 대다수의 분야에서 대부분의 사람들보다 뛰어난 수완을 발휘하고 있다.

　캐나다 사업가들은 대체로 소심하다. 베개에 돈을 묻어 두면 5센트짜리 동전이 10센트짜리 동전과 짝짓기를 해서 25센트짜리 동전을 낳는다고 생각한다. 그러면서 가슴을 탕탕 두드리며 자유 무역을 주장하는 꼴이라니! 적극적으로 나가야 한다더니 이제는 엄지손가락을 빨며 칭얼칭얼 세제 혜택을 요구한다. 아니면 사업체를 국경 남쪽으로 옮긴다. 그래 놓고 적극적인 캐나다인이라니 어찌나 앞뒤가 안 맞는지 웃음이 나올 지경이다! 로즈는 도박사다. 무모하게 판을 벌이는 게 아니라 정보로 무장하기는 하지만 아무튼 도박사는 도박사다. 안 그러면 무슨 재미일까?

이번에 만나는 사람들은 룩메이커스라는 회사 소속이다. 그들은 저렴하지만 품질 좋은 화장품을 생산하고 토끼를 괴롭히는 식의 동물 실험도 당연히 하지 않는다. 처음에는 타파웨어처럼 홈 파티를 통해 홍보와 판매를 하다 배우와 모델을 겨냥한 특수 제품으로까지 사업을 확장해 엄청난 성장세를 보이고 있는데, 현재 체인점 구축을 염두에 두고 소매 시장에서 판로를 물색하는 중이다. 로즈는 가능성이 있는 회사라고 보고 사전 조사를 모두 마쳐 놓았다. 사실은 보이스가 했다고 하는 쪽이 맞겠지만 아무튼 경기 침체기에는(괜히 그럴듯하게 포장하지 말고 그냥 불경기라고 하는 게 좋겠다.) 여자들의 립스틱 소비가 늘어난다. 자신에게 주는 선물 내지는 보상이랄까. 그렇게 별로 비싸지 않은 물건으로 기분을 내는 것이다. 그런 심리라면 로즈도 익히 안다. 부유하지만 가난한 사람들 입장에서 생각할 줄 아는 것이 그녀의 장점이다. 회사 이름도 마음에 든다. 룩메이커스. 들으면 기분이 좋아지고 성큼성큼 앞으로 걸어가서 소매를 걷어붙이고 열심히 노력하는 듯한 인상을 풍긴다. 모험을 감수하는 듯한 인상을 풍긴다.

룩메이커스 측에서는 삼십 대로 보이는 남자 둘, 여자 둘이 수많은 도표와 사진과 샘플과 그래프를 들고 찾아와 마음이 아플 정도로 굽실거린다. 그 작은 엉덩이에 땀띠가 날 정도로 이번 만남을 준비했겠지. 그렇기에 로즈는 이미 마음의 결정을 내렸음에도 프레젠테이션을 청하고, 의자에 기대고 앉아 프레젠테이션을 들으며 새로운 제품 라인을 구상한다. 돈을 이쪽에서 저쪽으로 옮기는 일은 이제 지긋지긋해서 다시 실전에 뛰어들 생각이다. 얼마나 짜릿할까! 몇 년 전까지 크게 유행했던 그 칙칙하고 독하고 사향 냄새처럼 묵직한 메이크업에서 벗어나 새로운 브랜드를 만들게 해야겠다. 그녀는 이런 쪽에 재능이 있다.

"자네 생각은 어때?"

그녀가 묻는다. 묵례를 하고 정중하게 퇴장하는 4인조에게 보이스는 내일 연락을 주겠다고 했다. 절대 당일에 결정하지 않는 것이 로즈의 원칙이다. 좀 뜸을 들여야 가격을 낮출 수 있다.

"판돈을 좀 걸어 볼까?"

"내 눈, 오래된 내 반짝이는 눈이 즐거워라. 예이츠입니다."

"내 눈도 그래. 평소처럼 지배 지분으로?"

로즈는 지금까지 몇 번 데인 적이 있기 때문에 좌지우지할 수 없는 물건은 사지 않는다.

보이스가 감탄하는 목소리로 말한다.

"급소를 간파하는 사장님의 고명하신 안목은 인정할 수밖에 없다니까요."

"이거 왜 이래. 그렇게 말하면 내가 피에 굶주린 인간 같잖아. 일 좀 잘해 보겠다는 것뿐인데."

로즈는 다시 자기 사무실로 돌아가 전화 메시지가 적힌 분홍색 메모지를 카드 섞듯 뒤적인다. 보이스한테 맡길 것, 수지한테 맡길 것, 그녀가 직접 처리할 것으로 나누기 위해서다. 그런 다음 각 메모지에 지시 사항을 적는다. 기분도 좋고, 새로운 일을 향해 박차를 가할 수 있을 만큼 힘이 넘친다.

이제 잠깐 숨 돌릴 틈이 생겼다. 얼른 담배를 한 대 피울 수 있겠다. 그녀는 값비싼 책상을 마주하고 값비싼 가죽 의자에 앉는다. 매끈하고 모던한 수제 책상이 이제는 성에 차지 않는다. 책상을 바꿀 때가 됐다. 귀여운 서랍들이 여기저기 숨어 있는 고풍스러운 책상이 좋겠다. 쌍둥이들이 아홉 살 때 분홍색 생일 파티 드레스를 입고 이미 오래전에 세상을 떠난 고양이를 괴롭히는 사진이 책상 위에서 그녀를 쳐다본다. 학교에서 해마다 개최하는 아버지와의 댄스파티 때 검은색 세미 정장을 입고 찍은 사진도 있다. 아버지와의 댄스파티라니 요즘처럼 아버지가 부족한 세상에 안 어울리는 행사다. 로즈는 래리를 보냈고, 보이스에게 억지로 조수 역할을 맡겼다. 쌍둥이들의 평가에 따르면 춤을 잘 추더라고 했다. 그 옆에는 래리가 졸업 가운을 입고 찍은 독사진이 은테를 두르고 놓여 있다. 아주 심각한 얼굴이다. 수심이 가득한 얼굴이다.

그 옆은 미치 사진이다.

탄 사람이 없어 멜빵이 흔들거리는 커다란 회색 낙하산처럼 부드럽게 굽이치며 죄책감이 엄습한다. 금색 결혼반지가 납덩이처럼 묵직하게 손가락을 누른다. 이 사진은 버렸어야 하는데. 그는 아르 누보식 놋쇠 액자 속에서 그녀를 보며 의기양양하게 웃고 있지만 불안한 눈빛이다. 전부터 항상 이런 눈빛이었는데 그녀만 몰랐다. 내 **잘못이 아니야.** 그녀는 그를 향해 속삭인다. 지니아가 이 건물, 이 사무실 안에 계속 맴돌고 있다. 불에 타서 갈가리 찢긴 영혼의 파편들이 오랜 역사를 자랑하는 목조를 흰개미처럼 안에서부터 갉아먹고 있다. 건물을 통째로 훈증 소독해야겠다. 그런 사람들을 뭐라고 부르더라? 맞다, 엑소시스트. 하지만 로즈는 그런 사람들을 믿지 않는다.

그녀는 충동적으로 책상 서랍을 뒤진 끝에 그 불쾌한 서류 파일을 꺼내 옆 사무실에 있는 보이스를 인터폰으로 호출한다. 이 문제를 놓고 보이스와 이야기를 나누거나 의논한 적은 한 번도 없다. 그는 여기에서 일한 지 이 년밖에 안 된 터라 자세한 내막을 모를 수도 있다. 하지만 모두들 알 것이다. 워낙 소문으로 유명한 도시니까.

"보이스, 솔직한 의견을 듣고 싶은데 어떻게 생각해?"

그녀가 내민 것은 지니아가 《와이즈우먼월드》 편집장일 때 썼던 8×10 사이즈의 반질반질한 스튜디오 사진이다. 그녀가 뒷조사라는 굴욕적인 일을 벌였을 때 사설탐정에게 넘긴 사진이기도 하다. 결이 살아 있고 화려하며 당연히 브이넥인 검은색 원피스. 안에 든 게 스티로폼일지라도 가슴이 풍만하면 과시하고 볼 일이다. 길고 하얀 목, 전기가 흐르는 것처럼 반짝이는 검은 머리, 치켜세운 왼쪽 눈썹, 양쪽 끝을 살짝 올려 사람을 미치게 만드는 그 은밀한 미소를 띤 오디색 입술.

내가 만든 괴물. 로즈는 생각한다. 내 마음대로 조종할 수 있을 줄 알았는데 도망쳐 버렸지.

보이스는 지니아의 사진을 보더니 로즈가 룩메이커스 모델로 염두에 두는 사람인가 보다고 생각한다. 혹은 그렇게 생각하는 척한다. 그는 사진에 병균이라도 묻은 양 엄지손가락과 집게손가락으로 들고 입을 오므린다.

"앉아 있는 의자가 반들반들하게 윤을 낸 왕좌 같네요. 가죽 가터벨트 여단, 뭐 이런 건가요? 채찍에 쇠사슬이 어울리겠다 싶게 너무 오버했는데요? 머리만 해도 가발 같잖아요. 절대 1990년대 분위기가 아니에요, 사장님. 촌스러워요. 그리고 우리 타깃층을 생각했을 때 나이가 좀 많지 않은가요?"

로즈는 마음이 놓여서 눈물이 날 것 같다. 물론 그의 말은 틀렸다. 지니아의 매력은 그 정체가 무엇이건 간에 이달의 화보니 어쩌니 하는 개념을 초월한다. 하지만 보이스의 대답이 아주 마음에 든다.

"보이스, 자네는 정말이지 보석 같은 친구야."

보이스는 미소를 짓는다.

"그런 사람이 되려고 노력합니다."

15

로즈는 퀸가 근처에 있는 야외 주차장에 벤츠를 세우면서 점심을 먹는 동안 누가 타이어에 구멍을 내거나 쇠지레로 트렁크를 열거나 얼마 전에 깨끗하게 광을 낸 짙은 파란색 차체를 긁는 일이 없기만을 기도한다. 지금은 벌건 대낮이고, 관리하는 사람이 따로 있는 주차장에 세워 놓았고, 여기가 뉴욕이 아니기는 하다. 그래도 경기가 안 좋다 보니 차 문을 잠그는 동안 넝마를 뒤집어쓰고 인도에 웅크리고 앉아 핏발 선 굶주린 눈빛으로 그녀를 위아래로 훑어보며 돈을 뜯어내기에 적합한 상대인지 평가하는 십여 명의 시커먼 그림자들이 신경 쓰인다.

그들이 바로 심장이자 안구이자 신장이자 간이다. 좀 더 원초적인 수준의. 그녀는 걸음을 멈추고 빨간 2달러짜리 지폐

몇 장을 주머니에 넣는다. 핸드백을 열지 않기 위해서다. 여기서 톡시크까지 그 사람들을 뚫고 걸어가는 동안 좌우로 돈을 뿌릴 것이다. 그녀의 아버지는 무언가 베풀 수 있다는 것은 축복이라고 말하곤 했다. 로즈도 과연 그렇게 생각할까? 천만의 말씀. 요즘 같은 세상에서 무언가를 베풀 수 있는 것은 짜증 나는 일이다. 그런다고 누가 차체를 안 긁고 가는 것도 아니고 대가가 있는 것도 아니다. 그런데 뭐 하러 귀찮게 나서야 한단 말인가? 받는 사람들은 베푸는 사람을 증오한다. 손을 벌려야 하기 때문이다. 상대가 베풀 능력이 되기 때문이다. 받는 사람들이 전문가인 경우에는 자신을 믿는다고, 자신을 동정한다고, 무슨 말만 들으면 속아 넘어가는 닭대가리라고 베푸는 사람을 경멸한다. 착한 사마리아인이 나중에 어떻게 됐는지 생각해 보라. 도적 떼에게 습격당해 쓰러진 사람을 길가로 끌고 나와 수레에 싣고 집으로 데려가서 수프를 먹이고 손님방에서 하룻밤 재워 주었을 때 어떻게 됐는가 말이다. 그 얼빠진 사마리아인이 아침에 일어나 보니 금고는 부서졌고, 기르던 개는 목이 졸렸고, 아내는 겁탈당했고, 금촛대는 사라졌고, 카펫 한가운데에는 큼지막한 똥 덩어리가 있었다. 애당초 변장용 흉터에 가짜 피였다. 야바위였다.

문득 지니아에 대한 기억이 로즈의 뇌리를 스치고 지나간다. 로즈가 여전히 지니아의 행동에 일희일비하고 여전히 그녀를 승진시키고 여전히 그녀를 집으로 초대했던 1980년대 초반, 디너파티가 끝난 저녁 로즈와 미치의 집 앞 계단에 서 있던 지니아. 양쪽 어깨가 위로 봉긋하고 재킷 뒤쪽에 달린 주름 장식이 탱탱한 엉덩이를 살짝 스치는 꽉 끼는 빨간색 슈트를 입었던 지니아. 스파이크 힐을 신고 위로 딱 달라붙은 엉덩이에 한 손을 얹고 있던 지니아. 그녀는 살짝 취했을 뿐이었다. 로즈도 마찬가지였다. 그녀는 그렇게 절친했던 친구이자 동무이자 동료답게 로즈의 뺨에 입을 맞추고, 야비한 미치를 향해 장난스럽게 웃어 보였다.(로즈는 멍청하게 미치가 야비한 줄도 몰랐다.) 그런 다음 고개를 돌려 계단을 내려가면서 군대를 사열하는 뉴스 영화 속의 장군을 묘하게 닮은 듯한 자세로 손을 들었는데, 그러면서 뭐라고 했더라? 제3세계는 엿이나 먹어라! 지긋지긋해!

예의 따위 엿이나 먹으라는 거였다. 진지한 친구 로즈도, 초라하고 지루했던 로즈의 자선 행위도, 성폭행을 당한 어머니와 매 맞는 할머니와 고래와 기근 피해자와 자급자족하는 마을 사람들에게 로즈가 건넨 기부금도, 하품 나오는 구닥다리 윤리 의식에서 헤어 나오지 못하는 촌스럽고 통통하고 엄마 같은 로즈도 엿이나 먹으라는 거였다. 이기적이고, 무신경하며, 앞뒤 따지지 않고 그대로 내뱉은 발언이었다. 죄책감은 거지한테나 줘 버리라면서. 그건 마치 컨버터블을 타고 질주하면서 앞차 뒤꽁무니를 바짝 쫓아가고, 깜빡이도 켜지 않은 채 차선을 들락날락하고, 카스테레오를 최고로 틀어 온 동네를 괴롭히고, 리본, 포장지, 먹다 만 필로 페이스트리, 샴페인 트러플 초콜릿 등 한 번 쳐다본 것만으로 쓰레기가 되어 버린 물건들을 차창 밖으로 던지는 것과 다름없는 행위였다.

무엇보다 한심했던 것은 충격을 받기는 했지만, 지니아, 설마 농담이지라며 뭐라 종알거리기는 했지만 로즈도 속으로는 그에 동조하는 두근거림을 느꼈다는 것이다. 그렇게 빨리 달리고, 그렇게 되는대로 탐욕스럽게 살고 싶은 충동이 일종의 메아리 비슷하게 그녀 안에서 번져 나갔다. 뭐, 안 될 것도 없잖아? 서로 입장이 바뀌면 제3세계에서 손가락이라도 까딱할 것 같아? 자동차용이었던 것으로 기억하는 어느 광고 문구와 비슷했다. 먼지를 일으킬 것인가, 먼지를 먹을 것인가. 그러니까 둘 중 하나를 선택해야 했다.

로즈는 금으로 된 먼지를 많이 일으켰고, 지니아도 먼지를 많이 일으켰지만 일으킨 먼지의 종류가 달랐다. 그러더니 이제는 먼지가 되었다. 유골이 되었다. 미치까지. 지금 로즈의 입에서 먼지 맛이 느껴진다.

로즈는 뒤뚱뒤뚱 자갈길을 건너 인도에 안착한 뒤 꽉 끼는 스커트가 허락하는 한도 안에서 가장 빠르게 톡시크를 향해 걷는다. 여기저기서 손을 내밀어 흔들고 가느다란 목소리로 중얼거린다. 막 잠에서 깬 것처럼 힘이 없고 슬픈 목소리다. 그녀는 쳐다보지도 않은 채 부들부들 떠는 손가락이나 다 떨어진 장갑에 꾸깃꾸깃 뭉친 지폐를 쥐여 준다. 이 사람들이 질색하는 것이 하나 있다면 호기심이기 때문이다. 입장을 바꿔서 생각하면 이해가 된다. 저 앞에서 조랑말처럼 일정한 보폭으로 총총히 걸어오는 토니가 보인다. 로즈가 팔을 흔들며 "여기야!" 하고 부르자 토니가 걸음을 멈추고 미소를 짓는다. 기쁨이 밀려들어 로즈의 몸을 훈훈하게 데운다. 이렇게 위안이 되다니!

벌써 테이블에 앉아서 환영의 뜻으로 손을 펄럭이고 있는 캐리스도 위안이 되는 친구다. 로즈는 그녀의 양쪽 뺨에 쪽쪽 입을 맞추고 털썩 의자에 주저앉아 담배를 찾느라 핸드백을 뒤진다. 그녀는 오늘 점심을 마음껏 즐길 생각이다. 그만큼 믿음직한 친구들이다. 아이들을 비롯해 그녀가 아는 모든 사람 중에 그녀에게 바라는 것이 아무것도 없는 딱 두 명이 토니와 캐리스다. 두 친구를 만날 때는 테이블 밑에 신발을 벗어 놔도 되고, 장황하게 떠들고 웃고 뭐든 내키는 대로 말을 해도 된다. 아무것도 결정할 필요가 없고 아무것도 요구할 필요가 없기 때문이다. 그리고 아무것도 감출 필요가 없다. 두 친구는 이미 모든 것을 아니까. 가장 바닥을 때렸던 시절까지 아니까. 이 두 사람 앞에서, 오로지 이 두 사람 앞에서 그녀는 힘을 잃는다.

웨이트리스가 다가온다. 저런 옷은 도대체 어디서 팔까? 로즈는 그 용기가 진심으로 부럽다. 그녀도 그런 용기가 조금이라도 있으면 좋겠다. 호피 무늬 레깅스에 은색 부츠라니! 이 정도면 평범한 옷이 아니라 의상이라고 할 만한 수준인데 어떤 사람들이 입는 의상일까? 열혈 신도겠지. 그렇다면 무슨 종교의 신도일까? 어떤 희한한 종교의 신도일까? 톡시크에 서식하는 군상을 보고 있으면 흥미진진하지만 조금 섬뜩하기도 하다. 화장실에 갈 때마다 실수로 엉뚱한 문을 열어 끔찍한 의식이 거행되는 현장을 맞닥뜨릴까 봐 겁이 난다. 난교를 벌여라! 인간을 제물로 바쳐라! 너무 심한 억측이기는 하지만 그녀가 알면 안 되는 일, 알면 골치 아파지는 일과 맞닥뜨릴까 봐 겁이 난다. 그러니까 공포 영화 같은 일과 맞닥뜨리게 될까 봐 겁이 난다.

하지만 그녀가 톡시크를 자꾸 찾는 것은 그 때문이 아니다. 여기를 찾는 진짜 이유는 아무리 애를 써도 빨래를 외면하지 못하는 그녀의 성격 때문이다. 한번은 바다 밑바닥에 사는 물고기처럼 아이들 방을 훑으며 여기서 더러운 양말을, 저기서 팬티를 치우는데 쭈글쭈글한 래리의 셔츠 주머니에서 톡시크의 성냥이 나오더니 그다음 주에도 또 나온 적이 있다. 엄마로서 아들이 어디서 시간을 보내는지 궁금해하는 게 비정상일까? 물론 래리는 점심 때가 아니라 밤에 여길 찾을 것이다. 하지만 여기가 어떤 곳인지 정기적으로 점검할 필요는 있다. 그래야 상황을 좀 더 파악할 수 있다. 적어도 래리는 허공으로 사라지는 게 아니라 어딘가를 찾아다니는 게 분명하다. 그런데 여기서 누구하고 무얼 하는 걸까?

아무도 만나지 않고 아무 짓도 하지 않을지 모른다. 그녀처럼 밥을 먹으러 올 수도 있다.

그녀는 생각난 김에 손가락으로 메뉴판을 훑는다. 너무 배가 고파서 말 한 마리를 통째로 먹을 수 있을 지경이지만 캐리스 앞에서는 그런 표현을 삼가는 게 좋다. 그녀는 허브와 캐러웨이씨를 넣은 두툼한 빵에 폴란드식 피클을 곁들인 고메 토스트 치즈 샌드위치로 결정한다. 든든한 시골 음식이나 그런 종류를 흉내 낸 것이다. 피클을 죄다 수출해 외화를 벌어들이고 있으니 폴란드 사람들 팔자가 폈을 것이다. '래리가 이런 데서 매력을 느꼈을까? 서빙하는 계집애한테서?' 그녀는 이런 생각을 하며 산발한 웨이트리스에게 주문을 하고 중동 이야기를 꺼내 토니의 두뇌를 자극한다. 그곳에서 심각한 일이 벌어질 때마다 재계에도 파장이 미친다.

토니와 나누는 대화도 아주 만족스럽다. 로즈가 현재 상황을 제아무리 비관적으로 해석해도 토니보다 더 비관적일 수는 없기 때문이다. 그녀와 이야기를 하다 보면 어리고 순진한 바보가 된 것처럼 느껴지니 이보다 더 신선한 기분 전환이 어디 있을까! 두 사람은 오래전부터 미국 대통령을 개탄했고, 토리당이 이 나라를 갈가리 찢는 데 고개를 저었고, 마거릿 대처의 헤어스타일을 나름대로 분석하여 암울한 전망을 내놓았다. 토니는 그런 헤어스타일이야말로 군국주의적인 철판 스타일이라고 했다. 베를린 장벽이 무너졌을 때 토니가 동유럽 주민들이 썰물처럼 탈출하면 그들을 향한 서구 사회의 적개심이 더욱 심화될 거라고 예측하자 로즈는 설마 그럴 리 있겠느냐고 했다. 이민자들을 향한 적개심이라니 생각만 해도 심란한 일이었다. 2차 세계 대전 당시 캐나다 정부의 일부 고관들은 유대인을 가리켜 한 명도 너무 많다고 했다.

그런데 사태가 점점 복잡해지고 있다. 예컨대 얼마나 많은 이민자를 받아들일 수 있을까? 현실적으로 얼마나 많은 이민자를 감당할 수 있고, 그들은 누구이며, 어디에서 선을 그어야 할까? 로즈가 이런 생각을 한다는 자체가 문제의 심각성을 단적으로 보여 주는 증거다. 로즈야말로 그들로 사는 것이 어떤 건지 잘 아는 사람이다. 하지만 이제 그녀는 우리다. 이것은 중요한 변화다. 맥 빠지는 일이기는 해도 경제에 관한 한 토니의 예측이 계속 맞아떨어지고 있다는 사실만큼은 인정할 수밖에 없다. 로즈도 감탄하는 부분이다. 토니가 그런 예지력을 주식 시장이나 돈이 되는 분야에서 활용하면 얼마나 좋을까?

그런데 토니는 모든 일에 너무 냉정하다. 너무 사무적이다. 그녀는 놀랍다는 듯이 눈을 동그랗게 뜨고 그럼 뭘 기대한 거냐고 묻는다. 모든 게 다 잘되길 바라는 사람들의 희망, 순진함, 감상적인 바람을 놀라워하는 것이다.

반면, 누구든 죽지 않고 자리만 옮길 따름이라고 믿는 캐리스는 토니가 폭동과 전쟁과 기근 이야기를 꺼내면 언짢아한다. 죽는 사람이 너무 많기 때문이다. 그녀는 죽음 자체가 아니라 죽음의 성격 때문에 심란한 거라고 한다. 좋게 죽지 못하고 난폭하고 잔인하게, 불완전하고 하자 있게 죽었으니 그 악영향이 일종의 정신적인 공해 비슷하게 오랫동안 남을 거라고 한다. 캐리스의 주장에 따르면 이런 것들을 생각하는 자체가 영혼을 오염시키는 행위다.

"이미 결정 난 일이야. 후세인이 국경을 넘은 순간 결정 난 일이라고. 루비콘강처럼."

토니가 말한다.

루비콘, 루비콘. 로즈도 들은 적이 있다. 강이다. 그리고 그 강을 건넌 사람이 있다. 토니는 누군가 건넘으로써 세계 역사가 바뀐 강들의 이름을 줄줄이 꿰고 있다. 델라웨어. 그 강을 건넌 사람은 워싱턴이었다. 게르만족은 라인강을 건너 로마제국을 무너뜨렸다. 그런데 루비콘강을 건넌 사람은 누구였더라? 이런 바보! 율리우스 카이사르잖아. 정답! 10점 만점!

그런데 이때 퍼뜩 아이디어가 떠올랐다. 립스틱 이름으로 정말 괜찮겠다! 누군가 운명적으로 건넜던 강 이름을 시리즈로 넣는 것이다. 금기와 용기, 무모함, 여기에 인연이 살짝 가미된 조합이라고 할까. 루비콘, 밝은 호랑가시나무 열매색. 요르단, 포도색이 살짝 감도는 진한 빨간색. 델라웨어, 푸르스름한 연분홍색. 그런데 델라웨어라고 하면 좀 깐깐한 뉘앙스가 느껴지기도 한다. 세인트로렌스, 뜨거우면서 차가운 형광 분홍색. 아니다, 세인트를 이런 데 동원하다니 안 될 말이다. 갠지스, 선명한 주황색. 잠베지, 촉촉한 적갈색. 볼가, 섬뜩한 자주색. 지난 수십 년 동안 가난하고 곤궁한 러시아 여자들이 유일하게 접할 수 있었던 립스틱 색깔이 그 색이었다. 하지만 로즈가 보기에 이 색은 가능성이 있다. 전위적이면서 복고적인 유행을 선도해 스탈린 동상처럼 수집가들이 앞다투어 찾는 색이 될 것이다.

로즈는 계속 대화를 이어 나가면서 머릿속으로 미친 듯이 계획을 세운다. 모델을 어떤 분위기로 꾸미면 좋을지 그림이 그려진다. 당연히 매혹적인 분위기를 풍겨야겠지만, 또 한편으로는 당신의 운명을 받아들이라는 식의 도전적인 눈빛으로. 나폴레옹은 어딜 건넜더라? 알프스산맥 말고 유명한 강을 넘은 적은 없었지. 아까워라. 역사화의 한 부분을 배경으로 넣으면 어떨까? 사방에서 연기와 화염이 피어오르는 가운데 언덕 위에서 누군가 너덜너덜한 깃발을 힘차게 흔드는 것이다. 깃발을 흔드는 곳은 항상 언덕이지 늪지대 같은 곳은 절대 등장하지 않는다. 그래, 완벽해! 불티나게 팔리겠다! 팔레트를 완성하려면 마지막으로 한 가지 색깔을 더 추가해야 한다. 나지막이 소용돌이치며 이글거리는 관능적인 갈색. 어떤 강 이름이 이 색에 어울릴까?

스틱스.[31] 스틱스 말고 다른 이름은 있을 수 없다.

이 순간 로즈의 눈에 토니의 표정이 들어온다. 정확히 말해서 두려워하는 표정은 아니다. 조용히 으르렁대며 무언가를 뚫어져라 바라보는 표정이다. 만약 토니에게 갈기가 있었다면 곤두세웠을 테고, 날카로운 송곳니가 있었다면 드러냈을 것이다. 평소의 토니답지 않은 표정이라 로즈는 살짝 겁이 난다.

"토니, 왜 그래?"

그녀가 묻는다.

"고개를 천천히 돌려 봐. 소리는 지르지 말고."

토니가 말한다.

이런 망할. 그녀다. 귀신이 아니라 진짜 그녀다.

로즈는 일말의 의구심도 없이 단정 짓는다. 지니아라면 저승에서 살아 돌아올 수 있다. 지니아라면 그렇게 작정할 수 있다. 그래서 이렇게 멀쩡히 살아 돌아왔다. 서부 영화에서 검은 모자를 쓴 남자들이 그러듯이 마을로 돌아온 것이다. 식당을 당당하게 가로지르는 그녀의 태도에서 이렇게 복귀했으니 자기 영역을 되찾겠다는 의지가 물씬 풍긴다. 비웃는 듯 양쪽 꼬리를 살짝 들어 올린 입술, 진주 손잡이가 달린 권총을 허리춤에 두 자루 매달아 놓고 여차하면 방아쇠를 당길 기세로 보란

---

31) 그리스 신화에 등장하는 저승의 강.

듯 골반을 흔들며 걷는 걸음걸이. 건방진 시가에서 피어오르는 연기처럼 그녀의 뒤로 향수 냄새가 이어진다. 반면에 세 여자는 겁쟁이처럼 테이블에 옹기종기 모여 앉아 시선을 피하며 못 본 체하고, 총격을 피해 포목점 카운터 뒤로 숨는 대로변의 행인 행세를 한다.

로즈는 핸드백 쪽으로 팔을 뻗으며, 리드미컬하게 자리에 앉는 지니아를 어깨 너머로 슬쩍 훔쳐본다. 지니아는 여전히 눈이 부시다. 로즈는 그녀가 어느 부분을 얼마나 고쳤는지 알지만 그러거나 말거나 상관없는 일이다. 어딘가를 바꾸면 바뀐 모습이 진실로 굳어진다. 매달 머리 색을 바꾸는 로즈가 누구보다 잘 안다. 그것은 착시 현상이 아니라 탈바꿈이다. 지니아는 이제 절벽 가슴이 아니라 유방 확대 수술을 받은 풍만한 가슴을 자랑하는 섹시한 여자다. 코도 마찬가지고, 희끗희끗한 머리가 전혀 눈에 띄지 않는 것으로 미루어 볼 때 특급 염색 전문가에게 관리를 받는 모양이다. 사람은 외모로 평가를 받는다. 개조한 건물처럼 지니아의 본래 모습은 사라지고 결과물만 남았다.

그래도 로즈의 눈에는 프랑켄슈타인을 만드는 의사들이 남긴 바늘 자국이 보인다. 그녀는 지니아를 쩍 갈라지게 만드는 접합부가 어디인지 안다. 그녀가 샤잠 하고 마법의 주문을 외는 순간 시곗바늘이 거꾸로 돌아가 지니아의 이에 씌운 껍데기가 떨어져 나가면서 그 아래 죽은 뿌리가 드러나고, 유약이 녹아서 흘러내리고, 머리가 하얗게 세고, 아미노산을 먹고 에스트로겐을 보충한 피부가 쭈글쭈글 오그라들고, 가슴이 포도처럼 터지면서 실리콘 보형물이 쉭쉭 날아가 벽에 철썩 들러붙으면 얼마나 좋을까?

그러면 지니아는 어떻게 될까? 남들과 똑같은 인간이 되겠지. 좋은 일이다. 아니, 로즈 입장에서 좋은 일이다. 서로 대등해질 테니 말이다. 지금 상태라면 로즈는 추잡한 형용사 몇 개를 바구니에 담고 전혀 쓸모없는 돌멩이 몇 개를 손에 쥐고 전쟁터로 나서는 것과 다름없다. 이걸 가지고 지니아를 상대로 뭘 할 수 있을까? 할 수 있는 게 별로 없다. 지니아는 이제 그녀에게서 빼앗고 싶은 게 없으니 말이다.

복수의 칼을 갈며 숙명적인 명상에 잠겨 있는데 문득 지니아가 그녀의 공격을 기다리며 저기 앉아 있는 게 아닐지 모른다는 생각이 든다. 여길 찾아온 이유가 있을 것이다. 먹이를 찾아 헤매는 건 아닐까? 은그릇을 숨겨라! 원하는 게 뭘까? 누굴 잡으러 나선 걸까? 그게 자기일지도 모른다는 생각이 들자 로즈는 몸서리가 쳐진다. 그럴 방법도, 그럴 이유도 없지만.

16

로즈는 어떻게 톡시크에서 나왔는지 생각이 나지 않는다. 분명 걸어 나왔을 텐데, 핸드백을 집고 자리에서 일어나 용감하게, 하지만 멍청하게 지니아를 등지고 걸어 나온 기억이 없다. 1950년대 공상 과학 영화에서 볼 수 있는 것처럼 순간 이동을 한 모양이다. 흑백의 회오리바람으로 톡시크를 빠져나와 다시 원래 모습으로 짜 맞추어진 모양이다. 그녀는 토니와 캐리스를 차례로 끌어안고 작별 인사를 한다. 뺨에 입을 맞추지는 않는다. 입맞춤이 과시용이라면 포옹은 진짜배기다.

토니는 너무 작고 캐리스는 너무 말랐다. 둘 다 망연자실한 얼굴이다. 그녀는 등교 첫날 아침 쌍둥이들을 한 명씩 안아 주었을 때와 비슷한 기분을 느낀다. 암탉처럼 두 친구를 품고 다 잘될 거라고, 용감하게 대처하면 된다고 달래 주고 싶어진다. 하지만 두 친구는 어른이고, 나름 그녀보다 똑똑하며, 그녀의 말을 한마디도 믿지 않을 것이다.

그녀는 멀어져 가는 두 친구를 바라본다. 토니는 투명한 궤적을 따라 종종걸음 치고, 캐리스는 머뭇거리며 천천히 발걸음을 옮긴다. 둘 다 그녀보다 똑똑한 건 맞다. 토니는 정해진 범주 안에서 특출하고, 캐리스는 뭐라 말할 수 없지만 아무튼 예리하다. 가끔 알 턱이 없는 일을 알고 있어 로즈를 소름 돋게 만든다. 하지만 둘 다 세상 물정에 밝지는 않다. 로즈는 그녀가 보는 앞에서 두 친구가 아무 생각 없이 차도로 나섰다 트럭에 치이거나 강도에게 한테 당하지 않을까 싶어 불안하다. 실례합니다, 아주머니. 강도질 좀 하겠습니다. 네? 뭘 하겠다고요? 강도질이 뭐죠? 제가 어떻게 도와 드리면 되나요?

반면에 지니아는 길바닥에서 잔뼈가 굵은 싸움꾼이다. 발차기가 맵고, 비열한 수법을 서슴지 않는다. 그녀를 이기려면 징이 박힌 부츠를 신고 선제공격을 감행하는 수밖에 없다. 칼싸움이 벌어져도 두 친구는 아무 도움이 안 될 것이다. 토니는 칼의 역사를 분석하고, 캐리스는 정신 건강에 해로운 날카로운 포크나 칼 이야기는 하지 말자고 할 테니 말이다. 그녀는 급소가 어딘지 파악해 달려들어야 한다.

문제는 지니아에게 급소가 없다는 것이다. 있다 하더라도 로즈는 급소가 어디인지, 어떤 식으로 공격하면 되는지 아직 파악을 하지 못했다. 예전의 지니아는 심장이 없는 여자였는데 지금은 피까지 사라졌을지 모른다. 혈관에 순수 라텍스가 흐르고 있을지 모른다. 아니면 쇳물이 흐르든지. 물론 전과 다름없을 때 이야기인데 아무리 봐도 예전 그대로인 것 같다. 아무튼 이번은 재대결이고, 로즈는 마음의 준비가 되어 있다. 이번에는 미치도 없으니 전처럼 쉽게 무너지지는 않을 것이다.

이렇게 다짐하고 용기를 낸 것까지는 좋았지만 주차장으로 돌아가 보니 누가 운전석 문짝을 긁고 하고 싶은 말을 남겨 놓았다. 돈 많은 년. 또박또박한 글씨에 다소 예의 바르기까지 한 메시지다. 미국 같았으면 돈 많은 갈보라고 적혀 있었을 텐데. 평소 같으면 로즈는 이걸 지우는 데 돈이 얼마나 들까, 시간은 얼마나 걸릴까, 세금 공제는 받을 수 있을까 따져 보았을 것이다. 그리고 주차장 관리인을 상대로 난리법석을 떨며 분풀이를 했을 것이다. 누가 이랬어요? 모르겠다니 무슨 소리예요? 뭐예요, 자고 있었어요? 망할, 그럴 거면 월급은 왜 받아요?

하지만 오늘은 그럴 기분이 아니다. 그녀는 차 문을 열고 삼류 스릴러 소설 애호가답게 뒷좌석에 아무도 없는지 확인한 뒤 올라타 문을 다시 잠그고, 새로 산 손수건을 꺼내(쌍둥이들이 화장지 사용 금지 명령을 내렸기 때문이다. 어쩌나 완강한지, 마리아의 다림질거리가 늘어난다고 윽박질러도 눈 하나 꿈쩍하지 않는다. 조만간 로즈는 화장실 휴지도 쓰지 못할 것이다. 쌍둥이들이 헌옷이나 뭐 그런 걸 쓰라고 할 것이다.) 평소처럼 운전대에 이마를 대고 작은 소리로 흐느껴 운다.

애도의 눈물이나 절망의 눈물이 아니다. 분노의 눈물이다. 로즈는 분노의 눈물이 어떤 맛인지 너무나 잘 안다. 하지만 이 나이가 되자 분노를 위한 분노는 점점 설 자리를 잃고 있다. 이를 갈 때마다 이가 빠질 수 있지 않은가. 그래서 그녀는 흠뻑 젖은 손수건을 대신해 소맷부리로 눈물을 닦고, 립스틱을 다시 바르고(루비콘아, 내가 간다!), 마스카라를 칠한 다음 액셀을 힘껏 밟아 자갈을 사방으로 튕기며 달린다. 주차장을 빠져나가는 길에 다른 차 펜더를 슬쩍 긁어 놓고 어머나, 죄송해요 하며 속까지 긁어 놓는 식으로 분노를 조금이나마 전가하고 싶었는데, 그러면 지니아를 목 졸라 죽이는 것 다음으로 훌륭한 대안이 됐을 텐데 적당한 위치에 서 있는 차가 한 대도 없다. 게다가 관리인이 지켜보고 있다. 뭐, 그런 생각이라도 했다는 게 중요하니까.

로즈는 사무실로 올라간다. 안녕, 니키. 안녕, 수지. 보이스, 별일 없지? 커피 좀 남은 거 있어? 전화 연결하지 마. 나 회의 중이라고 해. 이렇게 차례대로 외친 다음 문을 닫는다. 그녀는 가죽 의자에 앉아 담배에 불을 붙이고 초콜릿을 찾아 결재 서류함을 뒤진다. 모차르트 얼굴이 있고 아이들이 모차르트 동글이라고 부르는, 빈에서 건너온 동그란 초콜릿을 열심히 씹어서 삼키고 마음에 안 드는 책상에 대고 손가락을 두드린다. 그러다 미치가 쳐다보는 것이 신경이 쓰이자 고개를 돌린 채 자리에서 일어나 사진을 돌려놓는다. 앞으로 내가 벌이는 일이 마음에 안 들 거야. 그녀는 그를 향해 중얼거린다. 미치는 지난번에도 그랬다. 지난번에 그녀가 무슨 짓을 벌이는지 알고 났을 때에도 그랬다.

그녀는 서랍을 열고 스튜디오 사진이 든 Z 서류 파일을 꺼내 뒤로 몇 장 넘긴다. 이 안에 모든 게 있다. 비밀 중에서도 특급 비밀. 날짜, 시간, 장소. 보고 있으면 아직까지 가슴이 아프다.

예전의 탐정을 다시 쓰면 구구절절 설명할 필요가 없다. 게다가 해리엇 머시기라고 헝가리 출신인데 전통 백인식으로 이름을 바꾼 그 탐정, 실력이 아주 좋았다. 여기 있다, 해리엇 브리지스. 그녀는 예전에 탐정이 된 이유를 밝히면서 헝가리 여자가 헝가리 남자를 상대하려면 탐정이 될 수밖에 없다고 했다. 그녀는 전화번호가 보이자 수화기를 든다. 중간에서 접근을 차단하는 사람이 전화를 받는다. 비서까지 둔 것을 보면 잘나가는 모양이다. 아니면 그런 서비스를 제공하는 업체의 도움을 받고 있거나. 아무튼 그녀가 그럴듯한 말로 살살 구슬리며 끈질기게 버티자 회의 중이라던 해리엇이 전화를 받는다.

"안녕, 해리엇. 로즈 앤드류스야. 응, 그러게, 오랜만이지? 저기 있잖아, 부탁할 게 하나 있는데. 사실 예전에도 자기한테 부탁했던 일이야. 그때 그 여자. 응, 죽었지. 아니, 죽은 줄 알았지. 그런데 아니더라고. 내 눈으로 똑똑히 봤다니까! 톡시크에서……

전혀 모르겠어. 그러니까 자기한테 전화했지!

나라면 호텔부터 찾아보겠다. 하지만 이름을 바꿨을 거야. 자기도 기억하지?

인편으로 사진 보낼게. 그 여자가 어디 있는지 알아봐 줘. 무슨 속셈인지, 누굴 만나는지도. 뭐든 알아내면 당장 전화 주고. 아무 거라도 상관없어! 아침으로 뭘 먹었는지 그런 것도 괜찮아. 내가 얼마나 시시콜콜한 걸 좋아하는지 알잖아.

청구서는 친전이라고 적어서 보내 줘. 고마워. 자기밖에 없다니까? 나중에 점심이나 한번 같이 먹자!"

로즈는 전화를 끊는다. 기분이 좋아져야 하는데 그렇지가 않고 너무 긴장이 된다. 행동을 개시했으니 결과가 궁금해 좀이 쑤신다. 지니아가 어디 있는지 정확히 파악하고 나야 마음을 놓을 수 있을 것이다. 지니아가 지금 로즈의 집 앞에 있을 수도 있고, 전리품을 챙길 마대를 어깨에 짊어지고 창문을 넘는 중일 수도 있다. 전리품이 뭘까? 그게 관건이다! 로즈는 사진을 겨드랑이에 끼우고 당장 뛰쳐나가 직접 이 호텔, 저 호텔을 살금살금 찾아다니며 거짓말과 뇌물을 동원해 프런트 담당직원을 구워삶고 싶은 심정이다. 초조하고, 열이 오르고, 군침이 흐르고, 궁금해서 온몸이 근질거릴 지경이다.

어쩌면 갱년기 증상일 수도 있다. 그렇다면 이 얼마나 반가운 변화인가! 이제 에너지가 분출하면서 사람들이 말하는 삶의 기쁨이 찾아올지 모른다. 그럴 때가 한참 지나기도 했다.

아니면 호르몬이 난리를 부리는 게 아니라 죄를 지어서 그런지 모른다. 7대 죄악 중 하나 아니면 두 개를 저지른 것이다. 수녀님들은 항상 육욕을 경계하는데 로즈는 얼마 전에 그녀의 가장 큰 문제는 탐욕이 아닐까 하고 생각한 적이 있다. 그런데 이제 분노가 불쑥 나타나 그녀의 허를 찌르고 있다. 그녀의 숙적이라 할 시기심도 지니아의 모습을 하고 눈앞에 등장해 의기양양하게 미소를 짓는다. 조개껍질이 아니라 부글거리는 가마솥을 타고 눈부시게 등장한 비너스처럼.

인정해라, 로즈. 너는 지니아를 질투하고 있다. 예전부터 그러지 않았느냐. 끔찍하게 질투하지 않았느냐. 맞아요, 주님, 그런데요? 그래서 젠장, 뭘 어쩌라고요? 무릎을 꿇어라! 부끄러운 줄 알아라! 네 영혼을 위해 고행을 견뎌라! 변기를 닦아라!

얼마나 더 살아야 이 쓰레기들을 없앨 수 있을까. 영혼을 비우는 창고 세일. 오늘은 집에 일찍 들어가서 간식을 먹고, 술을 한잔하고, 자기가 일하는 황당한 가게에서 캐리스가 자꾸 가져다주는 그 물건들을 넣어서 목욕을 해야겠다. 곱게 간 이파리, 말린 꽃, 희한한 뿌리, 퀴퀴한 풀 냄새가 나는 방향제, 뱀 기름, 두더지 뼈, 자격증 있는 쭈그렁 할멈이 수백 년 전부터 전래된 조제법에 따라 만들었다는 뭔지 모를 혼합물. 로즈가 쭈그렁 할멈에 대해 무슨 반감이 있는 건 아니다. 그녀도 조만간 쭈그렁 할멈이 될 테니까.

캐리스는 그러면 긴장이 풀릴 거라고 말한다. 하지만 로즈, 너도 협조해야 해! 싸우지 마! 받아들여. 뒤로 누워서 몸을 둥둥 띄워. 따뜻한 바다에 있다고 상상해 봐.

하지만 로즈가 따뜻한 바다를 상상할 때면 언제나 상어가 등장한다.

검은색 에나멜

17

역사는 언제나 시간을 거슬러 기록된다. 토니는 이 문장을 거꾸로 적는다. 우리는 늘 어떤 의미심장한 사건을 선택해 그 원인과 결과를 분석하지만 그 사건이 의미심장한지 아닌지를 결정하는 사람은 누구일까? 바로 우리다. 우리가 이편에 있다면 그 사건과 사건의 당사자들은 저편에 있다. 그들은 오래전에 사라진 과거인 동시에 우리 손안에 있다. 로마의 검투사처럼 우리에 의해 좌우된다. 우리는 전혀 다른 이유로 전투를 치렀던 그들에게 의식 함양과 재미를 위해 몇 번이고 전투를 반복하게 한다.

하지만 역사는 앞으로 읽으나 뒤로 읽으나 똑같은 글자가 아니다. 역사를 거꾸로 거슬러 올라가 처음부터 새롭게 다시 시작할 수는 없다. 그러기에는 사라진 조각이 너무 많고, 우리가 아는 것도 너무 많다. 결과도 이미 안다. 역사학자들은 본질적으로 관음증 환자다. 시간이라는 유리창에 코를 박고 있다. 전투에 실제로 가담할 수도 없고, 지극한 환희의 순간이나 슬픔의 순간도 함께할 수 없다. 그들이 재창조한 것은 기껏해야 누덕누덕 붙인 밀랍 인형에 불과하다. 어느 누가 신이 될 수 있을까? 그 자초지종을, 그 격렬한 충돌과 혼전과 치명적인 결과를 어느 누가 미리 알 수 있을까? 너무 슬픈 일이다. 너무 맥 빠지는 일이다. 다음 날 전투를 앞둔 병사의 입장에서는 무지가 곧 희망이다. 하지만 무지나 희망이 약이 될 수는 없다.

토니는 펜을 내려놓는다. 두 달 남은 전쟁사관협회 강연 원고를 쓰는 중인데 이런 아이디어들이 아직 또렷하게 윤곽이 잡히지 않는다. 그녀가 선택한 주제는 982년 7월 13일 오토 2세가 사라센에게 패배한 사건을 후대 사료 편찬자들이 어떤 식으로 도덕적인 교훈과 결부시켰는가 하는 것이다. 늘 그랬듯이 아주 훌륭한 강연이 될 것이다. 하지만 시간이 지나면 지날수록 강연을 준비할 때마다 말하는 개가 된 듯한 느낌이 점점 더 강해진다. 귀엽고 똑똑하고 착하기는 하지만 그래 봐야 개는 개일 뿐이다. 예전에는 결과물의 수준에 따라 평가를 받는 줄 알았는데 관건은 강연의 질적인 부분이 아닐지 모른다는 생각이 든다. 관건은 그녀의 옷차림이다. 그녀에게는 머리를 쓰다듬고 칭찬하고 똑똑한 개만 먹을 수 있는 비스킷을 몇 조각 주면서 이제 됐으니 나가라고 하고는 남자들은 진짜 중요한 문제를 처리하기 위해 뒷방으로 건너간다. 그러니까 그들

중에서 누가 차기 협회장을 맡느냐 하는 그런 문제를 처리하기 위해서 말이다.

이 정도면 피해망상이지. 토니는 이런 생각을 애써 떨쳐 버리고 물을 마시러 간다.

그녀는 가운에 너구리 슬리퍼를 신고 한밤중에 지하실로 내려간다. 잠이 안 오는데 웨스트의 단잠을 방해할 테니 침실 바로 옆 서재에서 일을 할 수도 없다. 컴퓨터에서 삑삑 소리가 날 테고, 불빛 때문에 그가 깰지 모른다. 그녀가 조심스럽게 침대에서 내려와 까치발을 하고 밖으로 나왔을 때 그는 세상 모르게 잠을 자면서 세상 모르게 코를 골고 있었다. 규칙적으로 나지막이, 사람 신경을 건드리면서.

딴마음을 먹은 웨스트. 그래도 없어서는 안 될 웨스트.

그녀가 지하실로 내려온 진짜 이유는 전화번호부의 호텔 항목을 뒤지고 싶은데 그러고 있다 웨스트한테 들키면 안 되기 때문이다. 그를, 그와 지니아를, 그가 전화기 옆에 적어 놓은 메모를 몰래 조사하고 있다는 것을 모르게 하고 싶다. 그를 실망시키거나 더욱 심각하게는 그를 불안하게 만들고 싶지 않다. 그녀는 이제 A로 시작하는 시내의 호텔을 모두 찾아 놓았다. 명단까지 만들었다. 알렉산드라, 어넥스, 아널드 가든, 어라이벌, 애버뉴 파크. 이제 일일이 전화를 걸어 방 번호를 묻고 목소리를 변조하거나 음란 전화를 돌리는 변태처럼 아예 아무 말도 하지 않고 헐떡이는 숨소리만 내면서 지니아가 맞는지만 확인하면 된다.

검은색 에나멜

하지만 전화기가 침실, 그것도 침대 바로 옆에 있다. 그 전화로 통화를 하다 끊으면 조그맣게 틱 소리가 나는데 웨스트가 그 소리를 듣고 깨서 몰래 엿들을지 모른다. 웨스트의 헤드윈즈 사무실에도 전화기는 있다. 하지만 사무실이 침실 바로 위에 있으니 현장에서 들키면 설명할 방법이 없다. 기다리는 게 낫다. 지금 당장은 어떻게 하는 게 좋을지 전혀 감이 안 잡히지만 지니아를 저지하려면 최대한 웨스트 모르게 진행해야 한다. 그를 격리시켜야 한다. 그는 이미 상처를 입을 만큼 입었다. 웨스트처럼 너무 여리고 민감한 사람에게 가혹한 현실 세계, 특히 여자들의 가혹한 현실 세계는 있을 곳이 못 된다.

지금 토니가 글을 쓰는 곳은 오락실이다. 아무튼 웨스트와 그녀가 오락실이라고 부르는 곳이다. 지하의 보일러실과 세탁실 사이에 있는 넓은 공간이고, 여기만 바닥에 실내외 겸용 카펫이 깔렸다. 웨스트의 장난감인 당구대가 이 공간의 상당 부분을 차지하고 있는데 그 위에 합판으로 만든 접이식 탁구대를 얹을 수 있다. 토니가 글을 쓰는 곳이 그 탁구대다. 토니는 당구를 잘 치지 못한다. 규칙은 알지만 공을 너무 세게 때려서 정교한 맛이 없다. 하지만 탁구만큼은 귀재다. 웨스트는 정반대다. 거미원숭이처럼 팔이 긴데도 속도가 빨라지면 헤맨다. 가끔 토니가 핸디캡 삼아 왼손보다 실력이 떨어지는 오른손으로 쳐도 웨스트를 이긴다. 토니가 당구에서 너무 여러 번 지면 웨스트가 탁구를 치자고 한다. 하지만 치나마나 웨스트의 완패가 기정사실이다. 그는 그런 식으로 남을 배려할 줄 안다. 일종의 기사도랄까.

그러니 토니가 앞으로 얼마나 많은 것을 잃을 위기에 처해 있다는 뜻이겠는가.

하지만 탁구는 기분 전환용이다. 토니의 실질적인 장난감은 얼음물과 웨스트의 맥주를 보관하는 용도로 지하실 한쪽 구석에 놓아 둔 작은 냉장고 옆에 있다. 몇 년 전 어느 어린이 집에서 창고 세일을 했을 때 사 온 커다란 모래판인데 그 안에 모래는 없다. 그 대신 딱딱하게 굳힌 밀가루와 소금 반죽 위에 산맥을 불룩하게 쌓고 파란 점토로 주요 물줄기를 표시해 3차원으로 구현한 유럽과 지중해 지도가 들어 있다. 경우에 따라 운하를 넣거나 빼고, 저습지를 없애고, 해안선을 변경하고, 도로와 교량과 마을과 도시를 지었다 허물고, 물줄기 방향을 바꾸면서 지금까지 몇 번이나 이 지도를 활용했는지 모른다. 지금은 10세기에 맞춰져 있다. 정확히 말하면 오토 2세의 운명적인 전투가 벌어졌던 때에 맞춰져 있다.

군대와 백성들을 표현할 때는 핀이나 깃발을 쓰지 않는다. 부엌에서 쓰는 각종 양념을 동원해 각 종족이나 민족을 표현한다. 게르만족은 정향, 바이킹은 빨간 후추알, 사라센은 녹색 후추알, 슬라브족은 하얀 후추알. 켈트족은 고수씨고, 앵글로색슨족은 딜이다. 코코아 가루와 카르다몸씨와 네 종류의 렌틸 콩과 조그마한 은색 알갱이는 각각 마자르족, 그리스, 북아프리카의 몇몇 왕국, 이집트다. 중요한 왕이나 족장이나 황제나 교황 대신 모노폴리 게임의 말을 쓴다. 실질적으로건 명목

상으로건 주권이 있는 지역은 각각의 색깔에 해당하는 플라스틱 막대를 네모나게 자른 고무지우개에 꽂아 표시한다.

복잡한 시스템이기는 하지만 도식적으로 표현하거나 군대와 진지만 표시하는 방법보다는 이게 더 좋다. 이런 식으로 해야 정복이나 노예 매매를 통해 이루어진 이종 교배와 혼혈 관계를 표현할 수 있다. 사실 한 지역에 거주하는 집단은 한 핏줄로 이루어진 하나의 블록이라기보다 일종의 혼합물이다. 콘스탄티노플과 로마에 있는 하얀 후추알은 그들을 지배하는 빨간 후추알에 의해 팔린 노예다. 녹색 후추알은 렌틸 콩을 남쪽에서 북쪽으로, 그리고 동쪽에서 서쪽에서 다시 동쪽으로 팔아넘긴다. 프랑크족 통치자들은 사실 정향이고, 켈트리구리아족을 뜻하는 고수에 녹색 후추알이 섞여 있다. 썰물과 밀물이 끊임없이 반복되며 서로 섞이고 영토가 계속 이동한다.

가벼운 양념들은 이리저리 굴러다니지 않게 헤어스프레이를 뿌린다. 하지만 살짝 뿌려야 한다. 잘못하면 날아가 버리니까. 연도나 세기를 바꾸고 싶으면 이런저런 민족들을 걷어 내고 다시 배치한다. 이럴 때는 핀셋을 쓴다. 손을 쓰면 손가락에 씨앗이 잔뜩 들러붙는다. 역사는 건조하지 않고 진득진득해서 양손에 범벅이 될 수 있다.

토니는 모래판 앞으로 끌고 간 의자에 앉아 열심히 들여다본다. 이탈리아 서안, 소렌토 인근에서 정향 한 뭉치가 달아나는 소수의 녹색 후추알들을 추격하고 있다. 튜턴족이 사라센

을 처단한답시고 나선 것이다. 정향 틈에 섞여 있는 모노폴리
말이 오토 2세다. 과격하고 걸출한, 게르만족 출신의 로마 황
제. 오토 2세와 정향들은 작열하는 태양 아래 땀을 흘리며 무
심한 바다와 건조하고 울퉁불퉁한 산맥을 달리고 또 달린다.
그들은 아드레날린이 넘치고, 살육과 약탈이 자기들을 기다린
다는 사실에 잔뜩 흥분해 있고, 승리가 머지않았다는 생각에
현기증을 느낀다. 아무것도 알지 못한 채.

　토니는 그들보다 더 많은 것을 안다. 마른땅과 바위로 가려
져 보이지 않는 곳에 대규모의 사라센 후추알들이 매복을 하
고 있다. 앞에서 도망치는 녹색 후추알들은 미끼에 불과하다.
이 세상에서 가장 오래된 속임수인데 오토 2세가 걸려들었다.
조만간 그의 부하들은 삼면에서 공격을 당할 텐데 남은 한 면
이 바다. 전부 혹은 대부분이 몰살당하거나 바다에 빠져 익
사하거나 부상당한 몸으로 기어서 도망치다가 갈증으로 죽을
것이다. 몇몇은 생포돼 노예로 팔릴 것이다. 오토 2세는 목숨
만 간신히 부지한 채 도망칠 것이다.

　돌아가, 오토. 토니는 속으로 생각한다. 그녀는 오토 2세를 좋
아한다. 가장 좋아하는 황제가 오토 2세다. 그런데 이 불운
한 출정을 앞두고 그날 아침 황후와 다투었으니 딱하기 그지
없는 일이다. 그가 이렇게 무모한 판단을 내린 것도 그 때문일
수 있다. 이성을 잃으면 전쟁에 악영향을 미친다. 오토, 돌아가!
하지만 오토 2세는 그녀의 말을 듣지 못하고, 그녀처럼 위에
서 세상을 바라보지도 못한다. 정찰병만 보냈어도, 기다리기
만 했어도! 하지만 기다리는 것이 화근이 될 수도 있다. 돌아

검은색 에나멜　　　　　　　　　　　　　　　　　　219

가는 것도 마찬가지다. 싸우다 달아나면 살아서 나중에 다시 싸울 수 있지만 등 뒤에서 날아온 창에 맞을 수도 있다.

이미 오토는 너무 깊숙이 들어갔다. 이미 하늘에서 큼지막한 핀셋이 다가오고, 바위 뒤에 숨어 있던 녹색 후추알들이 달려 나와 불모의 해안선을 따라 추격에 나선다. 토니는 마음이 불편하지만 어쩔 수 없다. 너무 늦었다. 1000년이나 늦었다. 그녀가 할 수 있는 일이라고는 그 해변을 찾아가는 것뿐이다. 그녀는 실제로 찾아가 태양이 이글거리는 메마른 산맥을 보았고, 스크랩북에 넣으려고 조그맣고 뾰족한 꽃잎을 눌러서 말렸다. 기념품도 샀다. 올리브나무를 깎아서 만든 샐러드 접시 한 벌.

그녀는 쓰러진 정향 하나를 멍하니 집어 자기가 마시던 물컵에 헹궈 헤어스프레이를 씻어 낸 다음 입안에 넣는다. 그녀는 지도 위에 표시해 놓은 군대 일부분을 먹어 치우는 나쁜 습관이 있다. 위층 양념 선반에 항상 보충병이 준비되어 있기 망정이지. 하지만 죽은 병사들은 이렇게 저렇게 잡아먹혔을 것이다. 아니면 최소한 팔다리가 잘리고, 가지고 있던 소지품들을 빼앗겼을 것이다. 전쟁이란 그런 것이다. 정중한 의례는 구석으로 밀려나고, 전사자와 장례식 간의 비율은 곤두박질친다. 사라센은 이미 부상병을 처단하고(간호병도 없고 물도 없는 상황에서 자비를 베풀었다고 할 수도 있다.) 그들에게서 벗긴 갑옷과 무기를 챙기고 있다. 뒤처리에 나선 농민들이 이미 자기들 차례를 기다리고 있다. 콘도르 떼가 이미 모여들고 있다.

오토 2세는 너무 늦었다지만 그녀는 어떨까? 지니아와 대적

할 기회가 다시 한번 주어진다면, 차례가 다시 한번 돌아온다면, 다시 시작할 수 있다면 예전과 다르게 대처할 수 있을까? 그건 모르는 일이다. 그녀는 그럴 수 있을 거라고 대답할 만큼 어리석지는 않다.

18

셋 중에서 지니아와 제일 먼저 친구가 된 사람은 토니였다.
아니, 지니아를 맨 처음 들인 사람이 토니라고 해야겠다. 지
니아 같은 사람들은 이쪽에서 초대하지 않는 한 문지방을 넘
어오거나 남의 인생으로 들어가 얽히지 못한다. 이쪽에서 먼
저 알아보고 호의를 베풀고 인사를 건네야 한다. 그때는 몰랐
지만 이제는 그렇다는 것을 토니는 안다. 현재 그녀가 궁금해
하는 부분은 간단하다. 왜 그랬을까 하는 것이다. 그녀의 어떤
면, 아니 지니아의 어떤 면 때문에 지니아를 초대할 수밖에
없었을까?

그녀가 지니아를 초대한 것만큼은 분명하다. 모르고 한 일
이지만 몰랐다고 용서가 되지는 않는다. 그녀가 문을 활짝 열
자 지니아가 오랜만에 만나는 친구처럼, 자매처럼, 바람처럼

들어왔고 그녀는 그런 지니아를 환영했다.

오래전 일이다. 토니가 열아홉 살이던 1960년대의 일이다. 지니아가 등장하기 전에 해당하는 그 시절에는 별로 유쾌한 기억이 없다. 이제 와 생각해 보면 공허하고 칙칙하고 위안이라고는 없던 시절이었다. 당시에는 잘해 나가고 있다고 생각했지만.

그녀는 열심히 공부하고 먹고 자고, 매클렁 홀 2층 세면실에서 양말을 빨아 수건 안에 넣고 비틀어 짠 다음 방으로 들고 와 철커덕거리는 라디에이터 위쪽에 있는 커튼 봉과 끈으로 연결한 외투용 옷걸이에 깔끔하게 널어 놓으며 하루하루를 보냈다. 벌판을 가로지르는 생쥐처럼 눈을 감아도 훤한 작은 오솔길을 여러 개 만들어 놓고 몇 주 동안 계속 그곳으로만 다녔다. 그 길에서 벗어나지만 않으면 안전했다. 자기 보호 본능에서 비롯된 무감각으로 온몸을 감싼 채 코를 땅에 박고 끈질기게 터벅터벅 걸어 다녔다.

그녀가 기억하기로는 11월이었다.(그녀는 벽에 달력을 걸어 놓고 하루가 지날 때마다 가위표를 그었다. 특별히 기다리는 날은 없었지만 그러면 앞으로 움직이고 있다는 걸 느낄 수 있었다.) 그녀는 아버지가 돌아가신 뒤로 삼 년째 매클렁 홀에서 살고 있었다. 그보다 먼저 돌아가신 어머니는 미니 폭탄 비슷하게 생긴 금속 함에 들어 있었다. 그녀는 이 함을 벽장 선반 위, 차곡차곡 접은 스웨터 뒤쪽에 보관했다. 아버지는 공동묘지에 안장되었지만 1940년대에 만들어진 아버지의 독일제 권총은 낡은 크리스마스트리 장식을 넣어 두던 상자 안에 들어 있었다. 살던 집에서 그녀가 가지고 온 물건은 고작 그뿐이었다. 그녀는 부모님의 상봉을 주선할 생각이었다. 어느 하루 날을 잡아 꽃삽을 들고 공동묘지에 찾아가서 알루미늄 합금으로 만들어진 튤립 구근이라도 되는 양 어머니를 아버지 옆에 심을 생각이었다. 하지만 적어도 어머니만큼은 그런 사태를 어떻게든 피하고 싶어 하지 않을까 싶어서 망설이고 있었다. 어쨌거나 어머니를 방 선반에 모셔 놓고 계속 지켜보는 것도 나쁘지 않았다.(위치를 정할 것. 한자리에 묶어 둘 것. 움직이지 못하게 할 것.)

토니는 방을 혼자 썼다. 같이 쓰던 룸메이트가 수면제를 과다 복용하고 위세척을 받은 다음 사라져 버렸기 때문이다. 토니의 경험상 사람들은 원래 그런 식으로 사라지곤 했다. 그녀는 떠나기 전 몇 주 동안 옷을 입은 채 하루 종일 침대에서 대중 소설을 읽으며 나지막이 흐느껴 울었다. 토니는 그게 싫었다. 수면제보다 그게 더 신경 쓰였다.

토니는 혼자 사는 느낌이었지만 사실 사방이 다른 여자아이들로 바글거렸다. 여자아이가 아니라 그냥 여자라고 해야 하나? 매클렁 홀은 호칭이 여자 기숙사였지만 그 안에서는 서로 "아이"라고 불렀다. 다들 계단을 달려 올라오며 얘들아 하고 외쳤다. 얘들아, 그거 알아?

토니는 다른 아이들과 공통점이 별로 없는 것 같았다. 다른 아이들은 데이트가 없는 날이면 저녁에 삼삼오오 휴게실로 모였다. 잠옷이나 실내복 차림으로 큼지막하고 뻣뻣한 헤어 롤을 말고, 주황기가 도는 칙칙한 갈색 대형 소파와 너무 많이 넣어서 솜이 삐져나온 세 개의 안락의자에 널브러져 브리지 게임을 하고 담배를 피우고 커피를 마시고 만나는 남자들을 분석했다.

토니는 데이트를 하지 않았다. 만날 남자가 없었다. 그래도 상관없었다. 오래전에 죽은 사람들과 함께 있을 때 더 행복했다. 그들과 함께 있으면 애태우며 가슴 아파할 필요도 없고 실망할 일도 없었다. 잃을 게 없었다.

로즈는 휴게실로 몰려다니는 아이 중 한 명이었다. 목소리가 컸고, 토니를 투아네트라고 부르거나 그보다 더 심하게는 토니킨스라고 불렀다. 그때부터 토니에게 인형 같은 옷을 입히고 싶어 했다. 당시 토니는 그녀가 싫었다. 주제넘고 천박하고 사람을 숨 막히게 만드는 아이라고 생각했다.

다른 아이들은 대부분 토니를 특이하다고 생각했지만 못되게 굴지는 않았다. 오히려 귀여워했다. 초콜릿 바나 쿠키나 감자칩처럼 방에 몰래 숨겨 둔 반입 금지 식품을 그녀에게 먹이면서 좋아했다.(방으로 먹을거리를 들이는 것 자체가 원칙적으로 금지되어 있었다. 바퀴벌레와 쥐가 생기기 때문이었다.) 그녀의 머리를 헝클어 놓고 살짝 비틀면서 좋아했다. 사람들은 작은 상대를 보면 손을 가만히 두지 않는다. 고양이도 그렇고, 아이도 그렇고. 토니, 쟤 정말 귀엽지 않니?

아이들은 자기 방으로 종종걸음 치는 토니가 보이면 꼭 불렀다. 토니! 얘! 얘, 톤! 별일 없지? 토니는 그런 아이들을 무시하든지 피해 다녔다. 하지만 가끔은 휴게실로 들어가 바닥에 찌꺼기가 가라앉은 커피를 마시고 모래 맛이 나는 쿠키를 조금 뜯어 먹었다. 그러면 아이들은 토니에게 자기들 이름을 써 보라고 했다. 양손을 동시에 움직이되 한쪽은 거꾸로, 다른 쪽은 똑바로 써 보라는 것이다. 아이들은 그녀의 주변으로 파리 떼처럼 몰려들어 탄성을 질렀다. 뻔히 보이는 시시한 눈속임이건만.

토니만 특별한 재주가 있는 건 아니었다. 모터보트에 시동이 걸리는 소리를 낼 줄 아는 아이도 있었고, 로즈를 비롯해 몇 명은 눈썹연필과 립스틱으로 배에 얼굴을 그려 놓고 배꼽춤을 춰 배에 그려진 입술이 흉측하게 벌어졌다 다물어졌다 하게 만드는 장난을 쳤고, 또 어떤 아이는 물 한 컵과 다 쓴 화장지 심, 빗자루, 알루미늄 파이 팬, 달걀을 가지고 묘기를 부렸다. 토니가 생각하기에는 이런 것들이 훨씬 그럴듯했다. 그녀가 부리는 재주는 특별한 기술이나 연습이 필요 없었다. 관절 인형처럼 몸을 잘 접거나 귀를 움직일 수 있는 것과 마찬가지였다.

가끔은 아이들이 노래를 거꾸로 불러 달라고 애걸복걸하기도 했다. 토니는 기운이 넘치거나 아이들이 너무 귀찮게 졸라대면 부탁을 들어주었다. 감기에 걸린 성가대 아이처럼 음정이 불안하고 화들짝 놀랄 만큼 날카로운 목소리로 이렇게 노래를 불렀다.

랑사 내 오,
랑사 내 오,
랑사 내 오,

인타멘레클,

고가나떠 영영 는너,

네없 길 눌가 을음마 한통비,

인타멘레클.

운율을 맞추기 위해 모음 세 개를 묶음 처리하고 uo를 이중 모음으로 간주했다. 그러면 안 될 것도 없었다. 모든 언어에는 그런 식의 변칙이 있었고, 이건 그녀가 만든 언어였으니 규칙도 불규칙도 그녀가 정하기 나름이었다.

아이들은 이 노래를 들으면 배꼽을 잡았다. 토니가 슬그머니 웃지도 않고, 눈 한 번 깜빡이지도 않고, 어디 한군데 움직이지도 않고, 정색을 하고 부르니 더욱 배꼽을 잡았다. 사실 그녀는 뭐가 그렇게 재미있는지 알 수가 없었다. 이 노래의 주인공은 바보같이 물에 빠져 죽었는데 누구 하나 슬퍼하지 않고 결국에는 사람들의 기억 속에서 잊힌 여자였다. 그녀는 이 노래가 슬펐다. 너는 영영 떠나가고. 그런데 아이들은 왜 웃는 걸까?

토니는 옆에 없으면 이 아이들에 대해 신경 쓰지 않았다. 그들의 가시 돋친 농담도, 잠옷과 헤어 젤과 축축한 살과 파우더가 섞인 특유의 냄새도, 쩍쩍거리며 조잘조잘 늘어놓는 환영 인사도, 그녀의 등 뒤에서 선심 쓰듯이 짓는 억지웃음도. 토니, 쟤 정말 웃기지 않니? 토니는 이 아이들 대신 전쟁에 대해 생각했다.

그리고 전투에 대해서도 생각했다. 전쟁과 전투는 달랐다.

그녀는 결정적인 전투를 머릿속에서 재연하며 승패가 바뀔 수 있었을지 따져 보는 게 좋았다. 그녀는 지도와 기록, 병력 배치, 전투 기술을 검토했다. 전장의 선택과 사고방식의 차이가 국면을 바꾸었다. 사고방식도 전투 기술이라 할 수 있었다. 독실한 믿음도 마찬가지였다. 하느님도 무기가 될 수 있었다. 날씨와 계절도 마찬가지였다. 특히 비와 눈이 결정적인 역할을 했다. 운도 그랬다.

그녀는 편견이 없었다. 지지하는 쪽도, 반대하는 쪽도 없었다. 전투는 다른 방식으로 해결할 수 있는 문제였다. 무슨 수를 써도 이길 수 없는 전투가 있는가 하면 그렇지 않은 전투도 있었다. 그녀는 전쟁 노트를 만들어 대안과 점수를 기록했다. 사상자 숫자가 점수였다. 영어에서는 사상자를 말할 때 '떠난 사람'이라는 표현을 썼다. 사실은 죽은 사람을 말하는데 잠깐 어디 갔다가 돌아올 사람처럼. 너는 영영 떠나가고. 비통한 마음을 가눌 길이 없구나. 목숨을 부지한 장군들은 나중에 그렇게 말했을 것이다.

그녀는 자기 관심사를 다른 아이들에게 이야기할 만큼 멍청하지 않았다. 소문이 나면 그길로 끝장이었다. 특이하지만 귀여운 아이에서 정신병 환자로 전락하는 건 시간문제였다. 그녀는 쿠키라는 특권을 포기하고 싶지 않았다.

그 기숙사에는 실내복 차림으로 브리지 게임을 하는 친구들이 보이면 살금살금 지나가고 혼자 밥을 먹는, 토니 같은 아이들이 몇 명 더 있었다. 그런 아이들끼리 뭉치지는 않았다.

고개를 까딱하면서 인사말을 중얼거리는 것 말고는 서로 말도 섞지 않았다. 그들에게도 토니처럼 은밀한 취미 생활이, 은밀하고 우습고 용납 안 되는 열망이 있는 걸까?

그런 외톨이 중 한 명이 캐리스였다. 당시 그녀의 이름은 캐리스가 아니라 그보다 평범한 캐런이었다.(대대적인 개명 붐이 일던 1960년대에 이름을 바꾸었다.) 캐리스, 즉 캐런은 말라깽이였다. 보고 있으면 하늘거리는 가지에 분수처럼 생긴 노란 이파리를 파르르 떠는 버드나무가 생각나는 아이였다. 그리고 건망증이라는 단어가 생각나는 아이였다.

캐리스는 정신없는 아이였다. 토니가 수업을 들으러 왔다 갔다 하면서 보면 저러다 차에 치이겠다 싶을 만큼 아슬아슬하게 길을 건너곤 했다. 캐리스가 입은 헐렁한 스커트 밑으로는 슬립 아랫단이 삐죽이 보였다. 털실로 떠서 수를 놓았는데 올이 풀린, 핸드백이라기보다 가방이라고 해야 하는 데서도 늘 뭔가가 바닥으로 떨어졌다. 어쩌다 한 번씩 휴게실을 찾는 것도 장갑 한 짝이나 옅은 자주색 스카프나 만년필을 본 사람 있느냐고 물어보기 위해서였다. 봤다는 사람이 없을 때가 대부분이었지만.

하루는 토니가 밤에 도서관에서 걸어오다 캐리스가 기숙사 건물 옆에 달린 비상 사다리를 타고 내려오는 것을 본 적이 있었다. 가운처럼 보이는 옷을 입고 있었다. 아무튼 가운처럼 길고 하얗고 펄럭이는 옷이었다. 제일 마지막 단에 도착하자 그녀는 두 손으로 붙잡고 매달려 있다 몇 미터를 풀쩍 뛰어내리더니 토니 쪽으로 걸어오기 시작했다. 맨발이었다.

몽유병인 모양이었다. 토니는 어떻게 해야 좋을지 난감했다. 이유는 잊어버렸지만 잠결에 걷는 사람을 깨우면 안 된다는 것쯤은 알았다. 그녀는 캐리스에게 전혀 관심조차 없었고 서로 두 마디 이상 말을 섞은 적도 없었지만 차에 치이지는 않는지 따라가 보아야 할 것 같았다.(만약 요즘 같은 때 이런 일이 벌어졌다면 성폭행의 가능성도 염두에 두었을 것이다. 젊은 여자가 가운 차림으로 어두컴컴한 토론토 시내를 돌아다니면 충분히 있을 법한 일이다. 그때도 그럴 가능성이 있었는지 모르겠지만 당시에는 성폭행이 토니의 일상적인 범주 안에 들어 있지 않았다. 그녀에게 성폭행이란 약탈 행위이자 역사 속의 사건이었다.)

캐리스는 멀리 가지 않았다. 매클렁 잔디밭에 갈퀴로 모아 놓은 단풍나무와 밤나무 낙엽 더미를 몇 개 밟으며 걸어가더니 가운을 입은 채 어느 나무 밑에 앉았다. 토니도 캐리스 옆에 앉았다. 바닥이 조금 축축했다. 누가 보면 어떻게 하나 싶었는데 다행히 어둑어둑했고 그녀는 회색 외투를 입고 있었다. 희미하게 반짝이는 캐리스하고는 달랐다.

잠시 후 어둠 속에서 누군가 토니에게 말을 걸었다.

"나 자는 거 아니야. 하지만 아무튼 고마워."

토니는 짜증이 났다. 속은 기분이었다. 그녀는 가운을 입고 맨발로 정신없이 걸어 다니는 캐리스의 행동이 전혀 신비롭거나 흥미롭게 느껴지지 않았다. 부자연스럽고 황당했다. 로즈와 휴게실의 다른 아이들은 신경에 거슬리기는 해도 최소한 일정하고 단순하며 정체를 알 수 있었다. 반면에 캐리스는 속을 알 수 없고 반투명하며 종이비누나 젤라틴이나 말미잘의

촉수처럼 끈적끈적한 느낌이었다. 건드리면 그녀의 일부가 떨어져 나와 손에 묻을 것 같았다. 전염성이 있으니 가만히 내버려 두는 것이 상책이었다.

19

매클렁 홀에서 사는 아이들은 누구도 지니아와 어울리지 않았다. 지니아도 그들과 절대 어울리지 않았다. 그녀는 누가 총을 들이대며 협박해도 여자 기숙사에서는 살지 않을 거라고 이곳에 처음 찾아왔을 때 토니에게 말했다. 이런 쓰레기 같은 데서는 살지 않을 거라고.

(그런데 거길 왜 찾아왔더라? 뭘 빌리러 왔다고 했다. 뭘 빌리러 왔더라? 토니는 별로 기억하고 싶지 않은데 기억이 난다. 돈이었다. 지니아는 항상 돈이 없었다. 토니로서는 돈 빌려 달라는 소리를 듣는 것도 고역이었지만 싫다고 말하는 것이 더 고역이었다. 지금은 그렇게 순진하고 고분고분하게 아무 말 없이 돈을 내주었다는 사실이 고역스럽지만.)

"기숙사는 시시한 사람들이나 사는 데야."

지니아는 획일적인 페인트칠과 휴게실의 싸구려 의자와 신문에서 오려 방문에 스카치테이프로 붙여 놓은 만화를 경멸하는 눈빛으로 둘러보며 말했다.

"맞아."

토니는 우울한 목소리로 대답했다.

지니아는 토니를 내려다보고 웃으며 고쳐 말했다.

"정신적으로 시시한 사람들 말이야. 너 같은 애 말고."

토니는 마음이 놓였다. 경멸이 담긴 지니아의 표정은 예술 작품이라 할 만큼 거의 완벽했다. 그런 경멸의 대상에서 제외되다니 그만한 특권이 없었다. 구제를 받고 의혹에서 벗어난 듯 고마웠다. 후다닥 방으로 달려가서 수표첩을 꺼내 수표를 끊었을 때, 그리고 그 수표를 내밀었을 때 적어도 토니는 그런 심정이었다. 지니아는 천연덕스럽게 수표를 받더니 반으로 접어 옷소매에 넣었다. 둘 다 아무 일 없었던 것처럼 굴었다. 이 손에서 저 손으로 넘어간 게 없는 것처럼, 빌려준 것도 빌린 것도 없는 것처럼.

그러면서 그녀는 나를 얼마나 미워했을까.

그러니까 토니는 매클렁 홀에서 함께 지낸 여학생들 틈바구니에서 지니아를 만난 게 아니었다. 친구 웨스트를 통해 만났다.

웨스트가 어쩌다 그녀의 친구가 되었는지는 확실치 않다. 어디선가 나타났다고 할까? 그는 수업 시간에 옆자리에 앉아 그 전 수업을 못 들었다며 근대사 노트를 빌리기 시작하더니 갑자기 일상의 한 부분이 되었다.

웨스트는 그녀가 전쟁이라는 관심사에 대해 이야기할 수 있는 유일한 상대였다. 아직 이야기를 꺼내지는 않았지만 그녀는 차근차근 준비를 하고 있었다. 몇 년이 걸릴 수도 있는 일인데 그와 친구로 지낸 건 이제 고작 한 달이었다. 처음 두 주 동안은 그녀도 다른 친구들처럼 그를 스튜어트라고 불렀다. 어깨를 철썩 때리고 팔을 살짝 주먹으로 치며 야, 스튜, 뭐 새로운 일 없어라고 묻는 남자 친구들처럼. 그런데 그 무렵 그녀가 노트 한 귀퉁이에 적어 놓은 암호 같은 문장을 보고 그가 뭐냐고 물었다. 냐리소헛 슨무. 네겠시가아돌 서워겨지. 그는 글을 거꾸로 쓰는 그녀의 능력을 보고 특별한 재능이라며 감탄했고, 자기 이름도 거꾸로 뒤집고 싶다고 했다. 그러더니 새로운 이름이 훨씬 마음에 든다고 했다.

기숙사 아이들이 웨스트를 토니의 남자 친구라고 부르기 시작했다. 아닌 줄 뻔히 알면서 놀리려고 하는 말이었다.

"남자 친구 잘 지내지?"

로즈는 주황색 소파에 앉아서 토니를 보고 씩 웃으며 큰 소리로 묻곤 했다. 안 그래도 푹 꺼진 소파인데 로즈가 앉으면 더 심해졌다.

"얘, 토니킨스! 요즘 비밀 생활 어때? 멀대 씨는 잘 지내지? 아우, 속상해! 키 큰 남자들은 꼭 땅꼬마만 찾더라!"

웨스트는 원래도 키가 컸지만 토니 옆에서 걸으면 더 커 보였다. 거인이라는 단어가 어울릴 만큼 듬직하지는 않았다. 오히려 빼빼하고 흐느적거렸다. 팔과 다리는 몸통에 간신히 붙어 있는 수준이었고, 소매와 바짓부리가 항상 3~4센티미터 짧았기 때문에 손과 발이 실제보다 더 커 보였다. 잘생겼지만 각지고 야윈 모습이 중세 시대 석상이나 원래 잘생겼지만 고무처럼 몸이 늘어난 사람 같은 분위기를 풍겼다.

당시에는 텁수룩한 금발이었고, 어둡고 색이 바랜 옷을 입고 다녔다. 가장자리가 너덜너덜한 터틀넥, 지저분한 청바지, 이런 식이었는데 특이한 경우였다. 그때만 해도 남자 대학생들은 대부분 넥타이를 맸고, 최소한 재킷이라도 걸쳤다. 그의 옷차림은 아웃사이더임을 알리는 상징이었고, 그로 인해 무법자 특유의 광채가 났다. 근대사 수업이 끝나고 둘이서 자주 가던 학생 커피숍에서 커피를 마시면 여학생들이 웨스트를 뚫어져라 쳐다보곤 했다. 그러다 밑으로 시선을 돌려 남자아이처럼 더벅머리를 하고 뿔테 안경을 쓰고 킬트풍 스커트를 입고 페니 로퍼를 신은 토니를 발견하면 어리둥절한 표정으로 변했다.

웨스트를 만나 하는 일이라곤 커피를 마시는 게 전부였다. 두 사람은 커피를 마시며 이야기를 나누었다. 하지만 둘 다 수다스러운 성격이 아니라 편안한 침묵으로 대부분의 시간을 채우곤 했다. 가끔은 이런저런 어두컴컴한 맥줏집에서 맥주를 마시기도 했다. 아니, 맥주는 주로 웨스트가 마셨다. 토니는 발가락이 바닥에 거의 닿을락 말락 하는 의자 모서리에 걸터 앉아 고양이처럼 혀로 조심스럽게 생맥주 거품을 핥곤 했다. 그러다 보면 웨스트가 토니의 맥주잔을 비우고 다시 두 잔을 주문했다. 그의 주량은 네 잔이었다. 다행히 그보다 더 많이 마신 적은 한 번도 없었다. 맥줏집에서 미성년자 분위기를 물씬 풍기는 토니의 입장을 허락한 것은 놀라운 일이었다. 사실 그녀는 미성년자였다. 맥줏집에서는 그녀의 실제 나이가 스물두 살쯤 되니까 감히 그런 데를 출입한다고 생각했을 것이다. 그녀는 평소 모습 그대로 맥줏집을 드나들었다. 그게 가장 성공적인 방법이었다. 만약 나이가 들어 보이려고 했다면 오히려 저지당했을 것이다.

웨스트는 역사 시간에 토니만큼 필기를 잘하는 친구가 없다고 했다. 그 말에 토니는 쓸모 있는 사람이 된 것 같은 기분을 느꼈다. 더 나은 사람, 없어서는 안 될 사람이 된 것 같은 기분을 느꼈다. 칭찬을 받은 것 같은 기분을 느꼈다.

근대사 수업은 로마의 몰락과 더불어 끝이 나는 고대사가 아닐 뿐 정말로 근대사를 다룬다고 볼 수는 없었다. 그런데 웨스트가 근대사 수업을 듣는 이유는 민요와 구전 가요, 전통 악기에 관심이 있기 때문이었다. 그는 류트를 연주할 줄 안다고 했다. 토니는 류트를 본 적이 없었다. 그의 집에 놀러 간 적도 없었다. 그가 어떤 집에 사는지, 어디에 사는지, 저녁 때 무얼 하는지, 그런 것도 몰랐다. 그녀는 그런 데 관심 없다고 속으로 중얼거렸다. 두 사람은 오후 시간을 함께 보내는 친구였으니까.

하지만 시간이 흐를수록 그의 나머지 부분에 대해 호기심이 생기기 시작했다. 저녁은 뭘 먹었는지, 심지어 아침은 뭘 먹었는지도 궁금했다. 친구 중에 방귀를 뀌고 거기에 불을 지를 줄 아는 아이가 있다는 걸 보면 다른 친구들과 같이 사는 모

양이었다. 그 말을 하면서 키득거렸다기보다 안타까운 표정을
지었다.

"네 묘비에 그런 문구가 적히면 기분이 어떨지 상상해 봐."

토니가 생각하기에 방귀에 불 지르기는 매클렁 홀의 아이
들이 달걀과 립스틱을 가지고 벌이는 좀 더 얌전한 장난의 변
형이었고, 장소는 아무래도 남자 기숙사가 유력했다. 하지만
그녀의 짐작이 맞는지 물어보지는 않았다.

웨스트는 안녕 하며 등장했다. 사라질 때는 또 보자라고 했
다. 토니로서는 그가 언제 등장하고 언제 사라질지 절대 알
수 없었다.

이런 식으로 11월이 되었다. 토니와 웨스트는 1837년에 캐
나다 북부에서 벌어졌던 항쟁에 대해 공부하고 몽고메리스 인
이라는 맥줏집을 찾았다. 토니가 생각하기에 그날 수업 시간
에 다루었던 교전은 결과가 달라질 수 있었는데 겁에 질려 어
리석은 판단을 내린 것이 문제였다. 그녀가 평소처럼 생맥주
거품을 핥아 먹고 있을 때 웨스트가 뜻밖의 발언을 했다. 파
티를 열 생각이라는 것이었다.

그는 우리 둘이 파티를 열자고 했다. 아니, 파티가 아니라 술
판을 벌여 보자고 했다.

웨스트와 술판이라는 단어는 안 어울리는 조합이었다. 토
니가 아는 웨스트는 난폭한 성격이 아닌데 술판은 거칠고 실망
스러운 단어였다.

"술판? 글쎄?"

토니는 애매모호하게 대답했다. 그녀는 술판이 어떤 의미인

지 기숙사에서 아이들이 하는 이야기를 들은 적이 있었다. 보통 남학생 서클에서 판이 열리는데 끝날 때가 되면 여기저기서 토하는 인간들이 속출한다고 했다. 주로 남자아이들이 그러지만 가끔 여자아이들이 그 자리에서 혹은 매클링 홀 화장실에서 그러는 경우도 있었다.

"너도 꼭 와야 해. 얼굴이 그렇게 창백해서 어쩌냐."

웨스트가 파란 눈으로 그녀를 인자하게 바라보며 말했다.

"내 얼굴은 원래 그래."

토니는 변명조로 말했다. 웨스트가 난데없이 그녀의 건강을 걱정하다니 당황스러웠다. 평소답지 않게 너무 의례적이었다. 그런데 생각해 보면 웨스트가 겉보기에 무뚝뚝하고 말이 없어 그렇지 항상 문을 열어 주기는 했다. 웨스트가 됐건 누가 됐건 다른 사람이 그녀를 그런 식으로 걱정해 주는 것은 익숙지 않은 일이었다. 그녀는 그가 자기 몸에 손이라도 댄 듯 화들짝 놀랐다.

"아무튼 너도 이제 밖으로 좀 나다니고그래."

웨스트가 말했다.

"밖으로 나다니라고?"

토니는 어리둥절했다. 밖으로 나다니라니 무슨 뜻일까?

"사람들도 만나고 그러라고."

그는 음흉하다 싶은 목소리로 말했다. 뭔가 좀 더 사악한 의도를 숨기고 있기라도 한 것처럼. 문득 그가 쓸데없이 배려한답시고 다른 남자를 소개하려는 건 아닐까 싶었다. 로즈가 그런 식이었다. 투와네트! 너한테 소개해 주고 싶은 사람이 있어! 그러면 토니는 적당히 얼버무리곤 했다.

그녀가 말했다.

"하지만 내가 아는 사람이 아무도 없을 거 아냐."

"내가 있잖아. 그리고 다른 사람들도 만날 수 있고."

토니는 다른 사람들을 만나고 싶지 않다는 말은 하지 않았다. 그런 소리를 하면 이상하게 들릴 것이다. 그 대신 웨스트의 『르네상스의 부흥』 교과서 한 귀퉁이를 찢어 주소를 적어 달라고 했다. 데리러 오겠다는 말을 하지 않았으니 데이트는 아니었다. 토니는 상대가 누가 됐든 데이트를 감당할 자신이 없었다. 상대가 웨스트라면 더군다나 그랬다. 상대방이 흘린 말이 무슨 말일까 고민하고 헛된 희망을 품고 그럴 자신이 없었다. 그런 식으로 헛된 희망을 품었다가는 삶의 균형이 흔들릴 수 있었다. 그녀는 누군가와 얽히고 싶지 않았다. 밑줄 쫙, 그리고 마침표.

술판이 벌어지는 곳은 아스팔트로 지붕을 덮은 좁고 긴 건물 2층이다. 할인점과 군수용품점이 줄줄이 늘어섰고 앞쪽에는 선로가 있는 번화가 깊숙한 곳이다. 계단이 가파르다. 토니는 난간을 잡고 한 번에 한 칸씩 올라간다. 꼭대기에 달린 문이 열려 있다. 담배 연기와 소음이 열린 문 사이로 밀려온다. 토니는 문을 두드릴까 하다 그래 봐야 들리지도 않을 것 같아서 그냥 들어간다.

그리고 곧장 후회한다. 방 안이 사람들로 가득한데 **뭉뚱그려 표현하자면** 그녀를 위협하거나 적어도 불편하게 만들 그런 종류의 사람들이다. 여자들은 대부분 긴 생머리를 발레리나처럼 하나로 묶거나 깔끔하게 틀어서 고정했다. 검은 스타킹과 검은 스커트와 검은색 웃옷을 입고 립스틱은 바르지 않았다. 아이라인만 짙게 그렸다. 몇몇 남자들은 수염을 길렀다. 옷차림은 웨스트와 비슷하다. 작업용 셔츠, 터틀넥, 청재킷. 하지만 웨스트처럼 털털하고 상냥하고 민둥민둥한 맛은 없다. 오히려 지나치게 꽉 차 있고 탁하고 빽빽한 분위기다. 정전기를 튀기며 어슬렁어슬렁 돌아다닌다.

남자들은 대부분 자기들끼리 이야기하고 있다. 여자들은 아예 입을 다물고 있다. 벽에 기대거나 팔짱을 끼고 서서 심드렁하니 한 손에 담배를 들고 재를 바닥에 떨어뜨리고 있다. 심심해서 더 재미있는 파티장으로 조만간 자리를 옮길 것 같은 얼굴 혹은 무표정한 얼굴로 남자들을 물끄러미 쳐다보거나 다른 사람, 좀 더 중요한 사람을 열심히 찾는 것처럼 어깨 너머를 바라보며 서 있다.

토니가 들어서자 여자 두세 명이 흘끗 쳐다보더니 이내 다른 곳으로 눈길을 돌린다. 토니는 평소처럼 하얀 블라우스 위에 짙은 초록색 코듀로이 점퍼를 입고, 초록색 벨벳 머리띠를 하고, 니 삭스에 갈색 로퍼를 신었다. 여전히 잘 맞기 때문에 고등학교 때 입던 옷들을 아직까지 대부분 활용하고 있다. 이 순간 다른 옷을 사야겠다는 생각이 든다. 그런데 어디서 사면 되는지 모르겠다.

그녀는 까치발을 하고 팔과 어깨와 머리, 검은색 꽈배기 니트로 덮인 가슴과 데님으로 덮인 가슴팍과 상반신들이 서로 뒤엉킨 장막 너머를 열심히 들여다본다. 하지만 어디에도 웨스트는 없다.

안이 너무 어두워서 안 보이는 걸까? 문득 깨닫고 보니 방 안이 어두운 정도가 아니라 새까맣다. 벽, 천장, 심지어 바닥까지 번들번들하고 딱딱한 검은색 에나멜로 덮였다. 심지어 창문과 조명에도 페인트칠을 했다. 키안티 와인병에 넣은 양초가 전등 역할을 하고 있다. 라벨을 벗긴 은색의 큼직한 주스 깡통이 사방을 뒤덮고 있는데, 그 안에 가득 담긴 하얀색 국화가 촛불에 비쳐 너울거리며 반짝인다.

토니는 그만 나가고 싶지만 웨스트도 안 보고 나갈 수는 없다. 그러면 웨스트가 자기 초대를 거절했다고, 그녀가 오지 않았다고 오해할지 모른다. 그녀가 잘난 척한다고 생각할지 모른다. 게다가 위로도 받고 싶다. 그가 옆에 있으면 이곳이 그렇게 어색하지만은 않을 것이다. 그녀는 왼쪽으로 난 복도를 따라 웨스트를 찾아 나선다. 그 끝에 화장실이 있다. 문이 열려 있고, 물을 내리는 소리가 들리더니 덩치가 크고 온몸이 털로 뒤덮인 남자가 나온다. 그는 몽롱한 표정으로 토니를 쳐다보더니 "뭐야, 소녀 단원이잖아?"라고 한다.

토니는 키가 5센티미터밖에 안 되는 난쟁이가 된 듯한 기분을 느낀다. 그녀는 화장실 안으로 달아난다. 적어도 그곳은 피난처가 되어 줄 것이다. 그곳 역시 새까맣게 칠해져 있다. 욕조도, 세면대도, 거울도. 그녀는 문을 잠그고 페인트가 다 말랐는지 손끝으로 확인한 다음 검은색 변기에 앉는다.

제대로 찾아온 건지 모르겠다. 어쩌면 여기는 웨스트가 사는 곳이 아닐지 모른다. 어쩌면 그녀가 잘못 찾아온 건지 모른다. 어쩌면 다른 사람이 연 술판일지 모른다. 하지만 그녀는 계단을 올라오기 전에 종이 쪼가리를 보고 주소가 맞는지 확인했다. 그러면 시간을 잘못 안 게 아닐까? 너무 일찍 왔거나 너무 늦게 와서 웨스트를 못 만난 거다. 과연 그런지 알 방법은 없다. 그는 항상 불쑥 등장했다 불쑥 사라지니까.

화장실 밖으로 나가서 그 몸집이 거대한 털북숭이 남자나 키가 크고 도도한 여자들 중 한 명을 붙잡고 웨스트가 어디 있느냐고 물어볼 수도 있지만 그러기는 정말 싫다. 웨스트를 아는 사람이 아무도 없으면 어쩌나 싶다. 여기 앉아서 컬로든 전투[32]를 머릿속에서 재현하며 여러 가지 가능성을 따지는 쪽이 훨씬 더 안전하다. 그녀는 지형을 준비한다. 내리막길, 길게 이어진 돌담, 그 뒤로 정렬한 말쑥한 영국군과 말쑥한 총포. 초라한 일당이 함성을 지르며 언덕을 달려 내려오는데 그들이 손에 쥔 것이라고는 구닥다리 칼과 동그란 방패뿐이다. 그림같이 쓰러지며 숭고하게 쌓여 나가는 그들의 몸뚱이. 도살장. 용기도 서로 기술이 대등할 때나 쓸모가 있다. 사랑스러운 찰리 왕자는 바보였다.

그녀가 보기에는 승산이 없는 싸움이었다. 전투 자체를 피하는 것이 유일한 희망이었다. 협정을 무시하고 관행을 거부하는 것이. 야간 기습을 감행하고 언덕으로 사라지기. 농부로

---

32) 1745년 영국에서 자코바이트 세력이 일으킨 반란의 마지막 전투. 컴벌랜드 공작이 이끈 잉글랜드군이 찰스 에드워드 왕자 휘하의 스코틀랜드군을 사십 분 만에 대파했다.

변장하기. 물론 그러면 정정당당한 대결이 될 수 없겠지만 그녀가 지금까지 배운 바로 정정당당한 대결은 없었다.

누가 문을 두드린다. 토니는 일어나 검은색 변기의 물을 내리고 검은색 세면대에서 손을 씻는다. 수건이 없어서 코듀로이 점퍼에 손을 닦는다. 문을 연다. 발레리나처럼 하고 온 여자들 중 한 명이다.

"미안해요."

토니가 말한다. 여자는 싸늘한 눈빛으로 쳐다보기만 한다.

토니는 떠날 작정을 하고 다시 방으로 돌아간다. 웨스트도 없는데 여기 있을 이유가 없다. 그런데 방 한가운데에 지니아가 있다.

토니는 아직 지니아의 이름을 모르는데 지니아는 이름이 필요 없는 것 같다. 그녀는 다른 여자들과 달리 검은색이 아니라 하얀색 옷을 입었다. 허벅지 중간까지 내려오는 양치기 스목 비슷한 옷 밑으로 꽉 끼는 청바지를 입은 긴 다리가 보인다. 스목이 얇지는 않은데 속옷이 언뜻 비친다. 젖꼭지가 있는 선까지 단추를 풀었기 때문일 것이다. 그 브이 자 사이로 작고 탄탄한 윗가슴이 곡선을 그리며 양쪽으로 나뉘어 있다. 서로 등을 맞댄 괄호처럼.

검은 옷을 입은 다른 모든 여자들이 뒤로 보이는 검은 벽 속으로 침몰한다. 지니아만 도드라진다. 그녀의 얼굴과 손과 몸통이 검은색을 배경으로 육체에서 분리된 다리 없는 유령처럼 하얀 국화 사이를 둥둥 떠다닌다. 미리 계산하고 온 게 분명하다. 어둠 속에서 어떻게 하면 스물네 시간 영업하는 주유소처럼 반짝일 수 있는지, 좀 더 솔직히 인정하면 달처럼 빛날 수 있는지 계산을 하고 온 게 분명하다.

토니는 검은 에나멜을 칠한 벽 속으로 빨려 들어가는 듯한 기분을 느낀다. 정말 걸출한 미인은 저런 효과를 연출하는구나. 상대방을 지워 버리는구나. 지니아 옆에 있으니 왜소하고 우스꽝스러운 정도가 아니라 아예 존재하지 않는 사람이 된 것 같다.

그녀는 부엌으로 숨는다. 여기도 새까맣다. 스토브와 냉장고까지 까맣다. 페인트가 촛불을 받고 촉촉하게 반짝인다.

웨스트가 냉장고에 기대서 있다. 제법 취한 얼굴이다. 경험이 풍부한 토니이다 보니 한눈에 알 수 있다. 그녀 안에서 뭔가가 뒤집히며 철렁 내려앉는다.

"안녕, 토니. 우리 꼬맹이 친구."

웨스트는 토니를 꼬맹이 친구라고 부른 적이 없다. 그녀를 꼬맹이라고 부른 적이 없다. 이것은 일종의 폭력이다.

"이제 가려고."

그녀가 말한다.

"아직 초저녁인데? 맥주 마시자."

그는 속은 여전히 하얀 검은색 냉장고를 열고 몰슨스 엑스를 두 병 꺼낸다.

"내가 그 염병할 물건을 어디 뒀더라?"

그는 이렇게 중얼거리며 자기 몸을 여기저기 더듬는다.

토니는 그가 무슨 소리를 하는지, 무슨 짓을 하는지, 심지어 그가 누구인지도 모르겠다는 생각이 든다. 그녀가 예전에 알던 사람이 아닌 것만큼은 분명하다. 그는 평소에 욕을 하지 않는다. 그녀는 뒷걸음질을 친다.

"주머니에 넣었잖아."

뒤에서 누군가 말한다. 토니는 고개를 돌린다. 하얀 스목을 입고 온 여자다. 그녀는 웨스트를 보고 웃으며 집게손가락으로 그를 가리킨다.

"손 들어 봐."

웨스트는 씩 웃으며 양손을 높이 치켜든다. 여자가 무릎을 꿇더니 그의 허벅지에 머리를 대고 주머니 속을 뒤진다. 토니는 열쇠 구멍을 통해 너무 은밀한 광경을 억지로 훔쳐보고 있는 듯한 기분이 든다. 한참이 지났을 때 그녀가 주머니에서 병따개를 꺼낸다. 그녀는 능숙한 솜씨로 병뚜껑을 따더니 한 병은 토니에게 주고 한 병은 자기가 마신다. 토니는 맥주가 넘어갈 때마다 요동치는 그녀의 목을 쳐다본다. 길다.

"나는?"

웨스트가 묻자 여자가 맥주를 건넨다.

"우리가 준비한 꽃, 마음에 드니?"

여자가 토니에게 묻는다.

"마운트 호프 공동묘지에서 슬쩍한 거야. 엄청난 거물이 꼴까닥했거든. 근데 좀 시들었어. 다들 꺼질 때까지 기다리느라."

슬쩍하다. 꼴까닥하다. 꺼지다. 이런 단어들이 귀에 들어와 꽂히자 토니는 주눅이 들면서 유행에 뒤떨어진 사람이 된 것처럼 느껴진다.

"이쪽은 지니아야."

웨스트가 말한다. 토니는 자기 소유물에 대한 존경심이 깃든 허스키한 그의 목소리가 마음에 안 든다. 그러니까 자기 여자라는 뜻이다. 자기 여자들 중 한 명이라는 뜻이다.

토니는 그제야 그전에 들은 우리의 의미를 잘못 해석하고 있었음을 깨닫는다. 우리는 웨스트와 남자 룸메이트들을 지칭하는 말이 아니었다. 웨스트와 지니아를 지칭하는 말이었다. 지니아는 이제 가로등이라도 되는 것처럼 웨스트에게 기대서 있다. 그는 스목 밑으로 손을 넣어 그녀의 허리를 감싸 안는다. 그녀의 풍성한 머리카락에 가려 얼굴이 반밖에 안 보인다.

"멋져."

토니는 열띤 목소리처럼 들릴 수 있게 애쓴다. 그녀는 지니아가 준 맥주를 어색하게 한 모금 마시고 뿜어 내지 않기 위해 온 신경을 집중한다. 눈이 따끔거리고 얼굴이 빨개지고 코가 쿡쿡 쑤신다.

"그리고 이쪽은 토니."

웨스트가 말한다. 머리카락이 그의 입을 가리고 있어 지니아의 머리카락이 말하는 것처럼 보인다. 토니는 달아날까 생각한다. 부엌 밖으로 나가 데님으로 덮인 다리 사이를 지나 계단을 내려가는 거다. 도망치는 생쥐처럼.

"아하, 얘가 토니야?"

지니아는 재미있어하는 목소리다.

"안녕, 토니. 우리가 까맣게 칠한 벽 마음에 드니? 그 선뜩한 손, 내 배 위에 올려놓지 말고 치워 줄래?"

웨스트에게 하는 말이다.

"손은 차가울지 몰라도 심장은 뜨거운데."

웨스트가 중얼거린다.

"심장? 네 심장이 뜨거운지 어떤지 누가 관심이나 있대? 별로 쓸모 있는 부분도 아니잖아."

그녀는 스목 끝을 들춰 큼지막한 그의 두 손을 끄집어내더니 토니를 보고 계속 웃으며 그 손을 주물럭거린다.

"복수하는 거야."

처음에 생각했던 것과 다르게 그녀의 눈은 검은색이 아니라 짙은 감색이다.

"복수하는 의미에서 파티를 연 거라고. 집주인이 우리를 쫓아냈거든. 그래서 그 우라질 영감탱이한테 우리를 기억할 만한 거리를 남겨 주려고. 이걸 다 덮으려면 두 번 덧칠하는 정도로는 부족할걸? 계약서에 다른 색으로 칠해도 좋다고 되어 있는데 색깔은 안 정해져 있거든. 변기 봤니?"

"응. 아주 미끄럽더라."

웃으라고 한 소리가 아닌데 지니아가 웃음을 터뜨린다.

"맞아."

그녀가 웨스트에게 말한다.

"토니 재미있다."

토니는 3인칭으로 도마에 오르는 것을 싫어한다. 예전부터 그랬다. 어머니가 그런 식이었다. 웨스트가 지니아에게 그녀 이야기를 하고, 둘이 뒤에서 같이 그녀를 분석하고, 그녀가 어린아이라도 되는 것처럼, 그녀가 뭐라도 되는 것처럼, 이야깃거리나 되는 것처럼 이런저런 형용사를 붙인 모양이다. 웨스트가 그녀를 파티에 초대한 것도 지니아가 시킨 짓이었다는 생각이 든다. 스토브 위에 맥주병을 내려놓으면서 보니 반밖에 안 남았다. 그녀가 반이나 마신 모양이다.

"이제 정말 가야겠다."

그녀는 애써 당당한 목소리로 말한다.

지니아는 그녀의 말을 못 들은 모양이다. 웨스트도 마찬가지다. 그는 지니아의 머리카락 뒤에서 눈만 내밀고 있다. 촛불에 은은하게 반짝이는 그의 눈이 보인다.

토니의 팔과 다리가 몸에서 분리되고 소리들이 점점 느려진다. 맥주 때문이다. 평소에 마시던 술이 아니다 보니 몸이 적응을 못 한다. 갈망이 그녀를 휩쓸고 지나간다. 나도 내 머리에 저렇게 얼굴을 묻어 주는 남자가 있으면 좋겠다. 그 남자가 웨스트면 좋겠다. 하지만 그녀는 그럴 수 있을 만큼 머리숱이 많지 않다. 그의 얼굴이 두피에 닿을 것이다.

그녀는 무언가를 잃었다. 웨스트를 잃었다. 다었잃 히언영. 하지만 이건 말도 안 되는 생각이다. 내 것이었던 적도 없는데 어떻게 잃었다고 할 수 있을까.

"그런데 토니."

지니아가 외국어라도 되는 것처럼, 어떤 인용문에 등장하는 구절이라도 되는 것처럼 토니를 부른다.

"웨스트한테 들었는데 너 똑똑하다며? 그래서 앞으로 어떻게 할 거야?"

토니는 여기서 나가면 뭘 할 거냐는 뜻으로 받아들인다. 더 재미있는 파티, 지니아는 초대받지 못한 파티에 간다고 할까?
하지만 믿어 줄 것 같지 않다.

"지하철 타고 갈 거야. 할 일이 있거든."

"토니는 만날 할 일이 있다고 해."

웨스트가 말한다.

"아니, 그게 아니라 앞으로 뭘 하고 싶으냐고. 너는 뭐에 집
착하느냐고."

지니아는 살짝 짜증이 난 목소리다.

집착이라…… 토니는 이런 식으로 말하는 사람을 지금껏 만
난 적이 없다. 범죄자 아니면 섬뜩한 사람들이나 뭐에 집착하
는 거 아닌가? 집착하는 대상이 있더라도 말하면 안 되는 거
아닌가? 굳이 대답할 거 없어. 그녀는 속으로 중얼거린다. 그
녀는 휴게실에 모여 앉은 아이들을 떠올리며 그들은 집착이
라는 단어에 대해 어떻게 생각할지 상상해 본다. 지니아에 대
해 어떻게 생각할지 상상해 본다. 지니아라면 집착이 많을 거
라고, 단추를 그런 식으로 풀고 다니다니 걸레라고 생각할 것
이다. 그 걸레 같은 헤어스타일도 못마땅하게 생각할 것이다.
토니는 평소에 그들이 다른 아이에 대해 악의적이고 피상적인
평가를 내린다고 생각했는데 지금은 그런 평가에서 위안을
얻는다.

따분하고 귀찮은 듯한 미소를 지어야 한다. "뭐에 뭘 하느냐
고?"라고 되물으며 웃음을 터뜨리고, 무슨 그런 황당한 질문이
있느냐는 듯이 어리둥절한 표정을 지어야 한다. 어떻게 하면
되는지는 안다. 직접 본 적도 있고 이야기로 들은 적도 있다.

하지만 황당한 질문도 아니고, 그녀는 답을 알았다.

"쟁전."

"뭐라고?"

지니아는 지금 토니에게 집중하고 있다. 알고 보니 정말 재미있는 존재라는 듯이, 파헤칠 만한 존재라는 듯이.

"쟁점이라고 그랬니?"

토니는 그제야 자기가 말실수를 했다는 사실을 알아차린다. 단어를 거꾸로 말했다. 술 때문이다.

"전쟁이라고."

이번에는 또박또박 힘을 주어 대답한다.

"앞으로 그걸 하고 싶어. 전쟁 공부를 하고 싶어."

말하지 말았어야 하는데, 그런 식으로 속을 털어놓으면 안 되는데 잘못 말했다. 바보 같은 짓을 했다.

지니아는 웃음을 터뜨린다. 하지만 비웃음이 아니라 유쾌한 웃음이다. 그녀는 거미줄을 가지고 술래잡기라도 하듯 토니의 팔을 살짝 건드린다.

"우리, 커피 마시자."

그녀의 말에 토니는 미소를 짓는다.

20

그것이었다. 그것이 결정적인 순간이었다. 루비콘강이었다. 주사위가 던져졌지만 주사위가 던져진 걸 당시 어느 누가 알 수 있었을까? 토니는 몰랐다. 설 자리를 잃은 듯했던 느낌, 급류에 쓸려 가는 듯했던 느낌은 기억이 난다. 그런데 정확히 어떤 게 초대장 역할을 했을까? 무엇이 지니아를 불러 토니를 감싸고 있던 딱정벌레 같은 등딱지에 난 구멍을 보여 주었을까? 어느 쪽이 마법의 주문이었을까? 쟁전 아니면 전쟁? 아마 이 둘의 조합이었을 것이다. 그 이중성이었을 것이다. 그것이 지니아의 마음에 쏙 들었을 것이다.

하지만 어쩌면 이건 토니가 좋아하는 지나친 분석이자 지적인 거미줄 치기에 불과할지 모른다. 정답은 분명 그보다 더 단순하고 빤한 데 있었을 것이다. 토니의 당황하는 모습, 그

상황에서, 그러니까 웨스트 앞에서 속수무책인 모습. 혹은 토니가 그를 사랑한다는 사실. 지니아는 토니보다 먼저 이 감정을 알아차렸고, 토니가 적수는 못 되지만 뭔가 뜯어낼 것이 있는 위인은 된다고 간파했을 것이다.

하지만 토니 쪽에서는 뭐였을까? 촛불 때문에 신기루처럼 아른거리는 지니아가 검은 부엌에 서서 웃으며 손가락으로 그녀의 팔을 살짝 건드렸을 때 지니아한테서 무얼 기대했을까?

자연은 진공 상태를 싫어한다. 이 얼마나 불편한 현상인가. 그렇지 않으면 진공 상태로 비교적 안전하게 살 수도 있을 텐데.

그렇다고 현재 토니가 진공 상태인 것은 아니다. 진공 상태와는 전혀 거리가 멀다. 이제 그녀는 꽉 들어차 풍요로움 속에서 허우적거리고 있다. 금은보화로 가득한 성을 지키고 사람들과 관계를 맺고 있다. 이제는 단단히 버텨야 한다.

토니는 만년필과 공책을 탁구대 위에 내팽개친 채 지하실을 왔다 갔다 하며 웨스트를 생각한다. 깊은숨을 들이마셨다 내쉬었다 하며 위에서 자고 있는 웨스트를. 가슴이 찢어지는 듯 쓸쓸히 한숨을 쉬며 이리저리 뒤척이고 끙끙대는 웨스트를. 그녀는 죽어 가는 사람들이 내는 비명과 불모의 해변에서 사라센이 질러 대는 환호성과 옆에서 냉장고가 웅웅대는 소리와 보일러가 저절로 켜졌다 꺼졌다 하며 덜커덩거리는 소리와 지니아의 목소리에 귀를 기울인다.

조금 망설이는 듯 뒤가 길게 늘어지고, 약간 외국 억양이 느껴지고, 살짝 혀가 짧은 목소리. 나지막하고 촉촉하지만 겉은 단단한 그 목소리. 겉은 반짝이지만 안은 부드럽고 버터 맛이 나며 미심쩍은 초콜릿. 달콤하지만 건강에는 안 좋다.

"너는 어떤 일이 생기면 자살할 것 같아?"

지니아가 묻는다.

"자살?"

토니는 자살이라는 단어는 생각해 보지도 않은 사람처럼 놀란 목소리로 되묻는다.

"글쎄? 나는 자살 안 할 것 같은데."

"암에 걸려도? 참을 수 없는 고통에 시달리며 서서히 죽어 가도? 네가 마이크로필름의 행방을 아는데 그걸 알아차린 상대방이 너를 고문해서 필름의 행방을 알아내고 너는 죽여 버릴 거라고 해도? 그런 상황에서 네 이 안에 청산가리가 들어 있다면? 청산가리를 먹을래?"

지니아는 이런 식으로 심문하는 것을 좋아한다. 심문의 내용은 보통 상당히 극단적이다. 만약 네가 침몰하는 타이타닉 호에 타고 있다면 어떻게 할래? 사람들을 막 밀치면서 앞으로 나갈 거야, 아니면 뒤에 서 있다 고분고분 빠져 죽을 거야? 작은 배 위에서 굶고 있는데 같이 탔던 사람이 죽었다면 어떻게 할래? 그 사람을 먹을 거야? 만약 그럴 거라면 너 혼자 먹을 수 있게 다른 사람들을 모조리 물에 빠뜨릴 거야? 지니아는 자신이 택할 길은 확실히 정해 놓은 눈치다. 하지만 그걸 매번 알려 주지는 않는다.

토니는 시체들이 머릿속에서 무중력 상태로 여기저기서 떠다니고 모눈종이에 전쟁과 대학살 현장을 그려 놓고 날마다 들여다보지만, 그런 질문을 들으면 당황한다. 추상적인 질문이 아니라 매우 개인적인 질문인 데다 정답이 없기 때문이다. 하지만 당황한 기색을 비치면 전략상 감점이다.

"글쎄, 직접 겪어 보기 전에는 모르는 일 아닐까?"

"그래. 그럼 어떤 일이 생기면 누굴 죽일 수도 있을 것 같아?"

토니와 지니아는 커피를 마신다. 처음 만난 뒤로 지난 한 달 동안 거의 사흘에 한 번씩 둘이서 커피를 마신다. 아니, 사흘에 한 번이 아니라 사흘 밤마다 한 번이다. 지금은 11시, 평소 같으면 토니가 자려고 누웠을 시각인데 이렇게 깨어 있다. 심지어 졸리지도 않다.

두 사람이 있는 곳도 캠퍼스 안의 시시한 커피숍이 아니다. 지니아가, 아니 지니아와 웨스트가 새로 이사한 집 근처의 진짜 커피숍이다. 지니아는 그 집을 소굴이라고 부른다. 커피숍 이름은 크리스티고 스물네 시간 영업을 한다. 지금 손님 중에서 남자가 세 명인데 두 명은 트렌치코트를, 나머지 한 명은 기름이 묻은 트위드 재킷을 입고 지니아의 표현에 따르면 술이 깰 때까지 기다리고 있다. 그리고 여자 둘이 칸막이 자리에 나란히 앉아 나지막이 이야기를 나누고 있다.

지니아는 그 둘이 몸을 파는 여자라고 한다. 그녀의 발음에 따르면 매춘부인데 보면 안다고 한다. 토니가 보기에 두 여자는 그다지 매력적이고 섹시한 상품이 못 된다. 젊지도 않고, 화장으로 떡칠을 했고, 어깨까지 내려오는 1940년대 헤어스타일을 했는데 스프레이를 뿌려 딱딱하게 굳힌 옆 가르마 부분에 두피가 허옇게 보인다. 그중 한 명은 뒤에 끈이 달린 구두를 벗어 놓고 스타킹 신은 발을 통로 쪽으로 대롱대롱 내밀고 있다. 바닥에는 지저분한 리놀륨이 깔려 있고, 주크박스는 고장이 났고, 이가 나간 두툼한 커피 잔은 이 가게 자체가 폐기 처분이라는 글자를 연상시키는데, 토니는 그 천박하고 요란하면서 경망스러운 분위기에 혐오감과 더불어 짜릿함을 느낀다.

외출자 명단에 이름을 적고 매클렁 홀을 나서는 시각이 점점 더 늦어진다. 그녀는 「트로이의 여인들」 연극 무대 만드는 것을 돕는다고 둘러댄다. 지니아는 헬레네 역에 지원했지만 안드로마케 역을 맡았다.

"막 대성통곡을 하잖아. 여자들이 우는 소리, 나 그거 정말 싫어."

그녀는 예전에 배우가 되고 싶은 생각도 있었는데 지금은 아니라고 한다.

"우라질 감독들이 자기가 하느님이라도 되는 줄 알잖아. 그 자식들 눈에 배우는 개밥이야. 앞발로 툭툭 치면서 침이나 질질 흘리는 꼬락서니 하고는!"

그녀는 연극을 그만둘까 생각 중이다.

앞발로 툭툭 치면서 침이나 질질 흘리다니 토니로서는 새로운 세상이다. 지금까지 그녀 앞에서 앞발로 툭툭 치거나 침을 질질 흘린 사람은 없다. 그녀는 그게 어떤 거냐고 묻고 싶지만 참는다.

가끔 둘이서 정말 무대를 색칠할 때도 있다. 토니는 지금까지 그림이라고는 한 번도 그려 본 적 없으니 소질이라는 게 있을 리 없지만 옆에서 붓과 페인트를 주면서 어디를 칠하라고 가르쳐 주면 바탕색을 칠한다. 그녀의 얼굴과 머리카락과 극단에서 입으라고 준, 무릎까지 오는 남자용 셔츠에 페인트가 묻는다. 그러면 세례라도 받은 듯한 기분이 든다.

다른 사람들, 그러니까 비쩍 마르고 숱이 많은 생머리를 길게 늘어뜨리고 비웃는 표정을 짓고 다니는 여자들과 검은색 스웨터를 입고 빈정거리기 좋아하는 남자들이 그녀의 존재를 그럭저럭 인정하는 것은 기본적으로 지니아 덕분이다. 그 사람들은 왜 그런지 이해하지 못하지만 토니와 지니아는 서로 죽이 잘 맞는다. 심지어 기숙사 아이들까지 눈치를 채고 있다. 그들은 이제 토니를 토니킨스라고 부르거나 그녀에게 쿠키 부스러기를 주거나 「나의 사랑 클레멘타인」을 거꾸로 불러 달라고 하지 않는다. 뒤로 물러선다.

그녀를 싫어해서 그러는지, 떠받드느라 그러는지 모르겠다. 무서워서 그러는 것일 수도 있다. 지니아는 이 기숙사 안에서 유명한 것 같다. 개인적으로 기숙사에 친구가 있는 건 아니지만 그녀는 눈에 띄는 존재다. 어디에서든 눈에 띄는 존재인데 토니만 다른 곳을 보느라 몰랐다. 어디에서나 눈에 띄는 이유는 외모 때문일 것이다. 지니아는 평범하고 펑퍼짐한 여자들이 되고 싶어 하는 모습을 구현한 이상형이다. 그런 여자들은 겉이 훌륭하면 안도 훌륭해질 수 있다고 생각한다. 그녀는 머리도 좋고 학점도 잘 받는다고 한다. 열심히 공부도 안 하고 수업도 거의 안 듣는데 어떻게 그럴 수 있을까? 똑똑하고 무시무시하기 때문이다. 상상할 수 없을 만큼 사납고 잔인하기 때문이다.

이런 이야기는 어느 날 아침 토니가 전날 밤에 못 한 공부를 하는데 방으로 들이닥친 로즈에게서 들었다. 로즈는 어미 닭처럼 꼬꼬거리고 날개를 퍼덕이며 어린 토니를 가르치고 보호해 주고 싶어 한다. 말없이 듣고 있는 동안 토니의 눈빛은 점점 싸늘해지고 귀는 점점 닫힌다. 지니아에 대해 안 좋은 소리는 한마디도 듣지 않을 작정이다. 질투하는 못된 계집애. 그녀는 속으로 생각한다. 애집계 된못 는하투질.

그녀는 지니아의 설계에 따라 옷도 샀다. 이제는 검은색 코듀로이 바지도 있고, 돌돌 말린 큼지막한 칼라가 달려서 입으면 머리가 둥지 안에 든 알처럼 보이는 풀오버도 있고, 하도 커서 온몸을 친친 감을 수 있는 초록색 스카프도 있다. 네가 돈이 없는 것도 아니잖아. 지니아는 이렇게 말하면서 그녀를 끌고 상점을 순회한다. 머리끝을 동그랗게 말아서 벨벳 머리띠를 하고 다니던 아이는 자취를 감추었다. 이제 토니는 머리를 짧게 자르고 정수리 부분을 일부러 마구 헝클어뜨려 몇 가닥씩 삐죽 튀어나오게 하고 다닌다. 오드리 헵번처럼 보이는 날도 있지만 감전당한 더벅머리처럼 보이는 날도 있다. 지니아는 훨씬 세련돼 보인다고 딱 잘라 말한다. 그런가 하면 토니에게 평범한 크기의 뿔테 안경을 버리고 엄청나게 커다란 안경을 쓰라고 한다.

"하지만 너무 과한 거 아니야? 균형이 안 맞잖아."

토니가 말했다.

"아름다움이라는 게 그런 거야. 과하고. 균형도 안 맞고. 좀 더 관심을 가지고 보면 너도 알 수 있을 거야."

특대형 스웨터와 담요 같은 스카프도 그런 논리다. 토니는 그 안에서 허우적대느라 훨씬 더 왜소해 보인다.

"나 무슨 막대기 같아. 열 살짜리처럼 보여!"

토니가 말한다.

"깡마르고. 어려 보이고. 그런 걸 좋아하는 남자들도 있어."

지니아가 말한다.

"그런 걸 좋아하면 변태지."

토니가 말한다.

"내 말 잘 들어, 앤토니아. 남자들은 모두 변태야. 지금 내가 한 말, 절대 잊어버리면 안 돼."

지니아가 진지한 목소리로 말한다.

고탄력 스타킹과 꼴사나운 구두를 신은 웨이트리스가 턱밑 살을 출렁이고 앞치마 위로 케첩이 묻은 가슴을 불룩 내밀며 다가와 무심하게 잔을 채워 준다.

"저 여자도 마찬가지야."

웨이트리스가 등을 돌리자 지니아가 말한다.

"저 여자도 매춘부야. 쉬는 시간에는."

토니는 펑퍼짐한 엉덩이와 둔해 보이는 어깨와 하나로 틀어 올렸지만 이리저리 삐죽 튀어나온 죽은 다람쥐색 머리카락을 훑어본다.

"설마! 저런 여자랑 누가 하겠어?"

"아무거나 걸고 내기해도 좋아. 아무튼 그래서?"

하던 이야기를 계속하라는 뜻인데 토니는 그 전까지 무슨 이야기를 하고 있었는지 생각이 나지 않는다. 지니아와 나누는 우정은 매우 갑작스럽게 시작됐다. 그녀는 전속력으로 달리는 모터보트에 밧줄로 묶여 사방에서 튀는 파도를 온몸으로 맞고 환호성 때문에 먹먹한 귀를 달래 가며 뒤에서 끌려가는 듯한 심정이다. 아니면 핸들도 없고 브레이크도 없는 자전거를 타고 언덕을 요란하게 내려가는 듯한 심정이다. 어떻게 손쓸 도리가 없다. 그런가 하면 이상할 정도로 바짝 긴장하고 있다. 팔과 목덜미의 작은 솜털들이 죄다 곤두서 있는 듯하다. 여기가 위험한 바다이기 때문이다. 하지만 어째서 위험할까? 둘이서 이야기를 하고 있을 뿐인데.

하지만 토니는 이 밑도 끝도 없는 장광설에 현기증을 느낀다. 지금까지 누군가의 이야기를 이렇게 많이 들어 본 적이 없다. 그리고 이렇게 아무 생각 없이 많은 이야기를 하는 것도 처음이다. 그녀는 지금까지 살아온 이야기를 밝힌 적이 없다. 들어 줄 사람도 없었다. 그런데 이제 다시 입을 열면 무슨 말이 쏟아져 나올지 모르겠다.

"그래서?"

지니아가 갈색 점박이 테이블과 커피가 반쯤 남은 컵과 갈색 철제 재떨이에 담긴 담배꽁초 위로 몸을 숙이며 다시 한번 묻는다. 토니는 하던 이야기를 계속한다.

21

토니가 하던 이야기는 어머니에 대한 것이다. 다른 사람 앞에서 어머니 이야기를 이렇게 많이 하다니 처음 있는 일이다. 평소에도 기본적인 부분이야 이야기한다. 토니가 오래전에 돌아가셨다고 하면 다들 참 안됐다고 한다. 그러고 나면 끝이다. 그이상 알고 싶어 하는 사람도 없었다.

그런데 지니아는 다르다. 그녀는 토니가 괴로워하는 줄 알면서도 단념하기는커녕 오히려 더 집요하게 파고든다. 적당히 추임새를 넣어 가며 꼬치꼬치 캐묻고, 궁금해했다 놀라워했다 경악했다 너그럽게 풀어 줬다 인정사정없이 몰아치기를 반복하며 양말 뒤집듯 토니의 속을 홀라당 까뒤집는다.

토니의 뇌리에 어머니의 잔상이 또렷하게 새겨져 있지 않기 때문에 시간이 걸린다. 어머니에 대한 기억은 흩어진 모자이크나 땅바닥에 떨어져 깨진 물건처럼 반짝이는 작은 파편들로 이루어져 있다. 토니는 가끔 그 파편들을 꺼내 이리저리 맞춰 본다.(하지만 너무 가슴 아픈 잔해라 오래 그러지는 않는다.)

따라서 지니아가 가져갈 수 있는 것은 파편 한 줌뿐이다. 왜 그런 걸 가져가고 싶어 할까? 그 이유는 지니아만 안다. 토니는 알아내야 할 부분이다. 하지만 홀린 듯 이야기 보따리를 쏟아 놓다 보니 물어볼 생각조차 하지 못한다.

토니는 일찍부터 찬 바람을 쏘이며 강해졌다. 지하실에서 쓸쓸히 생각해 보니 그렇다. 무참히 살육당한 오토 2세의 정향 부대는 등 뒤 모래판에 흩뿌려져 있고, 웨스트는 불공평하게 위에서 쿨쿨 자고 있고, 지니아는 어딘가에서 불쑥 나타나 활개를 치는 새벽 3시에. "찬 바람을 쏘이며 강해진다."라는 표현은 캐리스에게 배웠다. 서리에 잘 견디고 옮겨 심어도 잘 자랄 수 있게 묘목을 단련시키는 방법이다. 물도 거의 안 주고 추운 바깥에 내놓는 것이다. 토니가 그랬다. 어머니가 잊을 만하면 이야기했던 것처럼 그녀는 조산아로 태어나 유리 상자 안에서 자랐다.(어머니는 결국 유리 상자 밖으로 나온 것을 아쉬워하는 목소리였던 것 같기도 하다.) 그러니까 토니는 세상에 태어나자마자 처음 며칠을 어머니 없이 지낸 셈인데 그 후에도 상황은 별로 다르지 않았다.

가령.
토니가 다섯 살이었을 때 어머니는 딸에게 눈썰매를 태워 주기로 마음을 먹었다. 토니는 타 본 적은 없지만 눈썰매가 어떤 건지는 알았다. 어머니는 이런저런 크리스마스카드에서 본 게 전부였다. 하지만 영국인의 시각에서 바라본 낭만적인 캐나다의 이미지 중 하나가 눈썰매였다.

어머니는 눈썰매를 어디서 구했을까? 아마 브리지 클럽 친구한테 빌렸을 것이다. 어머니는 토니에게 방한복을 입힌 다음 택시를 타고 눈썰매장으로 향했다. 눈썰매가 작아서 토니가 앉은 뒷자리에 실을 수 있었다. 어머니는 앞에 앉았다. 거의 날마다 그랬던 것처럼 아버지가 그날도 차를 가지고 나갔다. 하지만 잘된 일이었다. 길이 얼어서 미끄러웠고, 토니의 어머니는 좋게 말해서 자유분방한 운전자였으니.

눈썰매장에 도착해 보니 잿빛 겨울 하늘에 크고 희미한 분홍색 태양이 낮게 걸려 있었고 그늘이 진 곳은 푸르스름했다. 언덕은 아주 높았다. 얼음 같은 눈으로 빽빽이 덮인 산골짜기 옆면이었다. 아이들이 비명을 질러 댔고, 몇몇 어른들도 눈썰매와 커다란 마분지를 타고 내려오고 있었다. 그러다 몇 개가 뒤집히면서 연쇄 충돌도 일으켰다. 밑바닥에 도착한 사람들은 시커먼 전나무 숲으로 사라졌다.

토니의 어머니는 움직이지 못하게 하려는 듯 썰매 끈을 붙잡고 언덕 꼭대기에 서서 밑을 내려다보았다.

"자, 멋지지 않니?"

어머니는 립스틱을 바를 때처럼 입술을 오므리고 있었다. 생각했던 것과 다른 풍경이었던 것이다. 어머니는 시내에 나갈 때 입는 외투에 모자를 쓰고 위에 털이 달린 굽 높은 부츠와 나일론 스타킹을 신고 있었다. 바지나 스키복이나 허드슨스 베이 코트를 입고 귀마개를 하고 온 다른 어른들과 달랐다. 문득 어머니가 혼자 썰매를 타고 언덕을 내려가라고 할 것 같은 생각이 들었다.

토니는 갑자기 쉬가 마려웠다. 그런데 어깨에 고무줄 멜빵이 달린 두툼한 투피스 방한복을 입었으니 어머니가 성가셔할 게 분명했고, 근처에 화장실도 보이지 않았다. 그녀는 아무 말도 하지 않고 그 대신 "썰매 안 탈래요."라고 했다. 저 언덕을 내려갔다가는 썰매가 뒤집히거나 뭐에 부딪히거나 다칠 게 분명했다. 울부짖으며 언덕 위로 끌려 올라오는 꼬마 아이를 보니 코피를 흘리고 있었다.

토니의 어머니는 자기가 세운 계획이 틀어지는 걸 싫어했다. 사람들이 그녀가 세운 계획대로 웃고 즐겨 주어야 했다.

"그러지 말고 엄마가 밀어 줄게. 얼마나 재미있다고!"

토니는 땅바닥에 주저앉았다. 그녀가 습관적으로 동원하는 항의의 표현이었다. 어머니 앞에서는 울어도 소용없었다. 그래 봐야 한 대 얻어맞거나 아무리 못해도 몸을 붙잡히고 흔들렸다. 그녀는 제대로 울어 본 적이 없었다.

어머니는 지긋지긋하다는 듯이 그녀를 내려다보았다.

"엄마가 시범을 보여 줄게!"

어머니는 눈을 반짝이며 이를 꽉 물었다. 패배를 거부하고 용감하게 달려들기로 마음먹었을 때 짓는 표정이었다. 토니가 상황을 파악할 겨를도 없었다. 어머니는 썰매를 들고 언덕 가장자리로 달려가 눈밭 위에 썰매를 털썩 내려놓더니 그 위로 몸을 던지고 납작하게 엎드린 채 베이지색 스타킹과 털이 달린 부츠를 뒤로 치켜들고 쌩하니 언덕을 내려가기 시작했다. 그와 거의 동시에 모자가 벗겨졌다.

어머니는 엄청난 속도로 비탈길을 내달렸다. 어머니가 시커먼 숲속으로 사라지자 토니는 얼른 자리에서 일어섰다. 어머니가 점점 멀어져 가고 있었다. 사라지고 있었다. 토니는 추운 언덕에 혼자 남겨질 거였다.

"싫어! 싫어!"

그녀는 비명을 질렀다.(그녀답지 않게 비명을 지르다니 정말로 겁이 났던 모양이다.) 하지만 머릿속에서 용감하게, 뛸 듯이 기뻐하며 외치는 그녀의 또 다른 목소리가 들렸다.

"잘한다! 잘한다!"[33]

어렸을 때 토니는 일기를 썼다. 해마다 1월이면 일기장 앞면에 또박또박 이름을 적었다.

토니 프리몬트

그리고 그 밑에 또 다른 이름을 적었다.

트몬리프 니토

그녀는 러시아인 같기도 하고 화성인 같기도 한 이 이름이 마음에 들었다. 외계인 아니면 스파이 이름이었다. 어떨 때는 아무한테도 안 보이는 쌍둥이 이름이 되기도 했다. 나중에 커서 왼손잡이에 대해 여러 가지 사실을 알게 됐을 때 토니는

---

33) '싫다'는 뜻의 no를 거꾸로 하면 '잘한다'는 뜻의 on이 된다.

자기가 정말 쌍둥이였을지 모른다고 생각했다. 반으로 나뉜 수정란의 왼쪽이 그녀고 나머지 반쪽은 죽었다. 하지만 어렸을 때 만들어 낸 쌍둥이는 잃어버린 그녀의 일부분을 대신하는 상상 속의 인물이었다. 쌍둥이지만 트몬리프 니토는 그녀보다 키가 훨씬 컸다. 훨씬 크고 강하고 용감했다.

토니는 겉으로 드러내는 이름은 오른손으로 쓰고, 안으로 숨긴 이름은 왼손으로 썼다. 하지만 남들 앞에서는 왼손으로 글씨를 쓰거나 무엇이든 중요한 일을 하는 것이 금지되어 있었다. 왜 그래야 하는지 이유를 가르쳐 준 사람은 없었다. 이 세상이 왼손잡이들이 살기에 알맞게끔 만들어지지 않았다는 앤시아, 즉 어머니의 말이 그나마 설명에 제일 가까웠다. 어머니는 토니에게 어른이 되면 알게 될 거라고 했는데 이것 역시 어머니가 장담했던 다른 여러 가지처럼 불발로 돌아갔다.

어렸을 때 선생님들은 토니가 왼손을 쓰면 그 손으로 코를 파다 걸리기라도 한 것처럼 손이나 자로 때렸다. 왼손을 책상 옆에 묶어 버린 선생님도 있었다. 그러면 다른 아이들이 놀렸을 법도 한데 그러지 않았다. 다른 아이들도 왜 그래야 하는지 이해할 수 없었던 것이다.

토니는 학교에서 금세 탈출했다. 어머니는 대략 여덟 달쯤 지나면 딸이 다니는 학교에 머리를 흔들기 시작했다. 물론 토니가 철자를 자꾸 틀리기는 했다. 적어도 선생님들이 주장하는 바로는 그랬다. 그들은 그녀가 글자를 거꾸로 쓴다고 했다. 숫자를 쓰는 데도 문제가 있었다. 선생님들이 이런 말을 하면 어머니는 토니가 영재라고 맞받아쳤고, 그러면 토니는 이제

전학할 때가 되었음을 직감했다. 어머니가 노발대발하며 선생님들을 욕할 날이 머지않았기 때문이었다. 선생님들에게 퍼부었던 욕 중에서 그나마 괜찮은 것이 멍청이였다. 어머니는 토니가 하룻밤 사이에 올바르게 달라지고 고쳐지기를 바랐다.

토니는 오른손으로 버벅대던 일도 왼손을 쓰면 쉽게 할 수 있었다. 오른손잡이로 살면 뭐든 서툴렀고, 글씨도 볼품없고 보기 싫었다. 하지만 그래 봐야 소용없었다. 아무리 능력이 특출해도 왼손은 무시당하고 오른손만 뇌물과 칭찬을 독차지했다. 불공평한 일이었는데 어머니 말로는 인생 자체가 불공평한 것이라고 했다.

토니는 남몰래 계속 왼손으로 글씨를 썼지만 그러면서 죄책감을 느꼈다. 이렇게나 구박당하는 것을 보면 왼손에 뭔가 창피한 구석이 있는 모양이라는 생각이 들었다. 그래도 그녀가 가장 사랑하는 손은 왼손이었다.

때는 11월, 오후가 벌써 저물어 간다. 좀 전까지만 해도 눈발이 날리더니 지금은 가랑비가 내린다. 가랑비가 거실 창문 위로 차갑게 구불구불 흘러내린다. 바깥쪽에 들러붙은 갈색 낙엽 몇 장이 꼭 가죽 혀 같다.

토니는 소파에 무릎을 꿇고 앉아 유리창에 코를 박고 입김을 분다. 입김이 커지면 뻑뻑 소리를 내며 집게손가락으로 글씨를 쓴다. 그런 다음 북북 지운다. 할씹. 그녀가 썼던 말이다. 일기장에 쓸 수도 없을 만큼 나쁜 말이다. 장젠. 이런 단어들을 쓰고 있으면 겁이 나서 벌벌 떨리지만 미신에 집착할 때와 비슷한 쾌감도 느껴진다. 이건 트몬리프 니토가 쓰는 말이다. 이런 단어들을 쓰고 있으면 힘이 세지고 뭔가 마음대로 하는 듯한 기분이 든다.

그녀는 입김을 불고 글씨를 쓰고 지우고, 입김을 불고 글씨를 쓴다. 공기가 탁하다. 친츠[34] 커튼 특유의 건조한 탄내가 가득하다. 글씨를 쓰는 내내 집 안에 흐르는 정적에 귀를 기울인다. 토니는 정적에 익숙하다. 충만한 정적과 공허한 정적, 사전적인 정적과 사후적인 정적을 구분할 수 있을 정도다. 정적이 흐른다고 해서 아무 일도 벌어지지 않는 것은 아니다.

토니는 창문 앞에 무릎을 꿇고 앉아서 버틸 수 있을 때까지 버틴다. 마침내 길모퉁이를 돌아 빠르게 걸어오는 어머니가 보인다. 가랑비를 맞지 않으려고 고개를 숙이고 털이 달린 옷깃을 세웠는데 고동색 모자에 가려 얼굴이 보이지 않는다. 어머니는 꾸러미 하나를 들고 있다.

아마 옷일 것이다. 어머니는 옷으로 스트레스를 해소한다. 어머니의 표현을 빌리자면 기분이 "울적할" 때 쇼핑을 한다. 토니도 시내까지 숱하게 끌려다녔다. 어머니가 그녀를 어디로 치우면 좋을지 생각이 안 날 때마다 데리고 나섰기 때문이다. 그녀가 겨울 외투를 입고 땀을 뻘뻘 흘리며 탈의실 밖에서 기다리는 동안 어머니는 이 옷도 입어 보고 저 옷도 입어 보다 스타킹만 신은 맨발로 나와 주름이 잡힌 엉덩이 부분을 손으로 매만지며 전신 거울 앞에서 빙글 돌아보곤 했다. 토니 옷은

---

34) 꽃무늬가 날염된 광택 나는 면직물.

자주 사 주지 않는다. 토니는 감자 부대를 입혀도 뭘 입었는지 모를 아이기 때문이다. 토니라고 모를 리 없다. 감자 부대를 입 건 뭘 입건 별 상관이 없다고 생각할 따름이다. 어머니 입장에 서나 그녀가 뭘 입건 상관없을 거라고 생각할 따름이다.

토니는 소파에서 일어나 피아노 연습을 시작한다. 오른손 힘을 기를 수 있다고 해서 피아노를 치는데, 토니를 비롯해 모 두들 알다시피 그녀는 음악 쪽으로 소질이 없어서 수업을 받 아도 소용이 없다. 그럴 수밖에 없다. 설치류를 닮은 토니의 앞발을 펼쳐 봐야 한 옥타브도 되지 않으니 말이다.

토니는 똑딱이는 메트로놈에 박자를 맞춰 눈을 찡그리고 악보를 들여다보며 끈질기게 연습한다. 눈을 찡그리고 악보를 들여다보는 이유는 피아노 램프 켜는 것을 깜빡한 데다 자기 도 모르는 새 점점 눈이 나빠지고 있기 때문이다. 그녀가 연습 하는 곡은 「가보트」다. 트보가. 발음이 마음에 든다. 어디에 쓰 면 좋을지 나중에 생각해 봐야겠다. 피아노에서 레몬 오일 냄 새가 난다. 청소하는 에설에게 레몬 오일을 쓰지 말고 걸레로 만 건반을 닦으라고 했는데 들은 척도 하지 않는다. 앞으로 몇 시간 동안 토니의 손가락에서 레몬 오일 냄새가 날 것이다. 레몬 오일에서는 의례적인 냄새, 어른들이 풍기는 냄새, 불길 한 냄새가 난다. 파티가 열리기 전에 나는 냄새다.

현관문이 열렸다 닫히는 소리가 들리면서 그녀의 다리로 찬 바람이 느껴진다. 잠시 후 어머니가 거실 쪽으로 걸어온다. 하이힐이 단단한 마룻바닥과 부딪치며 또각또각 소리를 내다 이내 카펫 덕분에 잠잠해진다. 그녀는 어머니에게 열심히 하는 모습을 보여 주기 위해 건반을 부술 듯 두드리며 계속 연습한다.

"토니, 오늘은 그 정도면 충분하지 않니?"

어머니가 명랑한 목소리로 묻는다. 토니는 얼떨떨하다. 보통은 최대한 오랫동안 연습하라고 하는데. 어머니를 귀찮게 하지 말고 다른 일에 몰두해 주기 바라는데.

토니는 연습을 멈추고 어머니를 쳐다본다. 어머니는 외투만 벗고 모자는 아직 쓰고 있다. 모자와 색깔이 같은 고동색 장갑도 웬일로 아직 끼고 있다. 모자에는 눈과 코 일부분을 덮는 얼룩무늬 베일이 달렸다. 베일 밑으로 보이는 입술은 비 때문에 립스틱이 번졌는지 가장자리가 살짝 뭉개졌다. 어머니가 모자에 꽂은 핀을 뽑으려고 뒤통수 쪽으로 손을 올린다.

"아직 삼십 분도 안 했는데요."

토니는 아직도 어머니가 정해 준 숙제를 군소리 없이 마치면 사랑받을 수 있다고 생각한다. 하지만 마음 한구석에서는 지금까지 그런 적 없으니 앞으로 그럴 리 없다는 것을 어렴풋이 알았다.

어머니는 모자를 그냥 내버려 둔 채 손을 내린다.

"오늘 하루쯤은 쉬어도 되지 않을까?"

어머니가 토니를 보고 웃으며 말한다. 어둠침침한 거실 안에서 어머니의 이가 새하얗게 반짝인다.

"왜요?"

토니가 묻는다. 오늘이 왜 특별한 날이지? 생일도 아닌데.

어머니는 토니 옆에 앉더니 가죽 장갑을 낀 왼손으로 토니의 어깨를 감싸고 살짝 끌어안는다.

"딱한 것."

어머니는 다른 손 손가락으로 토니의 턱을 받치고 얼굴을 들어 올린다. 가죽 장갑을 낀 손은 인형 손처럼 생기가 없고 차갑다.

"엄마가 너를 정말로, 정말로 사랑한다는 걸 알아주었으면 좋겠다."

토니는 속으로 움찔한다. 어머니는 전에도 이런 말을 한 적이 있다. 이런 말을 할 때 어머니의 입에서는 지금과 똑같은 냄새가 났다. 담배 냄새와 파티가 끝나고 다음 날 아침 부엌 조리대에 놓여 있는 빈 유리잔에서 풍기는 냄새가. 축축한 담배꽁초가 든 유리잔과 바닥에 떨어져 깨진 유리잔에서 풍기는 냄새가.

어머니는 한 번도 "내가 너를 정말로, 정말로 사랑한다는 걸 알아주었으면 좋겠다."라고 한 적이 없다. 항상 엄마가라고 한다. 엄마가 다른 사람이라도 되는 것처럼.

마엄. 토니는 속으로 생각한다. 다한랑사. 메트로놈이 계속 똑딱거린다.

어머니는 장갑 낀 두 손으로 그녀의 얼굴을 감싸고 그녀를 물끄러미 내려다본다. 얼룩무늬 베일 뒤로 보이는 어머니의 눈은 숯처럼 새까맣고 깊이를 알 수 없다. 어머니의 입술이 떨린다. 어머니가 고개를 숙여 토니의 뺨에 뺨을 갖다 대자 토니는 까끌까끌한 베일과 그 아래 축축하고 미끈한 피부를 느끼며 어머니의 냄새를 맡는다. 제비꽃 비슷한 향수 냄새와 옷

냄새와 섞인 겨드랑이 냄새, 그리고 희한한 마요네즈처럼 짭짤하고 달걀 비슷한 냄새. 그녀는 어머니가 왜 이러는지 알 수 없어 당황스럽다. 평소의 어머니는 형식적인 굿나잇 키스가 고작인데. 그런데 이렇게 온몸을 떨다니, 토니는 혹시 웃느라 그런지 모른다는 생각을 한다. 웃느라 그런 거면 좋겠다.

바로 그때 어머니가 토니를 놓고 일어서더니 창가로 걸어가 등을 돌리고 선 채 이번에는 정말로 모자에 꽂힌 핀을 뺀다. 어머니는 모자를 벗어 소파 위로 던지고 검은 뒷머리를 부풀린다. 그러다 잠시 후 무릎을 꿇고 앉아 밖을 내다본다.

"누가 이렇게 뭘 묻혀 놨니?"

어머니가 좀 전보다 높고 힘이 들어간 목소리로 묻는다. 토니의 아버지에게 화가 났지만 아무렇지 않은 척할 때, 행복한 척할 때 동원하는 목소리다. 어머니는 토니가 범인이라는 것을 안다. 평소 같으면 에설을 불러 유리창을 닦게 하려면 돈이 얼마나 드는지 아느냐고 잔소리를 늘어놓았을 텐데 오늘은 달리기라도 하는 사람처럼 숨을 몰아쉬며 깔깔대고 웃는다.

"개처럼 코 자국을 남겨 놨네? 거피, 너는 참 재미있는 아이야."

거피. 아주 오래전에 그녀를 부르던 별명이다. 어머니는 토니가 맨 처음 태어났을 때 인큐베이터에 있었다고 해서 거피라고 불렀다고 한다. 찾아가서 유리 벽 너머로 토니를 보면 입을 벌렸다 다물었다 하는데 소리가 나지 않더란다. 적어도 어머니 귀에는. 어머니는 위험한 고비를 넘긴 토니를 집으로 데리고 온 뒤에도 계속 거피라고 불렀다. 거의 우는 일 없이 입만

벌렸다 다물었다 했기 때문이다. 어머니는 웃기는 이야기라도 되는 양 이 이야기를 하곤 한다.

우리 딸이라고 된 하얀 가죽 앨범에 담긴 토니의 어렸을 때 사진을 보면 이 별명이 양쪽에 따옴표를 달고 연필로 적혀 있다. "'거피' 18개월." "'거피'와 나." "'거피'와 아빠." 얼마 안 있어 어머니가 사진 찍는 걸 포기했는지 아니면 앨범 정리하는 걸 포기했는지 빈 면만 이어진다.

토니는 사진첩에서 느껴지는, 한때 어머니와 그녀 사이에 존재했던 뭔지 모를 감정이 문득 그리워진다. 하지만 그와 동시에 짜증도 난다. 그 별명 자체가 못된 장난이기 때문이다. 예전에 거피가 강아지처럼 따뜻하고 말랑말랑한 동물인 줄 알았다가 물고기라는 사실을 알았을 때 얼마나 속상하고 창피했는지 모른다.

그래서 그녀는 어머니 말에 아무 대답도 하지 않는다. 피아노 의자에 앉아서 어머니의 다음 행동을 기다린다.

"아빠 계시니?"

어머니는 이미 답을 안다. 아버지는 토니를 혼자 남겨 두고 집 밖으로 나갈 사람이 아니다.

"네."

아버지는 집 안쪽의 서재에 있다. 하루 종일 거기 있었다. 토니가 피아노 연습을 하지 않았을 때 흐르던 정적을 아버지도 들었을 것이다. 하지만 아버지는 토니가 피아노 연습을 하건 말건 신경 쓰지 않는다. 피아노에 대해서는 어머니의 훌륭한 생각이라고 한 게 전부였다.

22

토니의 어머니는 평소처럼 저녁을 준비한다. 브리지 클럽에서 입는 고급 원피스를 벗지 않고 그 위에 앞치마를 두른다. 어깨에 프릴이 달려 있는 제일 좋은 앞치마다. 립스틱도 다시 발라서 입술이 왁스로 닦은 사과처럼 반짝인다. 토니가 식탁 의자에 앉아서 쳐다보자 어머니는 그러다 눈 빠지겠다고 한다. 돕고 싶으면 상을 차리고, 아니면 가서 아버지를 끌고 오라고 한다. 어머니는 종종 이런 식으로 말한다. 아버지가 무슨 짐이라도 되는 것처럼 끌고 오라고 한다. 불러오라고 할 때도 있다.

토니는 딱히 돕고 싶은 마음이 없지만 어머니가 평소와 비슷하게 행동하니 마음이 놓인다. 그녀는 접시를 놓고, 왼쪽 오른쪽 오른쪽, 다시 왼쪽 오른쪽 오른쪽, 이렇게 포크와 나이프와 숟가락을 놓은 다음 먼저 문을 두드리고 아버지의 서재로 들어가 책상다리를 하고 바닥에 앉는다. 시끄럽게 떠들지만 않으면 한참 동안 거기 앉아 있어도 상관없다.

아버지는 책상 앞에서 일을 하고 있다. 초록색 갓이 달린 스탠드를 켜놓고 있어서 얼굴이 푸르스름하게 보인다. 건장한 체격과 달리 아버지의 글씨는 작고 깔끔해서 꼭 성격 까다로운 생쥐가 쓴 것 같다. 그 옆에 나란히 놓으면 토니의 글씨는 손가락 세 개 달린 거인이 쓴 것처럼 보인다. 화살표처럼 생긴 긴 코는 작업 중인 서류를 똑바로 가리키고 있다. 노르스름하면서 희끗희끗한 머리는 뒤로 빗어 넘겼다. 아버지는 이런 코와 머리 때문에 강한 맞바람을 맞으며 서류라는 목표물을 향해 열심히 날아가고 있는 사람처럼 보인다. 아버지는 조만간 들이닥칠 충격에 대비하는 듯 얼굴을 찡그리고 있다. 토니는 아버지가 행복하지 않다는 것을 어렴풋이 알았다. 하지만 남자들에게 행복은 꼭 있어야 하는 것이 아니다. 아버지는 행복하지 않다고 불평한 적이 없다. 어머니하고는 다르다.

아버지가 노란 연필을 빙빙 돌린다. 아버지 책상에는 아주 뾰족하게 깎은 이런 연필이 한 병 가득 들어 있다. 가끔 아버지는 토니에게 연필을 깎아 달라고 한다. 창틀에 꼭 붙여 놓은 고성능 연필깎이에 연필을 한 자루씩 넣을 때면 아버지를 대신해 화살을 준비하는 듯한 기분이 든다. 아버지가 그 연필을 가지고 어떤 일을 하는지는 알 수 없지만 아주 중요한 일인 것만은 분명하다. 예컨대 그녀보다 훨씬 중요한 일인 것만은 분명하다.

아버지의 이름은 그리프인데 어머니 하면 앤시아라는 이름이 떠올라도 아버지 하면 그리프라는 이름이 떠오르지 않는다. 아버지는 다른 집 아버지들과 어느 정도 비슷하지만 어머니는 다른 집 어머니들과 다르다. 가끔 다른 집 어머니처럼 하려고 노력은 하지만.(하지만 그리프는 그녀의 아빠가 아니다. 그리프는 어느 누구의 아빠도 될 수 없다.)

아버지는 참전 용사다. 어머니는 아버지가 참전은 했을지 몰라도 어머니처럼 전쟁을 생생하게 겪지는 않았을 거라고 한다. 런던에 살던 외할머니, 외할아버지는 런던 공습[35] 때 폭격을 맞고 돌아가셨다. 어디에 다녀왔는지 모르겠지만 어머니가 집으로 돌아와 보니 폭탄 구멍과 벽 한쪽과 파편 무더기 말고는 남은 게 없었다고 한다. 그리고 한쪽 발이 고스란히 담긴 외할머니의 신발하고.

하지만 아버지는 그런 것들을 다 건너뛰고 디데이 때 투입됐다.(그러니까 훈련을 받고 무작정 기다린 게 아니라 위험한 살육의 전장에 바로 투입됐다는 뜻이다.) 어머니의 표현에 따르면 아버지는 상륙과 진격 등 쉬운 부분만 거들었다. 그리고는 승리를 쟁취했다.

아버지가 승리를 쟁취했다고 생각하면 토니는 기분이 좋아진다. 경기에서 이긴 사람이 생각난다. 의기양양한 사람이 생각난다. 요즘 들어 아버지는 의기양양한 모습을 보여 주지 못한다. 그런데 어머니는 술을 마시러 놀러 온 친구들 앞에서 쉬운 부분 운운하고, 토니는 문가에서 이 광경을 훔쳐본다. 어머

---

35) 2차 세계 대전 때 독일군이 런던에 감행한 야간 폭격.

니가 쉬운 부분 운운하며 턱을 들고 똑바로 쳐다보면 아버지의 얼굴이 빨개진다.

"그 이야기는 하지 않았으면 좋겠는데."

아버지가 말한다.

"이이는 매번 이래요."

어머니는 어쩔 수 없다는 듯이 비웃으며 어깨를 으쓱한다. 토니가 브리지 클럽 사람들 앞에서 피아노를 치지 않겠다고 할 때도 어머니는 이렇게 어깨를 으쓱한다.

"막판에는 아이들밖에 안 남았어. 어른 군복을 입은 아이들. 우리가 아이들을 죽이고 있었던 거라고."

아버지가 말한다.

"얼마나 다행스러운 일이에요. 덕분에 일이 한결 수월했을 거 아니에요."

어머니가 명랑한 목소리로 말한다.

"그렇지 않아."

아버지가 말한다. 두 사람은 옆에 아무도 없는 것처럼 서로를 노려본다. 그렇게 날을 세우고 힘을 겨룬다.

"이이는 총을 한 자루 슬쩍했어요. 그렇죠, 여보? 서재에 가면 있는데, 그렇게 해방된 그 총은 기분이 어떨지 모르겠네."

어머니는 이제 그만하자는 듯이 웃음을 터뜨리며 고개를 돌린다. 어머니의 등 뒤로 침묵이 흐른다.

어머니와 아버지는 그렇게 만났다. 전쟁 당시 아버지가 영국에 있을 때. 어머니의 표현을 빌리자면 아버지가 영국에 주둔했을 때. 그래서 토니는 기차역[36]에서 열차가 출발하기를 기다리는 두 사람의 모습을 상상해 본다. 겨울이었을 것이다. 둘 다 외투를 입고, 어머니는 모자를 쓰고, 그들의 입에서 새어 나온 입김은 하얀 안개로 변했다. 둘은 영화에서처럼 입을 맞추었을까? 모르겠다. 어쩌면 둘이 같이 기차를 타고 떠났을 수도 있고 아닐 수도 있다. 트렁크가 많았다. 토니의 부모님과 얽힌 이야기에는 항상 트렁크가 많이 등장한다.

"나는 전쟁 신부였어요."

어머니는 이렇게 말하며 자조 섞인 미소를 짓고 한숨을 쉰다. 어머니는 빈정거리는 투로 전쟁 신부라는 단어를 내뱉는다. 우울하고 슬픈 농담을 하듯. 어떤 의미에서 꺼낸 이야기일까? 케케묵은 속임수, 케케묵은 사기극에 속아 넘어간 것을 뒤늦게 깨닫고 후회한다는 뜻일까? 아버지가 어머니를 어떤 식으로든 이용했다는 뜻일까? 전쟁 때문에 이렇게 됐다는 걸까?

쟁전. 쟁전 신부. 날것이라는 뜻이다. 아니면 꽁꽁 얼어붙은 방한복 소매에 쏠린 그녀의 손목처럼 쓰라리다고 할 때 쓰인다.[37]

"나는 전쟁 신랑이었고요."

아버지는 이렇게 말한다. 아니, 농담을 하던 시절에는 이렇게 말하곤 했다. 그러면서 댄스홀에서 어머니를 찍었다고 했

---

36) Station. '주둔하다'라는 뜻도 있다.
37) '전쟁'이란 뜻의 war를 거꾸로 쓴 raw는 '날것의', '피부가 벗겨져 쓰라린'이란 뜻이다.

다. 그러면 어머니는 못마땅해했다.

"여보, 그렇게 상스러운 표현 쓰지 마요."

어머니는 이런 식으로 나무랐다.

"남자들이 부족한 시절이었죠."

아버지는 사람들을 향해 이렇게 덧붙였다.(이런 식의 대화는 보통 옆에 다른 사람들이 있을 때 이루어졌다. 두 사람만 있을 때는 이런 이야기를 거의 하지 않았다.)

"그러니까 아무 남자든 손에 잡히는 대로 낚아채야 했죠."

그러면 어머니는 웃음을 터뜨렸다.

"괜찮은 남자들이 부족했지 누가 누굴 낚아챘다는 거예요? 그리고 댄스홀도 아니었어요. 댄스파티였지."

"나처럼 변변치 못한 야만인이 댄스홀과 댄스파티의 차이점을 어떻게 알겠어?"

그 뒤로 어떻게 됐을까? 댄스파티에서 처음 만난 뒤에 말이다. 알 수 없다. 아무튼 왜 그랬는지 모르지만 어머니는 아버지와 결혼하기로 했다. 아버지는 그것이 어머니가 결정한 일이었다고 몇 번이고 강조한다. 뭐, 결혼하라고 당신 등 떠민 사람 없었잖아. 하지만 어머니 입장에서는 등을 떠밀린 거나 다름없었다. 무식한 도둑놈인 토니 아버지의 협박과 구슬림에 넘어가, 생각하면 이상하게 답답하면서 이유 없이 울화통이 치미는 이 너무 넓고 너무 좁고 너무 춥고 너무 더운 나라, 이 속 좁은 사람들이 사는 도시, 이 볼 것 없는 동네, 튜더 양식을 흉내 내서 반쯤 만들다 만 이 좁아터진 2층짜리 집으로 끌려왔으니 말이다. 그런 식으로 말하지 마! 어머니는 토니를 나무란다. 그런 억양을 쓰지 말라는 뜻이다. 멋이 없다면서. 하지만 토니가 어머니처럼 말할 수는 없는 노릇이다. 정오의 라디오에서나 들을 법한 말투. 그랬다가는 학교에서 놀림을 당할 것이다.

그래서 어머니가 보기에 토니는 외국인이다. 아버지가 보기에도 그녀는 외국인이다. 아버지가 분명히 말했듯이 말투는 아버지와 똑같지만 토니는 아들이 아니기 때문이다. 그녀는 외국인처럼 열심히 이야기를 듣고 해석한다. 외국인처럼 누가 느닷없이 공격할지 예의 주시한다. 외국인처럼 실수를 한다.

토니는 바닥에 앉아서 아버지를 쳐다보며 전쟁에 대해 생각한다. 전쟁은 알 수 없는 수수께끼지만 그녀의 인생에 결정적인 영향을 미친 것 같다. 아버지에게 전투가 어땠는지, 총을 볼 수 있는지 묻고 싶다. 하지만 이렇게 물으면 아버지는 보호해야 할 상처라도 있는 듯이, 쓰라린 곳이라도 있는 듯이 회피할 것이다. 그곳에 손을 대지 못하게 그녀를 계속 막을 것이다.

참전하기 전에 아버지가 무슨 일을 했는지 궁금할 때도 있는데 아버지는 당시 이야기도 하지 않으려고 한다. 그러면서 들려준 이야기가 딱 한 가지 있다.

어렸을 때 아버지는 시골에서 살았고 어느 겨울에 할아버지가 아버지를 데리고 숲에 갔다. 할아버지는 땔감을 마련할 생각으로 도끼를 휘둘렀는데 나무가 얼어서 너무 딱딱해진 바람에 도끼가 튕겨 나가 아버지의 다리를 찍었다. 할아버지는 도끼를 내동댕이치더니 아버지 혼자 숲속에 내버려 둔 채 걸어가 버렸다. 아버지는 발자국을 따라 눈밭을 뚫고 집으로 돌아갔다. 빨간 발자국, 하얀 발자국, 빨간 발자국.

아버지는 전쟁이 터지지 않았더라면 공부를 하지 못했을 거라고 했다. 계속 시골에서 살았을 거라고 했다. 그랬다면 토니는 어디에서 살았을까?

아버지는 하던 일을 계속한다. 아버지는 보험 회사에서 일한다. 생명 보험 회사다.

"토니, 어쩐 일이냐?"

아버지가 시선을 계속 서류에 고정한 채 묻는다.

"어머니가 저녁 준비 거의 다 끝났대요."

"거의 다 끝났다는 거니, 아니면 정말 끝났다는 거니?"

"모르겠어요."

"그럼 가서 확인해 봐라."

저녁 메뉴는 소시지다. 어머니가 오후에 나갔다 오면 거의 그렇다. 소시지와 삶은 감자와 깡통에 든 완두콩. 소시지가 살짝 탔지만 아버지는 아무 말도 하지 않는다. 밥이 정말 맛있어도 아무 말도 하지 않는다. 어머니는 토니와 아버지가 꼭 닮았다고 한다. 인정머리 없는 인간들이라고 한다.

어머니는 부엌에서 앞 접시를 들고 와 앞치마를 두른 채 자리에 앉는다. 보통은 벗는데. 어머니가 명랑한 목소리로 묻는다.

"자! 오늘 하루 어땠어요?"

"좋았어."

아버지가 대답한다.

"다행이네요."

"곱게 차려입었네? 특별한 약속이라도 있었던 거요?"

"그럴 리 있겠어요?"

그 뒤로 정적이 흐르고 음식을 씹는 소리만 정적을 채운다. 토니는 부모님이 음식 씹는 소리를 들으며 수많은 시간을 보냈다. 두 사람의 입에서 나는 소리, 이가 서로 부딪치며 음식을 잘게 부수는 소리를 듣는 것은 당황스러운 일이다. 내가 여기 있는 줄 모르고 옷을 벗는 사람을 욕실 유리창 너머로 보고 있는 듯한 심정이다. 어머니는 조금씩 뜯어서 신경질적으로 씹어 먹는다. 아버지는 되새김질하듯이 씹어 먹는다. 아버지의 시선은 우주의 머나먼 한 지점을 바라보듯 어머니에게 고정되어 있다. 어머니는 목표물을 조준이라도 하는 듯 살짝 눈을 찡그리고 있다.

엄청난 힘이 뿜어져 나오는데 아무것도 움직이지 않는다. 아직은 아무것도 움직이지 않는다. 아버지와 어머니에게 한쪽씩 연결된 두툼한 고무줄이 토니의 머리를 관통하며 팽팽하게 잡아당겨지는 것만 같다. 조금만 더 힘을 주면 끊어질 것이다.

"브리지 클럽은 어땠소?"

마침내 아버지가 묻는다.

"좋았어요."

어머니가 대답한다.

"당신 팀이 이겼나?"

"아니. 2등 했어요."

"그럼 어느 팀이 이겼지?"

어머니는 잠시 생각을 더듬는다.

"론다하고 베브요."

"론다가 있었다고?"

"지금 무슨 종교 재판 해요? 있었다잖아요."

"이상하네. 시내에서 우연히 만났는데."

"일찍 갔어요."

어머니는 포크를 접시에 조심스럽게 내려놓는다.

"론다는 그렇게 말 안 하던데."

아버지가 말한다.

어머니는 의자를 뒤로 밀고 자리에서 일어나더니 종이 냅킨을 구겨 접시에 담긴 소시지 끄트머리 위로 내동댕이친다.

"토니 앞에서 이런 이야기는 사양하겠어요."

"이런 이야기라니?"

아버지는 계속 음식을 씹으며 토니에게 말한다.

"토니, 이제 그만 일어나도 좋다."

"거기 가만있어. 당신이 나더러 거짓말쟁이라고 했잖아요."

어머니는 당장이라도 울음을 터뜨릴 것처럼 낮게 떨리는 목소리로 말한다.

"내가?"

아버지는 어리벙벙해하면서도 한편으로는 어머니가 뭐라고 대답할지 궁금해하는 투다.

"앤토니아."

어머니는 토니가 이제 막 무슨 잘못이나 위험한 짓을 저지르려고 했던 것처럼 경고하는 투로 그녀의 이름을 부른다.

"디저트 먹을 때까지 기다리지도 못해요? 토니를 제대로 챙겨 먹이려고 내가 날마다 얼마나 애를 쓰는지 알아요?"

"그래, 다 내 잘못이지."

아버지가 말한다.

디저트는 라이스푸딩이지만 냉장고 신세를 면치 못한다. 토니가 안 먹겠다고 했기 때문이다. 정말로 먹기 싫다. 배도 안 고프다. 그녀는 방으로 올라가 면 플란넬 시트가 깔린 침대에 들어가서 어머니와 아버지가 어떤 대화를 나누는지 귀를 기울이지도 않고 상상도 하지 않으려고 애를 쓴다.

럽클 지리브. 그녀는 컴컴한 방 안에서 혼잣말을 중얼거린다. 야만족이 평원을 질주한다. 양손에 칼을 든 트몬리프 니토가 길고 텁수룩한 머리를 바람결에 휘날리며 선두에서 달린다. 럽클 지리브! 그녀는 야만족에게 전진하라고 다그친다. 이것은 전투의 함성이다. 그들은 미친 듯이 날뛰며 앞에 놓인 모든 것을 쑥대밭으로 만든다. 농작물을 짓밟고 마을에 불을 지른다. 약탈하고 강탈하고 피아노를 박살 내고 아이들을 죽인다. 밤이 되면 천막을 치고 소를 통째로 모닥불에 구워 손으로 먹는다. 기름 묻은 손은 가죽 옷에 대고 닦는다. 에티켓이라고는 없는 종족이다.

트몬리프 니토의 술잔은 원래 귀가 있던 자리에 은손잡이를 단 해골이다. 그녀가 해골을 높이 들고 승리와 야만족이 섬기는 전쟁의 신을 위해 건배를 제안한다. 트보가! 트보가!

아침에 일어나 보면 깨진 술잔이 나뒹굴 것이다.

토니는 한밤중에 번쩍 눈을 뜬다. 침대에서 빠져나온 그녀는 침대 옆 테이블 밑을 더듬어 토끼 모양 슬리퍼를 찾아 신고 문가로 살금살금 걸어간다. 문은 쉽게 열린다.

복도를 지나 부모님 방으로 걸어가 보지만 문이 닫혔고 아무 소리도 들리지 않는다. 부모님이 방 안에 있을 수도 있고 없을 수도 있다. 하지만 있을 것이다. 어렸을 때 그녀는 학교에서 집으로 돌아왔을 때 마당에 구멍이 하나 뚫려 있고 두 사람의 발이 고스란히 담긴 신발만 나뒹굴고 있으면 어떻게 하나 걱정하곤 했다. 그런 꿈을 꾸었던 것인지도 모르겠지만.

그녀는 계단 쪽으로 걸어가 한 손으로 난간을 잡고 내려간다. 한밤중에 일어나 이런 식으로 한 바퀴 순찰을 돌며 피해 상황을 확인할 때가 종종 있다.

어둠침침하고 고요한 거실을 더듬더듬 지나간다. 여기저기 놓인 물건들이 희미한 가로등 불빛을 받아 반짝인다. 벽난로 위에 달린 거울, 벽난로 선반에 놓인 두 마리의 도자기 개 인형. 그녀의 동공이 확대되고 슬리퍼를 신은 발이 카펫 위에서 소리 없이 움직인다.

부엌에 다다라서야 불을 켠다. 조리대나 바닥에는 아무것도 없다. 깨진 물건도 없다. 그녀는 냉장고 문을 연다. 라이스 푸딩이 있지만 손도 안 댄 상태라 티 안 나게 먹을 방법이 없다. 그래서 그 대신 식빵 한 조각에 잼을 발라 먹는다. 어머니는 캐나다 빵을 가리켜 톱밥에 바람을 넣어서 만든 형편없는 물건이라고 하지만 토니 입에는 그럭저럭 괜찮다. 빵은 어머니가 질색하는 수많은 것 가운데 하나에 불과한데 토니는 이해가 안 된다. 왜 이 나라가 너무 넓지 않으면 너무 좁다는 걸까? 어느 정도라야 '딱 알맞은' 크기일까? 그녀의 말투가 뭐가 문제라는 걸까? 그녀는 빵 부스러기를 꼼꼼히 치우고 다시 침대로 돌아간다.

영국인이 되지 못한 것을 어머니에게 속죄하는 방법 중 하나가 차를 끓이는 것인데 다음 날 아침에 일어나 보니 차를 끓일 만한 틈이 없다. 어머니가 벌써 부엌에서 아침을 준비하고 있기 때문이다. 어머니는 평소에 입는 파란색과 하얀색이 섞인 체크무늬 앞치마를 두르고 스토브에서 뭘 튀기는 중이다.(어쩌다 한 번 있는 일이다. 토니는 보통 아침을 직접 차려 먹고 갈색 봉지에 담을 점심 도시락도 직접 싼다.)

토니는 아침을 먹는 부엌 한 귀퉁이 푹신한 의자에 가서 앉는다. 아버지가 벌써 거기서 신문을 읽고 있다. 토니는 차가운 시리얼을 부어 숟가락으로 떠먹는다. 보는 사람이 아무도 없으니 왼손을 쓴다. 오른손으로는 시리얼 상자를 집어 눈앞에 바짝 갖다 댄다. 얼리시 밀통. 관습 변배 인적칙규. 토니는 혼잣말처럼 중얼거린다. 사람들은 '변비'라고 대놓고 이야기하는 법이 없다. 비변. 이쪽이 훨씬 듣기 좋은데.

그녀는 앞으로 읽으나 뒤로 읽으나 똑같은 문구를 여러 개 안다. 살아 있는 마성. 부인, 저는 애덤입니다. 엘바를 만나기 전에 나는 유능했다.[38] 하지만 거꾸로 읽었을 때 달라지는 문구가 더 좋

---

38) Live evil. Madam I'm Adam. Able was I ere I saw Elba.

다. 왜곡되고 희한해지고 가락이 생기는 그런 문구가. 이런 문구들은 다른 세상의 언어가 되는데 그곳에서 토니는 편안함을 느낀다. 그 세상의 언어에 익숙하기 때문이다. 공제 료무! 스찬 약절! 프로 트너 지렌오! 두 야만인이 좁은 다리 위에서 욕설을 퍼부으며 다리를 건너오게 적을 도발하고 있는데……

"토니, 그거 내려놔라. 밥 먹으면서 뭐 읽으면 안 되지."

아버지가 단조로운 말투로 이야기한다. 아버지는 아침마다 신문을 다 읽으면 이렇게 말한다.

어머니가 베이컨, 달걀, 토스트가 담긴 접시를 두 개 들고 나타나 레스토랑이라도 되는 것처럼 정중하게 내려놓는다. 토니는 달걀을 갈라 노른자가 노란 풀처럼 토스트를 적시는 광경을 감상한다. 아버지가 커피를 마시자 울대뼈가 올라갔다 내려간다. 목에 뭐가 걸린 것처럼 보인다. 부인, 저는 애덤의 사과[39]입니다.

오늘 아침에 어머니는 환한 에나멜처럼 명랑하다. 온몸에 매니큐어를 바른 듯한 분위기다. 어머니는 쓰레기통에 대고 시리얼 그릇을 비우며 노래를 부른다.

"걱정일랑 묵은 여행 가방에 넣어 버리고 스마일, 스마일, 스마일……"

"가수로 데뷔했어야 하는데 말이지."

아버지가 말한다.

"그러게요. 그랬어야 하는데 말이에요, 그렇죠?"

어머니의 목소리는 경쾌하고 태평하다.

---

39) Adam's apple. '울대뼈'라는 뜻이다.

겉보기에 이상한 점은 아무것도 없었다. 하지만 그날 오후에 토니가 학교에서 돌아와 보니 어머니가 보이지 않는다. 외출한 게 아니라 집을 나갔다. 어머니는 토니의 침대에 꾸러미 하나와 편지가 든 봉투를 남겨 놓았다. 봉투와 꾸러미를 본 순간 토니의 온몸에 한기가 돈다. 겁이 나지만 놀랍지는 않다.

어머니는 자신의 이니셜이 새겨진 크림색 편지지에 제일 좋아하는 갈색 잉크로 편지를 썼다. 화려한 대문자가 군데군데 섞인 구불구불한 글씨체로 말이다.

내 사랑, 너와 함께 떠나고 싶지만 지금 당장은 그럴 수가 없구나. 좀 더 나이를 먹으면 너도 이유를 알게 될 거야. 말 잘 듣고 학교에서도 공부 열심히 하렴. 편지 자주 할게. 너를 아주 사랑하는 엄마가.

추신. 곧 다시 만나자!

(토니는 이 편지를 보관해 두었다가 나중에 꺼내서 읽어 보며 고개를 갸우뚱했다. 제대로 된 설명이라 할 수 없는 편지였다. 뿐만 아니라 처음부터 끝까지 진실이라고는 손톱만큼도 없었다. 먼저, 토니는 '내 사랑'이 아니었다. 어머니에게 내 사랑은 오로지 남자를 부를 때 쓰는 호칭이었다. 또는 가끔 짜증 나게 만드는 여자를 부를 때 쓰는 호칭이었다. 어머니는 토니를 데리고 갈 마음이 없었다. 데리고 갈 마음이 있었다면 데리고 갔을 것이다. 뭐든 자기 마음대로 하던 어머니였으니까. 어머니는 토니에게 편지를 자주 하지도 않았고, 많이 사랑하지도 않았고, 곧 다시 만나 주지도 않았다. 그리고 토니는

좀 더 나이를 먹은 뒤에도 이유를 알 수 없었다.)

하지만 토니는 이 편지를 본 순간만큼은 어머니가 한 말을 모두 믿고 싶다. 그래서 의지를 동원해 믿어 버린다. 심지어 어머니가 하지도 않은 말까지 믿어 버린다. 어머니가 사람을 보내거나 돌아올 거라고 말이다. 어느 쪽이 될지는 알 수 없지만.

그녀는 꾸러미를 열어 본다. 가랑비가 내리던 어제 어머니가 브리지 클럽에서 돌아왔을 때 들고 있던 꾸러미다. 그러니까 사전에 계획된 일이라는 뜻이다. 어머니가 문을 쾅 닫으며 집을 뛰쳐나갔을 때나 욕실 안에 들어가 문을 잠그고 물을 트는 바람에 욕조에서 넘친 물이 복도를 지나 계단을 흘러 천장에 스며들자 아버지가 소방서에 연락해 억지로 문을 따고 들어가야 했던 그런 때하고는 다르다. 홧김에 혹은 즉흥적으로 벌인 일이 아니다.

포장지를 벗기자 상자가 나오고 상자 안에 원피스가 들어 있다. 가장자리에 흰색 띠를 두른 세일러 칼라가 달린 감색 원피스다. 토니는 딱히 할 일도 생각나지 않고 해서 옷을 입어 본다. 두 사이즈나 큰 옷이라 꼭 잠옷을 입은 것 같다.

토니는 바닥에 앉아 무릎을 끌어안고, 원피스 자락에 코를 대고 냄새를 맡는다. 브로드클로스와 풀 같은 화학 약품 냄새가 난다. 새것의 냄새, 무상함의 냄새, 소리 없는 슬픔의 냄새가 난다.

이 모든 게 다 그녀의 잘못이다. 그녀가 차 끓이는 것을 게을리했고, 신호를 잘못 해석했고, 끈이 됐건 밧줄이 됐건 쇠사슬이 됐건 어머니를 이 집에 묶어 놓는 데 쓰였던, 어머니를 제자리에 붙잡아 놓는 데 쓰였던 물건을 놓치는 바람에 어머니가 요트나 풍선처럼 풀려 버렸다. 어머니는 망망대해로 나가 바람을 등에 업고 저 멀리 떠나가고 있다. 영영 사라지고 있다.

23

한밤중에 크리스티 커피숍에서 테이블 위로 머리를 맞대고 시큼하고 독한 커피를 마시며 토니가 지니아에게 한 이야기가 이런 내용이다. 막상 하고 보니 실제보다 삭막하고 비참하고 쓸쓸한 이야기가 되어 버린다. 아마 이제는 기정사실이 되어 버렸기 때문일 것이다. 그때는 당분간만 어머니 없이 지내는 줄 알았다. 하지만 이제는 영원히 그래야 한다.

"그런 식으로 튀어 버리다니! 그래서 어디로 갔는데?"

지니아가 호기심 어린 목소리로 묻는다.

토니는 한숨을 쉰다.

"남자랑 도망친 거였어. 우리 아버지가 근무하던 생명 보험사 직원이랑. 이름은 페리였고, 어머니하고 같은 브리지 클럽 회원인 론다라는 여자가 부인이었어. 둘이서 캘리포니아로 갔더라고."

"탁월한 선택이다."

지니아가 깔깔 웃으며 말한다. 하지만 토니가 보기에는 탁월한 선택이 아니다. 취향과 일관성이 결여된 선택이다. 달아날 거였으면 평소에 고향이라고 노래 부르던 영국으로 갔어야 하는 거 아닌가? 하필이면 왜 여기보다 빵도 더 푸석푸석하고 억양도 더 밋밋하고 문법도 더 엉망인 캘리포니아로 갔을까?

그래서 토니는 재미있다고 생각할 수가 없다. 지니아는 토니의 속마음을 눈치채고 얼른 표정을 바꾼다.

"그때 화났어?"

"아니, 화났던 것 같지는 않아."

그녀는 겉면을 손으로 더듬고 주머니를 뒤적여 가며 속마음을 살펴본다. 하지만 분노라는 감정은 어디에도 없다.

"나라면 화났을 텐데. 길길이 날뛰었을 텐데."

지니아가 말한다.

토니는 길길이 날뛰는 게 어떤 건지 잘 모른다. 너무 위험하지 않을까? 속은 후련할 수도 있겠지만.

그때 그녀는 분노하지 않았다. 서늘한 공포와 외로움만 느꼈을 뿐이다. 그리고 아버지가 어떻게 할지, 뭐라고 할지 겁이 났다. 그녀의 탓이라고 할까?

토니의 아버지는 아직 퇴근 전이었다. 집 안에 사람이 아무도 없었다. 에설만 부엌 바닥을 닦고 있었다. 어머니는 외출할 때면 토니가 학교에서 돌아왔을 때 맞이할 사람이 있게 에설을 오후 늦게까지 붙잡아 놓았다.

에설은 남들 같으면 손에 있을 주름이 얼굴을 덮었고 머리 카락은 푸석푸석해서 가발 같은, 우락부락하고 덩치가 큰 아주머니였다. 아이는 모두 여섯이었다. 여섯 명 중에 두 명은 디프테리아로 죽고 네 명만 남았는데, 그래도 아이가 몇이냐고 물으면 여섯이라고 했다. 어머니는 그 말을 할 때마다 웃긴다는 듯이, 에설이 덧셈도 잘 못한다는 듯이 굴었다. 에설은 일할 때 끙끙거리면서 "안 되지, 안 돼." 혹은 "지겨워지겨워지겨워."라며 혼잣말을 중얼거리는 습관이 있었다. 보통 토니는 그녀 옆에서 얼쩡거리지 않았다.

토니는 부모님 침실에 들어가 어머니의 옷장을 열었다. 향기가 풍겨 나왔다. 옷걸이마다 옅은 자주색 리본을 맨 조그마한 새틴 라벤더 향낭이 달려 있었다. 어머니의 슈트와 원피스가 대부분 남아 있었고, 색깔이 서로 어울리는 구두들도 틀을 끼운 채 그 아래 가지런히 놓여 있었다. 옷들이 마치 인질 같았다. 어머니가 이 옷들을 영영 저버리지는 않을 것이다. 반드시 다시 와서 들고 갈 것이다.

에설이 계단을 올라오고 있었다. 끙끙거리며 중얼거리는 소리가 들렸다. 호스를 잡고 진공청소기를 끌며 침실 문 앞에 다다른 순간 그녀는 걸음을 멈추고 토니를 바라보았다.

"어머니가 도망을 쳤구나."

그녀는 옆에 사람이 있으면 정상적인 언어를 구사했다.

에설의 목소리에서 비웃음이 느껴졌다. 도망을 치는 것은 개나 고양이나 말이 하는 짓이다. 어머니들은 도망을 치지 않는 법이다.

여기에서 토니의 기억이 바람과 실제 상황으로 양분된다. 그녀는 에설이 그 우락부락한 팔로 자기를 안아 머리를 쓰다듬고 가만히 흔들어 주면서 모두 다 잘될 거라고 말해 주길 바랐다. 다리에 시퍼런 핏줄이 불룩 튀어나오고 땀 냄새와 표백제 냄새를 풍기는 에설이! 그녀는 에설을 좋아하지 않았지만 그래도 위로 비슷한 것을 얻을 수 있지 않을까 싶었다.

하지만 실제로는 아무 일도 일어나지 않았다. 에설은 다시 청소기를 돌리기 시작했고, 토니는 자기 방으로 가서 문을 닫고 헐렁한 세일러 원피스를 벗은 다음 곱게 접어 다시 상자 안에 넣었다.

잠시 후 집으로 들어선 아버지가 현관에서 에설과 이야기를 나누는 소리가 들리더니 에설이 퇴근했고 토니와 아버지는 저녁을 먹었다. 저녁은 깡통에 든 토마토수프였다. 아버지가 수프를 냄비에 부어서 데웠고, 토니는 접시에 크래커와 체더치즈를 조금 얹었다. 둘 다 당황해서 어쩔 줄 몰랐다. 뭔가 부족한 부분이 있는데 뭔지 알 수가 없으니 채울 수도 없는 그런 심정이었다. 워낙 심각하고 전례 없는 사건이 일어난 터라 아직은 입에 올릴 수가 없었다.

토니의 아버지는 말없이 저녁을 먹었다. 아버지가 후루룩 수프를 먹는 소리가 토니의 살갗을 할퀴었다. 아버지는 생각에 잠긴 듯한 표정으로 슬그머니 토니를 바라보았다. 토니는 그런 표정을 본 적이 있었다. 방문 외판원이나 길거리의 거지

검은색 에나멜

나 말도 안 되는 빤한 거짓말을 늘어놓으려는 아이들이 짓는 표정이었다. 아버지의 그 표정은 이제 우리 두 사람이 공범이라는 의미를 담고 있었다. 둘이 한패가 되어 둘만의 비밀을 간직하게 될 거라는 의미를 담고 있었다. 물론 어머니에 대한 비밀이었다. 달리 또 누가 있겠는가. 어머니는 떠났지만 여전히 그들과 함께 이 식탁에 앉아 있었다. 그 어느 때보다 강한 존재감을 풍기면서.

잠시 후 아버지가 숟가락을 내려놓았다. 숟가락이 접시에 부딪치며 쨍그랑 소리를 냈다.

"우리 둘이서 잘 지낼 수 있을 거야. 그렇지?"

토니는 자신이 없었지만 아버지를 안심시켜야 할 것만 같은 압박감이 느껴졌다.

"네."

토마토. 그녀는 속으로 중얼거렸다. 오타모트.[40] 오대호 중 하나. 고대 어느 부족이 사용했던 전쟁용 돌도끼. 어떤 단어를 거꾸로 읽으면 의미가 비고 껍데기만 남는다. 새로운 의미가 들어갈 자리가 생긴다. 앤시아. 아시앤. 죽었다는 의미의 dead라는 단어처럼 똑바로 읽으나 거꾸로 읽으나 별 변화가 없었다.

그래서 어떻게 됐어? 그래서 어떻게 됐어? 지니아는 궁금해한다. 하지만 토니는 황망해진다. 그 공허감을 무슨 수로 설명할 수 있을까? 토니는 넓고 넓은 공백을 무엇으로든 닥치는 대로 채

---

40) 영어로 토마토(tomato)를 거꾸로 읽으면 오타모트(otamot)가 된다.

웠다. 메아리를 없애기 위해 점점 더 많은 지식과 점점 더 많은 날짜와 역사적 사실들을 머릿속으로 쑤셔 넣었다. 어머니가 있을 때도 부족했던 것들이 이제는 한층 더 심각해졌다.

그녀는 어머니 결핍이었다. 어머니는 토니의 갈망이 만들어 낸 얇은 육신을 입고 손을 내밀면 거의 닿을 듯 말 듯한 곳에서 유령처럼 허공을 맴돌았다. 토니를 조금만 더 사랑했더라면 어머니는 떠나지 않았을 것이다. 그랬더라면 토니는 여기가 아닌 다른 곳, 어머니가 있는 곳에 있었을 것이다.

어머니는 물론 편지를 보냈다. 야자수와 흰 파도가 담긴 엽서를 보내며 토니도 함께 있었으면 좋겠다고 했다. 소포로 옷도 보냈지만 맞는 법이 없었다. 평상복, 반바지, 여름에 입는 원피스……. 다들 너무 크거나 어느 정도 시간이 흐르면 너무 작아졌다. 생일 축하 카드는 뒤늦게 보냈다. 보내는 사진들은 항상 햇빛이 쏟아지는 곳에서 찍은 것처럼 보였다. 하얀 옷을 입고 찍은 사진에서 어머니는 토니가 기억하는 모습보다 살이 찐 것 같았고, 까무잡잡하게 그은 얼굴은 기름이라도 바른 것처럼 반질반질했고, 코 때문에 생긴 그림자가 작은 콧수염처럼 보였다. 같이 달아난 괘씸한 페리가 어머니의 허리에 팔을 두른 사진도 있었다. 무릎은 쭈글쭈글하고, 눈 밑은 축 늘어지고, 우울한 표정으로 삐딱하게 웃는 남자였다. 그러다 얼마 후에는 페리가 사라지고 다른 남자가 등장했다. 그리고 또 얼마 후에는 또 다른 남자가 등장했다. 어머니의 옷에서 어깨 부분이 점점 좁아지고, 치마는 점점 길고 풍성해지고, 목둘레선은 점점 깊게 패기 시작했다. 그러더니 스페인 댄서들이 걸

검은색 에나멜   295

치는 특유의 프릴이 소맷부리에 달리기 시작했다. 어머니는
부활절 연휴 때, 여름 방학 때 놀러 오라고 했지만 단 한 번도
정말로 토니를 부른 적은 없었다.

(어머니가 옷장에 남기고 간 옷은 아버지가 에설에게 부탁해 상
자에 싸서 구세군에 기증했다. 토니에게 말도 없이 저지른 일이었다.
토니는 며칠에 한 번씩 옷장을 열어 보곤 했는데 어느 날 학교에서
돌아와 보니 옷장 안에 아무것도 없었다. 토니는 아무 말도 하지 않
았지만 알았다. 어머니는 돌아오지 않을 것이다.)

몇 년이 지나고 또 몇 년이 지났다. 토니는 학교에서 근시
판정을 받고 안경을 쓰게 됐다. 전혀 속상하지 않았다. 안경
이 일종의 장벽 역할을 했고, 이제는 칠판도 잘 보였다. 저녁
이 되면 에설이 미리 만들어서 조리대에 놓고 간 캐서롤을 데
워 먹었다. 점심 도시락은 평소에 그랬던 것처럼 혼자 챙겼다.
아버지를 감동시킬 생각에 재료를 사다 캐러멜 푸딩도 만들
고 믹스를 사다 케이크도 만들어 보았지만 목적 달성에는 실
패했다.

크리스마스가 찾아오면 아버지가 20달러를 주며 마음에 드
는 선물을 사라고 했다. 그녀가 차를 끓여다 바쳐도 아버지는
마시지 않았다. 어머니보다 심하면 심했지 덜하지 않았다. 아
버지는 종종 부재 중이었다. 그 시절에 아버지가 사귄 여자 친
구도 있었다. 같은 회사에서 근무하는 비서였는데 땡그랑거리
는 팔찌를 하고 다니면서 제비꽃과 따뜻한 고무 냄새를 풍겼
고, 토니를 보면 어쩌면 이렇게 귀여울 수가 있느냐고 호들갑
을 떨며 같이 쇼핑을 하거나 영화를 보고 싶어 했다. 그녀의

표현대로라면 "여자들만의 시간"을 가지고 싶어 했다. 늙다리 그리프는 데리고 가지 말자! 나는 우리 둘이 친구처럼 지냈으면 좋겠어. 토니는 그녀를 경멸했다.

여자 친구와 관계가 끝나자 아버지는 전보다 심하게 술을 마시기 시작했다. 가끔 토니의 방에 들어와 할 말이라도 있는 듯 숙제하는 그녀를 물끄러미 쳐다보곤 했다. 하지만 이 무렵 토니는 나이를 먹으면서 좀 더 냉정해졌고, 아버지에게 바라는 것이 거의 없었다. 이제는 더 이상 아버지를 책임져야 한다고 생각하지 않았다. 아버지는 짜증 나는 걸림돌일 따름이었다. 라틴어로 공부 중이던 율리우스 카이사르의 포위 공격 기법이 아버지보다 훨씬 더 재미있었다. 아버지가 겪는 고통이라면 지긋지긋했다. 너무 단조롭고 너무 말이 없고 너무 무기력하고 그녀가 겪는 고통과 너무 비슷했다.

한 번인가 두 번, 평소보다 훨씬 더 술을 많이 마셨을 때 아버지가 고함을 지르고 가구를 뒤엎으며 그녀를 잡겠다고 비틀비틀 온 집 안을 헤집은 적도 있었다. 또 어떨 때는 사랑이 넘치는 아버지로 돌변해 그녀의 머리를 헝클어뜨리고 아직도 어린아이인 양 안아 주고 싶어 했다. 정작 어렸을 때는 그런 식으로 안아 준 적이 한 번도 없었으면서. 그녀는 식탁 밑으로 기어 들어가 아버지를 피하곤 했다. 그녀는 아버지보다 덩치가 훨씬 작았을 뿐 아니라 훨씬 유연했다. 무엇보다도 그녀를 힘들게 만들었던 것은 다음 날이 되면 아버지가 기억을 못 하는 것처럼 보인다는 사실이었다.

토니는 가능한 한 아버지를 피해 다녔다. 저녁 내내 아버지가 어느 정도 취했는지 감시하며(달짝지근한 니스 냄새가 얼마나 심한지 체크하면 알 수 있었다.) 탈출 경로를 구상했다. 욕실로 피할 것인가, 부엌 밖으로 도망칠 것인가, 방으로 피할 것인가. 궁지에 몰리지 않는 것이 관건이었다. 그녀의 방에는 자물쇠가 달려 있었지만 책상까지 동원해 문을 막았다. 먼저 서랍을 모조리 꺼내 책상으로 문을 막은 다음 다시 끼웠다. 서랍을 꺼내지 않으면 너무 무거워서 옮길 수가 없었다. 그런 다음 책상에 기대고 앉아 무릎 위에 책을 펼쳐 놓고 아버지가 문손잡이를 잡고 돌리는 소리, 문에 대고 코를 훌쩍이며 띄엄띄엄 하는 이야기를 듣지 않으려고 애썼다. 나는 그저 이야기 좀 하고 싶어서 그러는 거다! 그뿐이야! 나는 그저⋯⋯.

한번은 실험을 해 보았다. 술병에 있던 술을 모조리 쏟아 버렸다. 몇 번째로 바꾼 직장인지 모를 곳에서 퇴근한 아버지는 온갖 종류의 와인 잔과 유리잔을 모조리 부엌 벽에 대고 집어 던졌다. 다음 날 아침에 일어나 보니 온 사방이 깨진 유리 조각이었다. 신기하게도 토니는 이런 난장판을 보아도 더 이상 겁이 나지 않았다. 유리잔을 박살 내는 사람이 어머니인 줄 알았더니. 아마 예전에는 그랬을지 모른다. 그들 부녀는 에설이 새유리잔을 사다 놓을 때까지 일주일 동안 찻잔에 오렌지주스를 따라 마셔야 했다.

토니가 초경을 했을 때 처리해 준 사람도 에설이었다. 먼저 찬물에 담가 놓으면 핏자국이 훨씬 잘 빠진다고 알려 준 사람도 에설이었다. 그녀는 온갖 얼룩의 전문가였다.

"여자로서 감당해야 할 별것 아닌 형벌인걸, 뭐."

토니는 그 말이 마음에 들었다. 형벌이기는 하지만 별것 아닌 형벌. 괴로움과 번민은 사실 별로 중요한 문제가 아니었다. 무시할 수 있는 문제였다.

토니의 어머니는 물에 빠져 죽었다. 어느 날 밤 바하 캘리포니아 해변 어딘가를 지나다 요트에서 뛰어내렸는데 그길로 영영 물귀신이 되었다. 물속에서 방향 감각을 잃었는지 엉뚱한 곳에서 고개를 내밀려 하다 요트 바닥에 머리를 부딪쳐 정신을 잃은 모양이었다. 적어도 당시 어머니 옆에 있었던 로저라는 남자의 증언에 따르면 그랬다. 로저는 이 소식을 전하면서 몹시 유감스러워했는데 다른 사람의 자동차 열쇠를 잃어버리거나 가장 아끼는 사기 접시를 깨뜨린 사람 같은 말투였다. 새로 사 주고 싶은데 어디서 사면 되는지 모르겠다는 식이었다. 술에 취한 것 같기도 했다.

전화를 받은 사람은 토니였다. 벨이 울렸을 때 아버지도, 에설도 집에 없었다. 로저는 그녀의 정체에 대해 모르는 듯했다.

"딸인데요."

그녀가 말하자 로저는 "딸? 앤시아는 딸이 없는데."라고 했다.

"어떤 옷을 입고 있었나요?"

"뭐?"

"엄마가 수영복을 입고 있었나요, 아니면 원피스를 입고 있었나요?"

"아니, 뭐 그렇게 황당한 걸 물어보고 그러냐?"

그는 멀리서 고래고래 소리를 질렀다.

토니는 그가 왜 그렇게 화를 내는지 이해할 수가 없었다. 그녀는 사건을 재구성하고 싶었을 뿐이다. 어머니는 한밤중에 수영을 하려고 수영복 차림으로 요트에서 뛰어내렸을까, 아니면 길고 치렁치렁한 치마를 입고 있다 화가 나서 뛰어내렸을까? 그러니까 문을 쾅 닫는 것과 마찬가지 차원에서 말이다. 후자일 가능성이 농후했다. 아니면 로저가 어머니를 떠밀었을 수도 있다. 가능성이 전혀 없는 이야기는 아니었다. 토니의 관심사는 복수나 불의가 아니었다. 정확성이었다.

횡설수설하기는 했지만 어머니의 시신을 화장하고 유골을 길쭉한 금속 함에 넣어서 보내 준 사람도 로저였다. 처음에 토니는 장례식 비슷한 것을 치러야 하지 않을까 생각했지만 그녀가 아니면 주관할 사람이 없었다.

함은 도착한 직후에 사라졌다. 몇 년 뒤에 아버지마저 돌아가셨을 때 토니는 에설과 함께 집을 정리하다 그 함을 다시 발견했다. 지하실의 낡은 테니스 라켓 사이에 처박혀 있었다. 당시 분위기를 감안했을 때 딱 알맞은 장소였다. 어머니가 테니스복을 입고 찍은 사진을 보낼 때가 많았으니까.

어머니가 돌아가신 이후에 토니는 제 발로 기숙 학교에 들어갔다. 아버지가 어디 숨어서 술을 마시다 그녀의 꽁무니를 쫓아다니며 무슨 말이라도 하려는 것처럼 헛기침을 하는, 집 같지도 않은 집에서 탈출하고 싶었다. 그녀는 아버지의 말을 듣고 싶지 않았다. 변명을 하거나 이해해 달라고 애원하며 질질 짤 게 뻔했다. 아니면 토니를 탓하거나. 네가 아니었다면 애초에 네 어머니와 결혼하지도 않았을 거다, 내가 없었더라면 너는 태어나지도 못했을 거다, 너는 내 인생을 망친 파국의 원인이다, 내가 너를 위해 얼마나 희생했는지 아느냐. 하지만 어떤 희생을 했다는 걸까? 그건 아버지도 대답하지 못했다. 그래도 그녀가 빚을 진 건 맞지 않느냐는 식이었다.

토니는 증거를 짜 맞추고 날짜를 따져 보고 예전에 들은 이런저런 말들을 종합한 결과 어렴풋이 알아차렸다. 임신, 그리고 전시에 서둘러 치른 결혼식. 어머니는 전쟁 신부였고, 아버지는 전쟁 신랑이었고, 그녀는 전쟁둥이였다. 그녀는 일종의 사고였다. 그래서 뭐 어쩌라고요? 그녀는 더 이상 듣고 싶지 않았다.

그녀는 아버지가 무슨 말을 하고 싶어 했는지 영영 알 길이 없다. 뾰족하게 깎은 연필들이 책상 위에 가지런히 놓여 있고 여전히 깔끔한 서재에 쓰러져 있는 아버지를 발견한 사람은 에설이었다. 유서에는 지금까지 토니의 고등학교 졸업식만 기다려 왔노라고 쓰여 있었다. 아버지는 그날 오후 졸업식장까지 찾아와서 다른 학부모들과 함께 강당에 앉아 있다 나중에 토니에게 금손목시계를 선물했다. 토니의 뺨에 입을 맞추며 "앞으로 잘살 수 있을 거다."라고 했다. 그러고는 집에 돌아가 군대에 있을 때 슬쩍한 총을 머리에 대고 방아쇠를 당겼다. 루거 권총이었다. 토니에게 유품으로 넘어왔기 때문에 안다. 아버지는 러그가 더러워지지 않게 신문지를 깔았다.

에설은 아버지가 그런 분이었다고 했다. 인정 많은 신사였다고. 그녀는 장례식장에서 토니와 달리 눈물을 흘렸고, 기도 하는 동안 혼잣말을 중얼거렸다. 처음에는 "지겨워지겨워지겨워."인 줄 알았더니 "주여주여주여."였다. 예전부터 "주여주여주여."였을 것이다. 어쩌면 그녀는 토니의 아버지가 아니라 죽은 두 아이를 생각하며 울었을지 모른다. 아니면 인생 그 자체를 생각하며 울었거나. 토니는 어느 쪽이든 가능하다고 생각했다. 모든 가능성을 열어 두었다.

두말하면 잔소리지만 아버지가 들어 놓은 생명 보험은 아무 도움도 되지 않았다. 생명 보험이 자살까지 보장해 주지는 않았다. 하지만 집을 팔아서 대출금을 갚고 남은 돈과 어머니가 유언장을 통해 남긴 돈과 은행에 저금해 놓은 돈이 있었다. 아버지는 그런 의미에서 앞으로 잘살 수 있을 거라고 했던 모양이다.

이게 끝이야. 토니가 지니아에게 말한다. 그녀가 아는 한 정말 이게 끝이다. 그녀는 부모님 생각을 별로 하지 않는다. 머리 반쪽이 날아간 아버지가 나타나서 계속 무슨 말을 하고 싶어 하는 악몽 같은 건 꾸지 않는다. 어머니가 미역 같은 머리카락으로 얼굴을 덮고 소금물에 젖은 치맛자락을 질질 끌며 꿈속에 나타나지도 않는다. 그런 악몽을 꾸어야 하는 게 아닌가 싶은데 꾸어지지 않는다. 역사 공부를 하다 보니 처참한 죽음에 단련이 됐다. 단단히 무장을 하게 됐다.

"지금도 유골 가지고 있니? 어머니 유골 말이야."

지니아가 묻는다.

"스웨터 넣어 두는 선반에 같이 있어."

토니가 대답한다.

"너 진짜 섬뜩한 아이로구나?"

지니아는 웃음을 터뜨린다. 토니는 그 말을 칭찬으로 받아들인다. 사상자 숫자를 적은 전쟁 노트를 보여 주었을 때도 지니아는 똑같은 말을 했다.

"또 뭐 있니? 총?"

하지만 그녀는 이내 표정이 심각해진다.

"유골은 당장 치워야 돼! 재수 없는 물건이야. 액운을 부른다고."

뜻밖이다. 미신을 믿다니. 그럴 줄 몰랐는데. 지니아에 대한 평가가 한 단계 낮아진다.

"그냥 평범한 유골인데 뭐."

"그렇지 않다는 거 너도 알잖아. 그게 아니라는 거 너도 알잖아. 유골을 간직하고 있으면 어머니가 계속해서 널 좌지우지할 거야."

그래서 다음 날 저녁 황혼 녘에 두 친구는 섬으로 건너가는 페리에 오른다. 12월이라 바람이 매섭지만 아직 호수에 얼음이 얼지는 않아서 페리가 운행한다. 호수를 반쯤 건넜을 때 토니가 페리 후미에서 어머니의 유골함을 시커멓게 일렁이는 강물 속으로 던진다. 부추기는 사람이 없었더라면 하지 않았을 일이다. 지니아의 뜻에 따라 저지른 일이다.

"편히 잠드소서."

지니아가 말한다. 하지만 어쩐지 자신 없는 목소리다. 게다가 함이 가라앉지 않고 페리가 지나간 자국을 따라 까딱이며 둥둥 떠다닌다. 토니는 함을 열고 안에 든 유골을 뿌렸어야 했다는 것을 뒤늦게 깨닫는다. 총이 있었더라면 구멍을 몇 군데 낼 텐데. 총을 쏠 수 있다면 좋았을 텐데.

24

12월이 깊어 가고 또 깊어 가고, 크리스마스 반짝이가 거리에 등장하기 시작하고, 구세군이 찬송가를 부르고 종을 울리며 모금함을 흔들고, 눈보라를 따라 외로움이 흩날리고, 매클렁 홀의 다른 아이들은 따뜻하고 포근한 집으로 가족들을 만나러 떠나고 토니는 남는다. 예전에도 그랬던 것처럼. 하지만 이번에는 괜찮다. 이번에는 가슴 한구석이 서늘하지 않다. 이죽거리며 기운을 북돋워 주는 지니아가 있기 때문이다.

"크리스마스도 지긋지긋하다. 무슨 얼어 죽을 크리스마스야. 너무 부르주아적이잖아."

지니아의 이 말을 듣고 토니가 기분이 좋아져서 암흑 시대[41]에

---

41) 476년 서로마 제국의 멸망부터 약 1000년까지 유럽 역사상 지적 암흑

예수의 출생일을 놓고 어떤 논란이 빚어졌고, 다 큰 남자들이 땅에는 평화, 사람들에게는 온정이 시작된 정확한 시점을 놓고 어떻게 서로 목숨을 걸고 싸웠는지 이야기하면 지니아는 깔깔대고 웃는다.

"네 머리는 꼭 카드식 색인 같아. 밥 먹자. 내가 뭐라도 좀 만들어 줄게."

그러면 토니는 느긋하게 지니아의 식탁에 앉아서 계량하고 섞고 젓는 지니아의 모습을 구경한다.

그런데 이 장면에서 웨스트는 어디 갔을까? 그녀는 웨스트를 포기했다. 그녀는 지니아의 경쟁 상대가 될 수 없기 때문이다. 경쟁 상대가 된다는 것조차 상상할 수 없는 일이다. 파렴치한 짓이다. 지니아는 친구다. 제일 친한 친구다. 따지고 보면 유일한 친구다. 토니는 친구를 사귀는 게 습관화되지 않았다.

어쩌면 그게 아니라 둘 사이에 웨스트가 들어올 틈이 없는 것일 수도 있다. 둘이 워낙 붙어 지내고 있으니까.

아무튼 그래서 이제는 지니아와 토니 아니면 지니아와 웨스트의 조합이다. 웨스트와 토니의 조합은 사라졌다.

가끔 셋이서 만날 때도 있다. 지니아와 웨스트가 예전에 살던 집을 새까맣게 칠하고 나서 이사한 새집으로 토니가 놀러 간다. 새집이라고는 하지만 지저분하고 다 쓰러져 가는 싸구려인 데다 엘리베이터도 없는, 퀸가 동쪽의 어느 상가 위층이다. 창문이 하나 달린 길쭉한 거실은 전차가 지나갈 때마다

기로 일컬어지는 시기.

창문이 덜컹거린다. 넓지만 허름한 부엌에는 얼룩덜룩한 주황색 벽지를 발랐고, 파란색 페인트에 금이 간 나무 식탁과 짝이 안 맞는 의자 네 개가 놓여 있다. 방으로 들어가면 지니아와 웨스트가 함께 쓰는 매트리스가 바닥에 놓여 있다.

지니아는 스크램블드에그와 진하고 맛이 기가 막힌 커피를 만들고 웨스트는 류트 연주를 들려준다. 정말로 류트를 가지고 있었다. 그는 바닥에 놓인 쿠션에 앉아서 긴 다리를 베짱이 뒷다리처럼 접고 능수능란하게 손가락을 놀리며 옛날 민요를 부른다.

> 강이 넓어 건널 수가 없는데
> 날개가 없으니 날 수도 없네
> 둘이 탈 수 있는 배를 만들어 주오
> 내 사랑과 내가 노 저어 가게

그는 노래를 부르고 나서 "뱃사공이 등장하는 아일랜드식도 있어."라고 한다.

사실 그는 토니가 아니라 지니아에게 노래를 바치는 것이다. 그는 지니아를 열렬히 사랑한다. 토니는 지니아를 통해 그렇다는 이야기를 들었는데 한눈에 봐도 알 수 있다. 그를 치켜세우고 칭찬하고 눈으로 어루만지는 것을 보면 지니아도 웨스트를 열렬히 사랑하는 것 같다. 커피를 마시면서 이야기를 나누던 중 지니아는 토니에게 세상에 웨스트만큼 다정다감한 남자는 없다고 말한다. 어찌나 생각이 깊은지 침이나 질질 흘리는 대부분의 남자들과 다르다고 한다. 그는 그녀를 제대로 평가한다. 그녀를 숭배한다! 그렇게 착한 남자를 만나다니 얼마나 행운인지 모른다. 물론 밤일도 잘하고.

밤일? 토니는 생각한다. 밤일이 뭐지? 무슨 뜻인지 알아차리기까지 시간이 조금 걸린다. 토니는 지금까지 서로 사랑하는 두 사람과 함께 있어 본 적이 없다. 누더기를 입고 추위에 떨며 불이 켜진 창문에 코를 박고 있는 길 잃은 아이가 된 듯한 심정이다. 장난감 가게 창문, 근사한 케이크와 예쁘게 꾸민 쿠키가 있는 빵집 창문. 그녀는 가난해서 들어갈 수 없다. 그런 물건은 다른 사람들을 위한 것이다. 그녀의 몫은 없다.

그런데 지니아도 혼자인 토니의 상황과 쓸쓸한 눈빛을 알아차렸는지 현명하게 대처한다. 그녀는 아주 생각이 깊다. 토니의 관심을 다른 데로 돌리느라 연기를 하고 다른 재미있는 이야기를 한다. 요리법, 지름길, 묘안, 그리고 특별한 비법. 그녀는 지금까지 간신히 입에 풀칠이나 하며 살아서인지 유익한 생활의 지혜를 무궁무진하게 알았다. 예컨대 맛있는 스크램블드에그의 비결은 신선한 파슬리와 골파를 넣고(그녀는 창틀에 여러 가지 허브 화분을 놓고 기른다.) 물을 살짝 부은 다음 너무 세지 않은 불에 요리하는 것이다. 그리고 맛있는 커피의 비결은 손잡이와 예쁜 서랍이 달린 나무 그라인더다.

지니아는 수많은 비결을 안다. 하얀 이를 드러내고 웃으며 이런저런 비결들을 아무렇지도 않게 공개한다. 소맷부리에서 꺼내거나 등 뒤에서 뽑아 올린 비법들을 귀한 옷감처럼 펼쳐

보이면서 집시들이 두르는 스카프처럼 휙 돌리거나 깃발처럼 휘두르거나 차곡차곡 쌓아 올려 반짝이는 뭉치로 만든다. 이러니 그녀와 함께 있으면 어느 누가 다른 곳으로 시선을 돌릴 수 있을까.

하지만 토니와 웨스트는 지니아가 등을 돌리면 잠깐이나마 한눈을 판다. 살짝 부끄러워하면서 슬픈 눈으로 서로를 바라본다. 두 사람은 노예로 묶인 몸이다. 이제는 오후에 둘이서 조용히 맥주를 마실 수가 없다. 이제는 지니아가 토니의 근대사 노트를 빌린다. 물론 웨스트도 노트의 혜택을 누리지만 어디까지나 한 다리 건너서 누리는 혜택이다.

한번은 토니가 매클렁 홀을 나오면서 외출자 명단에 이름 적는 것을 깜빡하고 지니아의 집에서 너무 늦게까지 논 적이 있었다. 결국 그녀는 지니아의 거실 바닥에 지니아의 코트와 자기 코트와 웨스트의 코트를 깔고 담요로 온몸을 돌돌 만 채 밤을 보냈다. 아침 일찍 웨스트가 그녀와 함께 매클렁 홀로 가서 비상 사다리 제일 아랫단으로 올라갈 수 있게 밑에서 받쳐 주었다. 그러지 않고는 사다리를 올라갈 방법이 없었다.

외박을 하다니 참 용감한 짓이었지만 두 번은 사양하고 싶다. 다른 건 둘째 치고 어색한 침묵 속에 웨스트와 함께 전차와 지하철을 갈아타며 매클렁 홀로 돌아와서 웨스트에게 들려 소포처럼 비상 사다리에 얹혀지다니 견딜 수 없는 굴욕이었다. 그리고 둘이 함께 누워 있는 방 밖에서 잠을 청하려니 너무 비참했다.

어쨌든 그녀는 잠을 자지도 않았다. 소리 때문에 잠을 잘 수가 없었다. 탁한 소리, 정체를 알 수 없는 소리, 굵은 소리, 털이 북슬북슬하고 주둥이가 달렸고 뿌리 비슷하고 흐릿하고 뜨겁고 축축한, 땅속에서 들리는 소리 때문에.

"너희 어머니, 낭만적인 분이었던 것 같아."

지니아가 랑그 드 샤[42] 반죽을 만들다 말고 뜬금없이 말한다. 토니는 식탁에 앉아서 시간이 없을 때면 늘 그러듯 지니아를 대신해 자기 역사 노트를 옮겨 적어 주고 있다.

"완벽한 남자를 찾고 계셨던 것 같아."

"글쎄."

토니는 살짝 당황스럽다. 어머니 이야기는 이제 끝난 줄 알았는데.

"들어 보면 인생을 즐길 줄 알고 활기가 넘치는 분이었다는 느낌이 들어."

토니는 지니아가 왜 어머니를 용서하려고 하는지 이해가 되지 않는다. 이제 와 생각해 보니 그녀는 어머니를 용서하지 않았다.

"파티를 좋아하셨어."

그녀는 한마디로 요약한다.

"아이를 떼어 내려고 했는데 잘 안 됐을 거야. 너희 아버지하고 결혼하기 전에 말이야. 뜨거운 물로 가득 채운 욕조에 앉아서 진을 잔뜩 마셨을걸? 옛날에는 그랬대."

---

42) 납작하고 길쭉한 프랑스 쿠키. '고양이 혀'라는 뜻이다.

지니아가 까불까불 이야기한다.

이건 토니보다 더 암울한 평가다.

"설마. 설마 그랬을까?"

그녀는 중얼거린다. 하지만 그랬을 수도 있다. 그래서 토니의 키가 이렇게 작은지 모른다. 어머니도 아버지도 특별히 작지는 않았다. 그 때문에 성장이 저해됐을지 모른다. 하지만 만약 그게 사실이라면 저능아로 태어났어야 하는 거 아닌가?

지니아는 납작한 틀을 반죽으로 채우고 오븐에 넣는다.

"전쟁이라는 묘한 시기였잖아. 다들 마냥 풀어져서 너도나도 붙어먹던. 남자들은 자기가 곧 죽을 거라고 생각했고, 여자들도 마찬가지였겠지. 전쟁이 끝난 뒤에 다시 정상적인 생활로 돌아갔을 때 모두들 적응할 수 없었을 거야."

전쟁은 토니의 전문 분야다. 그런 심리라면 그녀도 안다. 책에서 읽었다. 전염병도 똑같은 영향을 미친다. 온실에서 속성 재배되는 공포, 탐욕스러운 히스테리 같은 것. 하지만 부모님도 이런 병에 걸렸을 거라니 말도 안 된다. 두 분은 병을 면했을 것이다.(어머니가 도망치고 크리스마스가 되었을 때 아버지는 유리 장식을 한 아름 안고 마비된 사람처럼 벌거벗은 크리스마스트리 앞에 서서 어쩔 줄 몰라 했다. 그녀가 발판 사다리를 가져와 아버지가 들고 있던 장식들을 가만히 가져갔다. 이것 보세요, 저도 걸 수 있어요! 그러지 않았으면 아버지는 장식을 내동댕이쳤을 것이다. 벽에다 내동댕이쳤을 것이다. 가끔 아버지는 간단한 일을 하다 말고 앞이 안 보이거나 기억을 잃어버린 사람처럼, 아니면 갑자기 기억을 되찾은 사람처럼 그렇게 가만히 있곤 했다. 아버지는 두 시대를 동시에 살았다. 크리스마스트리를 꾸미면서 적군 아이들의 몸에 구멍을 내고 있었다. 그러니 그럴 수밖에 없었겠지. 아버지가 날이 갈수록 술에 절고 산산이 부서지고 나중에는 난폭해지고 무서웠던 것도 사실이지만 그녀는 아버지를 어느 정도 용서했다. 그리고 만약 어머니가 도망치지 않았다면 아버지가 바닥에 쓰러져 조간신문을 피로 적시며 생을 마감했을까? 천만의 말씀이다.)

"어머니는 나를 버렸어."

토니가 말한다.

"우리 어머니는 나를 팔았어."

지니아가 한숨을 쉬며 말한다.

"너를 팔았다고?"

토니가 묻는다.

"뭐, 나를 빌려줬지. 돈을 받고. 먹고살아야 했으니까. 우리는 난민이었거든. 어머니는 전쟁이 터지기 전에 폴란드까지 건너갔는데 앞으로 벌어질 일을 직감하고 어찌어찌 빠져나왔어. 뇌물을 썼는지, 위조 여권을 만들었는지, 역무원들에게 몸을 대 줬는지 아무도 모를 일이지. 아무튼 그렇게 파리로 건너갔고, 거기서 나를 키웠어. 그때 사람들은 쓰레기를 먹고 쥐도 잡아먹었는데 그런 데서 어머니가 무슨 일을 할 수 있었겠니? 기술이 없으니 취직도 못 하고. 그래도 어떻게든 돈은 벌어야겠고."

"너를 누구한테 빌려줬다는 거야?"

"남자들한테. 길거리에서 그랬다는 건 아니야! 아무한테나 빌려준 것도 아니고! 나이 많은 장군이나 뭐 그런 사람들한테만. 어머니는 백계 러시아인이었어. 러시아에서는 돈이 좀 있는 집안이었던 것 같아. 어머니 말로는 무슨 백작 부인이었다는데 러시아에 널리고 깔린 게 백작 부인이었지, 뭐. 파리에만 해도 백계 러시아인이 얼마나 많았다고. 러시아 혁명 때부터 살았던 사람들이 말이야. 어머니는 예전에 고급 물건들만 쓰면서 살았다고 하더라. 언제 그랬다는 건지는 모르겠지만."

토니는 지니아의 어머니가 러시아 출신인 줄 몰랐다. 그녀가 아는 것은 지니아의 최근 이야기, 그러니까 최전방의 이야기뿐이다. 대학 생활, 그리고 웨스트, 웨스트 이전의 남자, 또 그 이전의 남자와 살았던 이야기. 두 남자 모두 가죽 재킷을 입었고 술을 마시면 그녀에게 주먹을 휘두르던 망나니였다.

그녀는 오뚝한 지니아의 광대뼈를 유심히 살핀다. 슬라브족인 것 같다. 살짝 느껴지는 외국인 억양, 남을 무시하는 듯한 거만한 분위기, 미신을 믿는 성향. 러시아 사람들은 성상 같은 것들을 좋아한다. 그러고 보니 이해가 된다.

"빌려줬다고? 하지만 네가 몇 살이었는데?"

"그걸 어떻게 알아? 내가 다섯 살이나 여섯 살 때 아니면 그보다 더 일찍부터 시작됐을걸? 잘 기억도 안 나. 내 팬티 속에 남자 손이 안 들어 있던 때가 있었나 싶어."

토니의 입이 떡 벌어진다.

"다섯 살?"

그녀는 경악을 금치 못한다. 그와 동시에 이렇게 솔직할 수 있다니 지니아가 대단하다는 생각이 든다. 지니아는 무슨 일에든 당황하지 않는다. 토니처럼 얌전한 척하지 않는다.

지니아는 웃음을 터뜨린다.

"처음에는 대놓고 그러지 않았어. 얼마나 고상하게 진행됐다고! 남자들이 찾아와서 소파에 앉으면…… 그런데 우리 어머니가 그 소파를 얼마나 자랑스러워했는지 아니? 그 위에 장미를 수놓은 비단 숄까지 걸쳐 놓고 그랬는데……. 아무튼 남자들이 찾아오면 나를 불러서 이 멋진 신사분 옆에 앉으라고 한 다음 잠시 후에 자리를 비켜 주는 거야. 처음에는 본격적인 성관계라고 할 수 없었지. 여기저기 더듬고 그러는 정도였으니까. 끈적끈적한 손가락으로 말이야. 어머니는 내가 소위 말해서 어른이 될 때까지 결정타를 아껴 두었어. 열한 살, 열두 살 때까지. 아무튼 그걸로 한몫 단단히 벌었을 거야. 우라지게 돈이 많은 인간은 별로 없었지만 말이야. 대부분 돈 한 푼에 벌벌 떨면서 잘난 체하는 인간들이거나 직업이 수상한 인간들이었거든. 암시장을 끼고 있고, 속이 시커멓고, 벽하고 벽 사이에 숨어 지내는 그런 인간들 있잖아. 쥐새끼 같은 인간들. 어머니는 그날을 위해 새 옷을 사 주셨어. 그것도 암시장에서 샀겠지. 내 데뷔 무대는 거실 양탄자 위였어. 어머니가 침대는 절대 못 쓰게 했거든. 믿을지 모르겠다만 남자 이름은 포포프 소령이었는데 도스토옙스키 작품에나 나옴 직한 이름 아니니? 코담배를 하도 피워서 코에 갈색 딱지가 앉았더라고. 그 사람은 바지도 안 벗고 후닥닥 끝냈어. 나는 내내 그 빌어먹을 숄에 수놓아진 장미만 말똥말똥 쳐다봤고. 그때 고통은 하느님께 바쳤어. 내가 놀고 싶어서 죄를 짓는 건 아니었잖아! 그때만 해도 내가 아주 독실했거든. 물론 그리스 정교회였지.

요즘도 그리스 정교회 교회가 제일 예쁘지 않니? 어머니가 포포프한테 한밑천 두둑이 받았어야 하는데. 처녀랑 할 수 있다면 몇 끼가 됐건 점심을 기꺼이 굶는 남자들도 있거든."

지니아는 일상적인 잡담이라도 하는 양 이런 이야기를 늘어놓고 토니는 놀라워하며 열심히 듣는다. 이런 이야기는 들어 본 적이 없다. 아니, 들어 본 적은 있지만 오로지 책을 통해서였다. 실제 사람들은 이렇게 기괴한 일, 이렇게 복잡하고 유럽적인 일을 접하지 못할 것이다. 적어도 그녀가 앞으로 만나게 될 사람들은 그럴 것이다. 하지만 과연 그럴까? 이런 일들이 사방에서 벌어지고 있는데 그녀만 어디로 눈을 돌리면 볼 수 있는지 모르는 것일 수도 있다. 지니아는 알 것이다. 그녀는 토니보다 어른스럽다. 나이는 몇 살밖에 차이 나지 않지만 다른 면에서는 차이가 많이 난다. 지니아 옆에 있으면 토니는 아무것도 모르는 어린아이다.

"어머니가 정말 싫었겠다."

토니가 말한다. 그러자 지니아가 진지한 목소리로 답한다.

"아니, 전혀. 나중에나 그랬지. 어머니가 얼마나 잘해 줬다고! 어렸을 때 특식도 만들어 줬고, 한 번도 언성을 높인 적이 없었어. 얼굴도 예뻤어. 땋아서 성녀처럼 둘둘 감은 길고 까만 머리도 그렇고, 슬퍼 보이던 커다란 눈도 그렇고……. 나는 크고 하얀 깃털 침대에서 어머니랑 같이 자곤 했어. 어머니를 사랑했고 흠모했고 어머니를 위해서라면 뭐든 할 수 있었어. 어머니가 슬퍼하는 건 싫었어. 그래서 어머니가 그런 짓을 저지를 수 있었던 거야."

"정말 끔찍하다."

"뭐 어떠니? 나뿐 아니라 어머니도 몸을 내놓았는걸. 운이 다한 나리들이 헐값에 살 수 있는 애인, 뭐 그런 거였을 거야. 하지만 러시아인만 상대했고, 계급이 소령 이상은 되어야 했어. 어머니도 나름대로 기준이 있었거든. 어머니가 그 남자들의 자존심을 살려 주고, 그 남자들도 어머니의 자존심을 살려 준 거지. 그런데 어머니가 섹스 쪽으로는 별로 신통치 않았어. 아마 별로 좋아하지 않아서 그랬을 거야. 어머니는 고통을 더 좋아하는 성격이었거든. 그래서 남자들이 수시로 바뀌었지. 게다가 어머니는 아플 때가 많았어. 꼭 오페라 배우처럼 기침을 하는 거야! 손수건에 피를 쏟고. 입 냄새가 점점 더 심해져서 향수를 구하기만 하면 들입다 뿌리고 다녔지. 어머니가 돌아가신 게 결핵 때문이 아니었나 싶어. 연속극에서나 나올 법한 죽음 아니니?"

"너는 걸리지 않았다니 다행이다."

까마득하게 먼 옛이야기처럼 느껴진다. 요즘은 결핵에 걸리는 사람이 없다. 천연두처럼 사라진 병이다.

"그러게. 하지만 어머니는 내가 떠나고 한참 뒤에 죽었어. 내가 나이를 먹으면서 더 이상 어머니를 사랑하지 않게 됐거든. 일은 내가 다 하고 돈은 어머니가 챙기니 너무 불공평하잖아! 그리고 어머니가 기침하는 소리, 밤마다 혼자 흐느껴 우는 소리도 듣기 싫었어. 구제 불능이었거든. 바보 같기도 했고. 그래서 도망쳤어. 못된 짓이었지. 그때 어머니 옆에는 남자도 없고 나뿐이었으니까. 하지만 어머니하고 나, 둘 중에서 한 명을 선택할 수밖에 없는 상황이었어."

"아버지는?"

지니아는 웃음을 터뜨렸다.

"아버지라니?"

"아버지가 있었을 거 아냐."

"그럼. 셋이나 있었지! 그리스의 별 볼일 없는 왕족, 폴란드 기병대 장군, 가문 좋은 영국인. 아버지 사진도 있었어. 그런데 사진 속의 남자는 한 명인데 사연은 세 가지야. 어머니 기분에 따라 이야기가 달라졌거든. 하지만 어떤 이야기가 됐건 전쟁에서 죽는 건 마찬가지였지. 어디에서 죽었는지 어머니가 지도에서 가르쳐 주기도 했는데 매번 장소도 바뀌고 죽은 방식도 바뀌더라. 말을 타고 독일군 탱크를 향해 돌격하다 죽었다는 둥, 낙하산을 타고 프랑스군 후방으로 침투하려다 죽었다는 둥, 궁전에서 기관총에 맞아 죽었다는 둥. 그럴 만한 여유가 되면 사진 앞에 장미꽃 한 송이를 바치거나 촛불을 켜기도 했어. 그게 누구 사진이었는지 알 게 뭐니! 재킷을 입고 배낭을 메고 어깨 너머를 바라보는 젊은 남자의 흐릿한 사진이었는데 군복도 안 입었고 전쟁 전에 찍은 거였어. 아마 어머니가 돈을 주고 샀을 거야. 내 생각에는 군인 패거리한테 성폭행이나 뭐 그런 걸 당했는데 나한테는 숨기고 싶었던 게 아니었나 싶어. 그런 인간이 아버지라고 하면 얼마나 충격이 크겠니? 하지만 뻔하지 않니? 땡전 한 푼 없이 혼자서 이리저리 도망 다니는 여자. 그런 여자들이야말로 밥이지. 아니면 애인이 나치였는지도 모르지. 흉악한 독일군 말이야. 알 수 없는 일이잖아? 어머니가 하도 거짓말을 해서 나는 아버지의 정체를 죽을 때까지 영영 알 수 없을 거야. 이젠 어머니가 저세상 사람이 돼 버렸기도 하고."

토니의 과거가 하찮아진다. 지니아와 비교하면 사소하고 평범하고 지엽적인 사건밖에 안 된다. 점잖고 국지적인 일화이자 각주밖에 안 된다. 반면에 지니아의 전기는 빛이 난다. 아니, 어마어마하고 엄청난 세계사라는 무대에서(백계 러시아인이라니!) 불확실하지만 찬란하게 이글거린다.

지금까지 토니는 지니아가 자기와 전혀 다르다고 생각했는데 알고 보니 비슷하다. 둘 다 고아가 아닌가. 둘 다 전시에 태어나 어머니 없이 바구니 하나 옆에 끼고 혼자 힘으로 헤치며 터벅터벅 앞으로 걸어가고 있다. 그 바구니에 든 것은 그들의 유일한 재산이다. 머리. 그것 말고 그들이 의지할 수 있는 건 아무것도 없다. 토니는 지니아가 엄청나게 존경스럽다. 특히 그 태연함이 존경스럽다. 예를 들어 지금만 해도 다른 여자들 같으면 눈물을 흘릴 텐데 지니아는 웃고 있다. 토니를 보며 살짝 비웃는 듯이 웃고 있다. 토니는 이것을 가슴 뭉클한 용기, 역경에 맞서는 강철 같은 의지로 해석한다. 지니아는 끔찍한 시련을 딛고 승리했다. 토니는 칼을 치켜들고 망토를 펄럭이며 말을 달리는 지니아의 모습을 그려 본다. 방화와 약탈로 점철된 유럽의 잿더미 위로 아무런 상처 없이 당당하게 솟구치는 은빛의 신비로운 새를 상상한다.

"그런데 고아로 사니까 좋은 점도 한 가지 있더라."

지니아가 생각에 잠긴 투로 말한다. 흠잡을 데 없는 그녀의 콧구멍에서 두 줄기 연기가 흘러나온다.

"남들한테 좋은 소리 들으려고 애쓸 필요 없다는 거."

그녀는 남은 커피를 마시고 담배를 끈다.

"원래 내 모습으로 살 수 있다는 거."

토니는 지니아의 검푸른 눈을 바라본다. 그곳에는 그녀가 바라는 그녀의 모습이 담겨 있다. 트몬리프 니토. 현재의 그녀를 까뒤집어 놓은 모습이다.

25

이러니 토니가 뭘 아까워하겠는가? 아까울 게 별로 없다.

돈은 분명 아깝지 않다. 지니아도, 아니 지니아와 웨스트도 입에 풀칠은 하며 살아야 하는데, 돌아가신 부모님 덕분에 형편이 넉넉한 토니가 가끔 20달러나 50달러나 100달러씩 빌려주지 않으면 무슨 수로 먹고살 수 있을까? 그리고 이런 상황에서 지니아가 무슨 수로 빌린 돈을 갚을 수 있을까? 그녀가 언뜻 흘린 말에 따르면 장학금 비슷한 것을 받는 모양이지만 그것으로 모든 비용이 충당되지는 않는다. 오래전에는 구걸도 하고 매춘도 하면서 유럽을 지나고 바다를 건넜지만 그보다는 점잖은 중산층 취객의 몸을 뒤지는 쪽이 훨씬 빠르고 깔끔하더라는 지니아의 이야기를 듣고 토니는 휘둥그레 뜬 눈을 껌뻑일 따름이었다. 최근에 그녀는 웨스트에 대한 예의를 지키느라 고생길을 택해 2급 호텔에서 테이블 시중을 들거나 화장실 청소를 하며 용돈을 벌고 있는데 그러다 보니 너무 피곤해서 공부를 할 수가 없다.

그녀는 이래저래 피곤에 절어 있다. 사랑을 하면 기운이 빠지는 데다 사랑에는 관리가 필요한데 요리와 빨래와 청소를 누가 하겠는가? 딱한 웨스트는 천사이기는 해도 누가 남자 아니랄까 봐 달걀 하나 삶을 줄 모르고, 차 한 잔 끓일 줄 모른다.(아, 차는 내가 끓여 줘도 되는데! 토니는 혼자 이런 생각을 한다. 웨스트를 챙기거나 하는 식의 단순한 가사 노동이 하고 싶어진다. 하지만 이런 생각이 들면 얼른 차단한다. 웨스트가 마실 찻물을 끓이는 것조차 지니아를 배신하는 행위로 느껴진다.)

지니아는 사회 체제를 거부하는 데에도 비용이 든다고 한다. 자유는 공짜가 아니라 대가가 따른다. 해방의 선봉에 선 사람들이 제일 먼저 총알을 맞는 법이다. 벌써 지니아와 웨스트는 시커먼 속을 감춘 집주인에게 결혼한 사이가 아닌 것을 들키는 바람에 그 돼지우리 같은 집에 어울리지 않는 비싼 집세를 내고 있다. 토론토가 이렇게나 금욕적일 줄이야!

그러니 지니아가 어느 날 밤 눈물을 뚝뚝 흘리며 찾아와 근대사 보고서를 써야 하는데 시간이 없다고 했을 때 토니가 무슨 수로 안 된다고 할 수 있을까?

"이 과목에서 F 학점을 받으면 끝장이야. 학교 그만두고 다시 길거리로 나가야 돼. 젠장, 토니 너는 모를 거야. 그게 어떤 건지 알 리가 없지. 얼마나 끔찍하고 모욕적인지 아니? 다시 그런 생활로 돌아갈 수는 없어!"

검은색 에나멜

자기보다 더 눈물이 없는 줄 알았던 지니아의 눈물에 토니는 당황스러워진다. 그런데 화장을 하지 않아도 한 것처럼 보이는, 이상할 정도로 표정의 변화가 없는 지니아의 얼굴 위로 눈물이 한두 방울이 아니라 폭포처럼 쏟아진다. 다른 여자 같았으면 마스카라가 흘러내렸을 테지만 지니아는 마스카라가 아니라 진짜 속눈썹이다.

　결국 토니는 기말 보고서를 두 개 쓴다. 하나는 그녀의 이름으로, 다른 하나는 지니아의 이름으로. 불안하다. 얼마나 위험한 일인지 알기 때문이다. 그녀는 지금까지 중요하게 생각해 오던 선을 넘고 있다. 하지만 지니아가 토니를 대신해 이 사회에 반항하고 있으니 토니가 지니아의 보고서를 대신 써 주어야 공평한 거다. 말로 설명할 수는 없지만 이것이 토니가 생각하는 등식이다. 지니아가 토니의 왼손 역할을 하니 토니는 그녀의 오른손이 되어 줄 것이다.

　두 보고서 모두 전쟁을 다루지는 않는다. 대머리에 사팔뜨기이며 팔꿈치에 가죽을 댄 옷을 입고 다니는 근대사 담당 웰치 교수는 유혈극보다 경제적인 부분에 훨씬 관심이 많고, 십자군의 무분별한 콘스탄티노플 약탈 사건을 아이디어로 제시한 토니에게도 전쟁은 여학생에게 어울리는 주제가 아닌 것 같다고 분명히 못을 박은 바 있다. 그래서 두 보고서의 주제는 모두 돈이다. 지니아의 보고서는 슬라브족과 비잔틴 제국 간의 노예 무역이다. 지니아가 러시아 출신이라는 데 착안한 주제다. 토니의 보고서는 10세기 비잔틴 제국의 비단 무역 독점이다.

토니는 비잔틴 제국에 관심이 많다. 비잔틴 제국에는 사소한 이유로 처참하게 죽은 사람이 많았다. 옷을 잘못 입었다고 사지를 갈가리 찢긴 사람이 있는가 하면 히죽히죽 웃었다고 할복을 당한 사람도 있었다. 정적의 손에 암살당한 황제가 모두 스물아홉 명이었다. 가장 자주 애용됐던 방법이 눈을 멀게 하는 것, 관절을 중심으로 팔다리를 하나씩 자르는 것, 천천히 굶겨 죽이는 것이었다.

담당 교수가 그렇게 고지식하게 나오지 않았더라면 토니는 아름다운 테오파노 황후에게 살해당한 비잔틴 제국의 황제 니케포루스 2세를 주제로 택했을 것이다. 테오파노는 후궁으로 시작해 황후의 자리에 오른 인물이었다. 폭군이었던 남편이 늙고 보기 흉해지자 시해를 계획하고 옆에서 거들기까지 했다. 969년 12월 1일 방문을 열고 자면 화끈한 밤을 약속하겠다는 식으로 남편을 구워삶은 뒤 젊고 더 잘생긴 연인 요한네스 치미스케스와 용병 부대를 이끌고 쳐들어간 것이다.(나중에 치미스케스는 그녀를 수녀원에 감금했다.) 그들은 부드러운 표범 가죽을 걸친 채 자고 있던 니케포루스를 깨웠고, 치미스케스가 칼로 그의 머리를 갈랐다. 이때 치미스케스는 웃고 있었다고 한다.

어떻게 우리가 이런 역사적 사실들을 알게 되었을까? 토니는 이런 생각이 든다. 누가 기록을 했을까? 테오파노도 웃었을까? 그녀는 두 사람이 니케포루스를 깨운 이유에 대해 생각해 본다. 이렇게 가학적인 면모를 보이다니 어쩌면 복수를 하기 위해서였을 것이다. 누구 말을 들어 봐도 니케포루스는 폭군이었다. 거만하고 변덕스럽고 잔인했다. 그녀는 자주색 비단 망토를 어깨에 걸치고 금색 샌들을 신고 남편을 암살하러 가는 테오파노의 모습을 상상해 본다. 검은 머리가 너울거린다. 핏기 없는 얼굴이 횃불을 받아 반짝인다. 그녀는 재빠르게 앞장서서 걷는다. 반역을 할 때 가장 중요한 것이 기습 공격이다. 칼을 든 남자들이 그녀의 뒤를 따른다.

테오파노는 웃고 있지만 사악한 미소가 아니다. 환희의 미소다. 뒤에서 누군가의 눈을 가리려는 어린아이 같은 미소다. 누구게?

역사에는 장난기가 어려 있다. 왜곡된 즐거움이 있다. 매복이라는 것도 군인들이 벌이는 못된 장난 아닐까? 숨어 있다 "놀랐지!" 하며 튀어나오는 것이니 말이다. 하지만 숨바꼭질처럼 이렇게 장난스러운 면에 대해 언급하는 역사학자는 단 한 사람도 없다. 그들은 과거가 진지하기를 바란다. 죽도록 진지하기를 바란다. 그녀는 이 문구에 대해 곰곰이 생각해 본다. '죽도록 진지하다'의 반대말은 '살도록 까불거리다'일까? 말장난 좋아하는 사람들에게 맡길 일이겠지.

테오파노는 자기가 얼마나 똑똑한 여자인지 알고 죽으라는 의미에서 니케포루스를 깨웠을지 모른다. 그녀가 얼마나 겉보기와 다른 여자인지, 그가 지금까지 그녀를 얼마나 잘못 알았는지 일깨워 주고 싶었던 것이다. 그가 장난의 의미를 알아주기 바랐던 것이다.

보고서는 둘 다 만족스럽다. 굳이 비교하자면 비단 무역 독점 쪽이 좀 더 낫다. 하지만 지니아는 A를 받고 토니는 A 마이너스에 그친다. 지니아가 똑똑하다는 소문이 웰치 교수에게까지 영향을 미친 모양이다. 아니면 외모 때문일까? 그렇다고 토니가 기분 나쁘게 생각했는가 하면 그건 아니다. 하지만 깨달은 바는 있다.

그리고 후회도 된다. 지금까지 그녀는 학생으로서 예의를 철저하게 지켜 왔다. 자기 노트는 빌려줄지라도 남의 노트는 절대 빌리지 않았고, 철저하게 각주를 달았다. 그녀는 남의 기말 보고서를 대신 써 주는 일이 부정행위라는 것을 알았다. 하지만 돌아오는 혜택은 아무것도 없다. 그녀는 선의에서 부정행위를 저질렀다. 친구를 외면할 수는 없잖은가? 지니아를 성적 노리개로 전락시킬 수는 없잖은가? 그래도 양심의 가책이 느껴진다. 그러니 A 마이너스밖에 못 받은 것도 당연한 일일지 모른다. 이 정도면 가벼운 벌인 셈이다.

토니가 두 기말 보고서를 작성한 때는 3월로 눈이 녹고, 햇빛이 점점 따뜻해지고, 앞마당의 진창과 묵은 신문과 썩어 가는 나뭇잎 사이로 아네모네가 고개를 내밀고, 겨울 외투를 입은 사람들이 들썩거리던 때였다. 지니아도 들썩거리기 시작했다. 토니와 지니아는 이제 퀸 이스트가의 크리스티 커피숍에서 커피를 마시며 시간을 보내지 않았다. 밤이 이슥하다 싶을 때까지 쉴 새 없이 수다를 떨지 않았다. 토니도 시간이 없기는 했다. 기말고사가 다가오는데 그녀는 노력을 하지 않아도 남들보다 잘할 수 있는 천재가 아니었다. 하지만 지니아 쪽에서 토니에 대해 더 알고 싶은 게 없는 것 같기도 했다.

토니의 입장은 정반대였다. 그녀는 여전히 궁금한 게 많았고, 여전히 흥미를 느꼈고, 여전히 시시콜콜 알고 싶었다. 하지만 토니가 뭘 물어보면 지니아는 퉁명스럽지는 않아도 짤막하게 대답하고 다른 데로 시선을 돌렸다. 이제는 웨스트 앞에서도 그렇게 딴생각을 했다. 그가 방에 들어오면 예전과 다름없이 어루만지고 칭찬하고 듣기 좋은 소리를 늘어놓았지만 그에게 집중하지 않았다. 뭔가 딴 데 정신이 팔려 있었다.

4월 초의 어느 금요일 지니아가 한밤중에 창문을 통해 토니의 방으로 들어온다. 토니는 잠이 들었기 때문에 그런 그녀를 보지 못한다. 하지만 문득 눈을 뜨고 벌떡 일어나 보니 어두컴컴한 방 안에서 어떤 여자가 누르스름한 잿빛 머리를 길게 늘어뜨린 채 창문을 등지고 서 있다. 잠에서 막 깨어난 토니는 그 여자가 어머니라고 생각한다. 어머니는 그렇게 쉽게 정리할 수 있는 존재가 아닌 모양이다. 함에 넣어서 호수에 던지고 잊어버릴 수 있는 존재가 아닌 모양이다. 그래서 복수를 하러 온 것이다. 그런데 무엇에 대한 복수일까? 설마 그 깊고 파란 바닷속으로 끌고 가려고 이제야 찾아온 걸까? 토니는 그곳으로 끌려갈 마음이 없다. 불을 켜면 어떤 얼굴일까? 원래 모습 그대로일까 아니면 물색으로 퉁퉁 불어 있을까?

온몸에 한기가 든다. 내 옷 어디 있니? 어머니는 보이지 않는 얼굴 한가운데를 움직여 이렇게 물을 것이다. 타 버린 몸뚱이, 물에 빠진 그 몸뚱이에 대해 묻는 것이다. 토니는 뭐라고 대답할 수 있을까? 죄송해요, 죄송해요.

이 모든 생각이 소리 없이 펼쳐진다. 어머니라는 인식과 두려움, 충격과 감각의 마비가 한꺼번에 들이닥친다. 입 밖으로 내지 못했던 바람이 이루어질 때 고스란히 찾아오는 조합이다. 그녀는 온몸이 뻣뻣하게 굳어 비명조차 지르지 못한다. 헉하고 숨을 내뱉으며 두 손으로 입을 막을 뿐이다.

"안녕, 나야."

지니아가 조용히 속삭인다.

토니는 잠깐 시간이 지난 다음에야 평상심으로 돌아온다.

"어떻게 들어왔어?"

그녀는 심장 소리가 다시 안 들리게 되었을 때 묻는다.

"창문으로. 비상 사다리 타고 올라왔어."

"하지만 너무 높잖아."

지니아가 키가 크긴 하지만 비상 사다리 제일 아랫단에 손이 닿을 만큼 크지는 않다. 웨스트가 온 걸까? 웨스트가 밑에서 받쳐 주었을까? 토니는 침대 가에 있는 등을 켜려다 생각을 바꾼다. 사감이나 참견쟁이들이 담배 냄새가 나지는 않는지 누군가 몰래 섹스를 하지는 않는지 코를 킁킁거리며 복도를 돌아다니는데 이 시간에 손님이 있는 걸 들키면 안 된다.

"나무를 타고 올라가서 가지에서 뛰어내렸어. 정신 나간 인간이라면 누구나 할 수 있는 짓이지. 너, 창문에 자물쇠나 그런 거 좀 달아야겠더라."

지니아는 바닥에 책상다리를 하고 앉는다.

"무슨 일이야?"

토니가 묻는다. 무슨 일이 생긴 게 틀림없다. 아무리 지니아
라도 일시적인 기분으로 남의 방 창문을 타고 넘어오지는 않
았을 것이다.

"잠이 안 와서."

지니아가 말한다. 둘 다 거의 속삭이는 목소리다.

"할 얘기가 있어서 왔어. 웰치 교수님을 생각하니까 마음이
너무 안 좋아."

"뭐라고?"

토니가 묻는다. 무슨 말인지 이해가 안 된다.

"우리가 교수님을 속인 거 말이야. 솔직히 고백해야 하지 않
을까? 어쨌거나 우리가 사기를 친 거잖아."

지니아는 걱정이 담긴 목소리로 토니가 그 많은 시간과 정
성을 들여 작성한 기말 보고서 이야기를 꺼낸다. 보고서 자체
는 아무 문제가 없었다. 문제라면 지니아의 이름으로 제출했
다는 것뿐.

이제 와서 지니아가 솔직히 고백하면 토니의 인생도 그와
함께 끝장난다. 지니아에게는 막연하지만 그래도 여러 가지
거창한 가능성이 기다리고 있다. 그녀는 언론계, 금융계, 심지
어 정계까지 운운했다. 하지만 대학교수는 아니었다. 반면 토
니에게는 대학교수가 유일한 희망이다. 그것이 그녀의 천직이
다. 대학교수가 못 되면 그녀는 절단된 손이나 다름없는 무용
지물로 전락할 것이다. 보따리장수처럼 꾸려 놓은 지식, 보푸
라기 줍듯 모아 놓은 자질구레한 물건과 장신구와 시시한 소
품을 팔아서 정직하게 생계를 유지할 방법이 없다. 정직, 그것

이 핵심이다. 그녀는 학자로서 양심과 평판과 도덕성을 잃은 채 추방당할 것이다. 그런데 이 모든 것이 지니아의 손에 달려 있다.

"하지만 너를 도우려고 그런 거였잖아!"

토니는 이렇게 말하지만 학교 관계자 앞에서 동기를 운운해 봐야 소용없다는 것을 안다.(그녀가 쓴 보고서가 아니라고 딱 잡아뗄까 생각도 해 보지만 뒤로 비스듬히 누운 그녀의 필체로 된 원본을 지니아가 가지고 있다. 그녀가 쓴 보고서를 지니아가 옮겨 적었으니 말이다.)

지니아가 말한다.

"나도 알아. 하지만 그래도 말이야. 뭐, 날이 밝으면 내 생각이 달라질지도 모르지. 지금은 좀 우울하고 나 자신이 싫거든. 가끔 기분이 완전 엿 같아서 다리에서 뛰어내리고 싶을 때가 있어. 내가 사기꾼처럼 느껴질 때도 있고. 나는 이 세상에 어울리지 않는 것 같아. 그렇게 착하지가 않잖아. 웨스트한테 어울리는 사람도 못 되는 것 같아. 웨스트가 너무 깨끗해서 나 때문에 더러워지거나 깨지면 어떻게 하나 겁이 나. 그런데 제일 싫은 게 뭔지 아니? 가끔 그러고 싶어진다는 거야. 그러니까…… 스트레스가 너무 심할 때."

그러니까 토니뿐 아니라 웨스트의 인생까지 협박을 당하는 상황이다. 지금까지 보아 온 웨스트와 무조건적으로 헌신했던 그의 태도로 미루어 보건대 지니아로 인해 그는 정말 폐인이 될 수도 있다. 지니아가 업신여기는 표정으로 손을 한 번 튕기기만 해도 그는 길바닥 위로 그냥 나자빠질 수 있다. 토니도 모르는 새 지니아가 무슨 수로 그렇게 엄청난 권력을 손에 쥐게 된 걸까? 물론 웨스트에 대해서는 그런 줄 알았다. 하지만 지니아가 권력을 슬기롭게 활용할 줄 알았다. 그녀는 지니아를 믿었다. 그런데 이제 그녀와 웨스트가 둘 다 위험에 처했고, 그녀의 손으로 둘을 살려야 한다.

"스트레스?"

그녀는 어렴풋이 되묻는다.

"돈 때문이지, 뭐. 토니 너는 모를 거야. 너는 이런 문제를 한 번도 겪어 보지 않았을 테니까. 우라질 집세는 몇 달째 밀렸지, 우라질 집주인은 집을 비워 달라면서 학교에 전화해 난리를 치겠다고 하지……. 웨스트한테 얘기해 봐야 소용없어. 워낙 어린애 같아서 일상적인 문제는 내가 다 처리해야 하거든. 내가 빚이 얼마인지 이야기하면 당장 나가서 류트를 팔아 치울 거야. 그것 말고는 가진 것도 없잖아. 나를 위해서라면 뭐든 하겠지만 그래 봐야 몇 푼 되지도 않을 테니 얼마나 딱한 인간이니. 그런 식으로 희생하고 있다는 걸 보여 주고 싶은 거야. 어떻게 하면 좋을지 모르겠어. 이 모든 게 너무나 버거워, 토니. 그래서 우라지게 우울해지는 거라고!"

지금까지 토니가 집세를 해결해 준 게 한두 번이 아니다. 하지만 그 이야기를 꺼내면 지니아가 뭐라고 할지 뻔하다. 하지만 토니! 우리도 먹고살아야 하잖아! 너는 배가 고픈 게 어떤 건지 몰라. 이해를 못 하겠지! 땡전 한 푼 없이 사는 게 어떤 건지 모르겠지!

"얼마나 필요한데?"

그녀는 차가운 목소리로 가만히 묻는다. 이건 교묘한 협박이다. 그녀는 기습 공격을 당했다.

"1000달러면 급한 불은 끌 수 있을 것 같아."

지니아가 거침없이 대답한다. 1000달러면 제법 많은 돈이다. 토니의 통장에 구멍이 뚫릴 만한 금액이다. 그리고 밀린 집세를 해결하고도 남을 금액이다. 하지만 지니아는 애원하거나 간청하지 않는다. 토니가 뭐라고 할지 이미 알기 때문이다.

토니는 잠옷 차림으로 침대에서 나온다. 잠옷에는 피에로 옷을 입은 파란색 생쥐가 그려져 있다. 열네 살 때 어머니가 캘리포니아에서 보내 준 옷이다. 볼 사람이 있을까 싶어 잠옷까지 업그레이드하지는 않았는데, 그날 밤을 돌이켜 볼 때 가장 신경 쓰이는 부분이 지니아가 그 우스꽝스러운 잠옷을 한참 쳐다보았다는 것이다. 그녀는 그 잠옷을 입은 채 책상 쪽으로 걸어가 스탠드를 잠시 켜고 수표를 쓴다.

"여기 있어."

그녀는 수표를 지니아에게 내민다.

"토니, 넌 정말 든든한 친구야. 나중에 꼭 갚을게!"

하지만 두 사람 모두 이것이 인사치레임을 안다.

지니아는 창문으로 빠져나가고 토니는 다시 잠자리에 든다. 벽돌.[43] 단단하고 네모반듯한 무기. 벽돌로 때리면 머리 몇 개쯤은 부술 수 있다. 지니아가 요구하는 금액은 점점 더 많아질 것이다. 토니는 이로써 시간을 벌었을 뿐이다.

---

43) brick. '든든한 친구'라는 뜻도 있다.

26

이틀 뒤에 웨스트가 매클렁 홀로 와서 토니를 찾더니 지니아가 사라졌다고, 못 보았느냐고 묻는다. 아파트에도 없고 학교 주변에도 없다고 한다. 수염을 기른 극단 남자들이나 발레리나 같은 분위기로 말총머리를 기른 빼빼 마른 여자들도 모르고, 마지막으로 연락한 경찰에서도 모르겠다고 하는 것을 보면 이 도시에서 아예 사라진 것 같다고 한다. 그녀가 떠나는 것을 본 사람은 아무도 없었다. 그냥 사라졌다.

토니가 준 1000달러도, 웨스트와 함께 쓰는 계좌에 있던 약 200달러도 함께 사라졌다. 원래는 통장 잔액이 이보다 더 많았는데 지니아가 예전에 일부 금액을 인출했다고 한다. 지니아가 말하길 토니가 생각했던 것보다 형편이 쪼들리는지 너무 창피해서 웨스트 앞에서는 차마 이야기를 못 하겠지만 얼마 동안 돈을 빌릴 수 있겠느냐고 했다는 것이다. 덩달아 사라진 웨스트의 류트는 토니가 이후 몇 주 동안 여러 중고용품점을 샅샅이 뒤진 끝에 찾아내 그 자리에서 당장 도로 사들인다. 그녀는 류트를 아파트까지 직접 들고 가 막대 사탕처럼 웨스트에게 쑤셔 넣어 준다. 그의 우울한 마음을 좀 달랠 수 있을까 싶어서 그랬는데 아무 효과가 없다. 그는 바닥에 깔아 놓은 크고 너덜너덜한 쿠션에 앉아 멍하니 벽을 쳐다보며 맥주만 마신다.

지니아는 웨스트에게 편지를 남겼다. 딴에는 배려라고 했겠지만 지니아의 비뚤어진 영혼을 새롭게 알게 된 토니가 생각하기에는 배려가 아니라 고도의 계산이다. 내 사랑, 나는 당신에게 부족한 여자야. 언젠가는 당신이 나를 용서할 날이 있겠지. 죽는 날까지 당신을 사랑할게. 당신을 사랑하는 지니아가. 토니도 그와 비슷한 편지를 받아 본 적이 있기 때문에 이런 고백이 아무짝에도 쓸모없다는 것을 안다. 이런 편지는 납으로 만든 로켓처럼 그의 목을 짓누를 것이다. 묵직한 유품이 되어 앞으로 오랫동안 그를 힘들게 할 것이다. 하지만 그녀는 지니아의 다짐이 필요한 웨스트의 마음도 이해한다. 그에게는 그것이 물이고 공기다. 그는 지니아가 자기를 이용했다기보다 엉뚱한 희생정신을 발휘해 자기를 포기했다고 믿고 싶을 것이다. 토니는 멀쩡하던 남자도 여자 때문에 바보가 될 수 있다는 걸 새롭게 깨닫는다.

웨스트의 절망이 얼마나 깊은지 눈에 보일 지경이다. 절망감이 날벌레 떼처럼 그를 감싸며 손목에 칼로 그은 듯한 상처를 남기고, 그는 말없이 토니에게 상처를 내밀며 붕대를 감아 달라고 한다. 선택의 여지가 있었다면 아버지 때도 영 서툴렀던 그녀가 그를 간호하고 위로하는 역할을 떠맡지는 않았을 것이다. 하지만 달리 대안이 없으니 토니가 웨스트를 위해 차를 끓이고 쿠션에서 일으켜 반려견이나 환자에게 하듯 산책을 끌고 나간다. 그것 말고는 딱히 생각나는 게 없기 때문이다. 두 사람은 함께 공원을 어슬렁거리고, 숲속을 헤매는 어린 아이처럼 손을 잡고 모퉁이에서 함께 길을 건넌다. 함께 말없이 슬퍼한다.

웨스트도 토니도 슬픔에 잠긴다. 둘 다 지니아를 잃었지만 더욱 철저하게 잃은 쪽은 토니다. 웨스트는 아직도 지니아를 믿는다. 지니아가 돌아오기만 한다면 지니아를 용서하고 소중히 아끼고 돌보며 예전처럼 살 수 있다고 생각한다. 토니는 그 정도로 어리석지는 않다. 그녀는 애초에 존재하지도 않았던 사람을 잃었다고 생각한다. 지니아에게 들은 과거 이야기까지 의심하는 건 아니다. 오히려 그 이야기를 바탕으로 지니아를 이해하려 한다. 그렇게 비참한 어린 시절을 보낸 사람에게 무엇을 기대할 수 있을까. 그녀가 의심하는 건 지니아의 의도다. 지니아는 그녀를 이용했을 뿐이고, 그녀는 그런 식으로 자기를 이용하도록 허락했다. 지니아는 주머니를 뒤지듯 그녀를 뒤지고 훔쳤다. 하지만 그녀는 자기 연민에 빠져 있을 겨를이 없다. 웨스트 때문에 가슴 아파하느라 정신이 없기 때문이다.

웨스트는 토니에게 순순히 손을 맡긴다. 장님처럼 토니가 이끄는 대로 따라온다. 자기 의지라고는 눈곱만큼도 없고 어디로 가든 상관하지 않는다. 절벽이 됐건 안전한 항구가 됐건 그에게는 모두 마찬가지다. 가끔 그는 잠에서 깨어난 듯 어리둥절한 표정으로 주위를 둘러보며 묻는다.

"우리가 어떻게 여기까지 왔지?"

그러면 토니의 여린 가슴이 찢어진다.

가장 걱정스러운 부분은 술이다. 아무리 맥주라 해도 전에 비해 너무 많이 마신다. 술에서 깬 적이 있나 싶을 정도다. 지니아의 부재는 하나의 길과 같다. 토니는 그 길을 본 적이 있기 때문에 안다. 밑으로 하강하다 피에 젖은 네모난 신문지와 함께 갑작스럽게 끝이 나는 그 길을 웨스트가 몽유병 환자처럼 비틀거리며 걷고 있다. 그녀에게는 그를 막을 힘도 깨울 힘도 없다. 비쩍 마른 몸에 큼지막한 안경을 걸친 어정쩡하고 바보 같은 토니와 공원 산책과 몇 잔의 차가 웨스트의 심장 속에서 어른거리는 지니아에 대한 기억을 무슨 수로 대체할 수 있을까?

토니는 걱정이 돼서 죽을 것 같다. 잠을 잘 수가 없다. 눈 밑에 시커먼 그림자가 생기고, 얼굴이 백짓장처럼 새하얘진다. 기말고사 때도 평소처럼 침착하고 냉철하게 임하지 못하고 넋이 나간 사람처럼 몽롱한 상태에서 저장돼 있는 줄도 몰랐던 지식을 동원해 시험을 치른다.

웨스트는 아예 나타나지도 않는다. 적어도 근대사 시험 때는. 소용돌이가 그를 무너뜨리고 있다.

로즈가 매클렁 홀 복도를 지나가다 끔찍하게 변한 토니의 얼굴을 알아차린다.

"얘, 톤."

(지니아가 사라지자 로즈는 다시 예전의 애칭으로 그녀를 부른다. 지니아가 변심했다는 소식은 로즈도 물론 들어서 알았다. 이곳의 정보망에는 수많은 촉수가 달려 있다. 지니아가 없는 토니는 더 이상 두려운 존재가 아니다. 예전처럼 꼬맹이 취급해도 되는 존재다.)

"얘, 톤. 요즘 어떻게 지내? 맙소사, 얼굴이 말이 아니잖아?"

그녀는 크고 따뜻한 손을 새처럼 뾰족한 토니의 어깨에 얹는다.

"뭐가 이렇게 심각해? 무슨 일이야?"

토니는 달리 이야기할 상대가 없다. 웨스트의 일을 웨스트와 상의할 수도 없고, 지니아는 옆에 없다. 한때는 아무하고도 말을 섞지 않던 시절이 있었지만 크리스티 커피숍 이후에 비밀을 털어놓을 수 있는 친구의 중요성을 깨달았다. 그래서 토니는 터질 것 같은 로즈의 방으로 건너가 베개로 뒤덮인 침대에 앉아 속에 담아 두었던 것들을 토해 낸다.

대신 써 준 기말 보고서나 1000달러 이야기는 하지 않는다. 어찌 됐건 그 두 가지는 중요한 문제가 아니다. 문제는 웨스트다. 지니아가 웨스트의 영혼이 담긴 가방을 어깨에 둘러메고 사라져 버렸는데 그게 없으면 웨스트는 죽을 것이다. 스스로 목숨을 끊을 것이다. 그럼 토니는 어떻게 해야 할까? 무슨 수로 버티며 살아갈 수 있을까?

하지만 그녀는 이런 식으로 이야기하지 않는다. 단순한 사실만을 간단하게 설명한다. 그녀는 연속극 주인공처럼 굴지 않는다. 객관성을 유지한다.

토니의 설명이 끝났을 때 로즈가 이야기한다.

"얘, 네가 그 사람 좋아하는 거 나도 알아. 내가 보아도 괜찮은 남자 같더라. 그런데 과연 그만한 가치가 있는 사람일까?"

토니는 그렇다고 대답한다. 그는 분명 그만한 가치가 있는 사람이다. 하지만 그녀는 희망을 잃었다.(그는 노래 가사처럼 점점 작아져 사라져 버릴 것이다. 수척해지고 야윌 것이다. 그러다 자기 머리를 날려 버릴 것이다.)

"내가 보기에는 그 인간, 바보짓하고 있는 것 같은데? 지니아가 얼마나 헤픈 아이인지 모르는 사람 있니? 몇 년 전에도 온갖 남학생 클럽 절반이 걔를 거쳐 갔다고 하더라. 절반이 뭐야! 너, 그런 우스갯소리도 못 들어 봤어? '거시기 때문에 괴로운 사람, 지니아를 만나 볼지어다.' 그 친구도 이제 정신 차려야 하는 거 아니니?"

아직 사랑의 경험이 없는 로즈는, 아직 미치를 만나지 못한 로즈는 이렇게 말한다. 하지만 얼마 전에 맛본 섹스를 새로운 만병통치약이라고 생각하는 터라 비밀을 가슴속에 담아 두지 못하는 성격답게 나지막이 속삭인다.

"그 친구를 침대로 끌고 가."

로즈는 잘난 척 고개를 끄덕인다. 그녀는 지혜로운 여자 겸 고민 상담사 역할을 즐기고 있다. 고민이 그녀의 것이 아니니 더욱 즐거울 수밖에 없다.

"내가?"

토니가 묻는다. 매클렁 홀의 아이들은 끊임없이 남자 친구 이야기를 하지만 남자 친구와 무슨 짓을 하는지에 대해서는 절대 콕 집어서 밝히지 않는다. 같이 자더라도 절대 말하지 않는다. 지금까지 토니가 만난 사람 중에 성생활에 대해 거리낌 없이 공개한 사람은 지니아뿐이었다.

"그럼 너 말고 누구겠니? 누군가한테 자기가 필요한 존재라고 느끼게 해 줘. 삶에 흥미를 가질 수 있게 도와줘."

"어휴, 내가 어떻게 그래."

누군가와 한 침대에 눕는다니 생각만 해도 겁이 난다. 상대방이 실수로 자기를 뭉개 짜부라뜨리면 어떻게 하나 싶다. 누군가에게 그녀를 좌지우지할 수 있을 만한 권력을 넘겨주다니 생각만 해도 움찔하다. 게다가 앞발로 툭툭 치면서 침을 질질 흘리는 사람을 경계하는 그녀의 성격은 어쩔 것인가. 지니아는 성생활을 솔직히 공개했지만 그렇게 매력적으로 포장하지는 않았다.

그래도 솔직히 생각해 봤을 때 그나마 참을 만한 사람이 웨스트다. 그녀는 산책을 할 때 그의 손도 잡는다. 그러면 기분이 좋다. 하지만 구체적인 부분에 이르자 막막해진다. 무슨 수로 웨스트를 침대 같은 곳으로 유인할 것이며, 어느 침대로 유인할 것인가? 좁아터진 그녀의 침대는 논외의 대상이다. 매클렁 홀은 지켜보는 눈이 하도 많아 방 안에서 쿠키 하나도 몰래 먹지 못하는 곳이다. 그가 지니아와 함께 쓰던 침대도 당연히 안 된다. 그건 도의적으로 안 될 일이다! 그리고 그녀는 어떻게 하면 되는지도 알지 못한다. 이론상으로야 뭘 어디에 넣어야 하는지 알지만 실전에 돌입하면 어떻게 될까? 무슨 말을 하면 좋을지 알 수 없으니 대화도 일종의 장애물이다. 그

리고 설령 웨스트를 잘 구슬려 알맞은 자세를 취하게 만든다
고 한들 그다음에 어떻게 될까? 그녀는 너무 작고 웨스트는
너무 크다. 그녀의 몸이 갈가리 찢어질지 모른다.

하지만 그녀는 웨스트를 사랑한다. 그것만큼은 분명하다.
게다가 그의 목숨이 달린 문제 아닌가. 그러니 용기와 희생이
필요한 상황이다.

토니는 이를 악물고 웨스트를 유혹하는 작업에 착수한다.
하지만 모든 면에서 어설프기 짝이 없다. 예상했던 결과지만.
웨스트의 아파트로 초를 몇 개 들고 가 촛불을 밝힌 만찬을
준비해 보지만 부엌에서 왔다 갔다 하는 그녀를 보고 웨스트
는 더욱 우울해하는 것 같다. 지니아가 워낙 훌륭하고 상상력
이 풍부한 요리사였으니 그럴 수밖에. 설상가상으로 토니는
참치 캐서롤까지 태워 먹는다. 이번에는 웨스트를 끌고 어이
없는 삼류 공포 영화를 보러 간다. 뱀파이어가 송곳니를 번득
이고 고무로 만든 머리통이 계단을 굴러 내려오면 웨스트의
손을 꽉 잡기 위해서다. 하지만 그녀가 무슨 짓을 해도 웨스
트는 우정의 표현으로 해석한다. 토니 눈에는 그렇게 보인다.
실망스러우면서도 어느 정도는 다행스러운 일이지만 그는 그
녀를 충직한 친구로 여긴다. 그게 전부다.

이제 따뜻한 6월이다. 학기가 끝났지만 토니는 매클렁 홀
에서 짐을 뺄 필요가 없도록 여느 때처럼 계절 학기를 신청한
다. 어느 날 오후 곰팡이가 슬도록 쌓아 놓은 접시도 씻을 겸
데리고 산책도 나갈 겸 집으로 찾아가 보니 웨스트가 침대에

서 자고 있다. 그는 묘비에 새겨진 성인(聖人)처럼 눈꺼풀이 둥 그스름하고 순수하다. 한쪽 팔을 위로 뻗은 채 숨을 들이쉬고 내쉰다. 그가 아직 살아 있다는 사실이 너무나 감사하다. 몇 주째 방치한 머리가 텁수룩하다. 그렇게 누워 있는 모습이 너 무나 애처롭고 너무나 쓸쓸하고 너무나 여려 보여서 그녀는 그 옆에 살그머니 앉아 조심스럽게 허리를 숙이고 이마에 입 을 맞춘다.

웨스트가 눈을 뜨지 않은 채 두 팔만 내밀어 그녀를 감싸 안는다.

"너는 참 따뜻해. 마음씨도 곱고."

그가 그녀의 머릿결에 대고 속삭인다.

지금까지 토니에게 따뜻하고 마음씨가 곱다고 한 사람은 없었다. 그녀를 감싸 안은 남자도 없었다. 그녀는 아직 적응 중인데 웨스트가 키스를 하기 시작한다. 그녀의 온 얼굴에 가 볍게 입을 맞춘다. 눈은 여전히 감고 있다.

"가지 마."

그가 나지막이 속삭인다.

"꼼짝하지 마."

토니는 어차피 꼼짝할 수도 없다. 겁이 나서 온몸이 굳어 버렸으니까. 용기가 없는 자신이 실망스럽고, 가까이서 본 웨 스트의 엄청난 체구도 실망스럽다. 턱에 삐죽삐죽 난 수염까 지 보일 지경이니! 보통은 까마득히 높이 있어서 보이지 않았 는데 위에서 떨어지는 커다란 바위에 개미들이 들러붙은 모 양을 보는 듯한 심정이다. 그녀는 절실하게 위협을 느낀다.

하지만 웨스트는 아주 천천히 움직인다. 먼저 그녀의 안경을 벗기고, 손이 저린 사람처럼 한 번에 한 개씩 단추를 풀고, 까끌까끌한 담요를 덮어 주고, 벨벳 쿠션이라도 되는 양 그녀를 어루만진다. 책에서 읽은 것처럼 정말 아프지만 지니아가 하도 신음 소리를 내서 맹수에게 갈가리 찢기는 듯한 기분일 줄 알았더니 그게 아니라 강물 속으로 풍덩 잠기는 듯한 느낌이다. 흔히들 말하는 것처럼 웨스트야말로 한 모금의 물과 같기 때문이다. 토니는 그 오랜 세월 동안 사막을 헤매다 드디어 그녀를 필요로 하는 사람을 만났고 전부터 궁금해하던 것을 드디어 알게 되었으니 그만큼 목이 마르고 갈증이 심할 수밖에 없다. 그녀는 실로 외유내강한 성격이었다.

이렇게 해서 토니는 자부심과 베푸는 기쁨으로 충만한 가운데 패배의 전장에서 웨스트를 끌어내 수레에 태우고 전선을 탈출한 뒤 그의 상처를 돌보고 치료해 준다. 찢긴 상처는 어느 정도 시간이 지나면 아문다. 하지만 완벽하게 사라지지는 않는다. 토니는 그 흉터를 늘 의식하고 불안해한다. 웨스트는 자기가 지니아를 실망시켰다고 굳게 믿고 있다. 자기 능력이 부족했거나 똑똑하지 못했거나 하여간 모자랐기 때문에 그녀가 세상 뒷골목으로 내팽개쳐져 혼자 살아갈 수밖에 없게 되었다고 생각한다. 그녀는 자기가 지켜 주어야 하는 사람이라고 생각한다. 토니는 그런 소리를 들을 때마다 비웃음이 나오려는 것을 참는다. 옆에 없는 사람보다 더 막강한 라이벌은 없다. 지니아는 자기를 방어할 수 없는 입장이고, 그렇기 때문에 토니는 그녀를 공격하면 안 된다. 분별력과 기사도 정신이 그녀를 구속한다.

　가을 학기가 되자 웨스트는 학교로 복귀해 빠졌던 과목들을 재수강한다. 토니는 이제 대학원생이다. 두 사람은 조그마한 아파트를 함께 빌려 깔끔한 아침 식사와 달콤하고 기분 좋은 밤을 함께한다. 토니가 지금까지 살아온 그 어느 때보다 행복하다.

　시간이 흘러 두 사람은 석사 학위를 받고 조교로 임명된다. 그리고 얼마 안 있어 두 사람은 시청에서 결혼식을 올린다. 피로연은 소박하고 지적인 분위기였고, 이미 결혼한 로즈도 얼굴을 비친다. 남편 미치는 출장 중이라 오지 못했다고 한다. 그녀가 토니를 폭 끌어안더니 은으로 된 전화기 커버를 선물하고 일찌감치 떠나자 역사를 공부하는 토니의 동료와 음악을 공부하는 웨스트의 동료들이 얄궂게 눈썹을 치켜올리며 도대체 누구냐고 묻는다. 하지만 토니는 그녀에게서 위안을 얻는다. 부모님의 결혼 생활은 파국으로 끝났지만 로즈도 하고 있는 것을 보면 결혼 그 자체는 얼마든지 유지 가능하고 심지어 정상적인 일인 게 분명하다.

　웨스트와 토니는 좀 더 넓은 아파트로 이사하고, 웨스트는 류트와 합주할 용도로 작은 피아노를 구입한다. 그는 이제 양복 한 벌과 넥타이 몇 개와 안경도 갖고 있다. 토니는 커피 그라인더와 로스팅 팬을 갖추고 『요리의 즐거움』을 한 권 사다 놓고 비법을 찾아본다. 헤이즐넛 토르테를 만들고, 퐁뒤 그릇과 기다란 포크를 사고, 시시 케밥용 꼬챙이도 산다.

더 많은 시간이 흐른다. 토니는 아이를 가질까 생각해 보지만 아무 말 없는 웨스트 앞에서 그 이야기를 꺼내지는 않는다. 이제 평화를 부르짖는 시위 행렬이 거리를 장악하고 학교에서는 혼란스러운 연좌 농성이 벌어진다. 그들은 웨스트가 들고 온 마리화나를 같이 피우다 길에서 나는 시끄러운 소리에 깜짝 놀란 뒤로 두 번 다시 마리화나에 손을 대지 않는다.

그들의 사랑은 부드럽고 조심스럽다. 식물에 비유한다면 솜털로 덮인 연두색의 가냘픈 고사리일 것이다. 악기에 비유한다면 플루트일 것이다. 그림에 비유한다면 모네가 그린 수련일 것이다. 투명한 심연과 물에 비친 그림자와 다르게 쏟아지는 빛의 각도가 파스텔화에 가까운 그 그림.

"당신은 내가 제일 아끼는 친구야. 당신한테 빚진 게 많네."

웨스트는 그녀의 머리카락을 이마에서 뒤로 쓸어 넘기며 이렇게 말한다. 토니는 감사하는 그의 마음에 감동할 뿐 아직은 어려서 일말의 의심조차 하지 않는다.

지니아 이야기는 절대 하지 않는다. 토니는 웨스트가 심란할까 봐, 웨스트는 토니가 심란할까 봐서다. 하지만 지니아는 사라지지 않는다. 점점 희미해지고 있지만 그래도 담배를 끄고 난 뒤 방 안에 남은 푸르스름한 연기처럼 여전히 그들 곁에 머문다. 토니는 그녀의 냄새를 맡을 수 있다.

어느 날 저녁에 지니아가 그들이 사는 집을 찾아온다. 문을 두드리는 소리가 들리자 토니는 쿠키를 팔러 온 소녀 단원이거나 여호와의 증인인 줄 알고 문을 연다. 그러다 문 앞에 서 있는 지니아를 보고 할 말을 잃는다. 토니의 손에는 양고기와 토마토와 피망을 꿴 꼬챙이가 들려 있다. 지니아의 심장이 있는 곳에 이 꼬챙이를 찔러 넣는 장면이 한순간 그녀의 머리를 스치고 지나가지만 실제로 행동에 옮기지는 않는다. 지니아는 입을 벌린 채 멍하니 서 있는 그녀를 향해 미소를 지으며 "토니, 너를 찾느라 얼마나 힘들었는지 아니?"라고 말하고 새하얀 이를 보이며 웃음을 터뜨린다. 지니아는 전보다 말랐고 좀 더 세련돼 보인다. 검은색 미니스커트에 새까만 구슬과 기다랗고 부드러운 술이 달린 숄을 둘렀고, 망사 스타킹과 무릎까지 오는 끈 달린 부츠를 신었다.

"들어와."

토니는 꼬챙이로 안을 가리킨다. 양고기에서 배어 나온 피가 바닥 위로 떨어진다.

"누구야?"

거실에서 피아노로 퍼셀을 연주 중이던 웨스트가 묻는다. 그는 토니가 저녁을 준비하는 동안 피아노 치는 것을 좋아한다. 둘만의 작은 의식이다.

아무것도 아니야. 토니는 이렇게 말하고 싶다. 집을 잘못 찾아왔대. 갔어. 그녀는 지니아를 손으로 떠밀고 문을 쾅 닫고 싶다. 하지만 지니아는 이미 문지방을 넘었다.

"웨스트? 어머나, 세상에!"

그녀는 두 팔을 벌리고서 그를 향해 거실로 성큼성큼 걸어간다.

"정말 오랜만이야!"

웨스트는 믿지 못한다. 무테 안경 뒤로 보이는 그의 눈은 불에 덴 아기처럼 충격을 받았고, 우주를 여행하는 사람처럼 놀라워하는 표정이다. 자리에서 일어나지도 않고 꿈쩍하지도 않는다. 지니아는 위로 향한 그의 얼굴을 양손으로 잡고 양쪽 뺨에 한 번씩 입을 맞춘 다음 세 번째로 이마에 입을 맞춘다. 숄에 달린 술이 그를 어루만지고 그의 입은 그녀의 가슴과 같은 높이에 있다.

"예전 친구들 만나니까 너무 좋다."

지니아가 탄성을 지른다.

어쩌다 보니 지니아가 저녁까지 같이 먹게 된다. 토니와 웨스트는 원한을 품을 만한 성격도 못 되는 데다 원한을 품을 이유도 없기 때문이다. 애당초 둘이 맺어진 것도 지니아의 변심 덕분이었다. 그리고 지금 그들은 가슴이 저미도록 행복하다. 지니아도 두 사람이 행복해 보인다고 한다. 한참 놀러 나와 바닷가에서 모래성을 쌓고 있는 어린아이들처럼. 귀여워라! 그녀는 이런 모습을 볼 수 있어서 기쁘다고 하더니 한숨을 쉰다. 그들처럼 인생이 녹록하지 않았다는 뜻이 담긴 한숨이다. 그야 그들처럼 유리한 입장에서 출발할 수 없었으니 당연한 일이었다. 그녀는 어둡고 가파르고 뭐든지 부족한 세상 언저리에서 지냈다. 늘 먹을 것을 찾아다녀야 했다.

그동안 어디 있었을까? 뭐, 유럽. 그녀는 이렇게 대답하며 더 고상하고 심오한 문화를 의미하는 손짓을 곁들인다. 그리고 거물들이 노는 미국. 그리고 중동.(그녀는 손짓 한 번으로 사막과 대추야자와 비전(秘典)과 코딱지만 한 토니의 캐나다식 오븐으로는 절대 구울 수 없는 시시 케밥을 연상하게 만든다.) 거기서 어떤 일을 했는지 구체적으로 이야기하지는 않는다. 그냥 이런저런 일을 했다고 하더니 웃음을 터뜨리며 자기는 금세 싫증을 내는 성격이라고 한다.

약삭빠르게도 가지고 달아난 돈에 대해서는 아무 말도 하지 않는다. 토니도 이제 와 그런 이야기를 꺼내는 것은 너무 속 좁은 짓이라고 결론을 내린다. 지니아는 "어머, 그 근사한 류트 저기 있네? 예전에 내가 참 좋아했던 악기인데."라고 한다. 그걸 훔쳤던 것은 전혀 생각 안 난다는 듯한 말투다. 웨스트도 기억을 못 하는 눈치다. 지니아가 청하자 옛날 노래를 몇 곡 들려준다. 하지만 이제 민요는 별로 연주할 일이 없다고 말한다. 요즘 그는 다성부 음악 교차 연구에 푹 빠져 있다.

기억을 못 하는군, 기억을 못 해. 토니 말고는 아무도 기억을 못 하는 걸까? 그렇지 않다. 웨스트만 기억을 못 하고 지니아는 아주 선택적으로 기억을 한다. 그녀는 슬쩍 옆구리를 찌르고 넌지시 단서를 흘리며 애처로운 표정을 짓는다. 후회가 되지만 웨스트를 위해 자기 행복을 희생했다는 투다. 웨스트는 벽난로와 가정이 필요한 사람인데 자기는 무책임하고 이끼가 끼지 않는 방랑자라고. 그러면서 토니는 바지런한 가정주부라며 이 근사한 음식을 보라고 한다. 웨스트가 제자리를 찾은 거라며. 마침맞은 창가에서 자라는 화초처럼 얼마나 얼굴이 좋아 보이는지 모른다며!

"너희는 정말 운이 좋은 거야."

그녀는 쓸쓸한 목소리로 토니에게 속삭인다. 그녀가 의도한

대로 웨스트가 그 말을 듣는다.

"숙소는 어디야?"

토니가 의례적으로 묻는다. 그 말은 곧 언제쯤 자리에서 일어날 생각이냐는 뜻이다.

"뭐, 너도 잘 알잖아."

지니아는 어깨를 으쓱한다.

"여기저기 떠돌아다니면서 근근이 입에 풀칠이나 하고 있어. 아니, 진수성찬을 먹었다 쫄쫄 굶기를 반복한다고 해야 하나? 예전에 그랬던 것처럼. 기억나, 웨스트? 옛날에 우리가 차렸던 진수성찬 말이야."

지니아는 웨스트가 깜짝 선물로 들고 온 빈 초콜릿을 먹고 있다. 그는 토니에게 줄 수 없는 일부분을 속죄하는 의미에서 그런 식으로 작은 선물을 들고 온다. 지니아는 속눈썹 사이로 웨스트를 바라보며 손가락에 묻은 까만 초콜릿을 하나씩 핥아 먹는다. 그러면서 낭랑한 목소리로 "맛있다."라고 한다.

웨스트가 이런 사탕발림과 술수에 속아 넘어가다니 토니는 믿기지 않는다. 그에게는 맹점이 있다. 바로 지니아의 불행이다. 아니면 지니아의 몸뚱이거나. 남자들은 그 둘을 혼동하는구나. 토니는 새롭게 찾아온 씁쓸함을 곱씹으며 이런 생각을 한다.

그로부터 며칠 뒤 웨스트가 평소보다 늦게 퇴근한다. "지니아랑 밖에서 맥주 한잔했어."라고 한다. 그는 원치 않는데 아주 사소한 부분까지 솔직하게 까발리는 듯한 인상을 풍긴다.

"요즘 힘들대. 여린 친구라 걱정이야."

여리다고? 웨스트는 어디에서 그런 소리를 들은 걸까? 토니는 지니아가 시멘트 벽돌만큼 여리다고 생각하지만 그런 소리를 입 밖에 내지는 않는다. 하지만 그에 못지않은 악수를 둔다.

"돈이 필요한 모양이지."

웨스트는 상처를 받은 표정이다.

"당신, 왜 지니아를 싫어해? 예전에는 절친한 친구였잖아. 지니아도 그거 눈치챘어. 그래서 심란해해."

"당신한테 한 짓이 있으니 그렇지! 그래서 걔를 싫어하는 거야!"

토니는 화난 목소리로 외친다.

웨스트는 어리둥절해한다.

"지니아가 나한테 무슨 짓을 했는데?"

정말 모르는 얼굴이다.

얼마 지나지 않아, 정확히 말하면 약 두 주 만에 지니아는 웨스트를 도로 찾아간다. 기차역에 두고 간 트렁크라도 되는 양 원래 자기 물건이었던 것을 찾아가듯 웨스트를 겨드랑이에 꿰차고 가 버린다. 물론 그건 토니의 생각일 뿐 웨스트는 그렇게 생각하지 않는다. 그는 자기가 지니아를 구조하러 나섰다고 생각한다. 그런 착각의 매력을 토니가 모르면 누가 알 수 있을까? 그는 말한다.

"나는 당신을 존경해. 당신은 언제까지나 내가 가장 아끼는 친구로 남을 거야. 하지만 지니아한테는 내가 필요해."

"왜 필요한데?"

토니는 작지만 또렷한 목소리로 묻는다.

"자포자기했거든. 토니, 당신은 강한 사람이잖아. 늘 강한 사람이었잖아."

"지니아도 황소처럼 튼튼해."

"겉으로만 그런 척하는 거야. 나는 예전부터 알았어. 속으로는 얼마나 상처가 깊은 사람이라고."

상처가 깊은 사람이라. 토니는 생각한다. 그건 지니아의 입에서 나온 말일 수밖에 없다. 웨스트는 최면에 걸렸다. 그의 머릿속에서 지니아가 말을 하고 있다. 그는 하던 이야기를 계속한다.

"내가 뭔가 조치를 취하지 않으면 와르르 무너질 거야."

조치라 함은 지니아와의 동거를 의미한다. 그러면 지니아가 잃어버렸던 자신감을 회복할 거라고 웨스트는 주장한다. 토니는 깔깔대며 비웃고 싶지만 그럴 수가 없다. 웨스트가 이해하고 용서하고 축복해 주길 바라며 열심히 그녀를 쳐다본다. 그는 자기 생각대로 움직이는 줄 알지만 사실 좀비다.

그는 식탁에서 토니의 손을 잡고 있다. 그녀는 손을 거두고 자리에서 일어나 서재로 건너가서 문을 닫고 워털루 전투 속으로 빠져든다. 전투가 끝났을 때 승리를 거둔 병사들은 부상병들의 신음과 비명이 뒤에서 들리는 가운데 도살한 기병대의 말고기를 죽은 자의 흉갑에 얹어서 굽고 밤새도록 술을 마시며 승리를 자축했다. 승리는 사람을 취하게 하고 다른 자의 고통에 무감각해지게 만든다.

검은색 에나멜

27

토니는 지니아가 재주도 좋다고 생각한다. 우리를 이렇게 감쪽같이 속이다니. 실제 전쟁과 전혀 다르게 하루아침에 동지가 적으로 변하기도 하는 난투극 비슷한 남녀 간의 전쟁에서 지니아는 이중간첩이었다. 아니, 이중간첩도 아니었다. 어느 편도 아니었으니까. 자기 말고는 어느 편에도 소속되지 않았으니까. 어쩌면 일시적인 변덕으로, 그걸 재미있다고 생각하는 희한한 취향 탓에 장난을 치는 것일 수도 있다.(토니는 이제 그걸 장난으로 생각할 수 있을 만큼 나이를 먹었다.) 어쩌면 재미 삼아 거짓말을 하고 사람들을 괴롭히는 것일 수도 있다.

하지만 토니는 한편으로 그녀가 대단하다고도 생각한다. 못마땅하고 당황스럽고 과거에 겪었던 모든 가슴앓이가 되살아나기는 하지만 지니아를 응원하고 격려하고 싶은 마음도 있다. 그녀를 대하소설의 주인공으로 만들고 싶은 마음. 용감하고 거의 모든 것을 경멸하며 탐욕스럽고 제멋대로 구는 그녀에게 동참하고 싶은 마음. 어머니가 눈썰매를 타고 언덕 밑으로 사라졌을 때 느꼈던 심정과 비슷하다. 눈썰매를 타고 언덕 밑으로 사라져 가는 어머니를 보며 "안 돼! 안 돼!"와 "잘한다! 잘한다!"를 동시에 외쳤던 그때하고 비슷하다.

하지만 이것도 나중에 든 생각이다. 웨스트에게 배신당했을 때 그녀는 초토화되었다.(초토화되다. 동사. 철저하게 파괴되다, 짓밟히다라는 뜻. 전쟁을 다룬 문헌에 자주 등장하는 단어지. 토니는 지하실 모래판 위에서 나뒹구는 오토 병력의 잔재를 둘러보고 정향을 하나 더 먹으며 생각한다.) 그녀는 눈물을 흘리지 않았다. 울부짖지도 않았다. 병원에서처럼 발뒤꿈치를 들고 집 안을 살금살금 돌아다니는 웨스트의 발소리만 들었다. 그의 등 뒤에서 아파트 문이 닫히는 소리가 들리자 그녀는 당장 달려가 이중으로 잠그고 체인을 걸었다. 욕실로 들어가 그 문까지 잠갔다. 그녀는 결혼반지를 빼서(다이아몬드가 아니라 수수한 금반지였다.) 변기에 넣고 물을 내리려다 붙박이장을 열고 소독약 옆에 올려놓았다. 그런 다음 욕실 바닥에 주저앉았다. 변기에는 아메리칸 스탠더드라고 적혀 있었다. 드더탠스 칸리메아. 피부에 바르는 불가리아 연고.

잠시 후 그녀는 욕실에서 나왔다. 전화벨이 울렸기 때문이다. 그 앞에 서서 전화기와 결혼 선물로 받은 은색 커버를 물끄러미 바라보았다. 벨이 계속 울렸다. 그녀는 수화기를 들었다 내려놓았다. 지금은 아무하고도 이야기하고 싶지 않았다. 부엌으로 들어갔지만 먹고 싶은 게 아무것도 없었다.

몇 시간 뒤에 정신을 차리고 보니 그녀가 빨간 티슈페이퍼로 포장한 크리스마스 장식품 상자를 열고 있었다. 그 안에는 아버지의 독일제 권총이 있었다. 기침이 날 때 먹는 사탕 깡통에는 실탄도 몇 개 들어 있었다. 평생 총이라고는 쏘아 본 적이 없지만 원리는 알았다.

잠을 좀 자야 해. 그녀는 속으로 중얼거렸다. 하지만 더럽혀진 침대에 눕자니 생각만 해도 참을 수가 없었다. 결국 거실에 있는 피아노 밑에서 잠을 청했다. 피아노도 고기 써는 식칼 같은 걸로 부숴 버릴까 했지만 날이 밝을 때까지 참기로 했다.

눈을 떠 보니 대낮이었고 누가 문을 두드리고 있었다. 잊고 간 물건을 챙기러 온 웨스트일 것이다.(서랍에 들어 있던 그의 속옷은 보이지 않았고, 토니가 빨아서 짝 맞춰 정성스럽게 개어 놓은 양말도 마찬가지였다. 웨스트는 트렁크를 들고 떠났다.)

토니는 문가로 다가갔다.

"꺼져."

"얘, 나야."

로즈였다.

"문 좀 열어 줘. 화장실 급해. 잘못하면 너희 층 전체를 물바다로 만들 지경이야."

토니는 로즈를 집 안으로 들이고 싶지 않았다. 어느 누구도 집 안으로 들이고 싶지 않았다. 하지만 화장실이 급하다는 친구를 외면할 수는 없었다. 그녀가 체인을 벗기고 자물쇠를 돌리자 첫아이를 임신한 로즈가 어기적어기적 걸어 들어오며 우울한 목소리로 말했다.

"전보다 몸이 더 불었지? 얘! 나 요즘 5인분씩 먹는다?"

토니는 웃지 않았다. 로즈는 토니의 얼굴을 보더니 살찐 팔로 그녀를 감싸 안고 개인적으로, 정치적으로 새롭게 깨달은 사실을 부르짖었다.

"좌우간 사내자식들은 돼지 새끼들이라니까!"

토니는 문득 화가 났다. 웨스트는 돼지 새끼가 아니었다. 그는 돼지 새끼처럼 생기지도 않았다. 타조라면 모를까. 웨스트의 잘못이 아니야. 그녀는 그렇게 말하고 싶었다. 걔 잘못이야. 나는 그 사람을 사랑했지만 그 사람은 나를 사랑한 적 없어. 어떻게 나를 사랑할 수 있었겠니? 처음부터 남의 거였는데. 하지만 그녀는 아무 말도 할 수 없었다. 말이 나오지 않았다. 그리고 숨도 쉴 수 없었다. 아니, 숨을 내뱉을 수가 없었다. 그녀는 계속 숨을 들이쉬기만 하다 급기야 구슬픈 소리를 냈다. 구슬픈 소리가 멀리서 들리는 사이렌처럼 길게 이어졌다. 그러자 눈물이 터져 나왔다. 물이 담긴 종이봉투가 터지듯. 느끼지 못했을 뿐이지 애초부터 눈물이 눈 뒤에서 엄청난 압박을 가하고 있었던 게 틀림없다. 그게 아니라면 그런 식으로 터질 수가 없었다. 눈물이 폭포처럼 두 뺨을 타고 쏟아져 내렸다. 그녀는 입술을 핥아 맛을 보았다. 중세에는 영혼이 없으면 울지 못한다고 생각했다. 그러니까 그녀에게는 영혼이 있는 셈이었다. 그렇다고 위로가 되는 건 아니었지만.

로즈가 말했다.

"돌아올 거야. 분명 그럴 거야. 걔한테 그 사람이 무슨 쓸모가 있겠니? 한 입 먹고 나서 던져 버릴걸?"

그녀는 토니를 안고 앞에서 뒤로, 앞에서 뒤로 계속 흔들었다. 토니가 지금까지 겪은 중에 가장 어머니다운 몸짓이었다.

로즈는 토니의 아파트로 짐을 옮겼다. 토니가 정상으로 돌아갈 때까지 같이 살기 위해서였다. 가정부가 있고 남편 미치가 또 출장 중이었기 때문에 굳이 자기 집을 지킬 필요가 없었다. 그녀는 학교에 전화해 토니가 패혈성 인후염에 걸렸다며 수업을 휴강시켰다. 그런 다음 식료품점에 배달 주문을 넣어 깡통에 든 닭고기 누들 수프와 캐러멜 푸딩, 땅콩버터와 바나나를 넣은 샌드위치, 포도주스를 토니에게 먹였다. 유아식이었다. 그런가 하면 목욕을 자주 하게 하고, 편안한 음악을 들려주고, 우스갯소리를 늘어놓았다. 그녀는 로즈데일에 있는 자신의 대저택으로 토니를 불러들이고 싶어 했지만 토니는 단한 순간도 아파트를 비우고 싶지 않았다. 웨스트가 돌아올지도 몰랐기 때문이다. 설령 돌아온다 해도 어떻게 할지 알 수 없었지만 그 자리에 그녀가 있고 싶은 것만큼은 분명했다. 그의 면전에서 문을 닫을지 품 안으로 뛰어 들어가 안길지 그녀가 칼자루를 쥐고 있어야 했다. 하지만 어느 한쪽을 선택하고 싶지는 않았다. 둘 다 하면 안 될까.

"그 사람이 너한테 전화했지?"

이런 식으로 며칠이 지나고 내장이 뽑힌 듯한 기분이 조금 가라앉았을 때 토니가 물었다.

"응. 나한테 뭐라 그랬는지 알아? 네가 걱정이 된대. 그래도 좀 기특하지 않니?"

로즈가 대답했다.

토니는 기특하다는 생각이 들지 않았다. 지니아가 시킨 짓이었다. 그런 식으로 토니의 가슴에 꽂은 비수를 다시 한번 비튼 것이다.

아파트를 팔고 단독 주택을 사면 어떻겠느냐는 말을 꺼낸 사람은 로즈였다.

"지금 집값이 많이 떨어졌거든! 계약금은 있잖아. 채권을 좀 팔아. 투자라고 생각하고. 어쨌든 집은 옮겨야 하잖아. 나쁜 기억을 끌어안고 있을 이유가 없으니까, 안 그래?"

그녀는 유능한 부동산 중개업자를 소개해 주고는 숨을 헐떡이며 힘들게 계단을 오르내리고 보일러와 나무 썩은 부분과 전기 배선을 꼼꼼히 살펴 가며 토니와 함께 이 집 저 집을 보러 다녔다.

"이 정도면 조건이 아주 좋은 편이야."

그녀가 토니에게 속삭였다.

"더 싸게 부르고 저쪽에서 어떤 반응을 보이는지 살펴봐. 몇 군데만 손을 보면 아주 멋진 집이 되겠어! 저 탑을 서재로 꾸미는 거야. 인조 나무로 된 판자를 떼어 내고 저 리놀륨 장판만 치우면 돼. 보니까 그 밑은 단풍나무더라. 이건 숨어 있는 보물이야. 나만 믿어! 지금 살던 데서 탈출하면 상황이 훨씬 좋아질 거야."

그녀는 집을 사는 일에 토니보다 더 열을 냈다. 괜찮은 인테리어 업자를 알아내고 페인트 색을 정한 것도 그녀였다. 호시절이었다 해도 토니 혼자서는 그런 일들을 처리하지 못했을 것이다.

집을 옮기자 정말로 상황이 훨씬 좋아졌다. 토니는 집이 마음에 들었지만 로즈가 말한 그런 이유 때문은 아니었다. 로즈는 그 집을 중심으로 토니의 사교 생활이 새롭게 펼쳐지길 바랐지만 토니에게 그 집은 수녀원에 가까웠다. 1인용 수녀원. 어른들이 사는 나라, 거인들이 사는 나라는 그녀가 있을 곳이 아니었다. 그녀는 수녀처럼 집 안에 틀어박혀 사야 할 물건이 있을 때만 대문을 나섰다.

물론 일이 있을 때도 대문을 나섰다. 일은 많았다. 그녀는 학교에서도 일을 하고 집에서도 일을 했다. 밤에도 일을 하고 주말에도 일을 했다. 동료 교수들은 동정의 눈빛으로 그녀를 바라보았다. 소문이 독감처럼 온 학교에 퍼진 데다 모두들 웨스트를 알기 때문이지만 그녀는 상관하지 않았다. 끼니를 거르고 치즈와 크래커로 연명했다. 생각하는 동안 아무도 방해할 수 없도록 전화 자동 응답 서비스에도 가입했다. 초인종이 울려도 대답하지 않았다. 초인종이 울리지도 않았지만.

토니는 탑을 개조한 방에서 밤늦게까지 일을 한다. 침대도 싫고, 잠도 싫고, 특히 꿈을 꾸는 게 싫다. 그녀는 계속해서 같은 꿈을 꾼다. 이 꿈은 자기 안으로 그녀가 들어오고 또 들어올 때까지 오랫동안 기다리고 있었던 모양이다. 아니면 자기가 그녀 안으로 들어가고 또 들어갈 수 있을 때까지 기다렸 든지.

꿈의 배경은 물속이다. 사실 그녀는 수영을 하지 못한다. 온 몸이 축축하게 젖는 느낌을 좋아해 본 역사가 없다. 기껏해야 욕조에 몸을 담그는 수준이고, 대체로 샤워를 더 좋아하는 편 이다. 하지만 꿈속에서 그녀는 나뭇잎처럼 푸릇푸릇한 물속을 아무렇지도 않게 헤엄친다. 수면을 관통한 햇살이 모래를 얼룩 덜룩하게 만든다. 입에서 공기 방울이 흘러나오지는 않는다. 숨 을 쉬어야 한다는 의식조차 없다. 색색의 물고기들이 밑에서 새 처럼 획획 날쌔게 움직인다.

이윽고 막다른 곳에 다다른다. 깊은 수렁이다. 그녀는 언덕 을 내려가듯 그 속으로 뛰어들어 점점 깊어지는 어둠 속으로 비스듬히 미끄러져 들어간다. 발밑에서 모래가 눈처럼 무너진 다. 여기 사는 물고기들은 더 크고 위험하고 색깔도 더 밝다. 형광색이다. 녀석들이 몸 색깔을 밝혔다 어둡게 만들었다 네 온등처럼 깜빡이며 눈과 이빨을 번뜩인다. 가스 불꽃 같은 파 란색과 유황 같은 노란색과 꺼져 가는 불씨 같은 빨간색이다. 문득 깨닫고 보니 그녀는 바다를 헤엄치는 게 아니라 몸이 작 아져서 그녀의 머릿속에 들어와 있다. 그녀가 생각에 잠기면 탁탁거리며 스파크를 튀기는 이것들이 뉴런이다. 그녀는 백열 등처럼 환한 물고기들을 놀란 눈으로 바라본다. 그녀는 지금 자기 꿈이 전기 화학적으로 처리되는 과정을 두 눈으로 목격 하고 있는 것이다!

그럼 저 아래 어렴풋이 평평하게 깔린 새하얀 모래는 무엇일까? 신경절은 아니다. 누군가가 그녀에게서 점점 멀어져 가고 있다. 그녀는 좀 더 빠르게 헤엄을 치지만 소용이 없다. 어항 유리에 코를 부딪치는 금붕어처럼 그 자리에 붙잡혀 있다. 히원영, 이런 소리가 들린다. 거꾸로 말하는 꿈의 언어다. 그녀는 소리쳐 부르려고 입을 벌리지만 공기가 없어 소리는 나지 않고 물만 입안으로 쏟아져 들어온다. 그녀는 숨을 헐떡이고 캑캑대며 잠에서 깬다. 목이 메고 얼굴이 눈물범벅이다.

일단 터진 울음은 그칠 줄 모른다. 낮에 햇볕을 쬐며 일할 때는 이런 흐느낌을 가두어 둘 수 있다. 하지만 잠은 치명타를 날린다. 피할 수 없는 치명타를.

그녀는 안경을 벗고 눈을 문지른다. 길에서 보면 그녀의 방은 등대나 봉화처럼 보일 것이다. 따뜻하고 즐겁고 안전하게 보일 것이다. 하지만 탑에는 다른 용도도 있다. 왼쪽 창밖으로 끓는 기름을 부으면 현관에 서 있는 사람을 죽일 수도 있다.

웨스트를, 지니아를 혹은 지니아와 웨스트 두 사람 모두를. 그녀는 두 사람을, 한데 뒤엉킨 두 사람의 몸뚱이를 너무도 열심히 생각한다. 차라리 뭔가 행동으로 옮기는 쪽이 낫지 않을까 싶다. 그들의 아파트로 찾아가(그녀는 그들이 어디 사는지 안다. 웨스트의 이름이 대학교 주소록에 등재되어 있으니 찾는 게 어렵지도 않았다.) 지니아와 대면할까 생각해 본다. 하지만 무슨 말을 할 수 있을까? 그를 돌려 달라고? 지니아는 그저 웃으며 "웨스트는 자유로운 몸이야. 성인이니까 자기가 원하는 길을 스스로 선택할 수 있는 거 아닐까?" 같은 말을 늘어놓을 것이다. 게다가 토니가 집으로 찾아와 애처롭게 빌며 애걸복걸하는 것이야말로 지니아가 바라는 일 아닐까?

그녀는 예전에 크리스티에서 같이 커피를 마시던 시절, 둘이 절친했던 시절에 지니아와 나누었던 대화를 떠올린다. 그때 지니아가 물었다.

"너는 다른 사람들이 너를 어떤 존재로 생각하면 좋겠어? 사랑스러운 사람, 존경하는 사람, 무서운 사람, 셋 중에서."

"존경하는 사람. 아니, 사랑스러운 사람."

"나는 아니야. 나는 무서운 사람이 되고 싶어."

"왜?"

"그래야 훨씬 효과적이니까. 사실 효과적인 방법이라고 할 만한 건 그것 하나뿐이야."

토니는 그 대답을 듣고 감동을 받았던 기억이 난다. 하지만 지니아는 두려움을 조장해 웨스트를 빼앗아 가지 않았다. 힘을 과시하지 않았다. 오히려 연약함을 과시했다. 그것이야말로 결정적인 무기였다.

토니는 언제라도 총을 동원할 수 있었다.

웨스트는 거의 일 년 동안 소식이 없었다. 변호사나 이혼을 운운하지도 않았다. 심지어 토니가 새집 거실에 인질로 붙잡아 놓고 있는 피아노와 류트를 달라고 하지도 않았다. 웨스트가 그렇게 아무 말 없는 이유를 토니는 알았다. 스스로 생각해도 자신이 저지른 짓, 아니 자신에게 닥친 일이 너무나 민망했기 때문이다. 그는 부끄러워하고 있었다.

어느 정도 시간이 지나자 그가 토니의 자동 응답 대행업체에 소심한 메시지를 남기기 시작했다. 같이 맥주라도 한잔하자는 식이었다. 토니는 대꾸하지 않았다. 그에게 화가 나서가 아니었다. 지니아의 유혹은 교통사고와 성격이 비슷한데 그가 트럭에 치였다고 해서 화를 낼 수는 없는 일이었다. 그게 아니라 둘의 대화가 어떤 식으로 이어질지 도무지 상상이 되지 않았기 때문이다. 잘 지내? 응. 끝이었다. 그래서 웨스트가 새집, 그녀가 사는 수녀원 문 앞에 나타났을 때 그녀는 물끄러미 쳐다보기만 했다.

"들어가도 될까?"

웨스트가 물었다. 토니는 지니아와 웨스트의 관계가 끝났음을 한눈에 알 수 있었다. 조금 푸르스름하면서 어두운 얼굴빛과 축 늘어진 어깨, 풀 죽은 입 모양을 보면 알 수 있었다. 그는 쫓겨나고 버려지고 추방당했다. 불알을 걷어차였다.

어찌나 처량해 보이던지, 어찌나 부서진 듯 보이던지. 그는 고문을 당해 뼈마디 하나하나가 모조리 분리돼 해부실에서 볼 수 있는 물컹물컹한 액체밖에 안 남은 것 같았다. 토니는 들어오라고 하는 수밖에 없었다. 그녀는 그를 집 안으로, 부엌 안으로 들여 뜨거운 음료를 만들어 주었다. 마지막에 이르러 침대로 인도하자 그는 부들부들 떨며 그녀를 와락 부둥켜안았다. 성욕 때문이 아니라 물에 빠진 듯한 심정 때문이었다. 하지만 토니는 물속으로 끌려갈 염려가 없었다. 오히려 이상하게 건조한 기분이었다. 이상하게 그와 겉도는 듯한 기분이었다. 그는 물속에서 허우적댈지 몰라도 이번에 그녀는 바닷가에 서 있었다. 그뿐 아니라 쌍안경까지 들고 서 있었다.

그녀는 다시 소박한 저녁상을 차리고 아침에 달걀을 삶기 시작했다. 그를 어떤 식으로 보살피면 되는지, 어떤 식으로 다독여 다시 원래 모습으로 되돌려 놓으면 되는지 기억나는 대로 고스란히 반복했다. 하지만 이번에는 예전처럼 환상을 품지 않았다. 여전히 그를 사랑했지만 그도 그만큼 자신을 사랑해 줄 거라고 착각하지는 않았다. 그런 일을 겪고 어떻게 그럴 수 있겠는가. 다리가 하나밖에 안 남은 사람이 탭 댄스를 출 수는 없는 법이다.

뿐만 아니라 그를 믿을 수도 없었다. 그는 아마도 절망의 늪에서 기어 나와 그녀가 너무도 착한 여자라고 말하고, 저녁 때 먹을 간식을 사 오고, 판에 박힌 의식을 반복할 것이다. 하지만 어디로 떠났는지 모를 지니아가 돌아오면(웨스트도 모르는 눈치였다.) 이런 다정한 습관들도 무용지물이 될 것이다. 그는 대여받은 남자에 불과했다. 그는 지니아에 중독돼 있었다. 그녀를 한번 입에 대면 다시 사라질 것이다. 그는 인간의 귀에는 안 들리는 초음파 호루라기에 반응하는 개와 같았다. 호루라기 소리가 들리면 달려갈 것이다.

그녀는 지니아의 이름을 절대 입에 담지 않았다. 그녀를 생각하면 그녀를 불러내는 게 될 수 있었다. 지니아가 죽었을 때, 폭탄을 맞고 안전하게 캡슐 안에 들어가 뽕나무 밑에 묻혔을 때 토니는 더 이상 초인종 소리를 두려워할 필요가 없게 됐다. 지니아는 이제 육체적으로 그녀를 위협할 수 없었다. 그녀는 각주가 되었다. 지난 일이 되었다.

그런데 피에 굶주린 지니아가 돌아왔다. 웨스트의 피에 굶주린 것은 아니다. 웨스트는 단순한 도구에 불과하다. 지니아가 마시려는 피는 토니의 피다. 그녀는 전부터 토니를 미워했다. 오늘 톡시크에서 만났을 때 토니는 증오의 눈빛을 느낄 수 있었다. 왜 그렇게 그녀를 증오하는지 논리적으로 설명할 방법은 없지만 놀랍지는 않다. 그런 증오라면 오래전부터 익히 알았다. 태어나지 못한 그녀의 쌍둥이가 느끼는 분노다.

토니는 그런 생각을 하며 쓰러진 오토 2세의 병사들을 핀셋으로 집어내고, 새롭게 점령한 영토에 사라센을 배치한다. 시체가 즐비한 이탈리아의 해변 위에 이슬람의 깃발이 나부끼는 가운데 오토는 해상으로 도망친다. 그의 패배에 사기가 오른 슬라브계 벤드족은 또다시 독일을 약탈하고 강탈할 것이다. 이로 인해 반란과 폭동이 일어나고 인간을 제물로 요구하는 예전의 신들이 다시 등장할 것이다. 만행, 이에 대한 반격, 혼돈. 오토는 장악력을 잃고 있다.

어떻게 하면 그가 이 전투에서 이길 수 있었을까? 답하기 어려운 문제다. 무모한 판단을 자제했더라면 이겼을까? 먼저 적을 끌어내 병력을 파악했다면 이겼을까? 힘과 두뇌는 모두 결정적인 요소지만 두 가지 중 하나라도 없으면 무용지물이다.

토니는 힘이 없으니 두뇌에 의지하는 수밖에 없을 것이다. 지니아를 무너뜨리려면 지니아가 되어야 한다. 적어도 다음 행보를 예상할 정도는 되어야 한다. 지니아가 원하는 게 무엇인지 파악하면 도움이 될 것이다.

토니는 지하실 불을 끄고 부엌으로 올라가 캐리스가 떠맡긴 지하수 추출기에서 물을 한 잔 따른다.(이것도 다른 물처럼 화학 약품투성이지만 적어도 염소는 없다. 로즈는 토론토의 수돗물을 가리켜 수영장 물이라고 한다.) 그런 다음 뒷문을 열고 살그머니 뒤뜰로 나간다. 여기에 사는 식물로는 바짝 마른 엉겅퀴와 나무줄기와 가지치기를 하지 않은 관목이 있고, 동물로는 쥐가 있다. 너구리도 단골손님이고, 다람쥐는 나뭇가지에 허술한 둥지를 틀었다. 한번은 땅벌레를 찾아 나선 스컹크가 남은 잔디를 모조리 뒤집어엎은 적도 있었다. 이 동네에 사는 온갖 고양이들의 공격에서 기적적으로 살아남은 줄무늬다람쥐가 찾아온 적도 있었다.

가끔 한밤중에 살금살금 돌아다니면 기분이 상쾌해진다. 그녀는 남들이 잘 때 깨어 있는 것을 좋아한다. 컴컴한 공간을 혼자 독차지하는 것을 좋아한다. 잘하면 남들이 보지 못하는 것을 보고, 밤에 벌어지는 사건들을 목격하고, 귀한 깨달음을 얻을 수 있을지 모르기 때문이다. 어렸을 때도 그렇게 생각해서 문을 지날 때마다 귀를 기울이며 온 집 안을 살금살금 걸어다니곤 했다. 물론 그때도 효과는 없었지만.

이렇게 유리한 고지를 점령하면 그녀의 집을 새로운 시각에서 바라볼 수 있다. 잠복 중인 적군 특공대의 시각에서 바라볼 수 있다. 그녀는 이 집이 폭격을 당하면 어떻게 될까 생각해 본다. 불길에 휩싸인 채 허공으로 날아오르는 서재, 침실, 부엌, 그리고 현관. 이 집은 보호막이 되지 못한다. 너무 약하다.

부엌 불이 켜지고 뒷문이 열린다. 웨스트의 호리호리한 실루

엣이 등장하는데 불을 등지고 있어 얼굴은 잘 보이지 않는다.

"토니? 당신, 거기 나가 있는 거야?"

그가 걱정이 담긴 목소리로 그녀를 부른다.

토니는 그의 불안감을 조금 음미한다. 그를 사랑하는 것은 사실이지만 이 세상에 순수한 의도라는 것은 없는 법이다. 그녀는 달빛이 비치는 잡초투성이 뒤뜰에서 얼룩덜룩한 은색 나무 그림자 속으로 몸을 숨기며 귀를 기울인다. 내가 보일까? 웨스트의 잠옷은 다리가 너무 짧다. 팔도 너무 짧다. 그래서 프랑켄슈타인이 만든 괴물처럼 아무렇게나 방치된 듯한 인상을 풍긴다. 하지만 그 오랜 세월 동안 토니보다 더 알뜰하게 그를 보살필 사람이 또 있었을까? 잘 맞는 잠옷을 찾는 일은 논외로 해야겠지만 말이다. 만약 의무감으로 그를 보살폈다면 속이 부글부글 끓었을지 모른다. 불만이라는 게 원래 그런 식으로 생기는 거 아닐까? 꽃다운 내 청춘을 바쳤는데! 하지만 보답을 바라고 선물을 하는 사람은 없다. 게다가 그가 아니면 이 꽃다운 청춘을 누구에게 바쳤겠는가?

"나 여기 있어."

그녀가 대답하자 그가 밖으로 나와 계단을 내려온다. 가운은 걸치지 않았지만 다행히 슬리퍼는 신었다.

"안 보이기에. 잠이 안 와서."

그는 그녀를 향해 허리를 숙이고 서서 물끄러미 바라본다.

"나도 잠이 안 와서 일하다가 바람 좀 쐬러 나왔어."

"한밤중에 돌아다니면 안 될 것 같은데. 위험하잖아."

"돌아다니는 거 아닌데. 여긴 우리 집 뒤뜰이잖아?"

그녀는 명랑한 목소리로 대답한다.

"강도가 있을지도 모르고."

그녀는 그의 팔짱을 낀다. 얇은 옷 밑에서, 살 밑에서, 팔 속에서 또 다른 팔이 생겨나는 게 느껴진다. 노인의 팔이다. 그의 눈이 달빛을 받아 우유처럼 새하얗게 반짝인다. 어디에선가 읽은 바에 따르면 인간의 기본적인 눈 색깔 중에 파란색은 없었다고 한다. 돌연변이로 만들어진 색이라 백내장에 더 취약하다고 한다. 그녀는 십 년 뒤에 아예 장님이 된 웨스트의 손을 가만히 잡고 길을 인도하는 자기 모습을 얼른 상상해 본다. 맹도견을 훈련시키고, 전자 소음의 집합체인 오디오 북을 정리하고. 그녀 없이 그가 무슨 일을 할 수 있을까?

"안으로 들어가자. 감기 걸리겠어."

그녀가 말한다.

"무슨 일 있어?"

그가 묻는다.

"전혀. 우유 따뜻하게 데워 마시자."

그녀는 명랑한 목소리로 거짓말을 한다.

"좋지. 럼주도 살짝 넣으면 좋겠다. 저 달 좀 봐! 저 위에서 사람들이 골프를 쳤다잖아."

그는 너무나 정상적이고 너무나 소중하고 너무나 익숙하다. 그녀의 팔뚝에서 나는 살 냄새처럼, 그녀의 손가락에서 느껴지는 맛처럼. 그에게 팻말을 걸고 싶다. 술병에 달린 금속판이나 총회 때 등장하는 플라스틱 명패 비슷한 팻말을. 지금 입출. 그녀는 까치발을 하고 팔을 최대한 뻗어 그를 끌어안는다. 그래도 팔이 끝까지 닿지는 않는다.

앞으로 얼마나 오랫동안 그를 보호할 수 있을까? 지니아가 다시 나타나 앞니를 보이며 발톱을 세우고 신처럼 머리카락을 휘날리면서 원래 자기 것이었던 사람을 다시 내놓으라고 덤벼들 때까지 얼마나 남았을까?

은밀한 밤

28

캐리스는 행인들 틈에서 때로는 피하고 때로는 부딪쳐 가며 어느 정도 간격을 두고 퀸가를 따라 지니아와 빌리가 아닌 남자의 뒤를 밟는다. 행인들과 가끔 부딪치는 이유는 단 일 초라도 눈을 돌리면 지니아가 사라져 버릴지 모르기 때문이다. 비눗방울처럼 사라지는 게 아니라 텔레비전 어린이 만화 영화에 나오는 등장인물처럼 점과 선으로 변해 다른 곳으로 쏜살같이 날아가 버릴지 모르기 때문이다. 물질에 대해 통달하면 벽을 뚫고 걸을 수도 있다는데 지니아라면 충분히 그러고도 남는다. 물론 사악한 방법을 통해 그런 경지에 도달했겠지. 닭의 피를 흘리고 살아 있는 동물을 먹는다든가 하는 방법으로. 아니면 남의 발톱을 모으고 바늘을 꽂아 남들에게 고통을 주는 방법으로.

지니아는 광선처럼 등 뒤에 와서 꽂히는 캐리스의 강렬한 시선을 느꼈는지 가다가 뒤를 돌아본다. 캐리스는 가로등 뒤로 몸을 피하려다 하마터면 머리가 터질 뻔한다. 머릿속을 어지럽히는 그 새빨간 감각이 어느 정도 가라앉았을 때(아프지 않아. 하나의 색깔일 뿐이야.) 용기를 내 슬그머니 훔쳐보니 지니아와 남자가 걸음을 멈추고 이야기를 하고 있다.

정제 설탕을 너무 많이 먹은 탓에 눈은 푹 꺼지고 얼굴은 퉁퉁 부은 사람들이 닮아서 너덜너덜한 소맷부리와 손을 내밀며 밥값 좀 달라고 한다. 캐리스는 그들을 향해 희미하게 웃어 보이며 그쪽으로 좀 더 다가간다. 그녀의 뒤로 사나운 눈초리와 중얼거림이 꼬리처럼 이어진다. 캐리스에게는 잔돈이 없다. 카페 느와르에서 팁으로 다 써 버렸다. 아무튼 현금 자체가 별로 없다. 점심값을 계산했을 때 생각보다 많이 남기는 했지만. 로즈가 계산을 맡으면 캐리스가 내는 금액이 생각보다 적어지는 것 같다. 아무튼 캐리스는 거지들에게 적선하는 것을 탐탁지 않게 생각한다. 그런 돈은 사탕과 같아서 해롭다. 하지만 여건이 허락하면 집에서 기른 당근은 줄 수 있다.

그녀는 샛노란 파라솔이 달린 핫도그 가판대 뒤로 가서 숨는다. 기분 나쁜 냄새가 나고(돼지 내장 냄새!) 겨자와 양념(소금 덩어리!) 뒤로 벌 받을 청량음료 깡통(화학 약품!)들이 늘어서 있지만 어쩔 수 없다. 핫도그 장수가 어떤 걸 먹겠느냐고 묻지만 그녀는 그 소리를 거의 듣지 못한다. 지니아에게 정신이 팔렸기 때문이다. 지니아 옆에 있는 남자가 그녀 쪽으로 고개를 돌리자 캐리스는 남자의 얼굴을 알아보고 뜨거운 철판에 손이라도 댄 듯 움찔한다. 로즈의 아들 래리다.

캐리스는 로즈의 아이들을 볼 때마다 시간이 점프하는 것처럼 느껴진다. 아이들이 자라는 모습을 옆에서 지켜보기는 했지만 그렇게 컸다니 믿어지지가 않는다. 오거스타가 바닥에 책상다리를 하고 앉아서 바비 인형을 가지고 소꿉놀이를 하고 있겠거니 생각하며(그녀는 그런 소꿉놀이를 못마땅하게 생각했지만 힘이 없어서 막지 못했다.) 옆방 문을 열었는데 어깨가 넓은 슈트에 슬링 백 하이힐을 신고 의자에 앉아 손톱에 매니큐어를 바르고 있을 때와 비슷한 느낌이다. 그럴 때면 이렇게 묻고 싶어진다. 어머, 오거스트! 그렇게 이상한 정장은 어디서 났니? 그런데 진짜 딸아이의 옷이다. 그녀의 어머니한테나 어울릴 법한 옷을 딸아이가 입고 다니는 것을 볼 때마다 얼마나 놀라운지 모른다.

청바지에 옅은 갈색 스웨이드 재킷을 입은 래리가 한쪽 손으로 지니아의 팔을 잡고 캐러멜색 머리를 그녀 쪽으로 숙이고 있다. 꼬맹이 래리가 저렇게 컸다니! 쌍둥이 여동생들이 깔깔대며 서로 팔을 꼬집고 코에 왕코딱지가 대롱대롱 매달렸다고 서로 놀리면 심각한 표정으로 입을 오므리고 얼굴을 찡그리던 래리가! 캐리스는 한 번도 래리를 편하게 대한 적이 없다. 래리 그 자체가 아니라 그의 경직된 태도가 불편했다. 훌륭한 마사지 전문가의 힘을 빌리면 좀 괜찮아지지 않을까 늘 그런 생각이 들었다. 그런데 톡시크에서 점심을 먹다니 래리도 상당히 느슨해진 모양이다.

그런데 무슨 일로 지니아를 만나는 걸까? 지금 지니아하고 무슨 짓을 하는 걸까? 그가 고개를 숙이자 지니아가 촉수처럼 고개를 든다. 그러더니 둘이 입을 맞추는 게 아닌가! 적어도 캐리스가 보기에는 그렇다.

"아주머니, 핫도그 살 거요, 안 살 거요?"

핫도그 장수가 묻는다.

"네?"

캐리스가 깜짝 놀란 목소리로 묻는다.

"이런 미친 여자야. 저리 가! 정신 병원에나 처박혀 있을 것이지, 당신 때문에 손님들이 거치적거리잖아!"

이 상황에서 캐리스가 아니라 로즈였다면 손님은 무슨 손님이냐고 물었을 것이다. 하지만 정말로 로즈가 이런 상황을 맞닥뜨렸다면 충격으로 정신을 못 차렸을 것이다. 지니아하고 래리라니! 나이가 곱절은 많을 텐데! 남녀 관계에서 나이가 중요하다고 생각했던 예전의 잔재가 아직 캐리스에게 남아 있는 것은 사실이다. 하지만 요즘은 색안경을 쓰고 볼 필요까지는 없다고 생각한다. 남자들은 까마득한 옛날부터 한참 어린 상대를 만나 왔는데 여자라고 그러지 말라는 법이 있을까? 문제는 나이가 아니다. 문제는 지니아의 나이가 아니라 지니아 그 자체다. 래리를 위해서라면 배수구 청소 용액을 들이켜는 편이 차라리 나을 것이다.

캐리스가 이렇게 매정한 생각을 하고 있을 때 지니아가 비스듬히 인도에서 내려서더니 택시 안으로 사라진다. 그 뒤를 이어 래리가 택시에 오른다. 그러니까 작별의 키스가 아니었다. 두 사람을 태운 택시가 차량 행렬 속으로 빨려 들어간다.

캐리스는 정신이 없다. 이제 어떻게 해야 할까? 로즈! 로즈! 도와줘! 빨리 이쪽으로 와! 로즈에게 전화해 이렇게 외치고 싶지만 지니아와 래리의 행선지를 모르니 그래 봐야 소용없는 일이다. 그리고 행선지를 안다 해도 로즈가 뭘 어쩔 수 있을까? 호텔 방으로 쳐들어가 내 아들한테서 손 떼라고 할 수도 없는 일이다. 래리는 스물두 살 성인이다. 자기 일은 자기가 결정할 나이다.

캐리스는 택시가 보이자 양팔을 휘두르며 차도로 달려 나간다. 택시가 끼이익 소리와 함께 바로 앞에서 멈추어 서고 그녀는 허둥지둥 돌아가 문을 열고 올라탄다.

"고맙습니다."

그녀는 숨을 헐떡이며 말한다.

"죽지 않은 걸 다행으로 아세요. 그래, 어디로 모실까요?"

기사는 출처를 알 수 없는 억양을 쓴다.

"저 택시를 따라가 주세요."

캐리스가 말한다.

"어느 택시요?"

기사가 묻는다.

추격전은 이렇게 끝이 난다. 게다가 설상가상으로 택시에 타기는 했으니 기본요금 3달러를 내야 할 텐데 캐리스가 가진 것은 5달러짜리와 10달러짜리 지폐뿐이고, 기사는 잔돈이 없고 조금 전에 그런 폭언을 퍼부은 핫도그 장수한테 잔돈을 바꾸어 달라고 하기는 싫다. 결국 기사가 "아주머니, 시간이 돈이에요. 됐으니까 그냥 내리슈."라고 하고 찜찜하게 뒤끝이 남는다.

그런데 다행히 퀸가에서 또다시 공사가 진행 중이라 지니아가 탄 택시가 체증에 발이 묶인다. 캐리스가 앞으로 조금 달려가 보니 지니아가 탄 택시에서 두 차 뒤에 빈 택시가 한 대 서 있다. 그녀가 얼른 올라타자 두 택시가 시내 중심가를 느릿느릿 관통한다. 지니아와 래리는 아널드 가든 호텔에서 내리고, 캐리스도 뒤따라 내린다. 그녀는 제복을 입은 도어맨이 그들에게 묵례하는 모습을, 래리가 지니아의 팔꿈치를 잡는 모습을, 둘이 놋쇠와 유리로 된 문을 통과하는 모습을 바라본다. 그녀는 한 번도 그런 문 안으로 들어가 본 적이 없다. 차일이 달린 곳은 어디든 겁이 난다.

이제 어떻게 하면 좋을까 고민하는데 자전거를 타고 지나가던 배달원이 아무 이유 없이 그녀에게 욕을 퍼붓기 시작한다. 이봐요, 아줌마. 우라질 눈깔은 뭐 하러 달고 다니는 거야! 이건 일종의 계시다. 오늘은 할 만큼 했다는 뜻이다.

그녀는 바람에 흔들리듯 휘청휘청 페리 선착장으로 걸어간다. 시내에 있으면 얼굴로 먼지바람을 맞는 것처럼, 사포 위에서 춤이라도 추는 것처럼 신경이 곤두선다. 이유는 모르겠지만 미쳤다는 소리보다 아줌마라고 불린 게 더 신경이 쓰인다. 그 말이 왜 그렇게 기분 나쁘게 다가올까?(샤니타가 재미있다는 듯 업신여기는 말투로 외치는 소리가 들리는 듯하다. 그 정도면 양반이지!)

좌절감과 무력감이 느껴지면서 살짝 겁이 난다. 오늘 안 사실을 어떻게 처리하면 좋을까? 그녀는 귀를 기울여 보지만 몸은 아무 말도 하지 않는다. 장난스럽게 카페인을 먹고 싶다고 하고, 아드레날린을 용솟음치게 만들고, 과대망상을 부를 때는 언제고! 가끔은 몸이 거추장스럽게 느껴질 때도 있다. 오늘이 그런 날이다. 그녀는 관심과 배려를 아끼지 않고, 종잡을 수 없는 변덕을 부려도 신경을 쓰고, 로션과 오일을 발라주고, 엄선한 영양소를 공급하는데 몸이 늘 반응을 보이는 것은 아니다. 예컨대 지금도 허리가 아프고, 시커멓고 차가운 웅덩이, 갈색을 띤 초록색의 썩은 산성 용액이 담긴 불길한 웅덩이가 배꼽 밑에서 만들어지고 있다. 육신은 영혼을 담은 집이고 마음이 오가는 길이지만 심술을 부리기도 하고, 반항하기도 하며, 물질세계의 안 좋은 물이 들기도 한다. 육신이 있다는 것은, 육신에 깃들어 있다는 것은 병든 고양이에게 밧줄로 묶여 있는 것과 비슷하다.

그녀는 페리 난간에 기대고 역방향으로 서서 유독하기로 악명 높은 호수 위로 배가 지나간 자국이 생겼다 사라지는 것을 바라본다. 수면 위에서 반짝이는 햇살은 이제 하얗다기보다 누르스름하다. 오후의 지는 해와 더불어 하루가 저물고 있다. 하루가 저마다 뭔가를 안고 사라지는 곳으로 저물고 있다. 저물어 버린 날들은 다시 돌아오지 않을 것이다. 빌리와 함께했어야 하는 그날들은 다시 돌아오지 않을 것이다. 지니아가 그날들을 훔쳐 갔다. 그날들을 지니아에게 빼앗긴 캐리스는 애틋하게 회상하지도 못한다. 그녀가 없는 집에 지니아가 몰래 들어와 그녀의 머릿속에만 존재하는 앨범에 든 사진을 갈기갈기 찢어 버린

것 같다. 지니아는 한 방에 그녀의 과거와 미래를 모두 훔쳐 가
버렸다. 다만 얼마간이라도 기다려 줄 수는 없었을까? 한 달만
이라도, 일주일만이라도, 며칠만이라도.

영혼의 세계에서(그녀는 현재 영혼의 세계로 들어섰다. 부드럽
게 흔들리는 페리가 종종 이렇게 최면제 역할을 한다.) 캐리스의
영체는 무릎을 꿇고 애원하듯 지니아의 영체를 향해 손을 내
민다. 지니아의 영체는 시뻘겋게 이글거린다. 뾰족한 이파리나
펜촉을 닮은 붉은 화염의 관이 머리 주변에서 너울거리는데
화염마다 한가운데는 텅 비어 있다. 시간을 조금만 더 줘. 시간을
조금만 더 줘. 캐리스는 애원한다. 네가 가지고 간 것을 돌려줘!

하지만 지니아는 등을 돌린다.

29

캐리스와 지니아의 역사는 1970년대가 시작되는 첫해 11월의 첫 주 수요일에 시작됐다. 1970년대. 생각해 보면 7과 0은 모두 의미심장한 숫자다. 0은 무언가의 시작인 동시에 끝을 의미한다. 오메가이기 때문이다. 동그랗고 그 자체로 완벽한 O는 터널의 입구이자 출구이고, 끝이자 시작이다. 그해에 빌리의 종말이 시작된 한편 딸 오거스타가 존재하기 시작했으니 말이다. 그런가 하면 7은 4와 3으로 이루어진 소수다. 아니면 두 개의 3과 하나의 1로 이루어졌다고 볼 수도 있는데 캐리스는 이 조합을 더 좋아한다. 3이 우아한 피라미드이자 여신의 숫자이기 때문이다. 반면에 4는 상자 모양 사각형에 불과하다.

그날은 수요일이었다. 요일을 기억하는 이유는 당시 수요일마다 시내로 건너가 요가 수업 두 개를 맡아서 돈을 벌었기 때문이다. 금요일에도 요가 수업을 진행했지만 금요일에는 늦게까지 시내에 남아 퍼로스 식료품 협동조합에서 자원봉사자로 일했다. 11월이었던 것을 기억하는 이유는 11월이 열한 번째 달이자 망자의 달, 재생의 달이기 때문이다. 태양궁은 화성의 지배를 받는 전갈자리, 짙은 빨간색. 섹스, 죽음, 전쟁. 동시 발생.

하루가 안개와 함께 시작된다. 캐리스가 침대에서 일어나는데 안개가 보인다. 바닥에 깔린 매트리스에서 일어났으니 침대가 아니라 잠자리라고 해야 맞겠지만. 그녀는 창가로 다가가 밖을 내다본다. 유리창에는 작고 투명한 무지개가 붙어 있다. 캐리스의 작품이 아니라 전에 살던 사람들이 붙여 놓은 것이다. 한물간 히피였던 예전 세입자들은 빛바랜 꽃무늬 벽지에 알몸으로 성교하는 사람들과 후광이 비치는 고양이 그림도 매직으로 그려 놓았고, 한밤중에 도어스와 재니스 조플린을 귀청 떨어지게 틀었고, 뒤뜰 곳곳에 사람 똥 무더기도 쌓아 놓았다. 결국 그들은 이웃 사람들의 지원 사격을 등에 업은 집주인에게 쫓겨났다. 요란하게 LSD 환각제 파티를 벌이다 한 명이 거실에 있는 검은색 플라스틱 콩 주머니 소파를 식인 말불버섯으로 착각하고 불을 지른 다음이었다. 골목길 저쪽 끝에 살고 있던 집주인은 캐리스와 빌리를 환영했다. 두 명뿐인 데다 커다란 스피커도 없고 캐리스가 텃밭을 만들 생각이라고 했기 때문이었다. 텃밭이라니 모범적인 부부 생활의 상징이 아닌가. 동네 사람들은 세입자가 바뀐 것이 워낙 반가워서 닭을 키우는 것에 대해 아무 소리도 하지 않았다. 닭을 키우는 것이 불법인지 합법인지 모를 일이지만 이곳은 섬이라 법을 엄격하게 따지지 않았고 허가 없이 증축한 집도 한두 채가 아니었다. 게다가 다행스럽게도 그들이 사는 곳이 가장 끝집이라 한 면만 이웃집과 맞닿아 있다.

캐리스는 알몸으로 성교하는 사람들과 고양이 그림 위에 페인트를 칠하고 인분을 파서 퇴비를 만들었다. 중국에서는 인분을 이런 식으로 활용하는데 모르는 사람이 없다시피 전 세계에서 가장 훌륭한 유기농법을 자랑하는 곳이 중국이다. 똥에서 먹을거리에서 다시 똥으로. 이 모든 것이 순환의 일부분이었다.

두 사람은 늦봄에 이 집으로 이사를 했는데 캐리스는 처음 발을 들여놓은 순간부터 제대로 고른 집인 것을 알 수 있었다. 그녀는 이 집을 사랑하고, 한 걸음 더 나아가 이 섬을 사랑한다. 이 섬은 알을 품고 있는, 활기 넘치고 촉촉한 생명으로 가득하다. 그래서 물 한 방울, 돌멩이 한 개마저 살아 숨 쉬는 것처럼 느껴지고, 그녀도 이와 더불어 살아 숨 쉬는 것처럼 느껴진다. 가끔 그녀는 동이 트기도 전에 밖으로 나가 잘 다져진 자전거 길에 가까운 골목길을 걷는다. 장작더미와 해먹과 듬성듬성한 잔디밭이 있는, 다 쓰러져 가거나 혹은 새로 단장한 예전의 시골 별장들을 지난다. 아니면 축축한 풀밭에 그냥 드러눕기도 한다. 빌리도 이 섬이 좋다고 하지만 그녀만큼 좋아하지는 않는다.

안개는 땅바닥과 덤불에서 피어오르기도 하고, 마당 뒤편의 오래된 사과나무에서 뚝뚝 떨어지기도 한다. 서리를 맞아 갈색으로 변한 사과 몇 알이 불타 버린 크리스마스 장식처럼 뒤틀린 가지에 대롱대롱 매달려 있다. 캐리스가 젤리로 만들지 못한 사과들은 나무 밑동으로 떨어져 그곳에서 부패, 발효되고 있다. 닭 몇 마리가 사과를 쪼아 먹은 모양이다. 취해서 비틀거리고 닭장을 향해 비탈길을 올라가지도 못하는 것을 보면 알 수 있다. 빌리는 이렇게 취한 암탉들을 멋지다고 생각한다.

페인트를 칠한 널찍한 마룻널이 맨발에 차갑게 와닿는다. 그녀는 소름이 돋은 팔을 감싸 안으며 살짝 몸을 떤다. 여기에서는 안개에 가려 호수가 보이지 않는다. 자연이 만든 작품은 뭐가 됐건 아름답다. 그런데 아무리 노력해도 안개만큼은 아름답게만 바라볼 수가 없다. 물론 흔들림 없는 불빛처럼 아름다운 건 사실이다. 하지만 불길하기도 하다. 안개가 깔려 있으면 뭐가 다가오는지 보이지 않는다.

그녀는 쫙 펼친 침낭을 덮고 매트리스 위에서 자고 있는 빌리를 내버려 둔 채 수가 놓인 인도산 슬리퍼를 신고 순면 나이트가운 위로 빌리의 스웨트 셔츠를 입는다. 나이트가운은 빅토리아 시대 스타일의 중고다. 켄징턴 시장의 중고 의류 매장에서 샀다. 직접 만들면 훨씬 저렴할 것 같아서 옷본도 사고 옷감도 두 벌을 넉넉히 만들 만큼 사다 놓았지만 요가 수업료 대신 받은 페달식 재봉틀에 문제가 생겨서 아직 재단도 하지 못했다. 다음에 수업료 대신 받고 싶은 물건이 베틀이다.

그녀는 발뒤꿈치를 들고 살금살금 침실에서 빠져나와 좁은 복도를 지나 계단을 내려간다. 육 개월 전에 빌리와 함께 이 집으로 이사했을 때는 닳아빠진 리놀륨 장판이 몇 겹으로 바닥을 덮고 있었다. 캐리스는 리놀륨 장판을 걷어 내고, 장판을 고정하는 데 쓰인 못도 뽑고, 장판에서 배어 나온 시커멓고 끈적끈적한 얼룩을 긁어낸 다음 바닥을 파란색으로 칠했다. 그런데 계단을 반쯤 칠했을 때 페인트가 다 떨어졌고, 추가로 사 오지 못해서 계단 아래쪽에는 아직 리놀륨 자국이 남아 있다. 그래도 상관없다. 리놀륨 자국은 오래전에 여기 살았던 사람들이 남긴 흔적이다. 그래서 그냥 내버려 두기로 한다. 듬성듬성한 잔디밭을 그냥 내버려 두는 것도 같은 이유다. 보이지도 들리지도 않지만 다른 존재들과 이 공간을 함께 쓰고 있으니 그들에게 호의를 보이는 것이 좋지 않을까. 아니면 경의를 보이든지. 경의라고 표현하는 것이 좋겠다. 그들과 그렇게까지 가까운 사이가 될 생각은 없으니까. 그들도 그녀를 존중해 주었으면 좋겠다.

부엌으로 들어간다. 섬뜩할 만큼 춥다. 이 집에는 눅눅하고 바닥이 흙으로 된 달개집이 있고, 여기에 온수기가 있고 그 옆에 보일러도 있지만 보일러가 제대로 작동하지 않는다. 캐리스는 이 달개집을 광이라고 부르면서 할머니가 그랬던 것처럼 당근이나 근대 같은 뿌리채소를 모래 상자에 묻어 보관한다. 보일러는 기껏해야 바닥에 달린 쇠창살 너머로 미지근한 공기를 뿜어내고 먼지 덩어리나 일으킬 뿐이다. 꼭 필요하지도 않은데 보일러를 켜는 건 돈 낭비일 뿐 아니라 부정행위를 저지르는 것처럼 느껴진다. 가능하면 자연적으로 얻을 수 있는 것을 최대한 활용해야 한다. 그렇기에 캐리스는 섬에서 자라는 나무를 찾아다니며 말라 죽은 가지를 긁어모으고, 닭장을 짓고 남은 널빤지 자투리를 재활용하고, 집에서 자라는 사과나무의 삭정이를 꺾어서 쓰고 있다.

그녀는 무쇠 스토브 앞에 무릎을 꿇고 앉는다. 이 집에서 살고 싶었던 여러 가지 이유 중 하나가 나무를 땔감으로 쓰는 이 스토브였다. 다른 사람들은 보통 전기스토브를 원했기 때문에 덕분에 집세가 저렴했다. 처음에는 사용 방법을 익히기가 힘들었다. 녀석도 나름대로 변덕이 있어서 어떨 때는 엄청난 연기를 뿜어내고, 또 어떨 때는 장작이 가득 들었는데도 꺼져 버린다. 살살 구슬려야 한다. 어제 생긴 재를 긁어서 가까이에 놓아두는 냄비에 담는다. 일부는 나중에 퇴비에 섞고, 나머지는 유약을 만드는 데 쓸 수 있게 체로 걸러서 아는 도공에게 넘길 것이다. 그런 다음 구깃구깃 뭉친 신문과 불쏘시개와 얇은 장작 두 개를 화실에 쑤셔 넣는다. 불이 붙자 열어 놓은 스토브 문 앞에 쭈그리고 앉아 손을 녹이며 불꽃을 감상한다. 사과나무가 파랗게 타고 있다.

잠시 후 일어나 무릎이 뻣뻣해진 것을 느끼며 조리대로 걸어가서 전기 주전자 플러그를 꽂는다. 전기스토브는 없지만 이 집에는 기본적인 배선 공사가 되어 있고 방마다 천장에는 전등이, 벽에는 소켓이 달렸다. 전기 주전자와 다른 기기를 같이 꽂으면 퓨즈가 나갈 따름이다. 쇠 주전자를 장작 스토브에 올려놓고 물을 끓일 수도 있지만 그러려면 한참을 기다려야 하는데 그녀는 지금 당장 허브티를 마시고 싶다. 다른 사람으로 살았던 아주 오래전 대학생 시절에 매클링 홀에서 커피를 마셨을 때가 생각난다. 머리가 멍해지면서 자꾸만 더 마시고 싶었던 그 기분이 생각난다. 그것이 아마 중독이었을 것이다. 육신은 금세 타락한다. 적어도 담배는 한 번도 입에 대지 않았다.

캐리스는 식탁에 앉아서(떡갈나무로 만든 동그란 식탁이면 좋겠지만 크롬 다리가 달렸고 포마이카로 된 상판에 검은색 소용돌이 무늬가 찍힌 1950년대의 인공적이고 부도덕한 식탁을 임시로 쓰고 있다.) 허브티를 마시며 하루 일과를 생각하는 데 정신을 집중하려고 한다. 하지만 안개 때문에 집중이 잘되지 않는다. 그녀는 손목시계가 있어도 해가 보이지 않으면 시간 감각이 무뎌진다.

지금 가장 시급하게 결정해야 할 문제는 그녀와 닭들 중 어느 쪽이 먼저 아침 식사를 할 것인가다. 만약 그녀가 먼저 아침 식사를 하면 닭들이 기다려야 할 테고, 그러면 그녀는 죄책감을 느낄 것이다. 만약 닭들에게 먼저 모이를 먹이면 잠깐 배가 고프겠지만 모이를 주는 동안 아침 식사에 대한 기대감을 키울 수 있다. 게다가 닭들은 그녀를 믿는다. 지금 이 순간에도 그녀가 어디 있는지 궁금해하고 있을 것이다. 걱정하고 있을 것이다. 원망하고 있을 것이다. 이런 녀석들을 어떻게 실망시킬 수 있을까.

그녀는 매일 아침 이렇게 사소한 줄다리기를 한다. 매일 아침 이기는 쪽은 닭들이다. 그녀는 차를 다 마시고 싱크대에서 양동이에 물을 받은 다음 부엌문 쪽으로 걸어간다. 그쪽 벽

고리에 빌리의 작업복이 매달려 있다. 그녀는 나이트가운을 작업복 가랑이 속으로 쑤셔 넣고 슬리퍼를 벗은 맨발에 빌리의 고무장화를 신는다. 2층으로 올라가 옷을 갈아입어도 되지만 그러면 요즘 과로하느라 잠이 부족한 빌리가 깰지 모른다. 기분이 좋지는 않다. 고무장화는 차갑고 묵은 땀 때문에 축축하다. 털실로 짠 작업용 양말이 안에 들었을 때도 있는데 어디론가 사라진 모양이다. 양말이 들어 있어도 장화는 차갑고 너무 컸을 것이다. 그녀가 신을 장화를 따로 마련해도 되겠지만 그러면 가상의 현실에 어긋난다. 가상의 현실에서는 빌리가 닭들에게 모이를 주는 것으로 되어 있다. 그녀는 물이 든 양동이를 들고 어기적어기적 마당으로 걸어 나간다.

안개 속으로 들어가면 특유의 불길한 분위기가 조금 덜해진다. 그 속으로 들어가면 단단한 장애물을 뚫고 걸어갈 수 있을 것 같은 착각에 빠진다. 흠뻑 젖은 풀잎들이 다리에 스친다. 공기 중에서 부엽토와 축축한 나무, 대여섯 통은 아직도 텃밭에 남아 있는 젖은 양배추 냄새가 난다. 만물이 서서히 산화되어 가는 가을의 냄새다. 캐리스는 그 냄새와 함께 암모니아와 닭에서 풍기는 후끈한 깃털 냄새도 들이마신다. 녀석들은 닭장 안에서 나지막이 구구거리고 있다. 마음이 편안한지 사색이나 명상에 잠긴 것처럼 그렇게 웅얼거린다. 그러다 그녀가 다가오는 소리가 들리자 신이 나서 꼬꼬댁거리며 소리를 지른다.

캐리스는 울타리로 들어가는 철문의 빗장을 벗긴다. 원래는 아예 울타리 없이 닭들을 완전히 풀어놓고 키울 생각이었는데 개와 고양이 문제가 있었다. 그리고 닭에 대해 대체로 너그러운 이웃 사람들도 자기 집 마당에 한 마리라도 들어와 화단을 헤집고 다니는 건 좋아하지 않는다. 닭들은 울타리를 싫어해서 어떻게든 빠져나가려고 한다. 그래서 캐리스는 울타리 안으로 들어서면 항상 문을 닫는다.

닭장은 빌리가 직접 만들었다. 웃통을 벗고 등 뒤로 쏟아지는 햇빛을 맞아 가며 못질을 했다. 그에게 성취감을 선물할 수 있는 훌륭한 일이었다. 닭장이 살짝 기울기는 했지만 그래도 제 구실은 한다. 암탉이 드나드는 조그마한 정사각형 모양의 문은 내리막길과 연결이 되고 사람이 드나드는 문은 따로 있다. 캐리스가 암탉용 문을 열면 녀석들이 그쪽으로 몰려들어 꼬꼬댁거리는 소리와 함께 고개를 뻣뻣이 세우고 햇빛에 눈을 반짝이며 내리막길을 내려온다. 그러면 캐리스는 사람용 문을 열고 들어가 모이를 넣어 두는 양철 쓰레기통 속에서 커피 깡통으로 모이를 퍼내 바닥에 뿌린다. 그녀는 녀석들을 닭장 밖으로 꺼내 모이를 주는 쪽을 좋아한다. 책에서는 짚을 깔아 놓으면 닭똥이 닭장 바닥에 쌓이고 그것이 부패하면서 발열 작용을 일으켜 겨울에 닭들이 따뜻하게 지낼 수 있다고 하지만 캐리스는 그런 환경에서 섭취한 모이가 건강에 좋을 리 없다고 생각한다. 자연의 순환도 중요하지만 본말을 전도해서는 안 된다.

닭들은 정신없이 꼬꼬댁거리면서 그녀의 다리 주변으로 몰려들어 살짝 날개를 퍼드덕거리며 깡충 뛰기도 하고, 서로 밀치며 부리로 쪼기도 하고, 화가 나서 비명을 지르기도 한다. 녀석들이 어느 정도 진정하고 모이를 쪼아 먹기 시작하자 그녀는 물통도 밖으로 꺼내 양동이에 담아 가지고 온 물을 가득 붓는다.

캐리스는 닭들이 모이 먹는 모습을 지켜본다. 그러고 있으면 그렇게 기쁠 수가 없다. 논리적으로 근거가 있는 기쁨은 아니다. 닭들이 얼마나 탐욕스럽고 이기적이고 냉정한지, 서로에게 얼마나 잔인한지, 어떤 식으로 패거리를 짓는지 그녀도 알고 직접 목격한 바도 있으며 기억하고 있다. 머리를 쪼여서 껍질이 훤히 보이는 녀석이 최소한 두 마리다. 닭들은 평화로운 채식주의자도 아니다. 핫도그 끄트머리나 베이컨 조각을 몇 개 던져 주면 녀석들 사이에서 난장판이 벌어진다. 눈빛은 정신 나간 예지자를 닮았고, 광신자처럼 난폭하고, 볏과 아랫볏을 성기처럼 자랑하고 다니는 수탉은 거만한 독재자와 비슷해서 그녀가 딴 데를 보고 있다 싶으면 고무장화를 공격한다.

그래도 캐리스는 상관하지 않는다. 녀석들의 모든 것을 용서한다. 이렇게 사랑스러운데! 그녀는 녀석들이 사료 부대에 담겨 도착한 순간부터, 녀석들이 천사 같은 날개를 퍼덕이며 부대에서 꽃처럼 피어난 순간부터 사랑에 빠졌다. 녀석들은 놀라운 존재다. 정말이다.

그녀는 닭장 안으로 들어가 짚단으로 덮인 상자 안을 더듬는다. 달걀을 찾는 것이다. 6월에는 암탉들이 노른자가 두세 개씩 있는 엄청나게 커다란 우윳빛 달걀을 하루에 두 알씩 쏟아 냈는데 지금은 태양의 각도가 기울어서 그런지 성적이 곤두박질쳤다. 깃털과 이하도 색깔이 탁해졌고, 몇 마리는 털갈이를 하고 있다. 달걀을 하나 간신히 찾아내지만 크기도 작고 껍질도 자갈 같다. 그녀는 작업복 가슴에 달린 주머니에 달걀을 넣는다. 아침에 빌리에게 먹일 생각이다.

다시 부엌으로 돌아가 장화를 벗는다. 추워서 작업복은 벗지 않는다. 장작 하나를 스토브 안에 더 넣고 손을 녹인다. 아침을 먼저 먹는 게 좋을까, 아니면 빌리와 함께 먹는 게 좋을까? 빌리를 깨우는 게 좋을까? 그는 어떤 때는 깨웠다고 난리고 또 어떤 때는 안 깨웠다고 난리다. 하지만 오늘은 시내에 나가야 하는 날이라 지금 깨워야 아침을 먹이고 페리를 탈 수 있다. 그래야 그가 아침 내내 잠을 잤다고 나중에 그녀를 탓하는 사태를 미연에 방지할 수 있다.

계단을 올라가서 복도를 따라 살금살금 걷는다. 문가에 다다른 뒤에는 잠깐 걸음을 멈추고 그냥 안을 들여다본다. 그녀는 닭들을 바라보는 것을 좋아하는 것처럼 빌리를 바라보는 것도 좋아한다. 빌리도 그만큼 아름답다. 암탉들이 암탉스럽듯이 빌리도 빌리스럽다.(그리고 암탉들처럼 빌리도 처음 만났을 때보다 조금 후줄근해졌다. 이것도 태양의 각도와 연관이 있을지 모른다.)

그는 침낭을 목까지 덮고 매트리스에 누워 있다. 왼쪽 팔로 눈을 가렸다. 팔이 아직도 까무잡잡하기는 하지만 점점 하얘져 가고 짧은 금색 털로 수북이 덮인 것이 꽃가루를 뒤집어쓴 꿀벌과 비슷하다. 노란색 짧은 턱수염이 창밖의 안개가 드리운 묘한 빛을 받아 새하얀 방 안에서 반짝인다. 전령 같기도 하고 성자의 수염이나 옛날 그림에서 볼 수 있는 기사의 수염

같기도 하다. 아니면 우표에 그려진 뭔가를 닮았다. 캐리스는 그가 이렇게 조용히 가만히 있을 때 보는 것을 참으로 좋아한다. 그가 말을 하고 돌아다닐 때보다 좀 더 쉽게 바라볼 수 있기 때문이다.

빌리가 손전등 같은 그녀의 눈빛을 느꼈는지 팔을 치우더니 눈을 번쩍 뜬다. 어쩌면 저렇게 파랄 수가 있을까! 물망초 같기도 하고, 엽서에서나 볼 수 있는 머나먼 산중턱 같기도 하고, 두꺼운 얼음 같기도 하다. 그는 바이킹 같은 이를 드러내며 씩 웃는다.

"지금 몇 시예요?"

그가 묻는다.

"모르겠어."

캐리스가 대답한다.

"시계 있잖아요. 안 그래요?"

그의 말투를 그대로 옮기자면 안 그려요다. 무슨 수로 안개를 설명할 수 있을까? 그를 바라보느라 시계를 볼 겨를이 없었다는 건 또 무슨 수로 설명할 수 있을까? 그렇게 바라보는 것은 무심코 할 수 있는 일이 아니다. 온 신경을 집중해야 하는 일이다.

그는 살짝 한숨을 쉰다. 분노의 한숨인지 욕망의 한숨인지 구분하기가 쉽지 않다.

"이리 와요."

욕망의 한숨인 모양이다. 캐리스는 매트리스로 다가가 빌리의 옆에 앉고 너무 노래서 물감으로 칠한 것처럼 보이는 머리카락을 이마 뒤로 넘겨 준다. 손에 물감이 묻을 것만 같은데 그렇지 않은 것이 아직도 신기하기 그지없다. 그녀도 금발이지만 좀 더 색이 하얗다. 그가 태양이라면 그녀는 달이다. 빌리의 머릿결은 안에서 빛이 난다.

"이리 오라고요."

빌리는 그녀를 자기 몸 위로 끌어 올려 입술을 겨냥하며 황금빛 팔로 그녀를 감싸고 힘껏 끌어안는다.

"달걀!"

캐리스가 뒤늦게 생각해 내고 숨을 헐떡이며 외친다. 달걀은 깨져 버린다.

30

당시에 빌리는 그런 식이었다. 시도 때도 없이 그녀를 덮쳤다. 아침이건 대낮이건 밤이건 상관없었다. 할 일이 별로 없으니 불안하거나 지루해서 그랬을 것이다. 아니면 불법 체류에서 오는 긴장감 때문이었을 수도 있다. 그는 선착장까지 마중을 나와서 그녀와 함께 집으로 걸어 돌아오자마자, 장바구니를 내려놓을 겨를도 없이 길고 하늘하늘한 치마를 걷어 올리며 그녀를 부엌 조리대로 밀어붙였다. 이런 식으로 다급하게 굴어 그녀를 당황스럽게 만들었다. 아, 사랑해요. 아, 사랑해요. 당시에 그는 이렇게 말하곤 했다. 가끔은 그녀를 때리거나 꼬집어 아프게 만들기도 했다. 그런 짓을 하지 않아도 아플 때도 있었다. 하지만 그녀가 말하지 않았으니 몰랐을 것이다.

그녀는 어떤 기분이었을까? 대답하기 쉽지 않은 문제다. 그녀는 섹스를 할 때마다 누군가 위에서 펄쩍펄쩍 뛰고 있는 트램펄린이 된 듯한 느낌이었다. 이런 기분이 점점 가셨더라면 그녀도 언젠가는 섹스를 좀 더 즐기게 되었을지 모른다. 긴장을 풀 수 있었더라면 그랬을지 모른다. 그녀는 영혼을 육체에서 분리해 한쪽 구석으로 보내 놓고 사과나 자두 같은 다른 생각을 하다 섹스가 끝나고 안전해지면 다시 몸속으로 들어갔다. 빌리가 가끔 나중에 안아 주고 쓰다듬고 입을 맞추면서 예쁘다고 말해 주면 그게 더 좋았다. 가끔 그녀는 눈물을 흘리기도 했는데 빌리는 정상적인 반응으로 생각하는 눈치였다. 눈물이 나오는 것은 빌리와 상관없는 반응이었다. 그로 인해 슬프기는커녕 행복했으니까! 그녀가 그렇게 말했을 때 빌리는 납득했고 더 이상 이유를 캐묻지 않았다. 두 사람은 여러 가지 이야기를 나누었지만 그 부분에 대해서는 단 한 번도 입에 올린 적이 없다.

그런데 섹스는 원래 어때야 하는 걸까? 어떤 게 정상일까? 그녀는 전혀 알 수가 없었다. 가끔 두 사람은 마리화나를 피우기도 했다. 돈이 없어서 많이 사지는 못하고 대개 빌리의 친구에게 얻는 게 전부였지만, 마리화나를 피우면 어떤 느낌이나 감정이나 두근거림이 어렴풋하게 느껴지기는 했다. 하지만 그래 봐야 별 소용이 없었다. 당시 그녀는 피부가 고무처럼 느껴졌다. 그녀는 작은 전선이 격자 모양으로 깔린 고무 옷을 입고 빌리는 만화에 나오는 것처럼 큼지막하게 부푼 장갑을 끼고 있는 듯한 기분이었다. 그녀는 그의 귀에 잡힌 주름이나 가슴에서 소용돌이치는 황금빛 털에는 몰입할 수 있었지만 그녀의 몸에서 벌어지는 현상에는 관심이 없었다. 빌리의 친구는 그녀를 가리켜 평소에도 계속 취한 상태인데 뭐 하러 아까운 마리화나를 낭비하느냐고 했다. 그녀가 마약을 해도 다른 사람들처럼 확연히 달라지지 않는 건 사실이었지만 그래도 그건 너무 심한 말이었다.

물론 빌리가 첫 상대는 아니었다. 그녀도 지금까지 여러 남자와 자 보았다. 보수적이거나 자기 몸을 끔찍이 아끼는 여자라는 인상을 풍기지 않으려면 그래야 했다. 곧 깨지기는 했지만 심지어 동거를 한 적도 있었다. 그 남자는 헤어지면서 상처라도 받은 양 그녀에게 쌀쌀맞은 년이라고 했다. 그녀는 영문을 알 수 없었다. 충분히 애정을 표현했고, 그가 말을 하면 고개를 끄덕였고, 끼니를 챙겨 주었고, 그가 원하면 언제든지 순순히 자리에 누웠고, 관계가 끝나면 시트를 빨았고, 알뜰살뜰하게 보살펴 주었건만. 그렇게 인색하게 굴지 않았건만.

그녀의 이런 비정상적인 부분에 대해(다른 여자들 이야기를 들어 보면 그녀가 비정상적인 것 같긴 했다.) 전혀 신경 쓰지 않는 것이 빌리의 장점이었다. 그는 오히려 그럴 줄 알았다는 눈치였다. 여자들은 원래 그렇게 충동도 없고 욕구도 없다고 생각했다. 그는 다른 남자들처럼 그걸로 그녀를 괴롭히거나 추궁하거나 고치려 들지 않았다. 잔디 깎는 기계처럼 그녀를 어설프게 만지작거리고는 그만이었다. 그는 그녀를 있는 그대로 사랑했다. 말은 하지 않았지만 그녀처럼 그녀의 기분에 대해서는 신경 쓸 필요 없다고 생각하는 눈치였다. 그 부분에 대해서는 두 사람의 의견이 일치했다. 그들이 원하는 것은 같았다.

바로 빌리의 행복이었다.

캐리스는 침낭 속으로 들어가 한쪽 팔꿈치로 몸을 받친 채 빌리의 얼굴을 가볍게 어루만진다. 빌리는 눈을 감고 다시 잠을 청하려는 것처럼 보인다. 언젠가는 아이가 생길지 모른다. 빌리를 닮은 빌리의 아이가. 그녀는 전부터 이런 생각을 하고 있다. 아무런 결심이나 계획 없이 불쑥 아이가 생기겠지, 그러면 그가 계속 그녀의 곁에 머무르겠지, 두 사람은 여기서 이렇게 영원히 함께 살 수 있겠지. 아이를 키울 만한 작은 방도 있다. 지금은 그 방이 잡동사니들로 가득하다. 빌리의 물건도 있지만 대부분 캐리스의 것이다. 물질적인 것에 연연하지 않으려 해도 온갖 물건이 가득 담긴 상자가 여러 개다. 하지만 다 치우고 흔들 다리가 달린 아담한 요람이나 골풀로 짠 세탁 바구니를 놓으면 된다. 침대는 싫다. 뭐가 됐든 창살이 달린 건 안 된다.

그녀는 빌리의 이마와 코와 부드럽게 미소 짓는 입술을 손가락으로 훑는다. 그는 전혀 모르지만 이건 부드럽고 다정하기만 한 게 아니라 소유욕이 담긴 손길이기도 하다. 붙잡혀 있지는 않지만 어떤 의미에서 그는 전쟁 포로다. 전쟁 때문에 이곳으로 건너왔고, 전쟁 때문에 숨어 지내며, 전쟁 때문에 이 자리에 머문다. 그녀는 그를 포로라고 생각할 수밖에 없다. 이곳에서 생존 자체를 그녀의 손에 맡기고 있으니 그녀의 포로인 셈이다. 그는 그녀가 마음대로 좌지우지할 수 있는 그녀의 것이다. 다른 별에서 날아와 지구에 갇힌, 인조 대기로 채워진

돔과 같은 그녀의 집에 갇힌 여행자와 다름없다. 만약 그녀가 떠나 달라고 하면 그는 어떻게 될까? 붙잡혀 여기보다 중력이 센 곳으로 추방당할 것이다. 폭발해 버릴 것이다.

그는 미국에서 왔으니 다른 행성에서 온 거나 마찬가지다. 미국에서도 캐리스가 보기엔 달의 어두운 저편만큼이나 신비롭고 막연하고 난해한 지방에서 왔다. 켄터키였나? 메릴랜드였나? 버지니아였나? 그는 이 세 군데에서 모두 살았다는데 그 이름들이 의미하는 건 뭘까? 모두 남부에서도 끝에 있다는 것 말고는 아무 의미가 없다. 남부라는 단어도 구체적인 내용이 없기는 마찬가지다. 캐리스는 남부라는 말을 들으면 몇 가지 이미지가 떠오른다. 대저택, 등나무, 그리고 한때 존재했던 인종 차별. 다른 사람으로 살았을 때, 그러니까 캐리스가 되기 전이었을 때 영화에서 보았던 것들이다. 하지만 빌리가 대저택에서 살았거나 누군가를 차별했던 것 같지는 않다. 오히려 아버지가 마을에서(어느 마을이었을까?) 쫓겨날 뻔했다고 한다. 빌리의 표현에 따르면 '자유주의자'였기 때문이라는데, 토론토 선거 포스터에 꼬박꼬박 등장하는 그 흔하고 단조롭고 개성 없고 서로 바뀌어도 아무 상관 없는 자유당원 후보들하고는 전혀 다른 개념이다.

물론 호수만 건너면 미국이고, 맑은 날에는 어렴풋이나마 윤곽이 보이는 듯도 하다. 캐리스는 고등학교 때 나이아가라 폭포로 소풍을 가면서 미국 땅을 밟아 보았는데 실망스럽게도 이쪽이나 저쪽이나 별로 다른 게 없었다. 하지만 빌리가 살던 곳은 이와 다를 것이다. 분명히 아주 생소할 것이다. 생소하고 좀 더 위험하고(이것만큼은 분명하다.) 어쩌면 그래서 더 좋은 곳일 것이다. 그곳에서 벌어지는 일들은 세계적으로 중요한 일이라고 한다. 이곳에서 벌어지는 일들과는 다르다고 한다.

그래서 캐리스는 손가락으로 빌리를 훑으며 자못 흡족한 표정을 짓는다. 유니콘처럼 독특한 그녀만의 신화 속 존재가, 그녀의 포로가 된 병역 기피자가, 수많은 헤드라인 중 하나가, 역사의 일부가 여기 이 침대에, 그녀의 손안에, 빌리의 이름이나 소재를 밝히면 절대 안 되기 때문에 임대차 계약서에 그녀 혼자 서명을 한 이 집 안에 몰래 숨어 있으니 당연하다. 병역 기피자 중에는 비자가 있는 사람도 있지만 빌리처럼 없는 사람도 있다. 캐나다 안에서는 비자를 받을 수가 없기 때문에 국경을 건너가서 비자를 신청해야 하는데 그랬다가는 분명 체포되고 말 것이다.

빌리는 이런 전후 사정을 모두 설명해 주었다. 그뿐 아니라 요즘 기마경찰대는 캐리스가 어렸을 때 보았던 기마경찰대와 다르다고 한다. 예전처럼 빨간 제복을 입고 늠름하게 말을 타고 다니며 강직하고 성실하게 범인을 체포하는 그런 사람들이 아니라 사악하고 교활하며 미국 정부와 결탁되어 있다는 것이다. 그들 손에 붙잡히면 빌리는 그길로 끝장이다. 아무한테도 말하면 안 되고 여기에서 사귄 친구들도 모르는 일이지만 사실 그가 저지른 죄가 병역 기피 외에도 추가로 있기 때문이다. 뭘 폭파했는데 그 와중에 몇 사람이 희생되었다고 한다. 실수로 벌어진 사고였다나. 그가 기마경찰대에 쫓기는 것은 그 때문이다.

다행히 기마경찰대에서 본국 송환 절차를 밟으면 그에게도 희망이 있다. 하지만 CIA가 움직이면 어두운 밤중에 납치를 당해 국경 너머로 끌려갈 것이다. 어쩌면 금주법 시행 당시 술을 밀수하던 캐나다인들처럼 고속 모터보트로 호수를 건널 수도 있다. 그는 그런 식으로 끌려갔다는 사람들 이야기를 들은 적이 있다. 아무도 모르게 유괴돼 감옥에 처넣어지면 그길로 끝장이다. 병역을 기피했다는 이유로 샤워장에서 목에 칼침을 맞을 것이다. 예정된 수순이다.

그는 이런 말을 할 때마다 캐리스에게 있는 힘껏 매달린다. 그러면 캐리스는 그를 두 팔로 감싸 안으며 "내가 못 그러게 할게."라고 말해 준다. 물론 그녀에게는 그런 일을 막을 만한 힘이 없다. 하지만 말만으로도 두 사람 모두 어느 정도 위안을 얻는다. 어찌 됐건 그녀는 빌리가 말하는 암울한 시나리오를 믿지 않는다. 폭동을 진압하러 나선 경찰기동대가 민간인을 쏘고 범죄율이 하늘을 찌른다는 미국에서는 어떨지 모르지만 여기서는 있을 수 없는 일이다. 수풀이 우거지고 사람들이 문도 안 잠그고 외출하는 이 섬에서는 있을 수 없는 일이다. 빤하고 단조로우며 드라마틱한 구석이라고는 하나 없는 이 시시한 나라에서는 있을 수 없는 일이다. 마당에서 암탉들이 평화롭게 구구거리는 그녀의 집에서는 있을 수 없는 일이다. 깃털 달린 수호신이라 할 수 있는 암탉들이 그들을 돌보고 있으니 그녀나 빌리에게 해로운 일이 생길 리 없다. 암탉은 행운의 상징이다.

그녀는 "내가 당신을 여기 데리고 있을게."라고 하지만 사실 빌리는 원치 않는 여행을 떠나온 사람이다. 그가 그보다 더 심각한 범행을 저지르지 않았을까 싶기도 하다. 그녀는 일종의 간이역이자 임시 도구가 아닐까, 해외로 파병된 병사들의 현지처와 같은 존재가 아닐까 싶기도 하다. 그는 아직 모르지만 그의 실질적인 삶 속에는 그녀가 없다. 하지만 그녀의 실질적인 삶 속에는 그가 있다.

그래서 고통스럽다.

"자, 아침 먹을까?"

캐리스는 이런 생각을 얼른 밀어내 버린다. 고통은 피해야 할 환상 같은 것이다.

"당신, 예뻐요. 베이컨 어때요? 커피는?"

빌리가 묻는다. 빌리는 카페인이 든 진짜 커피를 마신다. 캐리스가 마시는 허브티를 우습게 생각하고, 샐러드는커녕 캐리스가 직접 재배한 양상추조차 먹지 않는다. '토끼 풀'이라는 것이다.

"귀여운 토끼나 여자들이 먹는 거죠."

그의 말투를 그대로 옮기자면 구여운 토끼지만.

"달걀도 먹을 수 있었는데."

캐리스가 나무라는 투로 말하자 빌리는 웃음을 터뜨린다.(가슴에 달린 호주머니가 깨진 달걀로 엉망이 된 작업복은 지금 물론 캐리스의 몸을 벗어나 방바닥에서 나뒹굴고 있다. 나중에 그녀가 빨아야 할 것이다. 뜨거운 물로 빨았다가는 달걀이 익겠지. 그녀는 주머니를 뒤집어서 빨 생각이다.)

"오믈렛을 만들려면 달걀을 깨뜨려야 한다잖아요."

그의 말투를 그대로 옮기자면 달걀을 까뜨려야다. 캐리스는 그 말을 조용히 입 안에서 굴리며 음미한다. 가슴에 품고 기억 속에 저장한다. 그의 이름이 빌리 조나 빌리 밥이면 좋겠다. 영화에서 남부 사람들이 쓰는, 두 개가 겹쳐진 이름. 그녀는 빌리를 끌어안는다.

"빌리, 당신 정말……."

그녀는 젊다고 말하고 싶다. 실제로 그는 젊다. 그녀보다 일곱 살이나 어리다. 하지만 그는 그 사실을 되새기는 것을 싫어한다. 그녀가 젊다고 말하면 나이를 앞세우려 든다고 생각하는 모양이다. 순진하다고 말할 수도 있겠지만 이건 더 끔찍한 모욕으로 받아들일 것이다. 성적으로 서툴다는 뜻으로 해석할 테니.

그녀가 하고 싶은 말은 순수하다는 것이다. 흠집 하나 없다는 것이다. 그는 상당한 고초를 겪었고 지금도 겪고 있지만 왠지 모르게 반짝인다. 새것처럼 반짝인다. 혹은 단단하다. 그녀는 단단하지 못한 사람이라 날카로운 데 찔리면 쉽게 멍이 든다. 속이 마시멜로처럼 폭신하고 부드럽다. 그녀의 온몸은 개미의 것과 비슷한 조그마한 더듬이로 뒤덮여 있다. 더듬이들이 흔들거리며 허공을 타진하고 뭔가에 닿으면 움찔하며 그녀에게 경고를 전한다. 빌리에게는 그런 더듬이가 없다. 더듬이가 필요 없다. 그에게 와서 부딪치는 것들은 뭐가 됐건 그대로 튕겨져 나가니까. 그는 무시하거나 혹은 가슴 아파하는 대신 화를 낸다. 그가 당시에 느꼈을 슬픔이나 우울이나 죄책감하고는 상당히 거리가 먼 단단함이다.

어쩌면 이런 걸지도 모른다. 그가 느끼는 슬픔과 우울과 죄책감은 그의 것이어서 그에게 중요한 부분이지만 내면에 꽁꽁 감추어져 있다. 그러니 다른 사람들의 슬픔이나 우울이나 죄책감은 그 안에 들어갈 수가 없다. 반면에 캐리스는 열려 있는 철망 문과 같아서 모든 게 그대로 통과해 버린다.

"내가 정말 뭐요?"

빌리가 씩 웃으며 묻는다. 그의 말투를 그대로 옮기자면 '내가'가 아니라 나가다. 캐리스도 그를 보며 미소를 짓는다.

"정말…… 글쎄, 당신도 알잖아."

정확히 말하면 캐리스는 빌리를 만난 게 아니었다. 퍼로스 식료품 협동조합에서 할당받았다. 그녀는 협동조합에서 많은 사람을 알게 되었지만 친하게 지내지는 않았다. 그녀를 끌어들인 사람은 버니스라는 여자였다. 어느 교회에 소속된 반전 운동가였고, 2차 세계 대전 때 배를 타고 건너온 영국 아이들을 그랬듯이 병역 기피자를 모아 이 사람 저 사람 집에 맡기는 일을 했다. 그날 캐리스는 어쩌다 협동조합에 들른 길이었는데 버니스가 대충 추첨식으로 병역 기피자를 할당한 뒤에도 빌리와 또 다른 녀석이 남아 있었다.(버니스는 그들을 항상 "녀석"이라고 불렀다.) 그래서 캐리스가 전전세 계약한 퀸가의 창고에서 며칠 동안 재워 주겠다고, 지낼 만한 곳을 찾을 때까지 한 명은 스프링이 나간 굿윌 소파에서 자고 또 한 명은 바닥에서 자면 될 테니 침낭만 달라고 했다.

캐리스는 정치적인 동기에서 이런 일을 맡은 게 아니었다. 그녀는 정치를 믿지 않았고, 부정적인 감정을 불러일으키는 어떤 활동도 탐탁지 않게 생각했다. 전쟁도 전쟁을 생각하는 것도 싫어했다. 그 때문에 베트남 전쟁에 대해서 알지도 못했고, 알고 싶어 하지도 않았고, 텔레비전에서 보지도 않았다. 베트남 전쟁 이야기가 워낙 곳곳에서 만발했으니 그렇게 경계해도 머릿속으로 일부분 스며들기는 했지만 그녀는 텔레비전도 없었고 신문도 읽지 않았다. 신문을 보면 너무 심란했고, 그녀가 그 비참한 사태에 대해 할 수 있는 일이 아무것도 없었다. 따라서 빌리를 맡은 것도 이 모든 상황과 관계없이 선의의 차원에서 벌인 일이었다. 그녀는 낯선 사람들, 그중에서도 특히 불행한 처지에 놓인 사람들을 보면 잘해 주어야만 할 것 같은 의무감을 느꼈다. 게다가 협동조합 내에서 혼자 아무도 맡지 않겠다고 하면 이상하게 보였을 것이다.

그러니까 그렇게 시작된 거였다. 며칠이 지나자 다른 녀석은 떠나고 빌리만 남았다. 또 며칠이 지나자 그녀는 그와 동침을 해야겠다고 생각했다. 그가 밀어붙인 것은 아니었다. 그때까지만 해도 그는 기가 죽어 있었고 숫기가 없었고 갈피를 못 잡고 불안해했다. 국경 이쪽이 조금 더 안전할 뿐 저쪽과 비슷할 줄 알았는데 안전하지도 않고 비슷하지도 않았던 것이다. 그는 돌이킬 수 없는 엄청난 일을 저질렀다는 사실을 뒤늦게 깨달았다. 어쩌면 영원히 계속될지 모르는 망명 생활을 시작한 것이다. 그 때문에 가족들의 삶이 고달파졌다. 가족들은 병역 기피라는 그의 결단을 격려했지만 폭파 사건이나 다른 부분에 대해서는 그렇지 않았는데, 그럼에도 그의 표현에 따르면 "엄청난 폭격"에 시달리고 있었다. 그리고 조국을 저버린 것도 그에게는 엄청난 일이었다. 캐리스가 다닌 학교에서는 하느님에게 기도를 했는데 빌리가 다닌 학교에서는 가슴에 손을 얹고 국기에 대한 경례를 하는 것으로 하루 일과를 시작했다. 빌리에게는 조국이 일종의 하느님이었다. 캐리스가 보기에는 우상 숭배적이고 더 나아가서는 원시적인 발상이었다. 흔히 말하듯이 하얀 수염을 기르고, 노여워하고, 어린양을 제물로 바치게 하고, 사신을 거느린 통상적인 하느님 역시 원시적으로 보이기는 마찬가지였다. 그녀는 그런 것을 이미 초월했다. 그녀가 믿는 하느님은 타원형이었다.

빌리는 고향에 남은 동창생들도 걱정했다. 같이 달아나지 못했으니 지금쯤 바다를 건너거나 논바닥에서 총질을 당하거나 뜨거운 진창길을 걷다 게릴라가 던진 폭탄에 맞았을지 모른다는 것이다. 친구들을 배신한 기분이라고 했다. 전쟁이 잘못되었고 그가 내린 선택이 옳았다는 것을 알지만, 그래도 겁쟁이가 된 듯한 심정이었다. 그는 고향을 그리워했다. 돌아가고 싶어 할 때가 많았다.

그는 이런 식으로 캐리스에게 간간이 단편적으로 이야기를 했다. 그녀가 이해해 주기 바라지는 않는다고 했지만 그녀는 어느 정도 이해했다. 홍수처럼 그녀를 덮치는 그의 감정을 이해했다. 그의 감정은 축축하고 혼란스러웠으며 눈물로 이루어진 거대한 파도처럼 애수에 젖은 파란색이었다. 이렇게 심란해하는데, 이렇게 상처를 입었는데 그녀가 위안이 되어 줄 수 있다면 어떻게 거부할 수 있었을까?

31

그 뒤로 여러 가지가 달라졌다. 이 섬으로, 이 집으로 이사 온 뒤로 여러 가지가 달라졌다. 빌리는 여전히 불안해하지만 전보다 덜하다. 한결 뿌리를 내리고 정착한 것처럼 보인다. 이제는 친구들도 생겼다. 그와 마찬가지로 망명객들로 구성된 패거리다. 빌리는 일주일에 두세 번씩 이들과 모임을 하는데 어떨 때는 뭍에서도 만난다. 신참을 돕고 돌아가며 숨겨 주기도 한다. 잠깐이나마 캐리스의 거실 소파에서 신세를 진 사람이 한두 명이 아니다. 그래서 여전히 중고품이긴 해도 소파를 스프링이 괜찮은 것으로 바꿨다. 뒤늦게 깨달은 사실이지만, 함께 사는 사람이 생기면 제대로 된 가구가 필요하다. 그런 가구는 이미 오래전에 포기했건만…….

망명객들은 가끔 그녀의 집에 모여 맥주를 마시고 이야기를 나누며 마리화나도 피운다. 하지만 시끄러운 파티가 되지 않게 각별히 신경 쓴다. 가장 마주치고 싶지 않은 사람이 경찰이니까. 그들은 페리를 타고 건너오면서 여자 친구들도 데려오는데 다들 머리카락이 실타래 같고 캐리스보다 한참 어리다. 욕실이 없는 곳에서 살아 그런지 여자애들은 캐리스의 욕실에서 샤워를 하면서 몇 장 안 되는 수건을 몽땅 써 버리고 갈퀴 같은 다리가 달린 낡은 욕조에 땟자국을 남긴다. 오물은 일종의 환상이고, 생각하기 나름이며, 따라서 이런 일로 화를 내서는 안 된다는 것을 알지만, 만약 오물이라는 환상을 수습해야 한다면 이 멍한 눈빛의 여자애들 것이 아니라 자기가 남긴 오물을 수습하고 싶다. 남자들은, 아니 이 녀석들은 늙지도 않은 자기 여자 친구를 '우리 망구'라고 부른다. 빌리도 그녀를 그렇게 부르니 위안이 되는 말이다.

빌리의 패거리는 항상 계획을 운운한다. 뭔가를 도모하고 조치를 취해야 한다면서 어떤 식으로 할지를 고민한다. 패거리의 명단을 작성하는 단계에까지 이르렀지만 기껏해야 이름뿐이고 그마저도 가명이다. 그러면 안 되는 줄 알지만 캐리스는 빌리의 명단을 훔쳐보다 여자 이름을 발견하고 화들짝 놀란다. 에디스, 에설, 엠마……. 파티가 열리는 동안 그녀는 소형 냉장고에서 차가운 맥주를 꺼내거나, 협동조합에서 사 온 감자칩과 믹스 너트를 그릇에 붓거나, 머리를 감고 싶다는 여자들을 위해 샴푸를 찾아 주거나, 빌리 옆 바닥에 앉아 마리화나를 간접 흡연하며 미소 띤 얼굴로 허공을 바라보며 귀를 기울이고 엿들은 끝에 에디스가 사실은 빌리라는 사실을 알게 된다. 에디스 카벨[44]이라는 과거의 인물에서 따온 이름이다. 명단에는 전화번호도 적혀 있다. 전화기 옆 벽에도 낙서처럼 전화번호가 적혔는데 빌리는 메시지를 남길 수 있는 곳의 전화번호이기 때문에 위험할 건 없다고 말한다. 그들은 신문도 발간할까 하지만 병역 기피자들이 간행 중인 신문이 이미 여러 개 있다. 빌리와 빌리가 새로 사귄 친구들보다 먼저 이곳으로 건너온 사람이 부지기수다.

캐리스가 보기에는 이런 식으로 스파이인 양 숨어 다니면서 암호와 가명을 쓸 필요가 있을까 싶다. 꼭 어린아이들 놀이 같다. 하지만 이런 활동이 빌리에게는 활력소이자 삶의 목적인 것 같다. 외출이 잦아지고 더 이상 집 안에 틀어박혀 있지 않는다. 캐리스는 사실 걱정할 필요가 없다 싶을 때는 빌리의 달라진 모습이 기쁘지만, 그렇지 않을 때는 걱정이 된다. 빌리가 페리를 타고 뭍으로 나갈 때마다 그녀의 마음 한구석에는 두려움이 밀려온다. 빌리를 보면 아무 생각 없이 눈을 가리고 기껏해야 1미터쯤 되겠거니 생각하며 30층짜리 빌딩을 연결한 빨랫줄을 건너는 줄타기 곡예사가 연상된다. 그는 자기 행동과 말과 보잘것없는 신문이 뭔가를 바꿀 수 있다고 생각한다. 세상을 바꿀 수 있다고 생각한다.

캐리스는 세상을 좀 더 나은 방향으로 바꿀 방법은 없다고 생각한다. 이런저런 사건들은 오해하기 십상이지만 순환 과정의 일부분에 불과하다. 그 안에 휘말리면 소용돌이에 갇히는

---

44) Edith Cavell(1856~1915). 1차 세계 대전 때 활약한 영국의 간호사.

것이다. 하지만 물리적인 세상이 얼마나 가혹하고 악의적인지 빌리가 알 리 없다. 아직은 너무 젊으니 그럴 수밖에.

캐리스는 이 세상에서 바꿀 수 있는 것은 자기 육신뿐이며, 육신을 통해서만 영혼을 바꿀 수 있다고 생각한다. 그녀는 영혼을 해방시키고 싶다. 요가를 시작한 것도 그런 이유에서였다. 몸을 재정비하고, 그 안 깊숙한 곳에 숨어 있는 묵직함을 떨쳐 버리고 싶다. 오래전에 묻어 놓고 한 번도 들춰 보지 않은 사악한 보물 덩어리를 없애고 싶다. 몸을 점점 더 가볍게 만들어 허공을 둥둥 떠다닐 수 있을 만큼 해방시키고 싶다. 얼마든지 가능한 일이다. 그녀가 요가를 가르치는 것은 덕분에 집세와 전화 요금과 협동조합에서 자원봉사를 하는 대신 대량으로 싸게 구입할 수 있는 식료품값이 해결되기 때문이지만 다른 사람들을 돕고 싶어서이기도 하다. 수강생이 대부분 여성이니 좀 더 정확히 말하면 다른 여자들을 돕기 위해서라고 해야겠다. 그들도 몸 안에 무거운 쇳덩어리가 숨겨져 있을 테고, 자기 몸이 가벼워지길 바랄 것이다. 하지만 체중 감량이 수업의 목적은 아니다. 그녀는 첫 시간부터 이 사실을 분명히 한다.

캐리스는 옷을 갈아입고, 빌리에게 베이컨과 토스트와 커피를 차려 주고, 레오타드와 타이츠를 페루산 쇼핑백에 챙기고, 온 집 안을 돌아다니며 오늘처럼 현금이 딱 떨어지는 비상사태에 대비해 잔돈을 숨겨 둔 곳들을 뒤진다. 안개가 사라지고 회색으로 낮게 드리운 하늘 사이로 희미한 11월의 햇살이 비친다. 이제는 다시 손목시계를 믿을 수 있고, 페리도 제시간에 탈 수 있다. 어차피 빌리가 아니면, 빌리와 느닷없이 폭발하는 그의 욕구가 아니면 페리를 놓치는 일은 거의 없다. 하지만 그렇다고 한들 뭐라고 할 수 있을까? 이제 일하러 가야지. 안 그러면 우리 쫄쫄 굶어. 이렇게? 부질없는 말이다. 그는 이 말을 백수로 지내는 자신에 대한 힐난으로 해석하고 골을 낸다. 그는 그녀를 들판에 핀 백합으로 생각하고 싶어 한다. 그녀가 고생하거나 일을 하지 않아도 나무에 이파리가 열리듯 베이컨과 커피가 저절로 생긴다고 생각하고 싶어 한다.

요가 수업이 열리는 곳은 협동조합 위에 있는 아파트다. 예전에는 이곳이 아파트였지만 지금은 방 두 개를 사무실로 개조해 하나는 협동조합이, 또 하나는 《어스 제머네이션》이라는 소규모 시문학 잡지가 쓰고, 큼지막한 거실은 회의나 요가 같은 수업을 진행할 때 쓴다. 캐리스는 한 수업당 열 명만 가르친다. 인원이 그보다 많아지면 그녀의 회로에 과부하가 걸리고 집중이 안 되기 때문이다. 수강생들은 각자 수건과 매트를 챙겨 오고, 대부분 옷을 갈아입을 필요가 없게 외출복 밑에 레오타드를 입고 온다. 캐리스는 남들보다 먼저 도착해 화장실에서 옷을 갈아입고 협동조합 사무실의 붙박이장에 보관해 두는 매트를 펴 놓는다. 바닥에 깔린 딱딱한 나무가 워낙 오래돼서 조심하지 않으면 가시에 찔릴 수 있다.

그녀는 도착하자마자 주변 환경부터 정리한다. 옅은 자주색 격자무늬가 그려진 빛바랜 벽지도 없애고, 그림이 걸려 있었는지 벽지에 시커멓게 남은 네모난 자국도 없애야 한다. 오래된 집

특유의 퀴퀴한 냄새도, 올라오는 계단에 깔린 오줌 얼룩이 진 축축한 카펫에서 나는 냄새도, 아무도 치우지 않는 사무실 쓰레기통에 방치되어 있는 점심 찌꺼기 냄새도 없애야 한다. 밖에서 들리는 차량 소음도, 길거리와 아래층에서 들리는 사람들 목소리도 차단해야 한다. 그녀는 칠판에 적힌 글씨라도 되는 양 이런 것들을 머릿속에서 빡빡 지운다. 무릎을 구부리고 머리 위로 뻗은 두 팔의 힘을 빼고 반듯하게 누워서 숨 쉬고 준비하고 중심을 잡는 데 집중한다. 들숨을 쉴 때는 명치에 충분히 닿을 때까지 들이마셔야 한다. 종종거리며 슬그머니 왔다 갔다 하는 잡념은 차단해야 한다. 나를 초월해야 한다. 자아가 해방되어야 한다. 자아가 이리저리 떠다녀야 한다.

첫 번째 수업은 평소와 다름없이 진행된다. 캐리스의 목소리는 이런 직업에 어울리게 나지막하고 포근하며 속도도 적당하다. 그녀가 그런 목소리로 중얼거린다.

"척추를 받드세요. 태양을 맞이하세요."

그녀가 말하는 태양은 몸속에 있다. 그녀는 목소리에 손까지 동원해 여기를 건드리고 저기를 건드리며 수강생들의 자세를 바로잡아 준다. 개별 수강생에게 말을 할 때는 나지막이 속삭인다. 한 사람에게 관심이 집중되거나 당혹감을 안기거나 다른 사람들의 정신 집중을 방해하면 안 되기 때문이다. 해변에 부딪치는 잔물결 비슷하게 숨을 쉬는 소리와 긴장된 근육 냄새가 강당 안을 가득 채운다. 캐리스의 기가 손끝에서 빠져나와 다른 사람들의 몸속으로 들어가는 게 느껴진다. 별로 움직이지도 않고 격렬한 운동이라고 할 만한 수준도 못 되지만 그녀는 한 시간 삼십 분이 끝날 무렵이면 녹초가 된다.

앞으로 한 시간 동안 쉬면서 기운을 보충할 수 있다. 아래층 주스 코너에서 오렌지와 당근을 갈아 만든 주스를 마셔 살아 있는 효소를 체내에 공급하고 말린 콩에 가격표 붙이는 것을 돕고 났더니 두 번째 수업을 시작할 시간이다. 캐리스는 어느 수업 시간에 누가 있는지 신경 쓰지 않는 편이다. 10까지 숫자를 세면서 레오타드 색깔을 기억해 두지만 일단 수업이 시작되면 각 수강생의 신체적인 특징, 그중에서도 특히 척추와 잘못된 자세에만 집중할 뿐 얼굴은 눈여겨보지 않는다. 얼굴은 각자의 개성이고, 이 수업을 통해 여자들이 그 부분을 초월했으면 하기 때문이다. 게다가 맨 처음에는 바닥에서 눈을 감고 하는 동작들이 이어진다. 그렇기 때문에 그녀는 수업이 4분의 1쯤 진행된 다음에야 처음 보는 얼굴이 있음을 알아차린다. 남색 레오타드에 짙은 보라색 타이츠를 입고 오늘처럼 흐린 날에 이상하게 선글라스를 쓰고 있는 검은 머리의 여자다.

여자는 키가 크고 젓가락처럼 말랐다. 하도 말라서 부조로 새긴 것처럼 레오타드 위로 볼록 솟은 양쪽 갈비뼈와 그 밑의 그림자가 보일 정도다. 무릎과 팔꿈치는 밧줄 매듭처럼 툭 튀어나왔고, 자세는 유연하다기보다 옷걸이로 만든 골조처럼 기하학적이다. 피부는 버섯처럼 새하얗고, 썩어서 번들거리는 고기처럼 어두컴컴한 인광이 주변에서 아른거린다. 캐리스는 건강이 안 좋은 사람을 보면 안다. 이 여자는 요가 수업 한 시간으로는 턱도 없다. 일단은 다량의 비타민 C와 햇빛 폭탄이 급

선무지만 그래 봐야 문제가 있는 부분은 건드리지도 못할 것이다.

그녀의 문제점 가운데 하나가 정신 자세다. 선글라스를 보면 알 수 있다. 선글라스는 내면의 눈을 가로막는 장벽과 같다. 그래서 캐리스는 연꽃 자세로 명상을 시작하기 전에 그녀에게 다가가 나지막이 속삭인다.

"선글라스 벗지 않으시겠어요? 그것 때문에 집중이 잘 안 될 텐데요."

여자가 대답 대신 선글라스를 살짝 내리자 캐리스는 충격을 받는다. 여자의 왼쪽 눈이 시커멓다. 시커먼 한편으로 푸르뎅뎅하고 반쯤 감겨 있다. 다른 쪽 눈은 상처를 받은 듯 촉촉하게 애원하는 눈빛으로 그녀를 물끄러미 쳐다본다. 캐리스는 숨을 훅 들이쉰다.

"어머나, 죄송해요."

그녀는 주춤한다. 여자의 살과 눈을 강타한 주먹이 느껴진다.

여자는 미소를 짓는다. 그 초췌하고 상처가 난 얼굴로 비참한 미소를 짓는다.

"혹시 캐런 아니에요?"

그녀가 나지막이 묻는다.

캐리스는 캐런이 맞기도 하고 아니기도 하다는 것을 어떤 식으로 설명하면 좋을지 모르겠다. 그녀는 한때 캐런이었다. 그래서 "맞아요."라고 대답하고 더욱 가까이에서 들여다본다. 이 여자가 어떻게 자기를 알아보았을까?

"나 지니아야."

여자가 말한다. 그러고 보니 과연 그렇다.

캐리스와 지니아는 협동조합 저쪽 끝에 있는 주스 코너 옆의 조그마한 테이블에 앉는다. 지니아가 묻는다.

"여기 뭐가 맛있니? 나는 죄다 처음 보는 거라서."

캐리스는 전문가적 지식이 요구되자 기분이 좋아져서 파파야와 오렌지를 갈아 약간의 레몬과 맥주 효모를 넣은 주스를 주문한다. 지니아는 선글라스를 벗지 않고 캐리스도 뭐라 하지 않는다. 그래도 눈을 볼 수 없는 사람과 이야기하는 것은 어려운 일이다.

그녀는 당연히 지니아를 기억한다. 매클렁 홀에서 지낸 아이들은 누구라도 지니아를 알았다. 심지어 공항을 지나듯 대학 생활을 스쳐 갔던 캐리스조차도. 학문적인 측면에서 보자면 그녀는 뜨내기에 불과했고, 삼 년 만에 학교를 중퇴해 버렸다. 그녀가 배우고 싶은 것은 학과 과정에 없었다. 어쩌면 마음의 준비가 안 되었던 것일 수도 있다. 캐리스는 뭔가를 배울 준비가 되면 알맞은 스승이 나타난다고, 더 정확하게 말하면 자기에게 보내진다고 생각한다. 지금까지는 대부분 그런 식이었다. 현재 아무것도 배우지 않는 이유는 빌리 때문에 정신이 없기 때문이다.

어쩌면 빌리야말로 어떤 의미에서 스승일지 모른다. 그에게서 무엇을 배워야 하는지 아직 정확히 파악하지 못했을 뿐. 아마도 사랑하는 법 아닐까? 남자를 사랑하는 법. 하지만 그녀는 이미 그를 사랑한다. 그럼 다음은 뭘까?

지니아는 타원형의 까만 선글라스를 캐리스에게로 향한 채 주스를 홀짝인다. 캐리스는 무슨 말을 하면 좋을지 생각이 나지 않는다. 대학 시절에 그녀는 지니아와 알고 지내던 사이가 아니었다. 한 번도 대화를 나눈 적이 없다. 지니아는 그녀보다 나이가 많았고, 선배였고, 항상 예술적이고 지적인 사람들에게 둘러싸여 있었다. 하지만 캐리스는 너무나 아름답고 자신만만하게 처음에는 남자 친구 스튜와, 그다음에는 작고 왜소한 토니와 캠퍼스를 활보하던 그녀를 기억한다. 토니 하면 어느 날 밤 캐리스가 매클렁 홀 잔디밭 나무 밑에 앉아 있으려고 나갔을 때 따라왔던 게 생각난다. 캐리스가 몽유병 환자인 줄 알고 그랬을 것이다. 그때는 아니었지만 예전에는 몽유병 환자였던 적이 있으니 토니도 보는 눈이 있었던 셈이다.

그런 행동은 마음씨가 얼마나 따뜻한지 보여 주는 증거였다. 토니는 원래 성적이 좋기로 유명했지만 캐리스는 따뜻한 마음씨를 훨씬 중요하게 생각했다. 지니아는 다른 방면으로 유명했다. 그중에서도 특히 스튜와 대놓고 동거를 했던 일로 가장 악명이 높았다. 그 시절에는 동거가 흔치 않은 일이었지만 많이 달라졌다. 이제는 결혼한 부부가 비도덕적이라는 평가를 받는다. 핵가족을 뜻하는 뉴크라는 별명으로 불린다. 방사능을 내포하고 치명적일 수 있는 핵에 비유되다니 '즐거운 나의 집'으로부터 비약적인 일탈이지만 캐리스는 그쪽이 좀 더 적합한 형태라고 생각한다.

지니아도 달라졌다. 말랐을 뿐 아니라 몸이 안 좋고, 몸이 안 좋을 뿐 아니라 밟히고 무너져 겁에 질려 있다. 어깨는 자기 몸을 보호하려는 듯 안으로 움츠러들었고, 손가락은 움직임이 어색하며, 입꼬리는 아래로 축 늘어졌다. 우연히 만났더라면 못 알아볼 정도다. 예전의 사랑스럽고 육감적이던 지니아는 타서 없어지고 뼈만 남은 것 같다.

사적인 영역을 침범하는 것 같아 묻고 싶지 않지만 지니아가 워낙 기운이 없는 상태라 묻기 전에는 아무 말도 하지 않을 것 같다. 그래서 캐리스는 너무 개인적이지 않은 질문을 선택한다.

"내 수업에는 어쩐 일이야?"

"친구한테 이야기를 들었거든. 이 수업을 들으면 도움이 될 것 같아서."

지니아가 대답한다. 한마디 한마디 내뱉는 게 힘겨워 보인다.

"도움이라니?"

캐리스가 묻는다.

"암에 걸렸거든."

지니아가 대답한다.

"암이구나."

이건 질문이랄 수도 없다. 그녀도 이미 알았다. 그 창백한 얼굴과 환자 특유의 희미한 낯빛은 착각의 여지가 없었다. 영혼이 균형을 잃은 것이다.

지니아는 삐딱한 미소를 짓는다.

"한 번 극복했는데 다시 도졌어."

그러고 보니 캐리스도 생각이 난다. 어느 해 연말에 지니아가 느닷없이 자취를 감춘 적이 있었다. 캐리스가 매클렁 홀에서 지낸 지 이 년째 되던 해 지니아가 아무 말 없이 허공으로 사라져 버렸다. 아이들은 아침을 먹으면서 숙덕거리곤 했다. 캐리스도 어쩌다 가끔 아이들이 하는 이야기에 귀를 기울이거나 아침을 먹을 마음이 생겼을 때(기숙사 식당에서 아침으로 먹을 만한 건 밀기울 플레이크뿐이었다.) 들은 적이 있었다. 소문에 따르면 지니아가 스튜를 버리고 돈까지 훔쳐 다른 남자와 도망을 쳤다고 했는데 이제 보니 이유가 다른 데 있었다. 암 때문이었다. 지니아는 호들갑 떨기 싫어서 아무한테도 알리지 않고 떠난 것이었다. 병은 어느 누구의 간섭 없이 혼자서 치료해야 하는 법이니. 캐리스도 십분 이해하는 부분이다.

"처음에는 어떻게 했는데?"

캐리스가 묻는다.

"뭘?"

지니아가 조금 날카로운 목소리로 되묻는다.

"암을 어떻게 이겨 냈느냐고."

"수술로 제거했지. 자궁을 들어내서 나는 앞으로 아이를 못 낳아. 그런데도 효과가 없어서 혼자 산속으로 들어갔어. 고기도 멀리하고, 술도 끊었지. 건강을 회복하는 데 전념해야 했으니까."

캐리스가 생각하기에는 방법을 아주 제대로 선택했다. 고기를 끊고 산속으로 들어가기.

"그런데 지금은?"

그녀가 묻는다. 지니아는 쉰 목소리로 속삭이다시피 대답한다.

"괜찮아진 줄 알았어. 충분히 건강해진 줄 알았어. 그래서 다시 돌아왔지. 스튜, 아니 웨스트하고 같이 살았는데 웨스트한테 이끌려서 예전 생활로 돌아가 버린 것 같아. 술을 많이 마시거든. 그랬더니 암이 도지더라고. 웨스트는 못 견뎌 하더라. 절대로 못 견뎌 하더라. 하긴 환자 옆에서 버틸 수 있는 사람이 몇이나 되겠니? 무서울 거 아냐."

캐리스는 고개를 끄덕인다. 그녀도 뼛속 깊이 공감하는 바다. 지니아는 하던 이야기를 계속한다.

"웨스트는 내 몸에 이상이 생겼다는 사실 자체를 부인하고 있어. 나한테…… 스테이크나 버터 같은 동물성 지방을 산더미처럼 먹이려고 해. 그러면 속이 얼마나 메스꺼운지 아니? 못 견디겠어. 정말 못 견디겠다고!"

"어머나."

끔찍한 동시에 진실이 담긴 이야기다. 동물성 지방에 대해 아는 사람은 거의 없다. 아니, 뭐에 대해서든 아는 사람이 거의 없다.

"너무 끔찍하다."

그녀가 느끼는 기분에 비하면 끔찍하다는 단어는 아무것도 아니다. 그녀는 마음이 착잡하다. 눈물이 나올 것 같다. 그리고 무엇보다 당혹스럽다.

지니아는 하던 이야기를 계속한다.

"그러더니 웨스트가 화를 내기 시작했어. 웨스트는 노발대발하는데 나는 너무 기운이 없어서……. 내가 울면 질색하면서 더 화를 내. 이것도 웨스트가 한 짓이야."

그녀는 눈을 가리킨다.

"창피해 죽겠어. 꼭 내 잘못인 것 같고……."

캐리스는 그녀처럼 난데없이 이름을 바꾸었던 스튜 혹은 웨스트가 어떤 사람이었는지 기억을 더듬는다. 키가 크고 내성적이고 친구들과 별로 교류가 없고 기린처럼 순한 사람이었다. 그런 그가 다른 사람을, 그것도 지니아를 때리다니 상상이 되지 않는다. 하지만 겉모습만 보고는 알 수 없는 법이다. 특히 남자들은 그렇다. 겉으로는 착한 척, 모범 시민인 척하면서 자기가 옳고 상대방이 틀렸다고 생각하게 만들 수 있다. 모든 사람을 속이고 상대방을 거짓말쟁이로 몰아갈 수 있다. 웨스트가 그런 남자인 모양이다. 캐리스의 속이 부글부글 끓기 시작한다. 분노가 시작되려는 것이다. 하지만 분노는 건강에 안 좋은 감정이니 옆으로 치워 버린다.

지니아가 말한다.

"나더러 정말 암에 걸렸으면 수술을 또 받든지 아니면 화학 요법을 받으래. 하지만 나는 이번에도 내 스스로 이겨 낼 수 있다고 생각하거든. 물론……."

그녀는 말꼬리를 흐린다.

"이건 더 이상 못 마시겠다."

그녀는 주스 잔을 옆으로 살짝 치운다.

"고마워……. 나한테 잘해 줘서."

그녀는 테이블 너머로 손을 뻗어 캐리스의 손을 건드린다. 하얗고 가느다란 손가락이 겉으로는 차가워 보였는데 불덩이 같다. 그녀는 의자를 뒤로 밀고 외투와 지갑을 집어 들더니 휘청거리며 저쪽으로 걸어간다. 고개를 숙인 터라 머리카락이 베일처럼 얼굴을 덮었다. 분명 울고 있을 것이다.

캐리스는 벌떡 일어나 그녀를 다시 붙잡아 앉히고 싶다. 그러고 싶은 마음이 어찌나 굴뚝같은지 누군가 목을 조르는 것처럼 느껴질 정도다. 지니아를 다시 자리에 앉혀 두 손을 잡고 그녀가 가진 모든 에너지, 모든 빛의 에너지를 동원해 당장 치료해 주고 싶다. 하지만 그럴 수 없다는 것을 알기에 일어나지 않는다.

지니아는 금요일 요가 수업 때 나오지 않는다. 캐리스는 걱정이 된다. 쓰러졌을까? 웨스트가 또 주먹을 휘둘렀는데 이번에는 한 대로 끝내지 않아서 복합 골절로 병원에 입원한 건 아닐까? 캐리스는 페리를 타고 섬으로 돌아가는 내내 속을 태운다. 그녀가 적절하게 대처하지 못했던 것 같은 기분이 든다. 말이나 행동으로 뭐든 보여 줬어야 하는데, 그날 했던 것 이상으로 잘해 줄 수 있었을 텐데. 주스 한 잔으로는 부족했다.

저녁이 되자 안개가 다시 덮이면서 서늘한 이슬비까지 내린다. 캐리스는 스토브를 활활 지피고 보일러까지 틀고, 빌리는 얼른 오라며 침대에서 기다린다. 그녀가 외풍이 있는 1층 욕실에서 이를 닦고 있는데 부엌문 두드리는 소리가 들린다. 빌리의 패거리일까, 거실 소파에서 하룻밤 신세를 지겠다는 병역기피자일까. 솔직히 고백하자면 빌리의 패거리가 이제 살짝 지겨워지려고 한다. 다른 건 둘째 치고 설거지 한번 돕는 법이 없으니 말이다.

하지만 병역 기피자가 아니다. 지니아다. 비에 젖은 네모난 유리창에 비친 그녀의 머리가 꼭 물속에 잠긴 사진 같다. 선글라스도 없이 흠뻑 젖은 머리카락으로 얼굴을 덮은 채 이를 딱딱 부딪치고 있는데 이제 자주색으로 변한 한쪽 눈이 애처롭기 그지없다. 입술 위에 새로 생긴 상처가 보인다.

문이 스르륵 열리고 그녀는 문가에 서서 몸을 살짝 좌우로 흔들며 속삭인다.

"쫓겨났어. 너한테 신세 지기는 싫지만…… 갈 곳이 없었어."

캐리스는 말없이 두 팔을 내밀고 지니아는 비틀거리며 문지방을 넘어 캐리스의 품 안으로 쓰러진다.

32

구름이 잔뜩 낀 한낮이다. 텃밭으로 나선 캐리스를 암탉과
양배추들이 지켜본다. 암탉들은 철망의 육각형 구멍 너머로
탐욕스러운 눈빛을 번뜩이며 지켜보고, 아직 텃밭에 남은 양
배추들은 땅속에서 칙칙한 초록색의 고개를 내민 도깨비처럼
눈을 희번덕거리며 지켜본다. 11월의 텃밭은 초라하고 지저분
하다. 시든 금잔화, 연노랑으로 빛이 바랜 한련 잎사귀, 브로
콜리 밑동, 서리를 맞고 물컹물컹하게 썩어 버린 토마토, 민달
팽이가 여기저기 기어 다니며 남겨 놓은 은색 흔적.

그녀는 채소들이 이렇게 여기저기 널려 있어도 신경 쓰지
않는다. 모두 효모가 되고 비료가 될 테니. 그녀는 삽을 들었
다 땅에 꽂고 빌리의 고무장화를 신은 오른발을 날 위에 얹어
꾹 누른다. 그러고 나서 끙 소리를 내며 흙을 퍼 올린 다음 한

삽 가득한 흙을 뒤집는다. 지렁이들이 다시 제 구멍 속으로 쏙 들어가고 하얀 굼벵이 한 마리가 몸을 뒤튼다. 캐리스는 굼벵이를 집어 암탉들이 꽥꽥거리는 울타리 너머로 매정하게 휙 던진다. 모든 생명이 신성하지만 굼벵이보다는 암탉이 더 신성하다.

암탉들은 와자지껄하게 서로 쪼아 대며 굼벵이를 낚아챈 녀석을 쫓는다. 한때 캐리스는 자기가 먹지 않는 것은 암탉에게도 먹이지 않으면 훌륭한 정신 교육이 되지 않을까 생각한 적이 있지만 아무 의미 없는 짓이라는 결론을 내렸다. 예를 들어 암탉은 알을 낳으려면 잘게 부순 알 껍질이나 뼛가루 같은 것을 먹어야 하지만 캐리스는 그렇지가 않으니 말이다.

지금은 텃밭을 갈아엎는 계절이 아니다. 원래는 잡초가 새롭게 고개를 내미는 봄까지 기다려야 한다. 봄이 되면 다시 갈아엎어야 할 것이다. 하지만 지니아나 빌리 없이 집 밖으로 나올 수 있는 유일한 핑계가 이것뿐이다. 둘 다 그녀를 독차지하고 싶어 안달이다. 그녀가 혼자서 잠깐 산책이라도 나갈라 치면, 잠깐 숨이라도 돌릴라 치면 문 앞에서 소동이 벌어진다. 지니아는 아닌 척 조심스럽게 따라나서려 하고, 빌리는 대놓고 어정쩡하게 달려온다. 그러다 두 사람이 정신적으로 충돌하면 캐리스가 한쪽을 선택해야 한다. 얼마나 심란한 일인지 모른다. 하지만 다행히 두 사람 모두 텃밭을 갈아엎는 일에는 별로 흥미를 보이지 않는다. 빌리는 흙에서 뒹구는 것을 좋아하지 않는다. 그래 봐야 나오는 게 풀때기뿐인데 뭐 하러 피땀을 흘리느냐는 것이다. 그리고 지니아는 이런 일을 할 만한 체력이 안 된다. 가끔 힘없이 호숫가까지 걸어갔다 오는 게 전부인데 이마저도 하고 나면 뻗어 버린다.

지니아는 이곳에서 일주일째 밤에는 소파에서 자고 낮에는 소파에서 쉬는 생활을 하고 있다. 그녀가 도착한 날 밤은 거의 축제 분위기였다. 캐리스는 뜨거운 물을 욕조에 받았고, 순면으로 된 새하얀 나이트가운을 하나 입으라고 주었고, 젖은 지니아의 옷은 스토브 뒤쪽에 있는 갈고리에 걸어서 말렸다. 지니아가 목욕을 마치고 나이트가운으로 갈아입은 뒤에는 담요로 싸서 스토브 옆 의자에 앉혀 젖은 머리를 빗겨 주고 우유를 뜨겁게 데워서 꿀을 타 주었다. 캐리스는 이런 일이 즐거웠다. 그러면 착한 마음씨와 선한 에너지가 넘치는 유능하고 고결한 인물이 된 듯한 기분을 만끽할 수 있었다. 지니아처럼 필요로 하는 사람에게 선한 에너지를 줄 수 있다는 게 기뻤다. 그런데 지니아를 소파에 눕히고 2층으로 올라가 보니 빌리가 화가 나 있었다. 빌리는 그때부터 지금까지 화가 난 상태다. 그는 지니아가 이 집에 있는 게 싫다고 분명히 못을 박았다.

"저 여자가 왜 여기 있는 거예요?"

첫날 밤에 그는 조그마한 목소리로 이렇게 물었다.

"잠깐 있을 거야. 지금까지 저 소파에서 지낸 사람이 한두 명이 아니었잖아! 다르게 생각할 거 없어."

캐리스도 조그마한 목소리로 대답했다. 지니아가 두 사람이 하는 이야기를 듣고 불청객이 된 듯한 기분을 느끼면 어쩌나 싶었다.

"전혀 다르죠. 그 사람들은 갈 데가 없어서 그런 거잖아요."

"지니아도 마찬가지야."

캐리스가 말했다. 차이점이 있다면 그들은 빌리의 친구였고 지니아는 그녀의 친구라는 것뿐이었다. 사실 정확히 말하면 친구가 아니라 그녀가 책임져야 할 존재였지만.

빌리는 지니아와 한 번이라도 마주치거나 대화를 나누기 전부터 그런 반응을 보였다. 다음 날 그는 캐리스가 두 사람 몫으로 준비한 스크램블드에그(아쉽게도 암탉들의 씨가 말라 집에서 낳은 달걀은 아니었다.)와 사과 젤리를 바른 토스트를 앞에 두고 무뚝뚝하게 아침 인사를 건넸다. 캐리스가 준 나이트가운을 입고 담요를 어깨에 두른 채 웅크리고 앉아 연하게 끓인 차를 홀짝이는 지니아 쪽은 제대로 쳐다보지도 않았다. 캐리스는 이렇게 처량한 지니아를 보고 나면 빌리가 누그러질 거라고 생각했다. 그녀의 눈은 아직도 자주색으로 부어 있었고 손등의 파란 핏줄은 몇 개인지 셀 수 있을 정도였다.

"저 여자 내보내요. 당장."

지니아가 화장실에 간 사이 빌리가 말했다.

"쉿, 듣겠어!"

"우리는 저 여자에 대해서 아는 게 아무것도 없잖아요."

"암이래."

캐리스는 이것만 알면 된다는 투였다.

"그럼 입원을 해야지."

"병원을 안 믿거든."

병원을 안 믿기는 캐리스도 마찬가지였다.

"뻥치시네."

캐리스가 듣기에는 인색하고 천박할 뿐 아니라 조금은 불경스럽기까지 한 발언이었다.

"눈에 저렇게 멍이 들었잖아."

눈이 확실한 증거였다. 지니아의 절박함이나 착한 마음씨나 현재 상황을 알리는 증거.

"내가 그런 것도 아니잖아. 다른 집에 가서 얻어먹으라고 해요."

캐리스가 직접 기르거나 돈을 주고 사 온 것이니 이 집에서 누가 무얼 먹을지 결정하는 사람은 캐리스가 되어야 한다. 하지만 그녀는 차마 그런 말을 꺼내지 못한다.

"저 사람, 나 싫어하지?"

이번에는 빌리가 자리를 비웠을 때 지니아가 눈물이 그렁그렁 맺힌 채 떨리는 목소리로 묻는다.

"나 아무래도 가야 할까 봐……."

"그게 무슨 소리니! 쟤는 원래 그런 식이야. 이 집에서 꼼짝할 생각 마!"

캐리스는 다정한 목소리로 말한다.

캐리스는 어느 정도 시간이 지난 다음에야 빌리가 왜 그렇게 지니아를 싫어하는지 알아차릴 수 있었다. 처음에는 빌리가 지니아를 무서워하나 싶었다. 그녀가 밀고를 하거나 정보를 흘리거나 신고를 하거나 누군가에게 아무 생각 없이 말실수를 할까 봐 경계하는 건가 싶었다. 옛날 전쟁 때는 낮말은 새가 듣고 밤말은 쥐가 듣는다가 표어였다. 포스터에 그렇게 적혀 있었다. 1940년대 후반에 바이올라 이모는 친구들에게 농담조로 이 표어를 인용하곤 했다. 그래서 캐리스는 지니아에게 빌리가 얼마나 불안하고 힘든 상황인지 차근차근 설명해 주었다. 심지어 뭘 폭파하는 바람에 기마경찰대에 끌려갈지 모른다는 이야기까지 했다. 지니아는 아무한테도 말하지 않겠다고 약속했다. 충분히 이해한다며.

"조심할게. 맹세해. 그런데 캐런…… 미안, 캐리스…… 어쩌다 그런 사람들하고 엮이게 됐니?"

"엮이다니?"

"병역 기피자. 그런 혁명론자들하고 말이야. 네가 그렇게 정치적인 성향이 강한 아이었니? 대학생 때 말이야. 그 똥통에 혁명론자들이 그렇게 많지도 않았다만."

캐리스가 희미하게 잊고 있던 대학생 시절에, 최소한 남들 앞에서는 아직 캐런이었던 그 시절에 지니아가 그녀를 눈여겨보았다니 뜻밖이었다. 그녀는 어떤 활동에도 참여하지 않았고, 전혀 눈에 띄지 않았다. 그림자 속에 머물러 있었다. 그런데 지니아가 그 시절에 그녀를 알고 주목할 만한 아이라고 생각했다니 감동이었다. 지니아는 분명 감수성이 풍부한 성격이었다. 남들이 생각하는 것보다 훨씬 그랬다.

"아니야. 전혀 정치적이지 않았어."

캐리스가 말했다.

"나는 정치적이었어. 그때는 얼마나 안티부르주아였는지 아니? 보헤미안의 진정한 동지였지."

지니아는 살짝 눈살을 찌푸리다 웃음을 터뜨렸다.

"사실은 걔네들 파티가 제일 재미있었거든!"

"아무튼 나는 엮인 게 아니야. 나는 그런 거 전혀 몰라. 그냥 빌리하고 같이 살고 있을 뿐이야."

캐리스가 말했다.

"마피아의 정부, 뭐 이런 거 비슷하네?"

지니아는 점점 몸이 좋아지고 있었다. 11월치고는 날이 따뜻해서 밖에 데리고 나가도 괜찮겠다는 생각이 들었다. 두 사람은 호수까지 걸어가 갈매기들을 구경했다. 지니아는 거기까지 가는 동안 캐리스의 팔을 한 번도 잡지 않았다. 지니아가 도망치던 그날 밤 선글라스를 두고 왔기 때문에 캐리스가 새로 하나 사 줄까 이야기를 꺼낸 적도 있었는데 이제는 선글라스가 거의 필요 없었다. 그녀의 눈은 이제 색이 바랜 잉크 얼룩처럼 누르스름한 파란색을 띠었다.

"뭐라고?"

캐리스가 물었다.

"젠장. 어떤 사람이랑 같이 살면서 엮인 게 아니라니 그럼 뭔지 모르겠다."

지니아는 웃으며 이렇게 말했다. 하지만 캐리스는 남들이 뭐라건 상관하지 않았다. 아무튼 지니아가 하는 말은 한 귀로 흘리고 그녀의 미소만 물끄러미 바라보았다.

지니아는 이제 점점 더 자주 미소를 짓는다. 캐리스는 그 미소가 그녀 혼자서 일구어 낸 업적이고 지금까지 쏟은 모든 노력의 결과인 것처럼 느껴진다. 과일즙, 그녀가 직접 재배한 양배추를 곱게 갈아서 체로 거른 양배추주스, 특별히 준비한 목욕물, 요가의 가벼운 스트레칭 동작, 적당한 간격을 두고 상쾌한 공기를 마시며 걷는 산책. 이 모든 긍정적인 에너지가 나쁜 병정에 대항하는 착한 병정, 어둠에 대항하는 빛이 되어 암세포와 싸우고 있다. 캐리스는 날마다 명상을 통해 지니아를 대신해서 이런 결과를 상상한다. 그랬더니 정말 효과가 있었다! 이제는 지니아의 얼굴에 혈색이 돌고 기운이 생겼다. 여전히 비쩍 마르고 약하지만 그래도 눈에 띄게 좋아지고 있다.

지니아도 그걸 알고 고마워한다. 거의 날마다 캐리스에게 이런 말을 한다.

"너는 어쩌면 그렇게 나를 위해 많은 일을 해 주니? 나는 그런 보살핌을 받을 자격이 없는데. 모르는 사람이나 다름없잖아. 너는 나를 거의 모르잖아."

"괜찮아."

캐리스는 어색하게 대답한다. 지니아가 이런 말을 하면 살짝 얼굴이 달아오른다. 고맙다는 인사에 익숙하지 않을 뿐 아니라 그런 인사치레가 필요 없다고 생각하기 때문이다. 하지만 기분은 아주 좋다. 한편으로는 빌리도 그녀의 배려를 조금만 더 고마워해 주면 좋겠다는 생각이 든다. 빌리는 고마워하기는커녕 험상궂은 표정으로 그녀를 노려보고 베이컨에 손도 대지 않는다. 아침에 지니아와 한 식탁에 앉기 싫다며 하나는 지니아 몫으로, 또 하나는 자기 몫으로 상을 두 번 차려 달라고 한다.

"그 여자가 당신한테 알랑거리는 걸 보면 토할 것 같아."

어제는 이런 말까지 했다. 캐리스는 그가 왜 이런 말을 하는지 이제는 안다. 질투 때문이다. 지니아가 둘 사이에 끼어들어 캐리스의 관심을 빼앗아 갈까 봐 그러는 것이다. 그런 생각을 하다니 유치하기 짝이 없다. 사경을 넘나드는 병에 걸린 것도 아니고, 캐리스가 자기를 얼마나 사랑하는지 지금쯤이면 알 법도 한데. 그래서 캐리스는 그의 팔을 살짝 건드린다.

"평생 여기 있을 건 아니잖아. 몸이 좀 나을 때까지, 살 곳을 찾을 때까지만 있는 거잖아."

"내가 같이 찾아볼게요."

지니아가 웨스트에게 눈을 맞았다는 이야기를 캐리스에게 전해 들었을 때도 빌리는 차가운 반응을 보였다. "나머지 한쪽은 내가 맡겠어."라고 했다.

"쾅, 퍽, 감사합니다, 부인. 정말 즐거웠습니다."

"평화주의자가 왜 그래?"

캐리스가 나무라는 투로 물었다.

"내가 언제 평화주의자라고 했어요? 전쟁 하나가 잘못됐다고 모든 전쟁이 잘못된 건 아니잖아!"

빌리는 모욕이라도 당한 듯 외쳤다.

"캐리스."

지니아가 거실에서 짜증스러운 목소리로 그녀를 불렀다.

"혹시 라디오 켜 놨니? 낮잠 자는데 말소리가 들려서."

"우라질, 이제는 내 집에서 마음대로 나불거리지도 못하네."

빌리는 씩씩거렸다.

이럴 때 캐리스는 밖으로 나가 텃밭을 갈아엎는다.

426

그녀는 삽을 꽂고 들어 올려 흙을 뒤집은 다음 굼벵이를 찾는다. 그때 뒤에서 지니아의 목소리가 들린다.

"너 정말 힘이 세구나. 나도 예전에는 그렇게 힘이 셌는데. 트렁크를 세 개씩 들 수 있었는데."

부러워하는 말투다.

"다시 그렇게 될 거야. 나는 다 알아!"

캐리스는 최대한 진심 어린 목소리로 대답한다.

"그렇겠지. 사소하고 일상적인 부분들이 뼈에 사무치도록 그립거든. 너 그 기분 아니?"

지니아는 작고 슬픈 목소리로 말한다.

캐리스는 문득 텃밭을 갈아엎고 있었던 게 미안해진다. 아니, 미안해야만 할 것 같다. 바닥을 닦거나 빵을 만드는 등 그녀가 하는 다른 여러 가지 일도 마찬가지다. 그녀가 이런 일을 하고 있으면 지니아는 감탄을 하는데 구슬픈 감탄이다. 가끔 캐리스는 자신의 건강하고 탄탄한 몸이 허약한 지니아를 나무라는 것처럼 느껴질 수 있겠다는 생각이 든다. 그래서 지니아가 그녀를 원망할 수 있겠다는 생각이 든다.

"우리, 닭 모이 주자."

그녀가 말한다. 닭 모이 주기는 지니아도 할 수 있는 일이다. 캐리스가 닭 모이를 커피 캔으로 퍼내자 지니아가 한 줌씩 여기저기 흩뿌린다. 그녀는 암탉을 아주 좋아한다고 말한다. 생기 넘치잖아! 생명력의 화신이잖아. 안 그러니?

캐리스는 이런 이야기를 들으면 불안해진다. 너무 추상적이고 너무 대학 수업 같기 때문이다. 암탉은 다른 어떤 것도 아닌 암탉스러움의 화신일 뿐이다. 구체적인 것이 곧 추상적인 것이다. 하지만 그걸 무슨 수로 지니아에게 설명할 수 있을까?

"나는 가서 샐러드 만들게."

그녀는 대신 이렇게 말한다.

"생명력 샐러드?"

지니아는 이렇게 말하면서 웃음을 터뜨린다. 마땅히 반가 워해야 할 일인데 처음으로 그녀의 웃음소리가 기쁘게 들리 지 않는다. 뭔가 이해가 안 되는 구석이 있다. 알아듣지 못하 겠는 우스갯소리처럼.

샐러드 재료는 건포도와 다진 당근이고, 여기에 레몬주스 와 허니 드레싱을 넣는다. 당근은 캐리스가 직접 재배해 광으 로 쓰는 달개집의 축축한 모래 상자에 보관해 두었던 것인데 조그맣고 하얀 수염이 자라기 시작한 것을 보면 아직 살아 있 다는 증거다. 캐리스와 지니아는 둘이서 샐러드와 라이머콩과 삶은 감자를 먹는다. 빌리는 그날 저녁에 약속이 있다고 한다. 모임이 있다는 것이다.

"모임도 많네."

빌리가 재킷을 입고 있을 때 지니아가 중얼거린다. 그녀는 빌리에게 싹싹하게 대하던 것을 포기했다. 효과가 없기 때문 이다. 그래서 이제는 빌리가 바로 눈앞에 서 있을 때도 남 말 하듯 중얼거린다. 이로써 하나의 동그라미가, 언어의 동그라미 가 생긴다. 지니아와 캐리스는 그 안에 있고 빌리는 밖에 있 다. 캐리스는 지니아가 그러지 않으면 좋겠다 싶지만, 한편으 로 생각해 보면 빌리가 자초한 일이다.

빌리는 지니아를 험상궂게 노려보며 화난 목소리로 대꾸한다.

"적어도 나는 누구처럼 엉덩이 딱 붙이고 앉아 있지는 않지."

그 역시 캐리스에게만 말을 한다.

"조심해."

캐리스는 조심해서 다녀오라는 뜻에서 한 말인데 빌리는 나무라는 뜻으로 해석한다.

"몸이 아픈 친구분하고 즐거운 시간 보내길."

그는 삐딱하게 받아친다. 지니아는 혼자 씁쓸한 미소를 짓는다. 그가 문을 쾅 닫고 나가자 유리창이 흔들린다.

"내가 이제 그만 떠나야 할까 봐."

캐리스가 가을에 병에 담아 놓은 사과소스를 먹으면서 지니아가 말한다.

"하지만 갈 데도 없잖아."

캐리스는 당황스럽다.

"뭐, 어디든 있겠지."

"하지만 돈이 없잖아!"

"일을 하면 되지. 내가 그건 잘해. 어디든 가서 알랑거리는 거. 취직이라면 문제없어."

그녀는 앙상한 손으로 얼굴을 가리고 기침을 한다.

"미안."

그러더니 새 모이만큼 물을 홀짝인다.

"안 돼. 그건 안 돼! 아직 다 낫지도 않았잖아! 조만간 다 나을 테지만."

그녀는 부정적인 소리를 하면 안 된다는 생각에 얼른 덧붙인다. 병이 아니라 건강을 강조해야 한다.

지니아는 희미하게 미소를 짓는다.

"그렇겠지. 하지만 캐런, 정말이지 내 걱정은 하지 마. 네 문제도 아니잖아."

"캐런이 아니라 캐리스야."

지니아는 그녀의 이름을 자꾸 잊어버린다.

그리고 그녀가 떠맡았으니 이건 그녀의 문제다.

바로 그때 지니아가 좀 전보다 더 끔찍한 소리를 한다.

"그 사람은 나를 싫어하는 게 아니야."

그녀는 혀를 내밀고 숟가락 끝에 묻은 사과소스를 핥는다.

"사실은 나한테 손을 대고 싶어 참을 수가 없는 거지."

"웨스트 말이야?"

캐리스가 묻는다. 등줄기를 따라 소름이 돋는다.

지니아는 미소를 짓는다.

"아니. 빌리 말이야. 너도 눈치챘을 텐데?"

캐리스는 깜짝 놀라서 온 얼굴의 피부가 아래로 흘러내리는 듯한 기분을 느낀다. 그녀는 아무것도 눈치채지 못했다. 지니아의 말을 듣고 보니 이렇게 빤한데 지금까지 왜 몰랐을까? 지니아가 가까이 있을 때마다 빌리의 손끝과 머리끝에서 튕겨져 나오던 그 에너지. 발정 난 수고양이처럼 털을 빳빳이 세운 분위기.

"그게 무슨 말이야?"

그녀가 묻는다.

"나를 침대로 끌고 가고 싶은 거야. 나를 덮치고 싶은 거야."

지니아는 살짝 후회하는 듯한 목소리다.

"너를 사랑한다는 거야?"

캐리스는 뼈가 녹아 버린 듯 온몸의 맥이 풀린다. 두려워진다. 빌리는 나를 사랑해. 그녀는 속으로 부르짖는다.

"빌리는 나를 사랑해. 자기 입으로 그렇다고 했어."

그녀는 목이 멘다. 꼭 칭얼거리는 어린아이 같다는 생각이 든다. 게다가 그가 마지막으로 그런 소리를 한 게 언제였더라?

지니아가 부드러운 목소리로 말한다.

"아, 사랑은 아니야. 그러니까 그 사람이 나한테 느끼는 감정이 사랑은 아니라고. 증오지. 그런데 가끔 남자들은 그 두 가지를 잘 구분하지 못할 때가 있거든. 그야 너도 알 테지만."

"그게 무슨 뜻이야?"

캐리스는 나지막이 속삭인다.

지니아는 웃음을 터뜨린다.

"애, 너 어린애니? 빌리는 네 엉덩이를 사랑하는 거야. 아니면 몸의 다른 부분이거나. 그게 어디인지는 나도 모르겠지만 아무튼 네 영혼이나 너를 사랑하는 건 아니야. 너한테 별 매력을 못 느꼈더라도 건드렸을걸? 내가 지켜봤더니 그 사람 걸신 들린 것 같더라. 남자들은 다 속이 시커먼 족속이야. 캐런, 왜 그렇게 순진하니? 내 말 믿어. 이 세상에 남자가 여자한테 원하는 건 단 하나, 섹스뿐이야. 중요한 건 섹스의 대가로 남자들한테 얼마를 받아 내느냐지."

"그렇게 말하지 마. 그렇게 말하지 마!"

캐리스는 몸속에서 무언가 부서지면서 무너지는 게 느껴진다. 커다란 무지개 빛깔 풍선이 찢어져 구멍이 난 허파처럼 시커멓게 변했다. 사랑을 제하면 남는 게 뭐가 있을까? 야만성. 수치심. 잔인함. 그리고 고통뿐. 그러면 그녀의 선물과 텃밭과 닭과 달걀들은 어떻게 되는 걸까? 지금까지 그렇게 다정하게 보살펴 주었던 것은? 그녀의 몸이 부들부들 떨리고 속이 메슥거린다.

지니아가 다시 이야기한다.

"내가 현실주의자라서 이런 말을 하는 거야. 빌리가 자기 거시기를 내 몸속에 쑤셔 넣고 싶어 하는 이유는 그럴 수 없기 때문이지. 걱정하지 마, 내가 떠나면 까맣게 잊어버릴 테니까. 남자들은 기억이 오래가지 않거든. 그래서 내가 떠나려는 거야, 캐런. 너를 위해서 말이야."

그녀는 계속 미소를 지으며 캐리스를 쳐다본다. 천장에 달린 희미한 전등을 등진 그녀의 얼굴은 어둠 속에 묻혀 있고, 그 안에서 두 눈만 자동차 전조등처럼 빨갛게 이글거린다. 그 눈빛이 캐리스의 몸속으로 깊숙이 파고든다. 체념한 듯한 눈빛이다. 지니아는 자신의 죽음을 받아들이고 있다.

"그러면 죽을 거 아냐."

캐리스가 말한다. 그녀가 죽도록 내버려 둘 수는 없다.

"포기하지 마!"

그녀는 울음을 터뜨린다. 캐리스가 지니아의 손을 먼저 잡았는지 지니아가 캐리스의 손을 먼저 잡았는지 그건 알 수 없지만 두 사람은 식탁 가득히 놓인 지저분한 접시 위로 서로의 손을 꼭 붙잡는다.

한밤중이지만 캐리스는 눈을 말똥말똥 뜨고 누워 있다. 그녀가 잠자리에 들고 나서도 한참 뒤에 돌아온 빌리는 그녀의 몸에 손을 대지 않는다. 손을 대기는커녕 등을 돌려 접촉을 차단한 채 잠을 청한다. 요즘 들어 계속 그런 식이다. 둘이 싸우기라도 한 것처럼. 하지만 이제 그녀는 또 다른 이유가 있음을 안다. 그는 그녀를 원하지 않는다. 그가 원하는 사람은 지니아다.

하지만 빌리가 원하는 것은 지니아의 몸뿐이다. 그래서 그렇게 그녀를 무례하게 대했던 것이다. 육체와 영혼은 분리되어 있으니. 캐리스를 차갑게 대하는 이유도 그 때문이다. 그의 몸은 지니아를 낚아채 부엌 조리대에 대고 밀어붙일 수 있도록, 그렇게 아픈 환자를 그녀의 의지와 상관없이 주무를 수 있도록 캐리스가 비켜 주길 바란다. 그는 자신이 그걸 원하고 있다는 것을 모를 수도 있다. 그래도 사실은 사실이다.

바람이 분다. 캐리스는 바람이 벌거벗은 나무를 스치는 소리와 차가운 파도가 호숫가를 때리는 소리를 듣는다. 누군가 오랜 비바람에 시달려 넝마가 된 나이트가운을 입고 색을 잃은 머리카락을 흩날리며 맨발로 파도 마루를 밟고 다가온다. 캐리스는 눈을 감고 누군지 알아보려고 머릿속에 떠오른 그림에 집중한다. 그녀의 머릿속에서는 스쳐 지나가는 구름에 가린 달빛이 흐른다. 그러다 하늘이 밝아지자 그 사람의 얼굴이 보인다.

캐런이다. 밀려났던 캐런이다. 그녀는 먼 길을 왔다. 캐리스가 거울을 볼 때마다 마주쳤던 그 겁먹고 힘없는 얼굴을 하고, 쫓겨난 유령처럼 바람에 휘날리며 어둠을 뚫고, 그녀가 안전하다고 생각하며 틀어박혔던 이 집을 향해 캐런이 다가오고 있다. 안으로 들어오겠다고, 그녀와 다시 하나가 되겠다고, 그녀의 몸 안에 예전처럼 함께 있겠다고 떼를 쓴다.

캐리스는 캐런이 아니다. 그녀는 한참을 캐리스로 지냈고, 다시는 캐런으로 돌아가고 싶지 않다. 그녀는 온 힘을 다해 밀쳐 내고 물속으로 밀어 넣지만 캐런은 그대로 가라앉지 않는다. 입을 벌린 채 점점 가까이 떠내려온다. 할 말이 있는 것이다.

33

캐런은 어울리지 않는 부모 밑에서 태어났다. 할머니는 그럴 수도 있다고 했고, 캐리스도 그렇게 생각한다. 그렇게 태어난 사람들은 오랫동안 제대로 된 부모를 찾아다녀야 한다. 아니면 부모 없이 살아야 하거나.

캐런은 일곱 살 때 할머니를 처음 만났다. 그날 그녀는 앞쪽에 다이아몬드 모양으로 자글자글하게 주름이 잡히고 허리에 리본이 달린 면 원피스를 입고 양쪽 눈꼬리가 올라갈 만큼 세게 양 갈래로 땋은 연한 금발에 똑같은 색 리본을 달고 있었다. 어머니가 풀을 먹인 원피스라 빳빳했고, 6월 말의 습한 무더위 때문에 조금 끈적거렸다. 캐런은 그날 기차를 타고 가다 뜨끈뜨끈한 플러시 천 의자에서 일어났을 때 다리 뒤쪽에 들러붙은 원피스 자락을 떼어 내야 했다. 아팠지만 조용히 입을 다물고 있어야 한다는 것쯤은 알았다.

어머니는 아이보리색 리넨 민소매 원피스에 반팔 재킷을 걸쳤다. 여기에 하얀색 밀짚모자를 썼고, 서로 어울리는 하얀색 가방을 들고 하얀색 구두를 신었고, 하얀색 면장갑은 그냥 들고 다녔다. 어머니는 걱정스러워하는 목소리로 같은 이야기를 반복했다.

"재미있게 지낼 수 있을 거야. 너는 여러모로 할머니를 많이 닮았거든."

캐런으로서는 처음 듣는 이야기였다. 어머니와 할머니는 오랫동안 거의 말도 않고 지낸 사이였다. 그녀는 어머니가 시골 농장에서 살다 고작 열여섯 살 때 가출했다는 것을 얼핏 들어 알았다. 어머니는 힘든 일을 전전하며 돈을 모았다고 했다. 학교에 진학해 선생님이 되고 싶었기 때문이다. 어머니라는 미치광이의 손아귀에서 벗어나고 싶었기 때문이다. 어머니는 미친 말이라 해도 자기를 태워 그 똥통으로 끌고 갈 수는 없었을 거라고 했다.

그런데 지금 두 사람은 어머니가 그토록 끔찍하게 싫어했던 농장으로 달려가고 있었다. 캐런의 여름옷을 깔끔하게 개서 넣은 트렁크와 어머니의 하룻밤 일용품을 담은 여행 가방을 머리 위 선반에 올려놓고. 그들 옆으로 흙밭과 외딴집과 내려앉은 어두컴컴한 축사와 소 떼가 지나갔다. 캐런의 어머니는 소를 싫어했다. 눈보라가 치는 겨울에도 해가 뜨기 전에 일어나 부들부들 떨며 소용돌이치는 눈발을 뚫고 여물을 주러 가야 했던 기억 때문이다. 그런데 지금은 학교에서 2학년생들을 대할 때 쓰는 달짝지근하기 짝이 없는 목소리로 "너는 소를 좋아하게 될 거야."라고 했다. 어머니는 콤팩트에 달린 거울을 보고 립스틱을 살피더니 자기가 한 말을 어떻게 받아들였는지 확인려는 듯 캐런을 보며 미소를 지었다. 캐런도 어정쩡하게 미소를 지었다. 그럴 기분이 아니어도 웃는 것쯤이야 익숙한 일이었다. 그녀는 9월이면 2학년이 될 것이다. 어머니의 반만 아니길 바랄 따름이었다.

집을 떠나는 게 이번이 처음은 아니었다. 어머니의 언니인 바이올라 이모네 집으로 보내진 적도 여러 번 있었다. 어떨 때는 어머니가 외출하는 날 하룻밤만 자고 왔고, 또 어떨 때는, 특히 여름 같은 때는 몇 주 동안 있다 오기도 했다. 신경이 예민한 어머니는 여름마다 오랜 휴식이 필요했다. 그런 상황이면 누군들 예민해지지 않겠어요? 바이올라 이모는 못마땅하다는 듯이, 캐런의 어머니가 뭘 바라는지 모르겠다는 듯이 이렇게 말했다. 말은 번 이모부한테 하면서 어머니가 예민한 게 캐런의 탓이라는 듯 그녀를 곁눈질했다. 하지만 전부 다 캐런의 탓일 수는 없었다. 가끔 실수를 저지르기는 해도 캐런은 시키는 대로 하려고 열심히 노력했다. 그리고 몽유병 같은 몇 가지는 그녀도 어쩔 수 없는 부분이었다.

어머니의 신경이 예민한 건 전쟁 때문이었다. 어머니는 캐런이 태어나기도 전에 아버지가 전사하는 바람에 혼자서 캐런을 키웠다. 아주 어렵고, 실질적으로 거의 불가능한 일이었다. 그리고 또 한 가지, 어머니의 결혼 문제하고도 연관이 있었다. 캐런은 모르는 게 많았고 아버지와 어머니가 실제로 결혼한 사이였는지 여부도 그중 하나였다. 어머니는 '부인'이라고 자칭하며 반지를 끼고 다녔지만 결혼사진도 없었다. 물론 전쟁 때는 평상시와 다른 법이라고 모두들 이야기했지만. 바이올라 이모의 말투에는 캐런의 주의를 환기하는 구석이 있었다. 그녀가 창피스럽고 남들 앞에서 대충 얼버무려야 하는 존재인 듯한 느낌. 그녀는 고아는 아니었지만 고아의 얼룩이 묻어 있었다.

캐런은 돌아가신 아버지를 그리워하지 않았다. 알지도 못하는 사람을 그리워할 수는 없는 법이다. 하지만 어머니는 아버지를 그리워해야 한다고 했다. 어머니 없이 혼자 군복을 입고 찍은 독사진에서 아버지는 길고 깡마른 얼굴로 엄숙한 표정, 이미 죽은 사람 같은 표정을 지었다. 아버지의 사진이 담긴 액자는 어머니의 건강 상태에 따라 벽난로 선반에 등장했다 사라지기를 반복했다. 어머니가 사진을 감당할 수 있으면 내놓고 그렇지 않으면 치워 버렸다. 캐런은 아버지의 사진을 일종의 일기 예보로 활용했다. 사진이 사라지면 골치 아픈 일이 생길 것을 직감하고 방해가 되거나 거치적거리지 않도록 어머니를 멀리 피해 다녔다. 하지만 늘 성공하는 건 아니었는지, 아니면 너무 성공을 했는지 잡생각을 한다고, 돕지 않는다고, 챙길 줄 모른다고, 자기 말고는 아무한테도 코딱지만 한 관심조차 없다고 꾸지람을 듣곤 했다. 그럴 때 어머니의 목소리는 빨간 쪽을 향해 치닫는 온도계처럼 위험하다 싶을 만큼 높아졌다.

캐런도 어머니를 도우려고, 어머니를 챙기려고 노력했다. 다만 어떤 식으로 챙기면 되는지 몰랐을 따름이고, 색깔이 하도 여러 가지라 지켜보고 귀를 기울여야 하는 것들이 너무 많았을 따름이다. 폭풍이 닥치기 몇 시간 전 하늘은 아직 파랗고 바람 한 점 없지만 그녀는 저 멀리서 번개가 속삭이는 소리가 팔을 타고 올라오는 것을 느낄 수 있었다. 전화가 울리기 전부터 벨 소리가 들렸고, 조만간 넘칠 기세로 차오르는 저수지 물처럼 어머니의 손으로 아픔이 밀려오는 소리도 들렸다. 그럴 때면 겁에 질린 채 다른 데를 쳐다보며 마루 한가운데 서 있곤 했다. 어머니는 그런 그녀를 보고 바보 같은 표정을 짓고 있다고 했다. 멍청하게! 누가 말을 하는데 뭐라고 하는지 이해가 안 될 때도 있었으니 정말로 멍청했을 수도 있다. 그녀는 말소리가 아니라 말소리 이면을 들었다. 말소리 대신 얼굴을 들었고, 그 얼굴 뒤에 뭐가 있는지 들었다. 밤이면 잠에서 깨어 문가에 서서 손잡이를 붙잡고 어떻게 여기까지 왔는지 놀라곤 했다.

도대체 왜 그러니? 왜? 어머니가 그녀를 붙잡고 흔들면서 물어도 대답할 수가 없었다. 맙소사, 너 정말 바보로구나! 그런 식으로 나갔다가 어떤 사고를 당할지 모르겠니? 하지만 캐런은 어떤 사고를 당할지 알 수 없었다. 그러면 어머니는 내가 가르쳐 주마! 이 못돼 처먹은 년아! 하면서 구두가 됐건 팬케이크 뒤집개가 됐건 빗자루가 됐건 뭐든 손에 잡히는 대로 집어 들고 캐런의 종아리를 때렸다. 그러면 굵은 빨간색 광선이 어머니의 몸에서 쏟아져 나와 캐런의 몸에 닿았고, 캐런은 몸부림치며 비명을 질렀다.

"아빠가 살아 계셨다면 아빠한테 맞았을 거다. 아빠가 이렇게 살살 때렸을 것 같아?"

캐런을 때리는 것이 어머니가 아버지에게 부여한 단 하나의
역할이었다. 그래서 캐런은 아버지가 돌아가신 것을 속으로
다행스럽게 생각했다.

평소에 어머니는 **맙소사**나 **못돼 처먹은 년** 같은 단어를 쓰지도,
욕을 하지도 않았다. 신경이 아주 날카로워졌을 때만 그랬다.
캐런은 어머니한테 맞으면 대성통곡을 했다. 아파서가 아니라
이유는 잘 모르겠지만 미안해하는 모습을 보여야 할 것 같아서
였다. 게다가 울지 않으면 어머니가 울음을 터뜨릴 때까지 때렸
다. 이 독한 것! 하지만 적절한 때 울음을 그치지 않으면 어머니
가 이번에는 운다고 때렸다. 우는소리 그만해! 당장 그쳐! 가끔 캐런
은 울음을 그치지 못하고 엄마는 매질을 그치지 못할 때도 있
었다. 그럴 때가 최악이었다. 어머니로서도 어쩔 수 없는 일이었
다. 신경이 예민해져서 그런 거였으니까.

그러고 나면 어머니는 무릎을 꿇고 주저앉아 숨도 쉴 수 없
을 만큼 캐런을 세게 끌어안고 눈물을 흘렸다.

"미안하다. 사랑하는 너를 내가 무슨 정신으로 그랬는지 모
르겠다. 미안해!"

그러면 캐런은 애써 울음을 그치고 미소를 지었다. 어머니
는 사랑한다고 했다. 사랑하는 사람이 그러면 괜찮은 거였다.
어머니는 날마다 터부라는 이름의 향수를 뿌리고 다녔다. 몸
에서 이상한 냄새가 나는 걸 끔찍하게 싫어했기 때문이다. 그
래서 매질이 벌어지는 동안에도 방 안에서 그 향수 냄새가 났
다. 훈훈한 터부 향이.

바이올라 이모는 캐런을 별로 좋아하지 않았지만 최소한 건드리지는 않았기 때문에 그 집에 있는 것도 나쁘지는 않았다. 캐런은 손님방에서 지냈다. 그 방에는 콜리플라워처럼 생긴 주황색, 분홍색 장미가 요란하게 그려진 커튼이 달려 있었다. 그녀는 최대한 거치적거리지 않으려고 애를 썼다. 도와 달라는 말이 없어도 설거지를 도왔고, 손수건과 양말은 잘 개서 서랍장 제일 위 서랍에 넣었고, 몸에 지저분한 것도 묻히지 않았다.

"이만하면 착하긴 한데 그것 말고는 내세울 게 없어. 애가 흐리멍덩하거든. 뭐, 먹이고 씻기는 거야 어려울 것 없지. 아무튼 기독교인이라면 이 정도 자비야 누구나 베푸는 거고, 우리한테 애가 있는 것도 아니고 하니까. 나는 정말 별 상관 없어."

바이올라 이모는 수화기에 대고 이렇게 말했다.

번 이모부는 한술 더 떴다. "우리 딸내미 어디 있나?" 하면서 캐런을 무릎에 앉히고, 머리를 쓰다듬고, 얼굴을 바짝 댄 채 씩 웃고, 겨드랑이를 간지럽혔다. 캐런은 그러는 게 싫었지만 신경질적으로 웃음을 터뜨렸다. 이모부가 웃어 주길 바랐기 때문이다.

"재미있지?"

이모부는 명랑한 목소리로 물었다. 하지만 실제로 재미있다고 생각하는 건 아니었다. 조카한테 그런 식으로 대해야 한다고 생각할 따름이었다.

"애 괴롭히지 마요."

바이올라 이모는 쌀쌀맞게 나무랐다.

번 이모부의 피부는 겉은 하얗지만 속은 빨갰다. 일요일마다 이모가 교회에 가 있는 동안 반바지 차림으로 잔디를 깎으면 더 빨개졌지만, 몸을 둘러싼 빛은 희미했고 초록색과 갈색이 섞인 칙칙한 색이었다. 아침마다 캐런이 침대에서 아직 뒹굴고 있으면 이모부가 화장실에서 끙끙대는 소리가 들렸다. 그러면 그녀는 베개로 귀를 막았다.

"몽유병 증상이 있기는 하지만 심하지는 않아. 밖으로 못 나가게 문을 잠그고 있어. 글로리아가 왜 그렇게 유난을 떠는지 모르겠다니까. 물론 신경이 쇠약해지기는 했지. 아이를 그런 식으로 혼자 떠맡게 됐으니 나라도 도와야 하지 않겠어? 이러니저러니 해도 내 동생이잖아."

이번에도 바이올라 이모가 수화기에 대고 말했다. 이모는 이런 말을 할 때마다 비밀 이야기라도 하는 양 목소리를 낮췄다.

이모와 이모부는 그녀의 어머니와 다르게 아파트에서 살지 않았다. 온 바닥에 카펫이 깔려 있는 근교의 신축 주택에서 살았다. 번 이모부는 가구 사업을 했다. 전쟁 직후라 가구에 대한 수요가 많았기 때문에 이모부의 사업이 잘됐다. 지금은 두 분이서 휴가를 떠났다. 하와이로. 그래서 캐런이 이모네 집에 있지 못하고 할머니한테 가는 것이다.

할머니한테 가는 이유는 어머니가 쉬어야 하기 때문이었다. 어머니는 휴식이 절실한 상황이었다. 얼마나 절실한지 캐런도 알았다. 다리에 들러붙은 풀 먹인 치마를 떼어 낼 때 살갗까지 떨어져 나왔다. 간밤에 어머니가 팬케이크 뒤집개를 휘둘렀는데 납작한 쪽이 아니라 날이 있는 쪽으로 때렸기 때문에 피가 났다.

할머니는 우글쭈글한 파란색 픽업트럭을 몰고 기차역으로
마중을 나왔다.

"잘 지냈니, 글로리아?"

할머니는 어머니한테 이렇게 물으면서 모르는 사람을 대하
듯 악수를 했다. 할머니의 손은 큼지막했고 햇볕에 타서 새까
맸다. 얼굴도 마찬가지였다. 머리에는 희끗희끗하고 제멋대로
헝클어진 둥지 비슷한 게 얹혀 있었는데 나중에 알고 보니 머
리카락이었다. 입고 있는 작업복도 깨끗하지 않았다.

"네가 캐런이로구나."

크고 쭈글쭈글한 얼굴이 휙 내려오자 매부리코와 빳빳한
눈썹 밑에서 파란색으로 반짝이는 조그마한 눈이 보였고, 역
시 커다랗지만 부자연스러울 정도로 고르고 너무 하얘서 야
광처럼 보이는 치아도 보였다. 할머니는 그렇게 웃는 얼굴로
캐런에게 말했다.

"잡아먹지 않을게. 오늘은. 너무 말랐구나. 살을 좀 찌워야
겠다."

"어머니. 애는 그게 농담인 줄 모를 거예요!"

어머니는 초등학교 2학년생을 대할 때 쓰는 그 달짝지근한
목소리로 나무라듯 말했다.

"그럼 얼른 배워야지. 아무튼 전부 다 농담은 아니다. 너무
마른 건 사실이니까. 내가 키우는 송아지가 저 정도면 굶어
죽겠구나 싶을 정도야."

픽업트럭의 좌석을 보니 지저분한 격자무늬 깔개 위에 검은색과 흰색이 뒤섞인 콜리 개가 앉아 있었다.

"뒤로 가거라, 글레니."

할머니가 말하자 녀석은 귀를 쫑긋 세우고 꼬리를 흔들며 뛰어내려 펜더를 딛고 뒤로 기어 올라갔다.

"타자꾸나."

할머니가 자루를 들듯 캐런을 들어 올려 자리에 앉혔다.

"어머니도 앉을 수 있게 좀 더 들어가야지."

캐런은 안쪽으로 움직였다. 다리 때문에 아팠다. 어머니는 개털을 보며 망설였다.

"타라, 글로리아. 지저분한 거야 옛날부터 그랬잖니?"

할머니가 냉랭한 목소리로 말했다.

할머니는 한쪽 팔꿈치를 창밖으로 내밀고 음도 안 맞는 휘파람을 불며 쌩하니 트럭을 몰았다. 양쪽 창문을 다 열어 놓은 터라 자갈이 섞인 모래바람이 불어닥치는데도 트럭 안에 밴 개 냄새가 코를 찔렀다. 어머니는 하얀 모자를 벗고 고개를 반쯤 내밀었다. 한가운데에 껴서 살짝 멀미가 나려고 했던 캐런은 열심히 개가 되는 상상을 했다. 개가 되면 이 냄새를 좋아할 수 있기 때문이었다.

"집이다, 집이다, 지기 조그 조그."

할머니는 명랑한 목소리로 중얼거렸다. 울퉁불퉁한 진입로에 접어들자 잡초가 높다랗게 우거진 집 앞 풀밭에서 언뜻 커다란 해골이 보였다. 공룡 뼈 비슷한 이 해골은 녹이 슨 빨간색이었고, 날카로운 척추와 더께가 앉은 수많은 뼈다귀가 삐죽 튀어나와 있었다. 캐런은 저게 뭐냐고 묻고 싶었지만 아직은 할머니가 무서웠다. 트럭이 멈추어 서자 사방에서 요란하게 짖고 쉿쉿대고 딱딱거리고 끙끙대는 소리가 들렸다.

"저리 가. 저리 가거라, 이놈들아. 쉬이, 쉬이. 얘들아!"

캐런은 밖이 안 보였기 때문에 어머니를 쳐다보았다. 어머니는 모자를 무릎에 얹고 허리를 꼿꼿하게 펴고 앉아서 눈을 질끈 감은 채 하얀 면장갑을 동그랗게 뭉쳐 움켜쥐고 있었다.

창문 너머에서 할머니의 얼굴이 다가왔다.

"하이고, 글로리아. 겨우 거위 가지고 뭘 그러냐."

할머니는 문을 홱 열었다.

"좀 대단해야 말이죠."

어머니는 말은 이렇게 하면서도 낑낑대며 트럭에서 내렸다. 캐런이 보기에 어머니가 하얀 구두를 신은 건 실수였다. 앞마당이 잔디가 아니라 진창이었는데, 마른 곳도 있지만 그렇지 않은 곳도 있었고 다양한 동물의 배설물이 있었던 것이다. 캐런이 아는 건 도시에서도 볼 수 있는 개똥뿐이었다. 이제 개도 두 마리로 늘어나 검은색과 흰색이 뒤섞인 콜리 말고도 갈색과 흰색이 뒤섞인 좀 더 덩치 큰 녀석이 보였다. 두 녀석이 짖고 덥수룩한 꼬리를 흔들어 가며 거위 떼를 안마당으로 몰고 가는 중이었다. 사방에서 파리 떼가 윙윙거렸다.

할머니가 말했다.

"그래, 거위들이 아프게 쫄 때도 있지. 그래도 용감하게 대처해야지 어쩌겠니? 정신력을 동원하려무나!"

할머니가 손을 내밀었지만 캐런은 "저 혼자 내릴 수 있어요."라고 말했다. 그러자 할머니는 "아무렴, 그래야지."라고 했다. 어머니는 벌써 한 손에 여행 가방을 들고 지갑으로 파리떼를 쫓으며 하이힐을 신은 채 똥 무더기를 가로지르고 있었다. 할머니가 그 틈을 타서 말했다.

"너희 엄마는 의지가 약해. 신경질적이지. 예전부터 그랬어. 너는 안 그랬으면 좋겠다."

"저건 뭐예요?"

캐런은 할머니가 원하는 게 용기임을 간파하고 용기를 내서 물었다.

"저거라니?"

할머니가 물었다. 할머니의 다리에 붙어 있던 중간 크기의 돼지가 눈알 못지않게 축축하고 말랑말랑하고 입만큼이나 침 범벅인 코를 캐런의 양말에 대고 킁킁거렸다.

"얘는 핑키야. 돼지."

캐런도 그게 돼지인 줄은 알았다. 사진으로 본 적 있었다.

"아뇨. 집 앞에 있는 커다란 거요."

"구닥다리 경운기."

할머니는 경운기가 뭔지 설명하지 않고 "가자꾸나!" 하면서 캐런의 트렁크를 한쪽 겨드랑이에 끼고 문을 향해 성큼성큼 걸어갔다. 캐런은 종종걸음으로 그 뒤를 따라갔다. 저 멀리서 또 누가 짖고 딱딱거리는 소리가 들렸다. 돼지는 집 앞까지 따라오더니 놀랍게도 안으로 쑥 들어갔다. 코로 철망 문 여는 법을 알았던 것이다.

부엌은 캐런이 상상했던 것보다 훨씬 깨끗했다. 딸기 무늬

의 연두색 방수포가 덮인 타원형 식탁이 있었고, 그 위에 큼
지막한 찻주전자와 썼던 접시가 몇 개 놓여 있었다. 옅은 황
록색으로 칠한 의자 몇 개와 장작을 때는 스토브와 신문이
잔뜩 쌓인 푹 꺼진 밤색 벨벳 소파도 있었다. 바닥에도 신문
이 몇 장 깔렸고, 그 위에 올이 풀린 모직 담요가 아무렇게나
던져져 있었다.

어머니는 지친 얼굴로 창가에 놓인 흔들의자에 앉아 있었
다. 리넨 원피스가 온통 꾸깃꾸깃했다. 어머니는 구두를 벗고
모자로 부채질을 하고 있었는데 부엌으로 들어온 돼지를 보더
니 조그맣게 비명을 질렀다.

"놀랄 것 없다. 대소변은 가리니까."

할머니가 말했다.

"더 이상 못 참겠네요."

어머니는 화가 난 목소리였다.

"대부분의 사람들보다 더 깨끗해. 더 똑똑하기도 하고. 그리
고 여긴 내 집이다. 너희 집에서나 네 마음대로 하는 거지. 내
가 부른 것도 아니고, 그럴 거면 나가라고 하지는 않겠다만 여
기 있는 동안은 뭐든 있는 대로 감수해야지."

할머니가 귀 뒤를 긁어 주고 엉덩이를 한 대 때리자 돼지는
나지막이 꿀꿀거리며 할머니를 흘끗 쳐다보더니 아프간 담요
위로 걸어가 옆으로 털썩 드러누웠다. 어머니는 울음을 터뜨
리며 의자에서 벌떡 일어나 하얀 장갑으로 눈을 누르면서 스
타킹만 신은 채 밖으로 나갔다. 할머니가 웃음을 터뜨렸다.

"괜찮아, 글로리아. 핑키는 계단을 못 올라가!"

"왜요?"

캐런이 물었다. 그녀의 목소리는 거의 속삭임에 가까웠다. 어머니한테 그런 식으로 말하는 사람은 처음이었다.

"다리가 너무 짧거든. 다른 옷 있으면 그 원피스 벗고 감자 씻는 것 좀 도와주겠니?"

할머니는 이렇게 말하고 한숨을 쉬었다.

"아들이 있어야 하는 건데."

캐런이 트렁크를 열어 보니 긴 면바지가 있었다. 그녀는 할머니가 뒤 응접실이라고 부르는 곳에서 옷을 갈아입었다. 다리 뒤쪽이 보일 테니 반바지는 입기 싫었다. 그건 어머니와 그녀, 둘만의 비밀이었다. 누구한테든 빗자루나 팬케이크 뒤집개 이야기를 했다가는 예전에 어머니가 2학년짜리 남학생의 얼굴을 때렸다 거의 잘릴 뻔했을 때처럼 문제가 생길 것이다. 그러면 둘이서 먹고살 방법이 없었다.

"네 방은 나중에 보여 주마. 글로리아가 훌쩍이는 걸 그치거든 말이다."

할머니가 말했다. 캐런은 할머니가 감자 씻는 것을 도왔다. 감자를 씻은 간이 부엌에는 전기스토브와 찬물만 나오는 양철 개수대가 있었다. 할머니는 이곳을 찬방이라고 불렀다. 돼지가 들어와 뭔가를 기대하는 듯 꿀꿀거리다 쫓겨났다.

"지금은 안 돼, 핑키."

할머니가 말했다.

"날감자를 너무 많이 먹으면 배탈이 나거든. 그런데 저 녀석은 날감자를 너무 좋아한단 말이지. 술도 좋아하는데 그것도 몸에 안 좋기는 마찬가지야. 동물들은 대부분 기회만 생기면 코가 비뚤어지도록 마시는 걸 좋아한단다.”

저녁 메뉴는 삶은 감자와 비스킷을 넣은 닭고기 스튜였다. 캐런은 배가 별로 안 고파서 테이블 밑을 지키고 있던 돼지와 개 두 마리에게 자기 저녁을 조금씩 떼어 내 몰래 먹였다. 할머니가 보고도 아무 말 하지 않았으니 그래도 되는가 보다 싶었다.

어머니는 세수를 하고, 립스틱을 다시 바르고, 리넨 원피스를 그대로 입은 채 입을 꾹 다물고 저녁을 먹으러 내려왔다. 캐런은 그 표정의 의미를 알았다. 이를 악물고 버티겠다는 의미였다. 그러지 않으면…… 그러지 않으면 뭘까? 그러지 않으면 캐런이 불이익을 당할 수도 있으니까.

“어머니, 냅킨 있어요?”

어머니가 양쪽 끝에 끈을 연결해 당겨 올린 듯 입꼬리를 실룩 움직여 미소를 지으며 물었다.

“뭐 있냐고?”

“냅킨요.”

“얼씨구, 소매로 닦으면 되잖니.”

어머니가 캐런을 쳐다보며 콧잔등을 찡그렸다.

“소매 보이니?”

어머니는 재킷을 벗었기 때문에 맨팔이었다. 어머니는 작전을 바꾸었다. 캐런과 둘이서 할머니를 우스운 사람으로 만들려는 작전이었다.

할머니는 이 표정을 보고 눈살을 찌푸렸다.

"찬장 서랍에 있지. 늘 그랬잖니. 내가 미개인은 아니다만 지금 디너파티도 아니고⋯⋯. 필요하면 가져다 써라."

디저트는 사과소스였고, 그 뒤로 우유를 넣은 진한 차가 나왔다. 할머니가 캐런에게 잔을 건네자 어머니가 "아, 어머니, 캐런은 차 안 마셔요."라고 했고, 그러자 할머니는 "이제부터 마실 거다."라고 했다. 캐런은 두 사람이 이 일로 옥신각신할 줄 알았는데 할머니가 이렇게 덧붙였다.

"아이를 맡기려거든 제대로 맡기든지. 싫으면 데리고 가려무나."

어머니는 입을 꾹 다물었다.

식사를 마친 할머니는 접시에 남은 닭 뼈를 모아 냄비에 다시 넣고 접시를 바닥에 내려놓았다. 그러자 동물들이 몰려들어 쩝쩝거리며 접시를 핥기 시작했다.

"접시째 주면 어떡해요?"

어머니가 들릴락 말락 하게 물었다.

"사람보다 저 녀석들 혀가 더 깨끗해."

할머니가 말했다.

"어머니가 제정신이 아닌 건 아시죠? 어머니가 있어야 할 곳은 정신 병원이라고요!"

어머니는 목이 멘 소리로 이렇게 외치더니 손으로 입을 막고 마당으로 달려 나갔다. 할머니는 그 모습을 물끄러미 바라보다 어깨를 으쓱하고는 다시 차를 마셨다.

"세상에는 안이 깨끗한 것이 있고 밖이 깨끗한 것이 있지. 안이 깨끗한 게 더 좋은데 너희 엄마는 그 둘을 구분할 줄 모르는구나."

캐런은 어떻게 해야 좋을지 알 수가 없었다. 그녀는 동물들이 흘린 침과 돼지, 개의 병균이 들어 있을 자기 배 속을 상상해 보았다. 그런데 신기하게도 구역질이 나지 않았다.

나중에 캐런이 2층으로 올라가 보니 어머니가 우는 소리가 들렸다. 지금까지 숱하게 들은 소리였다. 그녀는 소리가 들리는 방 안으로 살금살금 들어갔다. 어머니는 어느 때보다 비참한 얼굴로 침대 가장자리에 앉아 있었다.

"한 번도 친어머니처럼 느껴진 적이 없었어. 늘 그랬어!"

어머니는 캐런을 꼭 끌어안고 그녀의 머리에 대고 눈물을 흘렸다. 캐런은 어머니의 말이 무슨 뜻일까 생각했다.

어머니는 다음 날 아침도 먹지 않고 떠났다. 병원에 예약이 되어 있어서 돌아가야 한다고 했다. 할머니가 기차역까지 태워다 주었고, 캐런도 작별 인사를 하러 따라나섰다. 그녀는 다시 욱신거리기 시작한 다리 때문에 긴바지를 입었다. 어머니는 기차역으로 가는 내내 한쪽 팔로 그녀를 안아 주었다.

할머니는 트럭의 시동을 걸기 전에 거위들을 우리 밖으로 내놓았다.

"집 지키는 거위거든. 이 녀석들하고 컬리가 다 알아서 할 거다. 누가 들어오려고 하면 컬리가 쓰러뜨리고 거위들이 눈을 쫄 거야. 컬리, 가만히 있어! 이리 와, 글렌."

할머니는 거의 길 한가운데로 어제처럼 쌩하니 내달렸지만 휘파람은 불지 않았다.

기차역에서 헤어질 시간이 되자 어머니는 캐런의 뺨에 입을 맞추고 꼭 끌어안으며 사랑한다고, 할머니 말씀 잘 들으라고 했다. 할머니한테는 입을 맞추지 않았다. 심지어 작별 인사도 하지 않았다. 캐런은 할머니의 얼굴을 바라보았다. 상자처럼 꼭 닫혀 있었다.

캐런이 원한 대로 두 사람은 기차가 실제로 움직일 때까지 자리를 뜨지 않았다. 어머니가 창밖으로 손을 흔들자 하얀 장갑이 깃발처럼 펄럭였다. 웃고 손을 흔드는 어머니의 모습을 볼 수 있었던 것이 그때가 마지막이었는데 그녀는 몰랐다.

캐런과 할머니는 집으로 돌아가 아침을 먹었다. 황설탕을 넣고 신선한 크림을 두툼하게 얹은 오트밀 포리지였다. 어머니가 떠난 뒤로 할머니는 말수가 줄었다.

캐런은 식탁 맞은편에 앉아 있는 할머니를 물끄러미 바라보았다. 전날 생각했던 것보다 나이가 많아 보였다. 목도 좀더 앙상하고 눈가에 주름도 더 많았다. 옅은 파란색 빛이 희미하게 할머니의 머리를 감싸고 있었다. 할머니의 이가 틀니인 것은 진작부터 눈치채고 있었다.

34

아침을 다 먹었을 때 할머니가 묻는다.

"어디 아프니?"

"아뇨."

다리가 아직 욱신거렸지만 그건 아픈 게 아니다. 어머니가 아무 일 아니라고 했으니 아무 일 아니다. 침대에 눕지 않고 밖으로 나가고 싶다. 닭들을 구경하고 싶다.

할머니는 날카로운 눈빛으로 그녀를 쳐다보다가 "반바지 입는 게 낫지 않겠니? 오늘 찜통처럼 더울 텐데." 하고는 그만 이다. 하지만 캐런은 다시 한번 괜찮다고 하고 할머니와 함께 달걀을 수거하러 나선다. 개와 돼지는 따라오지 못한다. 개는 암탉들을 어딘가로 몰고 가려 할 테고 돼지는 달걀을 좋아하기 때문이다. 세 녀석은 부엌 바닥에 엎드려 있다. 개들은 꼬리로 천천히 바닥을 때리고 있고 돼지는 생각에 잠긴 표정이다. 할머니는 행주를 깐 6리터들이 광주리를 집어 든다. 거기에 달걀을 담을 것이다.

하늘은 화창하다. 주먹으로 눈을 꾹 누르면 나타나는 그 강렬한 파란색이다. 가늘고 날카로운 매미 울음소리가 철사처럼 캐런의 머리를 관통한다. 할머니의 머리카락 끝이 햇빛을 받아 불붙은 양털처럼 이글거린다. 두 사람은 오솔길을 따라 걷는다. 양쪽으로 길게 자란 엉겅퀴와 야생 당근 냄새는 캐런이 지금까지 맡아 본 중에서 가장 짙고 파릇파릇한데, 달짝지근하면서도 코를 찌르는 헛간 냄새도 섞여 있어서 좋다고 해야 할지 나쁘다고 해야 할지 알 수가 없다. 그저 숨이 막힐 정도로 강하고 진하다.

닭장은 텃밭을 둘러싸고 있는 울타리 옆이다. 철망과 난간으로 이루어진 울타리 안으로 들어서면 감자를 심은 두둑이 있고, 우글쭈글한 양상추가 일렬로 늘어서 있고, 강낭콩 덩굴이 세 발 장대를 휘감은 가운데 빨간 꽃들 사이에서 벌들이 웅웅거린다.

"감자, 양상추, 강낭콩."

할머니가 중얼거린다. 캐런에게 하는 말인지 혼잣말인지 알 수가 없다.

"닭."

닭장에 다다르자 이번에는 할머니가 이렇게 중얼거린다.

닭은 두 종류다. 빨간 아랫볏이 달린 하얀색과 불그스름한 갈색. 녀석들은 땅을 파헤치고 꼬꼬거리며 도마뱀을 닮은 노란 눈으로 번갈아 캐런을 물끄러미 바라본다. 여러 색깔의 빛이 녀석들의 깃털에서 이슬처럼 반짝인다. 캐런은 할머니가 팔을 붙잡을 때까지 닭들을 쳐다보고 또 쳐다본다.

"여긴 달걀이 없어."

닭장 안은 퀴퀴하고 어둠침침하다. 할머니는 짚단을 채운 상자를 손으로 더듬고 상자에 아직 앉아 있는 암탉 두 마리 밑까지 뒤져 찾은 달걀을 광주리에 넣는다. 직접 들고 갈 수 있게 캐런의 손에도 한 개 쥐여 준다. 안에서 은은한 빛이 새어 나온다. 달걀은 조금 축축하고 닭똥과 지푸라기가 들러붙어 있다. 그리고 따뜻하다. 다리 뒤쪽이 욱신거리면서 달걀에서 흘러나온 온기가 머리로 전달되는 것이 느껴진다. 달걀은 감촉이 부드럽다. 고무 껍질 안에서 두근거리는 심장 같다. 이글거리는 태양과 웅웅거리는 벌들을 뚫고 텃밭을 도로 거슬러가는 동안 달걀이 점점 더 부풀고 자라서 너무 커지고 뜨거워지는 바람에 쥐고 있을 수가 없다.

잠시 후 그녀는 침대에 엎드려 누웠다. 할머니가 다리를 씻겨 주었다.

"나는 그 아이한테 어울리는 어머니가 아니었단다. 그 아이도 나한테 어울리는 딸이 아니었고. 그래서 지금 이 모양이잖니. 하지만 어쩔 수 없는 일이지."

할머니가 크고 울퉁불퉁한 손으로 다리를 만지자 처음에는 더 아팠지만 잠시 후 캐런의 몸이 점점 따뜻해지다 서늘해지더니 잠이 쏟아졌다.

눈을 떠 보니 밖이었다. 제법 어둑했지만 반달이 떠 있었다. 나무줄기와 나뭇가지들이 드리운 그림자가 달빛에 비쳐 보였다. 처음에 그녀는 여기가 어디인지, 어떻게 여기까지 왔는지 생각이 나지 않아 겁이 났다. 그곳에서는 진하고 달콤한 냄새가 풍겼고, 꽃들이 아른거렸고(나중에 알고 보니 박주가리 꽃이었다.), 나방들이 수도 없이 퍼덕거리며 얇고 하얀 날개로 그녀에게 입을 맞추었다. 가까운 데서 물이 흐르고 있었다.

어디선가 숨소리가 들렸다. 잠시 후에는 축축한 코가 그녀의 손을 떠밀고 무언가가 그녀의 몸에 자기 몸을 대고 비비는 게 느껴졌다. 두 마리 개가 한쪽에 한 마리씩 그녀의 옆에 서 있었다. 집에서 나왔을 때 녀석들이 짖었을까? 알 수 없었다. 그녀는 개가 짖는 소리를 듣지 못했다. 하지만 이 녀석들이 돌아가는 길을 알 테니 이제는 마음이 놓였다. 그녀는 한참 동안 그 자리에 서서 나무와 개와 밤꽃과 물 냄새를 들이마시고 또 들이마셨다. 기분이 최고였다. 한밤중에 혼자 밖으로 나오는 것이야말로 그녀가 하고 싶었던 일이다. 이제는 다리도 아프지 않았다.

이윽고 개들이 가볍게 찌르며 그녀를 돌려세우더니 어두컴컴한 집 쪽으로 몰고 갔다. 온 사방에 불빛 한 조각 없었다. 할머니 모르게 집 안으로 들어가서 계단을 지나 침대 속으로 되돌아갈 수 있을 것 같았다. 몸을 붙잡힌 채 흔들리거나 힘든 아이라는 소리를 듣거나 뭘로 얻어맞기는 싫었다. 하지만 집 앞에 다다라 보니 길고 하얀 나이트가운을 입은 할머니가 머리카락을 달빛에 나부끼며 문을 열어 놓고 서 있었다. 할머니는 말없이 캐런을 향해 고개를 끄덕였고, 캐런은 안으로 들어 갔다.

밤이 되자 이 집이 달라졌는지 그녀는 환대를 받는 듯한 기분이 들었다. 이 집에 처음으로 발을 들여놓는 듯한 기분이 들었다. 알고 보니 할머니도 몽유병 환자였고, 그녀처럼 어두운 곳에서도 볼 수 있었다.

아침이 되었을 때 캐런은 다리 뒤쪽을 손으로 만져 보았다. 하나도 아프지 않았다. 어제까지만 해도 끈적끈적한 상처가 있던 자리에 머리카락처럼, 거울에 생긴 금처럼 작고 가느다란 선만 남았다.

캐런이 잠을 잔 곳은 2층에서도 가장 작은 방이었다. 원래 어머니가 쓰던 방이었다. 침대는 좁았고, 니스를 칠한 검은 나무 머리판에는 긁힌 자국이 있었다. 하얀색 침대 커버는 수많은 애벌레를 서로 꿰매서 만든 것처럼 생겼고, 서랍장은 파란색이었고, 직각으로 등받이가 달린 나무 의자도 같은 색이었다. 서랍에는 오래된 신문지가 깔려 있었다. 캐런은 그 안에다 곱게 개킨 옷을 넣었다. 커튼에는 희미해진 물망초 무늬가 있었다. 아침이 되면 커튼을 뚫고 들어온 햇살이 여러 표면과 의자 가로대에 앉은 먼지를 비추었다. 이 방에는 낡아서 너덜너덜한 깔개도 있었고, 한쪽 구석에 끼인 검은색 옷장도 있었다.

캐런도 알다시피 어머니는 이 방을 싫어했다. 이 집을 통째로 싫어했다. 캐런은 싫지 않았지만 이상하다 싶은 구석은 있었다. 할머니가 쓰는 널찍한 안방 벽장을 열어 보면 남자용 장화가 일렬로 늘어서 있었다. 실내 화장실 없이 옥외 변소만 있었고, 변소에는 석회가 담긴 나무 상자와 석회를 떠서 구멍에 넣을 때 쓰는 작은 나무 주걱이 있었다. 컴컴한 커튼이 쳐진 거실에는 밭에서 주운 인디언 화살촉이 진열돼 있고 묵은 신문지 더미가 사방에 높다랗게 쌓여 있었다. 벽에는 캐런의 할아버지 사진이 담긴 액자가 걸려 있었다. 오래전 할아버지가 트랙터에 깔려 돌아가시기 전에 찍은 사진이었다.

할머니가 말했다.

"트랙터 같은 건 모르고 살았던 양반이지. 오로지 말뿐이었어. 망할 것이 그 양반을 깔아뭉개는 걸 너희 엄마가 봤지 뭐냐. 겨우 열 살 때였는데. 그래서 비뚤어졌는지도 모르겠다. 그양반은 악마의 발명품을 쓸데없이 만지작거린 자기 잘못이라고 했지. 일주일 동안 목숨을 부지했는데 나는 아무것도 해줄 수가 없었단다. 뼈가 망가진 건 방법이 없거든."

캐런에게 하는 말이라기보다 혼잣말이었다. 할머니는 늘 그런 식이었다.

그 트랙터는 아직 차고에 있었다. 너무 나이가 들기 전까지는 할머니가 직접 트랙터를 몰았다. 지금은 같은 골목에 사는 론 슬론이 밭을 갈아 주는데 그는 트랙터가 됐건 건초기가 됐건 자기 것을 썼다. 캐런이 그 집에서 지낸 지 두 주째가 됐을 때 암탉 한 마리가 알을 품고 싶었는지 상자가 아니라 트랙터 좌석에 둥지를 틀었다. 캐런이 세어 보니 품은 알이 모두 스물세 개였다. 할머니는 말했다.

"종종 그럴 때가 있지. 우리가 알을 가지고 가는 걸 아니까 몰래 숨어서 낳는 거야. 다른 암탉들도 자기가 낳은 알을 맡기지. 귀찮은 일은 맡고 싶지 않으니까. 게으른 것들."

하지만 그 암탉은 닭장으로 다시 돌아가야 했다. 족제비 때문이었다. 할머니가 말했다.

"밤이 되면 찾아와서 닭의 모가지를 깨물어 피를 빨아 먹거든."

족제비들은 워낙 몸이 홀쭉해서 손톱만 한 틈만 있어도 기어들어 올 수 있었다. 캐런은 뱀처럼 길고 가늘고 차갑고 조용하며 날카로운 송곳니를 드러낸 채 못된 눈빛을 번뜩이며 주르르 벽을 통과하는 족제비를 상상해 보았다. 한번은 해가 떨어진 뒤 캐런의 손에 랜턴을 들려 닭장 안으로 혼자 들여보내고 할머니는 밖에서 널빤지 사이로 불빛이 새어 나오는 틈이 있는지 찾으러 나선 적이 있었다. 족제비가 한 마리만 닭장 안으로 들어와도 끝장이라고 했다.

"잡아먹으려고 죽이는 게 아니라 그저 재미 삼아 죽이는 거야."

캐런은 할아버지 사진을 들여다보았다. 사진만 봐서는 알 수 있는 게 많지 않았다. 흑백 종이로 된 사진 속에 담긴 사람들은 밋밋했고 몸에서 아무런 빛이 나지 않았다. 할아버지는 수염을 길렀고 눈썹이 굵었고 검은 양복에 모자를 쓰고 있었다. 웃지는 않았다. 할머니 말에 따르면 원래 메노파 교도였는데 할머니와 결혼하면서 메노파와 인연을 끊었다고 했다. 캐런은 메노파가 뭔지 몰랐기 때문에 무슨 소리인지 알아들을 수가 없었다. 할머니 말로는 교파의 일종이라고 했다. 새것은 절대 쓰지 않고, 자기들끼리 모여 사는 훌륭한 농부였다. 밭을 끄트머리까지 활용했기 때문에 메노파 교도의 농장은 한눈에 알 수 있었다. 그들은 전쟁을 찬성하지 않았다. 싸우지 않았다.

"전쟁 때는 욕 좀 먹었지. 지금도 너희 할아버지 때문에 나하고 말도 안 하는 교인들이 몇 명 있단다."

"전쟁은 저도 찬성하지 않아요."

캐런은 엄숙하게 말했다. 조금 전에 결심한 거였다. 어머니의 신경이 이렇게 날카로워진 것도 전쟁 때문이었다.

"글쎄다. 예수님은 한쪽 뺨을 맞으면 다른 쪽 뺨을 내밀라고 하셨지만 하느님은 눈에는 눈이라고 하셨거든. 누가 우리 편을 죽이려 들면 맞서 싸워야지. 할머니는 그렇게 생각한다."

"다른 데로 가서 살면 되잖아요."

"메노파 교도들이 그런 식이었지. 그런데 갈 곳이 없으면 어떻게 하니? 난 그 양반한테 대답해 보라고 말하지!"

할머니는 종종 할아버지가 아직 살아 있는 것처럼 이야기했다. "너희 할아버지는 저녁 메뉴로 쇠고기찜을 좋아한단다." "너희 할아버지는 뭐든 설렁설렁 하는 법이 없단다." 이런 식이었다. 캐런은 어떤 의미에서는 할아버지가 살아 있는 게 아닐까 하는 생각이 들기 시작했다. 만약 그렇다면 앞 응접실에 계실 것이다.

앞 응접실을 쓰지 않고 뒤 응접실만 쓰는 이유도 그 때문일 수 있었다. 둘이 뒤 응접실에 앉아서 라디오로 뉴스나 일기 예보를 듣는 동안 할머니는 사각형의 산뜻한 아프간 담요를 뜨고 또 떴다. 할머니는 비가 올지 안 올지 알아보는 것을 좋아했지만, 사실은 비가 올라치면 쑤시는 할머니의 몸이 더 정확했다. 할머니는 다 뜬 아프간 담요를 덮고, 틀니는 물컵에 담그고, 돼지와 개 두 마리의 경호를 받으며 날마다 그 응접실에서 낮잠을 잤다. 아침이면 할머니는 명랑하고 기운이 넘쳤다. 휘파람을 불며 캐런에게 말을 걸었고, 모든 일에는 올바른 방식과 그렇지 않은 방식이 있다며 올바른 방식을 가르쳐 주었다. 하지만 점심을 먹고 오후가 되면 축 처지면서 하품을 하기 시작하다 잠깐 누워 있겠다고 했다.

캐런은 할머니가 자는 동안 깨어 있는 게 싫었다. 하루 중에서 유일하게 무서운 시간이었다. 다른 때는 할머니를 돕느라 바빴다. 텃밭에서 잡초를 뽑았고, 달걀을 수거하는 일도 처음에는 할머니와 같이 했지만 지금은 혼자 했다. 설거지한 그릇도 닦고 개들에게 사료도 주었다. 하지만 할머니가 낮잠을 자는 동안에는 집 밖으로 나가지도 않았다. 너무 멀리 가게 될까 봐 무서웠다. 할머니가 낮잠을 자는 동안 캐런은 부엌에서 시간을 보냈다. 어떨 때는 묵은 신문에서 주말마다 실리는 만화를 찾아 열심히 들여다보았다. 신문에 얼굴을 바짝 갖다 대면 얼굴이 여러 색깔의 작은 점들로 분해됐다. 또 어떨 때는 식탁에 앉아 몽당연필로 메모지에 그림을 그렸다. 처음에는 어머니한테 편지를 쓰려고 했다. 활자체는 학교에서 배워서 쓸 수 있었다. 사랑하는 엄마, 어떻게 지내세요, 사랑해요, 캐런. 그녀는 길가에 있는 우편함까지 걸어가서 편지를 넣고 빨간색 쇠깃발을 올렸다. 하지만 답장은 오지 않았다.

그래서 이제는 몽당연필로 그림을 그렸다. 아니면 그림은 안 그리고 소리를 들었다. 할머니는 가끔 코를 골고 잠꼬대를 했다. 파리가 윙윙거렸고, 저 멀리서 암소가 울었고, 거위가 꽥꽥거렸고, 집 앞 자갈길에서 차가 한 대 지나갔다. 다른 소리도 들렸다. 찬방 싱크대 수도꼭지에서 물이 떨어지는 소리. 앞 응접실에서 들리는 삐걱삐걱 발소리는 뭘까? 흔들의자에서 나는 소리일까, 아니면 소파에서? 한낮에 더위가 기승을 부려도 선뜻해지면서 팔에 소름이 돋기 시작했다. 그녀는 꼼짝 않고 앉아서 발소리가 점점 다가오는지 귀를 기울였다.

할머니는 일요일마다 원피스를 입었지만 교회에는 가지 않았다. 일요일이 되면 하루에 두 번씩 교회에 가는 바이올라 이모하고는 달랐다. 할머니는 그 대신 앞 응접실에서 커다란 가정용 성서를 꺼내 식탁 위에 세워 놓았다. 그런 다음 눈을 감고 책장 사이를 핀으로 찔러 핀이 선택한 면을 펼쳤다.

"이제 네 차례다."

이번에는 캐런이 핀을 들고 눈을 감은 채 성서 위에서 손을 들고 밑에서 잡아당기는 듯한 느낌이 느껴질 때까지 기다렸다. 그러면 할머니가 핀이 꽂힌 부분을 읽었다.

"'너희 중에 누구든지 이 세상에서 지혜 있는 줄로 생각하거든 미련한 자가 되어라. 그리하여야 그가 지혜로운 자가 되리라. 이 세상의 지혜는 미련한 것이니⋯⋯.'[45] 그래, 이제는 나도 이게 무슨 말인지 알지."

할머니는 이렇게 말하면서 고개를 끄덕였다.

---

45) 「고린도전서」 3장 18~19절.

하지만 가끔 이해하지 못할 때도 있었다.

"'이스르엘 지방에서 개들이 이세벨을 먹으리니.'[46] 이건 누구 이야기인지 전혀 모르겠네. 먼 훗날 일인 모양이다."

할머니는 일요일마다 성서를 딱 한 구절씩 읽었다. 읽고 나면 성서를 다시 앞 응접실에 갖다 놓고 원피스를 작업복으로 갈아입은 다음 밖으로 나가서 일을 했다.

캐런은 텃밭에 무릎을 꿇고 앉아 있다. 노란 콩을 따서 6리터들이 광주리에 넣는 중이다. 한 번에 한 알씩 천천히 따고 있다. 할머니는 뜨개질할 때처럼 보지도 않고 두 손으로 동시에 딸 수 있지만 캐런은 콩이 맞는지 확인한 다음에 따야 한다. 태양이 뜨겁게 이글거린다. 그녀는 반바지에 민소매 블라우스를 입고 일사병에 걸리지 않게 할머니가 씌워 준 밀짚모자를 썼다. 콩대가 워낙 높게 자라서 그렇게 쭈그리고 앉아 있으면 그녀의 모습이 거의 보이지 않는다. 해바라기들이 불꽃처럼 생긴 노란 꽃잎을 활짝 펴고 커다란 갈색 눈으로 그녀를 지켜본다.

대기가 셀로판처럼 어른거린다. 평평한 밭 위에 셀로판지를 대고 흔드는 것처럼 정전기가 나서 메뚜기 비슷한 딱딱 소리가 들린다. 건초를 만들기에 좋은 날씨다. 두 밭 너머에서 론 슬로언의 트랙터가 윙윙거리고 건초기가 철커덕, 쿵 하다 멈춘다. 이제 콩밭 끄트머리에 다다른 캐런은 당근을 꺼내 손으로

---

46) 「열왕기하」 9장 36절.

흙을 털고 다리에 대고 문지른 다음 한 입 깨물어 먹는다. 씻어 먹어야 한다는 건 알지만 흙 맛이 좋다.

모터 돌아가는 소리가 들린다. 진한 초록색 픽업트럭이 자갈길 위에서 비틀거리며 진입로를 따라 빠르게 달리고 있다. 캐런은 트럭의 정체를 안다. 론 슬로언의 트럭이다.

밭일을 안 하고 왜 여기 왔을까? 이 집을 찾아오는 사람은 거의 없다. 할머니는 이 동네 사람들을 별로 탐탁지 않게 생각한다. 남의 험담이나 하는 멍청한 족속이라고. 읍내에 뭘 사러 나갔을 때 할머니가 지나가면 빤히 쳐다본다고 한다. 캐런도 사람들이 그러는 걸 직접 본 적이 있다.

트럭이 끼익 멈추어 선다. 거위들이 달려 나오고 개들이 짖는다. 트럭 문이 열리고 론 슬로언이 팔을 잡고 비틀거리며 나온다. 시커멓게 그은 얼굴은 핏기가 가셔 갈색 종이봉투 같다.

"할머니 어디 계시니?"

그가 캐런에게 묻는다. 그에게서 땀 냄새와 공포의 냄새가 난다. 이제 보니 소매가 찢긴 곳에서 콸콸 피가 쏟아진다. 팔에서 고통과 위험이 새빨간 충격파처럼 뿜어져 나온다. 캐런은 비명을 지르고 싶지만 목소리가 나오지 않는다. 꼼짝할 수가 없다. 머릿속으로 할머니를 부르자 양동이를 들고 집 모퉁이를 돌아 나오던 할머니가 피를 보고 양동이를 떨어뜨린다.

"하느님 맙소사. 론!"

론 슬로언은 절망적이고 무기력하게 애원하는 표정을 지으며 할머니 쪽으로 고개를 돌린다. "우라질 건초기가요." 하고는 그만이다.

할머니가 서둘러 그에게 다가간다.

"애들아, 애들아."

개와 거위들에게 하는 말이다.

"컬리, 저리 비켜."

그러자 다들 멍멍 짖고 꽥꽥거리며 물러선다.

"괜찮을 거야."

할머니가 론에게 말하며 손을 뻗어 그의 팔에 대고 뭐라고 중얼거린다. 할머니의 손에서 파란빛이 나왔다 사라지는가 싶더니 피가 멈춘다.

"됐어. 하지만 병원에 가야 해. 나는 피를 멈추게밖에 못 하니까. 자네 상태가 이러니 운전은 내가 하지. 혈관이 잘려서 삼십 분 안으로 다시 피가 날 거야. 젖은 수건 가지고 오너라."

이번에는 캐런에게 하는 말이다.

"행주가 좋겠다. 찬물을 적셔서."

캐런은 글레니와 함께 할머니의 트럭 짐칸에 앉는다. 이제는 가능한 한 짐칸에 앉는다. 바람이 소용돌이를 일으키자 머리카락이 출렁이며 그녀의 얼굴을 때리고 길가의 나무들이 날아가는 것처럼 휙휙 지나간다. 30킬로미터를 달려 기차역과 같은 마을에 있는 병원에 도착하자 론이 트럭에서 내리는데 고개를 숙이며 주저앉는다. 할머니가 론을 부축해 2인 3각 경기를 하듯 절뚝거리며 병원 안으로 들어간다. 캐런과 글레니는 트럭에서 기다린다.

잠시 후 할머니가 나온다. 론 슬로언이 병원에서 상처를 꿰맬 테니 괜찮아질 거라고 한다. 걱정하지 않도록 슬로언 부인을 찾아가 무슨 일이 있었는지 알려 준다. 슬로언 부인의 식탁에 앉아 할머니는 차를, 캐런은 레모네이드를 마시고 슬로언 부인은 눈물을 흘리며 고맙다고 한다. 할머니는 별 소리를 다 한다는 말도 하지 않는다. 그저 고개만 끄덕이며 조금 무뚝뚝하게 "나한테 고마워할 거 없어. 한 일도 없는데 뭘."이라고 한다.

슬로언 부인에게는 열네 살 난 딸이 있는데 머리가 캐런보다 더 하얀 금발이고 눈은 충혈되고 얼굴에 핏기가 하나도 없다. 가게에서 사 온 쿠키 접시를 건네며 캐런의 할머니를 어찌나 뚫어지게 쳐다보는지 충혈된 눈이 튀어나올 것 같다. 슬로언 부인은 캐런의 할머니에게 차 한 잔 더 하라고 하지만 할머니를 좋아하지는 않는다. 그건 머리가 하얀 여자아이도 마찬가지다. 둘 다 할머니를 무서워한다. 공포가 두 사람의 몸을 감싸고 잿빛 얼음처럼 전율하는 것이 연못 위로 부는 바람 같다. 두 사람은 무서워하지만 캐런은 그렇지 않다. 아니, 그만큼 무서워하지는 않는다. 그녀도 피를 만져 보고 싶다. 피를 멈추게 할 수 있으면 좋겠다.

선선한 저녁이 되면 캐런과 할머니는 공동묘지를 찾아간다. 공동묘지까지는 1.5킬로미터도 안 된다. 그때마다 할머니는 원피스로 갈아입지만 캐런은 굳이 그럴 필요가 없다.

트럭은 타지 않고 항상 걸어간다. 자갈길을 따라 울타리와 도랑과 먼지를 뒤집어쓴 잡초를 지나는 동안 캐런은 할머니 손을 잡는다. 그녀가 할머니의 손을 잡는 것은 이때뿐이다. 이제는 할머니 손을 잡고 가면서 심줄 같은 혈관과 울퉁불퉁한 뼈와 느슨한 피부를 느낀다. 나이가 들어서 피부가 느슨하다는 뜻이 아니라 빛이 새어 나오고 있다는 뜻이다. 밝은 파란색. 힘이 느껴지는 손이다.

공동묘지는 자그마하다. 그 옆에 있는 교회도 작은데 아무도 없다. 여기 다니던 신도들이 고속 도로 옆에다 더 큰 교회를 지었다고 한다.

"페니언단[47]이 들이닥쳤을 때 부녀자와 아이들이 저 교회 안으로 피신했단다."

할머니가 말한다.

"페니언단이 뭔데요?"

캐런이 묻는다. 이름이 라디오에서 들은 변비약 비슷하다. 피너민트.

"미국에서 건너온 쓰레기였지. 아일랜드 놈들이고, 전쟁을 좋아했어. 하지만 욕심이 너무 과했단다."

할머니는 며칠 전에 일어난 사건이라도 되는 듯이 설명하지만 사실은 오래전 이야기다. 칠십 년도 더 된 이야기다.

"우리는 아일랜드 출신 아니죠?"

캐런이 묻는다.

"절대 아니지. 하지만 너희 증조할머니는 아일랜드 분이었단다."

할머니는 스코틀랜드 출신이니 캐런의 몸에도 스코틀랜드 피가 흐르는 셈이다. 스코틀랜드와 잉글랜드와 메노파 교도와

---

47) 아일랜드의 민족주의 비밀 결사 단체.

뭐였는지 모를 아버지의 피가 흐르는 셈이다. 할머니 말로는 스코틀랜드 사람으로 태어나는 게 최고라고 한다.

잡초로 우거진 공동묘지지만 그래도 사람들이 꾸준히 찾아온다. 벌초가 된 봉분도 몇 개 보인다. 할머니는 누가 어떻게 죽어서 어디에 묻혔는지 죄다 안다. 술에 취해 차를 타고 가다 네거리에서 부딪쳐 죽은 네 사람, 엽총으로 자기 몸을 쏴서 두 동강이 났는데 모두들 자살인 줄 알면서도 동네 부끄러운 일이라 쉬쉬하는 어떤 남자. 어떤 여자와 나란히 묻힌 아이. 아이 무덤이 더 작아서 조그마한 침대 틀만 하다. 이 역시 동네 부끄러운 일이었던 것이 아이 아버지가 없었다. 할머니가 말한다.

"아버지 없이 태어나는 아이는 없지. 좋은 아버지 밑에서 태어나지 못하는 아이는 있어도."

묘비에는 천사의 얼굴이 새겨져 있고, 버드나무가 든 단지와 돌로 만든 어린양과 돌로 만든 꽃도 있다. 잼병에서 시들어가는 진짜 꽃도 있다. 할머니의 아버지와 어머니, 두 형제도 여기 묻혔다. 할머니는 캐런을 데리고 그분들을 찾아간다. 그분들 '무덤'이 아니라 '그분들'을 찾아가자고 한다. 하지만 할머니가 제일 만나고 싶어 하는 사람은 할아버지다. 묘비에 할아버지 이름과 숫자 두 개가 새겨져 있다. 태어난 날과 돌아가신 날이다.

할머니가 말한다.

"이 양반을 메노파 교도들한테 돌려주었어야 하는 건 아닌지 모르겠다. 자기 사람들 옆에 눕고 싶었을지 모르는데. 하지만 그 사람들이 받아주지 않았을 거야. 여기서 나랑 같이 있는 게 제일 좋지, 뭐."

할머니 이름도 그 밑에 새겨져 있지만, 오른쪽 날짜가 빈칸이다.

"미리 준비해 놓는 수밖에 없었단다. 나중에 아무도 해 주지 않을 테니까. 글로리아하고 바이올라, 그 두 녀석은 돈 아깝다고 나를 그냥 도랑에 버릴지 몰라. 농장을 팔고 싶어서 내가 죽을 때만 기다리지. 아니면 나를 그 도시로 끌고 가서 바닥에 작은 구멍 하나 파 놓고 묻을 수도 있잖니? 그래서 내가 선수를 쳐서 묘비를 미리 사 놓았지. 앞으로 어떤 일이 벌어지든 나는 준비가 다 돼 있어."

"할머니 돌아가시면 싫어요."

캐런이 말한다. 진심이다. 할머니는 냉정하지만 안전한 피신처다. 어쩌면 그래서 안전할 수도 있다. 변하지 않고 물렁해지지 않으니까.

할머니는 턱을 삐죽 내민다.

"나는 죽을 생각 없다. 육신만 죽는 거니까."

할머니가 캐런을 물끄러미 쳐다본다. 눈빛이 사납게 느껴진다. 할머니의 정수리에 얹힌 머리카락이 꼭 씨가 생긴 엉겅퀴 같다.

캐런은 할머니를 사랑했을까? 캐리스는 페리 뒷자리에 앉아 호수를 절반쯤 건넜을 때 예전에 그런 생각을 했던 기억을 떠올린다. 어떨 때는 그랬다는 생각이 들고 어떨 때는 아니었다는 생각이 든다. 그 강렬하면서도 부드러운 색깔, 그 톡 쏘는 맛과 신경에 거슬리는 모서리는 사랑이라는 단순한 말로는 표현이 안 된다.

"고양이 껍질을 벗기는 데는 여러 가지 방법이 있지."

할머니가 이렇게 말하면 캐런은 움찔했다. 할머니가 정말로 고양이 껍질을 벗기는 장면이 그려졌다. 할머니는 22구경 소총을 들고 새벽에 나가 우드척 다람쥐를 잡았다. 토끼도 잡아서 스튜를 만들었다. 너무 늙어서 알을 낳지 못하거나 닭고기가 먹고 싶으면 닭도 죽였다. 나무 도마 위에 올려놓고 도끼로 대가리를 자르면 닭들이 아무 소리도 내지 못한 채 피를 철철 흘리며 앞뜰을 돌아다녔고, 목숨이 잿빛 연기처럼 몸에서 빠져나가면서 녀석들을 감싸던 무지갯빛이 점점 희미해지다 완전히 사라졌다. 그러면 할머니는 털을 뽑고, 내장을 꺼내고, 깃털을 촛불에 그슬렸다. 식사를 다 마친 다음에는 차골(叉骨)48)을 남겨 창틀에 올려놓고 말렸다. 그렇게 모아 놓은 게 벌써 다섯 개였다. 캐런도 하나 부러뜨려 보고 싶었지만 할머니가 소원이 있느냐고 물으면 생각이 나지 않았다.

"소원이 생길 때를 대비해서 아껴 둬야지."

할머니가 말했다.

캐런은 이제 질문이 많아졌다. 하는 일도 많아졌다. 할머니의 표현에 따르면 야물어지고 있다고 한다. 혼자 달걀을 가지

---

48) 닭이나 오리의 흉골 앞쪽에 있는 브이(V) 모양 뼈. 두 사람이 양쪽에서 잡아당겨 부러뜨렸을 때 긴 쪽을 차지한 사람의 소원이 이루어진다고 한다.

러 닭장에 갔을 때 암탉들이 쉿쉿거리면서 쪼려 들면 철썩 때리고 수탉이 맨다리를 향해 덤벼들면 발로 걷어찬다. 어떨 땐 때려서 쫓아내려고 막대기도 들고 간다. 할머니가 말한다.

"녀석이 얼마나 못되고 사악한지 아니? 아무것도 빼앗지 말고 그냥 한 대 때려 줘. 그럼 네 앞에서 찍소리도 못 할 거야."

어느 날 아침에는 베이컨을 먹고 있는데 할머니가 말한다.

"이게 핑키야."

"핑키라고요?"

돼지 핑키는 두 사람이 밥을 먹을 때 늘 그랬듯이 아프칸 담요 위에 앉아 뻣뻣한 속눈썹이 달린 눈을 끔뻑이며 부스러기를 기다리고 있다.

"핑키는 여기 있잖아요!"

"작년에 기른 핑키야. 해마다 새로운 녀석을 기르거든."

할머니는 식탁 맞은편에 앉아 있는 캐런을 바라본다. 장난꾸러기 같은 표정이다. 캐런이 어떤 반응을 보일지 궁금한 것이다.

캐런은 어찌해야 좋을지 알 수가 없다. 어머니라면 울음을 터뜨리며 벌떡 일어나 밖으로 달려 나갈 텐데 사실 그녀도 그러고 싶다. 하지만 그녀는 포크를 내려놓고 씹고 있던 고무 같은 베이컨을 뱉어 접시 위에 얌전히 올려놓는다. 이걸로 베이컨과는 영영 작별이다.

"하이고."

할머니는 캐런이 기대를 저버리기라도 한 것처럼 속상해하고 살짝 무시하는 말투다.

"한낱 돼지 가지고 뭘 그러니? 어릴 때는 귀엽고 똑똑하지. 하지만 살려 두면 너무 커진단 말이다. 자라면서 난폭해지고 교활해져서 너를 잡아먹어. 너를 보자마자 꿀꺽 삼켜 버린다고!"

그녀는 머리 없이 앞뜰을 왔다 갔다 하는 핑키를 상상해 본다. 목숨이 잿빛 연기처럼 몸에서 빠져나가며 무지갯빛이 사라져 버릴 것이다. 아무튼 할머니는 피도 눈물도 없다. 그러니 다른 사람들이 할머니를 무서워할 수밖에.

35

노동절이었다. 어머니가 기차를 타고 찾아와서 다시 데리고 가기로 한 날이었다. 캐런은 짐을 모두 싸 놓았다. 좁은 침대에서 셔닐 시트를 덮고 베개를 뒤집어쓰고 울었다. 할머니와 헤어지기 싫었지만 벌써 얼굴이 가물가물한 어머니도 보고 싶었다. 어머니에 대해 기억나는 거라고는 원피스와 터부 향수 냄새와 2학년생들을 대할 때 쓰는 지나치게 달짝지근한 목소리뿐이었다.

어머니는 오지 않았다. 그 대신 바이올라 이모가 전화를 했고, 할머니는 문제가 생겨서 캐런이 좀 더 있다 가게 됐다고 했다.

"토마토 병조림 만드는 거나 좀 도와주겠니?"

캐런이 토마토를 따다 찬방에서 씻으면 할머니가 끓는 물에 살짝 데쳐 껍질을 벗긴 다음 병에 넣고 끓였다.

다시 시간이 흘러 학기가 시작할 때가 되었는데도 아무 소식이 없었다. 할머니가 말했다.

"여기 학교에 다닐 거 뭐 있니? 들어가자마자 나올 텐데."

상관없었다. 캐런은 어차피 학교를 좋아하지 않았다. 한 공간에 사람이 너무 많아 집중이 안 됐다. 가까이서 천둥이 치는데 라디오를 듣는 것처럼 거의 아무 소리도 들리지 않았다.

할머니가 앞 응접실에서 성서를 들고 나와 식탁에 세웠다.

"어디 보자 하고 눈먼 장님이 말했지."

할머니는 이렇게 중얼거리며 눈을 감고 핀으로 찔렀다.

"「시편」 88장. 이건 전에도 봤던 부분인데. '주께서 나의 사랑하는 자와 친구를 내게서 멀리 떠나게 하시며 나의 아는 자를 흑암에 두셨나이다.' 지당하신 말씀. 조만간 나도 떠날 준비를 해야 한다는 거지. 이제 네 차례다."

캐런은 핀을 들고 눈을 감고서 밑으로 잡아당기는 강한 기운에 손을 맡겼다. 할머니가 눈을 가늘게 뜨며 말했다.

"아, 또 이세벨 이야기로구나. 「요한 계시록」 2장 20절. '그러나 네게 책망할 일이 있노라. 자칭 선지자라 하는 여자 이세벨을 네가 용납함이니 그가 내 종들을 가르쳐 꾀어 행음하게 하고 우상의 제물을 먹게 하는도다.' 어린 여자아이한테 이상한 소리를 하네."

할머니는 캐런을 바라보며 시든 사과처럼 웃어 보였다.

"너는 나이를 앞서서 사는 모양이야."

캐런은 무슨 말인지 알 수가 없었다.

마침내 찾아온 사람은 어머니가 아니라 바이올라 이모였다. 이모는 할머니 집에 묵지도 않고 시내 어느 호텔에서 묵었다. 할머니가 그 호텔로 캐런을 데려다주었다. 이번에는 트럭 짐칸에 타는 대신 오던 날 입었던 원피스를 입고 개털이 묻은 앞자리에 앉아 창 밖을 내다보며 아무 말도 하지 않았다. 할머니는 나지막이 휘파람을 불었다.

바이올라 이모는 캐런을 보고 별로 반갑지도 않으면서 반가운 척 뺨에 살짝 입을 맞추었다.

"많이 컸구나!"

마치 나무라는 듯한 말투였다.

"얘 트렁크 가지고 오셨어요?"

이모가 할머니에게 물었다.

"바이올라, 나를 아주 노망난 늙은이 취급하는구나. 내가 트렁크를 잊어버릴 사람이냐? 여기 있다."

할머니가 이번에는 캐런을 보며 부드러운 목소리로 말했다.

"안에 차곡 넣어 놨다."

할머니는 허리를 구부리고 앙상한 팔로 캐런을 감싸 안았다. 집처럼 단단하고 네모난 할머니의 몸이 느껴지는가 싶더니 잠시 후 할머니의 모습이 온데간데없이 사라졌다.

캐런은 바이올라 이모와 나란히 기차에 앉았다. 이모는 호들갑을 떨고 또 떨었다.

"당장 학교부터 등록할 거야. 벌써 한 달이나 수업을 빠졌잖니! 어머나, 너 나무딸기처럼 새까매졌구나!"

"어머니는 어디 있어요?"

은밀한 밤

캐런이 물었다. 새까만 나무딸기라니 뭘 말하는 걸까.

바이올라 이모는 얼굴을 찡그리며 고개를 돌렸다.

"엄마는 몸이 안 좋단다."

캐런은 이모 집에 도착하자마자 평소처럼 주황색과 분홍색 꽃무늬 커튼이 달린 방으로 들어가 곧장 트렁크를 열었다. 파라핀 종이로 싸서 고무줄로 묶은 차골이 있었다. 싱크대 옆에 놓아두는 병에서 꺼낸 고무줄이었다. 그녀는 차골을 꺼냈다. 시큼한 냄새가 났지만 흙 묻은 손처럼 짙고 강렬한 냄새였다. 그녀는 차골을 커튼 가두리에 숨겼다. 바이올라 이모가 보면 던져 버릴 게 분명했으니.

캐런의 어머니는 학교처럼 생긴 납작하고 노란 신축 건물에 있다. 캐런은 바이올라 이모, 번 이모부와 함께 찾아가 우툴투툴한 천으로 덮인 딱딱한 대기실 의자에 앉는다. 이모와 이모부 표정이 너무 엄숙해서, 엄숙한 동시에 탐욕스러워서 겁이 난다. 교통사고가 난 것을 보고 차를 세우고 구경하러 내리는 사람들 같다. 뭔가 안 좋은 일, 나쁜 일이 벌어졌으니 어떻게든 발을 담그고 싶어 하는 얼굴이다. 캐런은 그러기 싫다. 당장 돌아가고 싶다. 농장에서 지내던 때로 시간을 돌리고 싶다. 하지만 문이 열리면서 어머니가 대기실 안으로 들어온다. 길을 찾는 것처럼 한 손을 내밀어 가구를 더듬으며 천천히 걸어온다. **몽유병이다.** 캐런은 생각한다. 예전에 어머니는 손가락이 가늘었고 매니큐어를 바르고 다녔다. 그 손을 늘 자랑스러워 했다. 그런데 지금은 손이 퉁퉁 부어서 흉하고, 넷째 손가락에 끼고 있던 반지도 보이지 않는다. 캐런이 한 번도 본 적 없는 회색 실내복에 슬리퍼를 신었는데 캐런은 어머니의 이런 얼굴 역시 한 번도 본 적이 없다.

이런 얼굴은 처음이다. 생선 가게의 하얀 에나멜 쟁반에 누워 있는 죽은 생선처럼 흐릿하게 반짝이는 밋밋한 얼굴. 생선 비늘처럼 점점 희미해져 가는 은색. 어머니가 그런 얼굴을 캐런 쪽으로 돌린다. 접시처럼 아무 표정이 없다. 도자기로 만들어진 눈이다. 갑자기 이 눈에 캐런이 비친다. 조그맣고 창백한 여자아이 하나가, 어머니가 처음 보는 딸이 우둘투둘한 의자에 앉아 있다. 캐런은 두 손으로 입을 가리고 헉하며 숨을 들이쉰다. 비명을 지르는 것과 정반대로.

"글로리아, 좀 어때?"

번 이모부가 묻는다.

어머니는 육중한 머리를 천천히 이모부 쪽으로 돌린다. 머리카락은 뒤로 넘겨 핀으로 고정했다. 예전에 어머니는 머리를 곱슬곱슬하게 말아서 핀을 꽂았기 때문에 핀을 풀고 빗으면 구불구불했다. 그런데 지금은 밋밋한 생머리고, 찬장에 넣어 두었던 것처럼 부옇다. 캐런은 안에 가두어 둔 흙냄새가 풍기고 먼지가 내려앉은 병 속에 산뜻한 색깔의 나무딸기들이 담겨 줄줄이 늘어서 있는 할머니의 광을 떠올린다.

"좋아요."

잠시 후에 어머니가 대답한다.

"보고 있질 못하겠네."

바이올라 이모는 손수건으로 눈가를 꾹꾹 누르더니 좀 더 단호한 목소리로 말한다.

"캐런, 엄마한테 뽀뽀도 안 해 드리니?"

이건 질문이 아니라 명령에 가깝다. 캐런은 의자에서 일어나 앞에 있는 여자에게로 다가간다. 그녀는 여자를 끌어안지도, 손으로 건드리지도 않는다. 그저 허리를 숙이고 여자의 뺨에 입을 갖다 댄다. 거의 누르지도 않았는데 차가운 고무 같은 여자의 뺨 속으로 입술이 파묻힌다. 머리가 잘린 채 앞뜰에 쓰러져 햄으로 만들어지는 핑키가 생각난다. 어머니는 촉감이 런천 미트 비슷하다. 배 속까지 울렁거린다.

어머니는 순순히 입맞춤에 응한다. 캐런은 뒤로 물러난다. 어머니를 감싸고 있던 빨간 기운이 사라지고 없다. 이제는 옅은 자주색이 섞인 갈색만 희미하게 어른거릴 뿐이다.

집으로 돌아가는 차 안에서 캐런은 평소처럼 뒷자리에 앉지 않고 이모와 이모부 사이에 앉는다. 이모는 눈가를 훔친다. 이모부가 캐런에게 아이스크림 먹겠느냐고 묻는다. 그녀가 괜찮다고 대답하자 그녀의 무릎을 토닥인다.

이모가 수화기에 대고 말한다.

"정말 속상했지. 내 동생이니까. 하지만 어쩔 수가 없었어. 이번이 세 번째인데 어쩌겠니? 어디서 그걸 구했는지 모르겠다니까! 다행히 빈 병이 바로 옆에 있어서 의사한테 걔가 뭘 먹었는지 알릴 수 있었어. 우리가 제때 도착한 게 기적이었지. 목소리가 이상하더라고. 예전에도 겪은 일이잖니! 가 보니까 정신을 완전히 잃었더라. 병원에서 호스를 넣느라 입을 억지로 벌리는 바람에 생긴 멍이 몇 주 동안 안 없어졌잖니. 오늘가 보니까 몰라보겠더라고. 모르겠어. 충격 요법 아닐까? 그게 효과 없으면 수술을 해야 할 거야."

이모는 무슨 성스러운 단어라도 되는 양 기도할 때 쓰는 엄숙한 목소리로 수술이라는 단어를 말한다. 이모가 이 수술을 원한다는 것을 캐런은 알 수 있다. 어머니가 수술을 받으면 이모에게서 그 신성함의 일부가 떨어져 나갈 것이다.

캐런은 학교에 갔지만 말도 거의 하지 않고 친구도 사귀지 않았다. 그렇다고 괴롭힘을 당하지는 않고 대부분 무시되는 편이었다. 그녀는 어떻게 하면 투명 인간이 될 수 있는지 방법을 알았다. 자기 몸을 감싸는 빛만 삼키면 됐다. 숨을 삼키듯. 선생님이 그녀 쪽을 바라보더라도 시선이 그녀를 그대로 관통해 뒤에 앉은 아이에게로 향했다. 이런 식이니 캐런은 교실에 있을 필요조차 거의 없었다. 두 손을 동원해 뭐든 하라는 대로 했다. 한 줄로 길게 이어지는 a와 b, 위아래로 깔끔하게 줄을 맞춘 숫자. 그녀는 깔끔하다고 금별을 받았다. 교실 코르크 보드에 붙인 열 작품 중에 그녀가 종이로 접은 눈송이와 튤립도 있었다.

처음에는 매주, 그러다 두 주에 한 번, 또 그러다 세 주에 한 번씩 그녀는 이모, 이모부와 함께 어머니를 만나러 갔다. 어머니는 이제 병원을 옮겼다.

"너희 엄마가 아주 많이 아프단다."

이모가 말했지만 캐런은 그런 이야기를 듣지 않아도 알았다. 팔에 난 털처럼, 번개 줄기처럼(그보다 훨씬 작고 느리지만), 빵에 핀 회색 곰팡이처럼 어머니의 살갗 위로 걷잡을 수 없이

번진 병마가 보였다. 병마가 이런 식으로 몸속 구석구석까지 퍼지면 어머니는 죽을 것이다. 그것이 어머니가 바라는 바였으니 누구도 말릴 수가 없었다.

캐런은 차골을 쓸까도 생각해 봤지만 소용없는 일이었다. 소원을 이루려면 정말로 간절히 원해야 하는데 그녀는 이 여자가 살아 있길 바라지 않았다. 좋았던 시절의 어머니로 돌아올 수 있다면 찬성이었다. 하지만 그건 불가능한 일이었다. 당시 어머니의 모습은 거의 다 사라지고 남은 게 별로 없었다. 그래서 그녀는 차골을 커튼 가두리에 계속 숨겨 놓고 잘 있는지 가끔 확인만 했다.

캐런은 방에 앉아 있다. 가끔 그녀는 아무 생각도 나지 않게 벽에 대고 머리를 가볍게 찧었다. 아니면 창밖을 자주 내다보았다. 학교에서도 창밖을 자주 내다보았다. 창밖으로 시선을 돌리면 하늘이 보였다. 그녀는 여름에 대해 생각했다. 내년 여름에 이모와 삼촌이 여행을 떠나면 할머니의 농장으로 돌아가 달걀을 모으고 햇볕을 맞으며 노란 콩을 딸 수 있을지 모른다.

여덟 번째 생일날 캐런은 케이크를 선물받는다. 이모가 직접 구운 케이크에 가게에서 사 온 설탕 장미로 장식하고 초 여덟 개를 꽂았다. 이모는 친구들도 초대하겠느냐고 묻지만 캐런은 싫다고 한다. 그래서 셋이서만 생일 저녁을 먹는다. 오, 주여, 저희가 먹는 이 음식을 축복하여 주소서. 그리고 참치와 달걀 샐러드를 넣은 샌드위치와 땅콩버터와 젤리를 먹는다. 이모가

"맛있지 않니?"라고 하고 잠시 후 하얀색, 분홍색, 갈색 세 가지 색깔의 나폴리 아이스크림이 등장한다. 그 뒤를 이어 케이크가 등장한다. 이모가 촛불을 켜고 불을 끄면서 소원을 빌라고 하지만 캐런은 촛불을 보며 가만히 앉아 있기만 한다.

"케이크를 받아 본 게 처음인가 봐요."

이모가 이모부에게 말하자 이모부가 "딱한 것."이라고 하며 캐런의 머리를 헝클어뜨린다. 요즘 들어 이모부는 자주 이렇게 하는데 캐런은 그럴 때마다 기분이 별로다. 갈색과 초록색이 섞인 젤리처럼 끈적끈적하고 묵직한 냉광이 이모부의 손을 감싸고 있다. 캐런은 그 빛이 자신의 금발에 묻지 않았는지 가끔 거울로 확인을 한다.

이모부가 떠들썩한 목소리로 말한다.

"소원을 빌어라. 자전거를 달라고 해!"

"눈 감아야지."

이모가 말한다.

캐런은 두 사람의 장단에 맞추기 위해 눈을 감았다(보이는 것이라고는 하늘뿐이다.) 다시 뜨고 고분고분하게 촛불을 끈다. 이모와 이모부가 환호성을 지르며 손뼉을 치고 이모부가 "이제 놀라지 마시라! 여기 뭐가 있을까요?" 하더니 부엌에서 새빨간 새 자전거를 끌고 나온다. 여기저기 분홍색 리본이 묶여 있고 한쪽 손잡이에는 풍선이 달렸다.

"어떠니?"

이모부가 열띤 목소리로 묻는다.

해 질 녘이다. 열린 창문 너머로 깎은 잔디 냄새가 흘러들고 풍뎅이들이 방충망에 와서 부딪힌다. 캐런은 자전거의 반짝이는 바큇살과 체인과 두 개의 까만 바퀴를 보며 어머니가 돌아가셨음을 직감한다.

어머니는 그로부터 세 주 뒤에 돌아가셨지만 마찬가지였다. 침대 시트를 반으로 접듯이 가끔 시간이 접힐 때가 있는데, 미래 예측이란 침대 시트를 접어 아무 데나 핀을 꽂으면 구멍이 두 개 가지런하게 생기는 것과 마찬가지 방식으로 이루어진다. 음악에서 두 가지 멜로디가 동시에 진행되며 만들어지는 화음이나 호수에서 밀려 나가는 물살처럼 신기할 게 아무것도 없다. 추억도 똑같은 오버랩이고, 똑같은 주름이다. 다만 방향만 거꾸로다.

어쩌면 접히는 것은 시간이 아니라 보는 사람의 이성일지 모른다. 아무튼 캐런이 자전거를 보며 어머니의 죽음을 예견하고 바닥에 주저앉아 울음을 터뜨리자 이모와 이모부는 당황스러워하다 화를 내며 네가 얼마나 운이 좋은 아이인데 고마운 줄 모른다고 말한다. 하지만 그녀는 설명할 방법이 없다.

장례식이 열렸지만 참석한 사람은 많지 않았다. 어머니가 예전에 근무했던 학교의 동료 교사 몇 명과 이모의 친구 몇 명이 전부였다. 할머니는 오지 않았지만 캐런은 이상하다는 생각이 들지 않았다. 할머니가 도시로 나오면 그게 어울리지 않는 거였다. 그리고 또 다른 이유도 있었다. 이모가 상대방의 동정을 바라는 투로 **뇌출혈**과 **요양원**이라는 단어를 중얼거렸다. 하지만 캐런에게는 이런 단어가 아무 의미 없었고 듣고 싶지도 않았기 때문에 마음속에서 밖으로 밀어 버렸다. 그녀는 감색 원피스를 입었다. 이모가 최대한 검은색에 가깝게 마련할 수 있었던 옷이 그것뿐이었다. 하도 갑작스럽게 닥친 일이라 그럴 수밖에 없었는데 이모가 누군가와 통화를 하면서 이야기한 바로는 예견했어야 하는 일이었다. 캐런은 관에 누운 어머니의 모습을 보지 않았다. 이모가 너무 충격적이라 어린아이는 보면 안 된다고 했다. 하지만 그녀는 어떤 모습일지 알았다. 살았을 때와 똑같되 더 살아 있는 듯한 모습일 것이다.

이모와 이모부는 창고 일부를 개조했다. 시멘트 벽에 석고 보드를 붙이고 바닥에는 두툼한 리놀륨 장판을 깔았다. 오락실을 만든 것이다. 이곳에는 바와 높은 의자, 캐런을 위해 준비한 다이아몬드 게임 세트, 텔레비전 세트가 있다. 텔레비전은 하나 더 구입했다. 처음 산 텔레비전은 거실에 있다. 캐런은 오락실에서 혼자 텔레비전 보는 것을 좋아한다. 눈앞에 펼쳐진 화면에 집중할 필요는 없다. 이렇게 텔레비전을 틀어 놓고 있으면 가면을 벗고 온갖 생각에 잠겨도 뭐 하느냐고 묻는 사람이 없다.

9월이지만 지하실에서 나와 위로 올라가면 여전히 건조하고 덥다. 캐런은 반바지와 민소매를 입고 시원한 휴게실 장판에 맨발로 앉아 텔레비전으로 「쿠클라, 프랜과 올리」를 본다. 쿠클라, 프랜, 올리는 인형이다. 최소한 그중에서 둘은 인형이다. 위에서 이모가 달그락거리며 부엌을 분주하게 오가는 소리가 들린다. 캐런은 무릎을 끌어안고 앞뒤로 살며시 몸을 흔든다. 그러다 일어나 바에 달린 개수대에서 물을 한 컵 받고 소형 냉장고에서 얼음을 하나 꺼내 넣은 다음 다시 장판으로 돌아간다.

이모부가 계단을 내려온다. 그는 잔디를 깎던 참이다. 평소보다 얼굴이 더 뻘겋고, 물에 젖은 개가 몸을 털면 사방으로 물방울이 튀는 것처럼 땀 냄새가 그의 주변을 에워싸고 있다. 이모부는 바로 가서 맥주를 꺼내 뚜껑을 따고 절반을 단숨에 마신 다음 개수대 옆에 달린 수건으로 젖은 얼굴을 닦는다. 그러고는 소파에 앉는다. 소파는 침대 겸용이다. 캐런이 손님방을 쓰고 있으니 손님이 올 때를 대비해 준비해 놓은 것이다. 그 방은 캐런이 쓰는데도 계속 '손님방'이라고 불린다. 하지만 찾아오는 손님은 없다.

캐런은 자리에서 일어선다. 앞으로 어떤 일이 벌어질지 알기 때문에 위로 올라가려는데 동작이 재빠르지가 못하다.

"이리 오렴."

이모부가 말하면서 널찍하고 털이 북슬북슬한 자기 무릎을 토닥인다. 캐런은 마지못한 듯 그쪽으로 걸어간다. 그는 그녀를 무릎에 앉히는 것을 좋아한다. 아버지 같은 행동이라고 생각한다.

"너는 이제 우리 딸이야."

그는 다정하게 말하지만 사실 그녀를 좋아하지 않는다. 캐런도 안다. 그에게 말도 하지 않고, 안아 주지도 않고, 충분히 웃어 주지도 않으니 못마땅한 아이다. 그녀는 그의 냄새가 싫다. 그리고 그 푸르스름한 갈색 빛도 싫다.

그녀가 무릎에 앉자 그는 좀 더 위로 끌어당겨 앉히고 벌건 한쪽 팔로 감싸 안는다. 다른 쪽 손으로는 그녀의 다리를 쓰다듬는다. 종종 있던 일이라 이제는 익숙하다. 그런데 이번에는 손을 그녀의 다리 사이로 가져간다. 쿠클라, 프랜, 올리가 계속 부자연스러운 목소리로 이야기를 나눈다. 쿠클라는 용이다. 캐런은 반바지 안으로 들어온 큼지막한 손가락을 피하려고 살짝 몸을 꿈틀거리지만 이모부가 팔로 배를 단단히 누르면서 귀에 대고 속삭인다.

"가만히 있어!"

평소처럼 다정하고 알랑거리는 목소리가 아니다. 화난 목소리다. 이제 그는 두 손으로 그녀를 잡고 목욕 수건이라도 되는 것처럼 자기 몸에 대고 앞뒤로 비빈다. 끈적끈적한 숨결이 그녀의 귀를 온통 뒤덮는다.

"너, 이모부 좋아하지? 응?"

그가 성난 목소리로 묻는다.

"거기 두 사람!"

이모가 지하실 계단에 대고 명랑한 목소리로 외친다.

"저녁 먹을 시간이에요! 오늘 메뉴는 통째로 구운 옥수수!"

"금방 갈게!"

이모부는 배를 걷어차여 비명을 지르는 사람처럼 쉰 목소리로 외친다. 그러더니 손가락 하나를 캐런의 몸속에 밀어 넣고 칼에 찔리기라도 한 것처럼 신음을 낸다. 그는 그렇게 일 분 동안 캐런에게 자기 몸을 대고 있다. 그에게서 에너지가 새어 나와 붕대가 필요할 지경이다. 잠시 후 그가 그녀를 놓아준다.

"얼른 올라가거라."

그는 다시 가짜 목소리를, 이모부다운 목소리를 내려고 하지만 잘되지 않는다. 어두운 목소리다.

"이모한테 이모부는 금방 올라올 거라고 해."

캐런은 반바지에 푸르스름한 갈색이 묻었는지 확인하려고 뒤를 돌아보지만 그렇지는 않다. 젖어 있을 뿐이다. 이모부는 개수대에 걸린 수건으로 몸을 닦는다.

이모부는 살금살금 숨어서 기다린다. 캐런은 피해 다니지만 항상 피할 수는 없는 법이다. 이상하게 이모가 집에 없을 때는 그녀를 찾지 않는다. 스릴을 즐기는 모양이다. 혹은 이모가 집에 있으면 캐런이 찍소리도 내지 못한다는 것을 알든지. 그걸 어떻게 아는지, 자기가 왜 그러는지 모르겠지만 사실이다. 캐런은 소시지 같은 이모부의 손가락보다 이모한테 들키는 것이 더 무섭다.

얼마 안 있어 한 손가락으로는 부족해진다. 그는 캐런을 앞에 세우고 보지 못하게 등을 돌리게 한 다음 큼지막한 무릎으로 양쪽에서 잡고는 주름이 잡힌 교복 치마 밑으로 손을 넣어 팬티를 끌어 내리고 뭔가 단단한 것을 뒤에서 다리 사이로 쑤셔 넣는다. 아니면 손가락을 두 개나 세 개 찔러 넣는다. 아프다. 하지만 캐런은 사랑하는 사람이 나에게 고통을 줄 수도 있다는 사실을 알기 때문에 이모부가 자기를 사랑해서 그러는 거라고 열심히 믿으려 한다. 이모부가 그렇다고 하니까.

"이모부는 너를 사랑한다."

그는 그녀의 얼굴에 대고 자기 얼굴을 부비며 이렇게 말한다.

그러고 나서 저녁을 먹으면 이모부는 더 자주 웃고, 더 크게 떠들고, 농담도 하고, 이모의 뺨에 입을 맞춘다. 이모와 캐런에게 선물도 사다 준다. 이모의 선물은 초콜릿 상자고 캐런의 선물은 동물 인형이다.

"너는 우리 딸이나 마찬가지야."

이모부가 이렇게 말하면 이모는 희미한 미소를 짓는다. 두 사람을 손가락질할 사람은 없을 것이다.

캐런은 식욕을 잃는다. 이모부가 집에 있건 없건 이모부 생각을 하지 않으려고 애를 쓰다 보니 기운이 달린다. 그녀는 점점 야위고 안색이 창백해지고, 이모는 전화로 누군가와 그녀의 문제를 의논한다.

"엄마가 없으니까 그렇지. 애가 말이 없는 성격이기는 하지만 옆에서 보면 느낌이 와. 어찌나 우울한 얼굴로 다니는지. 이렇게 오래갈 줄은 몰랐어. 열 살이 다 됐는데 말이야!"

이모는 혹시 빈혈인가 싶어 캐런을 데리고 병원에 가지만 빈혈은 아니다.

"왜 그러는지 말해 봐. 말을 하면 괜찮아질 거야. 이모한테 못 할 말이 뭐가 있니?"

이모는 그 엄숙하고 탐욕스러운 표정을 짓고 있다. 어머니 이야기가 튀어나올 거라고 생각하는 것이다. 이모는 다그치고 또 다그친다.

"이모부가 저를 만지는 게 싫어요."

결국 캐런은 이야기한다.

이모의 표정에서 힘이 빠지는가 싶더니 다시 굳어진다.

"너를 만진다고? 만지다니 그게 무슨 말이야?"

이모가 의심스러워하는 목소리로 묻는다.

"만지는 거요. 여기를요."

캐런은 비참한 심정으로 그곳을 가리킨다. 그녀는 스스로 용서할 수 없는 잘못을 저질렀음을 안다. 지금까지 이모는 그녀를 참아 주었고, 심지어 좋아하는 척 연극까지 했다. 하지만 더 이상은 아니다.

이모의 입술이 하얗게 질리고 두 눈이 위험하게 반짝인다. 캐런은 시선을 피하려고 바닥을 내려다본다.

"네 엄마하고 똑같구나. 거짓말쟁이. 네가 네 엄마처럼 정신 병자가 된대도 그러려니 하겠어. 그 집안 내력이니까! 하지만 너희 이모부를 놓고 그런 끔찍한 소리를 하다니! 너를 딸처럼 아끼는데! 그런 이모부를 망가뜨리고 싶니?"

그녀는 눈물을 흘린다.

"하느님께 용서해 달라고 빌어!"

그러다 표정이 바뀌더니 눈물을 훔치며 미소를 짓는다.

"네가 한 말은 잊어버리자. 우리 둘 다 잊어버리는 거야. 그 동안 힘들었다는 거 알아. 너는 아버지가 없었잖니."

그 뒤로 뭘 어쩔 수 있을까? 이모부는 캐런이 일러바친 것을 알았다. 그는 이모에게 전보다 더 잘해 준다. 사람들 앞에서는 캐런에게도 잘해 준다. 이모가 다른 곳을 보고 있으면 식탁 너머로 캐런을 물끄러미 바라보는데 날고기 같은 얼굴에 박힌 두 눈이 승리의 기쁨으로 반짝인다. 너는 이 싸움에서 이길 수 없어. 이모부가 실제로 그렇게 말하는 것처럼 그녀의 귀에 똑똑히 들린다. 그는 당분간 그녀를 피하고 온 집 안으로 쫓아다니지 않는다. 하지만 기다린다. 그는 그녀에게 손을 대고 싶어 몸이 근질거리겠지만 앞으로는 애원하듯 속삭이지 않을 것이다. 자기를 사랑하느냐고 묻지도 않을 것이다. 지금 그는 예전에 어머니가 소리를 지르며 빗자루를 가지러 가기 직전의 모습과 비슷하다. 그 불길한 고요함, 그 차분함.

캐런은 베개 밑에 얼굴을 묻고 잔다. 듣기도 싫고 보기도 싫다. 하지만 몽유병이 예전보다 심해진다. 눈을 떠 보면 거실에서 커다란 유리문을 통해 밖으로 나가려 하거나 부엌에서 뒷문 손잡이를 흔들고 있다. 하지만 이모가 문이란 문은 모조리 잠가 놓는다.

캐런은 베개를 가슴에 대고 침대에 똑바로 앉아 있다. 무서워서 심장이 두근거린다. 어두컴컴한 방 안에 남자가 서 있다. 이모부다. 문을 닫기 전에 복도에서 흘러든 불빛에 얼굴이 보였다. 그는 눈을 뜨고 있지만 잠결에 걷는 중이다. 줄무늬 잠옷을 입었고 눈빛이 몽롱하다. 잠결에 걷는 사람을 깨우지 마라. 그럼 여행이 중단되잖니. 할머니가 그랬다.

이모부는 캐런의 침대로 조용히 걸어온다. 퀴퀴한 땀 냄새와 썩은 고기 냄새가 난다. 그가 무릎을 꿇고 앉자 침대가 보트처럼 출렁인다. 그는 캐런을 뒤로 쓰러뜨리고 나지막이 속삭인다.

"너는 사생아야, 사생아. 음흉한 사생아라고."

잠결에 하는 말이다.

그는 이윽고 캐런을 덮쳐 두툼한 손으로 캐런의 입을 막고 그녀를 반으로 쪼개 버린다. 그녀의 몸 한가운데를 반으로 쪼개 버린다. 그러자 바짝 마른 누에고치 껍데기처럼 그녀의 피부가 찢어지면서 캐리스가 날아오른다. 새 몸은 깃털처럼 가볍고 공기처럼 가볍다. 그녀는 창가로 날아가 커튼 뒤에 숨어서 분홍색과 주황색 장미 무늬 사이로 밖을 내다본다. 작고 창백한 여자아이가 보인다. 일그러진 얼굴 위로 눈물이 줄줄 흐르고 물에 빠진 사람처럼 코와 눈이 흠뻑 젖었다. 고개를 내밀어 숨을 한 번 들이마시고 헐떡이며 다시 밑으로 잠기는 사람처럼. 다른 짐승을 잡아먹는 짐승처럼 생긴 시커먼 형체가 위에서 그녀를 괴롭힌다. 그녀의 온몸은 내장을 제거한 암탉의 기름처럼 미끈미끈하고 노란 것으로 이루어져 있다. 캐리스는 시트를 뚫고 살을 지나 뼛속까지 훤히 들여다볼 수 있다. 남자는 끙끙대고, 작은 아이는 목에 갈고리라도 걸린 듯 몸부림치고 팔다리를 허우적거린다. 캐리스는 놀란 눈으로 그 광경을 바라본다. 물론 그녀는 자기가 캐리스인 줄 모른다. 아직은 이름이 없다.

남자가 일어나 앉으며 가슴에 손을 얹는다. 이번에는 그가 숨을 헐떡인다.

"됐다."

대단한 임무라도 완수한 것처럼 그가 말한다.

"이제 조용히 해. 아프게 안 했잖아. 조용히 해! 그 더러운 입 나불거렸다간 죽여 버릴 테다!"

그러더니 그는 아침마다 화장실에서 내는 신음을 토한다.

"이런 젠장, 내가 도대체 무슨 짓을 한 거지?"

조그마한 여자아이는 옆으로 몸을 돌린다. 아이는 캐리스가 지켜보는 가운데 침대 밖으로 몸을 내밀고 바닥에, 남자의 발 위에 토악질을 한다. 캐리스는 아이가 왜 그러는지 안다. 거위 똥처럼 진하고 끈적끈적한 푸르스름한 빛이 아이의 몸에 들어왔기 때문이다. 번 이모부의 몸에서 나온 그 빛이 캐런의 몸속으로 들어갔으니 게워 내야 한다.

문이 열리면서 나이트가운을 입은 바이올라 이모가 등장한다.

"왜 그래요, 무슨 일이에요?"

이모부가 대답한다.

"소리가 들리더라고. 얘가 우리를 부르는 소리가. 장염에 걸린 모양이야."

"아니 그럼 화장실로 데려갔어야죠. 걸레 가지고 올게요. 캐런, 또 토할 것 같니?"

캐런은 말을 할 수 없다. 캐리스가 말을 모두 가지고 가 버렸기 때문이다. 캐런이 입을 벌리자 캐리스가 빨려 들어간다. 둘이서 같이 쓰는 목구멍 밑에서 진공청소기가 빨아들이듯.

"네."

그녀가 대답한다.

세 번째로 이런 일이 반복되었을 때 캐런은 덫에 걸려 옴짝달싹할 수 없다는 것을 깨닫는다. 그녀는 이제 둘로 쪼개지는 수밖에 없다. 캐리스로 변해 몸을 빠져나와 뒤에 남겨진 캐런이 아무 말도 못 하고 팔다리를 허우적거리며 흐느껴 우는 모습을 지켜보는 수밖에 없다. 그녀가 뭐라고 해도 이모는 듣지 않을 테니 앞으로 영원히 이렇게 지내는 수밖에 없다. 도끼로 닭 모가지를 자르듯 이모부와 이모의 목을 두 동강 내고 싶다. 그들의 목숨이 잿빛 연기처럼 솔솔 빠져나가는 광경을 지켜보고 싶다. 하지만 그녀는 뭐가 됐든 죽일 성격이 못 된다. 그렇게 냉정하지가 못하다.

그녀는 커튼 가두리에 숨겨 둔 차골을 꺼내 두 손으로 양쪽을 잡고 당긴다. 그녀의 소원은 할머니다. 지금 할머니는 머나먼 곳에 있어 언젠가 언뜻 들은 이야기처럼 느껴진다. 그녀가 예전에 농장 같은 데서 살았다는 게 믿기지 않는다. 아니, 그런 곳이 있었다는 사실조차 믿어지지가 않는다. 아무튼 소원을 빌고 눈을 떠 보니 작업복을 입고 얼굴을 살짝 찡그린 동시에 웃고 있는 할머니가 닫힌 문을 그대로 통과해 그녀의 방 안으로 들어오고 있다. 할머니가 다가오자 서늘한 바람이 느껴진다. 할머니가 울퉁불퉁한 두 손을 내밀고 캐런도 두 손을 내밀어 할머니의 손을 건드린다. 손 위로 모래가 쏟아지는 듯한 느낌이 든다. 밀크위드 꽃 향기와 텃밭의 흙냄새가 난다. 할머니는 계속 걸어온다. 눈은 새파랗고 캐런의 뺨에 와 닿는 할머니의 뺨은 말린 쌀처럼 서늘하다. 그러다 할머니는 만화책을 눈앞에 바짝 갖다 대면 보이는 작은 점으로 변하고 소용돌이가 되어 허공을 가르며 사라진다.

하지만 할머니의 일부 능력이 캐런의 손에 남는다. 치유의 능력과 살상의 능력. 그녀를 덫에서 탈출시킬 만큼은 못 되지만 살아 있게 만들 만큼은 된다. 손을 보니 파란 흔적이 남아 있다.

이제 기다려야 한다. 때가 될 때까지 바위처럼 기다려야 한다. 그래서 그녀는 기다린다. 이모부가 건드리면 그 즉시 둘로 쪼개지고 나머지 시간에는 기다린다.

할머니는 돌아가셨다. 적어도 이승에서의 삶은 끝났다. 하지만 캐런은 할머니를 만났고, 진정한 죽음은 존재하지 않는다는 것을 알게 된다. 캐런 앞으로 커다란 상자에 담긴 성서가 배달된다. 캐런은 떠날 준비가 됐을 때를 대비해 성서를 침대 밑 트렁크에 넣는다. 할머니가 그녀 앞으로 농장을 남겼지만 그녀가 아직 어리기 때문에 가질 수도 없고, 심지어 아무리 원해도 찾아가 볼 수도 없다. 번 이모부와 바이올라 이모가 후견인이다. 두 사람이 모든 것을 관리하고 있다.

그녀가 자라 가슴이 나오고, 겨드랑이와 다리와 사타구니에 털이 생기고, 초경을 시작하자 이모부는 더 이상 건드리지 않는다. 둘 사이에 공간이 생기지만 여백은 아니다. 투명하지만 공기보다 묵직한 무언가가 자리 잡고 있다. 이모부는 이제 그녀를 두려워한다. 그녀가 무슨 짓을 할지, 무슨 말을 할지 두려워한다. 그녀가 기억하는 것을 두려워하고, 심판당할 것을 두려워한다. 어쩌면 그녀가 더 이상 소심하거나 멍하거나 애원하는 듯한 눈빛을 하지 않기 때문일지 모른다. 그녀의 눈빛은 바위처럼 차갑다. 그 바위 같은 눈빛으로 그를 쳐다보면 갈비뼈를 뚫고 들어가 거의 멈출 때까지 심장을 움켜쥐고 있는 것 같아진다. 그는 심장이 안 좋다며 약을 먹지만 그녀가 하는 짓 때문임을 둘 다 안다. 그녀는 그를 볼 때마다 혐오감이 들고 뱃속 깊은 곳에서 욕지기가 인다. 그녀는 그가 징글징글하지만 그의 오물이 여전히 남아 있는 자기 몸도 징글징글하기는 마찬가지다. 안을 청소할 방법을 생각해 내야 한다.

이런 생각이 들면 즉시 차단해야 한다. 그러지 않으면 무너질지 모른다. 그녀는 자신을 둘로 쪼개 좀 더 냉정하고 깨끗한 쪽과 함께 지낸다. 이제는 이름도 있다. 캐리스. 핀으로 성서를 찔러 힌트를 얻은 이름이다. "그중에 제일은 사랑이라."[49] 사랑이 믿음이나 소망보다 낫다. 물론 새로운 이름은 혼자만 쓸 수 있다. 모두들 아직 그녀를 캐런이라고 부른다.

캐리스는 캐런보다 차분하다. 나쁜 일들은 어린 캐런의 기억 속에만 남아 있기 때문이다. 그녀는 이모에게 공손히 대하지만 거리를 둔다. 열여덟 살이 지나자 할머니의 유산을 어쨌느냐고 묻는다. 이모부는 그녀를 대신해 투자했다고, 스물한 살이 되면 전부 받을 수 있는데 그중 일부분은 교육비로 쓸수도 있다고 한다. 이모는 자기들 몫을 주기라도 하는 양 생색을 낸다. 그녀가 대학에 진학하고 매클렁 홀로 들어가자 둘 다 마음을 놓는다. 이모는 그 바위 같은 눈빛 때문에 그녀를 불편해한다. 이모부는 그녀가 무엇을 기억하는지 모르기 때문에 불편해한다. 그녀가 다 잊어버리면 좋겠는데 과연 그런지 장

---

49) 「고린도전서」 13장 13절에 나오는 구절로 여기서 캐런은 사랑에 해당하는 단어 Charity에서 이름의 힌트를 얻었다.

담할 수가 없는 것이다.

그녀, 아니 캐런은 모든 것을 기억한다. 하지만 캐런은 안에 갇혀 있다. 캐리스는 침대 밑 트렁크 안에 넣어 둔 캐런을 꺼낼 때만 지난 일들을 기억한다. 캐런을 자주 꺼내지는 않는다. 캐런은 아직 어리지만 캐리스는 점점 자라난다.

캐리스가 스물한 살이 되었지만 할머니의 유산에 대해 아무 말도 하지 않았다. 관심을 두지 않았다. 어차피 받을 생각도 없었다. 그녀의 돈이지만 그들 손을 거쳤으니 더러운 돈이었다. 게다가 싸우지 않고 받아 낼 방법도 없을 것 같았다.

그녀는 싸우고 싶지 않았다. 그 대신 어딘가로 사라져 버리고 싶었다. 그래서 준비가 됐다 싶었을 때 자취를 감추었다. 그들 앞에서 자취를 감추어 버렸다. 찾으러 나설 사람이 아무도 없다는 걸 알았으니 어려운 일도 아니었다. 그녀는 학교를 중간에 때려치우고 여행을 떠났다. 어차피 흥미가 없어서 듣는 수업마다 F 학점을 받았으니 상관없었다. 남의 차를 얻어 타기도 하고 버스도 탔다. 웨이트리스로 일하고 회사에도 다녔다. 한동안 서해안 지역의 히피 마을에서 지낸 적도 있었고, 서스캐처원의 집단 농장에서 지낸 적도 있었다. 이렇게 여러 가지 일들을 했다.

한번은 할머니의 농장에 찾아갔다. 보고 싶었다. 그런데 이제는 농장이 아니라 택지였다. 캐리스는 연연하지 않기로 했다. 존재하거나 존재했던 것은 사라지지 않는 법이고, 농장은 그녀의 가슴속에 고스란히 남아 있었다. 공간은 그곳을 사랑하는 사람의 것이니 할머니의 농장도 그녀의 것이었다.

스물여섯 살이 되었을 때 그녀는 원래 이름을 버렸다. 당시에는 이름을 바꾸는 사람이 많았다. 이름이 단순한 꼬리표가 아니라 사람을 담는 그릇이기도 했기 때문이다. 캐런은 회색 가죽 가방이었다. 캐리스는 원치 않는 모든 것을 끌어모아 이 이름, 이 가죽 가방 안에 넣고 꽁꽁 묶어 버렸다. 과거의 상처와 독을 최대한 버렸다. 좋아하는 부분이나 필요한 부분만 남겼다.

그녀는 이 모든 것을 머릿속에서 처리했다. 머릿속에서 벌어지는 사건들도 다른 곳에서 벌어지는 사건들처럼 현실적이었다. 그녀는 머릿속에서 온타리오 호숫가로 걸어가 가죽 가방을 물속에 던졌다.

이것이 캐런의 종말이었다. 캐런은 이렇게 사라졌다. 하지만 호수가 사실은 캐리스 안에 있었으니 캐런도 그 안에 있는 셈이었다. 아주 깊은 곳에.

36

지금까지는 그랬다. 섬에 자리 잡은 이 집에 바람이 불어 나뭇가지가 창문을 긁는 이날 밤까지는. 캐런이 돌아오고 있는데 캐리스는 막을 힘이 없다. 그녀가 썩은 가죽 가방을 찢고 물 밖으로 나와 벽을 뚫고 방 안으로 들어와 서 있다. 그런데 이제는 아홉 살짜리 어린아이가 아니다. 캐런은 자랐다. 지하실에서 자라 햇빛에 굶주린 식물처럼 키가 크고 홀쭉하고 볼품없는 모습으로. 그리고 머리카락도 엷은 금발이 아니라 검은색이다. 눈두덩도 까맣다. 까맣게 멍이 들었다. 그녀는 더 이상 캐런처럼 보이지 않는다. 지니아 같다.

그녀가 캐리스에게 걸어와 몸을 숙이고 캐리스의 몸속으로 들어온다. 그녀와 함께 되돌아온 오랜 수치심이 후끈하게 몸을 데운다.

캐리스가 무슨 말을 하거나 소리를 냈는지 빌리가 잠에서 깼다. 그가 몸을 돌려 그녀를 끌어당기고 입을 맞추더니 늘 그렇듯 다급하게 그녀의 몸속으로 파고든다. 캐리스는 내가 아니라고 말하고 싶다. 이 몸은 이제 그녀가 마음대로 할 수 없다. 다른 여자가 차지해 버렸다. 하지만 캐리스는 저 멀리 날아가 커튼 뒤에서 구경하지 않는다. 그녀도 몸속에서 모든 것을 느낀다. 몸이 움직이고 반응하는 게 느껴진다. 쾌감이 전기처럼 온몸을 뚫고 지나가며 불이 난 공작의 꼬리처럼 수많은 색채로 펼쳐진다. 그녀는 캐런을 잊고, 자기 자신도 잊는다. 그녀 안의 모든 것이 녹아 하나로 합쳐진다.

"우와, 전하고 다른데?"

빌리가 그녀의 눈과 입술에 입을 맞춘다. 그녀는 환자처럼 그의 품 안에 축 늘어져 있다. 꼼짝할 수가 없다. 내가 아니었어. 하지만 부분적으로는 나였지. 전과 다른 기분이 느껴진다. 죄책감, 안도감. 번민. 그리고 분노. 빌리에게 그런 힘이 있다는 게 화가 나고, 그녀가 그 오랜 세월 동안 그걸 모르고 살았다는 게 화가 난다.

저 멀리, 그녀의 몸속 깊은 곳에서 뭔가 새로운 것이 움직이고 있다.

(딸아이는 그날 밤에 생긴 게 틀림없다. 캐리스는 그렇게 확신한다. 그러니 아버지가 누구인지는 분명했다. 다른 사람일 수가 없었다. 하지만 어머니는 누구일까? 한 몸에 깃든 그녀와 캐런이었을까? 아니면 지니아?)

아침이 되자 캐리스에 좀 더 가까워진 기분이 든다. 캐런은
어디로 갔는지 모르겠다. 호수 밑으로 돌아가지는 않았다. 그런
것 같지는 않다. 어쩌면 캐런은 둘이 공유하고 있는 이 몸속 어
딘가에 숨어 있을지 모른다. 하지만 눈을 감고 심안으로 여기
저기 둘러보아도 찾을 수가 없다. 잘 보이지 않는 시커먼 그림
자는 있지만. 빌리와 사랑을 나눌 때 그녀는 캐런이나 캐리스
가 되었다고 생각하지 않는다. 지니아가 되었다고 생각한다.

"조만간 그 여자를 내보내겠다고 약속해 줘요."

빌리가 말한다. 이제 그는 화를 내지 않고 고집스럽게 필사
적으로 애원한다.

"조만간 떠날 거야."

캐리스는 어린아이 달래듯 말한다. 어떤 의미에서 그녀는
빌리를 전보다 더 사랑하고, 어떤 의미에서는 전보다 덜 사랑
한다. 육신의 욕망이 눈을 뜨자 순수한 베풂에 방해가 된다.
그녀는 이제 빌리의 몸을 원한다. 본질의 화신으로서가 아니
라 그 자체를 원한다. 이제는 그를 그냥 보살피는 것이 아니라
뭔가 대가를 바란다. 잘못인 것 같은데 잘 모르겠다.

두 사람은 침대에 누워 있고, 아침이고, 그녀가 그의 얼굴
을 쓰다듬는다.

"조만간, 조만간."

그녀는 나지막이 중얼중얼 노래를 부르며 그를 달랜다. 그
의 몸은 이제 지니아를 원하지 않을 것이다. 캐리스가 그를 원
하는데 그가 어떻게 지니아를 원할 수 있을까?

12월 중순이다. 땅에 서리가 내리고, 낙엽이 떨어지고, 바람이 점점 기세를 더하고 있다. 오늘 밤에는 호수에서 곧장 불어온 바람이 나무와 덤불을 뚫고 돌진해 캐리스가 외풍을 막으려고 창문에 호치키스로 박아 놓은 비닐을 잡아챈다. 이 집에는 방풍창이 없는데 집주인은 달아줄 생각을 하지 않는다. 섬에 있는 집들이 모두 조만간 불도저로 납작하게 헐릴 텐데 뭐하러 돈을 쓰냐는 것이다. 이 집에는 단열재도 없다.

캐리스의 눈에 이곳 생활의 단점들이 보이기 시작한다. 그녀가 사는 골목길에서 벌써 두 집이 창문에 널빤지를 박은 빈집이 되었다. 진짜 겨울이 시작되어도 따뜻하게 지낼 만큼 땔감을 넉넉히 구할 수 있을까? 협동조합에서 찾아보면 요가 수업료를 땔감으로 지불하겠다는 사람이 있을지 모르지만 그 무거운 나무를 무슨 수로 섬까지 옮길 수 있을까?

겨울에 입을 옷도 필요할 것이다. 빌리는 오늘 저녁에도 모임이 있어 시내로 나간다. 선착장에서 얇은 재킷을 입고 덜덜 떨며 마지막 페리를 기다릴 그의 모습이 그려진다. 털실로 뭘 좀 떠 줘야겠다. 조만간 굿윌 스토어에 가서 중고 외투도 찾아봐야겠다.

빌리 것으로 한 벌, 그녀 것으로 한 벌, 지니아 것으로 한 벌. 지니아의 옷은 지금 걸치고 있는 것 한 장뿐이다. 무서워서 웨스트의 집에 옷을 가지러 갈 수가 없다고 한다. 웨스트 손에 죽을지도 모른다고 한다. 그는 집착하는 성격이다. 겉보기에는 순하지만 가끔 이성을 잃는다. 죽어 가는 지니아 생각을 하면 폭발해 버린다. 어차피 그녀를 잃을 거면, 그녀가 죽을 수밖에 없다면 자기 손으로 죽이고 싶어 한다. 지니아는 살며시 미소를 짓고 과거를 회상하는 듯한 눈빛으로 허공을 바라보며 대부분의 남자들이 그렇다고 말한다. 사랑이 그들을 미치게 만드는 것이다.

예전의 캐리스라면 그런 말을 이해하지 못했을 것이다. 하지만 지금은 이해한다.

캐리스는 임신을 확신한다. 월경을 건너뛰었을 뿐 아니라 몸의 느낌도 다르다. 이제는 몸이 팽팽하고 탄탄하기보다 스펀지 같고 흐늘흐늘하다. 물을 흠뻑 머금은 듯한 느낌이다. 그녀의 몸을 감싸는 기운도 히비스커스꽃 속처럼 주황색이 도는 짙은 분홍색으로 달라졌다. 어떤 반응을 보일지 몰라 빌리에게는 아직 이야기하지 않는다.

지니아에게도 이야기하지 않는다. 무엇보다도 아픈 상처를 건드리고 싶지 않기 때문이다. 지니아는 자궁 적출술을 받았기 때문에 아이를 가질 수가 없다. 캐리스는 뽐내거나 자랑하고 싶지 않다. 이제 지니아는 캐리스가 종이 상자를 쌓아 놓았던 2층 작은 방에서 지낸다. 빌리가 거실에서 사생활을 보장받지 못한다고 투덜거리기에 그 방을 내주었다. 캐리스는 지니아가 떠나면 이 작은 방을 아이 방으로 꾸미고 싶다. 그러니 임신 소식을 알리면 그녀를 길거리로 내쫓는 셈이 된다.

아직은 그럴 수가 없다. 하지만 요즘은 지니아가 이제 그만 떠나야겠다고 할 때 그런 생각은 하지도 말라며 말리지 않는다. 머릿속이 복잡하다. 지니아가 떠나 주었으면 싶지만 죽는 건 싫다. 그녀를 완전히 치료해 주고 나서 두 번 다시 보지 않으면 좋겠다. 두 사람은 공통점도 별로 없고 이제 그녀는 지니아의 일부분, 필요한 일부분을 몸속에 담았으니 실제 지니아, 피와 살이 달린 지니아는 없어져 주면 좋겠다. 지니아를 돌보려면 시간이 많이 든다. 게다가 이런 식으로 생각하기는 싫지만 돈도 든다. 캐리스는 셋을 부양할 만큼 형편이 넉넉하지 않다.

지니아는 많이 좋아진 것 같지만 겉보기에만 그럴 수도 있다. 가끔 그녀는 잔뜩 먹어 놓고 화장실로 달려가 게워 내곤 한다. 어저께만 해도 지니아가 종양이 작아진 게 분명하다고, 정말 물리치고 있는 것 같다고 해서 언제쯤 떠나면 좋을지 이야기를 나눈 뒤에 캐리스가 들어가 보니 변기가 피로 가득했다. 다른 여자 같으면 생리 중인데 물 내리는 걸 잊어버린 줄 알았을 것이다. 하지만 지니아는 생리를 하지 않는다. 자기 입으로 분명히 그렇게 말했다.

캐리스가 걱정이 돼서 물어보자 지니아는 대수롭지 않다는 듯이 대꾸했다. 그냥 피가 좀 난 거라고, 코피하고 비슷하다고 했다. 사소한 일이라고. 캐리스는 그녀의 용기가 감탄스러울 뿐이지만 그런 말에 속아 넘어갈 사람이 어디 있을까? 지니아 자신은 속일 수 있을지 모르지만 캐리스는 아니다. 가끔은 병원에 입원하는 게 어떻겠느냐고 이야기를 꺼내야 하나 싶다. 하지만 그녀도 병원은 질색이다. 어머니가 병원에서 돌아가셨으니 죽으러 가는 곳이라는 생각이 든다. 그녀는 이미 집에서 아이를 낳으려고 계획을 세우는 중이다.

캐리스와 지니아가 식탁에 앉아 있다. 구운 감자, 으깬 호박, 양배추 샐러드로 저녁 식사를 마친 참이다. 양배추는 시장에서 사 왔다. 캐리스가 키운 양배추는 다 먹었다. 채소를 수혈하느라 지니아한테 다 갈아 먹였다.

"너, 오늘따라 더 건강해 보인다."

캐리스가 슬쩍 운을 뗀다.

"나야 황소처럼 튼튼하지."

지니아는 잠시 식탁 위에 고개를 묻더니 힘겹게 다시 든다.

"정말이야."

"인삼차 한잔 끓여 줄게."

캐리스가 말한다.

"고마워. 그 사람 오늘 밤에는 어디 갔니?"

지니아가 묻는다.

"빌리? 모임 나갔을걸?"

"걱정 안 돼?"

"뭐가?"

"모임에 나간 게 아닐 수도 있잖아."

캐리스는 웃음을 터뜨린다. 그녀는 요즘 들어 자신감이 생겼다.

"여자들 얘기야? 아냐. 그리고 어찌 됐건 전혀 문제 될 거 없어."

그녀는 그렇게 믿고 있다. 빌리가 다른 여자와 무엇을 하건 상관없다.

빌리가 지니아에게 말을 걸기 시작했다. 이제는 아침 인사

은밀한 밤 503

도 하고, 방 안에 들어갔을 때 그녀가 있으면 고개를 까딱하면서 뭐라고 툴툴거린다. 그가 말하는 남부식 예절이 지니아에 대한 반감과 기 싸움을 벌이다 승기를 잡아 가고 있는 것이다. 요전 날 밤에는 심지어 자기가 피우던 마리화나도 한 모금 하겠느냐고 물을 정도였다. 하지만 지니아가 고개를 젓자 빌리가 퇴짜를 맞은 꼴이 되었고, 그것으로 끝이었다. 캐리스는 지니아에게 빌리를 좀 봐 달라고, 서로 조금씩 양보하면 되지 않겠느냐고 하고 싶지만 지금까지 빌리가 보인 태도가 있으니 그럴 수도 없다.

그런가 하면 빌리는 지니아가 없는 자리에서는 처음보다 더 험하게 군다.

"저 여자가 암이면 내 손에 장을 지지겠어."

이틀 전에는 그런 말까지 했다.

"빌리! 수술까지 받았잖아! 흉터도 있어!"

캐리스는 기함을 했다.

"본 적 있어요?"

빌리가 물었다.

본 적은 없다. 볼 이유가 없었다. 남의 흉터를 보자고 할 이유가 없었다. 그럴 수는 없는 일이었다.

"내기할래요? 흉터 없다는 데 5달러 걸게요."

"안 해."

그런 걸 무슨 수로 입증할 수 있을까. 빌리가 지니아의 방으로 달려가 나이트가운을 찢는 장면이 잠시 그녀의 머리를 스치고 지나갔다. 그건 그녀가 바라는 바가 아니었다.

"뭘 그렇게 멍하니 생각하니?"

지니아가 묻는다.

"응?"

캐리스는 지니아의 흉터를 생각하던 중이다.

"빌리도 다 큰 어른이잖아. 너무 걱정하지 마. 자기 일은 자기가 알아서 하겠지."

"겨울 생각을 하고 있었어. 어떻게 날지."

"나는 과연, 아, 미안. 너무 끔찍한 생각이다. 오늘 하루만 생각하면서 살아야지!"

지니아는 보통 캐리스의 강권에 못 이겨 일찍 잠자리에 들지만 늦게까지 자지 않을 때도 있다. 그럴 때면 캐리스는 장작 스토브를 훈훈하게 지펴 놓고 지니아와 함께 식탁에 앉아 이야기를 나눈다. 아니면 음악을 듣거나 솔리테르50)를 할 때도 있다.

어느 날 밤에 지니아가 말한다.

"내가 카드 점을 볼 줄 아는데 네 것 좀 봐 줄게."

캐리스는 머뭇거린다. 그녀는 미래를 알아내는 것을 별로 탐탁지 않게 생각한다. 어차피 바꾸지도 못할 거 뭐 하러 사서 걱정하나 싶다.

"그냥 재미 삼아 보는 거야."

지니아는 이렇게 말하고 캐리스에게 카드를 세 번 섞어 액

---

50) 혼자서 하는 카드놀이.

운이 붙지 않게 그녀에게서 먼 쪽으로 일부를 덜어 내게 한다. 그런 다음 카드를 세 줄로 늘어놓는다. 과거, 현재, 미래를 의미하는 것이다. 그녀는 세 줄의 카드를 열심히 쳐다보더니 다른 카드를 십자 모양으로 겹쳐 놓는다.

"새로운 사람이 네 인생에 등장하겠는데?"

그녀가 말한다. 아, 아이로구나 하고 캐리스는 생각한다.

"그리고 또 다른 누군가가 네 인생에서 빠져나갈 거야. 물하고 연관이 있어. 물을 건너는 것."

지니아겠지 하고 캐리스는 생각한다. 몸이 좋아져서 조만간 떠나겠구나. 그리고 여기서 떠나려면 누구든 물을 건너야 하니까.

"빌리 이야기는 없어?"

"여기 잭이 있네. 스페이드 잭. 그게 빌리일 거야. 그 위에 다이아몬드 퀸이 엇갈려 있어."

"돈이야?"

"응. 하지만 엇갈려서 놓였잖아. 돈과 관련해서 안 좋은 일이 생긴다는 뜻이야. 마약 매매나 그런 일을 하려나 봐."

"빌리가 그럴 리 없어. 그 정도로 멍청하지는 않거든."

캐리스는 이런 이야기를 계속하기가 정말 싫다.

"이건 어디서 배웠니?"

"어머니가 루마니아 집시였거든. 어머니 말로는 집안 대대로 유전되는 능력이래."

지니아가 아무렇지 않게 대답한다.

"맞아."

말이 되는 이야기다. 그녀도 그런 천부적인 재능에 대해 안다. 할머니가 그렇다. 지니아의 검은 머리와 검은 눈, 그리고 운명론……. 집시와 맞아떨어지는 조합이다.

"전쟁 때 돌에 맞아서 돌아가셨지."

지니아가 말한다.

"끔찍해라!"

캐리스는 외친다. 그러니 지니아에게 암이 생길 만도 하다. 과거의 잔재가 이렇게 남아 있으니. 중금속 같은 우울한 과거를 깨끗하게 없애지 못한 것이다.

"독일인들이 그랬니?"

그녀가 생각하기에는 총에 맞아 죽는 것보다 돌에 맞아 죽는 것이 더 끔찍해 보인다. 좀 더 서서히, 좀 더 많은 상처를 입고, 좀 더 고통스럽게 죽으니까. 하지만 독일인에 걸맞은 방식은 아니다. 그녀는 독일인이라고 하면 가위와 하얀 에나멜 테이블이 생각난다. 돌에 맞아 죽는다고 하면 흙먼지와 파리와 낙타와 야자수가 생각난다. 구약 성서의 한 장면처럼.

지니아가 말한다.

"아니, 마을 사람들 손에 죽었어. 루마니아에서. 어머니가 사악한 눈빛으로 자기들이 키우는 소를 홀린다면서. 총알이 아까우니까 돌로 죽인 거야. 돌하고 몽둥이로. 그쪽에서 집시들은 별로 인기가 없었어. 지금도 그런 것 같지만. 하지만 어머니는 당신이 그렇게 죽을 줄 미리 알았어. 예지력이 있었거든. 어머니는 그 전날 밤 다른 마을에 사는 친구한테 나를 맡겼어. 그래서 나는 목숨을 건질 수 있었지."

"그러면 너도 루마니아어를 조금 할 줄 알겠네?"

캐리스는 묻는다. 진작 알았더라면 지니아를 다른 방식으로 치료하는 게 좋을 뻔했다. 요가와 양배추에만 의지할 게 아니라 심상 훈련에 좀 더 중점을 두고, 암뿐 아니라 루마니아인들에 대해서도 생각하게 하면서. 지니아의 병을 치료하는 열쇠는 어쩌면 다른 나라 말 속에 숨어 있을지 모른다.

"내가 억압해 버렸어. 너라도 그랬을걸? 돌팔매질이 끝났을 때 어머니를 봤거든. 그냥 눈밭에 내버려 뒀더라고. 썩어 가는 고깃덩어리에 불과하더라."

캐리스는 움찔한다. 생각만 해도 속이 뒤집히는 광경이다. 지니아가 구역질을 자주 하는 이유도 이제 알 것 같다. 그런 광경이 머릿속에 남아 있으니 그 유독한 이미지를 게워 내야 하는 것이다.

"아버지는 어디 계셨는데?"

그녀는 돌아가신 어머니로부터 지니아를 떼어 내기 위해 이렇게 묻는다.

"아버지는 핀란드 사람이었어. 내 광대뼈도 그쪽에서 물려받았지."

캐리스는 핀란드가 어디 붙었는지 알까 말까 하는 수준이다. 숲이 있고, 털 부츠를 신고 다니면서 사우나를 하는 사람들이 살고, 순록이 있고.

"아, 그렇구나. 루마니아에는 무슨 일로 가신 거였어?"

"루마니아에 간 적은 없어. 두 분 다 전쟁 전에 공산주의자였어. 레닌그라드에서 열린 청년 대회에서 만났지. 나중에 러시아 핀란드 전쟁 때 핀란드에서 러시아군에 맞서 싸우다 돌아가셨어. 아이러니하지 않니? 아버지는 당신이 러시아 편이라고 생각했는데 그 사람들 손에 죽었으니 말이야."

"우리 아버지도 전사하셨어."

캐리스는 둘을 공통으로 연결하는 끈이 있다는 게 반갑다.

"전사한 사람이 한두 명이었겠니? 하지만 다 지나간 이야기지."

지니아는 무시하는 투로 대꾸하더니 카드를 섞어서 다시 펼친다.

"아, 스페이드 퀸이다."

"그것도 내 카드야?"

"아니, 내 카드야."

그녀는 이제 카드가 아니라 반쯤 감은 눈으로 비스듬히 천장을 쳐다본다.

"스페이드 퀸은 액운을 의미해. 혹자는 죽음의 카드라고도 하지."

그녀의 길고 검은 머리카락이 묵직한 베일처럼 얼굴 주변을 덮는다.

"그런 소리 하지 마. 이런 거 하지 말자. 너무 부정적이잖아."

캐리스는 당황스러워진다.

"좋아. 이제 자야겠다."

지니아는 아무려나 상관없다는 투다.

그녀가 한 발 한 발 힘겹게 계단을 올라가는 소리가 캐리스의 귀에 들린다.

37

끝없이 이어지는 겨울이 그들을 지치게 만들었다. 목욕은 북극 체험이었고, 닭 모이 주는 것은 극지 탐험이었다. 호수에서 불어오는 사나운 바람에 맞서 싸우며 눈밭을 헤치고 걸어야 했다. 닭들은 빌리가 지어 준 닭장 안에서 아늑하게 지냈다. 짚단과 닭똥이 방한이라는 제 몫을 했다.

캐리스는 집 밑에도 짚단이 깔려 있으면 좋겠다는 생각이 들었다. 그녀는 낡은 담요를 벽에 두르고 눈에 보이는 틈새는 신문지 뭉치로 틀어막았다. 다행히 땔감은 넉넉했다. 포기하고 육지로 돌아간 사람에게 싼값에 넘겨받은 덕분이었다. 통나무라 따뜻한 날 빌리가 도끼를 들고 나가서 쪼갰다. 그는 장작 패기를 좋아했다. 그래도 불을 위험한 수준으로 때지 않으면 여전히 추웠다. 그렇게 불을 때면 집 안 공기가 답답해지면서 후끈 달구어진 생쥐 집 냄새가 났다. 실제로도 추위에 쫓겨 들어온 생쥐들이 마루 밑에서 살고 있었다. 밤이 되면 녀석들이 기어 나와 부스러기를 치우고 식탁 위에 똥을 싸 놓았다. 지니아는 코를 찡그리며 똥을 바닥으로 쓸어 냈다.

그녀는 떠나야겠다는 말을 더 이상 하지 않았다. 그 대신 매일 아침 캐리스에게 좋아졌다, 나빠졌다라는 식으로 건강 상태를 보고했다. 어떤 날은 산책도 할 수 있을 것 같다고 하더니 다음 날이 되면 머리카락이 빠지고 있다는 식이었다. 그녀는 더 이상 희망을 이야기하지 않았고, 자기 몸에 더 이상 관여하지 않는 것처럼 보였다. 캐리스가 주는 당근주스나 허브티를 수동적으로 받아먹을 따름이었다. 캐리스를 생각해서 먹기는 하지만 효과가 있을 거라고 생각하지는 않았다. 우울증이 찾아오면 담요로 몸을 둘둘 말고 거실 소파에 누워 있거나 구부정하게 식탁 앞에 앉아 있었다. 그러고는 떨리는 목소리로 캐리스에게 이렇게 말하곤 했다.

"나는 인간 말종이야. 네가 이렇게 공들일 인간이 못 돼."

"그런 소리 하지 마. 누구나 그런 기분 들 때가 있어. 그게 다 음지에서 나오는 거야. 네가 가진 최고의 장점에 대해서 생각해 봐."

그러면 지니아는 희미하게 미소를 지으며 힘없이 물었다.

"하나도 없으면 어째야 해?"

지니아와 빌리는 서로에게 거리를 두었다. 둘은 여전히 캐리스에게 불만을 늘어놓았다. 서로 잘근잘근 씹는 걸 즐기는 듯했다. 둘 다 상대방의 이름을 입에 올리면서 불평을 터뜨릴 때 느껴지는 맛, 트집을 잡는 재미와 그 고약한 맛을 좋아했다. 캐리스는 지니아한테 너무 모질게 대하지 말라고, 그러면 그녀가 폭탄 사건을 고자질할 수 있다고 빌리에게 경고하고 싶었다. 하지만 그러려면 그의 믿음을 저버리고 지니아에게 비밀을 누설했음을 솔직히 고백해야 한다. 그러면 그가 불같이 화를 낼 것이다.

화를 내는 건 싫었다. 캐리스는 오직 행복한 기분만 느끼고 싶었다. 다른 감정은 아이를 오염시킬 것이다. 그녀는 곁에 있으면 마음이 평화로워지는 것들과 더불어 시간을 보내려고 노력했다. 눈이 막 내린 뒤 도시의 검댕이 아직 하늘에서 내려오기 전 새하얀 세상, 전화선이 끊길 정도로 심한 진눈깨비가 내린 주간에 볼 수 있었던 반짝이는 고드름. 그녀는 빙판길에 넘어지지 않게 조심해 가며 섬 곳곳을 혼자 걸어 다녔다. 이제 배가 점점 단단해지면서 둥그스름해지고 가슴이 부풀었다. 하얀빛을 내는 그녀의 에너지는 이제 지니아나 빌리가 아니라 아이에게 거의 온전히 집중되고 있었다. 아이가 반응을 보이는 게 느껴졌다. 그녀 안에서 아이가 열심히 귀를 기울이고 꽃처럼 그 빛을 흡수하고 있었다.

두 사람이 방치된 듯한 기분을 느끼지 않으면 좋겠지만 그렇다 한들 어쩔 도리가 없었다. 그녀의 에너지도 한계가 있는데 여유분이 점점 사라지고 있었다. 그녀는 점점 무정하고 매몰찬 사람이 되어 갔다. 이제는 할머니의 사나운 기운이 손에서 점점 더 강하게 느껴졌다. 배 속의 아이는 아직 태어나지 않은 또 한 명의 캐런이었고, 캐리스의 보호 아래 더 좋은 기회를 맞이하게 될 것이다. 이번에는 제대로 된 어머니 밑에서 태어날 것이다.

그녀는 아이의 방을 꾸미는 상상을 하며 시간을 보냈다. 나중에 돈이 생기고 지니아가 떠나면 방을 하얗게 칠할 것이다. 무더운 여름이 되면 빌리가 뒤뜰의 닭장 옆에 사우나를 지어 줄 것이다. 그러면 이듬해 겨울이 되었을 때 안에서 몸을 충분히 데운 다음 밖에 누워 눈밭을 뒹굴 수 있을 것이다. 그야말로 눈을 활용하는 좋은 방법일 것이다. 지니아처럼, 그리고 빌리처럼 집 안에 들어앉아 구시렁거리는 것보다 나을 것이다.

4월이 돼서 눈이 녹고, 캐리스가 심은 나팔수선화 구근 세 개가 갈색 흙을 뚫고 싹을 틔우고, 닭들이 다시 밖으로 나와 땅을 파헤치기 시작하자 캐리스는 빌리와 지니아에게 아이의 존재를 알렸다. 그럴 수밖에 없었다. 조만간 티가 날 테고, 조만간 변화가 생길 수밖에 없었다. 그녀가 이제 요가 수업을 진행할 수 없으니 다른 데서 돈을 벌어야 했다. 빌리가 일자리 비슷한 것을 구해야 했다. 취직하는 데 필요한 서류는 없지만 병역을 기피한 다른 사람들도 일을 하고 있으니 취직할 만한 곳이 있을 것이다. 빌리도 빈둥거리지 말고 무언가를 해야 할 것이다. 전에는 이런 생각을 하지 않았는데 아이가 생기면서 생각이 달라졌다.

그리고 지니아도 떠나 주어야 했다. 캐리스는 그동안 선생 역할을 했다. 지니아가 그녀의 가르침을 제대로 활용하지 못했다 해도 그녀가 상관할 바는 아니었다.

그 정도면 됐다. 그녀의 머릿속에서 할머니의 목소리가 들렸다. 중요한 일부터 먼저 해야지. 피는 물보다 진한 법이야.

그녀는 한 명씩 따로 붙잡아 놓고 소식을 전한다. 지니아가 먼저다. 둘이서 저녁으로 깡통에 든 삶은 콩과 냉동 완두콩을 먹고 있을 때다. 요즘 들어 캐리스는 유기농 식품인지 아닌지 까다롭게 따지지 않는다. 그럴 시간이 없다. 빌리는 또 시내로 외출 중이다.

"아이가 생겼어."

캐리스는 복숭아 통조림을 먹다 말고 불쑥 내뱉는다.

지니아는 걱정했던 것만큼 상처를 받지 않는다. 하지만 부러워하는 목소리로 축하한다고 하거나 여자 대 여자로서 포옹하거나 손을 토닥여 주지도 않는다. 오히려 한심해한다.

"쯧쯧, 이제 완전 인생 종쳤네!"

"그게 무슨 뜻이야?"

캐리스가 묻는다.

"빌리가 아이를 원할 것 같니?"

이 말을 듣고 캐리스는 숨이 막힌다. 문득 생각해 보니 그녀는 모든 사람이 자기처럼 이 아이를 환영할 거라는 억측을 하고 있었다. 그리고 지금까지 빌리의 생각은 고려해 본 적이 없었다. 아이가 생기면 남자 입장에서는, 빌리 입장에서는 어떤 기분일지 상상해 보려고 한 적은 있지만 잘되지 않았다. 그런 뒤로는 그의 반응을 예측하려는 어떤 노력도 기울이지 않았다.

"당연하지."

그녀는 애써 장담한다.

"그 사람한테 아직 얘기 안 했지?"

지니아는 이미 답을 안다.

"어떻게 알았어?"

정말 어떻게 아는 걸까? 우리 둘은 왜 옥신각신하고 있는 걸까?

"반응이 어떨까? 애새끼는 빽빽 울어 댈 테지, 집은 더 좁아질 테지. 내가 죽을 때까지 조금만 더 기다리지 그랬어?"

지니아는 가차없이 내뱉는다.

이렇게 잔인하고 이기적일 수 있다니 캐리스로서는 놀라울 따름이다. 놀라운 한편으로 화가 난다. 하지만 그녀의 입에서 튀어나온 것은 달래는 듯한 말투다.

"이제 와서 어쩔 도리도 없잖아."

"왜 없니? 아이를 없애면 되잖아."

지니아는 선심이라도 쓰는 듯한 말투다.

캐리스는 자리에서 일어선다.

"싫어."

눈물이 날 것 같다. 그녀는 설거지도 하지 않고 곧장 2층으로 올라가 울음을 터뜨린다. 상처 받고 혼란스러운 마음을 달래며 침낭에 얼굴을 묻고 눈물을 흘린다. 뭔가 잘못되어 가고 있는데 그게 뭔지 모르겠다.

빌리가 돌아왔을 때 그녀는 깜깜한 방 안에서 옷도 갈아입지 않고 계속 침낭 위에 누워 있다.

"왜 그래요? 무슨 일 있었어요?"

그는 이렇게 물으며 그녀의 얼굴에 입을 맞춘다.

캐리스는 힘겹게 일어나 그를 끌어안는다.

"몰랐어?"

그녀는 울먹이며 묻는다.

"뭘요?"

"나 임신했단 말이야! 우리한테 아이가 생겼다고!"

그럴 생각은 아니었는데 나무라는 말투가 되고 만다. 그에게 축하를 받고 싶은데.

"이런 망할. 이런 젠장. 언제 태어나는데요?"

빌리는 그녀의 품 안에서 맥을 놓는다.

"8월에."

캐리스는 그가 기뻐해 주길 기다린다. 하지만 그는 기뻐하지 않는다. 엄청난 재앙이라도 만난 것처럼, 탄생이 아니라 죽음에 대한 이야기를 들은 것처럼 말한다.

"이런 망할."

그는 같은 말을 내뱉는다.

"이제 어떻게 해야 하지?"

한밤중에 캐리스가 정신을 차리고 보니 텃밭에 서 있다. 몽유병 증상이 나타난 것이다. 그녀는 나이트가운 차림에 맨발이다. 진흙과 부엽토가 발가락 밑에서 으스러진다. 저 멀리서 스컹크 냄새가 난다. 고속 도로에서 치인 듯한 냄새인데 스컹크가 무슨 수로 여기까지 왔을까? 이 섬까지. 어쩌면 스컹크도 헤엄을 칠 수 있는지 모르겠다.

이제 그녀는 완전히 잠에서 깼다. 그녀의 손에 다른 누군가의 손자국이 보인다. 할머니가 할 말이 있어 연락을 취하려는 거다. 경고를 전하려는 거다.

"뭐예요? 뭔데요?"

그녀는 큰 소리로 외친다.

텃밭에 다른 사람이 있다. 창가 옆쪽 벽에 기대고 있는 어두컴컴한 형체가 보인다. 희미한 빛이 보인다. 그녀가 맡은 것은 스컹크 냄새가 아니라 담배 냄새였다.

"지니아니?"

그녀가 묻는다.

"잠이 안 와서. 그래, 애아빠께서는 어떤 반응을 보이디?"

"지니아, 담배 피우면 안 돼. 세포에 진짜 안 좋아."

그녀는 지니아에게 화가 나 있었다는 것도 잊어버린다.

"세포 따위는 뒈져 버리라 그래! 그것들이 나를 엿 먹이고 있잖아! 시간이 있을 때 즐기는 게 좋겠어."

어둠 속에서 나른하고 냉소적인 그녀의 목소리가 이어진다.

"그리고 한 가지 분명하게 이야기해 두겠는데 너의 그 착한 척은 이제 넌더리가 난다. 네 일이나 신경 쓰면 훨씬 우라지게 행복하게 살 수 있을 텐데 말이지."

"너를 돕고 싶어서 그랬던 거야."

캐리스는 애처로운 목소리로 이야기한다.

"부탁 하나만 할게. 다른 사람이나 도와줘."

지니아가 말한다.

캐리스는 이해가 안 된다. 왜 밖으로 끌려나와 이런 소리를 들어야 할까? 그녀는 등을 돌리고 안으로 들어가 더듬더듬 계단을 올라간다. 불은 켜지 않는다.

다음 날 빌리는 아침 일찍 페리를 타고 시내로 건너간다. 캐리스는 머리를 비우려고 텃밭에서 두엄을 뒤집으며 미친 듯이 일을 한다. 지니아는 계속 침대에 누워 있다.

해가 진 뒤에 돌아온 빌리는 술에 취해 있다. 전에도 술에 취한 적이 있지만 이 정도로 심한 적은 없었다. 캐리스는 부엌에서 며칠 동안 미루어 둔 설거지를 하고 있다. 마음이 무겁고 답답하다. 머릿속에 뭔가 있는데 선명하게 손에 잡히지가 않는다. 아무리 열심히 들여다보아도 표면 너머가 보이지 않는다. 그녀는 격리되고 차단당하고 있다. 오늘은 텃밭조차 그녀를 거부한다. 땅은 평소의 윤기를 잃은 채 단순한 흙더미로 전락하고, 닭들도 성질을 부리고 낡아 빠진 총채처럼 후줄근하다.

그래서 빌리가 들어왔을 때 그녀는 고개를 돌리고 쳐다보지만 아무 말도 하지 않고 다시 고개를 돌려 설거지를 계속한다.

그가 식탁에 부딪히는 소리가 들린다. 의자를 넘어뜨리는 소리도 들린다. 그러더니 그녀의 어깨를 잡고 돌려세운다. 그녀는 그가 입을 맞추면서 생각이 바뀌었다고, 이 모든 게 놀랍다고 말해 주길 바라지만 그는 그녀를 붙잡고 흔들기 시작한다. 앞뒤로 천천히.

"당신은…… 정말…… 너무…… 우라지게…… 멍청해."

그는 흔드는 박자에 맞춰 이렇게 말한다.

"당신은 정말 너무 우라지게 한심해!"

어찌 들으면 다정한 목소리다.

"빌리, 이러지 마."

그녀가 말한다.

"왜? 젠장, 왜 안 되는데? 나는 내가 하고 싶은 대로 할 수 있어. 당신은 너무 멍청해서 모르겠지만."

그는 어깨를 잡았던 한 손을 놓고 그녀의 뺨을 때린다.

"정신 차려!"

그는 그녀의 뺨을 한 번 더 좀 전보다 세게 때린다.

"빌리, 그만해!"

그녀는 눈물을 참으며 단호하면서도 부드러운 목소리로 외친다.

"아무도…… 나한테…… 이래라저래라…… 하지 못해."

그는 뒤로 물러서 다리를 들더니 무릎으로 그녀의 배를 찬다. 너무 술에 취해서 조준을 잘 못 하지만 그래도 아프다.

"이러다 죽겠어! 우리 아이가 죽겠다고!"

그녀는 급기야 악을 쓴다.

빌리는 그녀의 어깨에 고개를 묻고 울음을 터뜨린다. 속에서 찢어져 나오는 쉰 목소리로 흐느껴 울기 시작한다.

"내가 얘기했잖아. 얘기했잖아. 그런데 당신은 듣지 않았어."

"뭘?"

그녀는 그의 노란 머리를 쓰다듬으며 묻는다.

"흉터 없어. 아무것도 없어. 흉터 같은 거 없다고."

캐리스는 그가 무슨 말을 하는지 알아듣지 못한다.

"자, 우리 이제 침대에 가서 눕자."

두 사람은 침대에 가서 눕고 그녀가 그를 품에 안고서 흔들어 준다. 그러다 둘 다 잠이 든다.

아침이 되자 캐리스는 늘 그랬듯이 닭 모이를 주러 일어난다. 빌리는 깨어 있다. 하지만 따뜻한 침낭 아래 누워 그녀가 옷을 갈아입는 모습을 바라보고만 있다. 그녀는 아래층으로 내려가기 전에 그에게 다가가 이마에 입을 맞춘다. 무슨 말이라도 해 주면 좋겠는데 아무 말이 없다.

그녀는 먼저 스토브에 불을 때고 그런 다음 개수대에서 양동이에 물을 채운다. 빌리가 위에서 돌아다니는 소리가 들린다. 평소답지 않게 지니아도 돌아다니고 있다. 떠나려고 짐을 싸는지도 모른다. 제발 그런 거면 좋겠다. 너무 심란한 분위기를 조성하는 지니아를 더 이상 이 집에 둘 수 없다.

캐리스는 밖으로 나가 닭 울타리 안으로 들어가는 문의 걸쇠를 벗긴다. 오늘 아침에는 웬일로 녀석들이 요란하게 돌아다니는 소리도, 졸린 듯 구구거리는 소리도 들리지 않는다. 잠꾸러기들 같으니! 닭장 문을 열지만 아무도 튀어나오지 않는다. 그녀는 어리둥절하며 사람들이 드나드는 문 쪽으로 건너가 닭장 안으로 들어간다.

닭들이 모두 죽어 있다. 한 마리도 빠짐없이 상자 안에 쓰러져 있고, 두 마리는 바닥에 쓰러졌다. 온 사방이 피투성이다. 짚단을 적신 피가 상자에서 뚝뚝 흘러내린다. 그녀는 바닥에 누운 닭을 집어 든다. 목에 기다랗게 베인 상처가 있다.

그녀는 그 자리에 서서 충격과 곤혹스러움을 달래며 애써 정신을 가다듬는다. 머릿속이 뿌옇고, 빨간색 파편들이 눈 뒤에서 어지럽게 날아다닌다. 내 예쁜 닭들을! 족제비의 소행이 분명하다. 족제비가 아니라면 누가 이런 짓을 할 수 있을까! 하지만 족제비였다면 피를 다 빨아먹었을 텐데…… 어쩌면 이웃 사람이 범인일지 모른다. 바로 옆집이 아니라 한동네 사람이. 그들을 그 정도로 미워하는 사람이 누굴까? 닭이나 그녀와 빌리를 그 정도로 미워하는 사람이. 그녀는 유린당한 기분이다.

"빌리."

그녀는 빌리를 부른다. 하지만 집 안에 있는 그에게 그녀의 목소리가 들릴 리 없다. 그녀는 비틀비틀 집 쪽으로 걸어간다. 기절할 것 같다는 생각이 든다. 그녀는 부엌으로 들어가 다시 한 번 그의 이름을 부른다. 다시 잠이 든 모양이다. 그녀는 계단을 힘겹게 올라간다.

빌리의 모습은 보이지 않는다. 두 사람의 침실에도 없고, 지니아의 방을 들여다보아도 없다. 어째서 그가 지니아의 방에 있을지 모른다고 생각했을까?

지니아도 사라졌다. 둘이서 같이 사라졌다. 둘 다 집 안에 없다. 캐리스는 숨을 헐떡이며 페리 선착장을 향해 달린다. 이제 알겠다. 급기야 일이 터졌다. 빌리가 끌려갔다. 선착장에 도착해 보니 페리가 뱃고동을 울리며 멀어져 가고 있다. 빌리가

서 있고, 낯선 두 남자가 그에게 바짝 붙어 있다. 두 남자는 짐작했던 대로 외투를 입었다. 빌리 옆에 지니아도 있다. 분명 그녀가 일러바친 것이다. 그녀가 경찰에 신고한 것이다.

빌리는 손을 흔들지 않는다. 캐리스와의 관계를 두 남자에게 알리고 싶지 않은 것이다. 그녀를 보호하려는 것이다.

그녀는 천천히 집으로 돌아가 천천히 안으로 들어간다. 쪽지라도 있나 싶어 구석구석 샅샅이 뒤지지만 아무것도 없다. 개수대를 보니 날에 피가 묻은 빵칼이 있다.

지니아였다. 닭들을 죽인 게 지니아였다.

어쩌면 빌리는 끌려간 게 아닐지 모른다. 도망친 걸지 모른다. 지니아와 함께 흉터가 없다는 말이 그 뜻이었다. 지니아의 몸에 흉터가 없다는 뜻이었다. 그는 두 눈으로 똑똑히 확인했기 때문에 알았다. 불을 켜 놓고 지니아의 몸을 샅샅이 보았기 때문에 알았다. 그는 그 몸에 대해 모든 것을 알았다. 그 안에 들어가 보았으니까.

캐리스는 식탁에 앉아 생각을 쫓아내려고 머리를 가볍게 찧는다. 하지만 그래도 자꾸 생각이 난다. 흉터가 없다면 암도 아니었을 것이다. 빌리가 말했듯이 지니아는 암에 걸린 게 아니다. 만약 그렇다면 캐리스는 지난 육 개월 동안 무엇을 했던 걸까? 바보짓을 하고 있었다. 한심한 짓을 하고 있었다. 뇌가 있나 싶을 정도로 한심한 짓을 하고 있었다.

배신을 당하고 있었다. 얼마나 오랫동안 몇 번을 당한 걸까? 그는 그녀에게 이야기하려고 했다. 지니아를 내보내려고 했다. 하지만 이미 엎질러진 물이다.

죽은 닭과 빵칼이 메시지다. 손목을 그어. 머릿속에서 먼 옛날의 목소리가 들린다. 그런데 여러 사람의 목소리다. 당신은 너무 멍청해. 너는 이 싸움에서 이길 수 없어. 이승에서는 그럴 것이다. 어차피 이승에서의 삶은 지긋지긋하다. 어쩌면 이제 다음 생을 준비해야 할 때가 되었는지 모른다. 살아가는 데 필요한 부분을 지니아가 가져가 버렸다. 그녀는 멍청한 실패작이고 바보다. 그녀가 겪은 안 좋은 일들은 일종의 처벌이었다. 교훈을 가르쳐 주기 위한 방편이었다. 포기하는 게 좋겠다는 교훈을 가르쳐 주기 위한.

이것은 캐런이 하는 말이다. 캐런이 돌아와 그녀의 몸을 지배하고 있다. 캐런은 그녀에게 화가 나 있고, 우울해 있고, 혐오감에 넌더리를 내고 있다. 둘이 같이 죽길 바란다. 둘의 몸을 죽이길 바란다. 그녀는 벌써 빵칼을 들고 함께 쓰는 팔을 향해 움직이고 있다. 하지만 그러면 아이도 죽을 것이다. 아이를 죽일 수는 없다. 캐리스는 모든 힘을, 그녀 안에 있는 치유의 빛을, 할머니의 그 강렬한 파란빛을 그러모아 손으로 집중시킨다. 칼을 사이에 두고 캐런과 조용히 격투를 벌인다. 그녀는 칼을 빼앗고 캐런을 떼어 내 그림자 속으로 최대한 깊숙이 밀어 넣는다. 그러고는 칼을 문밖으로 던진다.

그녀는 빌리가 돌아오길 기다린다. 돌아오지 않으리란 걸 알지만 그래도 기다린다. 그녀는 식탁에 앉아 몸을 꼼짝 못 하게 붙잡아 놓는다. 그렇게 오후 내내 기다린다. 그러다 잠자리에 든다.

다음 날이 되자 전날처럼 멍하지는 않다. 그 대신 미칠 것 같다. 아무것도 모른다는 게 가장 괴롭다. 어쩌면 그녀가 빌리를 오해했는지 모른다. 빌리는 지니아와 함께 달아난 게 아닐지 모른다. 구치소에서 샤워를 하다 목을 베일지 모른다. 죽었을지 모른다.

그녀는 전화기 옆쪽 벽에 끼적여 놓은 번호로 일일이 전화를 돌린다. 묻고 메시지를 남긴다. 그의 친구들은 아무 소식도 못 들었다고 한다. 아니면 아는 게 있어도 감추려고 한다. 그가 어디 있는지, 어디로 갔는지 알 만한 사람이 또 누가 있을까? 빌리나 지니아나 두 사람이 함께 어디로 갔는지. 지니아를 아는 사람이 또 누가 있을까?

생각나는 사람이 한 명뿐이다. 웨스트. 시커멓게 멍이 든 눈을 하고 캐리스를 찾아왔을 때 지니아는 웨스트와 함께 살고 있었다. 이제는 그 시커멨던 눈이 다르게 보인다. 눈이 그렇게 된 데는 그럴 만한 이유가 있었을 것이다.

지니아한테 듣기로 웨스트는 대학교수라고 했다. 음악인가 뭔가를 가르친다고 했다. 그의 정식 이름이 웨스트인지, 스튜어트인지 모르겠다. 양쪽 다 물어보아야겠다. 오래지 않아 그녀는 그의 집 전화번호를 알아낸다.

전화를 걸자 어떤 여자가 받는다. 캐리스는 지니아를 찾고 있다고 밝힌다. 그러자 상대방이 묻는다.

"지니아를 찾는다고요? 지니아를 찾는 이유가 뭔데요?"

"성함이 어떻게 되세요?"

캐리스가 묻는다.

"앤토니아 프리몬트인데요."

"토니."

캐리스는 중얼거린다. 안다고 할 수 있는 사람이다. 하지만 토니가 왜 웨스트의 전화를 받는지 궁금해할 겨를은 없다. 캐리스는 심호흡을 한다.

"매클렁 홀 앞 잔디밭에서 나 도와주려고 했던 거 기억나? 도와줄 필요 없었는데 그랬던 거."

"응."

토니가 조심스럽게 대답한다.

"이번에는 네 도움이 필요해."

"지니아 문제로?"

"그런 셈이야."

토니는 이쪽으로 건너오겠다고 한다.

38

토니는 페리를 타고 섬으로 건너간다. 그러고는 캐리스의 식탁에 앉아 민트 차를 마시면서 입을 살짝 벌리고 가끔 고개를 끄덕여 가며 사건의 전말을 듣는다. 몇 가지 질문을 하기는 하지만 진위를 의심하는 것은 아니다. 캐리스가 그동안 자기가 너무 바보 같았다고 하자 토니는 캐리스만 특별히 바보 같았던 건 아니라고 말한다. 토니도 그만큼 바보 같았다는 것이다. 그녀의 표현에 따르면 "지니아가 워낙 솜씨가 좋기 때문"이란다.

"하지만 내가 얼마나 딱하게 생각했는지 아니?"

이렇게 말하는 캐리스의 얼굴 위로 눈물이 흘러내린다. 멈출 수가 없는 모양이다. 토니는 꾸깃꾸깃한 클리넥스를 한 장 건넨다.

"나도 그랬어. 걔가 워낙 선수거든."

그녀는 웨스트가 지니아의 눈을 때렸을 리 없다고, 웨스트는 누구 눈을 때릴 사람이 아닐뿐더러 당시에 지니아와 같이 살지도 않았다고 설명한다. 그는 지니아와 일 년 육 개월 전에 헤어져 그동안 토니와 살고 있었다.

"길을 걷다 우연히 마주쳐서 한 대 때렸을 수는 있겠다. 그러고 싶은 마음이 굴뚝같을 테니까. 나는 지니아를 다시 만나면 무슨 짓을 할지 모르겠어. 아마 석유를 뿌리고 불을 지를 거야."

토니는 빌리를 찾느라 시간 낭비할 필요 없다고 한다. 첫째로 절대 찾을 수 없을 테고, 둘째로 찾은들 어쩔 방법이 없기 때문이다. 정말로 기마경찰대에게 끌려간 거라면 지금쯤 버지니아의 어느 시멘트 감방에 갇혔을지 모르니 그녀가 나서 봐야 구출할 수도 없다. 게다가 그쪽에서 그녀와 연락하고 싶으면 얼마든지 할 수 있다. 편지는 쓸 수 있으니까. 만약 끌려간 게 아니라 지니아에게 낚인 거라면 캐리스를 두 번 다시 보고 싶어 하지 않을 것이다. 너무 죄책감이 클 테니까.

토니도 겪었기 때문에 안다. 빌리는 마법에 걸린 것과 비슷한 상태일 것이다. 하지만 지니아는 이내 싫증을 낼 것이다. 빌리는 너무 시시한 먹잇감이었고, 캐리스한테는 미안한 말이지만 너무 쉬운 상대였다. 토니는 지니아에 대해 연구한 결과 모험을 좋아한다는 결론을 내렸다. 그녀는 문을 부수고 들어가길 좋아하고, 남의 것을 빼앗길 좋아한다. 빌리는 웨스트처럼 사격 연습 상대에 불과했다. 그녀의 집에 가 보면 남자들 성기가 박제된 동물처럼 벽에 줄줄이 걸려 있을지 모른다.

토니가 말한다.

"가만히 내버려 두면 빌리가 꼬리를 흔들면서 돌아올 거야. 지니아한테 단물 다 빨아먹힌 뒤에도 꼬리가 남아 있을지 모르겠다만."

캐리스는 너무나 아무렇지 않게 적개심을 표현하는 토니를 보고 깜짝 놀란다. 그래서 그녀에게 좋을 건 없다. 하지만 분명 위로가 되기는 한다.

"안 그러면 어떡해? 안 돌아오면?"

캐리스는 계속 훌쩍이고 있다. 토니는 개수대 밑을 뒤져 키친타월을 찾아낸다.

토니는 어깨를 으쓱한다.

"그럼 어쩔 수 없지. 할 일이야 얼마든지 있잖니."

"그런데 닭들은 왜 죽였을까?"

캐리스는 아무리 생각해 봐도 모르겠다. 아무 죄도 없고, 빌리를 훔쳐 가는 것과는 아무 상관도 없는 사랑스러운 닭들이었는데.

토니가 대답한다.

"지니아라서 그런 거지. 동기 같은 걸 궁금해하지 마. 훈족의 아틸라왕도 동기 같은 건 없었어. 피를 좋아했을 뿐이지. 걔가 닭을 죽였다는 사실만 봐도 알 만하지 않니?"

"어머니가 루마니아에서 집시라는 이유로 돌팔매질을 당해서 그런가?"

"뭐? 아니야! 지니아의 어머니는 망명한 백계 러시아인이었어! 파리에서 결핵으로 돌아가셨고!"

토니는 이렇게 말하고 나서 웃음을 터뜨린다. 배꼽을 잡고 깔깔대며 웃는다.

"왜? 왜 그래?"

캐리스는 어리둥절해하며 묻는다.

토니는 캐리스에게 차를 한 잔 끓여 주고 좀 쉬라고 한다. 아이가 있으니 건강을 챙겨야 된다고 한다. 토니가 담요를 둘러 주자 캐리스는 거실 소파에 눕는다. 나른해지면서 보살핌을 받는 듯한 기분이 든다. 모든 게 그녀의 손에서 떠난 것처럼 느껴진다.

토니는 비닐로 된 쓰레기봉투를 들고 밖으로 나가 죽은 닭들을 처리한다. 비닐이 나쁘다는 거야 캐리스도 알지만 대안이 없다. 토니는 닭장을 청소한다. 양동이 가득 물을 떠다 최대한 깨끗이 핏자국을 씻어 낸다.

"호스 있는데."

캐리스가 졸린 목소리로 말한다.

"거의 다 된 것 같아. 이 빵칼이 왜 텃밭에 있을까?"

캐리스는 손목을 그으려 했다고 말하고, 토니는 나무라지 않는다. 빵칼이 그럴듯한 해결책은 못 된다며 씻어서 칼꽂이에 다시 넣고는 그만이다.

캐리스가 좀 쉬고 일어났을 때 토니가 그녀를 다시 식탁에 붙잡아 앉힌다. 종이와 볼펜이 준비되어 있다.

"이제 앞으로 뭐가 필요한지 모조리 생각해 봐. 실질적인 것들 말이야."

캐리스는 생각한다. 아이 방에 칠할 하얀색 페인트가 있어야 한다. 여름이 지나면 겨울이 찾아올 테니 단열 공사도 해야 한다. 헐렁한 임부복도 몇 벌 있어야 한다. 하지만 뭐든 살만한 여력이 없다. 빌리와 지니아를 먹여 살리느라 돈을 모으지 못했다. 생활 보호금으로 살아야 할지 모른다.

"돈."

그녀는 느릿느릿 대답한다. 그런 소리를 하려니 정말 싫다. 토니에게 구걸을 하는 것처럼 들릴까 봐 싫다.

"좋았어. 그럼 어떻게 하면 돈을 벌 수 있을지 생각해 보자."

토니가 캐리스도 매클렁 홀에서 같이 지냈던 게 어렴풋이 기억이 나는 친구 로즈의 도움으로 변호사를 구하고, 이 변호사가 번 이모부를 찾아 나선다. 바이올라 이모는 죽었지만 이모부는 아직 살아 있다. 바닥을 카펫으로 도배하고 오락실을 갖춘 그 집에서. 캐리스는 그를 직접 대면할 생각이 없다. 변호사가 대신 만난 다음 토니에게 보고한다. 이모부에 대해 시시콜콜 이야기할 필요도 없다. 변호사가 알아야 할 사항은 어머니와 할머니가 남긴 유언장에 모두 들어 있다. 진상이 만천하에 드러난다. 이모부가 농장을 팔아서 챙긴 캐리스의 돈을 슬쩍해 자기 사업에 투자했던 것이다. 그는 스물한 살 생일이 지났을 때 캐리스를 찾으려고 했지만 찾을 수가 없었다고 주장한다. 어쩌면 정말 그랬을지 모른다.

캐리스는 자기 몫을 전부 챙기지는 못한다. 이자는 물론이고 이모부가 원금을 일부 써 버렸기 때문이다. 하지만 이렇게 많은 돈이 수중에 들어오다니 난생처음 있는 일이다. 이모부는 항상 딸처럼 아꼈으니 한번 보고 싶다는 섬뜩한 쪽지를 보냈다. 노망이 난 모양이다. 그녀는 쪽지를 스토브에 넣어 태워 버린다.

"친아버지가 있었다면 내 인생이 좀 더 괜찮았을까?"

그녀는 토니에게 묻는다.

"나는 친아버지가 있었는데 좋을 때도 있고 나쁠 때도 있었어."

토니가 대답한다.

로즈가 캐리스의 재산을 일부 대신 관리해 준다. 이로 인해 들어오는 돈이 많지는 않겠지만 도움이 될 것이다. 캐리스는 그리고 남은 돈을 일부 투자해 집을 산다. 집주인은 언제 철거가 될지 모른다는 생각에 얼른 팔아넘기고 싶어 했기 때문에 헐값을 기꺼이 감수한다. 캐리스는 집을 사고 나서 수리에 들어간다. 완벽하지는 않지만 그 정도면 충분하다.

로즈가 섬으로 찾아온다. 자기 말로는 주택 개조라면 사족을 못 쓰기 때문이란다. 그녀는 캐리스가 기억하는 것보다 훨씬 더 덩치가 좋다. 목소리도 더 크고, 열심히 들여다보지 않아도 밝은 레몬색 영기가 캐리스의 눈에 들어온다.

로즈가 말한다.

"어머, 끝내준다. 인형 집 같아! 근데 애, 식탁은 바꿔야겠다!"

다음 날 식탁이 도착한다. 캐리스가 바라던 대로 떡갈나무로 만든 동그란 식탁이다. 캐리스는 로즈가 겉모습과 전혀 다르게 섬세한 친구인가 보다고 결론을 내린다.

로즈는 출산용품을 준비하느라 정신이 없다. 토니는 쇼핑을 좋아하지 않는 데다 뭘 사야 하는지도 모른다. 그런 점에서는 캐리스도 마찬가지다. 하지만 로즈는 아이가 있기 때문에 뭐가 필요한지, 심지어 수건이 몇 장 필요한지까지 모르는 게 없다. 그녀가 정산을 위해 얼마가 들었는지 이야기하면 캐리스는 너무 저렴해서 깜짝 놀란다. 로즈가 말한다.

"얘, 내가 원래 할인 구매에 귀재야. 이제 해피 애플만 준비하면 되겠다. 플라스틱으로 만든 사과인데 욕조에 띄워 놓는 장난감이거든? 강력 추천이야!"

한때 키가 크고 비쩍 말랐던 캐리스는 이제 키가 크고 볼록하게 변했다. 토니가 마지막 두 주 동안 캐리스의 집에서 지낸다. 여름 방학이라 그럴 수 있다고 한다. 그녀는 희한하게 다람쥐 앞발을 닮은 작은 손으로 캐리스의 손을 꼭 잡고 숫자가 큼지막하게 적힌 자기 손목시계로 시간을 재 가며 호흡 훈련을 돕는다. 아이를 낳는다니 캐리스는 믿어지지가 않는다. 조만간 아이가 태어난다니 믿어지지가 않는다. 그녀는 배 속에 든 아이에게 끊임없이 말을 건넨다. 조금만 기다리면 그에 대한 화답으로 아이의 목소리를 직접 들을 수 있을 것이다.

그녀는 아이에게 화가 난 손으로 절대 건드리지 않겠다고 약속한다. 아주 살짝이라도 아이를 때리는 일은 없을 것이다. 실제로 그녀는 약속을 거의 지킨다.

캐리스는 결국 병원 신세를 진다. 토니와 로즈가 그러는 게 좋겠다고 한다. 응급 상황이 발생하면 경비정 신세를 져야 하는데 그러기가 마땅치 않다는 것이다. 태어난 오거스트는 크리스마스카드에 그려진 예수님처럼 황금빛 후광을 두르고 있다. 아무도 못 보지만 캐리스의 눈에는 보인다. 그녀는 오거스트를 품에 안고 최선을 다해 좋은 엄마가 되겠다고 맹세하고, 그녀가 믿는 타원형의 신에게 찬양을 바친다.

캐러스는 오거스트를 낳고 좀 더 안정을 찾는다. 이 세상에 닻을 내렸거나 밧줄로 묶인 듯한 기분이다. 이제 그녀는 바람이 불어도 전처럼 휘날리지 않는다. 모든 관심이 현재에 집중돼 있다. 그녀는 자기만의 우윳빛 살 속으로, 묵직한 가슴 속으로, 중력장 속으로 밀려 들어갔다. 그녀는 누덕누덕한 잔디밭에 담요를 깔고 사과나무 밑에 누워 습기를 머금은 대기 속에서 나뭇잎 사이로 비치는 햇살을 맞으며 오거스트에게 노래를 불러 준다. 캐런은 멀리 있다. 차라리 잘됐다. 캐런은 어린아이들을 맡을 만한 위인이 못 된다.

토니와 로즈가 아이의 대모다. 물론 정식 대모는 아니다. 이 세상에 캐리스가 요구하는 조건을 충족하는 교회는 없다. 그녀는 할머니에게 물려받은 성서와 호숫가에서 주운 아주 효험 있는 둥그런 돌과 월계수 열매로 만든 양초와 병에 든 샘물을 놓고 혼자 의식을 거행하고, 토니와 로즈는 오거스트를 돌보고 그녀의 영혼을 보호하겠다고 약속한다. 오거스트에게 이렇게 빈틈없는 대모를 두 명이나 선물하다니 얼마나 기쁜지 모르겠다. 그들은 오거스트가 겁쟁이로 자라도록 내버려 두지 않을 것이다. 스스로 서는 법을 가르칠 것이다. 이건 캐리스가 가르칠 수 있을지 장담하기 힘든 부분이다.

물론 세 번째 대모가 또 있다. 안 좋은 영향만 주는 사악한 대모 지니아의 그림자가 요람을 덮고 있다. 캐리스는 그녀 안에서 빛을 잔뜩 뿜어내 그 그림자를 씻어 버릴 수 있길 기도한다.

오거스트는 자라고, 캐리스는 그녀를 보살피며 즐거워한다. 캐리스가 캐런이었던 시절에 비해 훨씬 행복하게 자라는 오거스트를 보면 그동안 흘렸던 눈물이 달래지는 것 같다. 하지만 완전히 달래지지는 않는다. 절대 그럴 수는 없다. 밤이 되면 그녀는 라벤더와 장미 향수를 풀고 오랫동안 목욕을 하며 몸 안에 있던 안 좋은 감정들이 욕조 물속으로 빠져나가고 마개를 뽑으면 그 감정들까지 배수구로 뱅글뱅글 흘러 들어가는 광경을 상상한다. 자주 반복해야 할 것만 같은 일종의 작업이다. 그녀는 남자들과 거리를 두고 지낸다. 남자와 섹스는 너무 버거운 상대다. 분노와 수치심과 증오와 상실감, 토사물 냄새와 썩은 고기 냄새, 사라져 버린 빌리의 팔에 달려 있던 짧은 황금빛 털, 굶주림과 잔뜩 뒤엉켜 있다.

그녀는 혼자서 오거스트와 함께 지내는 게 더 좋다. 오거스트의 영기는 강렬하고 선명한 카나리아색이다. 오거스트는 다섯 살 때부터 주관이 뚜렷하다. 캐리스는 그래서 기쁘다. 오거스트가 그녀처럼 물고기자리가 아니라서 좋다. 오거스트는 전기가 흐르는 더듬이도 별로 없고 직감도 발달하지 않았다. 심지어 비가 올지 안 올지도 모른다. 그런 능력이 재능이기는 하지만 고충이 없지 않다. 캐리스는 옅은 자주색 공책에 오거스트의 출생 천궁도를 적는다. 별자리, 사자자리. 탄생석, 다이아몬드. 금속, 금. 수호성, 태양.

그동안 빌리는 소식 한 장 없다. 캐리스는 오거스트가 자라면 아버지는 베트남 전쟁 때 용감하게 싸우다 전사했다고 말하기로 결심한다. 그녀도 그런 소리를 들으며 자랐고, 어쩌면 틀린 말은 아니다. 하지만 빌리가 군복을 입고 진지한 얼굴로 찍은 사진이 없다. 그에게는 그런 사진 자체가 없었다. 그녀에게 남은 사진이라고는 그의 친구가 찍어 준 스냅 사진뿐이다. 이 사진에서 그는 티셔츠와 반바지 차림에 맥주병을 들고 있다. 닭장을 만들 때 찍은 사진이다. 기진맥진해 보이는데다 정수리 부분이 잘려서 액자에 넣을 만한 사진이 아니다.

페리가 선착장에 도착해 트랩이 내려지자 캐리스는 상쾌한 섬 공기를 마시며 페리에서 내린다. 갈대 피리 같은 마른풀 냄새, 첼로 같은 롬 냄새. 이렇게 집에 다시 돌아왔다. 약하지만 튼튼한 집, 금방이라도 무너질 것 같지만 여전히 버티고 있는 집, 푸릇푸릇한 꽃밭이 있는 집, 벽에 금이 간 집, 시원하고 평화로운 하얀색 침대가 있는 집에.

그들의 집이 아니라 그녀의 집이다. 이곳에서 모든 일이 벌어졌지만 빌리와 지니아의 집이 아니라 그녀의 집이다. 어쩌면 이 집에서 계속 사는 게 아니었는지 모른다. 그들의 파편을 몰아내고 향풀을 태우고 모든 방을 깨끗이 정화하긴 했다. 오거스트의 탄생이 액막이 그 자체였다. 하지만 아무리 애를 써도 빌리를 말끔히 지우지는 못했다. 그의 이야기가 아직 끝나지 않았다. 그리고 빌리와 함께 지니아도 나왔다. 그 둘은 떼려야 뗄 수 없는 사이다.

그녀는 지니아를 만나서 끝을 들어야 한다. 그것을 끝으로 그녀를 지워야 한다. 이런 필요성을 토니나 로즈에게 밝히면 그러지 말라고 할 테니 비밀로 할 생각이다. 토니는 포격 지대에서 멀찌감치 떨어져 있는 게 상책이라고 할 것이다. 로즈는 뭐 하러 믹서에 머리를 집어넣느냐고 할 것이다.

하지만 캐리스는 지니아를 만나야 한다. 이제 어디 있는지 알았으니 조만간 지니아를 만날 것이다. 아널드 가든 호텔로 당당하게 들어가 엘리베이터를 타고 객실 문을 두드릴 것이다. 이제는 그럴 수 있을 것 같다. 게다가 오거스트도 다 컸다. 빌리에 대한 진상이 어떻게 밝혀지든 상처 받지 않을 만큼 컸다.

그래서 캐리스는 지니아를 대면할 생각이다. 이번에는 겁을 먹거나 회유하거나 물러서지 않을 것이다. 굳건하게 맞서 싸울 것이다. 닭을 죽이고 순결한 피를 마신 지니아. 은화 30닢에 빌리를 팔아넘긴 지니아. 영혼의 진딧물 같은 지니아.

그녀는 책장에 꽂혀 있던 할머니의 성서를 꺼내 떡갈나무 식탁에 올려놓는다. 그러고는 핀을 꺼내 눈을 감고 밑에서 당기는 듯한 기운이 느껴질 때까지 기다린다.

「열왕기하」, 9장 35절. 캐리스는 그 구절을 읽는다.

가서 장사하려 한즉 그 두골과 발과 손바닥 외에는 찾지 못한지라.

탑 밖으로 내던져져 개들에게 뜯어 먹힌 이세벨 이야기다.

또 이세벨이네. 캐리스는 생각한다. 그녀의 머릿속에서 시커먼 형체가 밑으로 추락한다.

세계문학전집 **426**

도둑 신부 1

1판 1쇄 펴냄 2011년 3월 18일
2판 1쇄 펴냄 2023년 10월 20일
2판 2쇄 펴냄 2024년 4월 11일

지은이 마거릿 애트우드
옮긴이 이은선
발행인 박근섭, 박상준
펴낸곳 ㈜민음사

출판등록 1966. 5. 19. (제 16-490호)
서울특별시 강남구 도산대로1길 62(신사동) 강남출판문화센터 5층 (우편번호 06027)
대표전화 02-515-2000 팩시밀리 02-515-2007
www.minumsa.com

한국어 판 ⓒ (주) 민음사, 2011, 2023. Printed in Seoul, Korea

ISBN 978-89-374-6426-3
ISBN 978-89-374-6000-5 (세트)

* 잘못 만들어진 책은 구입처에서 교환해 드립니다.

세계문학전집 목록

1·2 변신 이야기 오비디우스 · 이윤기 옮김 서울대 권장도서 100선

3 햄릿 셰익스피어 · 최종철 옮김 서울대 권장도서 100선 | 미국대학위원회 선정 SAT 추천도서

4 변신 · 시골의사 카프카 · 전영애 옮김 서울대 권장도서 100선

5 동물농장 오웰 · 도정일 옮김 미국대학위원회 선정 SAT 추천도서 | 《타임》 선정 현대 100대 영문소설

6 허클베리 핀의 모험 트웨인 · 김욱동 옮김 《뉴스위크》 선정 100대 명저

7 암흑의 핵심 콘래드 · 이상옥 옮김 미국대학위원회 선정 SAT 추천도서 | 《뉴스위크》 선정 10대 명저

8 토니오 크뢰거 · 트리스탄 · 베네치아에서의 죽음 토마스 만 · 안삼환 외 옮김 노벨 문학상 수상 작가

9 문학이란 무엇인가 사르트르 · 정명환 옮김

10 한국단편문학선 1 김동인 외 · 이남호 엮음 국립중앙도서관 선정 청소년 권장도서

11·12 인간의 굴레에서 서머싯 몸 · 송무 옮김

13 이반 데니소비치, 수용소의 하루 솔제니친 · 이영의 옮김 노벨 문학상 수상 작가

14 너새니얼 호손 단편선 호손 · 천승걸 옮김

15 나의 미카엘 오즈 · 최창모 옮김

16·17 중국신화전설 위앤커 · 전인초, 김선자 옮김

18 고리오 영감 발자크 · 박영근 옮김

19 파리대왕 골딩 · 유종호 옮김 노벨 문학상 수상 작가 | 《타임》 선정 현대 100대 영문소설

20 한국단편문학선 2 김동리 외 · 이남호 엮음

21·22 파우스트 괴테 · 정서웅 옮김 서울대 권장도서 100선 | 미국대학위원회 선정 SAT 추천도서

23·24 빌헬름 마이스터의 수업시대 괴테 · 안삼환 옮김

25 젊은 베르테르의 슬픔 괴테 · 박찬기 옮김 논술 및 수능에 출제된 책(1998~2005)

26 이피게니에 · 스텔라 괴테 · 박찬기 외 옮김

27 다섯째 아이 레싱 · 정덕애 옮김 노벨 문학상 수상 작가

28 삶의 한가운데 린저 · 박찬일 옮김

29 농담 쿤데라 · 방미경 옮김

30 야성의 부름 런던 · 권택영 옮김

31 아메리칸 제임스 · 최경도 옮김

32·33 양철북 그라스 · 장희창 옮김 노벨 문학상 수상 작가 | 서울대 권장도서 100선

34·35 백년의 고독 마르케스 · 조구호 옮김 노벨 문학상 수상 작가 | 서울대 권장도서 100선

36 마담 보바리 플로베르 · 김화영 옮김 서울대 권장도서 100선

37 거미여인의 키스 푸익 · 송병선 옮김

38 달과 6펜스 서머싯 몸 · 송무 옮김

39 폴란드의 풍차 지오노 · 박인철 옮김

40·41 독일어 시간 렌츠 · 정서웅 옮김

42 말테의 수기 릴케 · 문현미 옮김

43 고도를 기다리며 베케트 · 오증자 옮김 노벨 문학상 수상 작가 | 서울대 권장도서 100선

44 데미안 헤세 · 전영애 옮김 노벨 문학상 수상 작가

45 젊은 예술가의 초상 조이스 · 이상옥 옮김 서울대 권장도서 100선

46 카탈로니아 찬가 오웰 · 정영목 옮김

47 호밀밭의 파수꾼 샐린저 · 정영목 옮김 《타임》 선정 현대 100대 영문소설 | 미국대학위원회 선정 SAT 추천도서 | 《뉴스위크》 선정 100대 명저 | BBC 선정 꼭 읽어야 할 책

48·49 파르마의 수도원 스탕달 · 원윤수, 임미경 옮김

50 수레바퀴 아래서 헤세 · 김이섭 옮김 노벨 문학상 수상 작가 | 국립중앙도서관 선정 청소년 권장도서

51·52 내 이름은 빨강 파묵 · 이난아 옮김 노벨 문학상 수상 작가

53 오셀로 셰익스피어 · 최종철 옮김 서울대 권장도서 100선

54 조서 르 클레지오 · 김윤진 옮김 노벨 문학상 수상 작가

55 모래의 여자 아베 코보 · 김난주 옮김

56·57 부덴브로크 가의 사람들 토마스 만 · 홍성광 옮김 노벨 문학상 수상 작가

58 싯다르타 헤세 · 박병덕 옮김 노벨 문학상 수상 작가

59·60 아들과 연인 로렌스 · 정상준 옮김 《뉴스위크》 선정 100대 명저

61 설국 가와바타 야스나리 · 유숙자 옮김 노벨 문학상 수상 작가 | 서울대 권장도서 100선

62 벨킨 이야기 · 스페이드 여왕 푸슈킨 · 최선 옮김

63·64 넙치 그라스 · 김재혁 옮김 노벨 문학상 수상 작가

65 소망 없는 불행 한트케 · 윤용호 옮김 노벨 문학상 수상 작가

66 나르치스와 골드문트 헤세 · 임홍배 옮김 노벨 문학상 수상 작가

67 황야의 이리 헤세 · 김누리 옮김 노벨 문학상 수상 작가

68 페테르부르크 이야기 고골 · 조주관 옮김

69 밤으로의 긴 여로 오닐 · 민승남 옮김 노벨 문학상 수상 작가 | 미국대학위원회 선정 SAT 추천도서

70 체호프 단편선 체호프 · 박현섭 옮김

71 버스 정류장 가오싱젠 · 오수경 옮김 노벨 문학상 수상 작가

72 구운몽 김만중 · 송성욱 옮김 서울대 권장도서 100선 | 국립중앙도서관 선정 청소년 권장도서

73 대머리 여가수 이오네스코 · 오세곤 옮김

74 이솝 우화집 이솝 · 유종호 옮김 논술 및 수능에 출제된 책(1998~2005)

75 위대한 개츠비 피츠제럴드 · 김욱동 옮김 《타임》 선정 현대 100대 영문소설

76 푸른 꽃 노발리스 · 김재혁 옮김

77 1984 오웰 · 정회성 옮김 《타임》 선정 현대 100대 영문소설 | 《뉴스위크》 선정 100대 명저

78·79 영혼의 집 아옌데 · 권미선 옮김

80 첫사랑 투르게네프 · 이항재 옮김

81 내가 죽어 누워 있을 때 포크너 · 김명주 옮김 노벨 문학상 수상 작가

82 런던 스케치 레싱 · 서숙 옮김 노벨 문학상 수상 작가

83 팡세 파스칼 · 이환 옮김

84 질투 로브그리예 · 박이문, 박희원 옮김

85·86 채털리 부인의 연인 로렌스 · 이인규 옮김

87 그 후 나쓰메 소세키 · 윤상인 옮김

88 오만과 편견 오스틴 · 윤지관, 전승희 옮김 미국대학위원회 선정 SAT 추천도서

89·90 부활 톨스토이 · 연진희 옮김 논술 및 수능에 출제된 책(1998~2005)

91 방드르디, 태평양의 끝 투르니에 · 김화영 옮김

92 미겔 스트리트 나이폴 · 이상욱 옮김 노벨 문학상 수상 작가

93 페드로 파라모 룰포 · 정창 옮김

94 차라투스트라는 이렇게 말했다 니체 · 장희창 옮김 국립중앙도서관 선정 청소년 권장도서

95·96 적과 흑 스탕달 · 이동렬 옮김 국립중앙도서관 선정 청소년 권장도서

97·98 콜레라 시대의 사랑 마르케스 · 송병선 옮김 노벨 문학상 수상 작가 | BBC 선정 꼭 읽어야 할 책

99 맥베스 셰익스피어 · 최종철 옮김 서울대 권장도서 100선 | 미국대학위원회 선정 SAT 추천도서

100 춘향전 작자 미상 · 송성욱 풀어 옮김 서울대 권장도서 100선

101 페르디두르케 곰브로비치 · 윤진 옮김

102 포르노그라피아 곰브로비치 · 임미경 옮김

103 인간 실격 다자이 오사무 · 김춘미 옮김

104 네루다의 우편배달부 스카르메타 · 우석균 옮김

105·106 이탈리아 기행 괴테·박찬기 외 옮김

107 나무 위의 남작 칼비노·이현경 옮김

108 달콤 쌉싸름한 초콜릿 에스키벨·권미선 옮김

109·110 제인 에어 C. 브론테·유종호 옮김 BBC 선정 꼭 읽어야 할 책

111 크눌프 헤세·이노은 옮김 노벨 문학상 수상 작가

112 시계태엽 오렌지 버지스·박시영 옮김 《타임》 선정 현대 100대 영문소설 | 《뉴스위크》 선정 100대 명저

113·114 파리의 노트르담 위고·정기수 옮김 미국대학위원회 선정 SAT 추천도서

115 새로운 인생 단테·박우수 옮김

116·117 로드 짐 콘래드·이상옥 옮김 《뉴스위크》 선정 100대 명저

118 폭풍의 언덕 E. 브론테·김종길 옮김 미국대학위원회 선정 SAT 추천도서

119 텔크테에서의 만남 그라스·안삼환 옮김 노벨 문학상 수상 작가

120 검찰관 고골·조주관 옮김

121 안개 우나무노·조민현 옮김

122 나사의 회전 제임스·최경도 옮김 미국대학위원회 선정 SAT 추천도서

123 피츠제럴드 단편선 1 피츠제럴드·김욱동 옮김

124 목화밭의 고독 속에서 콜테스·임수현 옮김

125 돼지꿈 황석영

126 라셀라스 존슨·이인규 옮김

127 리어 왕 셰익스피어·최종철 옮김 서울대 권장도서 100선 | 《뉴스위크》 선정 100대 명저

128·129 쿠오 바디스 시엔키에비츠·최성은 옮김 노벨 문학상 수상 작가

130 자기만의 방·3기니 울프·이미애 옮김

131 시르트의 바닷가 그라크·송진석 옮김

132 이성과 감성 오스틴·윤지관 옮김

133 바덴바덴에서의 여름 치프킨·이장욱 옮김

134 새로운 인생 파묵·이난아 옮김 노벨 문학상 수상 작가

135·136 무지개 로렌스·김정매 옮김

137 인생의 베일 몸·황소연 옮김

138 보이지 않는 도시들 칼비노·이현경 옮김

139·140·141 연초 도매상 바스·이운경 옮김 《타임》 선정 현대 100대 영문소설

142·143 플로스 강의 물방앗간 엘리엇·한애경, 이봉지 옮김 미국대학위원회 선정 SAT 추천도서

144 연인 뒤라스·김인환 옮김

145·146 이름 없는 주드 하디·정종화 옮김

147 제49호 품목의 경매 핀천·김성곤 옮김 《타임》 선정 현대 100대 영문소설

148 성역 포크너·이진준 옮김 노벨 문학상 수상 작가 | 퓰리처상 수상 작가

149 무진기행 김승옥

150·151·152 신곡(지옥편·연옥편·천국편) 단테·박상진 옮김 《뉴스위크》 선정 100대 명저

153 구덩이 플라토노프·정보라 옮김

154·155·156 카라마조프가의 형제들 도스토옙스키·김연경 옮김

157 지상의 양식 지드·김화영 옮김 노벨 문학상 수상 작가

158 밤의 군대들 메일러·권택영 옮김 퓰리처상 수상 작가

159 주홍 글자 호손·김욱동 옮김 서울대 권장도서 100선 | 미국대학위원회 선정 SAT 추천도서

160 깊은 강 엔도 슈사쿠·유숙자 옮김

161 욕망이라는 이름의 전차 윌리엄스·김소임 옮김

162 마사 퀘스트 레싱·나영균 옮김 노벨 문학상 수상 작가

163·164 운명의 딸 아옌데·권미선 옮김

165 모렐의 발명 비오이 카사레스·송병선 옮김

166 삼국유사 일연·김원중 옮김 서울대 권장도서 100선

167 풀잎은 노래한다 레싱·이태동 옮김 노벨 문학상 수상 작가

168 파리의 우울 보들레르·윤영애 옮김

169 포스트맨은 벨을 두 번 울린다 케인·이만식 옮김

170 썩은 잎 마르케스·송병선 옮김 노벨 문학상 수상 작가

171 모든 것이 산산이 부서지다 아체베·조규형 옮김 《타임》 선정 현대 100대 영문소설

172 한여름 밤의 꿈 셰익스피어·최종철 옮김 미국대학위원회 선정 SAT 추천도서

173 로미오와 줄리엣 셰익스피어·최종철 옮김 미국대학위원회 선정 SAT 추천도서

174·175 분노의 포도 스타인벡·김승욱 옮김 노벨 문학상 수상 작가 | 《타임》 선정 현대 100대 영문소설

176·177 괴테와의 대화 에커만·장희창 옮김

178 그물을 헤치고 머독·유종호 옮김 《타임》 선정 현대 100대 영문소설

179 브람스를 좋아하세요... 사강·김남주 옮김

180 카타리나 블룸의 잃어버린 명예 하인리히 뵐·김연수 옮김 노벨 문학상 수상 작가

181·182 에덴의 동쪽 스타인벡·정회성 옮김 노벨 문학상 수상 작가

183 순수의 시대 워튼·송은주 옮김 《뉴스위크》 선정 100대 명저 | 퓰리처상 수상작

184 도둑 일기 주네·박형섭 옮김

185 나자 브르통·오생근 옮김

186·187 캐치-22 헬러·안정효 옮김 《타임》 선정 현대 100대 영문소설

188 숄로호프 단편선 숄로호프·이항재 옮김 노벨 문학상 수상 작가

189 말 사르트르·정명환 옮김

190·191 보이지 않는 인간 엘리슨·조영환 옮김 《타임》 선정 현대 100대 영문소설

192 왑샷 가문 연대기 치버·김승욱 옮김 퓰리처상 수상 작가

193 왑샷 가문 몰락기 치버·김승욱 옮김 퓰리처상 수상 작가

194 필립과 다른 사람들 노터봄·지명숙 옮김

195·196 하드리아누스 황제의 회상록 유르스나르·곽광수 옮김

197·198 소피의 선택 스타이런·한정아 옮김 퓰리처상 수상 작가

199 피츠제럴드 단편선 2 피츠제럴드·한은경 옮김

200 홍길동전 허균·김탁환 옮김

201 요술 부지깽이 쿠버·양윤희 옮김

202 북호텔 다비·원윤수 옮김

203 톰 소여의 모험 트웨인·김욱동 옮김

204 금오신화 김시습·이지하 옮김

205·206 테스 하디·정종화 옮김 미국대학위원회 선정 SAT 추천도서 | BBC 선정 꼭 읽어야 할 책

207 브루스터플레이스의 여자들 네일러·이소영 옮김

208 더 이상 평안은 없다 아체베·이소영 옮김

209 그레인지 코플랜드의 세 번째 인생 워커·김시현 옮김 퓰리처상 수상 작가

210 어느 시골 신부의 일기 베르나노스·정영란 옮김

211 타라스 불바 고골·조주관 옮김

212·213 위대한 유산 디킨스·이인규 옮김 서울대 권장도서 100선 | BBC 선정 꼭 읽어야 할 책

214 면도날 서머싯 몸·안진환 옮김

215·216 성채 크로닌·이은정 옮김

217 오이디푸스 왕 소포클레스·강대진 옮김 서울대 권장도서 100선

218 세일즈맨의 죽음 밀러·강유나 옮김

219·220·221 안나 카레니나 톨스토이·연진희 옮김 서울대 권장도서 100선

222 오스카 와일드 작품선 와일드 · 정영목 옮김

223 벨아미 모파상 · 송덕호 옮김

224 파스쿠알 두아르테 가족 호세 셀라 · 정동섭 옮김 노벨 문학상 수상 작가

225 시칠리아에서의 대화 비토리니 · 김운찬 옮김

226·227 길 위에서 케루악 · 이만식 옮김 《타임》 선정 현대 100대 영문소설 | 《뉴스위크》 선정 100대 명저

228 우리 시대의 영웅 레르몬토프 · 오정미 옮김

229 아우라 푸엔테스 · 송상기 옮김

230 클링조어의 마지막 여름 헤세 · 황승환 옮김 노벨 문학상 수상 작가

231 리스본의 겨울 무뇨스 몰리나 · 나송주 옮김

232 뻐꾸기 둥지 위로 날아간 새 키지 · 정회성 옮김 《타임》 선정 현대 100대 영문소설

233 페널티킥 앞에 선 골키퍼의 불안 한트케 · 윤용호 옮김 노벨 문학상 수상 작가

234 참을 수 없는 존재의 가벼움 쿤데라 · 이재룡 옮김

235·236 바다여, 바다여 머독 · 최옥영 옮김

237 한 줌의 먼지 에벌린 워 · 안진환 옮김 《타임》 선정 현대 100대 영문소설

238 뜨거운 양철 지붕 위의 고양이 · 유리 동물원 윌리엄스 · 김소임 옮김 퓰리처상 수상작

239 지하로부터의 수기 도스토옙스키 · 김연경 옮김

240 키메라 바스 · 이운경 옮김

241 반쪼가리 자작 칼비노 · 이현경 옮김

242 벌집 호세 셀라 · 남진희 옮김 노벨 문학상 수상 작가

243 불멸 쿤데라 · 김병욱 옮김

244·245 파우스트 박사 토마스 만 · 임홍배, 박병덕 옮김 노벨 문학상 수상 작가

246 사랑할 때와 죽을 때 레마르크 · 장희창 옮김

247 누가 버지니아 울프를 두려워하랴? 올비 · 강유나 옮김

248 인형의 집 입센 · 안미란 옮김

249 위폐범들 지드 · 원윤수 옮김 노벨 문학상 수상 작가

250 무정 이광수 · 정영훈 책임 편집 서울대 권장도서 100선

251·252 의지와 운명 푸엔테스 · 김현철 옮김

253 폭력적인 삶 파솔리니 · 이승수 옮김

254 거장과 마르가리타 불가코프 · 정보라 옮김

255·256 경이로운 도시 멘도사 · 김현철 옮김

257 야콥을 둘러싼 추측들 욘존 · 손대영 옮김

258 왕자와 거지 트웨인 · 김욱동 옮김

259 존재하지 않는 기사 칼비노 · 이현경 옮김

260·261 눈먼 암살자 애트우드 · 차은정 옮김 《타임》 선정 현대 100대 영문소설

262 베니스의 상인 셰익스피어 · 최종철 옮김

263 말리나 바흐만 · 남정애 옮김

264 사볼타 사건의 진실 멘도사 · 권미선 옮김

265 뒤렌마트 희곡선 뒤렌마트 · 김혜숙 옮김

266 이방인 카뮈 · 김화영 옮김 노벨 문학상 수상 작가 | 미국대학위원회 선정 SAT 추천도서

267 페스트 카뮈 · 김화영 옮김 노벨 문학상 수상 작가 | 국립중앙도서관 선정 청소년 권장도서

268 검은 튤립 뒤마 · 송진석 옮김

269·270 베를린 알렉산더 광장 되블린 · 김재혁 옮김

271 하얀 성 파묵 · 이난아 옮김 노벨 문학상 수상 작가

272 푸슈킨 선집 푸슈킨 · 최선 옮김

273·274 유리알 유희 헤세 · 이영임 옮김 노벨 문학상 수상 작가

275 픽션들 보르헤스·송병선 옮김 서울대 권장도서 100선

276 신의 화살 아체베·이소영 옮김

277 빌헬름 텔·간계와 사랑 실러·홍성광 옮김

278 노인과 바다 헤밍웨이·김욱동 옮김 노벨 문학상 수상 작가 | 퓰리처상 수상작

279 무기여 잘 있어라 헤밍웨이·김욱동 옮김 미국대학위원회 선정 SAT 추천도서

280 태양은 다시 떠오른다 헤밍웨이·김욱동 옮김 《타임》 선정 현대 100대 영문 소설

281 알레프 보르헤스·송병선 옮김

282 일곱 박공의 집 호손·정소영 옮김

283 에마 오스틴·윤지관, 김영희 옮김

284·285 죄와 벌 도스토옙스키·김연경 옮김 미국대학위원회 선정 SAT 추천도서

286 시련 밀러·최영 옮김

287 모두가 나의 아들 밀러·최영 옮김

288·289 누구를 위하여 종은 울리나 헤밍웨이·김욱동 옮김 노벨 문학상 수상 작가

290 구르브 연락 없다 멘도사·정창 옮김

291·292·293 데카메론 보카치오·박상진 옮김

294 나누어진 하늘 볼프·전영애 옮김

295·296 제브데트 씨와 아들들 파묵·이난아 옮김 노벨 문학상 수상 작가

297·298 여인의 초상 제임스·최경도 옮김 미국대학위원회 선정 SAT 추천도서

299 압살롬, 압살롬! 포크너·이태동 옮김 노벨 문학상 수상 작가

300 이상 소설 전집 이상·권영민 책임 편집

301·302·303·304·305 레 미제라블 위고·정기수 옮김

306 관객모독 한트케·윤용호 옮김 노벨 문학상 수상 작가

307 더블린 사람들 조이스·이종일 옮김

308 에드거 앨런 포 단편선 앨런 포·전승희 옮김 미국대학위원회 선정 SAT 추천도서

309 보이체크·당통의 죽음 뷔히너·홍성광 옮김

310 노르웨이의 숲 무라카미 하루키·양억관 옮김

311 운명론자 자크와 그의 주인 디드로·김희영 옮김

312·313 헤밍웨이 단편선 헤밍웨이·김욱동 옮김 노벨 문학상 수상 작가

314 피라미드 골딩·안지현 옮김 노벨 문학상 수상 작가

315 닫힌 방·악마와 선한 신 사르트르·지영래 옮김

316 등대로 울프·이미애 옮김 《타임》 선정 현대 100대 영문소설 | 《뉴스위크》 선정 100대 명저

317·318 한국 희곡선 송영 외·양승국 엮음

319 여자의 일생 모파상·이동렬 옮김

320 의식 노터봄·김영중 옮김

321 육체의 악마 라디게·원윤수 옮김

322·323 감정 교육 플로베르·지영화 옮김

324 불타는 평원 룰포·정창 옮김

325 위대한 몬느 알랭푸르니에·박영근 옮김

326 라쇼몬 아쿠타가와 류노스케·서은혜 옮김

327 반바지 당나귀 보스코·정영란 옮김

328 정복자들 말로·최윤주 옮김

329·330 우리 동네 아이들 마흐푸즈·배혜경 옮김 노벨 문학상 수상 작가

331·332 개선문 레마르크·장희창 옮김

333 사바나의 개미 언덕 아체베·이소영 옮김

334 게걸음으로 그라스·장희창 옮김 노벨 문학상 수상 작가

335 코스모스 곰브로비치·최성은 옮김

336 좁은 문·전원교향곡·배덕자 지드·동성식 옮김 노벨 문학상 수상 작가

337·338 암 병동 솔제니친·이영의 옮김 노벨 문학상 수상 작가

339 피의 꽃잎들 응구기 와 시옹오·왕은철 옮김

340 운명 케르테스·유진일 옮김 노벨 문학상 수상 작가

341·342 벌거벗은 자와 죽은 자 메일러·이운경 옮김 퓰리처상 수상 작가

343 시지프 신화 카뮈·김화영 옮김 노벨 문학상 수상 작가

344 뇌우 차오위·오수경 옮김

345 모옌 중단편선 모옌·심규호, 유소영 옮김 노벨 문학상 수상 작가

346 일야서 한사오궁·심규호, 유소영 옮김

347 상속자들 골딩·안지현 옮김 노벨 문학상 수상 작가

348 설득 오스틴·전승희 옮김

349 히로시마 내 사랑 뒤라스·방미경 옮김

350 오 헨리 단편선 오 헨리·김희용 옮김

351·352 올리버 트위스트 디킨스·이인규 옮김

353·354·355·356 전쟁과 평화 톨스토이·연진희 옮김

357 다시 찾은 브라이즈헤드 에벌린 워·백지민 옮김

358 아무도 대령에게 편지하지 않다 마르케스·송병선 옮김

359 사양 다자이 오사무·유숙자 옮김

360 좌절 케르테스·한경민 옮김 노벨 문학상 수상 작가

361·362 닥터 지바고 파스테르나크·김연경 옮김 노벨 문학상 수상 작가

363 노생거 사원 오스틴·윤지관 옮김

364 개구리 모옌·심규호, 유소영 옮김 노벨 문학상 수상 작가

365 마왕 투르니에·이원복 옮김 공쿠르상 수상 작가

366 맨스필드 파크 오스틴·김영희 옮김

367 이선 프롬 이디스 워튼·김욱동 옮김 퓰리처상 수상 작가

368 여름 이디스 워튼·김욱동 옮김 퓰리처상 수상 작가

369·370·371 나는 고백한다 자우메 카브레·권가람 옮김

372·373·374 태엽 감는 새 연대기 무라카미 하루키·김난주 옮김

375·376 대사들 제임스·정소영 옮김

377 족장의 가을 마르케스·송병선 옮김 노벨 문학상 수상 작가

378 핏빛 자오선 매카시·김시현 옮김

379 모두 다 예쁜 말들 매카시·김시현 옮김

380 국경을 넘어 매카시·김시현 옮김

381 평원의 도시들 매카시·김시현 옮김

382 만년 다자이 오사무·유숙자 옮김

383 반항하는 인간 카뮈·김화영 옮김 노벨 문학상 수상 작가

384·385·386 악령 도스토옙스키·김연경 옮김

387 태평양을 막는 제방 뒤라스·윤진 옮김

388 남아 있는 나날 가즈오 이시구로·송은경 옮김

389 앙리 브륄라르의 생애 스탕달·원윤수 옮김

390 찻집 라오서·오수경 옮김

391 태어나지 않은 아이를 위한 기도 케르테스·이상동 옮김 노벨 문학상 수상 작가

392·393 서머싯 몸 단편선 서머싯 몸·황소연 옮김

394 케이크와 맥주 서머싯 몸·황소연 옮김

395 월든 소로·정회성 옮김

396 모래 사나이 E. T. A. 호프만·신동화 옮김

397·398 검은 책 오르한 파묵·이난아 옮김 노벨 문학상 수상 작가

399 방랑자들 올가 토카르추크·최성은 옮김 노벨 문학상 수상 작가

400 시여, 침을 뱉어라 김수영·이영준 엮음

401·402 환락의 집 이디스 워튼·전승희 옮김

403 달려라 메로스 다자이 오사무·유숙자 옮김

404 아버지와 자식 투르게네프·연진희 옮김

405 청부 살인자의 성모 바예호·송병선 옮김

406 세피아빛 초상 아옌데·조영실 옮김

407·408·409·410 사기 열전 사마천·김원중 옮김 서울대 권장도서 100선

411 이상 시 전집 이상·권영민 책임 편집

412 어둠 속의 사건 발자크·이동렬 옮김

413 태평천하 채만식·권영민 책임 편집

414·415 노스트로모 콘래드·이미애 옮김

416·417 제르미날 졸라·강충권 옮김

418 명인 가와바타 야스나리·유숙자 옮김 노벨 문학상 수상 작가

419 핀처 마틴 골딩·백지민 옮김 노벨 문학상 수상 작가

420 사라진·샤베르 대령 발자크·선영아 옮김

421 빅 서 케루악·김재성 옮김

422 코뿔소 이오네스코·박형섭 옮김

423 블랙박스 오즈·윤성덕, 김영화 옮김

424·425 고양이 눈 애트우드·차은정 옮김

426·427 도둑 신부 애트우드·이은선 옮김

428 슈니츨러 작품선 슈니츨러·신동화 옮김

429·430 세계의 끝과 하드보일드 원더랜드 무라카미 하루키·김난주 옮김

431 멜랑콜리아 I-II 욘 포세·손화수 옮김 노벨 문학상 수상 작가

432 도적들 실러·홍성광 옮김

433 예브게니 오네긴·대위의 딸 푸시킨·최선 옮김

434·435 초대받은 여자 보부아르·강초롱 옮김

436·437 미들마치 엘리엇·이미애 옮김

438 이반 일리치의 죽음 톨스토이·김연경 옮김

439·440 캔터베리 이야기 제프리 초서·이동일, 이동춘 옮김

세계문학전집은 계속 간행됩니다.